*Sur l'auteur*

Haruki Murakami, né à Kyōto en 1949 et élevé à Kōbe, a étudié le théâtre et le cinéma à l'université Waseda, avant d'ouvrir un club de jazz à Tokyo en 1974. Son premier roman, *Écoute le chant du vent* (1979), un titre emprunté à Truman Capote, lui a valu le prix Gunzo et un succès immédiat au Japon. Suivront : *La Course au mouton sauvage*, *La Fin des temps*, *La Ballade de l'impossible*, *Danse, danse, danse* et *L'éléphant s'évapore*. Exilé en Grèce en 1988, en Italie, puis aux États-Unis, où il écrit ses *Chroniques de l'oiseau à ressort* et *Au sud de la frontière, à l'ouest du soleil*, il rentre au Japon en 1995, écrit un recueil de nouvelles sur le séisme de Kōbe, *Après le tremblement de terre*, une enquête sur l'attentat de la secte Aum, *Underground*, puis suivent *Les Amants du Spoutnik*, le superbe *Kafka sur le rivage* et *1Q84* (livres 1, 2 et 3). Plusieurs fois favori pour le Nobel de littérature, Haruki Murakami a reçu le prestigieux Yomiuri Prize et le prix Kafka 2006. Après *L'Incolore Tsukuru Tazaki et ses années de pèlerinage*, il autorise la publication d'*Écoute le chant du vent* suivi de *Flipper, 1973*, ses deux premiers romans inédits. *Le Meurtre du Commandeur* (livres 1 et 2) est son dernier roman paru.

*Du même auteur*
*aux Éditions 10/18*

Après le tremblement de terre, n° 3379
Au sud de la frontière, à l'ouest du soleil, n° 3499
Les amants du Spoutnik, n° 3684
Kafka sur le rivage, n° 4048
Le passage de la nuit, n° 4136
L'éléphant s'évapore, n° 4213
La ballade de l'impossible, n° 4214
Saules aveugles, femme endormie, n° 4318
Autoportrait de l'auteur en coureur de fond, n° 4420
Sommeil, n° 4493
1Q84, Livre 1, n° 4604
1Q84, Livre 2, n° 4605
1Q84, Livre 3, n° 4645
Les attaques de la boulangerie, n° 4771
Underground, n° 4693
Chroniques de l'oiseau à ressort, n° 4819
L'incolore Tsukuru Tazaki et ses années
de pèlerinage, n° 4968
L'étrange bibliothèque, n° 5134
Écoute le chant du vent *suivi de* Flipper, 1973, n° 5161
Des hommes sans femmes, n° 5349
Birthday Girl, n° 5394
Le Meurtre du Commandeur, Livre 1, n° 5486
Le Meurtre du Commandeur, Livre 2, n° 5487
De la musique, n° 5488
Profession romancier, n° 5587
Danse, danse, danse, n° 5610
La course au mouton sauvage, n° 5611
La fin des temps, n° 5612

HARUKI MURAKAMI

# LA FIN DES TEMPS

Traduit du japonais
par Corinne Atlan

10
18

BELFOND

Titre original :
*Sekai No Owari To Hādoboirudo Wandārando*
publié par Shinchōsha Publishing Co, Ltd., Tokyo


ISBN 978-2-264-07654-0

Dépôt légal : novembre 2020

*Pourquoi est-ce que le soleil*
*continue à briller ?*
*Pourquoi est-ce que les oiseaux*
*continuent à chanter ?*
*Est-ce que par hasard*
*ils ne sauraient pas*
*que la fin du monde est déjà là ?*

The End of the World

## *Pays des merveilles sans merci*

### 1

### L'ascenseur – Silence – Rondeurs

L'ascenseur continuait à monter avec une extrême lenteur. Du moins je pensais qu'il montait, mais à vrai dire je n'en savais rien. À une vitesse aussi réduite, toute sensation de direction s'efface : il était peut-être en train de descendre, peut-être même qu'il était arrêté. Simplement, compte tenu des circonstances, j'avais décidé de considérer qu'il montait, par esprit de commodité. Pure hypothèse, sans aucun fondement. Il avait peut-être gravi douze étages avant d'en redescendre trois, ou bien il avait déjà fait une rotation autour de la Terre, je n'en sais rien.

Cet engin n'avait rien à voir avec l'ascenseur bon marché de mon immeuble, plutôt simpliste, du style seau de puits légèrement évolué. Deux appareils comme ceux-là ont tellement peu de points communs que l'imagination a du mal à concevoir qu'ils portent le même nom, possèdent la même structure et aient été construits dans un but identique. Ces deux ascenseurs étaient vraiment aux antipodes l'un de l'autre, à une distance défiant les limites de la pensée.

Primo, question de largeur. L'ascenseur dans lequel je me trouvais était assez large pour y aménager un petit bureau confortable. Même en y mettant une table, des placards, un secrétaire, et en y installant une kitchenette, il serait sûrement encore resté de la place. Si ça se trouve, on aurait pu y faire entrer trois dromadaires et un palmier de taille moyenne. Deuxio, question de propreté. Celui-ci était aussi propre qu'un cercueil flambant neuf, avec les murs et le plafond en acier inoxydable immaculé, le sol recouvert d'une épaisse moquette bouclée vert mousse. Tertio, il était mortellement silencieux. Quand j'y étais entré, il n'avait pas fait un bruit – littéralement pas un bruit –, les portes s'étaient refermées en coulissant silencieusement et depuis je n'avais pas entendu un son. À tel point que je ne savais plus s'il progressait ou non. Comme le courant calme et profond d'un fleuve…

Encore une chose : il y manquait la majorité des accessoires dont un ascenseur est normalement pourvu. On notait d'abord l'absence de tout panneau regroupant les divers boutons et interrupteurs. Pas non plus de boutons indiquant les étages, ni de boutons pour l'ouverture et la fermeture des portes, pas de manette d'arrêt d'urgence. Rien du tout, en somme. Je commençais à me sentir plutôt sans défense. Et ce n'était pas qu'une question de boutons : il n'y avait pas non plus de signal lumineux pour indiquer les étages, pas la moindre mise en garde ou limitation du nombre de personnes, même pas une plaque dans un coin pour mentionner le nom du constructeur. Et où se trouvait l'issue de secours ? Mystère. Pas de doute, c'était un véritable cercueil. J'avais beau y réfléchir, je ne comprenais pas comment la compagnie de lutte contre les incendies avait pu donner son accord à la construction d'un ascenseur pareil. Il devait quand même bien y avoir une réglementation sur les ascenseurs ! À force de fixer ces quatre murs d'acier impeccablement lisses, je finis par repenser à Houdini, ce grand illusionniste que j'avais vu en film quand j'étais gamin. Complètement ficelé de cordes et de chaînes, il se faisait enfermer dans une malle entourée elle aussi de lourdes chaînes bien serrées, qui était ensuite jetée du haut des chutes du Niagara, ou enfouie dans les glaces de la mer du Nord. Je respirai une fois à fond, lentement, puis essayai de comparer calmement ma situation avec celle de Houdini. Avantage : je n'étais pas attaché, mais, d'un autre côté, je ne connaissais pas les trucages, et ça, c'était plutôt à mon détriment.

En y réfléchissant, les trucages, je n'étais pas près de les découvrir : déjà, je ne savais pas si l'ascenseur marchait ou non. Je toussai une fois, histoire de faire une tentative. Le résultat fut un peu bizarre. Cette toux ne résonnait pas comme une toux, elle rendait un drôle de son mat comme de la glaise molle projetée sur un mur de béton complètement lisse. Je n'arrivais pas à croire que c'était moi qui avais émis ce bruit. Je toussai encore une fois pour vérifier : le résultat fut identique. Je laissai tomber, et m'arrêtai de tousser.

Je restai debout comme ça dans la même position, pendant un temps relativement long. Les portes ne s'ouvraient toujours pas. Moi et l'ascenseur on était là, silencieusement arrêtés, comme une nature morte intitulée *L'Homme et l'Ascenseur*. Je commençais à me sentir un peu inquiet.

L'engin était peut-être en panne, ou alors le conducteur de l'ascenseur – en supposant qu'il y ait un personnage remplissant ce rôle – avait peut-être complètement oublié ma présence à l'intérieur de sa boîte. Il arrive de temps en temps que des gens oublient mon existence. De toute manière, dans un cas comme dans l'autre, le résultat était le même : j'étais enfermé dans une boîte d'acier inoxydable hermétiquement close. J'avais beau tendre l'oreille, aucun son ne me parvenait. Je collai mon oreille contre la paroi d'acier : toujours pareil, pas un bruit. La seule conséquence fut la marque de mon oreille en blanc sur le mur. Comme si cet ascenseur était une boîte de métal spécialement construite de façon à absorber le moindre son. J'essayai de siffler *Danny Boy* pour voir, mais les sons produits ressemblaient seulement aux soupirs d'un chien atteint de pneumonie.

Découragé, je m'adossai à une paroi de l'ascenseur, et me mis à compter la monnaie que j'avais en poche pour passer le temps. Enfin, plutôt qu'un passe-temps, c'est un entraînement très important pour un homme de mon métier, un peu comme un boxeur professionnel qui a en permanence une balle de caoutchouc serrée dans la main. Ce n'est pas un passe-temps au véritable sens du terme. L'élargissement des dispositions naturelles, mal équilibrées au départ, requiert toujours la répétition des gestes.

Moi, en tout cas, j'ai toujours soin de garder en réserve dans les poches de mon pantalon une assez grande quantité de monnaie. Dans la poche droite, je mets les pièces de cent et de cinq cents yens, dans la gauche les pièces de cinquante et de dix yens. Les pièces de un et de cinq yens, je les mets dans ma poche revolver, mais en principe je ne m'en sers pas dans les calculs. J'enfonce les mains dans mes poches, et de la main droite je compte le montant des pièces de cent et de cinq cents yens, tout en faisant la même chose de la main gauche avec les pièces de cinquante et de dix yens.

Ça doit être difficile à imaginer pour quelqu'un qui n'a jamais fait ce genre de calcul mais au début c'est une tâche assez ingrate : il s'agit de faire un calcul complètement différent avec l'hémisphère droit et l'hémisphère gauche du cerveau, pour finalement réunir les deux comme deux moitiés de pastèque. Ce n'est pas si facile que ça quand on n'a pas l'habitude. Je ne peux pas affirmer avec certitude qu'on utilise vraiment séparément les deux hémisphères du cerveau pour faire ça. Un spécialiste en physiologie du cerveau s'exprimerait peut-être autrement, mais moi qui ne suis pas un spécialiste en neurologie, tout ce que je veux dire c'est que, quand on essaie de calculer comme ça, on a vraiment l'impression de se servir séparément des deux hémisphères. Prenez par exemple la sensation de fatigue ressentie après ce calcul, ce n'est pas du tout la même qu'après un calcul ordinaire. Voilà pourquoi je trouve pratique de penser que je fais les comptes de ma poche droite avec mon hémisphère droit, et les comptes de ma poche gauche avec mon hémisphère gauche.

En fait, je me demande si je ne suis pas du genre à penser en termes de sens pratique les diverses manifestations phénoménales de ce monde. Ça ne veut pas dire que je sois quelqu'un de pratique – quoique je reconnaisse que j'ai une certaine tendance à l'être –, mais on voit suffisamment d'exemples dans la vie où une conception pratique des phénomènes nous rapproche plus de leur compréhension intrinsèque que les interprétations orthodoxes.

Par exemple, dites-moi un peu quel inconvénient il y a au niveau de la vie quotidienne à concevoir le globe terrestre comme un immense guéridon de café plutôt que comme un corps sphérique ? Évidemment c'est un exemple un peu extrême, il ne s'agit pas de refaire le monde chacun à sa guise. N'empêche, la vérité est qu'une conception pratique du globe terrestre sous la forme d'un immense guéridon de café permet d'éliminer sans laisser de trace la multitude de petits problèmes triviaux qu'engendre le caractère de corps sphérique de la Terre – par exemple des phénomènes sans utilité aucune comme la loi de la gravitation, le décalage horaire ou la ligne de l'équateur. Dites-moi voir combien de fois dans sa vie un être humain menant une vie ordinaire aura à se préoccuper de la ligne de l'équateur par exemple ?

Voilà pourquoi je tiens toujours à observer les phénomènes d'un point de vue pratique, dans la mesure du possible. Le monde est fait de telle manière qu'il renferme une grande diversité, et même, pour parler clairement, une infinité de possibilités : voilà ma façon de penser. Le choix de ces possibilités est jusqu'à un certain point laissé au soin des individus qui composent le monde. Le monde est un guéridon de café construit sur une gamme réduite de possibilités.

Pour en revenir à notre sujet, il n'est pas facile du tout de coordonner deux calculs différents de la main droite et de la main gauche. Moi-même, il m'a fallu pas mal de temps pour devenir expert en la matière. Mais une fois qu'on s'est spécialisé, autrement dit une fois qu'on a attrapé le coup de main, c'est une faculté qui ne disparaît pas comme ça. La même chose que le vélo ou la natation. Ce qui ne veut pas dire qu'il ne faille pas s'entraîner. Les capacités n'augmentent que grâce à un entraînement constant, qui permet aussi de raffiner le style. Voilà pourquoi j'ai toujours une réserve de monnaie dans les poches, et, dès que j'ai du temps, je m'applique à faire ces calculs.

Au moment en question, mes poches contenaient trois pièces de cinq cents, dix-huit de cent, sept de cinquante et seize de dix. Ce qui fait trois mille huit cent dix yens en tout, ce n'est pas sorcier. À ce stade-là, c'est même plus facile que de compter les doigts de la main. Satisfait, je m'adossai à la paroi d'acier et contemplai les portes en face de moi : elles ne s'ouvraient toujours pas.

Je ne comprenais pas comment les portes de cet ascenseur pouvaient rester fermées aussi longtemps. Après mûre réflexion, j'en arrivai à la conclusion qu'il fallait éliminer d'office, pour manque de réalisme, la thèse de la panne, tout comme celle du préposé distrait qui aurait oublié mon existence. Évidemment je ne dis pas qu'une panne ou un manque d'attention de la part du préposé ne soient pas du domaine du possible. Au contraire, je sais que dans le monde ordinaire ce genre d'incidents arrive fréquemment, mais je veux dire par là que, dans le cadre d'une réalité particulière – bien entendu il s'agit ici de cet imbécile d'ascenseur tout lisse –, le sens pratique doit faire condamner l'absence de particularité en tant que phénomène paradoxalement particulier. Une personne peu attentionnée, au point de négliger les réparations de sa machine ou d'oublier d'effectuer les manœuvres après la montée d'un passager, serait-elle par ailleurs capable de construire un ascenseur aussi excentrique et sophistiqué ? La réponse est non, évidemment. C'est impossible.

Jusqu'ici, *ils* avaient fait preuve d'une extrême méticulosité, accumulant des précautions minutieuses, attentifs au moindre détail, comme s'ils mesuraient chacun de leurs pas avec une règle d'arpenteur. Dès mon entrée dans l'immeuble, deux gardes m'avaient arrêté pour me demander avec qui j'avais rendez-vous, avaient consulté la liste des visiteurs prévus, vérifié mon permis de conduire puis contrôlé mon identité sur un ordinateur central, avant de me fourrer dans cet ascenseur, après une ultime fouille corporelle à l'aide d'un détecteur de métal. Je n'avais jamais vu de contrôle aussi strict, même pour une visite d'études à l'Hôtel de la Monnaie. Difficile de se dire que maintenant ils avaient brusquement relâché leur attention.

Dans ce cas, il ne restait qu'une seule possibilité : ils m'avaient consciemment placé dans cette situation. Ils ne voulaient sans doute pas que je suive les mouvements de cet ascenseur, et c'est pour ça qu'ils le faisaient avancer si lentement qu'il était impossible de savoir s'il montait ou descendait. Il y avait peut-être des caméras de télé quelque part. La pièce de contrôle était pleine d'écrans. Ça ne m'aurait pas spécialement étonné que l'un d'eux réfléchisse en ce moment l'intérieur de cet ascenseur. L'ennui m'incita presque à chercher l'emplacement de l'œil de la caméra, mais, réflexion faite, je n'avais rien à y gagner, en admettant que je le trouve. Ça ne pouvait que les alerter, peut-être que ça leur donnerait l'idée de ralentir encore la marche de l'appareil. Et ça, je n'avais pas envie que ça arrive. Ça n'aurait fait que me mettre en retard pour mon rendez-vous.

Finalement, je décidai de ne rien faire de spécial et d'adopter une attitude nonchalante. Après tout, j'étais seulement là pour remplir un travail officiel dont j'étais légalement chargé. Je n'avais rien à craindre, il n'y avait aucune raison d'être tendu.

Je m'adossai au mur, enfonçai les mains dans mes poches, et me remis à compter ma monnaie. Ça faisait trois mille sept cent cinquante yens. Pas compliqué. Trois secondes pour faire le calcul.

Hein ? Trois mille sept cent cinquante yens ?

Le total était différent.

Je m'étais trompé quelque part.

Je sentis la sueur poisser les paumes de mes mains. En trois ans, jamais je n'avais raté les comptes de monnaie dans mes poches, jamais. Pas une fois. C'était vraiment mauvais signe. Avant que ce mauvais signe se transforme en indubitable désastre, il fallait absolument que je regagne le terrain perdu.

Je fermai les yeux, fis le vide complet dans les hémisphères droit et gauche de mon cerveau, comme on nettoie ses verres de lunettes. Ensuite, j'extirpai mes mains des poches de mon pantalon et ouvris les paumes pour en essuyer la sueur. J'accomplis dextrement ces petits préparatifs, tel Henry Fonda dans *L'Homme aux colts d'or* au moment du duel au revolver. Enfin, ça, c'est juste histoire de dire que j'aime bien ce film.

Après avoir vérifié que mes mains étaient bien sèches, je les enfonçai de nouveau dans mes poches et refis mes calculs pour la troisième fois. Si le troisième total collait à un des deux précédents, pas de problème : tout le monde peut se tromper. Ces circonstances particulières m'avaient rendu nerveux, et j'avais un peu présumé de mes forces, j'étais obligé de le reconnaître. C'est ce qui m'avait fait commettre cette erreur de débutant. En tout cas, avant tout, vérifier l'exactitude des chiffres, et à partir de là je serai sauvé. Mais, avant que je sois sauvé, les portes de l'ascenseur s'ouvrirent. Elles coulissèrent des deux côtés, sans un bruit, sans prévenir. Je me concentrais tellement sur la monnaie à l'intérieur de mes poches que tout d'abord je ne me rendis pas compte qu'elles venaient de s'ouvrir. Ou, pour exprimer les choses plus exactement, ma rétine avait bien enregistré l'ouverture des portes, mais il me fallut un moment avant de saisir la signification concrète de cette image. Évidemment, l'ouverture des portes voulait dire que les deux portions d'espace dont ces portes avaient jusqu'ici dérobé la continuité étaient à nouveau reliées. Mais ça signifiait aussi que l'ascenseur dans lequel je me trouvais était arrivé à destination.

Cessant d'activer mes doigts dans mes poches, je risquai un œil à l'extérieur. Il y avait un couloir et, debout dans ce couloir, une femme. Une femme jeune et grosse, vêtue d'un tailleur rose et chaussée de talons aiguilles roses. C'était un tailleur bien coupé, et le visage de la fille avait l'air pratiquement aussi net que lui. Elle me regarda un moment comme pour vérifier qui j'étais, puis se tourna vers moi et me fit un rapide signe de tête. Ça avait tout l'air d'être une invitation à la suivre. Laissant tomber mes comptes, j'enlevai les mains de mes poches et sortis de l'ascenseur. Les portes se refermèrent aussitôt dans mon dos, comme si l'ascenseur n'avait attendu que mon départ.

Debout dans le couloir, j'observai les alentours, sans y trouver un seul indice susceptible de me renseigner sur les lieux. Apparemment, c'était un des couloirs de l'immeuble, mais ça, même un écolier l'aurait compris. En tout cas, c'était un intérieur d'immeuble anodin au point que c'en était dérangeant. Tout comme pour l'ascenseur, les matériaux utilisés étaient luxueux, sans l'ombre d'une surprise. Le sol était en marbre luisant bien poli, et la couleur des murs, blancs avec un soupçon de jaune, me faisait penser aux petits pains dont je déjeune tous les matins ; des deux côtés du couloir s'alignaient des portes de bois à l'air massif, portant chacune une plaque de métal indiquant un numéro de bureau, mais dans un ordre qui paraissait complètement laissé au hasard. À côté du 936 se trouvait le 1213, suivi du 26. Qu'est-ce que c'était que cet alignement sans queue ni tête ? Il devait y avoir quelque chose qui ne tournait pas rond.

La fille ne m'adressa pratiquement pas la parole. Elle s'était juste tournée vers moi pour dire « Par ici, je vous prie », mais elle avait seulement formé la phrase des lèvres, sans émettre le moindre son. Comme, avant d'entreprendre ce travail, j'avais suivi un cours pour apprendre à lire sur les lèvres en deux mois, j'arrivai à comprendre ce qu'elle voulait dire. D'abord je crus que c'étaient mes oreilles qui étaient bizarres. Je n'avais pas entendu un seul bruit dans l'ascenseur, et mes essais de toux et de sifflements n'avaient pas résonné normalement, j'avais peut-être une faiblesse au niveau de l'acoustique ?

J'essayai de tousser pour voir. Ça fit une espèce de toussotement d'aphone comme d'habitude, mais quand même beaucoup plus clair que dans l'ascenseur. Soulagé, je repris un peu confiance dans mon ouïe. Ça va, mes oreilles sont normales, il n'y a pas de raison. Si mes oreilles n'avaient rien, c'est qu'il y avait un problème au niveau de la bouche de la fille.

Je marchais derrière elle. Ses talons aiguilles effilés résonnaient dans le couloir désert, clac, clac ! On se serait cru dans une carrière de pierre en début d'après-midi. Serrés dans des bas nylons, ses mollets se réfléchissaient nettement dans le marbre.

Elle était vraiment rondouillarde. Jeune, jolie, mais

grosse. Il y a quelque chose de bizarre pour une femme à être en même temps jeune, jolie et grosse. Tout en marchant derrière elle, je contemplais sa nuque, ses bras, ses jambes. La chair était accumulée sur son corps, exactement comme une grosse masse de neige tombée sans bruit pendant la nuit.

Quand je me trouve en compagnie d'une femme jeune, jolie et grosse, je suis toujours troublé. Moi-même je ne comprends pas bien pourquoi. Peut-être parce que je me mets tout naturellement à imaginer ses habitudes alimentaires ? La rencontre d'une femme trop grosse évoque automatiquement pour moi la vision de cette personne occupée à grignoter dans son assiette un reste de garniture de cresson, ou à saucer amoureusement avec du pain une dernière goutte de béchamel. Je ne peux pas m'en empêcher. Et alors, aussi sûr que le vinaigre exerce une action corrosive sur du métal, le spectacle de cette femme en train de manger envahit ma tête et court-circuite toutes mes autres facultés.

Si c'est juste une grosse ordinaire, passe encore. Une grosse ordinaire, c'est comme un nuage dans le ciel : elle est là, en train de flotter, je ne me sens pas concerné. Mais s'il s'agit d'une fille jeune, jolie et grosse, alors là, ça change tout. Je suis obligé d'adopter une certaine ligne de conduite envers elle. Autrement dit, je finirai peut-être par coucher avec. Je pense que c'est ça qui me trouble : ce n'est pas facile de coucher avec une femme quand on n'est pas maître de toutes ses facultés.

Attention, ça ne veut pas dire que je déteste les grosses. Être troublé et détester, ce n'est pas pareil. Jusqu'ici il m'est arrivé plusieurs fois de coucher avec des filles jeunes, jolies et grosses, et, pour faire une synthèse, je dirais que ce n'étaient pas des expériences désagréables. Si j'arrive à diriger mon trouble dans la bonne voie, ça entraîne un joli résultat, impossible à obtenir en temps ordinaire. Évidemment, il arrive aussi que ça ne marche pas. L'acte sexuel est quelque chose d'extrêmement subtil, ce n'est pas du même ordre que d'aller acheter une bouteille Thermos le dimanche dans un grand magasin. Même chez des femmes pareillement jeunes, jolies et grosses, les rondeurs sont réparties différemment selon chaque cas, et il y a certaines répartitions qui me dirigent dans la bonne voie, tandis que d'autres me laissent dans un trouble superficiel.

En ce sens, coucher avec une grosse, c'est pour moi une sorte de défi. Chez les êtres humains, les façons de grossir sont à peu près aussi nombreuses et variées que les façons de mourir.

Voilà en gros les réflexions que je me faisais dans le couloir en suivant cette fille jeune, jolie et grosse. Elle avait noué un foulard blanc à l'encolure de son élégant tailleur dans les tons roses assortis. Ses lobes d'oreilles charnus étaient ornés de boucles d'oreilles en or, dont le scintillement accompagnait sa marche, comme des feux de signalisation. Dans l'ensemble, elle avait une allure légère, par rapport à son embonpoint. Évidemment, elle était peut-être serrée dans des sous-vêtements ajustés pour donner l'illusion d'une jolie silhouette mais, même en tenant compte de cette éventualité, le balancement de ses hanches fermes était agréable à voir. Elle m'attirait. La répartition de ses rondeurs avait l'air de correspondre à mes goûts.

Ce n'est pas pour me trouver des excuses, mais il n'y a pas tant de femmes que ça qui m'attirent. En fait, je pense que je ne suis pas du genre à être attiré. Aussi, quand ça m'arrive, j'ai envie de tester un peu la chose. Est-ce qu'il s'agit d'une attirance authentique, et, si c'est bien le cas, comment est-ce que ça fonctionne ? J'ai envie d'essayer de vérifier ce genre de trucs, rien que pour moi.

Je me mis donc à marcher à côté d'elle, en m'excusant pour les huit ou neuf minutes de retard que j'avais à mon rendez-vous.

— Je ne savais pas que les formalités d'entrée étaient aussi longues. Et puis cet ascenseur, qu'est-ce qu'il était lent ! En fait, je suis arrivé devant l'immeuble avec dix minutes d'avance sur le rendez-vous.

Elle hocha brièvement la tête d'un air de dire « Je comprends ». Son cou sentait l'eau de Cologne, un parfum de matin d'été dans un champ de melons. Ça me fit un effet bizarre. Un drôle d'effet, comme deux souvenirs de nature différente liés quelque part à mon insu, à la fois dépareillés et nostalgiques. Ça m'arrive de temps en temps. La plupart du temps c'est une odeur déterminée qui me met dans cet état, mais je serais incapable d'expliquer à quoi c'est dû.

— Il est drôlement long, ce couloir, dis-je, histoire d'engager la conversation.

Elle me regarda tout en continuant à marcher. Vingt, vingt et un ans, à vue de nez. Visage bien dessiné, grand front, jolie peau.

— Proust, fit-elle en me regardant.

Elle n'avait pas exactement prononcé « Proust », mais il me semblait que ses lèvres avaient formé ce mot. Je n'entendais toujours rien, même pas le bruit de sa respiration, comme si elle m'avait parlé de l'autre côté d'une épaisse paroi de verre.

Proust ?

— Marcel Proust ? demandai-je.

Elle me jeta un regard étonné avant de répéter :

— Proust.

Je laissai tomber et repris ma place derrière elle. Tout en la suivant, je me creusais la cervelle pour trouver un mot correspondant au mouvement de ses lèvres. « Proust » ? Je prononçai les uns après les autres pour les essayer des mots sans queue ni tête : « ouste », « soude », « pelouse », mais aucun ne correspondait exactement au mouvement de ses lèvres. Pas de doute, elle avait bien dit « Proust ». Mais où se nichait le rapport entre la longueur du couloir et Marcel Proust, je ne voyais pas. Avait-elle cité Marcel Proust comme métaphore pour évoquer la longueur du couloir ? Même en l'admettant, elle avait émis ce son un peu trop brusquement, et ça me semblait plutôt désobligeant comme façon de s'exprimer. À la limite, j'aurais pu comprendre la logique si elle avait cité la longueur du couloir comme métaphore pour les œuvres complètes de Proust, mais l'inverse, non, c'était vraiment tiré par les cheveux.

Un couloir long comme du Marcel Proust ?

En tout cas, je la suivais toujours dans ce long couloir. Il était vraiment interminable. On avait tourné à plusieurs coins, monté et redescendu de petits escaliers de cinq ou six marches. On avait déjà marché cinq ou six fois plus que dans un immeuble normal. Ou peut-être qu'on faisait simplement des allers-retours dans un tableau en trompe l'œil d'Escher. En tout cas, on avait beau avancer, le paysage autour de nous était toujours le même. Un sol de marbre, des murs couleur coquille d'œuf, des numéros de bureaux dans le désordre et des portes de bois aux boutons en acier. Pas une seule fenêtre en vue. Les hauts talons de la fille résonnaient le long du couloir, avec le même rythme régulier depuis le début, et moi je la suivais, avec le bruit mou de caoutchouc fondu de mes chaussures de jogging. Ce flip-flop résonnait plus que nécessaire, à un point presque inquiétant : je me demandais si les semelles de caoutchouc n'étaient pas réellement en train de fondre. Il est vrai que, comme c'était la première fois de ma vie que je foulais un sol de marbre avec des chaussures de jogging, je n'étais pas à même de juger s'il s'agissait d'un son normal ou pas. J'imaginais que mon bruit de pas devait être moitié normal et moitié anormal. Pour la bonne raison qu'ici tout semblait se passer selon cette proportion.

Elle s'arrêta brusquement. J'étais tellement obnubilé par le bruit de mes chaussures que je ne m'en aperçus pas et bing ! ma poitrine percuta son dos. Son dos rembourré comme un beau nuage de pluie était plutôt confortable, et son cou dégageait cette fameuse odeur d'eau de Cologne au melon. Sous le choc, elle bascula en avant et je n'eus que le temps de la retenir en l'attrapant aux épaules.

— Excusez-moi, je pensais à quelque chose, dis-je.

Un peu rouge, la jeune grassouillette me regarda. Je n'aurais pas pu l'affirmer, mais elle n'avait pas vraiment l'air fâchée.

— T'as ses loups, dit-elle en souriant légèrement. (Elle haussa les épaules.) C'est rat, ajouta-t-elle.

Évidemment, elle n'avait pas vraiment dit cela mais – je dois avoir l'air de me répéter – elle avait seulement remué les lèvres pour former ces mots.

— T'as ses loups ? répétai-je comme pour moi-même. C'est rat ?

— C'est rat, répéta-t-elle avec conviction.

Ça sonnait comme du turc, mais le problème c'est que je n'avais jamais entendu parler cette langue de ma vie, par conséquent ce n'était peut-être pas du turc. Comme je me sentais l'esprit de plus en plus confus, je décidai d'abandonner mes tentatives de conversation. Je n'avais pas encore bien assimilé la technique pour lire sur les lèvres. Lire sur les lèvres est une opération vraiment délicate, ce n'est pas en deux mois de cours de la municipalité qu'on peut maîtriser parfaitement pareil sujet.

Elle sortit une petite clé électronique de forme ovale de la poche de sa veste et l'appliqua sur la serrure du 728, ainsi que l'annonçait la plaque apposée sur la porte. Il y eut un déclic, qui déclencha la serrure. Pas mal, comme dispositif.

Elle ouvrit, et resta debout sur le seuil, maintenant la porte ouverte de la main. Puis elle se tourna vers moi.

— Sole ou thon, c'est rat, dit-elle.

Je hochai la tête et entrai, bien entendu.

## 2

## Les animaux dorés

À la venue de l'automne, leurs corps se couvraient d'un long poil doré. Une teinte dorée au sens le plus pur, à laquelle ne pouvait se mêler aucune autre nuance. L'essence même de la couleur dorée, manifestée en ce monde. Ils arboraient la teinte dorée la plus pure qui soit entre ciel et terre.

À mon arrivée dans la ville – c'était au printemps – les bêtes avaient des pelages ras de diverses couleurs. Noir, marron, blanc, brun tirant sur le rouge. On en voyait même des mouchetés qui combinaient plusieurs de ces teintes. Enveloppées de ces pelages capricieux, les bêtes vagabondaient en silence sur le sol vert tendre, comme prêtes à être emportées par le vent, paisibles au point de paraître méditatives. Leur haleine même était aussi calme que la rosée matinale. Sans un bruit, elles paissaient l'herbe verte et, quand elles en étaient lasses, elles repliaient leurs pattes sous elles et s'allongeaient pour faire un somme.

Le printemps passa, l'été finit, la lumière commença à se charger d'une délicate transparence et le premier vent d'automne à soulever des vaguelettes dans les eaux stagnantes de la rivière. C'est à ce moment-là qu'un changement se fit jour chez les bêtes. Des poils dorés apparurent, d'abord clairsemés comme les bourgeons hors saison d'une plante ayant germé par hasard, mais dont bientôt les innombrables tentacules se mirent à étouffer les poils ras, jusqu'à finalement les recouvrir tous d'une éclatante teinte dorée. L'accomplissement de cette cérémonie prit à peine une semaine. La métamorphose commença et se termina pratiquement au même moment pour chaque animal. Au bout d'une semaine, tous sans exception s'étaient mués en animaux dorés. Quand le soleil levant vint teindre à nouveau le monde de son jaune d'or, l'automne avait saisi la terre dans son emprise.

Seule la longue corne qui poussait au milieu de leur front était tout entière d'un blanc délicat. Son extrême finesse évoquait, plutôt qu'une corne, une pointe d'os qui aurait percé la peau et serait restée fixée à l'endroit de la saillie. Mis à part cette corne immaculée et le bleu de leurs yeux, les bêtes s'étaient complètement métamorphosées en or. Comme pour essayer leur nouveau costume, elles secouèrent la tête de haut en bas à plusieurs reprises, transperçant du bout de leur corne le vaste ciel d'automne. Puis, baignant leurs sabots dans le courant rafraîchi de la rivière, elles tendirent le cou pour dévorer dans les arbres les rouges baies automnales.

Quand le crépuscule commençait à bleuir les rangées de maisons, je montais à la tour de guet de la muraille de l'ouest pour observer le rituel du rassemblement des bêtes au son du cor. Toujours selon la même règle, le gardien soufflait longuement une fois dans son cor, puis sonnait trois coups brefs. Chaque fois que j'entendais le son de ce cor, je fermais les yeux et me laissais submerger par ses douces tonalités. Cet instrument avait une résonance particulière, qui traversait silencieusement les rues de la ville où s'attardait le crépuscule, pareil à un poisson transparent aux reflets bleus, et imprégnait de son écho les rues pavées de galets, les maisons de pierre, les murets de roches longeant la rivière. Le son du cor retentissait paisiblement jusque dans les recoins de la ville, comme s'il traçait dans l'air la faille invisible du temps.

Quand le son du cor retentissait à travers la ville, les bêtes, dont le nombre dépassait mille, levaient la tête, tendues vers un souvenir immémorial. Prenant simultanément la même pose, elles tournaient toutes la tête dans la direction d'où venait le son. Les unes s'arrêtaient de mâcher languissamment les genêts, d'autres, allongées sur les chemins pavés de galets, cessaient de frapper le sol de leurs sabots, d'autres encore interrompaient leur sieste dans le dernier coin encore chauffé par le soleil, et toutes tendaient le cou dans l'air.

À cet instant tout paraissait en suspens. Le seul mouvement encore perceptible était celui de leur poil doré frémissant dans le vent du soir. Que pouvaient-elles bien voir ou penser à ce moment-là, je l'ignore. Le cou tendu selon le même angle et dans la même direction, parfaitement immobiles, les bêtes regardaient fixement dans l'espace. Puis elles tendaient l'oreille en direction du son. Bientôt, quand la légère obscurité du crépuscule avait absorbé la trace des derniers échos du cor, elles se levaient et commençaient à marcher dans une direction déterminée, exactement comme si elles venaient de se rappeler quelque chose. Le bref sortilège était rompu, le piétinement de leurs sabots recouvrait la ville. Ce bruit m'évoquait toujours une multitude de fines bulles montant des profondeurs du sol. Ces bulles envahissaient les rues, grimpaient sur les murs des maisons, finissaient par tout recouvrir, jusqu'à la tour de l'horloge.

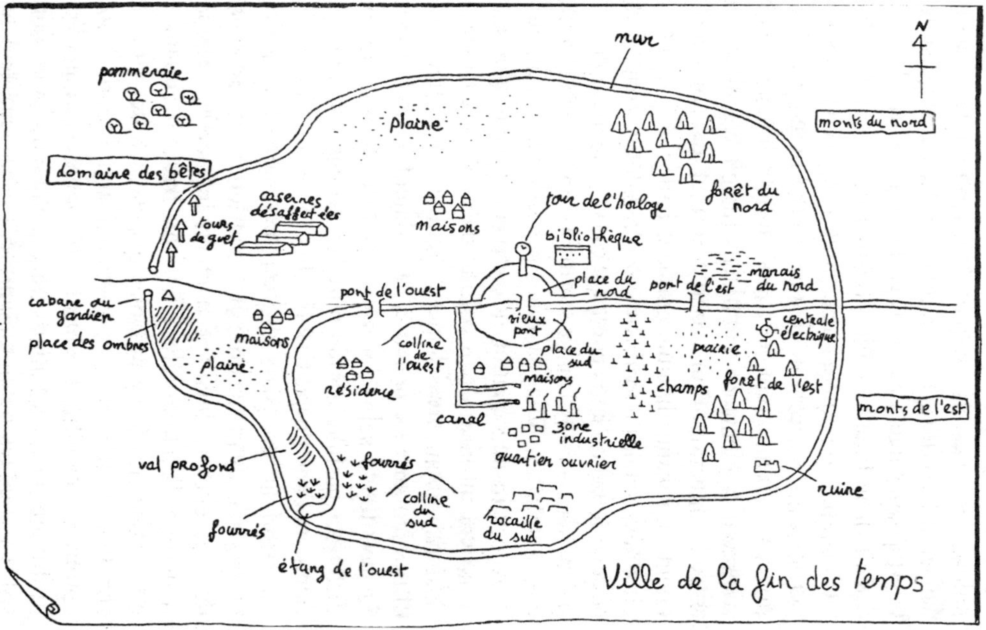
Ville de la fin des temps
N
mur
pommeraie
domaine des bêtes
plaine
monts du nord
forêt du nord
casernes désaffectées
tours de guet
maisons
tour de l'horloge
bibliothèque
marais du nord
place du nord
pont de l'ouest
pont de l'est
cabane du gardien
vieux pont
place des ombres
maisons
centrale électrique
plaine
colline de l'ouest
place du sud
prairie
résidence
maisons
champs
forêt de l'est
monts de l'est
canal
zone industrielle
val profond
fourrés
quartier ouvrier
ruine
colline du sud
rocaille du sud
fourrés
étang de l'ouest

Mais ce n'était qu'une illusion due au crépuscule. Il suffisait d'ouvrir les yeux pour que les bulles disparaissent aussitôt. Ce n'était que le bruit des sabots des bêtes, la ville était toujours la même, immuable. La file des bêtes s'écoulait comme un fleuve le long des tortueuses rues dallées. Aucune ne se tenait en tête, aucune ne menait les rangs. Les yeux baissés, les épaules agitées de légers tressaillements, elles suivaient simplement le cours sinueux de la rivière silencieuse. Chacune semblait cependant reliée aux autres comme par une corde intime de souvenirs, invisible à l'œil nu, mais indestructible.

Descendant du nord, elles traversaient le vieux pont pour rejoindre leurs compagnes venues de l'est en suivant la rive sud, dépassaient la zone industrielle le long du canal, puis, tournant vers l'ouest, s'engouffraient dans le corridor qui traversait la fonderie et passaient au pied de la colline de l'ouest. Les vieux animaux ainsi que les petits, qui ne pouvaient pas trop s'éloigner de la porte, attendaient sur les pentes de la colline de l'ouest pour rejoindre la file. Là, ils prenaient la direction du nord, traversaient le pont de l'ouest et atteignaient la porte.

Quand les animaux de tête arrivaient à la porte, le gardien ouvrait. La porte, renforcée de long en large par une épaisse plaque de fer, était manifestement lourde et solide. Elle était haute de quatre à cinq mètres, avec une partie supérieure hérissée de clous acérés comme un bourrelet d'aiguilles, de façon que personne ne puisse passer par-dessus. Le gardien tirait sans effort ce lourd portail vers lui pour faire sortir toutes les bêtes rassemblées. Les deux battants pouvaient s'ouvrir, mais le gardien en manœuvrait toujours un seul. Le battant gauche restait toujours verrouillé. Quand toutes les bêtes sans exception avaient passé la porte, le gardien la refermait et la cadenassait.

La porte de l'ouest était à ma connaissance l'unique accès à la ville. La ville était encerclée d'une longue muraille de sept ou huit mètres de hauteur, que seuls les oiseaux pouvaient franchir.

Le matin venu, le gardien ouvrait à nouveau la porte et sonnait du cor pour faire entrer les bêtes. Puis, quand elles étaient toutes rentrées, il la refermait et remettait le cadenas.

— En fait, pas besoin de cadenasser la porte, m'expliqua-t-il. Parce que, même en admettant que le cadenas ne soit pas mis, personne d'autre que moi ne serait capable de l'ouvrir tellement elle est lourde. Même en s'y mettant à plusieurs, hein ! Je le mets juste comme ça, parce que c'est le règlement.

En parlant, il avait tiré son bonnet de laine jusqu'à la limite de ses sourcils. Ensuite il retomba dans le silence. Ce gardien était un géant tel que je n'en avais jamais vu jusque-là. Il était vraiment bien en chair et ses muscles gonflés paraissaient prêts à crever à tout instant sa veste et sa chemise. De temps en temps, il fermait les yeux et sombrait dans un interminable silence. Il m'était impossible de juger s'il s'agissait d'une espèce de crise de mélancolie, ou simplement de quelque déconnexion de ses facultés internes. Mais, quelle qu'en soit l'origine, quand il était ainsi sous l'emprise du silence, je ne pouvais que rester à attendre qu'il reprenne conscience. Il ouvrait lentement les yeux, fixait longuement sur moi un regard absent, se frottant sans arrêt les mains sur les genoux, comme s'il s'efforçait de comprendre quelque chose à la raison de ma présence devant lui.

— Pourquoi rassembler les bêtes au crépuscule pour les faire sortir de la ville, et les faire rentrer à nouveau le matin ? lui demandai-je quand il eut repris ses sens.

Il me contempla un moment d'un œil vide de toute émotion.

— Parce que c'est comme ça, répondit-il. Je le fais parce que c'est comme ça. Tout comme le soleil se lève à l'est et se couche à l'ouest.

À part ouvrir et fermer le portail, le gardien passait pratiquement tout le reste de son temps à l'entretien de ses outils tranchants. Dans sa cabane s'alignaient couteaux, serpes et haches en tous genres et de toutes tailles, et il occupait le moindre de ses temps libres à les affûter avec le plus grand soin sur sa pierre à aiguiser. Une fois affûtés, les outils luisaient d'un sinistre éclat blanc glacé et me donnaient l'impression qu'au lieu de réfléchir la lumière extérieure, c'était quelque corps lumineux dissimulé à l'intérieur qui irradiait ainsi.

Chaque fois que je contemplais ces rangées d'objets tranchants, le gardien me suivait attentivement du regard, un sourire satisfait flottant aux commissures de ses lèvres.

— Attention, hein ! Tu pourrais te couper profondément rien qu'en les effleurant, disait-il, son doigt noueux comme une racine d'arbre pointé vers la rangée de couteaux. Ceux-là, ils n'ont pas été fabriqués comme ces tas de marchandises qu'on trouve partout. Ces couteaux-là, je les ai forgés moi-même un par un. J'étais forgeron autrefois, et ça, c'est ma spécialité. Ils sont bien entretenus, leur équilibre est bon. Ce n'est pas aisé de choisir un manche exactement adapté au poids de la lame. Prends n'importe lequel dans ta main, pour voir. Mais attention de ne pas toucher la lame, hein.

Parmi les outils alignés sur la table, je choisis la hachette la plus petite, la pris dans ma main et la balançai légèrement plusieurs fois dans les airs. Elle n'ajoutait qu'un peu de force à mon poignet – autrement dit, à la simple *pensée* d'ajouter un peu de force, elle réagissait avec vivacité, comme un chien de chasse parfaitement dressé, et fendait l'air en deux avec un chuintement sec. Pas de doute, le gardien avait de quoi être fier.

— Ce manche-là aussi, c'est moi qui l'ai fabriqué. Je l'ai taillé dans le bois d'un frêne de dix ans d'âge. Pour le matériau du manche, chacun a ses préférences : moi, j'aime les frênes de dix ans. Plus jeune, ça ne convient pas, et s'il a déjà trop poussé, ça ne va pas non plus. Un arbre de dix ans, c'est l'idéal. Il a la force et l'humidité qu'il faut, et l'*énergie* aussi. Dans la forêt de l'est, on trouve de bons frênes.

— Mais à quoi ça vous sert, tous ces outils ?

— À un tas de choses, répondit le gardien. Quand vient l'hiver, on s'en sert sans arrêt. Tu comprendras quand le frimas sera là. C'est qu'il est long, l'hiver d'ici.

De l'autre côté de la porte se trouvait l'endroit réservé aux bêtes, où elles passaient la nuit. Comme il y coulait un ruisseau, elles ne manquaient pas d'eau à boire. Au-delà du ruisseau, s'étendait à perte de vue une épaisse forêt, jusqu'à l'horizon, comme la mer.

Trois tours de guet avaient été édifiées sur la muraille de l'ouest. On pouvait y accéder par des échelles. Un toit tout simple protégeait de la pluie, et les fenêtres treillagées de fer permettaient de voir les animaux en contrebas.

— À part toi, personne ne vient regarder les bêtes, dit le gardien. Bah, c'est normal, tu viens à peine d'arriver, mais, quand tu auras vécu quelque temps ici et que tu seras *normalisé*, tu ne t'intéresseras plus aux bêtes. Comme tous les autres. Sauf la première semaine du printemps, là c'est différent, hein.

Le gardien m'expliqua qu'à la première semaine du printemps les gens montaient aux tours de guet pour voir les bêtes se battre. À cette période-là seulement – précisément cette semaine-là –, juste avant la mue et la mise bas des femelles, les mâles devenaient d'une férocité inimaginable chez de si paisibles animaux et s'écharpaient mutuellement. Et de cette énorme quantité de sang répandue sur la terre naissaient un nouvel ordre, une nouvelle vie.

Mais les bêtes d'automne, silencieusement blotties chacune dans son coin, laissaient luire leur long pelage doré dans le soleil couchant. Immobiles comme des statues clouées au sol, le cou tendu, elles attendaient que sombre dans l'océan vert des pommiers le dernier rayon de lumière. Le soleil ne tardait pas à se coucher et, quand leurs corps disparaissaient sous les ténèbres bleutées de la nuit, elles courbaient la tête et fermaient les yeux, laissant retomber à terre leur unique corne blanche.

Ainsi s'achevaient les journées dans la ville.

# *Pays des merveilles sans merci*

## 3

## Histoire de ciré – Les ténébrides – Brouillage

Elle m'avait fait entrer dans une vaste pièce vide, aux murs blancs, tout comme le plafond, à la moquette brun café, uniquement des teintes élégantes et de bon goût. (Car, même si on utilise le même mot « blanc » pour les qualifier, il y a une différence de couleur fondamentale entre le blanc vulgaire et le blanc de bon goût.) Comme les fenêtres étaient en verre teinté, je ne pouvais être sûr des coloris extérieurs, mais la vague lumière qui en émanait paraissait sans doute possible être celle du soleil. Je n'étais donc pas dans un sous-sol, et par conséquent l'ascenseur avait bel et bien gravi les étages. Cette constatation me rassura un peu : ce que j'avais imaginé s'avérait exact. La fille m'ayant fait signe de m'y asseoir, je m'installai sur le canapé de cuir au milieu de la pièce et croisai les jambes. Pendant que je m'asseyais, la fille ressortit par une autre porte.

La pièce ne contenait pratiquement pas de meubles dignes de ce nom. Sur la table basse assortie au canapé étaient alignés un briquet, un cendrier et un porte-cigarettes en céramique. Je soulevai le couvercle du porte-cigarettes mais il n'en contenait pas une seule.

Sur les murs, pas de tableaux, de calendrier ni de photos. Pas le moindre objet superflu.

Près de la fenêtre se trouvait un grand bureau. Je me levai pour me diriger vers la fenêtre et jetai un coup d'œil au bureau en passant. C'était une table massive taillée dans une épaisse planche de bois, flanquée d'un grand tiroir de chaque côté. Sur la table étaient posés une lampe à pied, trois stylos Bic, un calendrier de bureau, avec une poignée de trombones éparpillés à côté. Je regardai furtivement la date du calendrier, mais elle était exacte : c'était bien la date du jour.

Dans un coin de la pièce se trouvaient trois de ces casiers de rangement en acier qu'on trouve partout. Ils ne cadraient pas tellement avec l'atmosphère de la pièce. Ils faisaient trop fonctionnels, trop simples. Moi j'aurais mis une bibliothèque de bois, plus chic, en accord avec la pièce, mais après tout ce n'était pas mon bureau. J'étais seulement venu faire un certain travail ici, et qu'il y ait des casiers en acier gris souris ou des juke-box rose pêche, ce n'était pas mon problème.

Sur le mur de gauche, il y avait un placard encastré aux portes minces, pliables dans le sens de la longueur. Voilà tous les meubles qui se trouvaient dans cette pièce. Il n'y avait ni réveil, ni téléphone, ni taille-crayon, ni carafe d'eau. Pas non plus d'étagères, ni de porte-lettres. À quoi était destinée cette pièce, quelle pouvait être sa fonction ? Pas la moindre idée. Je revins au canapé, croisai les jambes, et me mis à bâiller.

Au bout de dix minutes, la fille revint. Sans m'accorder un regard, elle ouvrit une des portes d'un casier, en sortit un paquet lisse et noir qu'elle prit dans les bras et déposa sur la table. C'était un ciré de caoutchouc noir bien plié et des bottes. Sur le tout reposait une paire de lunettes comme en portaient les pilotes de la Première Guerre mondiale. Allons bon, qu'est-ce qui se passait maintenant ? Je comprenais de moins en moins.

La fille se tourna vers moi pour me dire quelque chose, mais ses lèvres bougeaient trop vite, je ne pouvais pas lire.

— Vous ne pourriez pas parler un peu moins vite ? Parce que lire sur les lèvres, ce n'est pas vraiment mon fort, lui dis-je.

Cette fois elle répéta lentement, en ouvrant grand la bouche :

— Mettez ça par-dessus vos vêtements.

Si on m'avait laissé le choix, je n'aurais sûrement pas passé ce ciré, mais, comme ça aurait été compliqué de protester, je suivis ses indications en silence. J'enlevai mes chaussures de jogging et mis les bottes en caoutchouc à la place, j'enfilai le ciré par-dessus ma chemise de sport. Il était affreusement lourd, et les bottes avaient bien une ou deux pointures de trop, mais là encore je décidai de ne rien dire. S'avançant jusqu'à moi, la fille me boutonna l'imperméable jusqu'aux chevilles, et me recouvrit complètement la tête avec le capuchon. Pendant qu'elle ajustait celui-ci, l'extrémité de mon nez effleura son front lisse.

— Ça sent super bon, lui dis-je, la complimentant sur son eau de Cologne.

— Merci, répondit-elle en fermant avec un claquement sec tous les boutons pression du capuchon jusque sous mon nez.

Ensuite, elle fit passer les lunettes par-dessus le capuchon. Grâce à elle, j'avais maintenant l'air d'une momie parée pour les intempéries.

Après quoi elle ouvrit une des portes du placard et me fourra dedans en me tirant par la main, puis elle alluma la lumière à l'intérieur et de sa main libre referma la porte. Une fois derrière la porte, on se trouvait dans un placard à vêtements. Mais, en fait de vêtements, il n'y en avait pas un en vue, seulement quelques cintres et quelques boules d'antimite. J'eus l'intuition que ce n'était peut-être pas un vrai placard à vêtements, mais que cela devait donner sur un quelconque passage secret. Sinon, évidemment, ça n'avait pas tellement de sens de me faire mettre un ciré pour me pousser dans un placard à vêtements.

Elle tripota un moment une poignée de métal dans un coin du mur et, comme prévu, le pan qui nous faisait face bascula soudain, libérant une ouverture de la taille d'un petit coffre de voiture. L'intérieur de la cavité était plongé dans l'obscurité, mais on sentait nettement le vent froid et humide qui en émanait, un vent pas spécialement agréable. On entendait aussi un grondement continu, comme les remous d'une rivière.

— Il y a une rivière qui coule là-dedans, me dit la fille.

Le grondement de la rivière rendait plus réaliste sa façon de parler sans proférer un son. On aurait dit qu'elle émettait vraiment des sons, mais qu'ils étaient couverts par le bruit de l'eau. Du coup – était-ce une simple impression ? – ses paroles me semblaient plus faciles à saisir. Pour être bizarre, c'était bizarre !

— En remontant le cours, vous arriverez à une grande chute d'eau. À ce moment-là, faufilez-vous simplement dedans. Le cabinet de travail de Grand-père se trouve juste derrière. Si vous allez jusque-là, vous saurez quoi faire ensuite.

— Si je vais là-bas, ton grand-père m'y attend, c'est ça ?

— C'est ça, répondit-elle.

Elle me tendit une grande lampe de poche étanche munie d'une courroie. Me lancer dans ces profondeurs obscures ne m'inspirait guère, mais comme de toute façon il était trop tard pour reculer, je pris mon courage à deux mains et plongeai une jambe à l'intérieur des ténèbres béantes. Puis, courbant le corps en avant, je passai la tête et les épaules, et tirai en dernier la jambe restante. Enveloppé dans ce ciré tout raide, l'entreprise était plutôt difficile, mais je finis par arriver à transporter mon corps de l'autre côté de ce mur de placard à vêtements. Puis je regardai la fille replète debout dans le placard. Vue comme ça, du fond de ce trou obscur et à travers des lunettes, elle était super mignonne.

— Attention, hein ! Il ne faut pas quitter la rivière ni prendre les chemins de traverse. Toujours tout droit, hein ! dit-elle en se penchant pour me regarder droit dans les yeux.

— Tout droit jusqu'à la chute d'eau ! lui criai-je.

— Tout droit jusqu'à la chute d'eau, répéta-t-elle.

Je fis une tentative pour former les mots « C'est rat » avec mes lèvres sans prononcer un son. Elle me fit un grand sourire et répondit « C'est rat ». Puis elle me claqua la porte au nez.

Une fois la porte fermée, je me trouvai totalement enveloppé de ténèbres. Des ténèbres totales, littéralement, sans le moindre soupçon de lumière. Je n'y voyais goutte. Je ne distinguais même pas ma propre main en l'approchant de mon visage. Je restai un long moment sur place, complètement hébété, comme si j'avais reçu un coup. J'étais en proie à un sentiment d'impuissance, exactement comme un poisson emballé dans de la cellophane et déposé dans un frigidaire dont on a refermé la porte. Quand on est brusquement jeté dans les ténèbres totales sans y être préparé, on perd tous ses moyens pendant un moment. Si vraiment elle devait refermer cette porte, elle aurait pu au moins m'avertir avant.

J'allumai la lampe de poche à tâtons, et un faisceau de lumière jaune plein de nostalgie traversa l'obscurité. J'éclairai d'abord mes pieds puis inspectai lentement les alentours. Je me trouvais sur une étroite plate-forme d'environ trois mètres sur quatre, qui donnait sur un précipice abrupt aux profondeurs insondables. Il n'y avait ni grillage ni enclos. Elle aurait quand même pu me prévenir, pensai-je non sans irritation.

Sur un côté de la plate-forme était fixée une échelle d'aluminium permettant de descendre. La courroie de la lampe en travers de ma poitrine, j'entrepris la descente, m'assurant de chaque barreau sur l'échelle glissante. Au fur et à mesure que je descendais, le bruit de l'eau devenait plus fort et plus net. Un placard de bureau donnant sur un précipice escarpé au fond duquel coulait une rivière : jamais je n'avais entendu parler d'une chose pareille. En plein centre de Tokyo, en plus ! Plus j'y réfléchissais, plus j'avais mal au crâne. D'abord cet ascenseur sinistre, ensuite cette rondouillarde qui parlait sans émettre un son, et maintenant ceci ! J'aurais peut-être mieux fait de refuser le travail et de rentrer chez moi. C'était trop dangereux, et en plus complètement extravagant. Pourtant je continuai à descendre avec résignation dans cet obscur précipice. D'abord, mon orgueil professionnel était en jeu, ensuite, c'était à cause de la grassouillette en tailleur rose. Je ne sais pourquoi, je me faisais du souci pour elle et je n'avais pas envie de m'en aller en plantant là le boulot. Au bout de vingt barreaux, je me reposai et repris haleine, puis en descendis encore dix-huit avant de me retrouver sur la terre ferme. Debout en bas de l'échelle, j'éclairai les alentours avec une profonde attention. Je me trouvais sur une légère plate-forme rocheuse, au-delà de laquelle coulait une rivière d'environ deux mètres de large. À la lumière de la torche électrique, on voyait la surface de la rivière, qui coulait en frémissant comme un drapeau. Le courant paraissait relativement rapide, mais je ne me rendais compte ni de la profondeur des eaux ni même de leur couleur. Tout ce que je voyais, c'était que la rivière coulait de la gauche vers la droite.

Éclairant soigneusement mes pieds, je m'avançai le long de la plate-forme rocheuse en direction de l'amont. De temps en temps je sentais quelque chose ramper près de moi et je dirigeais brusquement la lumière dessus, mais je ne distinguais rien d'autre que le mur abrupt longeant tout droit les deux rives, et le courant de l'eau. Marcher ainsi dans le noir me rendait sans doute nerveux.

Au bout de cinq à six minutes, un changement dans le bruit de l'eau m'indiqua que le plafond devait être beaucoup plus bas. Je dirigeai le faisceau de ma lampe au-dessus de ma tête, mais l'épaisseur des ténèbres m'empêchait de distinguer le plafond. Ensuite, je remarquai des deux côtés du mur quelque chose qui ressemblait aux chemins de traverse dont la fille m'avait dit de me méfier. Plutôt que des chemins, l'expression « failles dans la roche » serait plus appropriée. Au fond de ces failles gargouillaient des filets d'eau qui se déversaient dans la rivière. Je m'approchai d'une crevasse pour voir, et l'éclairai avec ma torche électrique, mais on n'y voyait rien. Je pus seulement me rendre compte que le fond paraissait beaucoup plus large que l'entrée. Y pénétrer ne me tentait pas plus que ça.

Tenant fermement ma lampe de poche de la main gauche, je continuai à remonter la rivière dans les ténèbres, avec le sentiment d'être un poisson en voie d'évolution. Comme la plate-forme de pierre devenait glissante à force d'humidité, il me fallait avancer avec précaution, pas à pas. Si je glissais et tombais à l'eau dans cette obscurité totale, ou si je cassais ma lampe de poche, je me trouverais plutôt dans le pétrin.

Comme je marchais en me concentrant uniquement sur mes pieds, je mis un moment avant de remarquer une petite lumière tremblotante devant moi. Quand je la vis, mon premier réflexe fut d'éteindre ma lampe et de plonger une main dans la fente du ciré pour saisir mon couteau dans la poche arrière de mon pantalon. Je dépliai la lame à tâtons. J'étais complètement enveloppé par les ténèbres et le grondement des eaux.

Juste au moment où j'éteignais ma lampe, la petite lumière jaune s'arrêta net. Puis elle traça deux grands cercles dans l'air. Ce signal semblait signifier : « Tout va bien, ne craignez rien. » Mais je ne relâchai pas mon attention et gardai la même posture pour attendre son arrivée. Bientôt, la lumière se remit à avancer. On aurait tout à fait dit une luciole au cerveau hautement développé qui se dirigeait vers moi en flottant dans l'espace. Le couteau fermement serré dans ma main droite, la lampe éteinte dans l'autre, je regardais fixement cette lumière.

Parvenue à environ trois mètres de moi, la lueur s'immobilisa, s'éleva puis s'immobilisa à nouveau. Comme elle était assez faible, je ne compris pas tout de suite ce qu'elle éclairait, mais, en concentrant mon regard, je finis par m'apercevoir que cela ressemblait à un visage humain. Ce visage portait les mêmes lunettes que moi et était coiffé du même capuchon noir. Le type tenait à la main une petite lanterne portative pareille à celles qu'on vend dans les magasins de sport. Éclairant son visage de la lanterne, il s'efforçait de me dire quelque chose mais l'écho de la rivière m'empêchait d'entendre quoi que ce soit. De plus, on ne discernait pas bien le mouvement de ses lèvres dans l'obscurité, ce qui fait que je ne pouvais même pas déchiffrer ses paroles.

« Parce que… à cause de… c'est mauvais de… avec ça… » semblait dire le type, mais tout ça n'avait absolument aucun sens. En tout cas, il ne semblait pas y avoir de danger, aussi je rallumai ma lampe et éclairai mon propre profil, pour signifier à mon interlocuteur en pointant un doigt sur mon oreille que je n'entendais rien.

Après avoir hoché plusieurs fois la tête comme s'il avait enfin compris, le type posa sa lanterne à terre, et resta un moment à se tortiller, les deux mains dans les poches de son ciré, tandis que le grondement qui m'entourait diminuait peu à peu, exactement comme une marée qui descend brusquement. Je crus que j'étais en train de perdre connaissance. Je suis en train de perdre conscience, c'est pour ça que le bruit s'efface de ma tête, me dis-je. Je ne comprenais pas bien pourquoi j'avais besoin de m'évanouir, mais je raidissais tous les muscles de mon corps pour résister à la sensation.

Mais les secondes passaient et je ne m'effondrais toujours pas, je me sentais même au mieux de ma forme. Il n'y avait que le bruit autour de moi qui diminuait.

— Je suis venu vous chercher, dit le type.

Cette fois, j'entendis clairement sa voix. Je secouai la tête, coinçai la lampe de poche sous un bras, refermai la lame du couteau et le remis dans ma poche. J'avais comme une intuition que cette journée allait être invraisemblable jusqu'au bout.

— Qu'est-ce qui est arrivé au bruit ? lui demandai-je.

— Ah, oui, le bruit, il était trop fort, hein ? Je l'ai baissé. Excusez-moi. Maintenant c'est OK, répondit-il en hochant la tête plusieurs fois.

Le grondement de la rivière était réduit à un gazouillis de ruisseau.

— Bon, on y va ?

Sur ces mots, il me tourna résolument le dos et se mit à marcher d'un pas habitué en direction de l'amont. Je le suivis en éclairant mes pieds avec la torche électrique.

— Vous avez baissé le son, c'est-à-dire qu'il s'agissait d'un bruit artificiel ? hurlai-je en direction de ce qui me semblait être le dos du type.

— Pas du tout, c'est un bruit naturel, répondit-il.

— Comment est-ce qu'on peut baisser un bruit naturel ?

— On ne le baisse pas à proprement parler, on l'efface, répondit le type.

Je n'étais pas sûr de bien comprendre, mais je décidai d'arrêter là mes questions. Je n'étais pas en position d'abreuver autrui de questions, et le pourquoi et le comment… J'étais venu faire un certain travail, et si mon client avait envie d'éteindre le son, de l'effacer ou de le mixer comme une vodka citron, après tout, ça n'était pas mon affaire. Aussi je continuai à marcher en silence.

Quoi qu'il en soit, grâce à la disparition du bruit de l'eau, les alentours étaient devenus très calmes. On distinguait même très nettement le chuintement de nos bottes de caoutchouc. Au-dessus de nos têtes, il y eut deux ou trois fois un bruit étrange comme un frottement de cailloux, puis cela cessa.

— Je me suis inquiété parce qu'il y avait des traces indiquant la présence de ténébrides égarés dans le coin, c'est pour ça que je suis venu à votre rencontre. Normalement, ils ne viennent jamais jusqu'ici, mais ça arrive quand même parfois, et alors c'est embêtant, pas vrai ? dit le type.

— Les *ténébrides* ? dis-je.

— Si vous en rencontriez un par hasard dans un coin pareil, ce serait ennuyeux, évidemment, dit le type avant de lancer un énorme éclat de rire : Ho ho ho !

— Euh, oui, en effet, dis-je pour rester dans le ton.

Ténébrides ou quoi que ce soit, je n'avais aucune envie de me retrouver face à une chose inconnue dans un endroit aussi sombre.

— C'est pour ça que je suis venu vous chercher, répéta le type. Ce sont les ténébrides qui posent problème.

— Je vous remercie de votre gentillesse, dis-je.

Après avoir avancé un moment, j'entendis devant nous une sorte de bruit de robinet qui coule. C'était la chute d'eau. Je me contentai de balayer rapidement les alentours avec le faisceau de ma lampe et ne pus la voir en détail, mais elle me parut plutôt immense. Si le son n'avait pas été éteint, ça aurait fait un bruit assez impressionnant. En arrivant en face, l'eau éclaboussa nos lunettes.

— C'est bien là-dessous qu'il faut passer ? demandai-je.

— Oui, fit le type.

Puis, sans autre commentaire, il s'avança rapidement vers la cascade, et disparut complètement à l'intérieur. N'ayant pas le choix, je me dépêchai de le suivre.

Heureusement, dans le passage que nous avions emprunté l'eau coulait en quantité moins importante, avec tout de même une force suffisante pour nous aplatir au sol. Même en portant un ciré, se faire doucher par une chute d'eau chaque fois qu'on entrait ou sortait de son cabinet de travail me paraissait relever – avec l'esprit le plus bienveillant du monde – de la stupidité la plus totale. D'accord, c'était sans doute pour garder le secret, mais tout de même il devait bien exister des moyens un peu plus raffinés pour ça. Je me cognai violemment le genou en tombant sous la cascade. Avec cette histoire de son éteint, l'équilibre habituel entre un bruit donné et la réalité qui l'occasionne était complètement faussé, et cela me plongeait dans la confusion. Une chute d'eau devrait posséder le volume sonore approprié à une chute d'eau.

Au fond se trouvait une grotte où pouvait tout juste pénétrer une personne, et en avançant tout droit à l'intérieur, on arrivait à une porte en fer. Le type sortit de la poche de son ciré un objet qui ressemblait à une petite machine à calculer, l'enfonça dans la fente de la porte et manœuvra un moment : la porte s'ouvrit de l'intérieur sans un bruit.

— Ça y est, nous y sommes. Entrez, je vous prie, dit-il.

Il me fit passer le premier, puis entra à son tour et verrouilla la porte.

— Ça a été difficile, non ?

— Je ne peux pas dire le contraire, dis-je sobrement.

Le type, toujours avec la courroie de sa lanterne autour du cou, son capuchon sur la tête et ses lunettes, se mit à rire, de son rire bizarre, quelque chose comme « Ho ho ho ! ».

Nous étions entrés dans une vaste pièce dépouillée qui ressemblait à un vestiaire de piscine. Sur une étagère étaient alignés avec régularité une demi-douzaine d'attirails pareils à celui que je portais : cirés noirs, lunettes, bottes de caoutchouc. J'enlevai mes lunettes, ôtai le ciré, le mis sur un cintre, posai les bottes sur une étagère. Enfin, je suspendis ma lampe de poche à un clou.

— Je suis désolé de vous avoir fait perdre tout ce temps, dit le type, mais je ne peux pas me permettre de négliger la sécurité. Je dois prendre quelques précautions, à cause de tous ceux qui rôdent autour de nous.

— Vous voulez parler des ténébrides ? dis-je pour essayer de lui tirer les vers du nez.

— C'est ça, les ténébrides en font partie, dit l'homme en hochant la tête tout seul.

Puis il me conduisit à un salon situé au fond du vestiaire. Une fois ôté son ciré noir, ce type n'était qu'un petit vieux à l'air distingué. Il n'était pas vraiment gros, mais de constitution plutôt massive, et il semblait robuste. Il avait une mine florissante, et quand il sortit de sa poche des lunettes sans montures pour les mettre sur son nez, cela lui donna tout l'air d'un important politicien d'avant-guerre.

Il me fit asseoir sur un canapé, tandis que lui-même prenait place derrière un bureau. La disposition de cette pièce était exactement la même que celle de la première où la fille m'avait fait entrer. La couleur de la moquette, l'éclairage, le papier mural et le canapé, tout était exactement semblable. Sur la table basse devant le canapé était posé exactement le même nécessaire à fumer. Il y avait aussi un calendrier sur le bureau, avec des trombones éparpillés à côté de la même façon. J'avais vraiment l'impression d'avoir tourné en rond pour revenir à la case départ. C'était tout à fait possible, en même temps je pouvais me tromper. Je n'étais pas censé me rappeler dans les moindres détails la disposition des trombones.

Le vieillard m'observa un moment. Puis il prit un trombone dans la main, le redressa et entreprit de repousser la cuticule d'un de ses ongles avec. C'était l'ongle de l'index gauche. Il se concentra quelque temps sur cette tâche, puis jeta le trombone déplié dans le cendrier. Je me dis que si je pouvais choisir ma prochaine incarnation, je préférerais ne pas être trombone. Servir à repousser les cuticules d'un vieillard insensé pour finir au fond d'un cendrier, il n'y avait certes pas de quoi frémir d'envie.

— D'après mes informations, les ténébrides et les pirateurs sont de mèche, dit le vieillard. Évidemment, ça ne veut pas dire que leur collaboration soit très poussée. Le ténébride est très prudent, tandis que le pirateur va trop vite en besogne. Par conséquent, leur collaboration ne peut être que partielle. Tout de même, c'est mauvais signe. Et ce qui est encore pire, c'est que des ténébrides qui n'ont rien à faire dans les parages soient venus rôder jusqu'ici. Si ça continue comme ça, un jour ou l'autre on va se retrouver avec plein de ténébrides par ici. Si ça arrivait, ce serait vraiment gênant pour moi.

— Certainement, dis-je.

Je n'avais aucune idée de ce que pouvaient bien être les ténébrides en question, mais, si les pirateurs avaient partie liée et partageaient quelque pouvoir avec eux, ça sentait vraiment le roussi pour moi aussi. Comme notre rivalité avec les pirateurs reposait sur un équilibre extrêmement délicat, la moindre fausse manœuvre pouvait tout ficher en l'air. En premier lieu, le simple fait que de mon côté j'ignore tout des ténébrides, alors que nos adversaires les connaissaient, voulait déjà dire que l'équilibre était faussé. Mais c'était peut-être ma position de travailleur indépendant opérant sur place, en bas de l'échelle, qui m'avait valu de rester dans l'ignorance de l'existence des ténébrides, et peut-être que les gars d'en haut étaient depuis longtemps au courant de l'existence de ces bestioles.

— Bon, ceci mis à part, si vous êtes d'accord, j'aimerais que vous vous mettiez rapidement au travail.

— Entendu, dis-je.

— J'ai demandé à mon agent le programmeur le plus doué, et vous avez plutôt bonne réputation. Tout le monde m'a chanté vos louanges : il est doué, il a du nerf, il travaille bien. Rien à redire, paraît-il, sinon que vous n'êtes pas très coopératif.

— Je suis confus, dis-je.

(C'est ça la modestie.)

Le vieux émit à nouveau son gros rire :

— Ho ho ho ! Coopératif ou pas, ça m'est égal, ajouta-t-il. La question c'est d'avoir du nerf. Si on n'en a pas, on ne peut pas devenir un programmeur de pointe. Mais le salaire est en conséquence, hein.

N'ayant rien à dire, je me taisais. Le vieux rit à nouveau puis me conduisit dans le cabinet de travail adjacent.

— Je suis biologiste, dit-il. Enfin, pour un biologiste, mon champ de travail est plutôt large, je ne peux pas vous l'expliquer en un mot, car il inclut jusqu'à la théologie, la linguistique, l'acoustique et la physiologie du cerveau. Je n'hésite pas à le dire moi-même, je poursuis des recherches d'une haute valeur et d'une grande originalité. Actuellement, je travaille particulièrement sur le palais des mammifères.

— Le *palais* ?

— Oui, la bouche, le mécanisme buccal, quoi. Je fais des recherches sur la façon dont on meut la bouche, comment la voix est produite, ce genre de chose. Tenez, regardez donc ça.

En parlant, il avait manœuvré un interrupteur pour éclairer son cabinet de travail. Le mur du fond apparut, entièrement recouvert d'étagères, sur lesquelles s'entassaient les mâchoires de toutes sortes de mammifères. De la girafe au cheval et au panda, en passant par le rat, tous les crânes de mammifères imaginables étaient rassemblés. À vue de nez, il devait y en avoir entre trois et quatre cents. Évidemment, il y avait aussi des spécimens de mâchoires humaines. Des crânes de Blancs, de Noirs, d'Asiatiques et d'Indiens étaient alignés, avec un exemplaire mâle et un exemplaire femelle de chaque.

— Les mâchoires de baleines et d'éléphants sont

rangées dans une remise au sous-sol. Comme vous le savez, elles nécessitent pas mal de place.

— Oui, sans doute, fis-je.

C'est sûr, s'il avait aligné ses mâchoires de baleines ici, ça aurait suffi à remplir la pièce.

Comme s'ils s'étaient donné le mot, tous ces animaux se tenaient là bouche bée, leurs orbites vides fixées sur le mur d'en face. Même s'il s'agissait de spécimens destinés à la recherche, être entouré de tous ces squelettes n'était guère réjouissant. Sur les autres étagères étaient également rangées en enfilade, en moins grand nombre que les mâchoires toutefois, différentes variétés de langues, oreilles, bouches, larynx et palais conservés dans du formol.

— Qu'en pensez-vous ? Belle collection, n'est-ce pas ? fit le vieillard d'un air tout guilleret. Il y a des gens qui collectionnent les timbres, d'autres les disques. Il y en a aussi qui rassemblent des vins dans leur cave, sans compter les richards qui s'amusent à aligner des chars d'assaut dans leur jardin. Moi je fais collection de crânes. Chacun ses goûts, c'est ça qui est intéressant. Vous ne trouvez pas ?

— Euh, oui, sans doute, dis-je.

— Depuis un âge relativement tendre, je porte un intérêt non négligeable aux crânes de mammifères, et je collectionne assidûment leurs os. Ça doit faire pas loin de quarante ans. Comprendre les os nécessite plus de temps qu'on ne saurait l'imaginer. En ce sens, il est bien plus simple de comprendre un être humain quand il a encore la chair sur les os. Ça, j'en suis persuadé. Mais je pense que quelqu'un de jeune comme vous porte plutôt son intérêt sur la chair.

Le vieillard rit à nouveau un long moment :

— Ho ho ho ! Dans mon cas, continua-t-il, cela

m'a pris environ trente ans pour comprendre le bruit que font les os. Trente ans, hein, mon garçon, ce n'est pas ordinaire comme durée !

— Le bruit ? fis-je. Les os font du bruit ?

— Évidemment, répondit le vieux. Chaque os a son propre bruit caractéristique. Une espèce de signal secret, en quelque sorte. Les os parlent, et je ne dis pas cela métaphoriquement, mais littéralement ! Et, donc, le but de mes recherches actuelles est d'analyser ces signaux. Si l'on parvient à analyser les signaux, il est ensuite possible de les contrôler artificiellement.

Je poussai un faible gémissement en réponse. Je ne saisissais pas très bien les détails mais, si le vieux disait vrai, ses recherches étaient sans aucun doute précieuses.

— Ça me semble être des recherches de grande valeur, hasardai-je.

— C'est bien vrai, acquiesça le type en hochant la tête. Et c'est exactement pour ça que les autres en veulent à mes recherches. Ils sont sans cesse aux aguets, leur seul but est de détourner le sens de mes travaux. Par exemple, si on peut extraire les souvenirs directement des os, plus besoin de torture. Il suffit de tuer la personne, de racler les chairs, laver les os, et le tour est joué.

— Quelle horreur ! dis-je.

— Mais, heureusement ou malheureusement, mes recherches ne sont pas encore assez avancées pour ça. Au point où j'en suis actuellement, il est préférable d'enlever le cerveau pour rassembler des souvenirs précis.

— Ben dites donc ! dis-je.

Moi, enlever les os ou le cerveau, ça me paraissait être du pareil au même.

— C'est pour ça que je vous demande de procéder à cette programmation. Pour éviter de me faire voler les données d'expérience par les pirateurs qui m'espionnent, dit le vieux d'un air grave. La civilisation moderne peut se trouver confrontée à des situations critiques, en fonction de l'utilisation bénéfique ou abusive qu'elle fait de la science. Pour ma part, je suis convaincu que la science doit exister pour elle-même.

— Moi, les histoires de conviction, ça m'échappe, dis-je. Mais il y a une chose que je souhaite mettre au clair. Il s'agit d'un problème administratif : dans le cas présent, la demande de services n'émane ni du système central ni d'un agent officiel, mais directement de vous. C'est irrégulier. Pour parler clairement, il est possible que ce soit une infraction aux règles de la profession. Et toute infraction m'expose à recevoir un blâme et à me voir confisquer ma licence. Vous saisissez ?

— Je comprends très bien, dit le vieux. Votre inquiétude est parfaitement légitime. Mais cette demande a été faite tout à fait officiellement en passant par le système central. Simplement, pour garder le secret, je vous ai contacté directement en individuel sans passer par la voie administrative. Vous ne serez ni puni ni quoi que ce soit de ce genre.

— Vous pouvez garantir tout ça ?

Le vieillard ouvrit le tiroir d'une table, en sortit un dossier qu'il me tendit. Je le parcourus des yeux : le formulaire d'application officiel de System y figurait bien.

— Ça devrait aller, dis-je en lui rendant le dossier. Je travaille au niveau deux, ça vous convient ? « Niveau deux » signifie…

— … le double du tarif ordinaire. Ça m'est égal. Cette fois, avec la prime, ça vous fera du niveau trois.

— Vous êtes plutôt généreux…

— Il s'agit d'opérations importantes, et puis vous êtes passé sous la chute d'eau, hein ! Ho ho ho ! fit le vieillard.

— Montrez-moi d'abord les valeurs numériques, dis-je. Je déciderai de la façon de procéder au vu des valeurs. Qui s'occupera de la programmation au niveau informatique ?

— Pour l'informatique, je prendrai quelqu'un de chez moi. Si vous voulez bien vous occuper du reste… Ça ne vous ennuie pas ?

— Au contraire, ça m'épargnera de la peine.

Le vieillard se leva, tripota un moment le mur derrière lui, et ce qui semblait un mur ordinaire s'ouvrit soudain tout grand. Cette maison était plutôt tarabiscotée. Le vieillard sortit un autre dossier et referma la porte. Une fois la porte fermée, il y avait à nouveau un mur blanc tout à fait normal. Je pris le dossier et parcourus les valeurs détaillées sur sept pages. Il n'y avait pas spécialement de problème là-dedans. C'étaient de simples valeurs numériques.

— Pour quelque chose de ce niveau, un simple brouillage devrait suffire, dis-je. Avec une analogie de fréquence de ce niveau, on n'a pas à craindre l'installation d'un pont temporaire. Bien sûr, c'est possible théoriquement, mais il est impossible de vérifier l'exactitude d'un pont temporaire et, comme on ne peut rien vérifier, il est également impossible de devancer ses erreurs. Ce serait comme traverser un désert sans boussole. Moïse l'a fait, mais enfin, bon…

— Ah, mais Moïse a même traversé la mer comme ça.

— C’est une vieille histoire. Écoutez, en ce qui me concerne, je ne connais pas un seul exemple d’infiltration des pirateurs à un niveau comme celui-là.

— Vous voulez donc dire qu’une seule conversion suffirait ?

— Une double conversion présente de trop grands risques. Sans aucun doute, ça réduirait à zéro les possibilités d’introduction d’un pont temporaire, mais au niveau actuel c’est encore acrobatique. Les procédés de conversion ne sont pas assez sûrs. On en est au stade de la recherche.

— Je ne parlais pas de double conversion, dit le vieillard.

Il recommença à repousser ses cuticules avec un trombone. Cette fois, c’était le majeur de la main gauche.

— Vous pouvez préciser ?

— *Shuffling*. Je parle de *shuffling*. Je voudrais que vous fassiez un brouillage cérébral et un *shuffling*. C’est pour ça que je vous ai fait venir. Je n’aurais pas eu besoin de vous pour un simple brouillage.

— Je ne comprends pas, dis-je en croisant les jambes. Comment êtes-vous au courant de la technique du *shuffling* ? C’est un programme top secret et, en dehors de notre service, personne ne devrait être au courant.

— Moi je suis au courant. Je suis… disons, puissamment connecté aux services dirigeants de System.

— Eh bien, renseignez-vous donc par le biais de cette connexion. À l’heure actuelle, le programme de *shuffling* est gelé, voyez-vous. Je ne sais pas pourquoi, il y a peut-être eu des problèmes, en tout cas une chose est sûre : il est formellement interdit d’utiliser ce programme pour l'instant. Si on apprenait que je l'ai utilisé, je ne m'en tirerais pas avec un simple blâme.

Le vieillard me tendit à nouveau le classeur contenant tes documents.

— Regardez bien la dernière page. Il doit y avoir une autorisation d'utilisation du *shuffling system*.

Suivant ses indications j'ouvris la dernière page et la parcourus des yeux. Elle contenait bien une autorisation d'utilisation du programme de *shuffling*. Je la relus plusieurs fois, mais elle était tout ce qu'il y a de plus officielle. Les cinq signatures y étaient apposées. Qu'est-ce que les dirigeants avaient donc en tête ? Je n'y comprenais rien. Ils vous faisaient creuser un trou pour vous dire ensuite de le reboucher, et vous le faisaient reboucher pour vous dire de creuser à nouveau. Et ceux qui avaient les ennuis, c'étaient toujours des gars de ma catégorie.

— Ayez l'obligeance de faire des photocopies couleur de tous ces documents. Parce qu'au moment critique, si je n'ai pas ça, je me retrouverai dans une situation plutôt embarrassante.

— Mais bien entendu ! dit le vieux. Bien entendu, je vais vous préparer des photocopies. Il n'y a aucun souci à vous faire. Toutes les formalités sont passées par le canal le plus officiel, il n'y a pas le moindre petit nuage. Pour le salaire, je vous donne la moitié maintenant, l'autre moitié à la livraison, ça vous va ?

— D'accord. Le brouillage cérébral, je vais le faire maintenant. Ensuite, je rentrerai chez moi avec les nouvelles valeurs qui en résulteront, et je procéderai au *shuffling*. Cela nécessite diverses préparations. Après quoi, je reviendrai vous voir avec les données finalement obtenues.

— Il me les faudrait au plus tard d'ici trois jours dans l'après-midi, c'est possible ?

— Ça ira, dis-je.

— Surtout pas plus tard, hein, insista le vieux. Tout retard aurait de graves conséquences.

— Est-ce que le monde va s'écrouler ? demandai-je pour voir.

— *En un sens, oui*, répondit-il d'un air plein de sous-entendus.

— Ne vous inquiétez pas. Je n'ai jamais eu de retard dans les délais, dis-je. Si possible, préparez-moi un pot de café noir bien chaud, et de la glace. Ah, et puis une petite collation pour ce soir. Parce que le travail va prendre un bout de temps.

Comme prévu, le travail fut long. L'agencement des valeurs numériques était en soi relativement simple mais, comme les graduations chiffrées pour l'établissement des séquences étaient nombreuses, la programmation prit plus longtemps que je n'avais pensé au premier abord. J'entrai les valeurs que j'avais reçues dans l'hémisphère droit de mon cerveau, puis, après les avoir converties en un code complètement différent, je les transférai dans l'hémisphère gauche, et je ressortis ce que j'avais transféré dans l'hémisphère gauche sous forme de chiffres complètement différents que je notai sur du papier-machine. C'est ça le brouillage cérébral. Enfin, je simplifie beaucoup, hein. Le code de conversion diffère selon chaque programmeur. En quoi ce code diffère complètement d'un code chiffré ordinaire est visible dans la figure suivante. Autrement dit, la clé est dissimulée dans la façon dont les deux hémisphères sont séparés. (Évidemment, il s'agit d'une division de simple convenance, les deux hémisphères ne sont pas réellement séparés.) Si on en fait un schéma, ça donne à peu près ça :

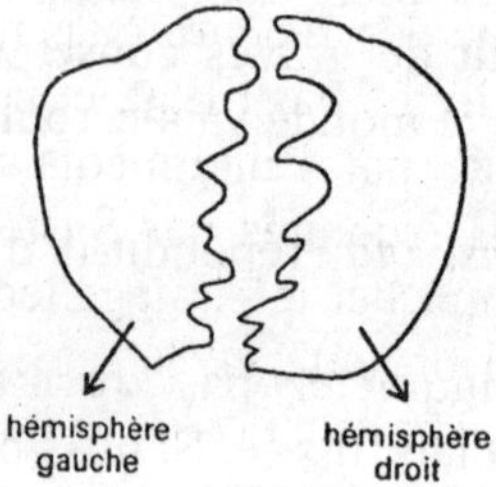


Autrement dit, si les dents ne coïncident pas exactement, il est impossible de retrouver les valeurs originelles. Mais les pirateurs essaient de décrypter en installant un pont temporaire sur les valeurs qu'ils ont volées dans les ordinateurs. Ainsi, ils reproduisent les dents de scie sur hologramme en analysant les valeurs. Des fois ça marche, d'autres non. Si nous perfectionnons cette technique à un degré plus élaboré, eux aussi élèvent leur niveau technique pour la contrecarrer. Nous gardons les données, ils les dérobent. C'est l'histoire classique du gendarme et du voleur. Les pirateurs lancent principalement sur le marché noir de l'information des données qu'ils se sont procurées illégalement et en retirent des avantages énormes. Mais, pis encore, ils gardent les informations les plus importantes pour eux et s'en servent pour l'efficacité de leurs propres systèmes.

Notre organisation est généralement connue sous le nom de System, tandis que celle des pirateurs s'appelle Factory. System est à l'origine un conglomérat d'entreprises privées mais, au fur et à mesure que son importance croissait, elle a pris des allures d'entreprise semi-nationalisée. Elle fonctionne un peu comme la Bell Company américaine. Nous autres programmeurs, au bas de l'échelle, travaillons en indépendants, comme des percepteurs ou des avocats, mais nous avons besoin d'une licence délivrée par l'État, et ne pouvons accepter de travail que par l'intermédiaire de System ou d'agents officiels reconnus par System. Cette mesure est destinée à empêcher le piratage technique de la part de Factory et, si on enfreint la règle, on est puni par une amende et la confiscation de la licence. Cependant, je ne saurais dire si ces mesures sont justes ou non. Car il arrive souvent qu'un programmeur disqualifié soit récupéré par Factory, entre dans la clandestinité et devienne à son tour pirateur.

J'ignore tout des structures de Factory. Au départ, c'était une petite société de *venture business*, qui a rapidement pris de l'ampleur. Il y a des gens qui les appellent la mafia de l'informatique, et leur façon de faire tourner diverses entreprises clandestines ressemble peut-être aux méthodes de la mafia, mais ce qui les différencie de la mafia, c'est qu'ils s'emparent uniquement des informations. Les informations, c'est propre et ça rapporte. Ils surveillent électroniquement les ordinateurs qui les intéressent et y dérobent infailliblement les informations.

Je continuai mon brouillage cérébral tout en buvant mon pot de café. Après chaque heure de travail, je me reposais une demi-heure. C'était la règle. Si on ne fait pas ça, la jointure des deux hémisphères du cerveau perd de sa clarté, et les valeurs qui en sortent sont imprécises.

Pendant ces trente minutes de repos, je parlais de

choses et d'autres avec le vieux. Tous les sujets sont bons : simplement, activer ses lèvres en bavardant est la meilleure façon de récupérer de la fatigue cérébrale.

— À quoi correspondent ces valeurs numériques ? lui demandai-je.

— Ce sont des relevés d'expérimentation, dit le vieux. Il y a là tous les résultats de mes recherches de cette année. Je les ai obtenus en combinant, d'une part, la conversion en chiffres d'une image en trois dimensions du palais et du crâne de chaque animal avec, d'autre part, leur émission de voix décomposée selon trois facteurs. Je vous ai dit tout à l'heure que j'avais mis trente ans à comprendre le bruit des os, mais, quand j'aurai terminé ces calculs, il deviendra possible d'extraire ce bruit non plus *expérimentalement* mais *théoriquement*.

— Vous voulez dire que vous pourrez alors le contrôler artificiellement ?

— Exactement, dit le vieux.

— Mais que se passera-t-il quand vous le contrôlerez artificiellement ?

Le vieillard se tut un moment, et promena sa langue sur sa lèvre supérieure.

— Il se passera beaucoup de choses, fit-il au bout d'un moment. Vraiment beaucoup de choses. Je ne peux pas vous le dire comme ça, mais il se passera des choses dont vous ne pouvez même pas avoir idée !

— Éteindre le son fait partie de ces choses ? lui demandai-je.

— Ho ho ho ! fit joyeusement le vieux. Oui, c'est ça. On pourra éteindre ou augmenter le son à volonté, selon les signaux propres au crâne humain. La forme du crâne de chacun étant différente, on ne l'éteindra pas complètement, mais on pourra le réduire au minimum. Pour expliquer ça simplement, je dirai qu'il s'agit d'assembler les vibrations du son et de l'écho et de les faire sonner en même temps. Parmi les résultats de mes recherches, éteindre le bruit fait partie des choses les plus inoffensives.

Si c'était là ce qu'il appelait inoffensif, on pouvait facilement augurer du reste. À imaginer un monde où chacun pourrait baisser ou augmenter le son à sa guise, je me sentais légèrement déprimé.

— On peut procéder à l'élimination du bruit de deux côtés : par l'émission de voix ou par le sens de l'ouïe, reprit le vieux. Autrement dit, on peut simplement effacer le bruit de l'eau du sens de l'ouïe comme je l'ai fait tout à l'heure, ou alors on peut couper l'émission de voix. Dans le cas de la voix, comme c'est un organe individuel, on peut l'éteindre à cent pour cent.

— Et vous avez l'intention de rendre tout ça public ?

— Surtout pas ! répondit le vieillard, en agitant les mains. Je n'ai aucune intention de révéler à autrui des choses aussi passionnantes. Je fais ça pour mon plaisir personnel. (Sur ces mots, il se mit à rire à nouveau.) Ho ho ho !

J'en fis autant.

— Je tiens à ce que mes recherches restent limitées à un niveau scientifique extrêmement spécialisé, et d'ailleurs pratiquement personne ne s'intéresse à l'acoustique. De plus, il n'y a aucune raison pour que le monde imbécile des savants comprenne mes théories. Je passe pour un farfelu dans le monde scientifique, vous savez.

— Mais les pirateurs, eux, ne sont pas des imbéciles. Ce sont des analystes très forts. Ils arriveront sans doute à décoder parfaitement toutes vos recherches.

— Moi aussi je fais attention à ça. C'est pour ça que j'ai gardé secrets mes procédés et mes données et n'ai publié que mes théories, sous forme d'hypothèse. Comme ça, je n'ai pas à me faire de souci s'ils les décodent. Le monde scientifique ne me prendra peut-être pas au sérieux mais je m'en moque. Mes théories seront prouvées d'ici cent ans, et ça me suffit.

— Hum ! fis-je.

— C'est pour ça que j'ai fait appel à vous pour le brouillage et le *shuffling*.

— Effectivement, dis-je.

Ensuite, je me concentrai une heure sur mes calculs. Puis ce fut à nouveau le moment de la pause.

— J'aurais une question à vous poser, dis-je.

— De quoi s'agit-il ? dit le vieux.

— C'est à propos de la jeune fille qui était à l'entrée. Euh, la jeune fille bien en chair en tailleur rose…

— Ah, oui, c'est ma petite-fille, dit le vieux. Une enfant très douée, qui m'aide dans mes recherches, malgré son jeune âge.

— Alors, justement ma question, euh, voilà : elle est muette de naissance ou c'est de couper le son qui l'a rendue comme ça ?

Le vieux fit claquer une de ses mains sur ses genoux.

— Catastrophe ! J'avais complètement oublié ! J'ai fait une expérience de coupure de son sur elle, et j'ai oublié de le remettre. Saperlotte ! Il faut que j'aille régler ça immédiatement !

— Ça me paraît préférable, en effet, dis-je.

## 4

## La bibliothèque

Le centre de la ville consistait en une place semi-circulaire au nord du vieux pont. L'autre côté de ce demi-cercle, autrement dit la partie inférieure du cercle, se trouvait du côté sud, les deux portions étant séparées par la rivière. Ces deux demi-cercles, appelés respectivement place du nord et place du sud, étaient généralement considérés comme un tout, mais en réalité l'impression que dégageaient ces deux côtés aux yeux du spectateur était pour ainsi dire diamétralement opposée. Sur la place du nord pesait une atmosphère étrangement étouffante, comme si le silence de la ville s'y était déversé de partout. Comparée à cela, la place du sud ne dégageait rien de spécial. Il y flottait simplement une sensation de manque extrêmement diffus. Par rapport au côté nord du pont, le nombre d'habitations était réduit, et l'entretien des murs de pierre et des parterres de fleurs médiocre.

Au centre de la place du nord se trouvait une grande tour d'horloge, qui se dressait tout droit comme pour transpercer le ciel. Plutôt que de parler de la tour de l'horloge, il serait peut-être plus exact de parler d'un *objet*[1] ayant l'apparence d'une tour. Avec ses aiguilles arrêtées pour toujours sur un point, l'horloge avait en effet complètement abandonné son rôle originel. Les quatre côtés carrés de la tour de pierre indiquaient les quatre directions et allaient en s'amenuisant vers le haut. Au sommet était fixé un cadran à quatre faces dont les aiguilles immobiles indiquaient pour l'éternité dix heures trente-cinq minutes. À la vue de la petite fenêtre située un peu au-dessus du cadran, on pouvait supposer que la tour était entièrement creuse et qu'une échelle quelconque devait permettre d'accéder au sommet, mais on ne voyait absolument aucune ouverture susceptible de ressembler à une entrée. Elle s'élevait étrangement haut, si bien qu'il fallait, pour déchiffrer l'heure que portait le cadran, traverser le pont et regarder la tour depuis le côté sud.

Sur la place du nord s'étendaient, comme pour l'entourer de plusieurs épaisseurs, des immeubles de pierre et de brique disposés en éventail. Ces bâtiments ne présentaient aucune particularité, aucune décoration, on ne voyait entrer ni sortir personne de leurs portes hermétiquement closes. Cela aurait pu être une poste sans courrier, une mine sans mineurs, des pompes funèbres sans cadavres. Mais, étrangement, ces habitations sur lesquelles planait un silence mortel ne donnaient pas une impression d'abandon. Chaque fois que je traversais ce quartier, il me semblait que dans les immeubles alentour des gens inconnus de moi retenaient leur respiration et poursuivaient de mystérieuses activités à mon insu.

La bibliothèque se trouvait dans un de ces

1. En français dans le texte.

tranquilles pâtés de maisons. En fait de bibliothèque, c'était une bâtisse de pierre tout à fait ordinaire, qui ne différait en rien des autres. Aucun signe, aucune particularité extérieure n'indiquait qu'il s'agissait d'une bibliothèque. À voir les murs de pierre aux mornes teintes délavées, l'auvent étroit, les fenêtres munies de volets de fer, ou la porte de bois massif, il aurait tout aussi bien pu s'agir d'un grenier à céréales. Sans le plan détaillé tracé par le gardien, jamais je n'aurais pu y reconnaître une bibliothèque.

— Dès que tu seras installé, la première chose à faire est d'aller à la bibliothèque, m'avait dit le gardien le jour de mon arrivée dans la ville. La fille qui la garde est envoyée par la ville pour lire les vieux rêves. Si tu y vas, tu apprendras d'elle beaucoup de choses.

— *Les vieux rêves* ? répétai-je sans le vouloir. Qu'est-ce que ça veut dire, les vieux rêves ?

Le gardien, qui était en train de tailler un coin dans un bout de bois à l'aide d'un petit couteau, s'arrêta de travailler, rassembla les copeaux épars sur la table et les jeta dans la poubelle.

— Ben, les vieux rêves, c'est les vieux rêves. Si tu vas à la bibliothèque, tu en auras jusqu'à plus soif. Moi, je te conseille de prendre seulement ceux qui te plaisent et de les observer attentivement.

Sur ce, le gardien prit le morceau de bois qu'il venait de tailler en pointe ronde et l'examina intensément, puis, convaincu, le déposa sur une étagère derrière lui. Sur l'étagère s'alignaient déjà une vingtaine de bouts de bois pointus de la même forme que celui-ci.

— Tu peux me poser les questions que tu veux,

mais c'est moi qui choisis si je veux te répondre ou pas, dit le gardien en croisant les mains sur sa nuque. Dans le tas, il y en a aussi auxquelles je ne peux pas répondre. En tout cas, à partir de maintenant tu vas aller tous les jours à la bibliothèque et lire les vieux rêves. Autrement dit, ce sera ton boulot. Tu iras à six heures du soir, et tu feras de la lecture de rêves jusqu'à dix ou onze heures. Le dîner, c'est la fille qui te le préparera. Tu peux utiliser librement le reste de ton temps. Il n'y a aucune restriction. Bon, t'as compris ?

Je lui dis que j'avais compris.

— À propos, je dois faire ce travail jusqu'à quand ?

— Ça, jusqu'à quand, j'en sais rien, moi. Jusqu'en temps voulu, sans doute.

Puis il tira un morceau de bois de bonne taille d'un tas de bûches et se mit à le travailler avec son couteau.

— Ici, c'est une petite ville pauvre, alors on n'a pas de quoi nourrir ceux qui traînent à ne rien faire. Tout le monde a sa place, et tout le monde travaille. Toi, tu liras les vieux rêves à la bibliothèque. Tu ne pensais quand même pas que tu allais passer le temps ici à t'amuser, non ?

— Je ne me plains pas de travailler. C'est plus facile si on a de quoi s'occuper que si on ne fait rien.

— Bon, ça va, fit le gardien en haussant les épaules, les yeux fixés sur la pointe de son couteau. Alors, tâche de te mettre au travail le plus vite possible. À partir de maintenant on t'appellera « le liseur de rêves ». Tu n'as plus de nom. « Le liseur de rêves », voilà ton nom. Tout comme moi je suis « le gardien ». T'as compris ?

— J'ai compris, répondis-je.

— Tout comme il n'y a qu'un gardien dans la ville, il n'y a qu'un liseur de rêves. Un liseur de rêves doit être qualifié pour lire les rêves. Maintenant, je dois te donner les qualifications requises pour cette tâche.

Sur ces mots, le gardien prit sur une étagère de sa cuisine une petite soucoupe blanche, la posa sur la table et y versa de l'huile. Il frotta une allumette et y mit le feu. Ensuite, il prit sur l'étagère où étaient alignés les objets tranchants un drôle de petit couteau plat qui ressemblait à un couteau à beurre, et passa longuement le bout de la lame sur le feu, puis il souffla sur la flamme pour l'éteindre et laissa refroidir la lame.

— C'est seulement pour faire une marque, dit-il, ça ne te fera pas mal, tu n'as rien à craindre. Ça sera fini en une seconde.

Il appuya le doigt sur ma paupière droite pour l'ouvrir et enfonça la pointe du couteau dans mon œil, mais, ainsi qu'il m'en avait averti, je ne sentis rien et, étrangement, je ne fus pas effrayé. Le couteau pénétra mollement dans mon œil, sans un bruit, exactement comme s'il coupait de la gelée. Ensuite, il procéda de la même manière avec mon œil gauche.

— Quand tu auras fini la lecture des rêves, ta blessure guérira naturellement, dit le gardien en rangeant l'assiette et le couteau. Autrement dit, cette blessure est la marque du liseur de rêves. Cependant, tu dois faire attention à la lumière le temps que tu portes cette blessure. D'accord ? Tu ne peux pas regarder la lumière du soleil avec ces yeux. Si tu regardes le soleil avec ces yeux, tu auras la récompense que tu mérites. Aussi, tu ne dois plus sortir que la nuit ou les jours nuageux. Les jours de beau temps, tu garderas ta chambre dans l'obscurité la plus totale possible, et tu y resteras enfermé sans sortir.

Puis le gardien me donna des lunettes aux verres fumés, et me dit de les porter en permanence sauf pour dormir. C'est ainsi que je perdis la lumière du soleil.

Un soir, à quelques jours de là, je poussai la porte de la bibliothèque. La lourde porte de bois s'ouvrit en grinçant ; au fond s'étendait un long couloir tout droit. Il y régnait une atmosphère stagnante et poussiéreuse, comme dans un lieu abandonné depuis longtemps. Le plancher était usé par les pas des gens ; les murs, autrefois passés à la chaux, avaient jauni et pris la même teinte que les ampoules électriques.

Les poignées des quelques portes alignées des deux côtés du couloir portaient des chaînes couvertes d'une couche de poussière blanche. Il y avait une seule porte sans chaînes, tout au fond, et de l'autre côté du verre dépoli on voyait briller une lumière électrique. Je frappai plusieurs fois sans obtenir de réponse. Quand je tournai doucement la vieille poignée de cuivre, la porte s'ouvrit silencieusement de l'intérieur. Il n'y avait pas l'ombre d'une présence dans cette pièce toute simple, encore plus vaste qu'une salle d'attente de gare, sans une seule fenêtre ni une seule décoration. Une table grossière et trois chaises, un vieux poêle à mazout en fer, c'était tout. Et puis une grande pendule murale, et un comptoir. Une vapeur blanche montait du pot d'émail noir aux couleurs écaillées par endroits posé sur le poêle. Derrière le comptoir se trouvait encore une porte au carreau de verre dépoli, de la même forme que la porte d'entrée, derrière laquelle on apercevait la lumière d'une lampe électrique. Je me demandai un instant si je devais frapper ou non, mais je décidai finalement d'attendre un moment sans frapper, pour voir si quelqu'un arrivait. Sur le comptoir étaient éparpillés quelques trombones couleur argent. Je les pris en main et jouai avec un moment puis je m'assis sur une chaise devant la table.

La fille que j'attendais arriva par la porte de derrière le comptoir au bout de dix ou quinze minutes. Elle tenait à la main une sorte de porte-documents. Elle me regarda d'un air un peu surpris et ses joues rougirent un instant.

— Excusez-moi, dit-elle. Je ne savais pas qu'il y avait quelqu'un. Vous auriez dû frapper. J'étais en train de faire des rangements dans la pièce du fond. C'est incroyable le désordre qu'il y a ici.

Je restai longtemps à contempler son visage sans dire un mot. Il me semblait que son visage cherchait à me rappeler quelque chose. Quelque chose en elle agitait doucement des sédiments de tendresse naufragés au plus profond de ma conscience. Mais je n'avais aucune idée de ce que cela signifiait, et les mots étaient enfouis dans de lointaines ténèbres.

— Comme vous le savez, plus personne ne vient ici. Il n'y a plus ici que les vieux rêves, rien d'autre.

Je hochai légèrement la tête, sans quitter son visage du regard. J'essayais de déchiffrer quelque chose dans ses yeux, ses lèvres, son large front, ses cheveux noirs noués derrière, mais plus je fixais mes yeux sur ces détails, plus l'impression d'ensemble se dissipait. J'abandonnai et fermai les yeux.

— Excusez-moi, mais vous ne vous seriez pas trompé de bâtiment ? Ils se ressemblent tous dans le quartier, dit-elle, en posant son porte-documents sur le comptoir à côté des trombones. Le seul à pouvoir entrer ici et lire les rêves est le liseur de rêves. Personne d'autre ne peut entrer ici.

— Je suis venu lire les rêves, répondis-je. On m'a envoyé de la ville pour ça.

— Excusez-moi, mais pourriez-vous enlever vos lunettes ?

J'ôtai les lunettes noires et tournai mon visage droit vers elle. Elle plongea son regard dans mes pupilles pâles qui portaient la marque du liseur de rêves. Il me sembla que son regard pénétrait jusqu'à la moelle de mon corps.

— C'est bon, remettez vos lunettes, dit-elle. Vous voulez du café ?

— Merci, dis-je.

Elle apporta deux tasses de la pièce du fond, y versa le café qui se trouvait dans le pot et s'assit de l'autre côté de la table.

— Rien n'est encore prêt aujourd'hui, nous commencerons à lire les rêves demain, me dit-elle. Cela vous irait de lire ici ? Je pourrais aussi rouvrir la salle de lecture, elle est fermée mais…

Je lui dis qu'ici cela conviendrait.

— C'est toi qui vas m'aider ?

— Oui. Mon travail consiste à garder les vieux rêves et à assister le liseur de rêves.

— On ne s'est pas déjà rencontrés quelque part ?

Levant les yeux, elle me fixa un moment. Puis elle sembla essayer de chercher dans ses souvenirs un lien avec moi, mais finalement elle abandonna et secoua la tête.

— Comme vous le savez, dans cette ville les souvenirs sont extrêmement vagues et incertains. Il y a des choses qu'on peut se remémorer, et d'autres non. Il semble que vous rentriez dans la catégorie des souvenirs perdus. Je suis désolée.

— Ça ne fait rien, dis-je. Ce n'était pas très important.

— Mais, évidemment, il se peut qu'on se soit déjà vus quelque part. J'habite tout le temps cette ville, et elle n'est pas grande.

— Moi, je ne suis ici que depuis quelques jours.

— Quelques jours ? fit-elle d'un air surpris. Alors, vous confondez sûrement avec quelqu'un d'autre. Parce que moi, depuis que je suis née, je n'ai jamais quitté cette ville. Il ne s'agirait pas de quelqu'un qui me ressemble ?

— Peut-être, fis-je. (Je bus une gorgée de café.) Moi, il m'arrive de me demander si on ne vivait pas tous dans des endroits complètement différents, à mener des vies complètement différentes. Et puis il s'est passé quelque chose qui nous a fait complètement oublier tout ça, et maintenant on vit comme ça sans se souvenir de rien. Tu n'as jamais pensé à ça ?

— Non, dit-elle. Tu ne penserais pas ça justement parce que tu es le liseur de rêves ? Les liseurs de rêves sont des gens différents des autres, qui ne pensent pas comme tout le monde, qui ressentent les choses différemment.

— Oui, je me demande…

— Alors tu sais où tu étais, ce que tu faisais ?

— Non, je n'arrive pas à me souvenir, répondis-je. (Puis, me dirigeant vers le bureau, je pris un des trombones éparpillés et le regardai un moment.) Mais il me semble qu'il y avait quelque chose. Ça j'en suis sûr. Et il me semble bien aussi que je t'ai rencontrée là-bas, dans cette autre vie.

Le plafond de la bibliothèque était haut, la pièce

calme comme le fond de la mer. Le trombone toujours à la main, je ne pensais à rien, mon regard faisait vaguement le tour de la pièce. Assise devant la table, elle continuait, seule, à boire tranquillement son café.

— Et comment je suis arrivé ici, ça non plus, je ne le comprends pas très bien, dis-je.

En regardant fixement le plafond, il me semblait voir des particules de lumière jaune électrique s'enfler et se contracter tour à tour. Sans doute était-ce la faute de mes pupilles blessées. Le gardien m'avait fait cela pour me donner des yeux permettant de voir des choses particulières. Au mur, l'énorme vieille pendule découpait lentement le temps, sans un bruit.

— J'avais sûrement une raison en venant ici, mais maintenant je ne me la rappelle plus, dis-je.

— Ici, c'est une ville très tranquille, dit-elle. Aussi, si tu es venu chercher la tranquillité, je suis sûre que tu t'y plairas.

— Sans doute, répondis-je. Qu'est-ce que je dois faire aujourd'hui ?

Secouant la tête, elle se leva lentement et débarrassa la table des deux tasses à café vides.

— Il n'y a rien à faire de spécial aujourd'hui. On commencera à travailler demain. En attendant, rentre chez toi et repose-toi bien.

Je levai à nouveau les yeux vers le plafond, puis je la regardai. Sans aucun doute son visage était lié avec force à quelque chose en moi, quelque chose qui frappait doucement sur mon cœur. Je fermai les yeux pour en explorer l'intérieur vague et brumeux. En fermant les yeux, je sentis le silence m'envelopper comme une fine poussière.

— Je viendrai demain à six heures, dis-je.

— Au revoir.

En sortant de la bibliothèque, je m'accoudai au parapet du vieux pont et, tout en tendant l'oreille au bruit de la rivière, je contemplai la ville désertée par les animaux. La première obscurité de la nuit, si légère, teignait de bleu la tour de l'horloge, les murailles autour de la ville, les rangées de bâtiments le long de la rivière, les dents de scie des montagnes du nord… Pas un bruit ne parvenait à mes oreilles en dehors du clapotis de l'eau. Les oiseaux eux-mêmes s'en étaient allés.

Si j'étais venu en quête de tranquillité… avait-elle dit. Mais je ne pouvais vérifier que c'était bien cela.

Quand les alentours furent complètement sombres, et que les rangées de lampadaires sur le chemin longeant la rivière commencèrent à s'allumer, je partis dans les rues désertes de la ville en direction de la colline de l'ouest.

# 5

## Programmes – Évolution – Désir

Pendant que le vieux remontait sur terre pour rendre un son légitime à sa petite-fille restée aphone, je continuai seul ma programmation dans le plus grand silence, tout en sirotant du café.

Je ne sais combien de temps dura l'absence du vieillard. J'avais réglé la sonnerie de ma montre digitale pour qu'elle se déclenche toutes les heures puis toutes les demi-heures, une heure, une demi-heure, une heure, une demi-heure… et, suivant ce signal, je programmais, faisais une pause, programmais, faisais une pause… J'avais éteint le cadran de ma montre pour ne pas voir l'heure, parce que, si on se soucie de l'heure, les opérations deviennent plus difficiles. L'heure qu'il était à ce moment précis n'avait aucun rapport avec ce travail. Le moment où j'avais commencé ma programmation marquait le début de mon boulot et, quand la programmation serait terminée, mon boulot le serait aussi. Le seul « temps » dont j'avais besoin était ce cycle d'une heure, une demi-heure, une heure…

Deux ou trois pauses durent s'écouler pendant l'absence du vieux. Pendant la pause, je m'allongeais sur le canapé et réfléchissais vaguement, ou bien j'allais aux toilettes, ou bien je faisais des moulinets avec les bras. Le canapé était très confortable, ni trop dur ni trop mou, le coussin sous ma tête était aussi exactement adapté. Partout où j'étais allé faire des programmes, il m'était arrivé de dormir sur le canapé qui se trouvait là pendant les pauses, mais il n'y en avait jamais aucun de confortable. La plupart était des canapés mal faits qui paraissaient avoir été achetés au petit bonheur la chance, et même les canapés de luxe attrayants à première vue étaient généralement une source de déception dès que l'on essayait de s'y allonger. Je ne comprends pas comment les gens peuvent se montrer aussi négligents dans le choix de leurs canapés.

À mon avis, généralement parlant, la dignité humaine d'une personne transparaît dans sa façon de choisir un canapé – c'est peut-être un préjugé de ma part, mais j'en suis quand même persuadé. Le monde du canapé est un monde immuable dont on ne peut transgresser les lois. Mais seuls les gens élevés sur de bons canapés sont à même de comprendre cela. C'est comme être élevé en lisant de bons livres, ou en écoutant de la bonne musique. Un bon canapé engendre un bon canapé, un mauvais canapé ne peut engendrer que de mauvais canapés. C'est comme ça.

Je connais des gars qui roulent dans des voitures haut de gamme, mais qui n'ont chez eux que des canapés de deuxième ou troisième classe. Je n'ai guère confiance dans ce genre de gens. Certes, une voiture chère a sa valeur propre, mais il ne s'agit jamais que d'une voiture chère. N'importe qui peut l'acheter à condition d'avoir l'argent. Alors que l'achat d'un bon canapé nécessite la perspicacité, l'expérience et la philosophie correspondantes. Il faut aussi de l'argent, mais ça ne se limite pas à une question de moyens. Sans une image bien arrêtée de ce qu'est un vrai canapé, il est impossible d'acquérir le canapé parfait.

Le canapé sur lequel j'étais allongé appartenait sans conteste à la catégorie des canapés de première classe. Cela me rendit le vieux encore plus sympathique. Mes pensées musèrent autour de ce vieillard au rire étrange et à la curieuse façon de parler. En me rappelant cette histoire de coupure de son, je me disais que, sans doute aucun, il appartenait à la catégorie la plus haute des scientifiques. Un savant ordinaire n'aurait pu éteindre ou remettre ainsi les bruits à volonté. Pour commencer, un savant ordinaire ne se serait sans doute même pas douté qu'il pouvait faire une chose pareille. Ensuite, c'était certainement quelqu'un d'une rare opiniâtreté. Les exemples de savants excentriques ou misanthropes ne manquent pas, mais en général ils ne vont pas jusqu'à se construire un cabinet de travail secret derrière une cascade au fond d'un souterrain pour échapper aux yeux du monde.

J'essayais d'imaginer les sommes fabuleuses que la commercialisation des techniques de coupure et de reprise du son pouvait rapporter. Déjà, on supprimait toute l'installation acoustique d'une salle de concert : la nécessité d'une machinerie énorme pour amplifier les sons disparaissait. Inversement, on pouvait effacer le vacarme. Si on équipait les avions de dispositifs de coupure de bruit, ça rendrait sans doute bien service à tous les gens qui habitent à proximité d'un aéroport. Mais en même temps, aucun doute, la coupure et l'augmentation à volonté du son donneraient également lieu à des applications variées dans des domaines militaires, industriels ou criminels. J'imaginais comme si je le voyais la prolifération de bombardiers silencieux, d'armes feutrées, de bombes qui feraient éclater la poitrine simplement par leur énorme volume de son, et l'adaptation du crime organisé à grande échelle à un style plus raffiné. Le vieux savant avait certainement conscience de tout cela, et c'était pour ça qu'il n'osait pas publier les résultats de ses recherches et préférait les garder pour lui. Ce vieillard m'était de plus en plus sympathique.

Il revint au moment où j'entamais mon cinquième ou sixième cycle de travail. Il avait un grand panier au bras.

— Je vous ai apporté du café frais et des sandwichs, dit-il. Concombre, jambon et fromage, ça vous va ?

— Merci, c'est ce que je préfère.

— Vous voulez manger tout de suite ?

— Quand j'aurai fini le cycle en cours, je vous remercie.

Quand la sonnerie de ma montre retentit, je venais de finir le brouillage de cinq des sept feuillets contenant la liste des valeurs. Un dernier effort et ça y était. Je marquai la page, me levai et, après m'être étiré de tout mon long, je me mis à dîner.

Il y avait cinq ou six fois plus de sandwichs que dans une part ordinaire de snack-bar ou de restaurant. J'en dévorai en silence les deux tiers. Quand le brouillage dure longtemps, je ne sais pourquoi ça me met terriblement en appétit. Je fourrai dans ma bouche l'un après l'autre les sandwichs au concombre, au jambon et au fromage, puis m'envoyai du café chaud dans l'estomac.

Le vieux grignota un sandwich pendant que j'en avalais trois. Il avait l'air d'aimer le concombre, et ouvrait les tranches de pain pour saupoudrer d'un air consciencieux son concombre d'une importante quantité de sel avant de le faire craquer sous ses dents. À le regarder mâcher ainsi, un je-ne-sais-quoi en lui me faisait penser à un grillon bien élevé.

— Mangez autant que vous voulez, dit le vieillard. Quand on prend de l'âge comme moi, l'appétit faiblit de plus en plus. On mange un tout petit peu, on bouge aussi un tout petit peu. Mais les jeunes doivent manger beaucoup. Il faut manger beaucoup, et grossir de même. Aujourd'hui, les gens détestent grossir, mais, si vous me demandez mon avis, c'est parce qu'on grossit de la mauvaise façon. Par conséquent, en grossissant, on tombe malade, on s'enlaidit. Mais, si on grossit de la bonne façon, rien de tout ça n'arrive. La vie devient plus belle, les désirs sexuels augmentent, l'esprit devient plus clair. Moi aussi quand j'étais jeune j'étais plutôt gros. Maintenant je ne suis plus que l'ombre de moi-même. Ho ho ho ! (Le vieillard riait en pinçant les lèvres.) Qu'est-ce que vous en pensez ? Pas mauvais, ces sandwichs, n'est-ce pas ?

— Délicieux, le félicitai-je.

Ils étaient réellement délicieux. Pour les sandwichs c'est comme pour les canapés, je pense être quelqu'un de difficile dans son appréciation, mais ces sandwichs-là surpassaient même la ligne de repère que je m'étais fixée.

— C'est ma petite-fille qui les a préparés. Pour vous remercier, m'a-t-elle dit. Préparer des sandwichs, c'est sa spécialité.

— Magnifique ! Un professionnel ne ferait pas mieux.

— À la bonne heure ! Elle serait certainement contente de vous entendre. D'abord parce que nous avons rarement de la visite et qu'elle n'a pas tellement l'occasion d'offrir ses sandwichs à des invités pour leur demander leurs impressions. Même quand elle fait la cuisine, elle et moi sommes les deux seuls à l'apprécier.

— Vous habitez ensemble tous les deux ? demandai-je.

— Oui, et depuis pas mal de temps. Ça fait longtemps que je ne fréquente plus personne et elle a pris aussi cette habitude, au point que ça m'ennuie maintenant. Elle ne cherche pas les contacts avec l'extérieur. Elle est intelligente et en parfaite santé, mais elle ne s'intéresse pas du tout au monde extérieur. Quand on est jeune, ça ne va pas. C'est qu'il faut apporter une solution au désir sexuel sous la forme souhaitable. Cette enfant est douée d'un grand charme féminin, vous ne trouvez pas ?

— Euh, oui, certainement, dis-je.

— Le désir sexuel est une énergie positive. Ça, c'est clair. Si on le bloque sans lui trouver un débouché, on perd sa clarté d'esprit, l'équilibre du corps aussi est menacé. Homme ou femme, c'est pareil. Dans le cas des femmes, leurs règles deviennent irrégulières, et un cycle irrégulier fait perdre sa stabilité d'esprit à une femme.

— Hmm, fis-je.

— Cette enfant doit rapidement trouver l'occasion d'avoir des relations avec un garçon d'un genre qui lui convienne. J'en suis convaincu, en tant que tuteur comme en tant que biologiste, dit le vieux tout en saupoudrant un concombre de sel.

— Et elle, euh… Le son s'est rallumé sans problème ? demandai-je pour faire diversion.

Je n'aime guère qu'on me parle de la vie sexuelle d'autrui pendant le travail.

— Ah ! J'avais oublié de vous en parler. Bien

sûr tout est rentré dans l'ordre au niveau du son. Je vous suis bien obligé de m'avoir rappelé que j'avais oublié de le remettre. Si vous ne me l'aviez pas dit, la pauvre enfant aurait dû vivre plusieurs jours encore sans le son. Quand je m'enferme ici pour travailler, je peux rester plusieurs jours sans remonter et, ma foi, les choses étant ce qu'elles sont, c'est compliqué de vivre sans son.

— Oui, sans doute, approuvai-je.

— Comme je viens de vous le dire, cette enfant n'a pratiquement pas de contact avec la société en général, aussi ça ne présentait pas d'inconvénient particulier, mais si le téléphone sonne, par exemple, ça peut être gênant. J'ai téléphoné à plusieurs reprises et, effectivement, je trouvais bizarre que personne ne réponde. Vraiment, quelle négligence de ma part !

— Être muette devait la gêner pour faire les courses, non ?

— Ah, non, pour les courses, pas de problème, fit le vieux. Dehors, il y a ce qu'on appelle des supermarchés, même un muet pourrait y faire des courses. C'est assez pratique. La petite aime beaucoup les supermarchés, et elle a l'habitude d'y faire ses emplettes. En fait, sa vie se passe entre le bureau et le supermarché.

— Elle ne rentre jamais à la maison ?

— Elle se plaît bien au bureau. Il y a une kitchenette, une douche, rien ne s'oppose à ce qu'on y vive normalement. Elle doit rentrer à la maison une fois par semaine tout au plus.

Je hochai la tête de façon appropriée et bus mon café.

— À propos, vous êtes bien arrivé à communiquer

avec elle. Comment avez-vous fait ? De la télépathie ou quoi ?

— J'ai lu sur ses lèvres, j'ai fréquenté autrefois un cours municipal de lecture labiale. À l'époque, j'avais du temps libre et rien d'autre de spécial à faire, et je me disais que ça pourrait me servir un jour.

— En effet, la lecture labiale, hein. (Le vieillard opina plusieurs fois du bonnet comme pour manifester une compréhension profonde.) La lecture labiale, oui, une technique bien efficace. Moi aussi, je connais un peu ça. Tenez, si on essayait de tenir une conversation tous les deux sans le son ?

Ma repartie fut extrêmement rapide :

— Non, merci, je préfère pas, euh, parlons plutôt comme d'habitude.

Je ne me sentais pas en mesure de supporter ce genre de situation plusieurs fois dans la même journée.

— Évidemment, les techniques de lecture labiale en sont encore à leurs balbutiements et comportent de nombreux défauts. Si les environs sont obscurs, on ne comprend absolument rien, et il faut regarder sans arrêt la bouche de son interlocuteur. Mais, comme mesure transitoire, c'est efficace. On peut dire que vous avez fait preuve de clairvoyance en apprenant cette technique.

— Mesure transitoire ?

— Oui, dit le vieux en hochant de nouveau la tête. Écoutez, je vous le dis parce que c'est vous, mais voilà : le monde futur sera silencieux.

— Silencieux ? répétai-je involontairement.

— Oui, complètement silencieux, plus un son ! Pourquoi ? Parce que la voix est totalement inutile à l'évolution humaine, et même préjudiciable. Voilà pourquoi, tôt ou tard, la voix disparaîtra.

— Hum, dis-je, vous voulez dire que les chants d'oiseaux, le glouglou des rivières, la musique et les choses comme ça vont aussi complètement disparaître ?

— Évidemment.

— Ça me paraît bien triste, tout ça.

— C'est l'évolution. L'évolution est toujours difficile et triste. L'évolution dans la joie, c'est impossible.

Sur ces mots, le vieux se leva et s'avança vers la table, sortit d'un tiroir un petit coupe-ongles, retourna s'asseoir sur le canapé et se coupa les ongles des dix doigts en bon ordre, du pouce droit à l'auriculaire gauche.

— C'est encore en cours d'études, je ne puis vous en dire davantage, mais voilà ce qu'il en est dans les grandes lignes. Simplement, je vous demande de ne pas ébruiter cela au-dehors. Car si un jour cela parvenait aux oreilles des pirateurs, ce serait terrible.

— Ne vous inquiétez pas. Nous autres, programmeurs, sommes imbattables pour ce qui est de garder strictement un secret.

— Bon, vous me rassurez, dit le vieux.

Il rassembla ses rognures d'ongles éparpillées sur la table avec le bord d'une carte postale, les jeta dans la corbeille à papiers, puis il reprit un sandwich au concombre, le saupoudra de sel et mordit dedans d'un air appréciateur.

— Je vous le dis franchement, hein, quel régal !

— Elle est bonne cuisinière ? demandai-je.

— Pas spécialement, elle réussit surtout les sandwichs. Pour le reste, sa cuisine n'est pas mauvaise, mais loin de valoir ses sandwichs.

— C'est du talent à l'état pur ! m'écriai-je.

— Exactement. C'est tout à fait ça. Je ne sais pourquoi, mais vous me paraissez bien comprendre cette enfant. À vous, je pourrais la confier en toute quiétude, je crois.

— À moi ? répondis-je un peu surpris. Simplement parce que j'apprécie ses sandwichs ?

— Ils ne vous plaisent pas, ses sandwichs ?

— Si, si, beaucoup, répondis-je.

Mes pensées vagabondèrent vers la jeune fille replète, mais je les laissai à un niveau où ça ne puisse pas me gêner dans ma programmation. Puis je bus mon café.

— À mon avis, il y a quelque chose en vous. Ou alors, quelque chose vous manque. De toute façon, ça revient au même.

— Ça m'arrive moi aussi de penser ça, lui dis-je tout à fait sincèrement.

— Nous autres scientifiques, nous appelons cet état le processus évolutif. Tôt ou tard, vous comprendrez cela aussi, mais, quoi qu'il en soit, l'évolution est quelque chose de rigoureux. Qu'est-ce qui est le plus rigoureux dans l'évolution, à votre avis ?

— Je ne sais pas. Expliquez-moi.

— C'est qu'on ne peut pas la choisir selon ses propres goûts. Personne ne peut choisir son évolution selon ses goûts. C'est un phénomène apparenté aux inondations, aux avalanches et aux tremblements de terre. On ne s'y attend pas jusqu'au moment où c'est déjà là, et quand c'est là, c'est irrémédiable.

— Humm, fis-je. Et cette évolution, c'est ce que vous disiez tout à l'heure à propos de la voix ? Par exemple qu'un jour je deviendrai muet, ce genre de choses ?

— Pas exactement. L'aptitude à parler ou le

mutisme, ce n'est pas un problème essentiel. Ce n'est qu'une simple étape.

Je lui dis que je ne comprenais pas. En général, je suis quelqu'un de plutôt sincère. Quand je comprends, je le dis clairement, et quand je ne comprends pas, je le dis aussi. Je ne laisse planer aucune ambiguïté. Je pense que la plupart des gens, dans le monde où nous vivons, qui s'expriment de façon ambiguë cherchent des ennuis inconsciemment, au fond d'eux-mêmes. Je ne peux pas penser autrement.

— Bon, mais arrêtons là cette conversation, dit le vieux, en lâchant son rire tonitruant : Ho ho ho ! Je ne veux pas troubler votre programmation avec des sujets aussi complexes, alors restons-en là pour l'instant.

Personnellement, je n'y voyais pas d'objection. Ma montre venait juste de sonner, et je retournai à mes opérations de brouillage. Le vieux sortit une espèce de pincette métallique d'un tiroir de la table, la prit dans la main droite, puis se mit à aller et venir devant les étagères où étaient alignés les crânes, frappant légèrement un crâne de temps à autre, et tendant l'oreille pour l'entendre résonner. Il donnait exactement l'impression d'un violoniste virtuose passant en revue sa collection de Stradivarius, en prenant un en main ici et là pour vérifier s'il était bien accordé. Rien qu'à l'écoute de ces sons, on percevait l'affection peu commune que le vieillard portait à ses crânes. Je me dis que, pour de vulgaires crânes, ils rendaient des sons plutôt variés. Certains résonnaient comme des verres de whisky, d'autres comme d'énormes pots de fleurs. Autrefois, chacun d'eux avait été recouvert de chair et de peau, avait abrité une cervelle – en quantités différentes – parcourue de pensées de nourriture, de désirs sexuels. Tout cela avait entièrement disparu, jusqu'à n'être plus finalement que des bruits aux résonances diverses de verres, de pots de fleurs, de boîtes à casse-croûte, ou de tuyauterie.

J'essayai d'imaginer ma tête, dépouillée de la peau et des os, vidée de sa cervelle, alignée avec les autres sur ces étagères et frappée – toc toc ! – par les pincettes métalliques du vieillard. Ça me faisait un drôle d'effet. Que pourrait-il déchiffrer dans l'écho de mon crâne ? Saurait-il y lire mes souvenirs ? Ou bien y déchiffrerait-il des choses étrangères à mes souvenirs ? Quoi qu'il en soit, cette idée me rendait nerveux.

Je n'avais pas tellement peur de la mort en elle-même. Comme disait William Shakespeare, si je meurs cette année, je n'aurai pas à mourir l'année prochaine. Si on réfléchissait un peu, c'était vraiment simple. Mais je n'arrivais pas à me faire à l'idée qu'on me tapote le crâne avec des pincettes métalliques, toc toc, après ma mort. Je me sentais déprimé à la simple idée qu'on enlève quoi que ce soit de mon corps après ma mort. Il n'est certes pas facile d'être en vie, mais pour cela je m'en remets à mon propre jugement. Donc, ça ne me dérange pas. C'est comme Henry Fonda dans *L'Homme aux colts d'or*. Mais, après ma mort, j'aimerais bien qu'on me laisse dormir tranquillement. Je croyais comprendre maintenant ce qui poussait les pharaons de l'Égypte ancienne à se faire enfermer dans des pyramides après leur mort.

Quelques heures plus tard, l'opération de brouillage fut enfin terminée. Comme je n'avais pas mesuré d'après ma montre, je ne savais pas combien d'heures j'avais mis exactement, mais je supposais, d'après mon état de fatigue physique, que j'avais dû y passer huit ou neuf heures. Un boulot un peu longuet. Me levant du canapé, je m'étirai de tout mon long pour relaxer les différents muscles de mon corps. Dans le manuel fourni aux programmeurs, on trouve une méthode de relaxation de vingt-six muscles différents, expliquée avec figures à l'appui. Après les opérations, si l'on s'emploie à relâcher ainsi ses muscles, cela aide à éliminer aussi la fatigue intellectuelle, et l'élimination de la fatigue intellectuelle augmente l'espérance de vie d'un programmeur. Comme le système des programmeurs n'existe que depuis dix ans, personne ne sait encore pendant combien d'années quelqu'un peut continuer à exercer ce métier. Dix ans, d'après les uns, vingt ans, d'après les autres. Jusqu'à la mort, affirment certains. Il y a même une théorie qui dit que tôt ou tard on se retrouve handicapé. Mais tout ça, ce ne sont que des suppositions. Moi, tout ce que je peux faire, c'est décontracter complètement vingt-six muscles. Laissons les suppositions à ceux dont c'est le métier.

Quand j'eus fini de relaxer mes muscles, je m'assis sur le canapé, fermai les yeux et réajustai lentement les deux hémisphères, gauche et droit, de mon cerveau. La première tranche du travail était accomplie. En suivant exactement les indications du manuel.

Le vieillard avait posé sur la table un crâne qui ressemblait à celui d'un grand chien, en avait mesuré certains détails à l'aide d'un pied à coulisse et était en train de noter des dimensions au crayon sur une photo du crâne.

— Vous avez terminé ? demanda-t-il.

— Affirmatif ! répondis-je.

— C'était long, n'est-ce pas ? Je vous remercie d'avoir si bien travaillé.

— Pour aujourd'hui, je rentre chez moi et je dors. Demain ou après-demain, je procéderai au *shuffling* chez moi, et je vous l'apporterai ici sans faute dans deux jours. Ça vous convient ?

— Parfait, parfait, fit le vieux en hochant la tête. Mais respectez exactement ce délai, hein. Ça m'ennuierait que ce soit plus tard que l'après-midi. Il y aurait de graves conséquences.

— J'ai bien compris, répondis-je.

— Et veillez aussi à ne pas vous faire dérober cette liste. Si cela arrivait, ce serait très ennuyeux pour moi, et pour vous aussi.

— Ne vous inquiétez pas. Nous recevons un entraînement assez complet pour ce genre de problème. Nous ne nous laissons jamais voler les données programmées.

Tirant d'une poche spéciale aménagée dans la doublure intérieure de mon pantalon une sorte de portefeuille de métal destiné aux documents importants, j'y enfermai à clé la liste des valeurs.

— Personne d'autre que moi ne peut ouvrir cette serrure. Si quelqu'un d'autre tente de l'ouvrir, les documents à l'intérieur s'effacent automatiquement.

— C'est ingénieux comme système, dit le vieux.

Je remis les documents dans la poche intérieure de mon pantalon.

— À propos, vous ne voulez pas quelques sandwichs de plus ? Il y en a encore et, comme de mon côté je ne mange pratiquement pas quand je travaille, ce serait dommage de les laisser.

J'avais à nouveau faim et, suivant son conseil, j'avalai le reste des sandwichs. Le vieux ayant focalisé son appétit sur le concombre, il n'y en avait plus une seule tranche et il ne restait que du jambon et du fromage, mais, comme je ne raffolais pas de ce légume, ça ne me dérangeait pas spécialement. Mon hôte me versa un nouveau café.

J'enfilai à nouveau le ciré, mis les lunettes et, la lampe de poche dans une main, repris le chemin du souterrain. Cette fois, le vieux ne m'accompagna pas.

— J'ai repoussé les ténébrides grâce à des ondes sonores, ils ne feront plus d'intrusion par ici pendant quelque temps, il n'y a donc rien à craindre. Maintenant, ce sont eux qui auront peur de s'aventurer par ici. Comme ils ne viennent que sur ordre des pirateurs, il suffit de les menacer un peu pour qu'ils s'abstiennent de leurs visites.

Mais, même avec ces paroles rassurantes, le seul fait d'être désormais au courant de l'existence de ce genre de bestioles et autres créatures souterraines ne rendait guère enclin à se promener tout seul dans le noir. C'était d'autant plus désagréable pour quelqu'un comme moi qui n'avais aucune idée de ce que pouvaient bien être ces fameux ténébrides et ignorais tout de leurs mœurs, de leur morphologie et des moyens à utiliser pour s'en défendre. La lampe de poche braquée devant moi de la main gauche, la droite serrée sur mon couteau, je refis en sens inverse le chemin longeant la rivière souterraine. Tout cela explique pourquoi, quand je découvris les formes replètes de la fille au tailleur rose en bas de l'échelle d'aluminium qui m'avait servi à descendre, je me sentis sauvé. Tournée vers moi, elle m'adressait des signaux lumineux avec sa torche. Quand j'arrivai enfin près d'elle, elle me dit quelque chose, mais apparemment le bruit de la rivière avait été remis normalement, car le vacarme de l'eau m'empêchait d'entendre quoi que ce soit. Dans les ténèbres ambiantes, je ne discernais même pas le mouvement de ses lèvres, si bien que je ne compris absolument rien à ce qu'elle disait.

En tout état de cause, j'entrepris de monter à l'échelle pour aller jusqu'à un endroit plus éclairé. Je montai le premier, elle derrière moi. L'échelle était terriblement haute. En descendant, je n'avais pas eu le temps d'avoir peur en me retrouvant dans l'obscurité sans rien y comprendre, mais maintenant que je remontais un par un les barreaux de cette échelle, je pouvais en imaginer la hauteur, et cela faisait suinter une sueur glacée de mon visage et de mes aisselles. Cela devait représenter trois ou quatre étages d'un immeuble et, comme l'humidité rendait l'échelle glissante, monter devenait une entreprise difficile nécessitant une attention accrue.

À mi-chemin, j'eus envie de reprendre haleine mais, la sachant en train de monter juste derrière moi, je ne pouvais pas m'arrêter, et finalement je montai jusqu'en haut d'une seule traite. La pensée que dans trois jours il me faudrait parcourir de nouveau ce chemin jusqu'au cabinet de travail du vieux savant assombrissait mon humeur, mais cela faisait partie des conditions pour toucher la prime, je n'y pouvais rien.

Quand j'entrai dans la première pièce en passant par le placard, la fille m'ôta les lunettes et m'aida aussi à me débarrasser du ciré. J'enlevai les bottes et posai la lampe électrique dans un coin.

— Ça s'est bien passé, le boulot ? demanda la fille.

Sa voix, que j'entendais pour la première fois, était douce et limpide. Je hochai la tête en la regardant.

— Si ça n'avait pas bien marché, je ne serais pas revenu. C'est comme ça, dans notre métier.

— Je vous remercie d'avoir prévenu Grand-père pour la coupure de son. Ça m'a bien aidée. Ça faisait déjà une semaine que j'étais comme ça.

— Pourquoi ne pas m'avoir expliqué tout ça par écrit ? J'aurais compris les choses beaucoup plus vite, et ça aurait évité pas mal de confusion.

Elle fit le tour de la table sans répondre, rectifia du doigt la position de ses deux grandes boucles d'oreilles.

— C'est le règlement, dit-elle.

— De ne pas s'expliquer par écrit ?

— Ça aussi, c'est une des règles.

— Pfff !

— Tout ce qui est lié à la dégénérescence de l'espèce est interdit.

— Je vois, fis-je, admiratif.

Il faisait vraiment les choses jusqu'au bout.

— Quel âge vous avez ? demanda-t-elle.

— Trente-cinq ans. Et toi ?

— Dix-sept. C'est la première fois que je rencontre un programmeur, vous savez. Je n'ai jamais rencontré de pirateur non plus, remarquez.

— Tu as vraiment dix-sept ans ? demandai-je, surpris.

— Ben oui. Je ne suis pas une menteuse, dites donc. J'ai vraiment dix-sept ans. Mais je ne les fais pas, hein ?

— Non, tu ne les fais pas, répondis-je en toute sincérité. Même en regardant bien, tu fais plus de vingt ans.

— J'ai pas envie de les faire, mes dix-sept ans.

— Tu ne vas pas à l'école ?

— J'ai pas envie de parler de l'école. Du moins pas maintenant. La prochaine fois qu'on se verra, je vous expliquerai tout.

— Mmmh, fis-je.

Elle devait avoir ses raisons pour dire ça.

— Dites, un programmeur, ça a quel genre de vie ?

— Programmeur ou pirateur, quand on ne travaille pas, on mène une vie normale tout ce qu'il y a de plus ordinaire, comme tout le monde.

— Tout le monde est peut-être ordinaire, mais normal, non.

— C'est une façon de voir les choses, évidemment. Enfin moi, je dis ça dans le sens le plus usuel, je veux dire que si tu étais assise à côté de l'un d'eux dans le train, tu n'y ferais même pas attention, ils mangent comme tout le monde, boivent de la bière… À propos, merci pour les sandwichs, ils étaient délicieux.

— C'est vrai ? fit-elle avec un grand sourire.

— C'est rare, des sandwichs aussi bons, tu sais. J'en ai mangé pas mal dans ma vie pourtant.

— Et le café ?

— Le café aussi, il était bon.

— Vous n'en boiriez pas une autre tasse avant de partir ? Comme ça on pourrait bavarder encore un peu.

— Non merci, le café, ça va. J'en ai tellement bu en bas que je ne peux plus en avaler une goutte. Et puis j'ai envie de rentrer chez moi dormir.

— Dommage !

— Moi aussi, je trouve ça dommage.

— En tout cas, je vous raccompagne jusqu'à l'ascenseur. Je parie que vous ne sauriez pas y arriver tout seul. En plus, les couloirs sont compliqués.

— Non, je n'y arriverais sûrement pas.

Elle prit une sorte de boîte à chapeau ronde sur

la table et me la tendit. Je la pris et la soupesai. Par rapport aux dimensions de la boîte, le contenu ne paraissait pas très lourd. Si c'était vraiment une boîte à chapeau, le couvre-chef qu'il y avait dedans devait être plutôt grand. On ne pouvait pas l'ouvrir facilement, elle était enveloppée de ruban adhésif.

— Qu'est-ce que c'est que ça ?

— Un cadeau de Grand-père pour vous. Ouvrez-le quand vous serez chez vous.

Je secouai légèrement la boîte de bas en haut à deux mains. Aucun bruit, aucune résistance.

— Attention, ça casse, dit la fille.

— C'est un vase ou quelque chose comme ça ?

— Je ne sais pas. Vous verrez en le déballant une fois chez vous.

Ensuite, elle ouvrit son sac à main rose et me tendit un chèque bancaire dans une enveloppe. Le montant était légèrement plus élevé que ce à quoi je m'attendais. Je le mis dans mon portefeuille.

— Un reçu ?

— Pas la peine, fit-elle.

Quittant la pièce, nous parcourûmes le même couloir qu'à l'aller, tournant, montant et descendant, jusqu'à l'ascenseur. Comme avant, ses hauts talons résonnaient d'un petit bruit agréable – clac, clac – le long du couloir. Sa façon d'être grosse ne me plaisait plus autant qu'à notre première rencontre. En marchant avec elle, je finissais même par oublier ses rondeurs. Peut-être qu'avec le temps je m'étais habitué à son embonpoint.

— Tu es marié ? demanda-t-elle.

— Non. Je l'ai été autrefois, mais je ne le suis plus.

— Tu as divorcé parce que tu es devenu programmeur ? Beaucoup de gens disent que c'est un métier incompatible avec un foyer.

— C'est pas vrai, ça. Les programmeurs peuvent parfaitement avoir un foyer, j'ai plein de copains pour qui ça marche très bien. C'est sûr que la plupart pensent que c'est plus facile de travailler si on n'a pas de famille, mais bon. C'est un métier dangereux, et éprouvant pour les nerfs, alors, bien sûr, si on a une femme, c'est plus difficile de travailler.

— Dans ton cas, c'était comment ?

— Moi, je suis devenu programmeur après mon divorce, alors, ça n'a rien à voir avec mon boulot.

— Mmmh ! fit-elle. Excuse-moi, je pose des questions bizarres. Mais j'avais envie de demander plein de trucs parce que c'est la première fois que je rencontre un programmeur.

— Ça va, pas de problème.

— Dis, j'ai aussi entendu dire que, quand un programmeur finissait un travail, il ressentait une hausse du désir sexuel, c'est vrai ?

— Ça, je me demande. C'est bien possible, parce que, pendant tout le temps que dure le travail, on est hyperconcentré nerveusement.

— Dans ce cas-là, tu couches avec qui ? Tu as une petite amie attitrée ?

— Non, je n'ai pas de petite amie attitrée.

— Ben, tu couches avec qui alors ? T'es pas homosexuel, ou indifférent au sexe quand même ? T'as pas envie de me répondre ?

— Non, c'est pas ça, dis-je. Je ne suis pas du style à parler à tort et à travers de ma vie privée, mais je n'ai rien à cacher non plus, alors si on me pose une question précise, je réponds précisément. Je couche avec différentes femmes selon les moments.

— Tu coucherais avec moi ?

— Non, je ne crois pas.

— Pourquoi ?

— Par principe. Je ne couche pas tellement avec des filles que je connais. Avec les filles qu'on connaît, il y a toujours des suites inutiles. Et je ne couche pas non plus avec les filles avec qui j'ai des relations de boulot. Comme c'est un métier où les gens nous confient des secrets, il faut savoir tracer une ligne pour ce genre de choses.

— C'est pas parce que je suis grosse et que tu me trouves moche ?

— Tu n'es pas si grosse que ça et tu n'es pas moche du tout.

— Mmh. Bon. Ben, tu vas coucher avec qui alors ? Avec une fille que tu vas aborder dans la rue ?

— Ouais, ça peut arriver.

— Ou alors, tu achètes une fille avec de l'argent ?

— Ça m'arrive aussi.

— Tu coucherais avec moi si je te disais que je veux coucher pour de l'argent ?

— Non, peut-être pas, répondis-je. On a trop de différence d'âge. Ça me rend nerveux de coucher avec une fille beaucoup plus jeune que moi.

— Moi, c'est pas pareil.

— Peut-être. Mais moi, je ne veux pas augmenter les risques. Si possible, je veux avoir une vie pépère dans mon coin.

— Grand-père dit que, pour coucher la première fois, l'idéal c'est un type de plus de trente-cinq ans. Il dit que, quand le désir sexuel s'accumule au-delà d'une certaine intensité, ça fait perdre la clarté d'esprit.

— Ton grand-père m'a déjà raconté tout ça.

— Tu crois que c'est vrai ?

— J'en sais trop rien, je ne suis pas biologiste. Et puis, l'intensité du désir diffère selon les gens, alors je ne crois pas qu'on puisse affirmer ça aussi simplement.

— Toi, t'en as beaucoup ?

— Je dois être dans la moyenne, répondis-je après un instant de réflexion.

— Moi, je ne comprends pas encore très bien mes propres désirs, dit la petite replète. C'est pour ça que je voudrais vérifier certains trucs.

Pendant que je me demandais ce que j'allais lui répondre, on arriva devant l'ascenseur. Comme un chien bien dressé, l'ascenseur attendait, portes ouvertes, que je veuille bien monter dedans.

— Bon, au revoir. À la prochaine, dit-elle.

Quand je fus dedans, l'ascenseur referma silencieusement ses portes. Appuyé contre la paroi d'acier, je poussai un profond soupir.

## 6

## L'ombre

Quand elle déposa le premier sur la table, je ne compris pas tout de suite qu'il s'agissait d'un vieux rêve. Après l'avoir contemplé un long moment, je levai la tête et regardai la jeune fille debout à côté de moi. Sans rien dire, elle contemplait le vieux rêve posé sur la table. Le nom de « vieux rêve » me paraissait convenir particulièrement mal à cet objet. Ce nom évoquait plutôt dans mon esprit de vieux documents. Du moins m'étais-je attendu à quelque chose d'une configuration plus vague, plus insaisissable que *cela*.

— Voilà, c'est ça, un vieux rêve, dit-elle. (Plutôt qu'une explication qui m'était destinée, son ton contenait l'écho vague et indéfini d'une confirmation qu'elle énonçait pour elle-même.) Enfin, pour être plus précise, le vieux rêve se trouve à l'intérieur.

Je hochai la tête sans bien comprendre.

— Prends-le dans ta main, dit-elle.

Je le pris doucement dans ma main et le parcourus des yeux pour voir si je ne pourrais pas y reconnaître quelque chose comme un vestige de vieux rêve. Mais, même en l'observant avec la plus profonde attention, il était impossible d'y découvrir la moindre piste : ce n'était qu'un crâne d'animal. Pas d'un très gros animal. La surface de l'os était toute desséchée comme s'il était longtemps resté exposé aux rayons du soleil, les couleurs fanées jusqu'à en avoir perdu leur teinte d'origine. Les longues mâchoires pointées vers l'avant étaient restées entrouvertes, comme si elles avaient été brusquement congelées juste au moment où elles cherchaient à dire quelque chose. Les petites orbites avaient perdu leur contenu quelque part en route et ouvraient leur néant sur la pièce qui s'étendait derrière.

Le crâne était léger, à un point presque irréel, ce qui concourait à lui donner une qualité quasi immatérielle. Il ne persistait rien là-dedans qui ait un quelconque rapport avec la vie. Toute chair, tout souvenir, toute tiédeur avaient quitté à jamais cet objet. Au milieu du front se trouvait une petite cavité rêche au toucher. Après avoir examiné ce creux un moment en y posant les doigts, j'en vins à supposer que c'était la trace d'une corne disparue.

— C'est le crâne d'une de ces licornes qu'on voit dans la ville, n'est-ce pas ? lui demandai-je.

Elle hocha la tête.

— C'est là que sont enfouis les vieux rêves, répondit-elle calmement.

— C'est là-dedans que je dois déchiffrer les vieux rêves ?

— C'est la tâche du liseur de rêves, répondit-elle.

— Et que dois-je faire des rêves ensuite ?

— Tu ne dois rien en faire. Tu les lis, c'est suffisant.

— Il y a quelque chose qui m'échappe. J'ai compris que je devais déchiffrer les rêves dans ces crânes. Mais je ne comprends pas bien qu'il n'y ait rien de plus à faire. Il me semble que ça enlève tout sens à ce travail. Le travail doit avoir une finalité quelconque, par exemple transcrire les rêves quelque part, ou bien les mettre en ordre et les analyser.

Elle secoua la tête.

— Moi aussi, je suis incapable de t'expliquer le sens de ce travail, mais peut-être que, si tu lis les rêves pendant quelque temps, tu le comprendras de toi-même, naturellement. Quoi qu'il en soit, le sens en soi de ce travail ne te concerne pas.

Je reposai le crâne sur la table et l'observai une fois de plus, de loin. Un profond silence, évocateur du néant, l'imprégnait totalement. Ce silence ne venait pas de l'extérieur mais paraissait sourdre de l'intérieur du crâne, comme une fumée. C'était un étrange silence. J'avais tout à fait l'impression qu'il reliait ce crâne au centre de la terre. Muet pour l'éternité, le crâne fixait de son regard vide un point dans l'espace.

Plus je le regardais, plus s'imposait à moi la pensée qu'il cherchait à me communiquer quelque chose. Une atmosphère de tristesse diffuse semblait flotter sur les alentours mais je ne parvenais pas à exprimer clairement le sentiment que me communiquait la mélancolie du lieu. Les mots exacts me manquaient.

— Je me mets à la lecture, dis-je, prenant une fois de plus dans ma main le crâne posé sur la table et le soupesant dans ma paume. Il semble que je n'ai pas le choix, de toute façon.

Souriant légèrement, elle me reprit le crâne des mains, essuya bien proprement avec deux chiffons la poussière accumulée sur la surface, posa à nouveau sur la table le crâne qui avait redoublé de blancheur.

— Bon, je vais t'expliquer comment déchiffrer les vieux rêves. Mais, bien entendu, il s'agit seulement d'une simulation, je ne sais pas vraiment le faire. Il n'y a que toi qui puisses les lire. Regarde bien. D'abord tu tournes le crâne face à toi comme ça, et tu mets légèrement les doigts des deux mains sur les tempes. (Elle posa les doigts des deux côtés, puis elle regarda dans ma direction comme pour vérifier.) Ensuite, tu regardes fixement l'os frontal. Tu ne le fixes pas en forçant, tu le regardes légèrement, doucement. Mais il ne faut pas écarter ton regard. Aussi ébloui que tu sois, tu ne dois pas le quitter des yeux.

— Ébloui ?

— Oui, exactement. Quand on le regarde fixement, le crâne se met à dégager de la lumière et de la chaleur, et cette lumière, il suffit que tu la tâtes doucement du bout des doigts. Alors, normalement, tu dois pouvoir lire les vieux rêves.

Je me répétai intérieurement dans l'ordre la méthode qu'elle m'avait expliquée. Je n'avais bien entendu aucune idée de ce qu'était cette lumière ni de la sensation qu'elle suscitait, mais je pouvais assimiler la méthode. Pendant que je contemplais ses doigts effilés posés sur le crâne, je fus saisi par une intuition très forte d'avoir déjà vu ce crâne quelque part. Ces os blanchis comme par des lavages répétés, cette cavité frontale suscitaient dans mon cœur un étrange vacillement, comme la première fois que je l'avais vue, elle. Cependant, j'étais incapable de juger s'il s'agissait d'un authentique fragment de souvenir, ou d'une illusion provoquée par une distorsion momentanée du temps et de l'espace.

— Qu'est-ce qui t'arrive ? demanda-t-elle.

Je secouai la tête.

— Rien du tout. Je pensais à quelque chose. Je

crois avoir compris comment procéder. Il ne me reste plus qu'à essayer moi-même pour de bon.

— Mangeons d'abord, dit-elle. Je pense que tu n'auras plus tellement le temps une fois que tu te seras mis au travail.

Elle apporta une casserole de la petite cuisine au fond de la pièce et la fit réchauffer sur le poêle. C'était un ragoût de légumes, aux pommes de terre et aux oignons, et quand la casserole commença à émettre un agréable petit chuintement, elle en transvasa le contenu sur des assiettes, qu'elle apporta sur la table avec du pain aux noix.

Assis l'un en face de l'autre, nous portions la nourriture à la bouche sans mot dire. La cuisine était frugale, l'assaisonnement composé de saveurs jusque-là inconnues de moi, mais c'était loin d'être mauvais et, après le repas, je me sentis réchauffé. Ensuite, elle apporta du thé bouillant, un breuvage vert et amer au goût d'herbes médicinales.

Lire les vieux rêves n'était pas une tâche aussi simple que ses explications le laissaient supposer. Les rayons de lumière étaient trop fins, et j'avais beau concentrer mon attention sur mes mains posées sur le crâne, je n'arrivais pas à me diriger correctement au milieu de ce dédale confus. Cependant, je ressentais distinctement au bout de mes doigts la présence des vieux rêves. Cela faisait une sorte de tumulte, en même temps qu'une succession d'images incohérentes. Mais mes doigts étaient incapables de saisir un message clair, je sentais seulement *quelque chose* d'une indéniable réalité.

Quand je parvins enfin à lire deux des rêves, il était déjà presque dix heures. Je rendis à la fille le crâne dont j'avais résolu les rêves, et je reposai mes yeux lourds en passant lentement les doigts dessus.

— Tu dois être fatigué, non ? me demanda-t-elle.

— Un peu, répondis-je. Mes yeux ne s'habituent pas bien. Quand je regarde fixement, ils absorbent la luminosité des vieux rêves, et l'arrière de la tête se met à me faire mal. Ce n'est pas très douloureux, mais mon champ visuel s'étend, et je deviens incapable de regarder fixement quelque chose.

— Au début ça fait ça à tout le monde : les yeux ne sont pas accoutumés et on a du mal à lire les rêves. Mais tu n'as pas à t'inquiéter : tu vas t'habituer petit à petit. On procédera lentement pendant quelque temps.

— Oui, je crois que ça vaut mieux, dis-je.

Elle rangea le vieux rêve dans les rayons et commença les préparatifs de départ. Elle souleva la trappe au-dessus du poêle, enleva les charbons incandescents à l'aide d'une petite pelle et les vida dans un seau plein de sable.

— Il ne faut pas garder la fatigue dans ton cœur, hein, dit-elle. Ma mère me le disait toujours. Il se peut que la fatigue domine le corps, mais le cœur doit continuer à t'appartenir.

— Oui, c'est vrai, dis-je.

— Mais, en fait, le cœur, je ne sais pas très bien ce que c'est, je veux dire, ce que ça signifie exactement, comment on s'en sert, tout ça. C'est seulement un mot que j'ai retenu.

— Le cœur, ce n'est pas quelque chose dont on se sert. Il est là, voilà tout, comme le vent. Il suffit que tu puisses le sentir bouger.

Elle referma la porte du poêle, emmena au fond la cafetière émaillée et les tasses pour les laver et, quand elle eut fini, s'enveloppa dans un manteau de grossière toile bleue. Un bleu sombre, comme un lambeau arraché au ciel qui avec le temps aurait perdu tout souvenir de ses origines. Plongée dans ses pensées, elle resta longtemps debout devant le poêle éteint.

— Tu viens d'un autre pays ? demanda-t-elle comme si elle se le rappelait brusquement.

— Oui.

— C'était comment là-bas ?

— Je ne me rappelle rien. Je suis désolé mais je n'ai plus un seul souvenir. On dirait que, quand on m'a enlevé mon ombre, les souvenirs de l'ancien monde sont partis avec elle. Je ne sais pas pour où, mais en tout cas c'est sûrement loin.

— Pourtant tu sais certaines choses à propos du cœur, toi…

— Je crois que je sais, oui.

— Ma mère, elle avait un cœur. Mais elle a disparu quand j'avais sept ans. Et ça, j'en suis sûre, c'est parce qu'elle avait un cœur, comme toi.

— Elle a disparu ?

— Oui, disparu. Mais ne parlons plus de ça. Ça porte malheur de parler des gens disparus ici. Parle-moi de la ville où tu habitais. Tu dois bien te rappeler un petit quelque chose.

— Il n'y a que deux choses dont je me souvienne, dis-je. La ville où je vivais n'était pas entourée de murs, et on marchait tous accompagnés de notre ombre.

Oui, je marchais accompagné de mon ombre. Et, en arrivant ici, j'avais dû la confier au gardien de la porte.

— C'est interdit d'entrer dans la ville avec ça, m'avait-il dit. Ou bien tu abandonnes ton ombre, ou bien tu renonces à entrer ici, que choisis-tu ?

J'abandonnai mon ombre.

Le gardien me fit mettre debout dans le terrain vague près de la porte. Le soleil de trois heures de l'après-midi découpait nettement mon ombre sur le sol.

— Ne bouge pas, dit le gardien.

Il sortit un couteau de sa poche et glissa la lame acérée entre l'ombre et le sol, la remua un peu de droite et de gauche pour tâter le terrain, puis, d'un mouvement habile, il arracha mon ombre du sol.

L'ombre trembla un peu comme pour se défendre, puis, finalement, elle se pelotonna sur le banc : arrachée à la terre, elle avait perdu toutes ses forces. Une fois séparée de mon corps, mon ombre devenait un être plus misérable que je ne l'aurais pensé, à l'air épuisé.

Le gardien referma la lame de son couteau. Lui et moi, nous contemplâmes un moment cette ombre séparée de son corps.

— Qu'est-ce que t'en penses ? Curieux, hein, une fois séparé du corps ? Bah, une ombre, ça sert strictement à rien. Ça pèse lourd, c'est tout, dit le gardien.

— Je suis désolé, mais il semble que toi et moi nous devions vivre séparés quelque temps, dis-je en m'approchant de mon ombre. Je n'avais pas l'intention de faire ça, mais je n'ai pas le choix. Tu veux bien patienter quelque temps et m'attendre seul ici[1] ?

— Quelque temps, ça veut dire jusqu'à quand ? demanda l'ombre.

Je répondis que je n'en savais rien.

— Tu ne crois pas que tu vas regretter ce que tu as fait ? demanda l'ombre, d'une petite voix. Je ne connais

---

1. L'ombre du narrateur, personnage à part entière, est masculin dans le texte japonais. *(Note de la traductrice.)*

pas les détails de la situation, mais tu ne trouves pas ça bizarre, de séparer une ombre et un corps ? C'est une grave erreur, et ici aussi, si tu veux mon avis, c'est un lieu complètement erroné. Un homme ne peut pas vivre sans son ombre, et l'ombre n'existe pas sans l'homme. Pourtant, nous deux nous sommes encore vivants, tout en étant séparés l'un de l'autre. Ça veut dire qu'il y a une erreur quelque part. Ce n'est pas ton avis à toi aussi ? (L'ombre secoua la tête.) Ah, l'air d'ici ne me convient pas. L'air d'ici ne ressemble pas à celui d'ailleurs. L'air d'ici n'a pas une bonne influence sur moi, ni sur toi, tu sais. Pourquoi donc m'as-tu abandonné ?

De toute façon, il était trop tard. L'ombre était déjà arrachée de mon corps.

— Mais ce n'est peut-être que momentané, ça ne durera pas toujours. On sera de nouveau ensemble, ne t'en fais pas.

L'ombre poussa un petit soupir et me jeta un regard flou. Le soleil de trois heures de l'après-midi brillait sur nous. Je n'avais plus d'ombre, et l'ombre n'avait plus de corps.

— Tu crois que ça va bien se passer comme ça ? Je ne sais pas, mais moi, j'ai comme un mauvais pressentiment. Trouvons une occasion de nous enfuir d'ici, et retournons ensemble dans le monde d'avant.

— On ne peut pas retourner dans le monde d'avant. Je ne sais pas comment y retourner. Toi non plus, tu ne le sais sans doute pas ?

— Pour l'instant, non. Mais je vais chercher de toutes mes forces. J'aimerais bien te voir de temps en temps et discuter avec toi. Tu viendras me voir, dis ?

J'acquiesçai, posai la main sur l'épaule de mon ombre, puis me dirigeai vers le gardien. Pendant que je parlais avec mon ombre, il avait rassemblé des rocs qui jonchaient la place, et les avait jetés un peu plus loin pour qu'ils ne gênent pas. Quand je m'approchai de lui, il essuya ses doigts blancs de poussière à un pan de sa chemise et posa une de ses grandes mains sur mon dos. Était-ce une expression de sympathie, ou bien voulait-il me faire comprendre la force de ses grandes mains, je n'aurais su le dire.

— Je m'occuperai bien de ton ombre, va, dit-il. Je lui donnerai à manger trois fois par jour comme il se doit, et je le ferai sortir une fois par jour en promenade. Alors, rassure-toi. Il n'y a aucune raison de s'inquiéter.

— Je pourrai le voir de temps en temps ?

— Ah, oui, c'est ça, quand le moment sera opportun, et que les circonstances le permettront, oui, si je te donne mon accord, tu pourras le voir.

— Ah bon. Et quand je voudrai le récupérer, qu'est-ce que je devrai faire ?

— Ah, on dirait que tu ne comprends pas encore très bien comment ça fonctionne ici, dit le gardien, la main toujours posée sur mon dos. Personne ici n'est autorisé à avoir d'ombre et, une fois qu'on a pénétré dans cette ville, on n'en ressort plus. Par conséquent, la question que tu viens de me poser n'a aucun sens.

C'est ainsi que je perdis mon ombre.

En sortant de la bibliothèque, je lui proposai de la raccompagner chez elle.

— Tu n'as pas besoin de me raccompagner, répondit-elle. Je n'ai pas peur la nuit, et en plus on n'habite pas dans la même direction.

— Mais j'ai envie de te raccompagner. Je suis un peu énervé, et je ne pense pas que je pourrai m'endormir si je retourne tout de suite à ma chambre.

Côte à côte, nous traversâmes le vieux pont en direction du sud. Le vent encore empreint de fraîcheur en ce début de printemps faisait osciller les branches des saules sur l'île au milieu de la rivière, et la lumière étrangement directe de la lune faisait doucement briller les galets sous nos pieds. Une atmosphère saturée d'humidité flottait à la surface de la terre avec une morne pesanteur. Elle dénoua le ruban de ses cheveux, les prit en une seule masse dans sa main et les fit glisser sur le côté à l'intérieur de son manteau.

— Tu as de très beaux cheveux, lui dis-je.

— Merci.

— On t'a déjà fait des compliments sur tes cheveux ?

— Non, c'est la première fois.

— Et quel effet ça te fait ?

— Je ne sais pas... fit-elle en levant les yeux vers moi, les deux mains enfoncées dans les poches de son manteau. Je comprends bien que tu me fais des compliments sur mes cheveux, mais qu'en réalité il n'y a pas que ça. La vue de mes cheveux a éveillé quelque chose en toi, et c'est de ça que tu parles, non ?

— Pas du tout. Je parle de tes cheveux, c'est tout.

Elle lança un petit rire, comme si elle cherchait quelque chose dans l'espace.

— Excuse-moi. C'est juste que j'ai du mal à m'habituer à ta façon de t'exprimer.

— Ça ne fait rien, va. Tu t'y feras, répondis-je.

Sa maison était située dans le quartier ouvrier. Le quartier ouvrier était un endroit désert au cœur d'un pâté de maisons de la partie sud-ouest de la zone industrielle. La zone industrielle elle-même était un lieu désolé à l'air presque complètement abandonné. Même le grand canal, autrefois empli d'eau claire, où allaient et venaient les chaloupes et les bateaux de marchandises, avait aujourd'hui fermé ses écluses et exposait par endroits son fond tari. Une fange blanchâtre et craquelée affleurait à la surface, comme l'énorme cadavre à la peau plissée d'un animal préhistorique. Les rives étaient munies de larges degrés de pierre, destinés à décharger les marchandises, qui ne servaient plus à rien maintenant, et de hautes graminées plongeaient fermement leurs racines dans les interstices entre les pierres. De vieilles bouteilles, des pièces de machine rouillées émergeaient de la boue, tandis qu'à côté de ces débris pourrissaient lentement des barges au pont plat.

Le long du canal se succédaient des usines abandonnées, sans le moindre signe de vie. Les portes étaient closes, les vitres avaient disparu des fenêtres brisées, les murs étaient envahis par le lierre grimpant, la rouille avait rongé les balustrades des escaliers de secours, des herbes folles envahissaient tout.

Après avoir traversé cet alignement d'usines, on arrivait au quartier ouvrier. C'étaient de vieux immeubles de cinq étages. Autrefois, il s'agissait d'appartements élégants destinés aux riches, mais les temps avaient changé, on les avait redivisés en arrondissements pour y installer des ouvriers miséreux, m'expliqua-t-elle. Mais ces ouvriers n'avaient plus de travail maintenant. Presque toutes les usines où ils travaillaient avaient fermé. Leurs qualifications étaient devenues inutiles, et ils ne faisaient plus que fabriquer, poussés par la nécessité, les menus objets dont la ville avait besoin. Son père à elle était l'un d'eux.

Après avoir traversé le pont de pierre étroit et

rudimentaire qui enjambait le dernier canal, on arrivait dans le quartier où elle habitait. Les étroits passages suspendus qui permettaient de passer d'une maison à l'autre rappelaient les échelles offensives et défensives des guerres du Moyen Âge.

Comme il n'était pas loin de minuit, on ne voyait briller aucune lumière derrière les fenêtres. Elle me tira brusquement par la main, comme pour éviter d'être vue par un immense oiseau planant au-dessus de nos têtes à la recherche de sa proie, et se faufila rapidement dans un passage pareil à un labyrinthe. Elle s'arrêta devant une des maisons, et me dit au revoir.

— Bonne nuit, dis-je.

Puis je grimpai seul la pente de la colline de l'ouest et regagnai ma chambre.

## *Pays des merveilles sans merci*

### 7

### Le crâne – Lauren Bacall – La bibliothèque

Je pris un taxi pour rentrer chez moi. Le soleil était déjà couché, les rues regorgeaient de gens rentrant du travail. Comme il tombait une petite pluie en prime, il me fallut pas mal de temps pour trouver un taxi.

De toute façon, dans mon cas, c'est toujours compliqué de trouver un taxi. Parce que, pour minimiser les risques, j'en laisse toujours passer au moins deux. Le bruit court que les pirateurs possèdent quelques voitures camouflées en taxis, et qu'il leur arrive de temps à autre de ramasser un programmeur juste à la sortie de son travail pour l'emmener directement on ne sait où. Évidemment, ce n'est qu'une rumeur. Je n'ai jamais entendu personne dans mon entourage dire que cela lui était réellement arrivé. Enfin, raison de plus pour être prudent.

C'est pour ça que d'habitude j'utilise plutôt le métro ou le bus, mais cette fois-ci j'étais très fatigué, j'avais sommeil, il pleuvait, et la seule idée de me retrouver dans un bus ou une rame de métro à l'heure de pointe me faisait horreur. Je choisis donc de prendre un taxi, mais je mis du temps à en trouver un. Une fois dedans, je m'assoupis à plusieurs reprises. Pourtant, je m'efforçais de résister au sommeil. Une fois rentré, je pourrais dormir tout mon soûl dans mon lit. Je ne pouvais pas me laisser aller au sommeil ici. Trop dangereux.

J'essayai alors de concentrer mon attention sur le match de base-ball que diffusait la radio du taxi. Comme je ne suis pas très au fait du base-ball professionnel, j'encourageais l'équipe battante qui avait l'avantage, tandis que je prenais en grippe l'équipe servante. L'équipe que j'encourageais fut battue par trois à zéro. Les joueurs de la deuxième base furent deux fois hors jeu, puis l'un des coureurs trébucha en se précipitant entre la deuxième et la troisième base, ce qui leur fit finalement trois hors-jeu et les empêcha de marquer un point. « C'est terrible ! » disait le commentateur, et c'était bien mon avis aussi. Même si ça peut arriver à tout le monde de tomber en se précipitant trop vite, personne n'est supposé se casser la figure entre la deuxième et la troisième base au cours d'un match de base-ball. Était-ce une défaillance ? En tout cas, le lanceur envoya à son adversaire une balle droite sans intérêt aucun qui marqua un but dans un champ à gauche, ce qui amena le score à quatre à un.

Quand le taxi arriva devant mon appartement, le score était toujours de quatre à un. Je réglai le taxi et descendis avec mon carton à chapeau, l'esprit un peu trouble. La pluie avait presque cessé.

Il n'y avait rien dans la boîte aux lettres. Pas de message non plus sur mon répondeur. On dirait que personne n'a besoin de moi. Parfait. Moi non plus je n'ai besoin de personne. Je sortis de la glace du frigidaire, me servis un double whisky avec des glaçons dans un grand verre, y ajoutai juste un peu d'eau gazeuse. Puis je me déshabillai, me glissai dans mon lit et dégustai mon whisky à petites gorgées, adossé à la tête du lit. J'aurais pu sombrer immédiatement dans l'inconscience, mais je n'avais aucune raison de manquer cette douce cérémonie de fin de journée. J'aime plus que tout ce petit instant entre le moment où je me glisse sous la couette et celui où je m'endors. Je me mets au lit avec un verre d'une boisson quelconque, et j'écoute de la musique, ou je lis un livre. J'appréciai cet instant comme on apprécie l'air pur ou la beauté du soleil couchant.

J'avais bu environ la moitié de mon whisky quand le téléphone se mit à sonner. Il était posé sur une table ronde à deux mètres de mon lit. Comme je n'avais aucune intention de m'extraire de mon cocon douillet pour marcher jusque-là, je regardai distraitement l'appareil qui continuait à sonner. La sonnerie retentit treize ou quatorze fois, mais je n'y prêtai pas attention. Dans un dessin animé rétro, on verrait le téléphone s'agiter à chaque sonnerie, mais en réalité, bien entendu, il ne se passait rien de tel. Le téléphone, tranquillement installé sur la table, continuait simplement à sonner. Et moi je le regardais en buvant mon whisky. À côté du téléphone étaient posés mon portefeuille, mon couteau et le carton à chapeau que j'avais reçu en cadeau. La pensée me vint brusquement qu'il valait peut-être mieux l'ouvrir aujourd'hui même et en vérifier le contenu. C'était peut-être quelque chose à garder au frigidaire, ou bien un animal vivant, ou encore quelque chose de vraiment précieux. Mais je me sentais trop fatigué pour m'en occuper maintenant. D'abord, logiquement, si c'était le cas, les autres auraient dû me donner des indications précises. Après avoir attendu que la sonnerie s'arrête, je vidai d'un coup le reste de mon verre, puis éteignis la lampe de chevet et fermai les yeux. Dès que j'eus fermé les yeux, le sommeil fondit sur moi du haut des cieux comme un immense câble noir qui n'aurait attendu que ça. « Qui sait ce qui va se passer maintenant ! » fut ma dernière pensée avant de sombrer.

Quand j'ouvris les yeux, il faisait encore noir. Ma montre indiquait six heures et quart, mais je ne pouvais juger si c'était le soir ou le matin. J'enfilai mon pantalon, sortis sur le pas de la porte et regardai devant la porte de l'appartement voisin. L'édition du matin d'un quotidien était posée devant, c'était donc le matin. C'est à des moments comme ça qu'il se révèle pratique d'être abonné à un journal. Je devrais peut-être m'abonner, moi aussi.

Ça voulait donc dire que j'avais dormi une dizaine d'heures. Mon corps réclamait encore du repos et, comme je n'avais rien de spécial à faire de toute la journée, j'aurais pu continuer à me reposer un peu, mais je changeai d'avis et décidai de me lever. Pour rien au monde je ne voudrais me passer du sentiment agréable de me réveiller en même temps que le soleil tout neuf du matin. Je pris une douche, me fis bien propre, me rasai. Puis je m'adonnai à mes vingt minutes de gymnastique habituelles et déjeunai avec ce qui traînait dans le coin. Le frigo était désespérément vide, un nouveau ravitaillement s'imposait. Je m'assis à la table de la cuisine et, tout en buvant un jus d'orange, notai au crayon toute une liste de courses sur mon bloc-notes. Il me fallut deux pages. Comme de toute façon le supermarché n'était pas encore ouvert, je décidai de déjeuner dehors à midi et d'en profiter pour faire les courses.

Je fourrai dans la machine à laver le linge sale accumulé dans le panier de la salle de bains, et, pendant que je frottais mes chaussures de tennis sous le robinet pour les laver, je me rappelai soudain le cadeau mystère du vieux. Arrêtant le lavage de mes chaussures à la moitié droite, je m'essuyai les mains à une serviette et retournai dans ma chambre prendre le carton à chapeau. La boîte était toujours étonnamment légère par rapport au volume. Une telle légèreté avait quelque chose de désagréable. C'était plus léger que nécessaire. Il y a un truc qui cloche, me dis-je. Une intuition de professionnel, en quelque sorte, mais qui n'avait pas de base concrète pour autant.

Je fis le tour de la pièce des yeux. Elle était curieusement silencieuse. On aurait vraiment dit qu'on y avait coupé le son, mais, quand j'essayai de tousser, cela produisit sans doute possible un bruit de toux. J'ouvris mon couteau et me mis à frapper la table avec le dos de la lame, et cela fit un « toc toc » tout ce qu'il y a de plus normal. Il semblerait qu'on ait tendance, après une expérience de coupure de son, à concevoir des doutes profonds envers le moindre silence pendant un certain temps. Ensuite, j'ouvris la fenêtre de la véranda. Le vrombissement des voitures et le gazouillement des oiseaux me parvenaient bien, et je me sentis rassuré. Évolution ou pas, le monde devait être empli de bruits divers !

Je coupai le scotch qui entourait la boîte avec mon couteau, en prenant soin de ne pas abîmer le contenu. Tout le haut de la boîte était garni de papier journal roulé en boule. Je dépliai deux ou trois pages pour les lire, mais comme il s'agissait de quotidiens sans aucune particularité, datant de trois semaines auparavant environ, j'apportai un sac poubelle de la cuisine et remis les journaux en boule pour les jeter dedans.

En tout, il y avait les numéros de deux semaines

du même quotidien, le *Mainichi*. Une fois tous tes journaux enlevés, je tombai sur un rembourrage tout mou de polystyrène en morceaux de la taille d'un petit doigt d'enfant. Je puisai dedans à deux mains et les jetai dans le sac poubelle. J'ignorai ce qu'il y avait dessous, mais c'était un cadeau qui me donnait vraiment de la peine. Quand j'eus retiré à peu près la moitié de ce polystyrène ou polyvinyle ou je ne sais quoi, je trouvai de nouveau des pages de journal roulées en boule. Comme je commençais à en avoir un peu assez de tout ça, j'allai me chercher une canette de Coca dans le frigo de la cuisine et revins le boire lentement, assis sur mon lit. Puis, sans raison, je commençai à me couper le bout des ongles avec la lame de mon couteau. Des oiseaux au ventre noir venaient de se poser sur la véranda et picoraient les miettes de pain éparpillées sur la table, avec leurs croassements habituels. C'était un matin paisible.

Bientôt, je repris mes esprits et me tournai vers la table pour tirer doucement de l'intérieur de la boîte l'objet enveloppé de papier journal. Du scotch bien serré entourait le papier, évoquant une sorte d'objet d'art moderne. Cela avait la forme d'une pastèque allongée et ne pesait pas plus qu'une plume. J'enlevai la boîte et le couteau de dessus la table puis, sur l'espace ainsi agrandi, j'entrepris d'enlever tout le scotch et le papier journal. Ce qui apparut dessous était un crâne d'animal.

Eh ben ça alors ! me dis-je. Comment, par quel hasard, ce vieux avait-il pu s'imaginer me faire plaisir en m'offrant un crâne ? Franchement, il faut avoir quelque chose qui ne tourne pas rond pour offrir à quelqu'un un crâne d'animal.

La forme du crâne ressemblait à celle d'un cheval,

en beaucoup plus petit. En tout cas, en me basant sur les connaissances que j'avais en matière de biologie, je ne croyais pas me tromper en affirmant que ce crâne avait autrefois orné les épaules d'un mammifère de l'espèce dite ongulée, pourvu de sabots, pas très grand, herbivore, à la tête longue et fine. Je passai mentalement en revue quelques-uns des animaux de cette espèce. Daims, chèvres, moutons, chamois, élans, ânes, il y en avait peut-être encore mais je ne pouvais me rappeler que ces noms-là.

Quoi qu'il en soit, je décidai de mettre ce crâne sur la télé. Ça n'était pas particulièrement remarquable comme décoration, mais je n'avais pas d'autre idée de l'endroit où le mettre. Ernest Hemingway l'aurait sûrement placé au-dessus de la cheminée avec des têtes de cerfs, mais chez moi, c'était indéniable, il n'y avait pas de cheminée. Pas de cheminée, ni de petite étagère, ni même de placard à chaussures ; par conséquent, il n'y avait pas d'autre endroit que la télé où poser le crâne de cet animal mal identifié.

En vidant dans le sac poubelle ce qui restait de rembourrage dans la boîte, je découvris au fond un objet allongé enveloppé de papier journal. En ouvrant, je m'aperçus qu'il s'agissait des pincettes métalliques dont le vieux se servait pour tapoter ses crânes. Je les pris dans ma main et les considérai un moment. Contrairement au crâne, les pincettes étaient excessivement lourdes et aussi intimidantes que la baguette d'ivoire utilisée par Furtwängler pour diriger l'Orchestre Philharmonique de Berlin.

Juste pour voir le résultat, je m'avançai devant la télé et frappai doucement la partie frontale du crâne. Cela fit « wouf ! » comme un gros chien en train de souffler. Comme je m'attendais plutôt à un son dur du type « bing » ou « toc », c'est sûr que l'effet fut plutôt bizarre, mais il n'y avait aucune raison de commencer à protester ni de sauter aux conclusions… En tout cas, face à la réalité du problème, ça ne servait à rien de commencer à dire patati patata sous prétexte que ça faisait ce bruit-là. Ce n'était pas en chipotant qu'on changerait quelque chose à ce bruit, et puis même, ce n'est pas parce que le bruit changerait que ça changerait quelque chose à la situation.

Quand je fus fatigué de regarder ce crâne et de taper dessus, je m'éloignai de la télé, m'assis sur le lit, pris le téléphone sur mes genoux et composai le numéro de l'agent officiel de System pour vérifier mon programme de travail. Le responsable me répondit que j'avais un cas prévu dans quatre jours, est-ce que ça me convenait ?

— Oui, répondis-je.

Afin d'éviter de futurs problèmes, j'avais presque envie de vérifier auprès de lui la légitimité de l'utilisation du *shuffling*, mais j'abandonnai l'idée, car la conversation aurait pris bien trop de temps. Les documents étaient officiels, et on me payait pour ça. De plus, le vieux m'avait dit que, pour garder le secret, il n'était pas passé par un agent. Ce n'était pas la peine de compliquer encore les choses.

Et par-dessus le marché le responsable en question était un individu que je ne portais pas trop dans mon cœur, un grand type mince d'une trentaine d'années, du genre qui croit tout savoir. Si possible je préférais éviter de me fourrer dans une situation qui aurait nécessité des explications compliquées avec lui.

Après avoir discuté simplement d'arrangements concernant mon prochain travail, je raccrochai, m'assis sur le divan du salon pour m'ouvrir une bouteille de bière, puis regardai la cassette vidéo de *Key Largo* avec Humphrey Bogart. J'adore Lauren Bacall dans ce film. Évidemment, la Lauren de *Comment épouser un millionnaire* n'est pas mal non plus, mais, à mon avis, dans *Key Largo*, elle a un petit quelque chose en plus qui n'apparaît dans aucun de ses autres films.

Pendant que je fixais l'écran de télé, le crâne posé dessus m'attirait naturellement les yeux, si bien que je ne pouvais plus me concentrer sur le film, et je finis par arrêter la cassette vers le moment de la scène de la tempête. Je renonçai à voir la suite, pour me mettre, à la place, à contempler vaguement le crâne en buvant une bière. À force de regarder fixement ce crâne, j'avais l'impression de l'avoir déjà vu quelque part. Mais je n'arrivais pas à me rappeler dans quelles circonstances. Je sortis un tee-shirt d'un tiroir et en recouvris complètement le crâne, puis je regardai la suite de *Key Largo*. Finalement, j'arrivai à me concentrer sur Lauren Bacall.

Vers onze heures, je sortis de chez moi et me rendis au supermarché près de la gare où j'achetai tout ce qui me tombait sous la main comme provisions, puis je passai chez le marchand de vin, où j'achetai du vin rouge, de l'eau gazeuse et du jus d'orange. Au pressing, je repris une chemise et deux draps, puis j'achetai des enveloppes, du papier à lettres et des stylos à la papeterie, après quoi je fis l'acquisition à la droguerie du modèle le plus fin de pierre à aiguiser. Je passai par la librairie où j'achetai deux périodiques, puis chez l'électricien où je fis l'acquisition d'ampoules et de cassettes, et enfin au magasin de photo où j'achetai un film Polaroid. En passant, je m'arrêtai chez le disquaire pour acheter quelques titres. Grâce à quoi, les sièges arrière de ma petite voiture se retrouvèrent pleins de sacs. Peut-être que j'aime faire les courses de naissance. Les rares fois où je sors en ville, je fais toujours des montagnes d'emplettes, comme un écureuil à l'entrée de l'hiver.

D'ailleurs, si j'ai une voiture, c'est exclusivement à cet effet. Le jour où je l'ai achetée, j'avais encore fait trop de courses, je n'arrivais plus à les porter, et du coup j'ai acheté une voiture. Des paquets plein les bras, je suis entré chez un marchand de vieilles occases aperçu par hasard, et là effectivement il y avait toutes sortes de bagnoles. Comme je n'aime pas tellement les voitures et qu'en plus je n'y connais rien, je lui dis :

— J'en voudrais une pas trop grande, n'importe laquelle.

Le type d'âge moyen à qui je m'étais adressé vint me montrer un catalogue pour m'aider à décider du type de véhicule que je voulais, mais, comme je n'avais aucune envie de consulter un catalogue, je lui expliquai ce que je voulais : une voiture exclusivement pour les courses. Je ne roulerai pas sur autoroute avec, je n'emmènerai pas de petite copine en balade, et je ne partirai pas non plus en vacances en famille avec. Pas besoin de moteur hautes performances, ni d'air conditionné, ni de stéréo, ni de toit ouvrant, ni de pneus haut de gamme. Une voiture qui braque bien, qui rejette peu de gaz d'échappement, silencieuse, qui ne tombe pas souvent en panne, hautement fiable, efficace, voilà ce que je voulais comme voiture, lui dis-je. La couleur, si c'était du style bleu marine, rien à redire. Il me proposa une petite voiture jaune de fabrication japonaise. La couleur ne me plaisait pas tellement, mais quand je montai dedans pour voir, je m'aperçus qu'elle marchait plutôt bien, et que le braquage était bon. Sa forme, simple, sans un seul accessoire superflu, correspondait à mes goûts, et comme c'était un vieux modèle, elle ne coûtait pas cher.

— Essentiellement, une voiture, c'est ça, me dit le vendeur quinquagénaire. Je vous le dis franchement, ils sont tous maboules de vouloir autre chose.

Je lui dis que c'était aussi mon avis.

C'est ainsi que je pus acquérir une voiture spéciale courses. D'abord je n'ai pas d'autre utilisation pour une automobile, en dehors des courses.

Quand j'eus terminé mes emplettes, je me garai au parking à côté du restaurant, et je commandai de la bière, une salade de crevettes et des rondelles d'oignons, que je dégustai seul, en silence. Les crevettes étaient trop froides, les oignons gonflés d'humidité. Je fis le tour de la salle des yeux mais, comme je ne voyais nulle part de clients en train de se plaindre à la serveuse ou de casser leurs assiettes par terre, je mangeai moi aussi tout mon repas sans rien dire. C'est de l'espérance que naît la déception.

Des fenêtres du restaurant on apercevait l'autoroute, où circulaient des voitures de différentes couleurs et de styles variés. Tout en les regardant passer, l'étrange vieillard pour lequel j'avais travaillé la veille et sa grassouillette petite-fille me revinrent en mémoire. Mais j'avais beau penser à eux avec sympathie, il me semblait qu'ils vivaient dans un monde extraordinaire qui dépassait de loin ma compréhension. Tout, d'un bout à l'autre, était extraordinaire : cet ascenseur à la manque, cet énorme trou au fond d'un placard, les ténébrides, la coupure de son… Et, pour couronner le tout, il m'avait offert un crâne en cadeau d'adieu !

Pendant que j'attendais mon café, l'ennui me poussa à repenser au corps de la jeune rondelette dans tous ses détails. Ses boucles d'oreilles carrées, son tailleur rose, ses hauts talons, ses mollets, les plis de son cou, la forme de son visage, tout ça, quoi… J'arrivais à me rappeler les détails relativement bien, un par un, mais l'image devenait étonnamment trouble quand j'essayais d'assembler le tout en un corps entier. Ça venait sans doute du fait que je n'avais pas couché avec une grosse depuis quelque temps. C'était sûrement pour ça que j'avais du mal à me rappeler comment elle était faite.

J'arrêtai de l'imaginer toute nue, payai la note et sortis du restaurant. Puis je me rendis à la bibliothèque du quartier et demandai à une fille mince aux cheveux longs assise devant le bureau d'information si elle avait de la documentation concernant les crânes de mammifères.

— Pardon ? fit-elle.

— DE LA DOCUMENTATION SUR LES CRÂNES DE MAMMIFÈRES, répétai-je en insistant sur chaque syllabe.

— Crânes de mammifères ? fit la fille d'un ton chantant.

Prononcé comme ça, on aurait dit un titre de poème. Vous savez, comme un poète qui annonce au public le titre d'une œuvre avant de la réciter. Je me demandais si elle répétait toujours comme ça quand des gens la consultaient pour des références de livres. Si elle prononçait de la même manière *Histoire du théâtre de marionnettes* ou bien *Introduction à l'astrologie.* Je me dis que ça serait super s'il existait des poèmes avec des titres pareils.

Elle réfléchit profondément quelques instants en se mordillant la lèvre inférieure, puis, sur un « Attendez un peu, je vais voir », elle me tourna complètement le dos, et se mit à taper le mot MAMMIFÈRE sur le clavier de son ordinateur. Les titres d'une vingtaine d'ouvrages apparurent sur l'écran. Elle en effaça les deux tiers. Puis, ayant mis le reste en mémoire, elle tapa cette fois le mot OSSATURE. Sept ou huit titres sortirent, elle en sélectionna deux et les aligna sous ceux qu'elle avait mémorisés précédemment. Les bibliothèques ont bien changé. L'époque des cartes de prêt fixées au dos du livre dans une pochette plastique n'est plus qu'un rêve. Quand j'étais môme, j'adorais regarder les listes de dates marquées au tampon sur les cartes de prêt.

Pendant qu'elle manipulait le clavier d'une main experte, je me perdis dans la contemplation de son dos élancé et de ses longs cheveux. Je me demandais si je pouvais éprouver de la sympathie pour elle. Elle était belle, gentille, intelligente aussi apparemment, et elle parlait comme si elle récitait des titres de poèmes. Il me semblait que je n'avais aucune raison de ne pas la trouver sympathique.

Elle appuya sur la touche « copie » et imprima ce qui se trouvait sur l'écran de l'ordinateur, puis me tendit la feuille.

— Choisissez parmi ces neuf livres, me dit-elle.

1. *Traité des mammifères*
2. *Précis illustré des mammifères*
3. *Le Squelette des mammifères*
4. *Histoire des mammifères*
5. *Moi en tant que mammifère*
6. *Anatomie des mammifères*
7. *Le Cerveau des mammifères*
8. *L'Ossature animale*
9. *Les os parlent*

Voilà ce qu'il y avait. Avec ma carte je pouvais emprunter jusqu'à trois livres. Je choisis le 2, le 3 et le 8. *Moi en tant que mammifère* et *Les os parlent* avaient l'air plutôt alléchants mais, comme ils n'avaient pas directement de rapport avec ce qui me préoccupait, je décidai de les réserver pour une autre occasion.

— Je suis désolée mais vous ne pouvez pas emprunter le *Précis illustré des mammifères,* c'est un ouvrage à consulter sur place uniquement, dit-elle en se grattant la tempe avec son stylo.

— Ah, c'est drôlement embêtant, ça, répondis-je. Allez, je viendrai vous le rendre demain matin sans faute, et je vous promets de ne pas vous causer d'ennuis, vous pouvez bien me le prêter pour une journée seulement, non ?

— Mais les séries illustrées sont très demandées, et si mes supérieurs s'aperçoivent que j'ai prêté un ouvrage à consulter sur place, je me ferai réprimander, vous savez.

— Allez, juste une journée. Personne ne s'en rendra compte !

Elle hésita un moment. Pendant qu'elle hésitait, elle promenait le bout de sa langue derrière ses dents du bas. C'était un bout de langue rose tout à fait mignon.

— Bon, OK, d'accord. Mais vraiment, c'est juste pour cette fois, hein. Et rapportez-le avant neuf heures et demie demain matin.

— Merci, fis-je.

— De rien.

— Je voudrais vous remercier personnellement. Qu'est-ce qui vous ferait plaisir ?

— Il y a un magasin 31 Ice Cream juste en face, vous n'iriez pas m'y acheter une glace ? Un double cône, avec pistache dessous, et café-rhum dessus. Ça ira, vous pourrez vous rappeler ?

— Un cornet avec deux boules, café-rhum dessus, pistache dessous, répétai-je pour vérifier.

Puis je partis pour le 31 Ice Cream, pendant qu'elle allait au fond me chercher mon livre. Quand je rentrai avec la glace, elle n'était pas encore revenue, aussi j'attendis sans bouger devant son bureau, la glace dans la main gauche. Les vieux qui lisaient les journaux, assis sur les bancs, levaient les yeux à tour de rôle pour nous regarder, moi et la glace que je tenais, d'un air étonné. Heureusement la glace était très dure et cela prendrait encore un bout de temps avant qu'elle se mette à fondre. Mais, debout comme ça avec à la main un cornet de glace que je ne mangeais pas, je devais présenter un spectacle étrange et peu ragoûtant, comme une statue de bronze jetée au rebut.

Sur son bureau était étalé le livre de poche qu'elle était en train de lire, tel un petit lapin endormi à plat ventre. C'était le deuxième tome du roman fantastique *La Machine à explorer le temps* de H. G. Wells. Ça n'avait pas l'air d'être un livre de la bibliothèque, il devait lui appartenir. À côté étaient rangés trois crayons bien taillés. Et puis sept ou huit trombones éparpillés. Pourquoi est-ce que je rencontrais des trombones partout comme ça, je ne comprenais pas.

Ou bien, par une quelconque influence, les trombones avaient envahi le monde, ou bien ce n'était qu'un simple hasard, auquel j'attachais plus d'importance que nécessaire. Mais, quelque part, ce n'était pas naturel, et quelque chose ne tournait pas rond. Partout où j'allais, je trouvais des trombones éparpillés exprès pour que je les voie, comme selon un plan bien défini. Quelque chose m'intriguait là-dedans. Au point où j'en suis, il y a trop de choses qui m'intriguent.

Ce crâne d'animal, les trombones, et ce genre de trucs. J'avais l'impression que tout ça était lié d'une façon ou d'une autre, mais quant à savoir quel était le rapport entre un crâne et des trombones, alors là j'étais complètement largué.

Bientôt la fille aux cheveux longs revint avec trois livres dans les bras. Elle me les passa, prit la glace en échange et se mit à la manger en se baissant derrière son bureau de façon à ne pas être vue de l'extérieur. Vue d'en haut, sa nuque sans défense était très jolie.

— Merci beaucoup, dit-elle.

— C'est moi qui vous remercie. À propos, à quoi servent ces trombones ?

— Ces trombones ? répéta-t-elle comme si elle chantait. Ben, ça sert à assembler des feuilles. Vous devez le savoir, non ? Il y en a partout, et tout le monde s'en sert.

C'était bien vrai, ça. Je m'excusai, pris les livres et sortis de la bibliothèque. Des trombones, ça se trouve partout, ces trucs-là. Avec un billet de mille yens, on peut même s'acheter des trombones pour toute une vie. Je passai à la papeterie, m'achetai pour mille yens de trombones, puis je rentrai chez moi.

Une fois à la maison, je m'occupai de ranger les courses dans le frigidaire. J'enveloppai bien comme il faut viande et poisson dans de la cellophane, mis au congélateur ce qui devait être congelé. Je congelai aussi le pain et le café en grains. Je mis le tofu dans un bol empli d'eau, la bière au frigo, rangeai les légumes les moins frais devant. Puis j'installai mes vêtements dans le placard, posai la lessive sur une étagère de la cuisine. Pour finir, je m'amusai à éparpiller des trombones sur le poste de télé, à côté du crâne.

Ça faisait un drôle d'assortiment. Un assortiment plutôt hétéroclite, comme un oreiller de plumes et de la glace pilée au sirop, ou bien une bouteille d'encre à côté d'une laitue. Je sortis sur la véranda pour regarder l'ensemble de loin mais l'impression ne changea pas. Il n'y avait absolument aucun point commun. Mais il devait y avoir quelque part un tunnel mystérieux que je ne connaissais pas – ou que je ne me rappelais pas – reliant ces deux objets.

Je m'assis sur le lit et contemplai longuement le dessus de la télé. Mais je ne me rappelais rien. Simplement, le temps s'écoulait avec rapidité. Une ambulance, puis une voiture à haut-parleur faisant de la propagande pour un parti de droite passèrent dans le voisinage. J'avais envie de boire un whisky mais je me forçai à patienter. Je devais faire travailler ma tête en surface pendant un moment. Au bout de quelques minutes, la voiture du parti de droite revint par le même chemin. Elle s'était peut-être trompée d'itinéraire ? Dans le coin, les rues tournaient pas mal, et c'était difficile de s'y diriger.

Je laissai tomber et me levai. Je m'assis sur la table de la cuisine pour feuilleter les livres de la bibliothèque. Je regardai d'abord les mammifères herbivores de taille moyenne et observai leurs squelettes un par un. Il y avait beaucoup plus d'herbivores de taille moyenne que je ne l'aurais cru. Rien que pour les cervidés, il y en avait une trentaine. Une paille !

J'apportai le crâne sur la table de la cuisine pour comparer plus facilement et regardai une à une toutes les illustrations du livre. Durant une heure et vingt minutes, je regardai quatre-vingt-treize crânes de mammifères de différentes espèces mais pas un seul ne correspondait à celui qui était posé devant moi sur la table. J'étais dans une impasse. Je refermai les trois livres, les empilai sur un coin de ma table de cuisine et m'étirai en levant les bras. Rien à faire. J'abandonnai la partie et me mis à regarder une vidéo, *L'Homme tranquille* de John Ford, vautré sur mon lit. Soudain, la sonnette de l'entrée retentit. Je regardai à travers le judas, vis un homme d'âge moyen, portant le costume des employés du gaz de Tokyo. J'ouvris en laissant la chaîne de sécurité et lui demandai ce qu'il voulait.

— J'viens pour l'inspection périodique du service de détection des fuites de gaz, dit-il.

— Un petit instant, fis-je.

Je retournai dans ma chambre, mis dans ma poche le couteau qui était sur la table et allai ouvrir la porte. L'inspection pour la détection des fuites de gaz venait d'avoir lieu, un mois à peine auparavant. Le type avait un je-ne-sais-quoi de pas naturel dans son attitude.

Exprès, je fis semblant de ne pas m'occuper de lui et continuai à regarder *L'Homme tranquille*. Le type inspecta d'abord le chauffe-eau de la salle de bains, avec un instrument qui ressemblait à une machine pour prendre la tension artérielle, puis il se rendit dans la cuisine. Le crâne trônait toujours sur la table. J'augmentai le son de la télé et me rendis à pas de loup dans la cuisine où, comme je m'y attendais, l'homme était sur le point de fourrer le crâne dans un sac de vinyle noir. J'ouvris la lame de mon couteau et me précipitai dans la cuisine. J'arrivai juste derrière lui, lui mis la pointe du couteau sous le nez pour le taquiner un peu. Il lança rapidement son sac sur la table.

— J'avais pas de mauvaises intentions, dit-il d'une

voix tremblante pour se disculper. Quand j'ai vu ça, ça m'a fait envie, et sans y penser je l'ai fourré dans un sac. C'était sur un coup de tête. Excusez-moi.

— Je ne t'excuse pas, répondis-je. (Un employé du gaz qui voit un crâne d'animal sur une table de cuisine et en a envie sur un coup de tête, vous avez déjà entendu un bobard pareil, vous ?) Si tu ne me dis pas la vérité, je te tranche la gorge.

Pour moi, ça sonnait vraiment faux, mais ça n'avait pas l'air d'être l'avis du bonhomme.

— Pardon ! Je vais vous dire la vérité. Pardonnez-moi ! En fait, on m'a proposé de l'argent pour voler cet objet. Je me promenais dans la rue et deux types m'ont accosté en me demandant si je ne voulais pas un job. Ils m'ont donné cinquante mille yens et m'ont dit que j'en aurais cinquante mille autres quand j'aurais rapporté ça. J'avais pas vraiment envie d'accepter, mais l'un des deux était un grand type, et j'avais l'impression que, si je refusais, il me ferait des ennuis, alors, j'avais pas envie, mais je l'ai fait quand même, voilà. Je vous en prie. Ne me tuez pas ! J'ai deux grandes filles qui vont au lycée !

— Deux filles au lycée ? demandai-je, intéressé.

— Oui, une en sixième et l'autre en troisième.

— Ben dites donc ! Et dans quel établissement ?

— La grande est au lycée municipal de Shimura et la petite au collège de filles de Yotsuya.

Cette association, par son invraisemblance même, sonnait vrai. Je décidai de croire ce qu'il me disait.

Pour plus de sûreté, je gardai le couteau appuyé sur sa nuque et sortis son portefeuille de la poche arrière de son pantalon pour en vérifier le contenu. Il contenait soixante-sept mille yens en liquide, dont cinquante mille en billets flambant neufs. En dehors de l'argent, il y avait une carte d'employé du gaz de Tokyo, et une photo de famille en couleurs. Les deux filles portaient toutes deux leurs beaux atours du Nouvel An. Ni l'une ni l'autre n'était particulièrement jolie. Comme elles avaient à peu près la même taille, il était impossible de savoir laquelle allait au lycée de Shimura et laquelle au collège de filles. Il y avait aussi une carte d'abonnement de train pour le trajet Sugamo-Shinanomachi. À vue de nez, il avait l'air plutôt inoffensif, aussi je baissai le couteau et le libérai.

— Tu peux t'en aller, dis-je en lui rendant le portefeuille.

— Merci beaucoup, fit le type. Mais qu'est-ce que je vais devenir maintenant ? J'ai empoché l'argent et ai été incapable de ramener la marchandise.

Je lui dis que ce qu'il allait devenir, je n'en savais rien. Dans certaines phases, il arrive aux pirateurs – j'étais sûr que c'étaient les pirateurs qui avaient monté ce coup – d'avoir des comportements assez fantaisistes. Ils le font exprès, pour qu'on ne puisse pas déchiffrer leurs plans d'action. Ils allaient peut-être lui arracher les yeux au couteau, ou bien lui donner les cinquante mille yens restants en le remerciant de s'être donné tant de peine. Personne ne pouvait prévoir.

— Alors comme ça, il y en a un qui est grand ? demandai-je au type.

— Oui, un vrai balèze. Mais l'autre, c'est un nabot. Un mètre cinquante environ. Le nabot est le mieux habillé. Mais rien qu'en les voyant, on a la trouille.

Je lui expliquai comment sortir par la porte arrière donnant sur le parking. La sortie derrière mon immeuble donne sur une ruelle étroite, qu'on ne voit pas de devant. Si tout allait bien, il arriverait à quitter les lieux sans que les deux lascars s'en aperçoivent.

— Ah, merci mille fois, dit le type comme si j'étais son sauveur. Vous voulez bien garder le secret vis-à-vis de mes employeurs ?

Je lui promis de ne rien dire. Ensuite, je le poussai dehors, fermai la porte à clé et mis la chaîne de sûreté. Je m'assis sur une chaise dans la cuisine, repliai la lame de mon couteau et posai celui-ci sur la table, puis sortis le crâne du sac plastique. Une seule chose ressortait de tout cela : ce que voulaient les pirateurs, c'était ce crâne. Ce qui voulait dire qu'il avait pour eux une signification importante.

Maintenant, eux et moi nous étions à armes égales. Moi je possédais le crâne, mais j'en ignorais la signification. Eux en connaissaient la signification – ou s'en doutaient vaguement –, mais ne l'avaient pas en leur possession. Fifty-fifty, les gars ! Maintenant j'avais le choix entre deux marches à suivre. Un, contacter System et leur expliquer la situation, me faire protéger des pirateurs, et faire cacher le crâne quelque part. Deux, contacter la rondouillarde et lui demander des éclaircissements au sujet de ce crâne. Mais j'avais des réticences à faire appel à System dans le présent contexte. Ils feraient peut-être des investigations complexes. Les grosses boîtes, ce n'est pas mon fort. Elles n'ont aucune souplesse, il faut du temps et des formalités pour tout. Il y a trop d'imbéciles dedans.

Quant à contacter la grassouillette, c'était impossible. Je ne connaissais pas le numéro de téléphone du bureau. Me présenter directement à l'immeuble était un autre moyen, mais il était dangereux pour moi de quitter mon appartement maintenant, et avec tous les contrôles de sécurité qu'il fallait pour entrer là-dedans, il était plutôt improbable que j'arrive à m'y introduire sans rendez-vous.

Finalement, je décidai de ne rien faire du tout.

Je pris les pincettes métalliques et frappai à nouveau doucement sur le crâne pour voir. Ça fit le même « wouf » que tout à l'heure. Un son triste, comme si cet animal dont j'ignorais le nom était vivant et faisait entendre sa voix. Je frappai encore un petit coup avec la pincette. Toujours le même « wouf » mais cette fois, en faisant attention, on aurait dit que le son émanait d'un endroit déterminé du crâne. Je frappai à nouveau jusqu'à ce que j'arrive à sonder l'origine précise du bruit. Ce « wouf » venait de la petite cavité d'environ deux centimètres de diamètre au milieu du front. Je pressai doucement l'intérieur de cette cavité avec le gras du doigt. Elle était un peu rugueuse au toucher, légèrement différente d'un os ordinaire. Comme si on en avait arraché violemment quelque chose – oui, c'était ça, une corne par exemple…

En admettant qu'il s'agissait d'une corne, alors ce que j'avais entre les mains était un crâne de licorne ! Je me mis à feuilleter de nouveau les pages du *Précis illustré des mammifères* pour chercher un mammifère avec une seule corne sur le front. J'eus beau chercher, pareil animal ne s'y trouvait pas. Le seul qui à la rigueur pouvait correspondre était le rhinocéros, mais il était impossible que ce crâne soit celui d'un rhinocéros, aussi bien d'après la forme que d'après la taille.

Dépité, je sortis des glaçons du frigidaire et bus un Old Crow on the rocks. Le soleil était déjà couché et il me semblait qu'il n'y avait pas d'inconvénient à boire du whisky. Ensuite, je mangeai des asperges en conserve. J'adore les asperges blanches. Après les avoir toutes avalées, je mangeai des huîtres fumées en sandwich entre deux tranches de pain de mie. Après quoi, je bus mon deuxième whisky.

Par commodité, je décidai que le propriétaire de ce crâne était autrefois une licorne. Si je ne croyais pas ça, les choses n'avanceraient jamais.

JE SUIS EN POSSESSION D'UN CRÂNE DE LICORNE.

Et voilà le travail ! Mais pourquoi est-ce qu'il ne m'arrive que des trucs bizarres ? Qu'est-ce que j'ai fait, à la fin ? Je ne suis qu'un programmeur individuel, après tout. Je ne suis pas spécialement ambitieux, ni intéressé. Je n'ai pas de famille, pas d'amis, même pas de petite copine. Je ne suis qu'un type qui voudrait passer une vieillesse paisible à apprendre le grec ou le violoncelle, après s'être retiré du travail de programmeur, quand il aura assez d'économies. Pourquoi est-ce que je dois m'occuper de coupures de son, ou de licornes et autres sornettes, mais pourquoi, bon sang ?

Je bus un troisième whisky, puis allai dans la chambre, consultai l'annuaire du téléphone, appelai la bibliothèque et demandai « la personne qui s'occupe des références, s'il vous plaît ». Dix secondes après, la fille aux cheveux longs arrivait.

— *Précis illustré des mammifères*, lui dis-je.

— Ah ! Merci pour la glace.

— Je t'en prie. À propos, est-ce que je peux te demander encore quelque chose ?

— Encore quelque chose ?! fit-elle. Ça dépend de ce que c'est.

— Je voudrais que tu te renseignes sur les licornes.

— Les licornes ?! répéta-t-elle.

— Je ne peux pas te demander ça ?

Il y eut un silence prolongé. Je l'imaginais en train de se mordiller la lèvre inférieure.

— Qu’est-ce que tu veux savoir sur les licornes ?

— Tout.

— Bon, écoute, il est cinq heures moins dix, c’est l’heure de la fermeture, je suis super occupée. Je ne peux pas faire ça maintenant. Pourquoi est-ce que tu ne viens pas demain matin dès l’ouverture ? Comme ça, tu pourras te renseigner sur les licornes, les tricornes, ou tout ce que tu voudras.

— Mais c’est urgent, et c’est très important.

— Pffouh ! Important à quel point ?

— C’est en rapport avec l’évolution de l’espèce.

— L’évolution de l’espèce ?! répéta-t-elle. (Évidemment, elle était un peu surprise.) Tu veux dire les progrès accomplis en quelques millions d’années, c’est ça que tu veux dire ? Je ne comprends pas très bien, mais c’est vraiment si urgent que ça ? Ça peut pas attendre un jour de plus ?

— Il y a des évolutions qui prennent des millions d’années, et il y en a qui ne prennent que trois heures. Je ne peux pas t’expliquer ça en deux mots au téléphone. Mais je voudrais que tu me croies, c’est vraiment très important, et ça a un rapport avec l’évolution future de l’humanité.

— Comme dans *2001 : l’odyssée de l’espace* ?

— Exactement, fis-je. (*2001*, je l’avais vu plein de fois en vidéocassette.) Je ne suis pas fou. Je suis un peu obstiné, entêté, tout ce que tu veux, je déteste les gens trop sûrs d’eux, mais je ne suis pas fou. C’est déjà arrivé qu’on me déteste, mais personne ne m’a jamais traité de fou.

— Hmm ! fit-elle. Tu parles comme quelqu’un de normal. Tu n’as pas l’air bien méchant, et puis tu m’as acheté une glace… D’accord, alors, on n’a qu’à se donner rendez-vous à six heures et demie au café à côté de la bibliothèque. Je te passerai les livres. Ça te va ?

— Non, c'est pas si simple. Il y a des impondérables qui font qu'aujourd'hui je ne peux pas sortir de chez moi.

— Autrement dit… (Je l'entendais se mordiller les ongles avec les incisives. Du moins c'est le bruit que ça faisait.) Tu es en train de me demander de t'apporter les livres à domicile, c'est ça ? Je ne comprends pas très bien mais…

— Oui, ça pourrait se passer comme ça. Mais évidemment, je ne te le demande pas, je te supplie seulement de le faire.

— Tu essaies de me prendre par les sentiments ?

— Exactement. Mais il y a des impondérables, c'est la vérité.

Il y eut un silence prolongé. Mais ce n'était pas à cause d'une coupure de son, la preuve c'est qu'on entendait les notes d'*Annie Laurie*, distillées dans l'établissement pour annoncer la fermeture. C'était seulement elle qui se taisait.

— Ça fait cinq ans que je travaille à la bibliothèque, mais je n'ai jamais rencontré personne qui ait un culot pareil. Non mais, quelqu'un qui me demande de lui amener les livres à domicile ! La première fois qu'on se voit, en plus ! Franchement tu ne trouves pas que tu as un culot monstre ?

— Si, je crois bien, dis-je.

Ça sortait de l'ordinaire, c'est sûr.

— Non mais des fois !! fit-elle. Bon alors, tu m'expliques le chemin pour venir chez toi ?

Je me fis un plaisir de le lui indiquer.

## 8

## Le colonel

— Tu ne pourras plus jamais récupérer ton ombre, me disait le colonel en sirotant son café.

Comme la plupart des gens habitués à donner des ordres pendant des années, il se tenait raide comme la justice et parlait en tendant le menton en avant. On ne sentait pourtant chez lui aucune arrogance, aucun désir d'imposer sa volonté. Sa longue carrière militaire lui avait surtout apporté une posture bien droite, une vie régulière et une somme colossale de souvenirs. Le colonel était pour moi le voisin idéal : aimable, calme, et il jouait bien aux échecs.

— C'est exactement comme te l'a dit le gardien, continua-t-il. Par principe, et même par réalisme, on peut dire que tes possibilités de récupérer ton ombre sont nulles. Tant que tu vivras dans cette ville, tu ne pourras avoir d'ombre, et cette ville, tu ne pourras jamais la quitter. Pour employer le jargon militaire, cette ville, c'est un trou à rats. On peut y entrer, mais on ne peut pas en ressortir. À cause de tous ces murs qui l'entourent, tu vois.

— Mais je ne pensais pas perdre mon ombre pour toujours. Je croyais que c'était une mesure temporaire. Personne ne m'avait parlé de ça.

— Personne ne te dit jamais rien dans cette ville, dit le colonel. La ville a une logique qui lui est propre. Qui sait quoi, qui ignore quoi, la ville s'en moque éperdument. À mon avis c'est regrettable, mais…

— Que va devenir mon ombre ?

— Il ne deviendra rien du tout. Il va rester là, c'est tout. Jusqu'à la mort. Tu l'as revu depuis l'autre fois ?

— Non. J'y suis allé plusieurs fois, mais le gardien ne m'a pas autorisé à le rencontrer. Raison de sécurité, m'a-t-il dit.

— Bah, on n'y peut rien, dit le vieil homme en secouant la tête. Le gardien est chargé de la garde des ombres, il en porte l'entière responsabilité. Moi non plus il ne me laisse rien faire. Quand il est d'humeur grincheuse ou violente, il n'écoute rien de ce qu'on lui dit. Le seul moyen est d'attendre patiemment qu'il change d'humeur.

— C'est ce que je ferai, répondis-je. Mais de quoi a-t-il donc peur ?

Le colonel termina son café, reposa la tasse sur la soucoupe, sortit un mouchoir de sa poche et s'essuya les lèvres. Tout comme les vêtements qu'il portait, le mouchoir du colonel était vieux et usé, mais il le maintenait dans un état de propreté méticuleuse.

— Il a peur que toi et ton ombre vous vous rejoigniez. Parce que, si vous faites ça, il sera obligé de tout recommencer à zéro.

Sur ces mots, il ramena son attention au jeu d'échecs. En général c'était lui qui gagnait, car les pièces et la façon de les déplacer différaient légèrement du jeu que je connaissais.

— Mon fou prend ton fou, ça ne t'ennuie pas ?

— Je vous en prie, dis-je.

Puis je déplaçai ma tour pour couper la retraite au fou.

Le vieillard hocha la tête plusieurs fois, puis il scruta un moment l'échiquier. L'orientation de la partie était certaine et la victoire du colonel presque assurée, mais, sans m'attaquer de front, il méditait longuement chacun de ses mouvements. Pour lui, l'enjeu n'était pas de vaincre l'adversaire, mais de défier ses propres compétences.

— Se séparer de son ombre revient à la condamner à mort, telle est la dure réalité, continua-t-il en avançant un cavalier pour bloquer adroitement l'espace entre le roi et la tour. (Mon roi se retrouverait ainsi complètement sans défense. Encore trois coups et j'étais échec et mat.) C'est dur pour tout le monde, tu sais. Pour moi aussi c'était comme ça. Peut-être pas si l'ombre est arrachée quand on n'est encore qu'un enfant ignorant, et que l'ombre meurt sans qu'on ait eu le temps de vraiment la connaître mais, quand on est vieux, on est très affecté par sa disparition. Moi, j'ai laissé mourir mon ombre à soixante-cinq ans. À un âge pareil, on a déjà plein de souvenirs.

— Combien de temps peut survivre l'ombre une fois arrachée du corps ?

— Ça dépend. Il y en a qui sont de santé robuste, d'autres non. Mais, dans cette ville, les ombres séparées de leur corps ne survivent pas bien longtemps. Le climat ne leur convient pas. L'hiver est long et rigoureux. Rares sont celles qui voient deux fois le printemps ici.

Je regardai l'échiquier un moment puis je déclarai forfait.

— Tu peux gagner en cinq coups, dit le colonel. Ça mérite d'essayer. En cinq coups, tu peux toujours espérer une erreur de l'adversaire. On ne peut pas savoir qui va gagner jusqu'au dernier moment.

— Essayons, alors !

Pendant que je réfléchissais, le vieillard alla jusqu'à la fenêtre, écarta légèrement de la main l'épais rideau pour regarder le paysage par le petit interstice ainsi créé.

— Pour toi ça va être dur pendant quelque temps. C'est comme les dents : quand on perd une vieille dent, il n'en repousse pas tout de suite une nouvelle. Tu comprends ce que je veux dire ?

— Vous voulez parler du moment où on est dépouillé de son ombre mais où la mort ne l'a pas encore emportée ?

— C'est ça, fit le vieillard en hochant la tête. Moi aussi je m'en souviens. On a du mal à trouver un équilibre entre *le monde d'avant* et *le monde à venir*, alors on est un peu perdu. Mais, quand une nouvelle dent repousse, on oublie la vieille qui est tombée.

— Vous voulez dire que le cœur s'éteint ? (Le vieillard ne répondit pas.) Pardonnez-moi de vous poser toutes ces questions. Mais je ne sais presque rien de cette ville, et tout cela est tellement déconcertant. Quel est le mode de fonctionnement de cette ville, pourquoi est-elle entourée d'une muraille aussi haute, pourquoi les animaux doivent-ils chaque jour entrer et sortir, qu'est-ce que les vieux rêves ? Je ne comprends rien à tout ça, et le seul à qui je puisse poser des questions, c'est vous.

— On ne peut pas dire que je comprenne le pourquoi et le comment de tout ce qui se passe ici, répondit tranquillement le vieillard. Il est des choses qu'on ne peut expliquer par la parole, et des raisons qu'il ne faut pas expliciter. Mais tu n'as rien à craindre. La ville est juste, en un sens. Désormais, la ville te présentera une à une les choses nécessaires, et celles que tu dois savoir. Et tu devras les apprendre une à une par toi-même. Tu comprends, cette ville est parfaite. La perfection, c'est quand tout est là. Mais si on ne le comprend pas de façon valable, c'est comme s'il n'y avait rien. Un rien parfait. Rappelle-toi bien cela : ici s'arrête la connaissance transmise par autrui, et seule s'attachera à toi désormais la connaissance appréhendée directement par toi-même. Et cette connaissance va t'aider. Ouvre tes yeux et tes oreilles, fais travailler ta tête, ainsi tu déchiffreras ce que la ville te présente. Si tu as un cœur, fais-le travailler aussi pendant que tu l'as encore. Je n'ai rien de plus à t'apprendre.

Si le quartier ouvrier où *elle* habitait avait laissé sombrer dans les ténèbres son éclat d'autrefois, le quartier résidentiel du sud-ouest de la ville continuait, lui, à perdre sans répit ses couleurs sous la lumière sèche. L'humidité amenée par le printemps s'était dissoute au gré de l'été et achevait de se désagréger au vent de la saison d'hiver. Le long des vastes pentes douces de ce qu'on appelait la « colline de l'ouest » s'alignaient des résidences blanches à deux étages. À l'origine, les maisons avaient été construites pour que trois familles puissent y vivre ensemble mais la seule partie commune était le hall d'entrée que l'on voyait pointer au milieu. Les applications en bois de cèdre, les bordures de fenêtres, le porche étroit, les balcons, tout était peint en blanc. Tout était blanc à perte de vue. Toutes les sortes de blancs imaginables étaient rassemblées sur les pentes de la colline de l'ouest. Le blanc à l'éclat presque surnaturel des maisons repeintes de frais, les blancs jaunis par une longue exposition à la lumière du soleil, le blanc entièrement réduit à néant par le vent et les intempéries, toutes ces sortes de blancs se succédaient à l'infini au long des chemins sablonneux qui faisaient le tour de la colline. Les résidences n'avaient pas de clôtures, on voyait seulement de longues et hautes haies fleuries d'environ un mètre de largeur au pied des porches étroits. Ces haies étaient fort bien entretenues : au printemps y fleurissaient crocus, pensées et marguerites, et à l'automne des cosmos. La saison des fleurs accentuait encore l'aspect de ruine des bâtisses.

Dans ce quartier avaient dû se succéder autrefois des rangées de demeures plus élégantes les unes que les autres. On pouvait encore apercevoir ici et là des vestiges de ce passé, en se promenant à l'aventure sur la colline. Dans ces rues avaient dû jouer des enfants, des notes de piano avaient dû retentir dans l'air, où flottaient des fumets tièdes de dîners. Je sentais ces souvenirs frôler ma peau comme si je traversais des portes transparentes. Dans ce quartier résidentiel avaient dû autrefois demeurer des fonctionnaires du gouvernement. Sans doute pas des fonctionnaires de rang très élevé, ni des employés subalternes, plutôt des fonctionnaires de classe moyenne. Ils abritaient là leurs petites vies tranquilles.

Mais il n'y avait plus trace d'eux. Où s'en étaient-ils donc allés ?

Après eux étaient venus s'installer des militaires en retraite. Ceux-là avaient abandonné leur ombre et poursuivaient leurs vies tranquilles, au sommet de la colline de l'ouest balayée par les vents, pareils à des carcasses d'insectes collées à un mur ensoleillé. Dans chaque maison vivaient cinq ou six de ces anciens militaires qui n'avaient plus rien à protéger.

Le gardien de la porte m'avait assigné pour habitation une chambre dans l'une de ces résidences. Dans la même maison que moi vivaient un colonel, deux capitaines, deux lieutenants et un sergent. Le sergent s'occupait de la cuisine et du ménage, le colonel avait droit de jugement sur tout. Comme à l'armée, en somme. Ces vieillards étaient tous des solitaires qui avaient perdu l'occasion de fonder un foyer en courant sans répit après les guerres, les préparatifs de combats, les opérations militaires et leurs suites, les révolutions, les contre-révolutions…

Par habitude, ils se réveillaient tôt le matin, prenaient un déjeuner rapide et se mettaient chacun à son travail, n'ayant personne à qui donner d'ordres. L'un grattait les vieilles peintures de la maison avec une sorte de spatule, l'autre enlevait les mauvaises herbes du jardin de devant, un autre encore était chargé des réparations de meubles, le dernier, tirant une charrette, descendait la colline pour aller chercher la part de la demeure à la distribution de vivres. Quand ils avaient terminé ces tâches matinales, les vieillards se rassemblaient au soleil et s'absorbaient dans leurs récits de souvenirs.

On m'avait donné une chambre au premier étage, exposée au sud. La vue, obstruée par la colline juste devant, n'était pas très belle, mais sur le côté on apercevait la rivière et la tour de l'horloge. Apparemment, cette chambre était restée longtemps inoccupée, car les murs blanchis à la chaux étaient envahis de taches sombres, des amas de poussière blanche s'accumulaient au bord des fenêtres. Le mobilier était composé d'un vieux lit, d'une petite table pour manger et de deux chaises. À la fenêtre était accroché un épais rideau à l'odeur de moisi. Le plancher était abîmé, le bois craquait à chaque pas.

Chaque matin, le colonel, qui occupait la chambre voisine, venait me voir et nous prenions le petit déjeuner ensemble. L'après-midi, nous jouions aux échecs dans la pièce sombre aux rideaux fermés. Jouer aux échecs était le seul moyen de passer les après-midi de beau temps.

— Ça doit être dur pour un jeune comme toi de rester enfermé dans une chambre sombre aux rideaux tirés par une belle journée comme ça, dit le colonel.

— Oui, c'est dur.

— Bah, de mon côté, je te suis reconnaissant de me servir de partenaire aux échecs. Les gars d'ici ne s'intéressent à aucun jeu de société. Je suis toujours le seul à avoir envie de faire une partie d'échecs.

— Pourquoi avez-vous abandonné votre ombre ?

Le vieillard observa ses doigts inondés par la lumière du soleil filtrant par les interstices du rideau, puis il s'éloigna de la fenêtre et revint s'asseoir en face de moi à la table.

— Ah, oui, pourquoi ? dit-il. Sans doute parce que j'ai continué trop longtemps à protéger cette ville, je devais avoir l'impression que ma vie n'aurait plus de sens si j'abandonnais cette ville et m'en allais. Maintenant, ça me serait égal, mais…

— Ça vous arrive de regretter d'avoir abandonné votre ombre ?

— Je ne le regrette pas, dit le vieillard en secouant la tête plusieurs fois de côté. Je n'ai jamais regretté, pas une fois, parce qu'il n'y a rien à regretter.

Je collai mon fou contre la tour pour libérer les mouvements du roi.

— Bien joué, bien joué, dit le vieillard. La tour protège les pions et ça libère les mouvements du roi. Mais en même temps cela donne aussi une certaine liberté d'action à mon cavalier.

Pendant que le vieillard s'absorbait dans la préparation de son prochain mouvement, je fis bouillir de l'eau et préparai du café frais. De nombreux après-midi se dérouleront ainsi, pensai-je. Dans cette ville entourée de hautes murailles, je n'avais plus aucune liberté de choix.

# *Pays des merveilles sans merci*

## 9

## Appétit – Défaillance – Leningrad

En attendant la fille, je préparai une petite collation. Je pilai des prunes salées au mortier, les incorporai à une sauce salade, préparai une friture de sardines et d'ignames, et du bœuf à l'étouffée avec du céleri. Le résultat était plutôt satisfaisant. Comme il me restait du temps, je préparai une salade d'épinards bouillis au gingembre, et des haricots au sésame, tout en buvant une bière. Puis je m'affalai sur le lit et écoutai un vieux disque pendant un moment en contemplant le plafond.

Il était déjà plus de sept heures, l'obscurité était totale derrière les fenêtres, mais *elle* n'arrivait toujours pas. Elle avait peut-être changé d'avis et décidé de ne pas venir chez moi, finalement. Je pouvais difficilement l'en blâmer, c'était normal qu'elle ne vienne pas.

La sonnette retentit pendant que j'étais en train de chercher un autre disque. Je jetai un coup d'œil par le judas et vis la fille de la bibliothèque devant la porte, des livres dans les bras. J'entrouvris la porte en laissant la chaîne de sûreté et lui demandai si elle n'avait vu personne dans le couloir.

— Non, il n'y a personne, répondit-elle.

J'ôtai la chaîne, ouvris la porte et la fis entrer. Puis je refermai aussitôt la porte et remis la chaîne.

— Ça sent drôlement bon, fit-elle en reniflant. Je peux jeter un coup d'œil dans ta cuisine ?

— Je t'en prie. Mais, dis donc, tu es sûre, tu n'as vu personne de bizarre devant l'entrée de l'immeuble ? Des ouvriers faisant des travaux dans la rue, ou des gens montant dans une voiture dans le parking ?

— Rien du tout, fit-elle en balançant sur la table de la cuisine les deux livres qu'elle avait apportés. (Après quoi, elle souleva un à un les couvercles de toutes les casseroles.) C'est toi qui as préparé tout ça ?

— Ben oui. Si tu as faim, on peut manger un morceau. C'est pas génial comme cuisine, mais enfin…

— Pas du tout, j'adore ce genre de trucs.

Je disposai les plats sur la table et la regardai avec admiration engloutir sa part. Voir quelqu'un manger de si bon cœur, ça encourageait à faire la cuisine. Je fis frire des sardines à feu vif, les saupoudrai de gingembre râpé et en mangeai pour accompagner mon whisky. Elle dévorait en silence. Je lui proposai de l'alcool, mais elle le refusa.

— Tu me passes un peu de ta friture ? demanda-t-elle.

Je poussai de son côté la demi-assiette qui restait et bus mon whisky.

— Si tu veux, j'ai aussi du riz et des prunes séchées, et je peux te faire une soupe à la pâte de soja en un rien de temps, lui proposai-je pour plus de sûreté.

— Ce serait super, fit-elle.

Je fis une base toute simple pour le bouillon avec de la bonite en poudre et préparai une soupe en y ajoutant pâte de soja, oignons et algues, puis la lui présentai accompagnée de riz et de prunes séchées. Elle expédia le tout en un rien de temps. Quand elle eut tout englouti en ne laissant sur la table que le noyau de la prune, elle parut enfin repue et poussa un soupir de satisfaction.

— Merci beaucoup. C'était délicieux, dit-elle.

C'était la première fois que je voyais une jolie fille comme elle, toute mince, s'empiffrer de la sorte. Mais c'était quand même magnifique, d'arriver à manger autant. Même quand elle eut fini de manger, je continuai à la regarder d'un air vague, à demi admiratif, à demi stupéfait.

— Dis donc, tu manges toujours autant ? lui demandai-je carrément.

— Ben oui, toujours, répondit-elle de son air le plus naturel.

— Mais ça n'a pas l'air de te faire grossir du tout.

— J'ai l'estomac distendu. C'est pour ça, je peux manger tant que je veux, je ne grossis pas.

— Ben, tu dois être chère à nourrir, hasardai-je.

En fait, elle avait mangé à elle toute seule mes réserves prévues pour durer jusqu'au lendemain midi.

— Ah oui, c'est dément, fit-elle. Je crois que la quasi-totalité de mon salaire doit passer dans la nourriture.

Je lui proposai à nouveau un verre. Elle avait envie d'une bière. J'en sortis une du frigo et, à tout hasard, mis à frire dans une poêle deux poignées de petites saucisses de Francfort. Je n'en croyais pas mes yeux, mais j'en mangeai deux pendant qu'elle s'enfilait tout le reste. Son appétit impétueux évoquait une mitraillette lourde fauchant une grange. Mes provisions censées durer toute la semaine diminuaient à vue d'œil. Les saucisses de Francfort, par exemple, étaient à l'origine destinées à la confection d'une savoureuse choucroute.

Quand je lui présentai une salade de pommes de terre toute prête, à laquelle je venais d'ajouter du thon et des algues, pour accompagner sa deuxième bière, elle n'en fit qu'une bouchée.

— Ah, ce que je me sens heureuse, me dit-elle.

De mon côté, je n'avais fait que boire du whisky sans presque rien avaler. Fasciné que j'étais par son appétit, le mien ne s'était pas du tout senti sollicité.

— J'ai un gâteau au chocolat comme dessert si tu veux, proposai-je.

Elle l'engloutit, bien entendu. Rien qu'en la regardant, j'avais l'impression qu'elle était gorgée de nourriture jusqu'en haut du gosier. Moi j'aime bien faire la cuisine, mais je suis quelqu'un de plutôt frugal.

C'est sans doute ça qui m'empêchait de bander. C'était la première fois depuis les Jeux olympiques de Tokyo que mon pénis me faisait faux bond au moment crucial.

— Allez, ça va, ne t'inquiète pas, ça n'a pas d'importance, tu sais, me dit-elle gentiment.

Après le dessert, on avait écouté deux ou trois disques en buvant de la bière et du whisky, puis on s'était glissés entre les draps. J'avais déjà couché avec pas mal de filles dans ma vie, mais avec une bibliothécaire c'était la première fois. Ça devait être sa façon de me remercier pour le dîner. Mais finalement, comme je viens de le dire, mon sexe refusa de m'obéir. Quand je pensais à la nourriture fourrée dans son estomac et en plein processus de digestion, cela enlevait toute force à la partie inférieure de mon corps. Son corps nu étroitement collé à mon flanc, elle promenait son majeur de haut en bas au milieu de ma poitrine.

— Ça peut arriver à tout le monde, tu sais, alors faut surtout pas t'en faire pour ça.

Mais plus elle cherchait à me consoler, plus le fait que je n'arrivais pas à bander pesait sur moi, avec un sentiment indéniable de réalité. Je me rappelai avoir lu un jour dans je ne sais plus quel bouquin une phrase signifiant en substance qu'un pénis mou était plus esthétique qu'un sexe turgescent, mais ça ne me consolait pas non plus.

— Quand est-ce que tu as couché avec une fille pour la dernière fois ? demanda-t-elle.

Je soulevai le couvercle de ma boîte à souvenirs et y farfouillai à tâtons un moment.

— Ça devait être il y a deux semaines, répondis-je.

— Et ça s'est bien passé ?

— Évidemment ! répondis-je.

J'avais l'impression que, ces derniers temps, on me posait à tout bout de champ des questions sur ma vie sexuelle. Ou alors c'était peut-être la mode en ce moment.

— Avec qui c'était ?

— Avec une call-girl. Je l'ai appelée au téléphone.

— Et tu n'as pas ressenti, euh… comme un sentiment de culpabilité à ce moment-là, par rapport au fait de coucher avec une fille de ce genre ?

— Ben non, pas spécialement, mais…

— Et depuis, tu t'es masturbé ?

— Non, répondis-je.

Depuis, j'avais été pas mal occupé par mon travail, je n'avais même pas eu le temps de récupérer au pressing ma veste la plus précieuse, alors, quant à me masturber, ce n'était même pas la peine d'en parler.

Quand je lui dis ça, elle hocha la tête d'un air de compréhension profonde.

— C'est pour ça, c'est sûr, dit-elle.

— Parce que je ne me suis pas branlé ?

— Mais non, espèce d'idiot ! À cause du travail. T'étais bien débordé de travail, non ?

— Ça oui. Avant-hier, je n'ai pas dormi pendant vingt-six heures d'affilée.

— Quel genre de travail tu fais ?

— Je suis dans l'informatique, répondis-je.

Je réponds toujours ça quand on me demande ce que je fais. Ce n'est pas vraiment un mensonge et, comme la plupart des gens n'ont pas de connaissances très spécialisées en matière d'informatique, les choses s'arrêtent généralement là sans qu'on approfondisse la question.

— C'est sûr, tu as fait un travail cérébral pendant trop longtemps, et tu as accumulé tellement de stress que tu as une défaillance momentanée. Ça arrive souvent.

— Hmm, fis-je.

C'était peut-être le cas en effet. C'était peut-être bien la nervosité suscitée par la succession d'événements étranges de ces deux derniers jours, en y ajoutant la fatigue, et l'étalage sous mes yeux d'un appétit que l'on ne pouvait qualifier que de furieusement virulent qui m'avaient rendu momentanément impuissant. C'était tout à fait dans le domaine du possible.

— Dis, mets voir ton oreille sur mon ventre, dit-elle en repoussant les couvertures jusqu'à ses pieds.

Elle avait un très joli corps tout lisse. Svelte, sans une once de chair superflue. Ses seins aussi avaient juste la taille qu'il fallait. Je fis comme elle me demandait et collai mon oreille sur la partie lisse comme une feuille de papier à dessin entre ses seins et son nombril. On ne pouvait qualifier autrement que de miraculeux le fait que son ventre ne soit absolument pas gonflé malgré tout ce qu'elle avait pu ingurgiter. C'était tout à fait comme dans les Marx Brothers quand le cupide Harpo enfourne tout ce qu'il peut sous son manteau. Sa peau était fine, douce et chaude.

— Tu entends quelque chose ? me demanda-t-elle.

Je retins ma respiration et tendis l'oreille. À part les lents battements de son cœur, je ne percevais rien qui ressemble à un son. Ça me faisait la même impression que si, allongé au beau milieu d'une forêt paisible, j'avais tendu l'oreille vers l'écho lointain des haches des bûcherons.

— J'entends rien, dis-je.

— Tu n'entends pas mon estomac gargouiller ? Tu sais, un bruit de digestion.

— Je ne m'y connais pas très bien, mais il me semble que la digestion ne fait pas de bruit. C'est juste les sucs gastriques qui dissolvent les aliments. Même si ça crée quelques mouvements péristaltiques, je ne vois pas pourquoi ça ferait beaucoup de bruit.

— Pourtant, moi en ce moment, je sens bien que mon estomac est en train de travailler de toutes ses forces. Tends bien l'oreille…

Toujours dans la même position, je me concentrai sur mon oreille en contemplant vaguement son ventre et la toison noire doucement bombée qui le terminait. Mais je ne percevais aucun bruit indiquant une activité gastrique. Je n'entendais que le bruit de son cœur revenant à intervalles réguliers. Il me semblait qu'il y avait une scène comme ça dans *Torpilles sous l'Atlantique*. Sous l'endroit où je tendais l'oreille, son énorme estomac poursuivait ses activités digestives en secret, tel le sous-marin allemand de Curd Jürgens.

Abandonnant la partie, j'écartai mon visage de son corps et, m'adossant à l'oreiller, entourai son épaule de mon bras. Je sentis l'odeur de ses cheveux.

— Tu as du Schweppes ? demanda-t-elle.

— Au frigo.

— J'ai envie de boire une vodka avec du Schweppes, je peux ?

— Évidemment.

— Tu veux quelque chose ?

— Comme toi.

Elle sortit du lit toute nue, nous prépara deux vodkas dans la cuisine et revint près du lit avec.

— Quel âge tu as ? demanda-t-elle.

— Trente-cinq ans. Divorcé de longue date, vit seul, pas d'enfant, pas de maîtresse.

— Moi j'ai vingt-neuf ans. J'en aurai trente dans cinq mois.

Je la regardai à nouveau. Elle ne faisait pas du tout son âge.

— J'ai l'air plus jeune, mais j'ai vraiment vingt-neuf ans. Au fait, en réalité tu ne serais pas champion de base-ball ou un truc comme ça ?

De surprise, je manquai me renverser sur la poitrine la vodka que j'étais en train de boire.

— Alors là pas du tout ! Ça fait au moins quinze ans que je n'ai pas joué au base-ball. Qu'est-ce qui te fait croire ça ?

— Il me semblait t'avoir vu à la télé. À la télé, tout ce que je regarde, c'est les infos et les matchs de base-ball. Ah, c'est aux infos alors ?

— Je suis jamais passé aux infos non plus.

— Dans une pub ?

— Jamais de la vie !

— Bon, alors ça devait être ton sosie... Écoute, de toute façon tu n'as pas une tête à faire de l'informatique, ça c'est clair. Déjà, avec toutes tes salades sur l'évolution, les licornes, tout ça, et en plus tu as un cran d'arrêt dans ta poche, alors...

Elle montrait mon pantalon qui était tombé sur le plancher. Effectivement, on voyait le couteau dépasser de la poche arrière.

— Je traite des données en rapport avec la biologie. Une sorte de biotechnologie, liée à des histoires de bénéfices industriels, tu vois le genre. C'est pour ça que je dois faire attention. Ces temps-ci, le piratage de données informatiques fait rage.

— Hmm ! fit-elle avec un air d'incompréhension totale. Bon, ça ne fait rien. En tout cas, parlons de ces fameuses licornes. Au départ, c'est bien dans ce but que tu m'as fait venir, non ?

J'acquiesçai et posai sur le plancher nos deux verres vides. Elle prit les deux livres au pied du lit. L'un était *L'Archéologie animale* de Bartland Cooper, l'autre le *Manuel de zoologie fantastique* de Jorge Luis Borges.

— J'ai feuilleté ces deux livres avant de venir ici. En bref, celui-ci (ce disant, elle se saisit du livre de Borges) traite des licornes en tant que produit de l'imagination comme les sirènes et les dragons, tandis que celui-là (elle prit *L'Archéologie animale*) part du point de vue qu'il n'est pas certain que la licorne n'ait pas existé, et a une approche positiviste de la question. Mais l'un comme l'autre malheureusement manquent de descriptions de licornes. Comparé aux descriptions de dragons ou de démons, c'est même étonnamment mince. Je me demande si ce n'est pas parce que la licorne vivait cachée… Voilà, je suis désolée, mais c'est tout ce que j'ai pu trouver à la bibliothèque.

— C'est tout à fait suffisant. Il me fallait juste un aperçu sommaire sur les licornes. Merci. (Elle me tendit les deux volumes.) Tu ne voudrais pas simplement feuilleter ces livres maintenant en me les résumant ? demandai-je. En t'écoutant, je retiendrai plus facilement les grandes lignes.

Elle acquiesça et commença par le *Manuel de zoologie fantastique*, qu'elle ouvrit au début.

— « Tout comme nous ignorons le sens de l'univers, le sens des dragons nous est tout autant inconnu », lut-elle. Ça, c'est extrait du prologue.

— Je vois, dis-je.

Elle ouvrit alors le livre à une page vers la fin marquée d'un signet.

— Ce qu'il faut savoir tout d'abord, c'est qu'on distingue deux sortes de licornes. La licorne d'Europe occidentale, qui semble originaire de Grèce, et la licorne chinoise. Ces deux licornes diffèrent tant par la morphologie que par la conception qu'en ont les hommes. Voici par exemple comment les Grecs représentaient la licorne : « Le tronc ressemble à celui d'un cheval, la tête à celle d'un cerf, les pattes à celles d'un éléphant, la queue est proche de celle d'un sanglier. Sa voix est un puissant rugissement, et une corne noire d'environ trois pieds lui pousse au milieu du front. Il est impossible, dit-on, de capturer cet animal vivant. » Voici maintenant à quoi ressemble la licorne chinoise : « Elle a le corps d'un cerf, la queue d'une vache, et les sabots d'un cheval. La petite corne qu'elle porte au front est faite de chair. Le pelage de son dos est un mélange de cinq couleurs différentes, tandis que son ventre est brun ou doré. » Dis donc, elles n'ont rien à voir, hein ?

— Oui, c'est vrai, dis-je.

— Non seulement la morphologie, mais le caractère et la signification des licornes occidentales et chinoises sont entièrement différents. La licorne vue par les Occidentaux est féroce et agressive. Ben oui, ils disent trois pieds, ça fait donc une corne de presque un mètre. D'après Léonard de Vinci, il n'y a qu'une façon de capturer la licorne, c'est d'utiliser son extrême concupiscence. Si on place une jeune vierge devant une licorne mâle, l'animal éprouve un tel désir charnel qu'il en oublie d'attaquer et pose la tête sur les genoux de la jeune fille, ce qui permet de le capturer. Je pense que tu comprends le sens de la « corne » ici ?

— Je crois que oui.

— Comparée à cela, la licorne chinoise est un animal sacré et de bon augure. Avec le dragon, le phénix et la tortue, c'est l'un des quatre animaux de bon augure, et elle se situe au premier rang des trois cent soixante-cinq espèces d'animaux différents vivant sur terre. De caractère extrêmement doux, elle fait attention en marchant à ne pas écraser fût-ce la plus petite des créatures vivantes et va même jusqu'à éviter de manger de l'herbe fraîche encore vivante, pour ne manger que des herbes séchées. Elle vit environ mille ans, et l'apparition d'une licorne est signe de la naissance d'un empereur ou d'un sage. Par exemple, la mère de Confucius a vu une licorne quand elle était enceinte. « Soixante-dix ans plus tard, des chasseurs, en tuant une licorne, découvrirent sur sa corne la cordelette ornementale que la mère de Confucius y avait attachée. Confucius alla voir cette licorne et se mit à pleurer, parce qu'il sentait que la mort de cette bête mystique et pure était un présage malheureux, et aussi parce que son passé se rattachait à cette cordelette. » Qu'est-ce que tu en penses ? Intéressant, non ? Même après le XIIIe siècle, la licorne fait des apparitions dans l'histoire chinoise. L'expédition de reconnaissance de l'armée de Gengis Khan qui projetait d'envahir l'Inde fit la rencontre d'une licorne au milieu du désert. Cette licorne avait une tête de cheval, une corne au milieu du front, un pelage vert, un corps de cerf, et elle parlait en langage humain, figure-toi. Et qu'est-ce qu'elle leur a dit ? Eh bien, elle leur a dit : « Il va bientôt être temps pour votre chef de retourner dans son pays. » Un ministre chinois de Gengis Khan s'entretint avec lui et lui expliqua qu'il s'agissait d'un animal prodigieux appelé « unicorne » : « Durant quatre cents ans, de nombreuses armées ont combattu à l'ouest. Le Ciel qui déteste voir verser le sang vous donne un avertissement par l'intermédiaire de l'unicorne. Au nom du Ciel, sauvez l'Empire. C'est en suivant la Voie de la modération qu'on atteint le bonheur éternel. » Et l'empereur renonça à ses projets de conquête. Voilà toute la différence entre ces deux licornes, occidentale et orientale. En Asie, elle est symbole de paix et de tranquillité, en Occident, elle représente l'agressivité et la concupiscence. Mais là où la différence s'estompe, à mon avis, c'est que, dans un cas comme dans l'autre, il s'agit d'un animal chimérique, et c'est justement parce qu'elle est chimérique qu'on a pu lui attribuer ces diverses significations particulières.

— Alors vraiment, les animaux à corne unique n'existent pas ?

— Il y a bien le narval ou « licorne de mer »,

mais il ne s'agit pas d'une corne à proprement parler mais d'une des incisives supérieures qui leur pousse au-dessus de la tête. La longueur peut atteindre deux à cinq mètres, et cette corne est en forme de vrille. Mais ça c'est un animal aquatique particulier, et les gens du Moyen Âge ne devaient pas en voir souvent. En ce qui concerne les mammifères, parmi les divers animaux qui ont existé à l'ère secondaire ou tertiaire et ont disparu les uns après les autres, on peut en trouver qui ressemblent à la licorne. Par exemple…

Sur ces mots, elle s'empara de *L'Archéologie animale* et l'ouvrit à environ deux tiers du début.

— Voici deux espèces de ruminants dont on pense qu'ils ont existé sur le continent nord-américain il y a environ vingt millions d'années. Ils ont chacun trois cornes, mais c'est sûr qu'il y en avait une indépendante des deux autres.

Je lui pris le livre pour regarder l'illustration. L'animal de droite ressemblait à un mélange de petit cheval et de cerf et était pourvu de deux cornes frontales comme celles des vaches, avec de surcroît, au bout du nez, une corne dont l'extrémité se divisait en forme de Y. Celui de gauche avait une tête plus ronde et deux cornes de cervidés sur le front, et à part cela une longue corne acérée pointant vers l'arrière, recourbée vers le haut. L'un comme l'autre avait un je-ne-sais-quoi de grotesque.

— Mais ce genre d'animaux à cornes en nombre impair ont tous fini par disparaître, dit-elle en me reprenant le livre. Si on se limite au domaine des mammifères, les animaux à corne unique ou en nombre impair sont extrêmement rares, et d'après le courant de l'évolution, c'est une espèce d'anomalie, ou, pour s'exprimer autrement, une espèce d'orphelin évolutif. Même si on ne se limite pas aux mammifères (je pense par exemple aux dinosaures), il a effectivement existé des dinosaures géants à trois cornes, les tricératops, mais c'était tout à fait exceptionnel. Ce qui veut dire que la corne est une arme extrêmement tranchante, et qu'on n'a pas besoin d'en avoir trois. Par exemple, si tu regardes une fourchette, c'est facile à comprendre, c'est compliqué de transpercer quelque chose avec trois pointes, ce n'est pas plus défensif qu'une seule. Ensuite, s'il y en a une qui heurte quelque chose de dur, d'un point de vue cinétique cela peut empêcher les trois cornes de s'enfoncer dans le corps de l'adversaire. Et puis, dans le cas où on a affaire à plusieurs ennemis, il est difficile, après avoir enfoncé énergiquement ses trois cornes dans un ennemi, de les en retirer pour en affronter un autre.

— Comme la résistance est plus forte, ça prend du temps.

— Exactement, fit-elle en pointant trois doigts sur ma poitrine. Voilà le défaut d'un animal à cornes multiples. Première proposition : un animal à deux cornes, voire une seule, est plus efficace qu'un animal à cornes multiples. Ensuite, défaut d'un animal à une corne. Non, avant cela il vaut peut-être mieux expliquer simplement la nécessité d'avoir deux cornes. L'avantage des deux cornes, c'est d'abord que cela rend l'animal symétrique à droite et à gauche. Le comportement de tous les animaux est réglé selon leur équilibre droitier et gaucher, autrement dit la division de leur force en deux. Le nez, par exemple, comporte deux narines, la bouche aussi fonctionne en étant substantiellement divisée en deux parties, en vertu de cet équilibre droite-gauche. Le nombril… bon, il n'y en a qu'un mais c'est une espèce d'organe dégénéré.

— Et le pénis ? demandai-je.

— Le pénis forme un tout avec le vagin. C'est comme la saucisse et le pain dans un hot-dog.

— Effectivement, dis-je.

— Le plus important, ce sont les yeux. En attaque comme en défense, les yeux servent de tour de contrôle. Il est donc logique que la corne pousse en contact étroit avec les yeux. Un bon exemple ? Les rhinocéros. Les rhinocéros sont fondamentalement des animaux à une corne, seulement ils sont affreusement myopes. Leur myopie est d'ailleurs liée au fait de n'avoir qu'une seule corne. Une infirmité, quoi. Mais ce qui fait que les rhinocéros se sont perpétués malgré ce défaut, c'est que ce sont des herbivores et qu'ils sont recouverts d'une dure carapace. Ce qui fait qu'ils n'ont pratiquement aucune nécessité de se défendre. En ce sens, on peut dire que, même morphologiquement, le rhinocéros ressemble de près au dinosaure à trois cornes. Mais la licorne, en tout cas d'après les dessins qu'on en a, n'entre certainement pas dans cette catégorie. Elle n'a pas de carapace, et elle est très… comment dire ?

— Vulnérable ?

— C'est ça. En ce qui concerne la défense, elle est sur le même plan que le cerf. Si en plus de ça elle est myope, c'est le coup de grâce. Même avec un odorat et une ouïe développés, si elle se trouve acculée, elle est fichue. Par conséquent, attaquer une licorne c'est à peu près comme tirer sur un canard qui ne peut pas voler avec un fusil à plombs hautement efficace. Ensuite, un autre défaut d'avoir une seule corne, c'est que si elle est détériorée on est fichu. Autrement dit, c'est comme de traverser le Sahara sans pneu de secours, tu vois ce que je veux dire ?

— Très bien.

— Un autre défaut de la corne unique, c'est que c'est difficile d'y mettre toute sa force. C'est facile à comprendre en comparant les molaires et les canines. C'est plus facile de mettre de la force dans ses molaires que dans ses canines, non ? C'est ce problème d'équilibrage des forces dont je t'ai parlé tout à l'heure. Comme les extrémités sont lourdes, plus on y concentre ses forces, plus elles se communiquent de façon stable à l'ensemble. Qu'est-ce que tu en dis ? La licorne est donc finalement une marchandise plutôt défectueuse. J'espère que tu as bien compris ma démonstration ?

— Très bien compris, répondis-je. Tu expliques ça très bien.

Elle me fit un grand sourire et fit glisser ses doigts sur ma poitrine.

— Mais ce n'est pas tout. Il existe une seule possibilité pour que la licorne ait échappé à l'extinction et continué à vivre. Ça c'est le point le plus important, tu as une idée de ce que c'est ?

Croisant les doigts sur ma poitrine, je réfléchis une minute ou deux, mais il n'y avait qu'une conclusion possible.

— C'est qu'elle n'avait pas d'ennemi naturel, dis-je.

— Tout juste ! fit-elle en m'embrassant sur la bouche. Maintenant, essaie d'établir les conditions où il n'y a pas d'ennemi naturel.

— Tout d'abord, un habitat isolé, que les autres animaux ne puissent pas envahir. Soit une terre extrêmement surélevée comme dans *Le Monde perdu* de Conan Doyle, ou alors profondément enfoncé sous terre. Ou encore entouré de hautes murailles, comme un cratère par exemple.

— Magnifique, fit-elle en me donnant une chiquenaude sur la poitrine avec son index. En fait, un document atteste qu'un crâne de licorne a été découvert dans un environnement de ce type.

Inconsciemment, je déglutis. Sans que je m'en rende compte, on s'était approché du cœur du problème.

— Il a été découvert en 1917 sur le front russe. En septembre 1917.

— Pendant la Première Guerre mondiale, juste avant la révolution d'Octobre. Le cabinet Kerenski, dis-je. Juste avant le début de l'insurrection bolchevique.

— C'est un soldat de l'armée russe qui l'a découvert en creusant une tranchée sur le front ukrainien. Il a cru que c'était un crâne de vache ou de cerf, et l'a jeté dans un coin. Si cela s'était arrêté là, la chose aurait été enterrée au plus profond des ténèbres de l'histoire, mais, comme par hasard, le lieutenant qui commandait ce régiment était étudiant du collège de biologie de Saint-Pétersbourg. Il ramassa le crâne, l'emmena dans son baraquement et l'examina attentivement. Et là, il découvrit qu'il s'agissait du crâne d'un animal d'une espèce qu'il n'avait jamais vue auparavant. Il en informa immédiatement le professeur chargé de la chaire de biologie de l'université de Saint-Pétersbourg et attendit l'arrivée d'une équipe de recherche, mais celle-ci n'arriva jamais. Il faut savoir que la Russie de cette période était en pleine confusion, que ni vivres, ni munitions, ni médicaments ne parvenaient plus au front, que des grèves éclataient partout, bref, ce n'étaient pas les conditions idéales pour qu'une équipe de recherche parvienne jusqu'au front. Et même si par hasard ils y étaient arrivés, je pense qu'ils n'auraient pas eu le loisir de faire leurs recherches de terrain : l'armée russe était en pleine retraite, et la ligne de front avait reculé jusqu'à devenir zone d'occupation allemande.

— Et alors, qu'est devenu ce lieutenant ?

— En novembre de la même année, il a été pendu à un poteau télégraphique. Sur la route allant de l'Ukraine à Moscou, il y avait une succession de poteaux reliant la ligne télégraphique, et la plupart des officiers originaires de la bourgeoisie y ont été pendus. Celui dont il est question n'était pourtant qu'un étudiant spécialisé en biologie absolument pas politisé…

L'image des officiers pendus un par un aux poteaux télégraphiques alignés dans la plaine russe flotta devant mes yeux.

— Cependant, juste avant la prise du pouvoir par l'armée bolchevique, il passa le crâne à un soldat blessé renvoyé vers l'arrière, en qui il avait confiance, et lui promit une importante récompense s'il réussissait à remettre le crâne au professeur de l'université de Saint-Pétersbourg. Mais le soldat ne put se rendre avec son crâne à l'université de Saint-Pétersbourg qu'en février de l'année suivante, après sa sortie de l'hôpital militaire, et à ce moment-là l'université avait été temporairement fermée. Les étudiants faisaient la révolution jour et nuit, les professeurs avaient été exilés ou bien s'étaient réfugiés à l'étranger, ce qui fait que les conditions n'étaient pas idéales pour que l'université soit ouverte. Ne pouvant rien faire, il envisagea de monnayer ce crâne plus tard, confia la boîte qui le contenait à un cousin qui avait un commerce de harnais à Saint-Pétersbourg et s'en retourna dans son village situé à trois cents kilomètres à peine de Saint-

Pétersbourg. Mais finalement, pour une raison inconnue, cet homme ne revint jamais à Saint-Pétersbourg et le crâne resta oublié dans une remise du magasin de harnais où il continua longtemps à dormir.

Ce n'est qu'en 1935 que le crâne revit la lumière du jour. Saint-Pétersbourg était devenue Leningrad, Lénine était mort, Trotski exilé, et le pouvoir était entre les mains de Staline. Comme il n'y avait pratiquement plus personne qui montait à cheval à Leningrad, le marchand de harnais avait revendu la moitié de son affaire, et avec la moitié restante il avait ouvert un magasin où il vendait des articles de hockey.

— De hockey ? fis-je. C'était un sport à la mode dans la Russie des années 1930 ?

— Ça j'en sais rien. C'est ce qui est écrit ici. Mais Leningrad, après la révolution, s'était pas mal modernisée, alors ils faisaient peut-être tous du hockey ?

— Tu crois ?

— En tout cas, en rangeant sa remise, le gars retrouva la boîte que son beau-frère y avait déposée en 1918 et l'ouvrit. Sur le dessus se trouvait une lettre adressée à un certain professeur de l'université de Saint-Pétersbourg, sur laquelle il était écrit : *Veuillez récompenser comme il se doit toute personne qui vous remettra ceci.* Évidemment, le marchand de harnais est allé porter la boîte à l'université de Saint-Pétersbourg – enfin, de Leningrad – et demanda une entrevue avec ce professeur. Mais, comme le professeur était juif, il avait été envoyé en Sibérie au moment de la chute de Trotski. Mais bon, en ce qui concerne le marchand de harnais, la personne qui devait lui offrir une récompense avait disparu et il aurait beau prendre tous les soins du monde de ce crâne qui ne voulait absolument rien dire pour lui, ça ne lui rapporterait pas un centime, il alla donc trouver un autre professeur de biologie, lui expliqua tout en long et en large, et s'en retourna chez lui en laissant le crâne à l'université, avec des clopinettes pour toute récompense !

— En tout cas, même si ça a pris dix-huit ans, le crâne a finalement abouti à l'université.

— Alors donc, reprit-elle, ce professeur examina le crâne dans les moindres recoins et aboutit à la même conclusion que le jeune lieutenant dix-huit ans plus tôt – autrement dit, ce crâne ne correspondait à aucun animal existant actuellement. Sa configuration se rapprochait le plus de celle du cerf, et la morphologie de sa mâchoire permettait de le classer par analogie avec les ongulés herbivores mais il paraissait avoir des joues plus renflées qu'un cervidé. Cependant, ce qui le différenciait surtout d'un cervidé était la présence au milieu de son front d'une unique corne. Autrement dit, c'était une licorne.

— Ça veut dire qu'il y avait bien une corne ? Sur le crâne ?

— Oui, c'est ça, il y avait une corne. Évidemment pas une corne en parfait état, juste un reste de corne. Elle était longue de trois centimètres et avait été tranchée net, mais ce qu'il en restait laissait supposer qu'elle avait dû atteindre vingt centimètres de longueur et était toute droite, ressemblant un peu à une corne de gazelle – c'est ce qu'ils disent, hein. Le diamètre de la base était d'environ, euh… deux centimètres.

— Deux centimètres… répétai-je.

Le creux dans le crâne que le vieux m'avait offert faisait aussi exactement deux centimètres.

— Le professeur Perov – c'est le nom du professeur en question – partit pour l'Ukraine avec quelques assistants et des étudiants du collège et entreprit des fouilles sur les lieux où le régiment du jeune lieutenant avait autrefois creusé des tranchées. Malheureusement, ils ne purent mettre au jour aucun crâne, mais de nombreux faits profondément intéressants concernant cette zone furent éclaircis. Cette zone, appelée généralement le plateau de Bourtafil, forme une sorte de petite colline et, dans cette partie ouest de l'Ukraine où abondent les plaines peu marquées, un point stratégique militaire comme il en est peu. Pendant la Première Guerre mondiale, les armées allemandes, autrichiennes et russes s'affrontèrent dans des combats répétés à l'arme blanche, jusqu'à y creuser une entaille d'un mètre de profondeur, et, pendant la Seconde Guerre mondiale, elle fut le théâtre de tels bombardements que la forme du plateau en fut presque transformée, enfin ça c'est une autre histoire, en tout cas ce qui, dans le plateau de Bourtafil, attira à l'époque l'attention du professeur Perov, ce fut le fait que toutes les espèces animales dont les os furent exhumés là différaient largement de la répartition animale habituelle dans cette zone. Il émit alors l'hypothèse que ce plateau n'en était pas un pendant la préhistoire, qu'il aurait alors plutôt eu une forme de cratère, dans lequel auraient existé des systèmes biologiques particuliers. Autrement dit, le « monde perdu » dont tu parles.

— Un cratère ?!

— Oui, un plateau circulaire entouré de murailles abruptes. Ces murailles se seraient peu à peu érodées au cours de quelques dizaines de milliers d'années, jusqu'à former une colline on ne peut plus anodine. Et c'est là qu'aurait habité en secret notre licorne, sans aucun ennemi naturel. Il y avait d'abondantes sources sur ce plateau, et une terre fertile, donc logiquement cette hypothèse se tient. Le professeur présenta alors à l'Académie des sciences soviétique une thèse en soixante-trois articles intitulée « Réflexion sur les systèmes biologiques du plateau de Bourtafil », agrémentée de preuves basées sur la géologie des lieux et sur les espèces d'animaux et de plantes, et accompagnée du fameux crâne. Tout ça se passait en août 1936.

— Il a dû se faire une mauvaise réputation avec ça.

— Exactement. Pratiquement personne ne le prit au sérieux. De plus, malheureusement, juste à cette époque, l'université de Moscou et celle de Leningrad rivalisaient pour le pouvoir de l'académie scientifique. Les opinions de Leningrad n'étaient pas en odeur de sainteté et ce genre de recherches méthodiques et probantes antidiscriminatoires recevaient un accueil extrêmement froid. Seulement personne ne pouvait ignorer l'existence de ce crâne de licorne. Toute hypothèse mise à part, demeurait l'existence indubitable de cet objet. Alors quelques spécialistes entreprirent de l'étudier pendant une année, au bout de laquelle ils se virent forcés de conclure qu'il ne s'agissait pas d'une contrefaçon, mais bel et bien du crâne d'un animal à corne unique. Finalement, le comité académique conclut qu'il s'agissait d'un crâne d'un animal atteint d'une difformité, sans rapport avec la chaîne de l'évolution, qui ne valait pas la peine de faire l'objet de recherches, et renvoya le crâne à l'université de Leningrad au professeur Perov. Et on n'en parla plus. Le professeur Perov quant à lui continua à attendre que le vent tourne et qu'arrive le moment où les résultats de ses recherches seraient enfin reconnus, mais ses derniers espoirs s'évanouirent en 1940 quand l'Allemagne et la Russie entrèrent en guerre. Finalement, il mourut dans le désespoir en 1943. Le crâne, lui, avait disparu en 1941 pendant le siège de Leningrad. De toute façon, l'université de Leningrad avait été entièrement détruite sous les bombardements tant allemands que russes et le crâne disparut tout à fait. Ainsi s'évanouissait l'unique preuve de l'existence de la licorne.

— Alors ça veut dire qu'on n'a aucune certitude ?

— À part la photo.

— La photo ?

— Oui, la photo du crâne. Le professeur Perov avait pris une centaine de clichés du crâne. Un d'entre eux échappa aux dommages de la guerre et est conservé encore aujourd'hui, paraît-il, dans les archives de l'université de Leningrad. Tiens, le voilà.

Je lui pris le livre des mains et jetai un œil sur la photo qu'elle me montrait. Elle était assez floue, mais on distinguait quand même nettement la forme générale. Le crâne était posé sur une table recouverte d'un linge blanc, et une montre-bracelet était posée à côté, pour donner un repère de taille. Au milieu du front était tracé un petit rond blanc, indiquant la position de la corne. C'était sans doute aucun le même type de crâne que celui que m'avait offert le vieux savant. Il avait l'air exactement semblable, à cette différence près que celui-ci conservait un reste de la base de la corne. Je jetai un coup d'œil au crâne posé sur la télé. Avec le tee-shirt dessus, vu de loin il ressemblait tout à fait à un chat assoupi. Je me demandai si j'allais dire à la fille que j'avais ce crâne en ma possession, mais finalement je décidai de me taire. Un secret reste un secret uniquement parce que très peu de gens sont au courant.

— Mais ce crâne a-t-il vraiment été détruit pendant la guerre ?

— Ah, ça ! répondit-elle en tripotant sa frange du bout de l'auriculaire. D'après ce bouquin, la bataille de Leningrad a été si violente que toute la ville fut détruite quartier après quartier, comme au rouleau compresseur, et qu'en plus le quartier le plus touché fut celui où se trouvait l'université, il est donc plus que probable que ce crâne ait été détruit. Évidemment, Perov a pu l'emmener quelque part et le cacher avant le début de la bataille, ou bien l'armée allemande l'a peut-être emmené en butin… Enfin, tout ce qu'on sait c'est que personne n'a revu ce crâne depuis.

Après avoir à nouveau regardé la photo, je refermai le livre d'un coup sec et le posai au pied du lit. Puis je me demandai un moment si le crâne que j'avais était celui qui était conservé autrefois à l'université de Leningrad, ou s'il s'agissait d'un autre crâne de licorne exhumé dans un autre endroit. Le plus simple était de demander directement au vieux. « Où est-ce que vous avez eu ce crâne, et pourquoi me l'avez-vous offert ? » etc. Je devais de toute façon le revoir une fois le *shuffling* terminé, je pourrais l'interroger à ce moment-là. D'ici là, j'aurais beau y penser, ça ne servirait à rien.

Pendant que je réfléchissais dans le vague en regardant le plafond, elle posa la tête sur ma poitrine, et se colla étroitement à moi. J'entourai son corps de mes bras. Je me sentais soulagé d'en avoir fini avec cette histoire de licorne, mais l'état de mon pénis ne s'améliorait pas. De son côté, elle avait l'air de se soucier comme d'une guigne que j'aie une érection ou pas et dessinait doucement du bout des doigts sur mon ventre des figures incompréhensibles.

## 10

## Le mur

Par un après-midi nuageux, en me rendant à la cabane près de la porte, je tombai sur mon ombre en train de réparer une charrette avec le gardien. Ils avaient tiré la charrette au beau milieu de la place et remplaçaient les planches usées du fond et des côtés par des neuves. Le gardien rabotait les planches d'une main experte, tandis que mon ombre les ajustait en jouant du marteau. L'ombre ne paraissait pas avoir changé depuis notre séparation. Il n'avait pas l'air malade. Ses gestes avaient pourtant un je-ne-sais-quoi de gauche, et des rides maussades flottaient sous ses yeux.

En m'entendant approcher, tous deux interrompirent leur travail et levèrent la tête.

— Tu voulais me voir ? demanda le gardien.

— Oui, j'ai quelque chose à vous dire.

— On a presque terminé, attends-moi à l'intérieur, dit le gardien en baissant les yeux sur la planche qu'il venait de raboter.

L'ombre me jeta à nouveau un coup d'œil rapide et se remit à l'ouvrage. Il paraissait en colère contre moi.

J'entrai dans la cabane du gardien et m'assis devant la table en attendant son arrivée. Le désordre habituel régnait sur la table. Il ne rangeait le dessus que quand il en avait besoin pour affûter ses outils. Des assiettes sales, des tasses, des pipes, du café moulu et des copeaux de bois s'y amoncelaient dans la plus totale incohérence. Seuls les outils tranchants au mur sur les étagères étaient impeccablement rangés.

Le gardien fut long à venir. Je passai le temps en regardant le plafond, les bras appuyés au dossier de ma chaise. Dans cette ville, on avait toujours du temps libre, à un point où ça en devenait désagréable. Chacun trouvait tout naturellement une façon personnelle de tuer le temps.

Dehors, les bruits de rabot et de marteau tapant sur les clous continuaient.

Finalement, la porte s'ouvrit, mais celui qui entra n'était pas le gardien : c'était mon ombre.

— Je n'ai pas le temps de parler tranquillement avec toi, dit-il en passant à côté de moi. Je suis juste venu chercher des clous dans la remise.

Il ouvrit la porte du fond et prit une boîte de clous dans la remise située à droite.

— Écoute-moi bien, dit l'ombre en comparant la longueur des clous de la boîte. D'abord, tu vas faire un plan de cette ville. Pas en demandant aux gens, mais en vérifiant tout de visu, en te promenant toi-même partout. Tu dessineras tout ce que tu auras vu sans rien omettre. Dans les moindres détails, tu entends ?

— Ça va prendre du temps…

— Si tu me l'apportes d'ici à la fin de l'automne, ça ira très bien, fit rapidement l'ombre. J'ai aussi besoin d'explications écrites. Ce que je veux que tu étudies le plus attentivement, c'est la forme des murs, la forêt de l'est, l'entrée et la sortie de la rivière, voilà. Ça ira ?

Sur ces mots, il ouvrit la porte et ressortit sans même m'accorder un regard. Après son départ, je me répétai lentement à voix basse ce qu'il m'avait dit. La forme des murs, la forêt de l'est, l'entrée et la sortie de la rivière. Faire un plan de la ville était certainement une bonne idée. Ça me permettrait d'en saisir l'organisation générale, et également d'utiliser efficacement mon temps libre, mais ce qui me rendait le plus heureux, c'était de voir que mon ombre avait encore confiance en moi.

Peu après, le gardien arriva. En entrant dans la cabane, il commença par essuyer sa sueur avec une serviette, puis il se nettoya les mains. Enfin, il s'assit lourdement juste en face de moi.

— Alors, quel est le problème ?

— Je suis venu voir mon ombre.

Le gardien hocha plusieurs fois la tête, puis bourra sa pipe de tabac et frotta une allumette.

— Ça n'est pas possible pour l'instant. C'est encore trop tôt, malheureusement. En cette saison, l'ombre a encore beaucoup de ses forces. Attends que les jours raccourcissent un peu plus. Je fais pas ça pour être méchant, hein… (En disant cela, il avait cassé en deux l'allumette et l'avait jetée dans une assiette sur la table.) C'est aussi pour toi que je le fais. Si tu transfères à moitié ton affection sur ton ombre maintenant, plus tard ça te compliquera les choses. J'ai déjà vu pas mal de cas de ce genre. Je te parle pour ton bien, patiente encore un peu.

Je hochai la tête en silence. Ce n'était pas le genre d'interlocuteur à écouter ce qu'autrui avait à répondre, et de toute façon, j'avais déjà réussi à échanger quelques mots avec mon ombre. Pour le reste, je n'avais plus qu'à attendre patiemment l'occasion que le gardien voudrait bien me donner.

Il se leva, se dirigea vers l'évier et but de l'eau plusieurs fois dans une grande tasse de faïence.

— Et ton travail, ça marche bien ?

— Oui, je m'habitue peu à peu.

— Bien, ça, fit le gardien. Le mieux, c'est de toujours faire son travail correctement. Ceux qui ne savent pas travailler, ça leur donne des idées idiotes.

Dehors, le bruit que faisait mon ombre en plantant les clous continuait sans relâche.

— Allez, viens faire une petite promenade avec moi, proposa le gardien. Je te montrerai un truc intéressant.

Je sortis derrière lui. Sur la place, mon ombre, debout dans la charrette, était sur le point de fixer la dernière planche. À part l'essieu et les roues, la charrette avait maintenant l'air flambant neuve.

Le gardien traversa la place et m'emmena du côté de la tour de garde. C'était un après-midi couvert et humide. Le ciel au-dessus du mur était chargé de nuages noirs surgis de l'ouest, la pluie paraissait sur le point de tomber. La chemise du gardien, toute trempée de sueur, collait à son énorme corps et dégageait une odeur nauséabonde.

— Ça c'est du mur ! fit le gardien en donnant plusieurs tapes dessus de la paume de sa main comme s'il s'agissait d'un cheval. Sept mètres de haut, et il fait le tour de toute la ville. Y a que les oiseaux qui peuvent passer par-dessus ! À part cette porte, il n'y a aucun autre accès à la ville. Autrefois, il y avait une porte à l'est, mais elle a été bouchée et repeinte. Comme tu peux le constater, le mur est en briques, mais pas n'importe quelles briques. Personne ne peut les abîmer ni les détruire. Ni un canon, ni un tremblement de terre, ni une tempête…

Le gardien ramassa un morceau de bois à ses pieds et commença à le tailler avec son couteau. Le couteau était étonnamment bien aiguisé, et le bois prit bientôt la forme d'un petit clou.

— Tiens, regarde-moi ça ! fit le gardien. Il n'y a pas le moindre ciment entre ces briques. Pas besoin de ça. Elles sont si bien imbriquées les unes dans les autres qu'il ne reste même pas un interstice de l'épaisseur d'un cheveu.

Il plaça la pointe acérée de son clou de bois juste sur le point de séparation entre deux briques, mais il ne put l'y insérer, même d'un millimètre. Il jeta le bout de bois et gratta une brique avec son couteau. On entendit un crissement désagréable, mais il n'apparut pas la moindre éraflure sur la brique. Le gardien vérifia la pointe de son couteau, puis le replia et le remit dans sa poche.

— Personne ne peut même érafler ce mur. On ne peut pas l'escalader non plus. Parce qu'il est parfait. Rappelle-toi bien ça : personne ne peut sortir d'ici. Alors inutile de se mettre à gamberger. (Puis il posa sa large paume sur mon épaule.) Je comprends que ce soit dur pour toi. Mais tout le monde en passe par là, tu sais. Alors toi aussi, il faut que tu endures ça. Après, tu seras sauvé. Et alors tu ne te tortureras plus l'esprit, tu ne souffriras plus. Ça sera fini, tout ça. Ces états d'âme passagers n'ont aucune valeur. Ce que je te dis n'est pas négatif, alors oublie ton ombre. Ici c'est la fin du monde. C'est ici que le monde finit, on ne peut pas aller plus loin. Et toi non plus tu ne peux plus aller nulle part ailleurs.

Sur ces mots, le gardien me donna à nouveau une tape dans le dos.

Sur le chemin du retour, je m'arrêtai au milieu du vieux pont pour m'accouder à la balustrade et réfléchir aux paroles du gardien en contemplant la rivière.

La fin du monde…

Mais pourquoi avait-il fallu que j'abandonne l'ancien monde pour venir dans ce monde fini ? Je n'arrivais à me souvenir ni des détails, ni du sens, ni du but de ce voyage. Quelque chose, une force, m'avait propulsé dans ce monde-ci. Une force incoercible, irraisonnée. C'est à cause d'elle que j'avais perdu mon ombre et ma mémoire, c'est elle qui allait me faire perdre aussi mon cœur.

À mes pieds, la rivière chantait agréablement. Il y avait une petite île plantée de saules au milieu. Les branches penchées vers l'eau oscillaient paisiblement en suivant le courant de la rivière. L'eau était belle, limpide, et dans les mares stagnantes autour des rochers on pouvait apercevoir des poissons. La contemplation de la rivière m'aidait toujours à retrouver le calme et la paix de l'esprit.

Un escalier menait du pont jusqu'à l'île, où un banc avait été aménagé à l'ombre des saules. Il y avait toujours quelques animaux qui se reposaient autour des arbres. Je descendais souvent à l'île et donnais à manger aux bêtes des morceaux de pain que j'avais gardés dans ma poche. Elles hésitaient d'abord, mais finissaient toujours par tendre le cou et manger les miettes dans ma paume. C'étaient toujours des vieux ou des petits qui venaient me manger dans la main.

Avec l'avancée de l'automne, leurs yeux insondables comme des lacs semblaient prendre une teinte de plus en plus mélancolique. Les feuilles qui changeaient de couleur dans les arbres, l'herbe qui se desséchait leur annonçaient la venue prochaine d'une longue saison de disette. Et, comme l'avait prédit le vieillard, pour moi aussi l'hiver s'annonçait long et difficile.

## 11

## Rhabillage – Chaos

Quand l'aiguille de sa montre indiqua neuf heures et demie, elle se leva du lit, ramassa ses vêtements tombés par terre et se mit à s'habiller lentement, en prenant son temps. Allongé sur le lit, je la regardais vaguement du coin de l'œil, appuyé sur un coude. Sa manière d'entourer son corps de ses vêtements, un à un, était empreinte d'un calme silencieux, soyeux comme un oiseau d'hiver, sans mouvement inutile. Elle tira la fermeture Éclair de sa jupe, boutonna méthodiquement son chemisier et s'assit sur le lit pour enfiler ses collants. Puis elle posa un baiser sur ma joue. Beaucoup de filles sont charmantes quand elles se déshabillent, mais, en ce qui concerne le rhabillage, il y en a beaucoup moins qui le sont. Quand elle rassembla ses longs cheveux en une seule masse en les soulevant du dos de la main, l'air de la pièce parut se renouveler.

— Merci pour le dîner, dit-elle.

— De rien, répondis-je.

— Tu cuisines toujours autant pour toi tout seul ?

— Quand je ne suis pas trop pris par mon travail, oui. Je ne cuisine pas quand j'ai beaucoup de travail. Je mange des restes, ou je dîne dehors.

Elle s'assit sur une chaise de la cuisine, sortit une cigarette de son sac et l'alluma.

— Moi, je ne cuisine pas beaucoup. Je n'aime pas tellement faire la cuisine en général, et puis rien que l'idée de rentrer chez moi à sept heures pour me préparer plein de trucs à manger que j'avalerai d'un coup, ça me fatigue. Tu ne trouves pas que, si je faisais ça, j'aurais l'air de quelqu'un qui ne vit que pour se nourrir ?

Peut-être bien, me dis-je.

Pendant que je m'habillais, elle sortit un carnet de son sac, nota quelque chose sur une page qu'elle déchira pour me la donner.

— Mon numéro. Si tu as envie de me revoir, ou si tu as trop préparé à manger, téléphone-moi, je viendrai tout de suite.

Quand elle fut partie, ses trois livres à la main, la pièce me parut étrangement déserte. Debout devant la télé, j'enlevai le tee-shirt qui recouvrait le crâne de licorne, que je me mis à contempler une fois de plus. Je n'avais aucune certitude, mais je commençais à me demander sérieusement s'il ne s'agissait pas de l'énigmatique crâne déterré sur le front d'Ukraine par ce jeune lieutenant malchanceux. Plus je le regardais, plus j'avais l'impression qu'une sorte de fatalité pesait sur lui. Évidemment, peut-être que j'imaginais seulement cela parce que je venais d'entendre cette histoire. Je frappai de nouveau légèrement le crâne avec la baguette de métal, sans but particulier.

Ensuite, je débarrassai la table, fis la vaisselle en vitesse, puis passai un chiffon sur la table de la cuisine. Il commençait à être temps de me mettre au *shuffling*. Pour ne pas être dérangé, je branchai le répondeur du téléphone, annulai le code de sonnerie de l'entrée, éteignis toutes les lampes de l'appartement, sauf celle de la cuisine. Il fallait que je me concentre dans la solitude pendant au moins deux heures sur mon *shuffling*.

Mon mot de passe pour le *shuffling* était « fin du monde ». Me basant sur un feuilleton uniquement destiné à moi-même et intitulé *Fin du monde*, j'allais transformer pour qu'elles soient programmées sur ordinateur les valeurs que j'avais brouillées un peu plus tôt. En disant « feuilleton », je parle bien entendu d'un scénario très différent de ceux des séries télé. C'était encore plus compliqué, et il n'y avait pas la moindre suite logique dedans. Je dis seulement feuilleton par commodité. Quoi qu'il en soit, personne ne m'avait expliqué quel en était exactement le contenu. Tout ce que j'en connaissais, c'était ce titre : *Fin du monde*.

C'était l'équipe de scientifiques de System qui avait mis au point ce « feuilleton ». J'avais été soumis pendant un an à un entraînement spécial pour devenir programmeur, puis, après avoir réussi l'examen final, j'avais été congelé pendant deux semaines, au cours desquelles l'équipe de System s'était livrée à un examen poussé de mes ondes cérébrales, avait extrait de mon cerveau l'élément qui devait être le siège de la conscience, y avait fixé le « feuilleton » permettant l'accès au *shuffling*, puis l'avait réimplanté dans mon cerveau. Ils m'avaient appris que le titre en était *Fin du monde* et que c'était mon mot de passe pour le *shuffling*. Ainsi, ma conscience avait maintenant une double structure. Autrement dit, il y avait à la périphérie cet ensemble chaotique appelé conscience, et à l'intérieur, comme le noyau d'une prune, un noyau de conscience qui résumait ce chaos. Mais ils ne m'avaient pas parlé du contenu de ce noyau.

— Tu peux te brancher là-dessus chaque fois que nécessaire. Parce que le scénario de passage appelé *Fin du monde* fait maintenant partie intégrante de toi-même. Mais tu ne peux pas en connaître le contenu. Tout se passe dans l'océan du chaos. Autrement dit, tu dois plonger les mains vides dans l'océan du chaos primordial, et en ressortir les mains vides. Ce dont nous avons besoin, c'est de cet état de coma. Tu comprends ce que je te dis ?

— Je crois que oui, répondis-je.

Ils m'enseignèrent alors la méthode de *shuffling*. Procéder seul, de nuit, l'estomac ni trop plein ni à jeun. Écouter trois fois l'enregistrement prévu à cet effet, qui me donnerait accès au programme appelé *Fin du monde*. Mais, au moment où je ferais appel à ce programme, ma conscience sombrerait dans le chaos. C'est au cœur de ce chaos que je procède au *shuffling* des valeurs. Une fois le *shuffling* terminé, j'éteins le programme Fin du monde et ma conscience émerge du chaos. Le *shuffling* est fini, et moi, je n'en garde aucun souvenir. Pour revenir en sens inverse, je fais littéralement le contraire. Pour retrouver mon état normal, j'écoute l'enregistrement d'arrêt du programme.

Tel était donc le programme implanté dans mon cerveau. Moi, je n'étais rien d'autre qu'une sorte de tunnel inconscient. Je servais seulement de passage. C'est pourquoi, chaque fois que je faisais un *shuffling*, je me sentais extrêmement déstabilisé et vulnérable. Le brouillage de valeurs, c'était différent. Compliqué, mais je pouvais être fier de moi quand je le faisais, parce que je devais concentrer toutes mes facultés dessus.

En comparaison, l'opération de *shuffling* ne demandait ni fierté, ni facultés, ni rien. J'étais un instrument, sans plus. Quelqu'un manipulait une partie de moi inconsciente, inconnue de moi-même, et lui faisait subir un traitement également inconnu de moi. Les opérations de *shuffling* ne me paraissaient pas vraiment relever du métier de programmeur.

Mais évidemment je n'avais aucun droit de choisir les modes de programmation qui me plaisaient. J'avais le permis d'utilisation de ces deux modes, le brouillage et le *shuffling*, et ensuite, tout ce qu'on me demandait, c'était de faire mon travail selon les indications venues de plus haut. Si ça ne me plaisait pas, je n'avais qu'à changer de métier. Mais moi, je n'avais pas l'intention de changer. Dans la mesure où on n'avait pas de démêlés avec System, le métier de programmeur permettait de déployer ses talents avec une certaine marge de liberté et d'indépendance, et cela procurait aussi des revenus intéressants. En quinze ans d'activité, on mettait de côté de quoi passer le reste de sa vie tranquille. C'est pour ça que j'avais surmonté plusieurs fois des épreuves d'élargissement de la conscience, à en tomber évanoui, et que j'avais accepté d'endurer un entraînement aussi sévère.

L'ivresse ne fait pas obstacle au *shuffling*, il est même recommandé de boire une quantité raisonnable d'alcool pour dénouer les tensions, mais, selon mes propres principes, je préfère éliminer toute trace d'alcool de mon sang avant de commencer. Comme je n'avais pas pratiqué cette opération depuis deux mois et que l'utilisation du *shuffling* était « gelée » pour l'instant, je devais faire spécialement attention.

Je pris une douche froide, fis quinze minutes d'exercice plutôt énergique, bus deux tasses de café noir, ce qui devrait suffire à effacer une ivresse ordinaire.

J'ouvris mon coffre, en sortis la feuille où j'avais noté les valeurs transformées, un walkman, et posai le tout sur la table de la cuisine. Ensuite, je me préparai cinq crayons bien taillés, un bloc-notes, et m'installai devant la table.

D'abord, préparer la table. Mettre la cassette en marche après avoir coiffé les écouteurs, faire avancer jusqu'à 16 le compteur numérique, revenir à 9, avancer à nouveau jusqu'à 26. Éteindre pendant une dizaine de secondes pour effacer le numéro du compteur, et ensuite j'entendrai le signal de début du programme. Des manipulations différentes auraient eu pour effet d'effacer automatiquement l'enregistrement.

Une fois la cassette prête, je plaçai le bloc-notes neuf à ma droite et, à ma gauche, la liste des valeurs transformées. Les préparatifs étaient terminés. La veilleuse rouge des systèmes d'alarme installés sur la porte et sur toutes les fenêtres présentant une possibilité d'effraction était sur ON. Pas de bévue. J'appuyai sur le bouton de mise en marche du walkman, le signal de début du programme retentit, et bientôt je fus aspiré par un chaos silencieux et tiède comme une matrice.

[je]
bientôt – aspiré CHAOS
signal de commencement, bient…

## 12

## Le plan de la fin des temps

Dès le lendemain de ma rencontre avec l'ombre, je commençai à dresser le plan de la ville.

À la tombée du jour, je montai au sommet de la colline de l'ouest pour observer les alentours, mais sa hauteur ne permettait pas d'embrasser toute la ville d'un seul coup d'œil, et ma vue considérablement affaiblie m'empêchait de distinguer en détail la forme des murailles encerclant la ville. Je ne voyais que la forme d'ensemble de la cité.

Elle n'était ni trop vaste ni trop exiguë. Autrement dit, pas trop étendue pour dépasser largement mes facultés de reconnaissance et mon imagination, mais pas non plus de taille assez réduite pour que j'en saisisse facilement la totalité. C'est la seule chose que m'apprit l'observation des lieux du haut de la colline de l'ouest. De hautes murailles encerclaient la ville, traversée d'est en sud-ouest par la rivière aux eaux teintées de gris sous le ciel du crépuscule. Bientôt, le son du cor retentit sur la ville, et l'écho des sabots des bêtes recouvrit les alentours comme une écume.

Finalement, je découvris que la seule solution pour connaître la forme de la muraille était d'en suivre le pourtour à pied. Mais ce n'était pas chose facile à réaliser : je ne pouvais sortir que le soir ou par jour sombre et nuageux, et je devais aussi faire attention à ne pas trop m'éloigner de la colline de l'ouest. Quand je sortais, il arrivait que le ciel nuageux se dégage soudainement, ou au contraire qu'une pluie torrentielle se mette à tomber sans prévenir. Pour pallier ces inconvénients, je demandais tous les matins au colonel de regarder pour moi la direction des nuages. Le colonel pouvait prédire le temps pratiquement sans risque d'erreur.

— C'est que je n'ai pas d'autre sujet de réflexion que le ciel, expliquait fièrement le vieillard. À regarder filer les nuages tous les jours, on apprend au moins ça.

Il ne pouvait cependant pas prévoir les brusques changements de temps, il était donc de toute façon dangereux pour moi de trop m'éloigner de la maison.

Sans compter que les abords du mur étaient tout encombrés de fourrés, d'arbrisseaux et de rochers, qui empêchaient soit de s'en approcher plus, soit d'en distinguer clairement les contours. Toutes les maisons d'habitation étaient rassemblées dans le centre le long de la rivière et, dès qu'on s'éloignait un peu, il devenait compliqué de trouver des chemins praticables. Chaque fois que je découvrais un passage à travers les hautes herbes, il s'interrompait brusquement, ou bien était envahi par les ronces, si bien que j'étais forcé de rebrousser chemin, parfois avec difficulté, et de retourner sur la route que je venais de quitter.

Je commençai mes recherches au coin ouest de la ville, autrement dit à partir des alentours de la cabane du gardien, et décidai de consacrer la journée à faire le tour de la ville. Tout d'abord, tout se déroula très facilement, contrairement à mes prévisions. À partir de la porte, en direction de l'ouest, s'étendait à perte de vue le long de la muraille une plaine nivelée où croissaient des herbes qui m'atteignaient les hanches, sans le moindre obstacle en vue, et un joli chemin serpentait comme une couture entre les hautes graminées. Des oiseaux – on aurait dit des alouettes – avaient fait leurs nids dans la plaine et s'envolaient d'entre les herbes, tournoyaient dans le ciel à la recherche de nourriture, puis revenaient à leur point de départ. On voyait même quelques licornes de-ci de-là. Le cou et le dos tendus au-dessus des herbes, elles paraissaient flotter sur un cours d'eau, se mouvant avec lenteur à la recherche de bourgeons verts dont elles se nourriraient.

J'avançai un moment dans cette direction, puis, en tournant à gauche le long du mur, j'aperçus un groupe de vieilles casernes en ruine vers le sud. Trois bâtisses d'un seul étage, sommaires et sans aucune fioriture, se succédaient. En s'éloignant un peu, on arrivait à un groupe compact de maisons vraisemblablement réservées aux officiers, légèrement plus petites que la résidence officielle où j'habitais. Des arbres étaient régulièrement plantés entre les maisons, cernées chacune d'un muret de pierres. Des herbes folles avaient tout envahi, et l'endroit ne paraissait guère fréquenté. Sans doute les militaires à la retraite qui vivaient maintenant dans le quartier résidentiel avaient-ils autrefois habité une de ces casernes. Puis, pour une raison quelconque, ils avaient déménagé pour la résidence de la colline de l'ouest, et les casernes étaient alors tombées en ruine. La vaste plaine avait dû à l'époque servir de terrain de manœuvres, car on apercevait au milieu des herbes des traces de tranchées et des socles de pierre destinés à planter les drapeaux.

Je continuai à avancer vers l'est, jusqu'aux confins de cette plaine nivelée, et abordai la forêt. Dans la plaine apparurent d'abord quelques arbrisseaux isolés, qui se densifièrent jusqu'à former une véritable forêt. La plupart de ces arbrisseaux étaient des rejets d'une même souche, et leurs troncs frêles s'élevaient dans l'air entremêlés les uns aux autres, tandis que leurs branches s'étoffaient à hauteur de mes épaules ou de ma tête. Dans l'ombre de ce sous-bois poussait une grande variété de plantes, parsemées de fleurs aux couleurs ternes, grosses comme la pointe d'un doigt. Au fur et à mesure que les arbrisseaux augmentaient, les ondulations de terrain se faisaient plus fortes, et de grands arbres d'une espèce inconnue de moi commençaient à apparaître au milieu des arbustes. On n'entendait pas un bruit, sauf, de temps à autre, le pépiement d'un petit oiseau sautillant de branche en branche.

Tandis que je suivais l'étroit sentier entre les arbres, ceux-ci se faisaient de plus en plus serrés, et leurs branches finirent par former un dais, haut au-dessus de ma tête. Bientôt, la forêt obstrua la vue, m'empêchant de continuer à suivre les contours de la muraille. Découragé, je tournai en direction du sud, et un petit sentier me ramena vers la ville. Je traversai le vieux pont pour rentrer chez moi.

Finalement, l'automne arriva et je n'avais réussi à dresser que les contours extrêmement vagues de la ville. En gros, le terrain s'allongeait d'est en ouest, avec deux éminences aux extrémités nord et sud : la forêt du nord et la colline du sud. La pente est de la colline du sud consistait en une surface rocheuse pleine d'aspérités, qui longeait la muraille. À l'est de la ville s'étendait un bois traversé par la rivière, plus sombre et sauvage encore que la forêt du nord, et quasi impénétrable. Seul un sentier, menant le long de la rivière à la porte est, permettait de repérer à quoi ressemblait le mur dans cette zone. Comme me l'avait dit le gardien, la porte est était murée par une épaisse couche de ciment, et nul ne pouvait plus entrer ni sortir de la ville par là.

La rivière s'élançait impétueusement des crêtes de l'est, disparaissait sous la muraille du côté de la porte est, pour resurgir ensuite et traverser le centre de la ville en coulant droit vers l'ouest, formant quelques îlots charmants aux alentours du vieux pont. Il y avait trois ponts sur la rivière. Le pont de l'est, le vieux pont, et le pont de l'ouest. Le vieux pont était le plus ancien, le plus grand et aussi le plus beau. Après être passée sous le pont de l'ouest, la rivière changeait brusquement son cours vers le sud et atteignait la partie sud du mur, en faisant une légère boucle vers l'est. Elle creusait un val profond au pied de la muraille avant de faire une entaille dans la colline du sud.

Mais au sud elle ne retraversait pas la muraille : un peu avant de l'atteindre, elle formait un petit étang, puis disparaissait dans des grottes de calcaire. À en croire le colonel, un réseau de rivières souterraines dense comme les mailles d'un filet courait sous les landes calcaires qui s'étendaient à perte de vue au-delà du mur.

Pendant tout ce temps, bien entendu, je poursuivais sans relâche la lecture des rêves. À six heures, je poussais la porte de la bibliothèque, prenais mon dîner avec *elle*, puis je lisais les vieux rêves.

J'arrivais maintenant à lire cinq ou six rêves par soir. En suivant du doigt avec précision les rayons de lumière, je pouvais sentir clairement les images et les sons qu'ils contenaient. Cependant, j'ignorais toujours le sens de ma tâche de liseur de rêves, et ne comprenais pas même selon quels principes s'étaient formés ces vieux rêves. C'est à ses réactions à elle que je jugeais si mon travail était satisfaisant ou non. Mes yeux ne me faisaient plus mal quand je fixais la lumière dégagée par les crânes, et ma fatigue même était devenue plus supportable. Elle alignait l'un après l'autre sur le comptoir les crânes que j'avais fini de lire. Mais le lendemain, quand la tombée du jour me ramenait à la bibliothèque, les crânes de la veille s'étaient tous volatilisés.

— Tu fais des progrès très rapides, me dit-elle. Le travail avance beaucoup plus vite que prévu.

— Combien y a-t-il de crânes à peu près ?

— Plein. Mille, deux mille. Tu veux voir ?

Elle me fit entrer dans la remise derrière le comptoir. C'était une vaste pièce nue pareille à une salle de classe, aux murs garnis d'étagères, et toutes ces étagères étaient remplies à perte de vue de crânes blancs d'animaux. Plutôt qu'une remise, cette vue évoquait un cimetière. L'atmosphère glaciale qui émane de la présence des morts emplissait calmement la pièce.

— Je vois, je vois... fis-je. Et d'après toi il y en a pour combien d'années à déchiffrer tout ça ?

— Tu n'as pas besoin de tous les lire. Il suffit que tu déchiffres ce que tu peux et, s'il en reste, c'est le prochain liseur de rêves qui s'en chargera. Jusque-là, les vieux rêves continueront à dormir.

— Et toi tu aideras aussi le prochain liseur de rêves ?

— Non, moi je n'aide que toi. Tout ça est prévu d'avance. Un bibliothécaire donné ne peut aider qu'un seul liseur de rêves. Aussi, quand tu arrêteras de lire les rêves, je quitterai la bibliothèque.

Je hochai la tête. Je ne comprenais pas les raisons de tout cela, mais c'était pour moi comme une évidence. Appuyé au mur, je contemplai longuement les rangées de crânes blancs sur les étagères.

— Tu es déjà allée te promener du côté de l'étang du sud ? demandai-je.

— Oui, il y a bien longtemps de cela. Ma mère m'y emmenait quand j'étais enfant. Les gens ordinaires n'y vont pas, mais ma mère était un peu bizarre. Pourquoi cette question ?

— J'ai envie d'aller voir.

Elle secoua la tête.

— C'est un endroit beaucoup plus dangereux que tu ne le crois. Ne t'approche pas de l'étang, tu n'as rien à y faire, et de toute façon ce n'est pas un endroit bien intéressant. Pourquoi veux-tu aller dans un endroit pareil ?

— J'ai envie de connaître la région plus en détail. D'un bout à l'autre. Si tu ne veux pas m'y conduire j'irai tout seul.

Elle me regarda un moment, puis poussa un petit soupir comme si elle renonçait.

— D'accord. Tu n'es pas du genre à écouter les conseils qu'on te donne, et je ne peux pas te laisser y aller seul de toute façon. Mais rappelle-toi bien ceci : cet étang, j'en ai très peur, et je n'ai pas envie d'y retourner. Il y a quelque chose de surnaturel là-bas.

— Ne t'inquiète pas. Si on y va à deux et qu'on est prudents, il n'y a aucune raison d'avoir peur.

Elle secoua la tête.

— C'est parce que tu n'y es jamais allé que tu ne sais pas comme il fait peur. L'eau de cet étang, ce n'est pas de l'eau ordinaire. C'est de l'eau qui appelle les gens. C'est vrai, tu sais.

— On fera attention de ne pas s'en approcher, promis-je en lui serrant doucement la main. Si on regarde de loin ça ira. Tout ce que je veux, c'est y jeter un coup d'œil.

Par un sombre après-midi de novembre, nous partîmes après le repas en direction de l'étang du sud. Un peu avant l'étang, la rivière creusait dans le côté ouest de la colline du sud une vallée profonde, dont d'épais fourrés obstruaient l'accès. Il nous fallut donc arriver de l'est en contournant la colline du sud par l'arrière. Comme il avait plu dans la matinée, chacun de nos pas sur l'épaisse couche de feuilles mortes qui recouvrait le sol soulevait un suintement humide. À mi-chemin, nous croisâmes deux licornes qui arrivaient en sens inverse. Elles nous dépassèrent d'un air inexpressif, en balançant lentement de droite et de gauche leur cou doré.

— La nourriture se fait rare, dit-elle. L'hiver approche, les bêtes cherchent assidûment des baies. C'est pour ça qu'elles s'aventurent jusqu'ici. Normalement, on ne les voit jamais par ici.

Une fois quittées les pentes de la colline du sud, nous ne vîmes plus trace des bêtes. C'est là que le chemin s'arrêtait. Le bruit des eaux de l'étang s'amplifiait au fur et à mesure que nous avancions vers l'ouest, sans rencontrer âme qui vive, à travers la plaine desséchée parsemée de maisons abandonnées.

C'était un son différent de tout ce que j'avais pu entendre jusqu'ici. Différent du bruit d'une cascade, différent du gémissement du vent, différent du grondement de la terre. Cela ressemblait à de violents soupirs poussés par un géant. Ce bruit s'affaiblissait par instants ou au contraire s'enflait, ou encore s'interrompait et reprenait ensuite, ou bien était troublé comme par des sortes de hoquets.

— On dirait qu'il crie quelque chose à quelqu'un.

Elle se tourna légèrement vers moi sans répondre, écartant les broussailles de ses deux mains gantées, et continua à marcher devant moi.

— Ce sentier est pire qu'autrefois, fit-elle. Ce n'était pas aussi terrible la dernière fois que je suis venue. Il vaudrait peut-être mieux rebrousser chemin.

— Mais on est venus exprès jusqu'ici. Essayons de voir jusqu'où on peut aller.

Nous avançâmes encore une dizaine de minutes à travers les taillis, sur un terrain accidenté, en nous guidant au bruit de l'eau, puis la vue se dégagea devant nous. Les fourrés s'arrêtaient là, une prairie plate longeant la rivière s'étendait maintenant sous nos yeux. On apercevait à droite la profonde vallée creusée par la rivière. Au sortir du vallon, elle élargissait son cours, traversait les taillis puis atteignait la prairie où nous nous tenions maintenant. Après une dernière courbe à l'entrée de la prairie, les eaux se faisaient soudain stagnantes et continuaient lentement leur cours, teintées maintenant d'un bleu funeste. À l'endroit où elle prenait fin, la rivière s'enflait exactement comme un serpent qui aurait avalé un petit mammifère et formait une espèce d'énorme étang. Marchant le long de la berge, je m'approchai de cet étang.

— Il ne faut pas s'approcher ! fit-elle en me saisissant le bras. Quand on ne regarde que la surface, elle a l'air paisible, sans une vague, mais dessous il y a des tourbillons terribles. Si tu y es entraîné une seule fois, c'est fini, on ne te revoit plus jamais à la surface.

— Quelle profondeur a cet étang ?

— Inimaginable. Les tourbillons creusent continuellement le fond comme une vrille, et ça devient toujours plus profond. La légende dit qu'autrefois on y précipitait les hérétiques et les criminels.

— Qu'est-ce qui peut bien se passer quand on est jeté là-dedans ?

— Nul n'a jamais revu les gens qui y ont été jetés. Tu as sûrement entendu parler des grottes ? Sous l'étang, plusieurs grottes s'ouvrent comme des bouches monstrueuses, et ceux qu'elles avalent errent dans les ténèbres pour l'éternité.

Le bruit de respiration qui s'élevait de l'étang comme une vapeur dominait tous les alentours. On aurait dit les gémissements d'angoisse d'innombrables morts résonnant de dessous la terre.

Elle trouva un morceau de bois grand comme la paume de sa main, le lança en visant le milieu de l'étang. Après avoir frappé l'eau, le bout de bois flotta environ cinq secondes à la surface, puis eut soudain plusieurs petits tremblements avant de s'enfoncer sous l'eau, exactement comme si quelqu'un l'avait tiré de force vers le bas. Il ne réapparut pas à la surface.

— Comme je te l'ai dit tout à l'heure, au fond c'est plein de violents tourbillons. Tu comprends maintenant ?

Nous nous assîmes à environ dix mètres de distance du bord et grignotâmes le pain que j'avais dans mes poches. Tant qu'on le contemplait de loin, le paysage alentour paraissait empli d'une paix tranquille. Des fleurs d'automne coloraient la prairie, les feuilles des arbres avaient pris une teinte rouge vif, et au milieu il y avait cet étang à la surface lisse comme un miroir, sans une vague. De l'autre côté de l'étang, des falaises calcaires s'élevaient très haut, et au-dessus, comme les coiffant, se dressait la muraille de briques noires. À part le bruit de respiration de l'étang, un silence mortel régnait sur les alentours, même les feuilles des arbres ne faisaient pas le moindre bruissement.

— Pourquoi est-ce que tu veux un plan à tout prix ? me demanda-t-elle. Même avec un plan, tu ne pourras jamais, jamais sortir de cette ville, tu comprends ?

Puis elle épousseta les miettes tombées sur ses genoux, et jeta un coup d'œil vers l'étang.

— Tu veux vraiment quitter la ville ?

Je secouai la tête en silence, ignorant moi-même si c'était en signe de dénégation, ou parce que mon cœur ne parvenait pas à prendre de décision. Oui, même cela, je l'ignorais.

— Je ne sais pas, dis-je. Je veux seulement tout savoir de cette ville. Quelle forme elle a, comment elle est construite, comment les gens vivent, où ils habitent, voilà ce que je veux savoir. Quelles sont les normes qui me dirigent, qu'est-ce qui me fait bouger, voilà ce que je veux savoir. Ce qu'il y aura après, je ne le sais pas moi-même.

Elle secoua lentement la tête de droite à gauche, puis planta son regard dans le mien.

— Il n'y a rien après, dit-elle. Tu ne comprends

donc pas ? Ici c'est la fin du monde, pour de vrai. Nous ne pouvons rien faire d'autre que rester ici, éternellement.

Je m'allongeai sur le dos et regardai le ciel. Les seuls cieux que je pouvais regarder étaient toujours sombres et nuageux. Le sol mouillé par la pluie matinale était imprégné d'humidité, mais l'odeur de terre qui m'entourait me remplissait d'aise.

Quelques oiseaux d'hiver s'envolèrent des taillis dans un battement d'ailes et, passant au-dessus des murailles, disparurent dans le ciel du sud. Oui, seuls les oiseaux pouvaient franchir le mur. Et d'épais nuages, planant bas dans le ciel, annonçaient les prémices d'un rude hiver.

# 13

## Francfort – La porte – Organisation indépendante

Comme d'habitude, la lucidité me revint dans l'ordre, à partir d'un point de mon champ visuel. D'abord la porte de la salle de bains, située dans l'angle droit de ma vision, puis le lampadaire, à gauche ; ensuite les points lumineux se déplacèrent vers l'intérieur et se rejoignirent au milieu, exactement comme la glace prend sur un lac. Au centre de mon champ visuel se trouvait le réveil, dont les aiguilles indiquaient onze heures vingt-six. J'avais reçu ce réveil en cadeau-souvenir à une quelconque cérémonie de mariage. Pour arrêter la sonnerie, il fallait presser simultanément un bouton rouge situé sur le côté gauche et un bouton noir situé sur le côté droit, sinon il continuait à sonner. C'était un mécanisme original prévu pour éviter un comportement très répandu qui consiste à arrêter la sonnerie en appuyant par réflexe sur le bouton avant même d'être complètement réveillé, pour se rendormir aussitôt. C'est sûr que, quand ce réveil-ci se mettait à sonner, j'étais obligé de m'asseoir sur le lit et de le poser sur mes genoux pour pouvoir appuyer en même temps sur les deux boutons, de la main droite et de la main gauche, et pendant ce temps ma conscience désillusionnée était bien obligée d'avancer d'un ou deux pas dans le monde qui l'entourait. Il me semble que je l'ai déjà dit, mais j'avais reçu ce réveil en cadeau à la fin d'une cérémonie de mariage. Je n'arrive pas à me souvenir de quel mariage il s'agissait. Il y a eu une période dans ma vie où les mariages se succédaient sans arrêt dans mon entourage : mariages d'amis ou de relations autour de vingt-cinq ans, et je ne sais plus auquel de ces mariages on m'avait offert ce réveil. Jamais de ma propre volonté je ne serais allé acheter un réveil aussi compliqué, avec deux boutons à actionner pour arrêter la sonnerie. En général, je suis quelqu'un qui n'a aucun mal à se réveiller.

Au moment où mon champ visuel retrouvait sa globalité centrée autour de ce réveil, je me redressai pour le prendre sur mes genoux par réflexe et appuyai en même temps sur les deux boutons, des deux mains, après quoi je me rendis compte que de toute façon il n'était pas en train de sonner. D'ailleurs, je n'étais pas non plus en train de dormir, et par conséquent je n'avais pas réglé ce réveil pour qu'il sonne, je l'avais seulement laissé sur la table de la cuisine par pure coïncidence. C'est ça, j'étais en train de faire mon *shuffling* ! Donc je n'avais pas besoin d'arrêter la sonnerie du réveil.

Je reposai l'objet et regardai autour de moi. Sur la table, tout était disposé exactement de la même façon qu'avant le début de l'opération. La lampe rouge du système d'alarme était toujours sur ON et, sur un coin de la table, se trouvait une tasse de café vide. Sur le sous-verre qui me tenait lieu de cendrier, le mégot de la cigarette qu'elle avait fumée avant de partir était resté planté tout droit. C'était une Marlboro Light, sans trace de rouge à lèvres, mais, réflexion faite, elle n'était pas maquillée.

Ensuite, je passai en revue les crayons et le bloc-notes sous mes yeux. Parmi les cinq crayons à mine F bien taillés, deux étaient cassés, deux autres complètement usés, un seul n'avait pas bougé. Mon majeur droit était légèrement ankylosé comme quand on a écrit pendant très longtemps. Le *shuffling* était terminé. Seize pages du bloc-notes étaient couvertes de valeurs, d'une écriture fine et serrée.

Suivant les instructions du manuel, je comparai les valeurs après le brouillage et celles qui résultaient du *shuffling*, puis je brûlai et fis disparaître dans l'évier de la cuisine la liste d'origine. Je remis le bloc-notes dans sa boîte de sécurité et l'enfermai dans le coffre avec le walkman. Puis je m'assis sur le canapé du salon et poussai un soupir. La première moitié du travail était finie. En tout cas, je n'avais plus rien à faire pour aujourd'hui. Je me versai deux doigts de whisky dans un verre et les bus en deux gorgées, les yeux fermés. La chaleur de l'alcool me traversa le gosier, glissa le long de mon œsophage, avant d'arriver à mon estomac. Bientôt cette chaleur se propagea dans mes veines et se transmit à mon corps tout entier. D'abord ma poitrine et mes joues se réchauffèrent, puis mes bras, et enfin mes jambes. J'allai à la salle de bains, me lavai les dents, bus deux verres d'eau, pissai, puis retournai à la cuisine tailler mes crayons, que je rangeai en ordre dans leur boîte. Ensuite, je mis le réveil à la tête du lit, débranchai le répondeur du téléphone et le remis à zéro. Ma montre indiquait onze heures cinquante-sept. J'avais toute la journée de demain devant moi. Je me dépêchai de me déshabiller, d'enfiler mon pyjama et de me mettre au lit. J'éteignis la lampe de chevet après avoir remonté les couvertures jusque sous mon menton. Au fond de moi-même, j'avais l'intention de dormir au moins douze heures. Douze heures d'affilée, sans être dérangé par personne ! Même si les oiseaux chantaient, même si les gens prenaient le métro pour aller au bureau, même si quelque part dans le monde un volcan entrait en éruption, même si les divisions blindées israéliennes détruisaient des villages quelque part au Moyen-Orient, moi, de toute façon, je DOR-MI-RAIS.

Ensuite, je me mis à songer à ma future vie de programmeur retraité. Avec l'argent que j'aurais mis de côté, plus ma retraite, je vivrais tranquillement, j'apprendrais le grec et le violoncelle. Je mettrais mon étui à violoncelle sur le siège arrière de la voiture, je m'en irais tout seul à la montagne et je m'entraînerais à cœur joie sur mon instrument.

Si tout allait bien, je pourrais aussi m'acheter une maison à la montagne. Une jolie petite cabane avec une cuisine équipée. Je passerais mon temps à lire des livres, écouter de la musique, regarder de vieux films en vidéo, faire la cuisine. À propos de cuisine… ça me rappelait la bibliothécaire aux longs cheveux. Elle aussi… dans ma maison à la montagne… ça ne serait pas mal si elle était là aussi. Je ferais la cuisine, elle mangerait…

Le sommeil me submergea pendant que je pensais à ce que je lui cuisinerais. Le sommeil tomba sur moi, comme si le ciel me tombait sur la tête. Le violoncelle, la petite maison à la montagne, la cuisine, tout s'éparpilla et disparut. Il ne resta plus que moi, endormi comme un loir.

Quelqu'un me creusait un trou dans le crâne à

l'aide d'une vrille, pour y enfoncer une bande de papier rigide. La bande était plutôt longue, et on continuait à l'insérer sans fin dans mon crâne. Je secouai les bras pour essayer de me débarrasser de cette bande de papier, mais, malgré mes tentatives, elle continuait à entrer inexorablement dans ma tête. Je me redressai, tâtai les deux côtés de ma tête avec mes paumes, mais ne trouvai pas trace de la carte. Pas trace non plus d'ouverture dans mon crâne. Mais une sonnerie retentissait. Et elle ne voulait pas s'arrêter. J'attrapai mon réveil, le posai sur mes genoux, pressai des deux mains les boutons rouge et noir. Mais la sonnerie ne s'arrêta pas pour autant : c'était le téléphone. Le réveil indiquait quatre heures dix-huit. Dehors, il faisait encore noir. Il était donc quatre heures dix-huit du matin.

Je sortis de mon lit, marchai jusqu'à la cuisine, pris le combiné. Chaque fois que le téléphone sonne en pleine nuit, je prends la résolution de le mettre dans ma chambre avant de me coucher, mais j'oublie toujours. Et c'est pour ça que je me cogne toujours les tibias dans les pieds de la table ou la cuisinière à gaz.

— Allô ! dis-je.

Pas de réponse de l'autre côté. Un silence total, comme si le téléphone était complètement ensablé.

— Allô ! hurlai-je.

Un silence de mort régnait toujours dans l'écouteur. Pas un bruit de respiration, pas le moindre petit sifflement. Le silence était tel qu'il me semblait qu'il se transmettait à travers le fil du téléphone et allait m'aspirer moi aussi. Énervé, je raccrochai, sortis une bouteille de lait du réfrigérateur, la bus à grands traits puis me recouchai.

Quand le téléphone se remit à sonner, il était

quatre heures quarante-six. Je me levai, refis le même parcours pour atteindre l'appareil et décrochai.

— Allô, dis-je.

— Allô, répondit une voix féminine, que je ne reconnus pas. Excuse-moi pour tout à l'heure, mais le son délire complètement et, de temps en temps, il est complètement coupé.

— Le son est coupé ?

— Oui, exactement, répondit la fille. Le son s'est mis à fonctionner de travers tout d'un coup, je suis sûre qu'il est arrivé quelque chose à Grand-père. Dis, tu m'entends ?

— Oui, oui, je t'entends, dis-je.

C'était la petite-fille de cet étrange vieillard qui m'avait fait cadeau du crâne de licorne. La grassouillette au tailleur rose, en personne.

— Grand-père n'est toujours pas revenu. Et puis le son s'est mis à aller de travers. Je suis sûre qu'il est arrivé quelque chose de grave. Même quand j'essaie d'appeler son labo de recherche, ça ne répond pas. Les ténébrides l'ont attaqué, j'en suis sûre, ils ont dû lui faire du mal.

— Tu es sûre de ne pas te tromper ? Peut-être que ton grand-père est tout simplement absorbé dans ses travaux, c'est pour ça qu'il n'est pas encore rentré. Rappelle-toi, la dernière fois, il a oublié toute une semaine qu'il t'avait coupé le son. Il est du genre à oublier tout le reste quand il est plongé dans ses recherches, non ?

— Mais non, tu n'y es pas du tout. Je suis certaine de ce que j'avance. Il y a un lien émotionnel très fort entre Grand-père et moi et, quand quelque chose arrive à l'un, l'autre le ressent tout de suite. Il lui est arrivé quelque chose, je te dis. Quelque chose de grave. Et en plus la barrière sonore est démolie, j'en suis sûre, c'est pour ça que le son ne fonctionne pas bien dans le souterrain.

— Qu'est-ce que tu racontes ?

— La barrière sonore, c'est un dispositif émettant des ondes sonores spéciales qui empêchent les ténébrides d'approcher. Si elle est brisée violemment, ça perturbe tout l'équilibre sonore des environs. Je suis sûre et certaine que Grand-père a été attaqué par les ténébrides.

— Pour quelle raison ?

— Parce qu'ils sont tous après les recherches de Grand-père. Les ténébrides, les pirateurs, tous. Ils veulent s'approprier ses recherches. Ils lui ont proposé un marché, mais Grand-père les a envoyés paître et ça les a mis en colère. Viens tout de suite, je t'en supplie. Il va se passer quelque chose, c'est sûr. Aide-moi, s'il te plaît !

J'imaginai les ténébrides rôdant en maîtres dans ces lugubres souterrains, et, à l'idée de descendre là-dedans, les cheveux se dressaient sur ma tête.

— Écoute, je suis désolé de te dire ça, mais mon travail à moi ne concerne que la programmation. Il n'y a rien d'autre de prévu au contrat, et je ne peux absolument pas endosser cette responsabilité. Évidemment, si je peux me rendre utile, ce sera avec plaisir, mais je ne peux pas aller me battre contre les ténébrides pour récupérer ton grand-père. Ça, c'est le rôle de gens spécialement entraînés pour, comme la police, ou bien des pros de System.

— La police, c'est hors de question ! Si on leur demande d'intervenir, tout sera révélé au grand jour, et ça, ce serait terrible. Si les recherches de Grand-père étaient publiées à l'heure actuelle, ce serait la fin du monde, tu sais.

— La fin du monde ?

— S'il te plaît, dit-elle. Dépêche-toi de venir à mon secours. Si tu ne le fais pas, il y aura des conséquences irrémédiables. Celui qu'ils visent après Grand-père, c'est toi.

— Pourquoi est-ce qu'ils en auraient après moi ? J'en sais encore moins que toi sur les recherches de ton grand-père.

— Mais toi, tu es la clé. Sans toi, ils sont incapables d'ouvrir la porte.

— Je ne comprends rien à ce que tu racontes.

— Je n'ai pas le temps de t'expliquer en détail au téléphone. Mais il s'agit de quelque chose de très important. Bien plus important que tu ne l'imagines. Je te demande de me faire confiance. C'est important *pour toi*. Si tu n'agis pas avant qu'il soit trop tard, c'est la fin de tout. Je ne mens pas, je t'assure.

— Bon, bon, bon, dis-je en regardant ma montre. De toute façon, il vaut mieux que tu sortes de là. Si ton intuition est fondée, c'est beaucoup trop dangereux de rester là-bas.

— Où est-ce que je peux aller ?

Je lui donnai l'adresse d'un supermarché d'Aoyama ouvert toute la nuit.

— Attends-moi à la cafétéria à l'intérieur. Je serai là au plus tard à cinq heures et demie.

— J'ai très peur. Je ne sais pas ce…

Le son s'était arrêté à nouveau. Je criai plusieurs fois dans l'écouteur, sans obtenir de réponse. Le silence s'élevait de l'écouteur comme la fumée du canon d'un fusil. Perturbations du son… Je reposai l'écouteur, enlevai mon pyjama, enfilai une chemise de sport et un pantalon de coton. Puis je passai dans la salle de bains, me rasai sommairement au rasoir électrique, me débarbouillai le visage, débroussaillai mes cheveux devant le miroir. À cause du manque de sommeil, j'avais le visage bouffi comme un gâteau au fromage blanc au rabais. Tout ce que je voulais, c'était dormir tranquillement. Dormir tout mon soûl pour me réveiller en forme, et poursuivre mon honnête vie ordinaire. Pourquoi ne pouvaient-ils pas m'oublier un peu, tous ? Des licornes, des ténébrides… Bon Dieu, qu'est-ce que j'avais à voir dans tout ça, moi ?!

J'enfilai un coupe-vent en nylon par-dessus mon haut de survêtement, mis dans la poche mon portefeuille, de la petite monnaie et mon couteau. J'hésitai un instant, puis enveloppai le crâne de licorne dans deux serviettes de bain et le mis avec les pincettes dans un sac de sport, où je fourrai aussi la boîte à fermeture de sécurité contenant mes notes de *shuffling*. Mon appartement n'était pas sûr. Pour un professionnel, ouvrir la porte de ma chambre et la serrure de mon coffre-fort serait un jeu d'enfant, ça ne lui prendrait pas plus longtemps que de laver un mouchoir de poche.

J'enfilai mes tennis – finalement, je n'avais eu le temps d'en laver qu'une – et quittai la pièce, mon sac de sport au bras. Personne dans le couloir. J'évitai l'ascenseur et descendis à pied. Comme on était encore avant l'aube, tous les appartements étaient calmes, sans un bruit. Pas un chat non plus dans le parking du sous-sol.

Il y avait quelque chose de louche. C'était trop calme. Ils voulaient s'emparer du crâne depuis le début, ça aurait semblé normal qu'ils laissent au moins quelqu'un pour faire le guet, mais non, personne. Comme s'ils avaient complètement oublié mon existence.

J'ouvris la portière de ma voiture, posai le sac sur le siège de devant, mis le moteur en marche. Il était un peu moins de cinq heures. Surveillant les alentours du regard, je sortis la voiture du parking et pris la direction d'Aoyama. La route était déserte, pas l'ombre d'un véhicule, à part quelques taxis pressés de rentrer chez eux et des camions de transport nocturne. Je regardais de temps en temps dans le rétroviseur mais ne vis aucune voiture me suivre.

Ça se passait trop bien, c'était bizarre. Je connaissais bien les méthodes des pirateurs. Quand ils voulaient quelque chose, ils mettaient le paquet pour y arriver. Ce n'était pas leur genre d'acheter les services d'un employé du gaz récalcitrant, ou de négliger la surveillance du type qu'ils visaient. Ils choisissaient toujours la méthode la plus rapide et la plus sûre, et la mettaient à exécution sans hésiter. Une fois, deux ans auparavant, ils avaient attrapé cinq programmeurs, leur avaient entièrement découpé le crâne à la scie électrique et avaient extrait leurs cerveaux pour lire les données d'information contenues dedans pendant qu'ils étaient encore vivants. Cette tentative avait échoué, et on avait retrouvé les cadavres des cinq programmeurs décervelés, le crâne découpé à partir du front, flottant dans le port de Tokyo. Voilà le genre d'actes extrêmes qu'ils étaient capables d'entreprendre. C'était sûr, cette fois, quelque chose clochait.

Quand je rangeai ma voiture au parking du supermarché, il était cinq heures vingt-huit, j'étais juste à l'heure pour le rendez-vous. À l'est, le ciel commençait à peine à blanchir. Mon sac en bandoulière, j'entrai dans le magasin. Il n'y avait presque personne dans le vaste supermarché, le jeune employé en uniforme rayé assis sur une chaise devant la caisse était occupé à lire des magazines destinés à la vente. Une femme à l'âge et à la profession indéterminés errait dans les allées, entassant dans son chariot des boîtes de conserve et des plats tout préparés. Je tournai au coin du rayon des boissons et me dirigeai vers la cafétéria. Il n'y avait pas trace de la fille, sur la douzaine de tabourets alignés devant le comptoir. Je m'assis sur le dernier tabouret de la rangée et commandai un lait froid et un sandwich. Le lait était si froid que je n'en sentais pas le goût et le sandwich, un truc tout prêt entouré de vinyle, au pain tout détrempé. Je le mâchai bouchée par bouchée, en prenant mon temps, et bus mon lait à petites gorgées. Je tuai le temps un moment en contemplant une affiche touristique sur Francfort collée au mur. C'était une scène d'automne, les arbres sur la berge du fleuve avaient des feuilles rousses, des cygnes nageaient à la surface de l'eau, un vieillard en manteau noir coiffé d'une casquette de sport était occupé à jeter du pain aux cygnes. Il y avait un vieux pont de pierre, magnifique, derrière lequel se profilait la flèche d'une cathédrale. Les bancs au bord du fleuve étaient pleins de gens assis, tous vêtus de manteaux, et beaucoup de femmes portaient des foulards autour de la tête. C'était une belle photo, mais elle donnait froid rien qu'à la regarder. Sans doute parce que l'automne à Francfort avait l'air glacial, mais aussi parce que la vue d'une haute tour pointue me glace toujours.

Ensuite, j'observai une affiche publicitaire pour des cigarettes collée sur le mur d'en face. Un jeune type au visage lisse tenait entre ses doigts une cigarette à bout filtre allumée et regardait en oblique d'un air vague. Pourquoi est-ce que les modèles des publicités pour cigarettes ont toujours ce genre de regard « je ne vois rien, je ne pense à rien » ?

Je contemplai comme ça, distraitement, les nombreuses affiches collées dans le magasin, puis je m'aperçus qu'il était six heures. Et la grassouillette n'était toujours pas là. Qu'est-ce qui avait pu la mettre aussi en retard, je n'en avais aucune idée. C'est elle qui m'avait demandé de venir le plus vite possible. Mais ce n'est pas en réfléchissant que je pouvais trouver une réponse au problème. Moi j'étais venu aussi vite que possible. Le reste, c'était son problème à elle. En gros, d'abord et d'une, c'était une question qui ne me regardait pas.

Je commandai un café brûlant et le bus lentement, sans sucre ni lait.

Depuis que six heures avaient sonné, le nombre de clients augmentait petit à petit dans le magasin. Il y avait des ménagères qui venaient acheter le pain et le lait du petit déjeuner, des étudiants qui venaient chercher de quoi faire une collation après une nuit blanche passée à s'amuser. Je vis une fille jeune acheter du papier toilette, un employé de bureau choisir trois quotidiens différents. Il y eut même deux quinquagénaires avec des sacs de golf qui vinrent s'acheter des flasques de whisky, puis disparurent.

J'attendis jusqu'à six heures et demie, mais elle ne venait toujours pas. Je décidai de laisser tomber, sortis, remontai dans ma voiture et routai jusqu'à la gare de Shinjuku. Je garai ma voiture au parking, allai à la consigne temporaire déposer mon sac pour une heure. Quand je dis à l'employé de faire attention parce qu'il y avait des choses fragiles dedans, il fixa à la poignée un carton rouge où était dessiné un verre à cocktail et qui portait la mention ATTENTION FRAGILE. Après avoir vérifié qu'il rangeait bien comme il faut mon sac de sport bleu Nike sur une étagère, je pris mon reçu. Après quoi, j'allai à un kiosque acheter une enveloppe et un timbre à deux cent soixante yens, mis le reçu dans l'enveloppe, la cachetai, collai le timbre et la postai en exprès, à l'adresse d'une boîte postale privée secrète que j'avais fait établir au nom d'une société fictive. Comme ça, normalement, si tout se passait bien, la marchandise ne serait pas découverte. Il m'arrive de temps en temps d'utiliser ce moyen par précaution.

Après avoir mis mon enveloppe à la boîte, je sortis ma voiture du parking et rentrai chez moi. Je me sentais tout léger, à l'idée qu'on ne pouvait plus rien me voler de gênant. Je garai ma voiture dans le parking de l'immeuble, montai les escaliers, entrai chez moi, me mis au lit après une douche et m'endormis comme s'il ne s'était rien passé.

Un visiteur se présenta à onze heures. Comme je pensais que c'était l'heure où quelqu'un devait arriver, selon le cours normal des choses, je ne fus pas trop surpris. Mais ce quelqu'un-là n'appuya pas sur la sonnette, il se précipita de toutes ses forces sur la porte de mon appartement. En plus ce n'était pas un type commode qui se serait contenté de cogner de toutes ses forces à ma porte, non, on aurait dit qu'il frappait dessus avec une masse de fer destinée à démolir les immeubles, ça en faisait même trembler mon lit. Terrible, je vous dis. S'il était fort à ce point, ça aurait été plus simple de ceinturer le gardien pour lui prendre son passe. De mon côté, s'il avait simplement ouvert avec un passe, ça m'aurait évité les frais de réparation de la porte, ce qui m'aurait bien arrangé. En plus, je risquais de me faire mettre dehors pour avoir été la cause d'un tel raffut.

Pendant que l'inconnu s'acharnait sur ma porte, j'enfilai mon pantalon, passai un haut de survêtement par-dessus ma tête, dissimulai mon couteau derrière ma ceinture, me rendis aux toilettes pour pisser. Puis, juste par mesure de sécurité, j'ouvris le coffre-fort, appuyai sur la touche de secours du magnétophone, effaçai la cassette qui se trouvait à l'intérieur, après quoi je sortis une canette de bière et la salade de pommes de terre du frigo et pris mon déjeuner. Sur la véranda se trouvait une échelle de secours, je pouvais donc m'enfuir si je le voulais, mais je me sentais très fatigué, et je trouvais ça trop compliqué de partir en cavale. Et puis me retrouver en cavale n'aurait résolu aucun des problèmes auxquels j'étais confronté. J'étais face à (ou plutôt, j'étais impliqué dans) une sorte de problème très épineux, que je ne pouvais plus résoudre par mes seuls moyens. Il fallait que je parle sérieusement de ce problème avec quelqu'un.

Reprenons : à la demande d'un savant, je m'étais rendu dans son labo de recherche souterrain pour y traiter des données. À cette occasion, il m'avait offert quelque chose qui ressemblait à un crâne de licorne, que j'avais rapporté chez moi. Au bout d'un moment, un employé du gaz, apparemment soudoyé par les pirateurs, s'était présenté pour essayer de me voler ce crâne. Le lendemain matin, coup de téléphone de la petite-fille de mon commanditaire, pour me demander de venir au secours de son grand-père qui avait été attaqué par les ténébrides. Moi, je me précipitais sur les lieux du rendez-vous, elle, elle ne se manifestait même pas. Apparemment, j'étais en possession de deux précieuses marchandises. L'une était le crâne, l'autre, les données résultant du *shuffling*. Je les avais mises toutes deux à l'abri à la consigne temporaire de la gare de Shinjuku.

Il y avait plein de choses là-dedans que je ne comprenais pas. J'aurais voulu que quelqu'un me donne un indice quelconque. Sinon, je risquais de fuir éternellement, un crâne de licorne sous le bras, sans jamais rien comprendre à ce qui se passait. Je finis de boire ma bière, terminai ma salade et, au moment où je poussais un soupir de satisfaction, ma porte d'acier blindé fit un bruit comme si elle explosait, s'ouvrit brusquement vers l'intérieur, et un géant tel que je n'en avais encore jamais vu fit son apparition dans la pièce. Il portait une chemise tahitienne aux motifs voyants, un pantalon militaire kaki maculé de graisse et des chaussures de tennis blanches à peu près de la taille de palmes de plongée. Il avait le crâne rasé, un nez épaté, le cou de la grosseur d'un torse d'homme normal, des paupières épaisses et bistres comme du métal, des yeux somnolents dont le blanc ressortait désagréablement. On aurait tout à fait dit des yeux de verre, mais, en regardant bien, ses pupilles remuaient de temps à autre, c'est à cela qu'on reconnaissait que c'étaient ses vrais yeux. Il devait mesurer environ un mètre quatre-vingt-quinze. Il avait les épaules larges, et même sa chemise tahitienne, pourtant si grande qu'on aurait dit qu'il avait passé sur lui un drap plié en deux, lui serrait tellement la poitrine que les boutons avaient l'air prêts à s'arracher.

Le géant contemplait la porte qu'il venait de briser avec le même regard que moi devant le bouchon d'une bouteille de vin que je viens de déboucher, puis il se tourna vers moi. Ses sentiments à l'égard de l'être humain que j'étais n'avaient pas l'air du genre spécialement complexes. Il me regardait comme si je faisais partie du mobilier de la pièce. De mon côté, si j'avais pu, j'aurais bien voulu faire *réellement* partie du mobilier.

Quand le géant commença à s'approcher de moi, j'aperçus derrière lui une petite silhouette, celle d'un type qui ne devait même pas mesurer un mètre cinquante, maigre, avec un visage aux traits réguliers. Il portait un polo Lacoste bleu clair, un pantalon beige, et des chaussures couleur thé léger. Il avait probablement acheté ses vêtements dans un magasin de luxe pour enfants. Une Rolex en or brillait à son poignet, mais évidemment, comme ce n'était pas une montre pour enfant, elle avait l'air plus grosse que nécessaire. On aurait dit un appareil de télécommunication sorti tout droit de *Star Trek*. Quant à l'âge, il devait être entre la fin de la trentaine et le début de la quarantaine. S'il avait juste eu une vingtaine de centimètres de plus, il aurait pu faire l'affaire pour servir de doublure à un acteur de télé.

Le géant entra dans ma cuisine sans se déchausser, fit le tour de la table, tira une chaise juste en face de moi. Le nabot s'avança lentement et vint s'y asseoir. Le géant posa ses fesses dans l'évier, croisa sur sa poitrine des bras de la taille des cuisses d'un homme normal, et fixa ses yeux ternes sur mon dos, un peu au-dessus des reins. Finalement, j'aurais sûrement mieux fait de prendre l'échelle de secours et de filer par la véranda. Là, j'avais fait une grosse erreur de jugement. J'avais peut-être besoin d'aller à la station d'essence faire vérifier la mécanique que j'avais sous le capot…

La petite frappe ne me jeta pas un regard, ne me dit pas un mot. Il sortit de sa poche un paquet de cigarettes et un briquet et les aligna sur la table. C'était des Benson & Hedges et le briquet, un Dupont en or. En voyant ça, je me fis la réflexion que le déséquilibre du commerce extérieur devait être une rumeur mensongère forgée de toutes pièces par les gouvernements étrangers. Il saisit le briquet entre deux doigts et le fit tournoyer avec adresse. Je me dis que ça ressemblait tout à fait à un numéro de cirque à domicile, mais évidemment je n'avais aucun souvenir d'avoir commandé ce genre de spectacle.

Je cherchai au-dessus du frigo un cendrier portant la marque Budweiser qu'on m'avait donné il y a longtemps déjà dans un bar, essuyai la poussière du doigt et le posai devant le type. Avec un joli petit claquement sec, il alluma sa cigarette et plissa les yeux en exhalant la fumée dans l'air. Il y avait un je-ne-sais-quoi de bizarre dans sa petitesse. Il était uniformément petit, du visage aux mains et aux pieds. Son corps avait tout l'air d'une copie en réduction d'un corps humain ordinaire. Du coup la Benson & Hedges qu'il tenait paraissait de la taille d'un stylo à bille flambant neuf.

Sans dire un mot, la petite frappe contemplait le bout de sa cigarette en train de se consumer. Dans un film de Godard, un sous-titre apparaîtrait juste à ce moment : « Il regarde sa cigarette se consumer. » Mais heureusement ou malheureusement, aujourd'hui les films de Godard étaient complètement en retard sur l'époque. Quand le bout de sa cigarette se fut transformé en une quantité suffisante de cendres, il tapota du bout de l'index pour faire tomber celle-ci sur la table et ne jeta même pas un coup d'œil au cendrier.

— Au sujet de la porte, fit la petite frappe d'une

voix haut perchée, il fallait absolument qu'il la casse. C'est pour ça qu'il l'a fait. On aurait pu entrer discrètement avec une clé, hein, si on avait voulu, mais on avait nos raisons, alors ne le prends pas mal.

— Vous ne trouverez rien ici. Vous n'avez qu'à fouiller et vous vous en rendrez compte par vous-même, dis-je.

— Fouiller ? fit le nabot d'un air surpris. (La cigarette au bec, il se grattait les paumes des mains.) Fouiller ? Pour trouver quoi, tu veux me le dire ?

— Ça, moi je n'en sais rien, mais c'est bien pour ça que vous êtes venus, pour chercher quelque chose, non ? Puisque vous avez même défoncé ma porte dans ce but.

— Dis donc, je comprends pas bien ce que tu racontes, dit le nain. Je crois qu'il y a un malentendu, là. On n'est rien venus chercher de spécial. On est venus causer avec toi. Et c'est tout. On cherche rien, et on n'a besoin de rien. Sauf que si t'avais du Coca, j'en boirais bien un.

J'ouvris le frigidaire, en sortis deux canettes de Coca que j'avais achetées pour mélanger au whisky et les posai sur la table avec des verres. Puis je sortis une canette de bière Yebisu pour moi-même.

— Et lui, il ne veut rien boire ? demandai-je en désignant le géant derrière moi.

La petite frappe lui fit signe de venir en recourbant un doigt, le géant s'approcha de la table sans un mot et prit une des canettes. Par rapport à sa taille, ses mouvements étaient d'une légèreté surprenante.

— Fais-lui voir ton truc, quand t'auras fini de boire, lui dit le nabot. (Puis il se tourna vers moi.) Une petite attraction…

Je me retournai et regardai le géant vider son Coke

d'un trait. Quand il eut fini, il retourna la canette pour vérifier qu'il ne restait vraiment plus une goutte dedans, puis il la plaça entre les paumes de ses mains et, l'air toujours aussi inexpressif, la réduisit en bouillie. Cela fit un bruit de papier journal agité par le vent, et la canette rouge ne fut plus qu'une feuille de métal aplatie.

— Bon ça, n'importe qui est capable de le faire, mais attends la suite, fit le nabot.

N'importe qui peut-être, mais pas moi. Le géant saisit alors la feuille de métal aplatie entre les doigts de ses deux mains, et, avec à peine une torsion des lèvres, la déchira bien proprement en longueur. J'ai déjà vu une fois déchirer un annuaire téléphonique en deux, mais déchirer une canette de Coke aplatie, c'était bien la première fois ! N'ayant jamais essayé, je ne peux pas vraiment en être sûr, mais ça me paraît quelque chose d'assez difficile à réaliser.

— Il peut même tordre une pièce de cent yens. Y a pas tellement de gens capables de faire ça, dit le nabot. (J'acquiesçai en hochant la tête.) Il peut même arracher une oreille sans problème. (J'acquiesçai en hochant la tête.) Il était lutteur professionnel jusqu'à il y a trois ans. C'était pas un mauvais champion. S'il ne s'était pas fait mal au genou, il serait allé jusqu'au niveau le plus haut. Il est jeune, compétent, avec un jeu de jambes rapide par rapport à son physique. Mais si on se fait mal aux genoux, c'est fini dans ce métier. Si on perd sa vitesse, on n'est plus bon à rien à la lutte. (Comme il me regardait à ce moment-là, j'acquiesçai en hochant la tête.) Alors, depuis, je m'occupe de lui. Normal, c'est mon cousin.

— Vous ne faites pas dans les tailles intermédiaires dans la famille, dis-je.

— Redis ça une fois pour voir, fit le nabot en me fixant dans les yeux.

— Non, rien, dis-je.

La petite frappe parut hésiter un moment sur ce qu'il devait faire, puis il laissa tomber, jeta sa cigarette par terre et l'éteignit en l'écrasant. Je décidai de ne pas protester.

— Faut que tu te détendes un peu. Ouvre ton cœur, tu te sentiras plus à l'aise. Si on n'est pas détendu, on ne peut pas discuter franchement. Tu as encore les épaules un peu trop raides, là, dit le nabot.

— Je peux me sortir une autre bière du frigo ?

— Bien sûr. Tu es chez toi, quand même. C'est ton frigo et ta bière, non ?

— C'était ma porte, aussi, dis-je.

— Oublie cette porte, tu veux ? C'était de la camelote bon marché, ta porte. Tu as un bon salaire, alors tu ferais mieux de déménager dans un endroit où les portes sont un peu plus solides.

Je fis une croix sur cette histoire de porte, sortis une bière du frigo et la bus. Le nabot se versa du Coca dans un verre, attendit que l'écume retombe et en but la moitié.

— Écoute, on est désolés de causer tout ce désordre, alors je vais t'expliquer tout de suite : en fait, on est venus t'aider.

— En défonçant ma porte ?

À ces mots, le nabot devint tout rouge, ses narines se gonflèrent.

— Je t'avais pas dit d'oublier cette porte ? dit-il d'un ton très calme.

Puis il se tourna vers le géant et répéta sa question. Le géant hocha la tête pour marquer son approbation. Ce type avait l'air de manquer de patience. Et moi, je n'aime pas tellement traiter avec des gens qui manquent de patience.

— On est venus ici dans de bonnes intentions, reprit le nabot. Pour éclairer ta confusion en te fournissant diverses explications. Je m'exprime peut-être mal en parlant de confusion, disons plutôt que tu es désorienté. Je me trompe ?

— Confus et désorienté, répondis-je. Je n'ai aucune connaissance, pas le moindre indice… et plus de porte.

Le nabot attrapa le briquet en or sur la table et, toujours assis sur sa chaise, le lança contre le frigidaire. Cela fit un bruit sourd et déplaisant. Un creux apparut nettement sur la porte de mon frigo. Le géant ramassa le briquet par terre et le remit à sa place. Tout était revenu à l'état précédent, hormis la marque sur la porte de mon frigo. Le nabot but le reste de son Coca pour se calmer l'esprit. Moi, quand j'ai quelqu'un d'impatient en face de moi, j'ai toujours envie de mettre ses nerfs à l'épreuve.

— Dis-moi un peu quelle importance peut avoir une stupide porte comme ça ou même deux ? Réfléchis plutôt à la gravité de la situation. Même si on cassait tout l'immeuble, quelle importance ? Me reparle plus une seule fois de cette porte, compris ?

Le problème n'était pas que cela coûte cher ou pas. Une porte, c'est un symbole.

— Bon, ma porte, on n'en parle plus, mais avec ce genre de trucs je risque d'être viré de cet immeuble, moi. C'est un immeuble tranquille ici, il n'y a que des gens normaux qui y habitent, dis-je.

— Si quelqu'un te fait une réflexion ou essaie de te virer, tu n'as qu'à me téléphoner. Je te jure que je l'étranglerai de mes propres mains. Ça te va comme ça ? Pas d'embarras.

Il me semblait que de faire ça compliquerait encore plus les choses, mais comme je ne voulais pas le provoquer davantage je hochai la tête en silence et bus ma bière.

— C'est peut-être un conseil superflu mais, passé trente-cinq ans, il vaut mieux abandonner l'habitude de boire de la bière, dit le nabot. La bière, c'est une boisson d'étudiant, ou de travailleur de force. Ça donne du ventre, et ça fait pas distingué.

Je hochai la tête et continuai à boire ma bière. De quoi je me mêle ? Je vais régulièrement à la piscine et je fais de la course à pied pour m'aplatir le ventre et pouvoir boire autant de bière que je veux.

— Je suis mal placé pour donner des conseils, remarque, dit la petite frappe. Chacun sa faiblesse, hein ? Moi c'est le tabac et les sucreries. Je ne peux pas résister à ce qui est sucré, c'est mauvais pour les dents, et en plus c'est une cause de diabète.

Je hochai la tête en signe d'assentiment.

Le type jeta un coup d'œil au cadran de sa Rolex.

— Bon, fit-il. Assez causé de choses et d'autres, on n'a pas beaucoup de temps. T'es un peu plus détendu maintenant ?

— Un peu, répondis-je.

— Bon, alors entrons dans le vif du sujet. Comme je te l'ai dit tout à l'heure, mon but, en venant ici, c'est de t'aider ne serait-ce qu'un peu à sortir de cette confusion. Alors, s'il y a des choses qui t'échappent, tu peux me poser les questions que tu voudras. Je répondrai à ce que je peux. (Sur ce, il se tourna vers moi et m'invita à parler d'un geste de la main.) Vas-y, demande-moi ce que tu veux.

— D'abord, je veux savoir qui vous êtes, et jusqu'à quel point vous saisissez la situation, dis-je.

— Bonne question, ça, fit le nain. (Il se tournait vers le géant comme pour quêter son approbation. Quand l'autre eut hoché la tête, il se tourna à nouveau vers moi.) Tu deviens intelligent quand il le faut. Tu ne parles pas pour rien. (Il fit tomber sa cendre dans le cendrier.) Tu peux voir les choses comme ça : je suis venu ici pour t'aider. Pour l'instant, à quelle organisation j'appartiens, ça ne te concerne pas. Quant à ta situation, on la saisit parfaitement. On est au courant pour le professeur, pour le crâne, pour le *shuffling* des données, on sait tout, en gros. On sait même des choses que tu ignores… Question suivante ?

— C'est vous qui êtes venu voler le crâne hier après-midi, en soudoyant le préposé au gaz ?

— Je te l'ai déjà dit tout à l'heure. Ce crâne ne nous intéresse pas. On n'a besoin de rien, nous.

— Qui était-ce alors ? Qui a payé cet employé ? Ou alors j'ai eu la berlue ?

— Nous, on sait rien de tout ça, fit la petite frappe. Et il y a encore d'autres choses qu'on ne sait pas. Les expériences que le professeur fait en ce moment, par exemple. On sait tout ce qu'il fait, en détail. Mais pas dans quel but il le fait. Et c'est ça qu'on voudrait savoir.

— Mais moi non plus, je n'en sais rien. Et malgré ça, tout le monde n'arrête pas de me causer des ennuis.

— Ça, je le sais aussi. Tu ne sais rien, on t'utilise, c'est tout.

— Bon, alors vous n'avez rien à tirer de cette visite chez moi.

— On est juste venus te dire bonjour, fit le nabot qui se mit à tapoter la table avec un coin de son briquet. On a pensé qu'il valait mieux que tu sois au courant de notre existence. Et puis de mettre en commun nos connaissances et nos points de vue, ça facilitera un peu les choses dorénavant.

— Je peux essayer de deviner ?

— Vas-y. L'imagination, c'est libre comme l'oiseau, et vaste comme la mer. Personne ne peut l'arrêter.

— Vous n'êtes ni des gens de System ni des gens de Factory. Vos procédés diffèrent de l'un comme de l'autre. Vous êtes sans doute une petite organisation indépendante. Vous cherchez à vous tailler une part du gâteau. Vous cherchez sûrement à empiéter sur System, et…

— Regarde-moi ça ! dit le nain à son géant de cousin. Je te l'ai bien dit tout à l'heure, qu'il devenait intelligent. (Le géant hocha la tête.) T'es tellement intelligent que c'est bizarre de te voir habiter un immeuble d'un standing aussi bas ! Intelligent au point que c'est bizarre que ta femme se soit barrée ! dit le nabot.

Ça faisait vraiment longtemps que je n'avais entendu pareils compliments. Ça me faisait même rougir.

— En gros, tes suppositions sont justes, continua le type. Nous nous sommes emparés d'une nouvelle formule mise au point par le professeur, et on est en train de prendre la position de tête dans la guerre de l'informatique. On s'y est préparés, et on a du capital derrière. Et maintenant il nous faut quelqu'un comme toi, et aussi les recherches du professeur. Ça nous permettra de renverser radicalement d'un coup les deux structures de System et Factory. Ça c'est le bon côté de la guerre informatique. Les chances sont égales. Le gagnant est celui qui a en main un nouveau système parfaitement au point. En plus, c'est une victoire définitive. Aucun rapport avec des résultats positifs, ni rien. Sans compter que la situation actuelle n'est pas naturelle. Il n'y a que des monopoles, non ? System monopolise la partie positive de l'information, et Factory la partie négative. Il n'y a aucune compétition. Quoi qu'on en pense, c'est contraire à la loi de l'économie libérale. Alors, tu trouves pas que c'est pas naturel ?

— Je ne me sens pas concerné. Je ne suis qu'un maillon tout au bout de la chaîne, qui fait son boulot. À part ça, je n'ai pas d'avis. C'est pour ça que, si vous êtes venus pour que je me joigne à vous…

— On dirait que t'as pas bien compris, dit la petite frappe en faisant claquer sa langue. On n'a pas envie que tu viennes te joindre à nous, j'ai seulement dit qu'on te voulait pour nous, nuance. Question suivante ?

— Parlez-moi des ténébrides…

— Les ténébrides, ils vivent dans les sous-sols. Ils habitent dans le métro, dans les égouts, ce genre d'endroits. Ils survivent en mangeant les restes laissés par la ville, en buvant les eaux usées. Ils ne se mêlent pratiquement pas aux humains. C'est pour ça que peu de gens sont au courant de leur existence. Au départ, ils n'ont aucune intention nuisible envers les humains, mais de temps en temps il arrive qu'ils attrapent quelqu'un qui s'est égaré dans les souterrains et le boulottent. Il y a de temps en temps comme ça un ouvrier qui disparaît au cours de travaux dans le métro…

— Le gouvernement n'est pas au courant ?

— Évidemment que le gouvernement est au courant ! L'État n'est pas si bête que ça ! Toute la clique est au courant. Enfin, c'est limité à une petite frange au plus haut niveau.

— Et pourquoi est-ce qu'ils ne préviennent pas tout le monde, ou n'essaient pas de s'en débarrasser ?

— Primo, fit le type, si l'homme de la rue était mis au courant, tu imagines la panique ? T'es d'accord, non ? Ça ne ferait plaisir à personne de penser qu'il a cette équipe de tordus en train de grouiller sous ses pieds, non ? Deuxio, les exterminer, ce n'est pas envisageable. Même pour les forces d'autodéfense, s'enfoncer dans les souterrains de Tokyo pour supprimer tous les ténébrides sans en laisser un seul, c'est impossible ! Les ténèbres, c'est leur domaine. Si on essayait de faire ça, ça serait une véritable guerre. Et puis c'est pas tout. Ils ont leur repaire principal sous le palais impérial et, s'il se passait quelque chose, ils creuseraient le sol en pleine nuit, se glisseraient à la surface de la terre et entraîneraient toute la clique qui se trouve là-haut avec eux sous la terre. Là, mon vieux, tu imagines la pagaille au Japon ? Voilà pourquoi le gouvernement ne s'occupe pas des ténébrides et leur fiche une paix royale. Et en plus, inversement, s'ils arrivaient à se mettre les ténébrides dans la poche, tu imagines la force colossale qu'ils auraient en main ? En cas de coup d'État, ou de guerre, celui qui aurait les ténébrides avec lui serait sûr de ne pas être perdant. Ces bestioles survivraient même à une guerre atomique. En tout cas, pour le moment, ils ne marchent avec personne. Ils sont extrêmement soupçonneux et ne cherchent absolument pas le contact avec les humains.

— Pourtant, dis-je, j'ai entendu dire que les pirateurs et les ténébrides travaillaient ensemble.

— C'est vrai, c'est un bruit qui court. Mais, même si c'était le cas, ça veut seulement dire que les pirateurs sont temporairement dans les bonnes grâces d'une toute petite fraction des ténébrides, pour une raison quelconque, c'est tout. Que les pirateurs et les ténébrides fassent alliance de façon permanente, c'est complètement inimaginable. Il n'y a pas lieu de se faire du souci.

— Pourtant le professeur vient d'être enlevé par les ténébrides.

— Ça aussi, j'en ai entendu parler. Mais on n'a aucun détail précis là-dessus. Il n'est pas impossible que le professeur ait monté cette histoire de toutes pièces pour pouvoir disparaître un peu de la circulation. En tout cas, comme il y a trois ou quatre partis en jeu dans cette histoire, il peut arriver n'importe quoi.

— Qu'est-ce que le professeur cherchait à faire exactement ?

— Il faisait de la recherche spécialisée, dit le type. (Il se mit à regarder son briquet sous tous les angles.) Des recherches originales, en antagonisme aussi bien avec l'organisation de System qu'avec celle de Factory. Les pirateurs essaient de mettre les programmeurs hors jeu, et les programmeurs de balayer les pirateurs. Le professeur avait trouvé une faille entre ces deux organisations et poursuivait des recherches capables de renverser le mécanisme qui fait fonctionner le monde. Et il avait besoin de toi pour ça. Et pas seulement de tes capacités en tant que programmeur, mais de toi en tant qu'homme.

— De moi ? fis-je, surpris. Pourquoi aurait-il eu besoin de moi ? Je n'ai aucune faculté spéciale, je suis un type tout ce qu'il y a de plus ordinaire. Je ne vois vraiment pas en quoi je serais capable de participer au renversement du monde.

— Nous aussi, on se pose la question, dit le nabot en malaxant son briquet. On a bien une petite idée, mais sans aucune certitude. En tout cas, il poursuivait ses recherches en se focalisant de plus en plus sur toi. Il y avait mis le temps, mais il était arrivé à ses derniers préparatifs, pour le stade final. Sans que toi-même te rendes compte de rien.

— Et vous, vous vouliez vous emparer des résultats de ses recherches et de moi, dès qu'il aurait atteint ce stade final ?

— Ben oui, c'est ça, fit le nabot. Seulement les choses ont commencé à se gâter. Factory a reniflé quelque chose, et s'est mis en branle. Et alors nous aussi on a été obligés de se mettre à bouger. C'est ennuyeux, ça.

— Est-ce que System est au courant ?

— Non, ils n'ont pas encore dû s'en apercevoir. Ils sont sûrement plus vigilants du côté du professeur, mais…

— Qui c'est au juste, ce professeur ?

— Il a travaillé plusieurs années chez System. Évidemment, quand je dis qu'il travaillait, ça ne veut pas dire au niveau des affaires courantes comme toi : il faisait partie du laboratoire de recherche central. Sa spécialité…

— Chez System ? m'écriai-je.

L'histoire se compliquait. Et moi, qui étais au cœur de cette affaire, j'ignorais tout.

— Oui, ce qui fait qu'autrefois le professeur était un de tes collègues ! Je pense que tu ne l'as jamais rencontré mais si on considère que vous travailliez au sein de la même organisation… Enfin, même en parlant d'organisation, celle des programmeurs a une sphère d'activité tellement large et complexe que c'en est mystérieux à un point effrayant, il n'y a qu'une petite poignée de types au plus haut niveau qui sait réellement ce qui se passe, où, et comment. Autrement dit, la main gauche ignore ce que fait la droite, et l'œil droit regarde dans une direction différente de l'œil gauche. Pour dire ça en un mot, ils sont submergés d'informations, et ils n'ont pas assez de mains pour les traiter. Les pirateurs essaient de les voler, les programmeurs de les protéger. Mais ils ont eu beau élargir chacun leur organisation, ni l'une ni l'autre ne peut saisir cette marée d'informations dans sa totalité. Bref, toujours est-il que le professeur a un jour décidé de démissionner de l'organisation des programmeurs et s'est plongé dans des recherche personnelles. Sa spécialité touche à plusieurs branches. Physiologie cérébrale, biologie, phrénologie, psychologie… Il passe pour être au top niveau dans n'importe quel domaine concernant les recherches sur la conscience humaine. C'est un véritable génie, le Léonard de Vinci de notre époque, quoi…

À l'idée que c'est à un personnage pareil que j'avais expliqué ce que c'était que le brouillage de données ou le *shuffling,* je me trouvais plutôt lamentable.

— Ce ne serait même pas exagéré de dire que c'est à lui tout seul que revient le mérite d'avoir mis au point la méthode de calcul utilisée par les programmeurs. Autrement dit, vous autres n'êtes que les abeilles ouvrières au crâne bourré du savoir-faire qu'il a inventé. C'est peut-être malvenu comme expression ?

— Non, non, ne vous gênez pas, surtout, répondis-je.

— Bon, donc le professeur a démissionné. Évidemment, quand il a arrêté, l'organisation des pirateurs est venue lui faire des propositions. En général, quand un programmeur laisse tomber le boulot, il passe du côté des pirateurs. Mais le professeur a refusé. En disant qu'il avait des recherches personnelles à terminer. Du coup, ça a fait de lui l'ennemi commun des programmeurs et des pirateurs. C'est-à-dire que, pour les programmeurs, il connaissait trop de secrets et que, pour les pirateurs, il appartenait toujours à l'organisation rivale. Pour ces types-là, celui qui n'est pas de leur côté est d'office un ennemi. Comme le professeur était bien placé pour savoir ça, il s'est construit un labo de recherche tout près de l'antre des ténébrides. Tu y es bien allé, à son labo ? (Je hochai la tête.) C'était vraiment une bonne idée. Personne ne s'en approche, de ce labo. Ça grouille de ténébrides dans le coin, et ni les programmeurs ni les pirateurs n'ont le dessus sur eux. Le professeur, lui, quand il se rend au labo, il envoie des ondes sonores désagréables à ces créatures. Ça fait complètement disparaître tous les ténébrides du coin, un peu comme Moïse quand il a traversé la mer Rouge, tu vois. Un système de protection parfait. Mis à part la fille, tu dois être le premier qui ait jamais eu l'occasion de pénétrer dans ce labo, pour te dire à quel point tu es important dans cette affaire. Il semble bien que le professeur approchait du but de ses recherches, et qu'il t'a fait venir pour pouvoir les mener à bien.

Je poussai un gémissement. C'était bien la première fois de ma vie que mon existence revêtait une telle importance. Ça me paraissait bizarre d'être si important. Je n'arrivais pas à me faire à l'idée.

— Ce qui veut dire, fis-je, que les données d'expérience que j'ai traitées n'étaient qu'un leurre destiné à m'attirer là-bas, et qu'elles n'ont aucune valeur réelle ? Si son véritable but était uniquement de me faire venir…

— Non, ça c'est inexact, dit le nain. (Puis il

jeta à nouveau un coup d'œil furtif à sa montre.) Ces données-là, c'est un programme minutieusement construit. Quelque chose comme une bombe à retardement. Quand le moment est venu, boum ! ça explose. Évidemment, c'est une simple supposition, nous non plus on ne sait rien de sûr là-dessus. Si on ne demande pas directement au professeur, on ne peut rien savoir. Euh, bon, on arrive au bout du temps imparti, alors je voudrais bien qu'on mette un terme à cette conversation maintenant, d'accord ? On a encore quelques petites choses à faire après.

— Et la petite-fille du professeur, qu'est-ce qu'elle est devenue ?

— Il lui est arrivé quelque chose, à celle-là ? fit le nabot d'un air étonné. Nous, on n'est pas au courant. On peut quand même pas tout surveiller, hein. Pourquoi, tu as un faible pour cette donzelle ?

— Non, répondis-je.

*Peut-être* que non, pensai-je.

La petite frappe se leva sans me quitter des yeux, ramassa son paquet de cigarettes et son briquet sur la table, les mit dans la poche de son pantalon.

— Je pense qu'en gros tu as compris nos positions respectives. Et, comme petit complément de programme, on a un plan maintenant. Autrement dit, on a une longueur d'avance sur les pirateurs pour l'instant, puisqu'on a en main des informations plus détaillées qu'eux sur la situation, mais, comparée à Factory, notre organisation a des moyens très faibles. S'ils s'y mettent sérieusement, ils peuvent nous dépasser et nous écrabouiller complètement. C'est pour ça qu'avant qu'ils commencent on doit les feinter. Tu saisis la logique ?

— Oui, dis-je, je comprends très bien.

— Mais, avec le peu de moyens qu'on a, on peut pas le faire. Il faut qu'on emprunte la force de quelqu'un d'autre. Si c'était toi, tu te servirais de qui ?

— De System…

— Regarde-moi ça ! dit à nouveau le nabot au géant. Je te l'avais bien dit, qu'il était malin… (Puis il me regarda à nouveau.) Mais pour ça il faut un appât. Sans appât, personne ne tombe dans le piège. Et l'appât, c'est toi.

— Ça ne me dit trop rien, dis-je.

— Que ça te dise ou pas, c'est pas la question. On est prêts à tout, nous. Tiens, à mon tour de te poser une question… Qu'est-ce qui est le plus important pour toi dans cette pièce ?

— Rien, répondis-je. Il n'y a rien de précieux ici, c'est rien que des trucs bon marché.

— Pas la peine de préciser, ça se voit. Mais il doit bien y avoir au moins une chose que tu n'as pas envie de voir casser ? Même si c'est un truc pas cher, c'est chez toi après tout.

— Casser ? demandai-je, surpris. Qu'est-ce que vous voulez dire, casser ?

— Casser, ça veut dire casser, c'est tout… Comme ta porte, quoi, dit le nain en désignant ma porte d'entrée toute tordue et arrachée de ses gonds. Juste casser pour le plaisir de casser. On va tout réduire en miettes.

— Mais pourquoi ?!

— Je peux pas t'expliquer en un mot, et puis, que je t'explique ou pas, ça changera rien à la casse. Alors, vas-y, dis-moi ce que t'aimerais pas voir casser. C'est pour ton bien que je dis ça.

— Mon magnétoscope, dis-je, résigné. Et mon

écran de télé, ça coûte cher, et je viens de les acheter. Et aussi ma réserve de whisky dans le placard, là.

— Quoi d'autre ?

— Ma veste en cuir, mon costume trois-pièces tout neuf.

— Quoi encore ?

Je réfléchis à ce que je possédais encore de précieux. Non, rien. Je ne suis pas du genre à entasser des objets de valeur chez moi.

— C'est tout, dis-je.

Le nain hocha la tête, le géant aussi.

Le géant commença par ouvrir tous les placards et les tiroirs, un à un. Il sortit d'un placard mes haltères pour la musculation, les fit passer derrière son dos, les poussa vers le haut. Je n'avais encore jamais vu quelqu'un monter des haltères aussi lourds jusqu'en haut, ce fut une nouvelle expérience pour moi. Impressionnant.

Puis il saisit à deux mains la barre des haltères comme si c'était une batte de base-ball et passa dans la chambre. Je me penchai pour regarder ce qu'il allait faire. Il s'arrêta devant la télé, brandit la barre au-dessus de ses épaules, visa le tube cathodique et balança un coup de toutes ses forces. Dans un bruit de verre volant en éclats, la télé à écran de soixante-dix centimètres que j'avais achetée trois mois auparavant fut écrabouillée comme une pastèque.

— Eh, attendez un peu ! dis-je en essayant de me lever, mais le nain m'arrêta en tapant d'une main sur la table.

Ensuite le géant souleva mon magnétoscope et le balança plusieurs fois avec détermination sur le panneau de côté de la télé. Les boutons volèrent dans tous les sens, et un filet de fumée blanche dû aux courts-circuits se mit à flotter dans l'air comme une âme échappée au massacre. Le géant vérifia que le magnétoscope était bien hors d'usage, puis, jetant par terre la machine transformée en miettes, il sortit de sa poche son couteau à cran d'arrêt. Avec un bruit simple et clair – shlac ! –, une lame effilée apparut. Ensuite, il ouvrit la porte du placard à vêtements et lacéra proprement ma veste de cuir et mon costume de chez Brooks Brothers, qui à eux deux valaient environ deux cent mille yens.

— Ça va pas, ça ! hurlai-je à l'adresse du nain. Vous aviez dit que vous ne casseriez pas les trucs précieux, non ?

— J'ai jamais dit ça, répondit tranquillement le nabot. Je t'ai juste demandé ce que tu *avais* de plus précieux. J'ai pas dit qu'on n'allait pas le casser. On casse en commençant par le plus important. Normal, non ?

— Et allez donc, dis-je, puis je sortis du frigo une bière que je me mis à boire.

Ensuite, en compagnie du nain, je regardai le géant saccager de fond en comble mon confortable petit deux pièces aménagé avec goût.

## 14

## La forêt

Bientôt, l'automne s'en alla. Un beau matin, en regardant le ciel au réveil, je m'aperçus que les nuages bien nets de l'automne étaient partis et qu'à leur place d'épais nuages mornes pointaient le bout de leur nez au-dessus des crêtes des montagnes du nord, messagers porteurs de désagréables nouvelles. Dans la ville, l'automne faisait figure d'un beau visiteur agréable dont le séjour était trop bref, le départ trop brusque.

Une fois l'automne disparu, le ciel s'installa dans un vide transitoire. Oui, un ciel vide étrangement silencieux, qui n'appartenait ni à l'automne ni à l'hiver. La fourrure dorée qui enveloppait les licornes perdit peu à peu son éclat, la blancheur comme décolorée de leur pelage, qui allait en augmentant, annonçait aux habitants de la ville l'arrivée imminente de l'hiver. Toutes les créatures vivantes, et la nature entière, rentraient la tête dans les épaules et raidissaient leur corps, en prévision de la saison du gel. Le pressentiment de l'hiver enveloppait la ville comme un halo invisible. Le bruit du vent, l'ondoiement des branches, le calme de la nuit, jusqu'au bruit des souliers des passants qui résonnaient plus lourdement, tout paraissait suggérer quelque chose. Même l'écho de la rivière qui à l'automne m'avait paru si doux, si agréable, ne parvenait plus à consoler mon cœur. Chaque élément de la nature, comme figé dans sa course, semblait s'être enfermé dans sa coquille afin de préserver la vie qu'il contenait. Tous sentaient que l'hiver était une saison particulière, différente de toutes les autres. Les pépiements des oiseaux s'étaient faits plus brefs et plus aigus, seul un battement d'ailes de temps à autre venait troubler le ciel vide et glacé.

— Cette année, l'hiver sera particulièrement froid, dit le vieux colonel. Ça se voit à la forme des nuages. Regarde un peu.

Le vieillard m'emmena près de la fenêtre pour me montrer d'épais nuages sombres accrochés aux crêtes du nord.

— En cette saison, on voit toujours les nuages de l'hiver arriver en messagers sur les montagnes du nord. Ils viennent en éclaireurs, mais nous, nous pouvons prédire d'après leur forme quel hiver nous attend. Un hiver doux si les nuages sont plats, mais plus ils sont épais, plus l'hiver sera rude. Le pire présage, ce sont les nuages en forme d'oiseau ouvrant les ailes : ils annoncent un hiver glacial. Comme ceux-là, regarde.

J'écarquillai les yeux pour distinguer les nuages qui surplombaient les crêtes du nord. Leurs formes étaient incertaines, mais je pus reconnaître ceux dont me parlait le vieil homme. Leur envergure était si large qu'ils atteignaient les extrémités gauche et droite de la chaîne de montagnes, et ils s'enflaient au centre, évoquant sans aucun doute, comme l'avait dit le colonel, un oiseau aux ailes étendues. Un oiseau géant de mauvais augure, gris cendre, qui volait vers nous par-dessus les montagnes.

— Un hiver glacial comme on n'en voit qu'un tous les cinquante ou soixante ans, dit le colonel. À propos, tu ne dois pas avoir de manteau ?

— Non, je n'en ai pas.

Tout ce que je possédais, c'était la veste de coton peu épaisse qui m'avait été allouée à mon arrivée dans la ville.

Le vieil homme ouvrit une armoire, en sortit un manteau militaire bleu marine qu'il me tendit. Quand je le pris, il me parut lourd comme la pierre, la fourrure rêche me piqua la peau.

— Il est un peu lourd, mais ça vaut mieux que de ne pas en avoir. Je me le suis procuré il y a quelque temps en pensant à toi. Ce serait bien qu'il soit à ta taille…

J'enfilai mes bras dans les manches du manteau. La carrure était trop large, et il était lourd au point de me faire chanceler, n'étant pas habitué à le porter, mais il me convenait comme ça. Comme disait le vieillard, c'était mieux que rien. Je le remerciai.

— Tu dessines toujours ton plan ? me demanda-t-il.

— Oui. Il y a quelques parties à compléter, mais je voudrais bien le terminer, si possible. Puisque je me suis déjà donné tout ce mal…

— Personnellement, ça ne me dérange pas que tu fasses un plan. Tu fais ce que tu veux, et puis ça ne gêne personne. Mais, je te dis ça pour ton bien, quand l'hiver sera là, il faudra que tu arrêtes tes expéditions. Il faut rester à proximité des maisons. Surtout quand on a un hiver glacial comme celui qui se prépare, on n'est jamais trop prudent. Ici, ce n'est pas un domaine très vaste, mais, en hiver, il fourmille de lieux dangereux que tu ne connais pas. Attends le printemps pour finir ton plan.

— Très bien, dis-je. Mais l'hiver, cela commence quand exactement ?

— À la neige. Le premier flocon de neige marque le début de l'hiver. Et quand la neige qui s'est amoncelée sur la rivière a fini de fondre, c'est la fin de l'hiver.

Ensemble, nous bûmes le café matinal en regardant les nuages sur les crêtes du nord.

— Autre chose d'important, dit le vieil homme. Quand l'hiver aura commencé, surtout ne t'approche pas du mur. Ne va pas dans la forêt non plus. L'hiver donne beaucoup de force à ce qu'il y a là-bas.

— Mais qu'y a-t-il donc dans la forêt ?

— Rien, répondit le vieillard après un instant de réflexion. Rien. En tout cas, rien qui soit nécessaire à des gens comme toi ou moi. La forêt, c'est un endroit dénué d'utilité pour nous.

— Il n'y a personne dans la forêt ?

Le vieil homme ouvrit la porte du poêle, enleva les cendres, bourra l'intérieur de branches minces et de charbon de bois.

— À partir de ce soir, il va falloir allumer le poêle, dit-il. Ce bois et cette houille, on les trouve dans la forêt. Et dans la forêt on trouve aussi des champignons, du thé, des choses comestibles. En ce sens, nous avons besoin de la forêt. Mais c'est tout. En dehors de ça, il n'y a rien.

— Mais, dans ce cas, il doit bien y avoir des gens qui vivent dans la forêt, pour extraire la houille, faire des fagots de bois, chercher des champignons, etc. ?

— Certainement. Il y a quelques personnes qui y habitent. Ils fournissent à la ville la houille, le bois et les champignons, et en échange nous leur donnons des céréales et des vêtements. Ce genre d'échange se fait une fois par semaine, avec des gens bien déterminés, dans un lieu bien déterminé. À part ça, il n'y a aucun contact. Les gens de la forêt n'approchent pas de la ville, et nous ne nous approchons pas de la forêt. Nous et eux avons une existence complètement différente.

— Différente en quoi ?

— En tout. Nous sommes différents d'eux sur tous les plans auxquels on pourrait penser. Mais, écoute-moi bien, je ne veux pas que tu t'intéresses à eux. Ils sont dangereux. Ils pourraient avoir une influence néfaste sur toi. Toi, comment dire, tu es un être pas encore déterminé. Il vaut mieux que tu évites de côtoyer des dangers inutiles jusqu'à ce que tout ce qui doit être déterminé en toi le soit. La forêt, c'est une forêt, c'est tout. Il suffit que tu écrives *Forêt* sur ton plan à cet endroit, et ça suffira. Tu m'as compris ?

— J'ai compris.

— Et puis le mur, en hiver, est plus dangereux que tout. En hiver, il enferme la ville encore plus strictement. Il vérifie que nous sommes tous bien enfermés dans son enceinte, sans erreur possible. Le mur voit tout ce qui se passe ici, sans exception. C'est pourquoi tu ne dois avoir aucun contact avec le mur, sous quelque forme que ce soit, et tu ne dois pas t'en approcher non plus. Je me répète peut-être, mais tu n'es pas encore un être déterminé. Tu hésites, tu as des contradictions, des regrets et même des faiblesses. L'hiver est la plus dangereuse des saisons pour toi.

Il me fallait chercher à en savoir ne serait-ce qu'un tout petit peu plus sur la forêt avant l'arrivée de l'hiver. Le moment où j'avais promis de donner le plan à mon ombre était venu, et puis c'est lui qui m'avait commandé de me renseigner sur la forêt. Il ne me restait qu'à finir mes investigations sur la forêt pour que mon plan soit enfin terminé.

Les nuages des crêtes du nord étendaient lentement mais inexorablement leurs ailes, et, au fur et à mesure qu'ils prenaient position dans le ciel au-dessus de la ville, la lumière dorée du soleil diminuait rapidement. Dans le ciel vaguement nuageux, comme recouvert d'une fine couche de cendres, stagnait une lumière falote. Cette saison convenait parfaitement à mes yeux blessés. Le ciel ne brillait plus d'un bleu étincelant, et le vent affaibli était désormais incapable de chasser ces nuages.

Je suivis le chemin le long de la rivière et pénétrai dans la forêt. Je décidai d'en explorer l'intérieur en restant le plus près possible du mur de façon à ne pas m'égarer. Et ainsi je pourrais aussi dessiner sur mon plan les contours de la muraille qui encerclait la forêt.

Mais mes recherches se révélèrent loin d'être simples. À mi-chemin, je rencontrai des fossés profonds, comme si la surface du sol s'était complètement affaissée, et des buissons de framboisiers bien plus haut que ma taille. Il y avait des marécages qui me barraient le chemin, et partout d'énormes araignées avaient filé leurs toiles gluantes, qui venaient se coller à mon visage, mon cou, mes bras. De temps à autre, j'entendais des choses grouiller dans les fourrés. Les branches des arbres immenses couvraient le ciel au-dessus de ma tête, donnant à la forêt des teintes sombres comme le fond de la mer. Entre les racines des arbres, des champignons de diverses tailles et diverses couleurs se dressaient comme les symptômes d'une sinistre maladie de peau.

Malgré cela, je quittai un jour les abords du mur pour m'enfoncer au cœur de la forêt. Là, je découvris un monde étrangement calme et silencieux. Ces lieux, emplis du souffle frais du cosmos qui avait donné naissance à une nature profonde et encore vierge, apaisèrent mon cœur. Cet endroit ne se reflétait pas à mes yeux comme le lieu dangereux que le colonel m'avait averti d'éviter. Ici, les arbres, les plantes, les petits animaux répétaient à l'infini le cycle éternel de la vie, et on sentait dans chaque pierre, dans la moindre poignée de terre, quelque chose comme une immuable providence.

Plus je m'éloignais du mur et avançais dans la forêt, plus cette impression devenait forte. Les ombres sinistres avaient rapidement pâli, les formes des arbres, les couleurs des herbes et des feuilles étaient à nouveau paisibles, des chants d'oiseaux résonnaient joyeusement. Ni dans les petites clairières qui s'ouvraient çà et là, ni dans les ruisselets qui couraient entre les arbres, nulle part on ne ressentait cette tension, cette obscurité qui émanait de la forêt à proximité du mur. Je ne comprenais pas comment un tel écart avait pu naître d'un paysage à l'autre. Peut-être était-ce la puissance émanant du mur qui troublait l'air de la forêt, ou peut-être était-ce une simple question de topographie.

Cependant, si agréable qu'il fût de marcher au cœur de la forêt, je ne pouvais pas m'éloigner complètement du mur. La forêt était profonde et, si je m'y égarais ne serait-ce qu'une fois, il me serait impossible de retrouver la bonne direction. Il n'y avait ni sentier ni aucun signe indicatif. C'est pourquoi j'avançais toujours précautionneusement dans la forêt, me maintenant à une distance du mur telle que je l'apercevais toujours du coin des yeux. Il n'était pas facile pour moi de déterminer si la forêt était mon ennemie ou mon alliée, ce calme et ce sentiment agréable n'étaient peut-être après tout qu'une illusion destinée à m'attirer encore plus loin. De toute façon, comme me l'avait fait remarquer le colonel, je n'avais encore dans cette ville qu'une existence faible et instable. Je ne serais jamais assez prudent.

Sans doute parce que je ne m'étais pas vraiment aventuré jusqu'au cœur de la forêt, je ne pus découvrir la moindre trace de ses habitants. Je craignais et espérais à la fois leur rencontre, mais, même en arpentant les lieux plusieurs jours de suite, il ne se produisit rien qui pût indiquer leur présence. Je supposais qu'ils devaient vivre encore plus profondément au cœur de la forêt. Ou bien ils étaient suffisamment habiles pour m'éviter.

Au cours de mon troisième ou quatrième jour de recherche, je découvris une petite clairière au pied du mur, juste à l'endroit où la muraille marque un grand tournant vers le sud. Cette clairière s'étendait en forme d'éventail, prise entre les deux pans de la muraille, formant un minuscule espace que n'avaient pu atteindre les arbres luxuriants. Curieusement, cette étendue ne donnait pas l'impression de tension et de violence caractéristique des paysages proches du mur, mais il s'en dégageait la même douceur paisible qu'au fond de la forêt. Un tapis humide d'herbes rases couvrait le sol ; au-dessus de ma tête, le ciel s'étendait, découpant un carré étrangement net. À un coin de la clairière se trouvaient quelques vestiges de fondations en pierre, indiquant la présence autrefois d'une habitation en ces lieux. En faisant le tour des fondations une à une, je me rendis compte que la construction devait correspondre à un plan assez net et régulier. En tout cas, il ne s'agissait pas d'une petite cabane construite en fonction de cet espace. Il y avait trois pièces indépendantes, une cuisine, une salle de bains et un hall d'entrée. En faisant le tour de ces vestiges, j'essayai de m'imaginer à quoi ressemblait ce bâtiment autrefois. Cependant, je ne pouvais deviner qui, et dans quel but, avait pu construire cette maison au cœur de la forêt, ni comment elle avait fini par être complètement abandonnée. Derrière la cuisine subsistait un puits de pierre, au fond bouché par de la terre, à la margelle recouverte d'herbes. Manifestement, celui qui avait abandonné cette demeure avait dû aussi reboucher le puits. Je me demandais bien pourquoi. Je m'assis au bord du puits, m'appuyai contre la vieille margelle de pierre et regardai le ciel au-dessus de ma tête. Le vent qui soufflait des monts du nord secouait doucement les branches des arbres et les faisait bruire. D'épais nuages gorgés d'humidité traversaient lentement le ciel au-dessus de moi. Je remontai le col de ma veste et regardai évoluer les nuages.

Le mur se dressait juste derrière les ruines de la maison. C'était la première fois que je me trouvais si près du mur dans la forêt. Vue d'aussi près, la muraille paraissait littéralement respirer. Assis dans ce pré qui trouait la forêt de l'est, adossé au vieux puits, à contempler la muraille en tendant l'oreille aux bruissements du vent, il me semblait que je commençais à croire ce que m'avait dit le gardien : s'il était une chose parfaite en ce monde, ce devait être cette muraille. Elle devait exister depuis l'origine des temps. Comme les nuages qui traversaient le ciel, comme la pluie qui donnait naissance aux rivières sur la terre.

Cette muraille était trop énorme pour être dessinée sur un plan, sa respiration était trop intense, la courbe de ses lignes trop gracieuse. Chaque fois que je tâchais d'en dresser le croquis sur mon carnet à dessins, j'étais accablé par un sentiment infini d'impuissance. Selon l'endroit d'où on le regardait, le mur changeait de physionomie à un point difficile à croire, rendant impossible d'en saisir l'exacte réalité.

Je fermai les yeux pour faire un petit somme. Le vent sifflait sans relâche, mais les arbres et la muraille me protégeaient complètement de sa fraîcheur. Avant de m'endormir, je repensai à mon ombre. Il fallait que je lui remette très bientôt ce plan. Évidemment, les détails manquaient de clarté, la partie à l'intérieur de la forêt était presque laissée en blanc, mais l'hiver était à portée de main, et sa venue rendrait les recherches totalement impossibles. Sur mon carnet à dessins, j'avais tracé le contour général de la ville, la forme et l'emplacement des constructions qui s'y trouvaient, pour garder les traces de sa réalité dans la mesure de ce que je savais.

Je n'étais pas sûr que le gardien me laisserait revoir mon ombre, mais il m'avait promis que je pourrais le rencontrer quand les jours raccourciraient et que ses forces se seraient affaiblies. Avec l'hiver tout proche, ces conditions devaient être remplies.

Puis, les yeux fermés, je me mis à songer à la fille de la bibliothèque. Mais plus je pensais à elle, plus mon sentiment de perte s'approfondissait. Il me semblait que je continuais à perdre quelque chose en rapport avec elle. Que je perdais continuellement quelque chose.

Je la voyais tous les jours, mais même ce fait ne pouvait combler le vide à l'intérieur de moi. Quand je lisais les vieux rêves dans la salle de la bibliothèque, elle était, sans doute aucun, présente à mes côtés. Nous dînions ensemble, buvions ensemble le café chaud, puis je la raccompagnais chez elle. En marchant nous bavardions de choses et d'autres. Elle me parlait de sa vie de tous les jours, de ses deux sœurs, de son père.

Pourtant, quand nous nous séparions devant sa maison, mon sentiment de perte était plus grand encore qu'avant de la voir. Je ne pouvais rien contre cet incessant sentiment de manque. Ce puits-là était trop profond, trop sombre, aucune quantité de terre ne pourrait jamais combler ce vide.

Je supposai que ce sentiment de manque était lié quelque part à la perte de mes souvenirs. Ma mémoire cherchait quelque chose dans cette fille, mais moi-même j'étais incapable de trouver quoi, et cet écart laissait en moi un vide irrémédiable. Pour l'instant, je ne pouvais surmonter seul ce problème. Ma propre vie était trop faible, trop incertaine.

Je chassai de mon esprit ces pensées inextricables et laissai ma conscience sombrer dans le sommeil.

Quand je m'éveillai, la température avait étonnamment baissé. Je frissonnai involontairement, rajustai ma veste. Le soleil était en train de se coucher. Je me levai et, au moment où j'époussetais les brindilles collées à mon manteau, le premier flocon de neige frappa ma joue. Levant la tête, je vis un ciel bas couvert de funestes nuages noirs. Quelques gros flocons de neige aux formes vagues descendaient lentement du ciel, comme en dansant, portés par le vent. L'hiver était là.

Avant de partir, je jetai un dernier regard au mur.

Sous le ciel sombre et stagnant où tourbillonnaient des flocons de neige, il se dressait avec une perfection plus frappante que jamais. En levant les yeux sur ces murailles, il me sembla qu'elles aussi me regardaient d'en haut, campées devant moi comme des créatures préhistoriques à peine sorties de leur sommeil.

Il me semblait les entendre me demander : « Que fais-tu ici ? Que cherches-tu ? »

J'étais incapable de répondre à de telles questions. Ce bref sommeil dans le froid avait enlevé toute chaleur à mon corps, un mélange de formes vagues et étranges défilait dans mon esprit. Il me semblait que ce corps, cet esprit appartenaient à un autre que moi. Tout me paraissait lourd et brumeux.

Je traversai la forêt en prenant soin de ne pas quitter le mur des yeux et me hâtai vers la porte de l'est. La route était longue, les ténèbres s'épaississaient d'instant en instant. Mon corps avait perdu son délicat équilibre. Je dus m'arrêter plusieurs fois en cours de route pour reprendre ma respiration : il me fallait rassembler mes forces pour continuer à avancer, et reprendre en main mes sensations nerveuses aiguisées et dispersées. Il me semblait que quelque chose de lourd planait au-dessus de moi, à la faveur du crépuscule. Il me sembla entendre le son d'un cor dans la forêt, mais il traversa ma conscience sans laisser de trace.

Quand j'émergeai enfin de la forêt et me retrouvai au bord de la rivière, la terre était déjà plongée dans des ténèbres profondes. Ni lune ni étoiles ; seuls régnaient le bruit frais du cours d'eau et le vent chargé de neige. Derrière moi se dressait la forêt obscure, oscillant sous le vent. Je ne sais plus combien de temps il me fallut pour parvenir enfin à la bibliothèque. Tout ce dont je me souviens, c'est que je marchai longtemps, longtemps, sur le sentier longeant la rivière. Les branches de saules se balançaient dans le noir, le vent gémissait au-dessus de ma tête. Je marchais toujours, et le chemin paraissait interminable.

Elle me fit asseoir devant le poêle, posa une main sur mon front. La fraîcheur de sa paume était douloureuse, comme si une aiguille de glace m'avait transpercé les tempes. Par réaction, je secouai la tête pour m'en libérer, mais la main ne bougea pas et, dans un effort vain pour la soulever, je fus pris d'un haut-le-cœur.

— Tu as une très forte fièvre, dit-elle. Où étais-tu donc, qu'as-tu fait jusqu'à maintenant ?

J'essayais de répondre quelque chose, mais tous les mots avaient disparu de ma conscience. Je n'arrivais même plus à comprendre exactement ce qu'elle disait.

Elle sortit plusieurs couvertures de je ne sais où, m'en enveloppa et me fit étendre devant le poêle. Pendant qu'elle m'aidait à m'allonger, ses cheveux effleurèrent ma joue. Je ne veux pas la perdre, pensai-je, sans pouvoir décider si cette pensée était vraiment issue de ma conscience, ou si elle émanait de fragments d'anciens souvenirs. J'avais perdu trop de choses déjà, j'étais tellement fatigué. Au milieu de ce sentiment d'impuissance, je sentis la lucidité me quitter peu à peu. Dans un sursaut de la pensée, je me sentis en proie à un étrange sentiment de désintégration, comme si mon esprit cherchait à s'élever, tandis que mon corps physique faisait obstacle à mon esprit. Je ne savais pas de quel côté je devais me laisser entraîner.

Pendant tout ce temps elle tenait ma main dans la sienne.

— Endors-toi maintenant, l'entendis-je me dire.

Il me sembla que les mots mettaient très longtemps à me parvenir, du fond d'une lointaine obscurité.

## 15

## Whisky – Torture – Tourgueniev

Le géant cassa toutes les bouteilles de ma réserve de whisky dans l'évier, toutes, sans en laisser une seule. J'avais fait la connaissance d'un marchand de liqueurs du coin et, chaque fois qu'il faisait des prix sur le whisky d'importation, j'en achetais quelques bouteilles, si bien que j'avais fini par en avoir un bon stock.

Il commença par casser deux bouteilles de Wild Turkey, ensuite il s'attaqua au Cutty Sark, fit leur affaire à trois bouteilles de I.W. Harper, brisa deux Jack Daniel's, réduisit en miettes un Four Roses, fit voler en éclats un Haig et massacra pour finir une demi-douzaine de Chivas Regal. Ça faisait un bruit infernal, et une odeur pire encore. En tout cas, ce n'était pas une odeur ordinaire, puisqu'il venait de répandre d'un coup la quantité de whisky que je buvais normalement en six mois. Toute la pièce puait le whisky.

— On se sent ivre, rien qu'à être ici, dis donc ! fit le nabot d'un ton admiratif.

Résigné, je mis mes coudes sur la table et, la tête dans les mains, regardai les bouteilles brisées s'empiler dans l'évier. Tout ce qui s'élève finit par redescendre, toute forme est vouée à disparaître... Au milieu du fracas des bouteilles cassées, on entendait les sifflotements discordants du géant. Plus que des sifflotements, ça évoquait plutôt le bruit d'un fil dentaire passé entre des dents mal alignées. Je ne sais pas le nom de l'air qu'il jouait, de toute façon ce n'était pas un véritable morceau, mais simplement le crissement d'un fil dentaire passant entre les dents du haut, du milieu puis du bas. Rien qu'entendre ça suffisait à vous écorcher les nerfs. Je remuai la tête, fis descendre la bière au fond de mon gosier. Mon estomac était aussi dur que la serviette de cuir d'un employé de banque en tournée.

Le géant continua son saccage insensé. Évidemment, pour eux, ça avait peut-être un sens, mais pour moi, c'était complètement insensé. Il retourna le lit, éventra le matelas avec son couteau, sortit tous mes vêtements de l'armoire, répandit par terre le contenu du tiroir du bureau, arracha le panneau d'air conditionné, renversa la poubelle, cassa tout ce qu'il y avait dans les placards. Le tout rapidement et avec adresse.

Quand le salon et la chambre ne furent plus qu'un champ de ruines, il s'attaqua à la cuisine. Le nain et moi nous passâmes au salon, remîmes à l'endroit, pour nous asseoir dessus, le canapé renversé au dos tout déchiré et regardâmes le géant tout casser dans la cuisine. J'avais de la chance dans mon malheur : le devant du canapé était presque intact. C'était un canapé de bonne qualité et très confortable, que j'avais acheté pas cher du tout à un photographe de ma connaissance. Un garçon très doué spécialisé dans les photos publicitaires, qui s'était retiré à la montagne au fin fond de la préfecture de Nagano, à cause de problèmes nerveux. C'est comme ça qu'il m'avait vendu pour trois fois rien le canapé qu'il avait dans son bureau. J'étais vraiment désolé, du fond du cœur, qu'il soit malade des nerfs, mais d'un autre côté j'étais ravi d'avoir pu me procurer ce canapé. En tout cas, je n'aurais pas à en racheter un, c'était déjà ça.

Je m'assis sur le coin droit du canapé, tenant ma canette de bière à deux mains, tandis que le nabot s'asseyait à gauche, jambes croisées, appuyé sur l'accoudoir. Malgré le vacarme, pas un des locataires de l'immeuble ne se déplaça pour voir ce qui se passait. À cet étage, il n'y avait pratiquement que des célibataires et, sauf exception, personne n'était là dans la journée pendant la semaine. Est-ce que les deux complices étaient au courant, et était-ce pour cela qu'ils s'en donnaient à cœur joie et faisaient autant de bruit ? Peut-être bien. Ils paraissaient au courant de tout. Ils ne payaient pas de mine, mais ne passaient à l'action qu'après avoir tout bien pesé dans les moindres détails.

De temps en temps, le nain jetait un coup d'œil à sa Rolex pour contrôler l'évolution des opérations, tandis que le géant continuait à détruire méthodiquement et minutieusement toute la pièce. S'ils avaient cherché quelque chose de cette façon, rien n'aurait pu leur échapper, pas même un crayon. Seulement – comme le nabot me l'avait annoncé d'entrée de jeu –, ils ne cherchaient rien. Ils cassaient, c'était tout.

Mais pourquoi ?

Peut-être pour faire croire à un troisième larron qu'ils cherchaient quelque chose.

Mais qui c'était, ce troisième larron ?

Je m'arrêtai de réfléchir, bus ce qui restait de ma bière, posai la canette vide sur la table basse. Le géant avait ouvert le buffet, fait tomber tous les verres par terre, et il était en train de passer aux assiettes. Il cassa tout : le percolateur, la théière, les bocaux de sel, de sucre, de farine. Le riz était éparpillé par terre. Les produits surgelés dans le frigidaire connurent le même sort. La douzaine de langoustines congelées, le rôti de bœuf, la glace, le beurre de qualité supérieure, une poche d'œufs de saumon d'au moins trente centimètres de long, mon coulis de tomates préparé d'avance s'écrasèrent les uns après les autres sur le sol recouvert de linoléum, avec un bruit de météorites heurtant l'asphalte.

Ensuite, le type souleva le frigo à deux mains, le plaça devant lui et le balança par terre, porte face au sol. Apparemment, le câble électrique près du radiateur se cassa, car de petites étincelles fusèrent. J'avais mal à la tête d'avance à l'idée d'avoir à donner une explication sur la cause de la panne à l'électricien qui viendrait réparer.

Le saccage prit fin aussi brusquement qu'il avait commencé. Tout s'arrêta complètement en un instant, sans pourquoi ni comment, et un silence infini recouvrit les lieux. Le géant cessa de siffloter et, debout entre le salon et la cuisine, fixa sur moi son œil trouble. Je ne sais pas combien de temps il avait mis pour réduire mon appartement en miettes de si belle façon. Entre quinze et trente minutes, sans doute. Ça m'avait paru un peu plus long que quinze minutes mais plus court que trente. Mais, à voir l'expression satisfaite qu'avait le nabot en regardant le cadran de sa Rolex, j'imagine que ça devait être parfaitement dans les normes comme temps de destruction d'un deux pièces. Le monde est plein de normes variables, qui vont du temps record pour utiliser un rouleau de papier hygiénique jusqu'au temps du marathon.

— Ça va te prendre un bout de temps à ranger tout ça, fit le nabot.

— Bof ! fis-je. Ça va coûter de l'argent aussi.

— L'argent, c'est pas un problème. C'est la guerre, mon pote. Si on commence à compter ses sous, on ne peut pas gagner la guerre.

— C'est une guerre qui ne me concerne pas.

— C'est pas le problème, qui ça concerne. L'argent de qui, la guerre de qui, la question n'est pas là. C'est comme ça, la guerre.

La petite frappe sortit un mouchoir immaculé de sa poche, l'appliqua sur sa bouche et toussa deux ou trois fois. Puis il examina le mouchoir un moment avant de le remettre dans sa poche.

— Quand on sera partis, les gars de System vont se manifester au bout d'un petit moment. Et tu vas leur parler de nous. On s'est attaqués à ton appartement pour chercher quelque chose. Tu leur diras qu'on t'a demandé où était le crâne. Mais toi, tu ne sais rien au sujet de ce crâne. T'as compris ? Tu peux pas donner un renseignement que tu ne connais pas, et tu peux pas sortir un truc que tu n'as pas, vu ? Même sous la torture. Voilà pourquoi on a dû repartir bredouilles.

— Torture ?! fis-je.

— Tu dois être insoupçonnable. Ils ne savent pas que tu es allé chez le professeur. Pour l'instant, nous sommes les seuls à le savoir. Donc ils n'useront pas de violence envers toi. Tu es un programmeur remarquable qui donne d'excellents résultats, ils vont croire ce que tu leur diras, c'est sûr. Ils penseront que nous faisons partie de Factory. Alors ils vont se mettre à bouger. Tout est calculé.

— Torture ? dis-je. De quelle torture vous parlez, là ?

— T'inquiète, je t'expliquerai après, fit le nabot.

— Et si je crachais le morceau et que je raconte tout aux gars de ma boîte ? demandai-je pour voir.

— Si tu fais ça, ils t'élimineront, dit le nain. C'est pas un mensonge ni une menace, c'est la pure vérité. Tu es allé chez le professeur en cachette de System, tu as utilisé le *shuffling* alors que c'est interdit. Rien que ça, c'est déjà terrible, mais, en plus, le professeur t'utilise pour ses expériences. Tu crois pouvoir t'en tirer comme ça ? Tu es dans une position encore plus dangereuse que tu ne te l'imagines. Franchement, c'est comme si tu étais debout sur un pied sur le parapet d'un pont. Vu ? Alors il vaut mieux que tu réfléchisses bien de quel côté tu vas tomber. C'est pas les regrets qui arrangeront les choses une fois que tu te seras fait mal.

Nous nous faisions face, chacun à un bout du canapé.

— J'ai une chose à vous demander, dis-je. Quel avantage y a-t-il pour moi à mentir à System et à coopérer avec vous ? Après tout, je suis un programmeur de chez System, par contre je ne sais rien de vous. Pourquoi faudrait-il que je mente à ma propre organisation et que je m'associe à des gens que je ne connais même pas ?

— C'est simple, fit le nabot. En gros, on contrôle toute la situation dans laquelle tu es plongé. C'est grâce à nous que tu es encore en vie. Ton organisation à toi ne sait encore pratiquement rien du pétrin dans lequel tu t'es mis. S'ils l'apprennent, il se pourrait bien qu'ils t'éliminent. Le pourcentage de gain est bien meilleur de notre côté. C'est simple comme bonjour, non ?

— Mais System sera au courant de la situation tôt ou tard. Je ne sais pas au juste de quelle situation vous parlez, d'ailleurs, mais, bon. System est une organisation énorme, et ils ne sont pas idiots.

— Peut-être. Mais ça va prendre encore un petit peu de temps, et si tout se passe bien, d'ici là, on aura peut-être résolu le problème qui nous concerne tous les deux, toi et moi. Question de choix. Tu choisis le côté qui a le plus de chances de gagner, même si c'est seulement un pour cent de plus. Comme aux échecs, mon pote. Si tu es mis échec et mat, tu te casses. Pendant que tu n'es pas là, ton adversaire va peut-être commettre une erreur. Même un adversaire très fort n'est pas à l'abri d'une bévue. Bon, allez, c'est pas tout ça…

Il regarda à nouveau sa montre, se tourna vers le géant et claqua des doigts. À ce claquement de doigts, le géant redressa le menton comme un robot qu'on vient de mettre en marche et se dirigea rapidement vers le canapé. Puis il se campa devant moi comme un paravent. Non, plutôt que « comme un paravent », il serait plus approprié de dire « comme un écran de drive-in ». En tout cas, je ne voyais plus rien devant moi. Il me cachait complètement la lumière du plafond, j'étais entouré d'une ombre pâle. Ça me rappela tout d'un coup une éclipse solaire que j'avais observée de la cour de l'école quand j'étais en primaire. Nous avions tous regardé le soleil en nous servant d'une plaque de verre passée à la suie en guise de filtre. Ce souvenir datait en gros d'un quart de siècle. Ce quart de siècle, écoulé m'avait mené à un drôle de pétrin.

— Bon, allez… répéta le nain. Maintenant, ça va être le passage un petit peu désagréable. Enfin, si tu n'y vois pas d'inconvénient, je dirai « plutôt » désagréable au lieu de « un petit peu ». La seule chose à faire pour toi est de supporter tout ça en te disant que c'est pour ton bien. Tu sais, nous non plus, ça ne nous fait pas spécialement plaisir, mais on n'a pas le choix… Allez, enlève ton pantalon.

Résigné, j'enlevai mon pantalon. Ça ne m'aurait avancé à rien de désobéir.

— Mets-toi à genoux par terre.

Suivant ses indications, je descendis du canapé et me mis à genoux sur le tapis. Ça me faisait un peu drôle de me retrouver agenouillé sur le tapis, vêtu seulement de mon haut de survêtement et d'un slip, mais avant que j'aie eu le temps de réfléchir plus profondément à la situation, le géant était passé derrière moi, avait glissé ses deux bras sous mes aisselles et m'avait bloqué les poignets à hauteur de la taille. Le tout avec des mouvements sans heurts et d'une rare précision. Je n'avais pas l'impression qu'il me maintenait très fort, mais quand j'essayai de bouger, un élancement de douleur me parcourut comme si on m'arrachait les épaules et les poignets. Ensuite, il me coinça les chevilles avec ses jambes. Après quoi, je me tins aussi coi que les canards factices qui servent de cibles sur les stands de tir.

Le nabot passa dans la cuisine, ramassa sur la table le couteau à cran d'arrêt du géant et revint. Il fit jaillir la lame, qui faisait au moins sept centimètres de longueur, sortit son briquet de sa poche et en brûla consciencieusement le bout. Le couteau en lui-même était plutôt compact et ne dégageait pas une trop grande impression de brutalité, mais on se rendait quand même compte au premier coup d'œil que ce n'était pas le genre de camelote que l'épicier du coin peut vous vendre. Un couteau de cette taille suffit parfaitement à taillader un ventre. À la différence de celui de l'ours, le corps humain est aussi tendre qu'une pêche mûre, et normalement une bonne lame de sept centimètres de long fait parfaitement l'affaire pour trancher dedans.

Après avoir désinfecté la lame sur la flamme de son briquet, le nain attendit un moment qu'elle refroidisse. Puis il posa ses deux mains sur l'élastique qui retenait mon slip blanc à hauteur du ventre, et le déchira de façon à dénuder à moitié mon sexe.

— Ça va te faire un peu mal, mais tiens-toi tranquille.

Je sentis remonter de mon estomac jusqu'au milieu de ma gorge une boule d'air de la taille d'une balle de tennis. Je sentis la sueur perler à l'extrémité de mon nez. J'avais peur. Peur d'être blessé au sexe. Peur d'être blessé au sexe et de ne plus jamais bander de ma vie.

Mais ce n'est pas là que le nain me blessa. Il me fit une belle boutonnière de six centimètres de long, à cinq centimètres environ en dessous du nombril. L'extrémité de la lame acérée et encore chaude du couteau mordit légèrement dans mon bas-ventre, puis courut bien régulièrement, comme si elle traçait une ligne, vers la droite. J'essayai un instant de retirer mon ventre mais, comme le géant me bloquait le dos, je ne pouvais pas bouger d'un poil. En prime, le nain tenait fermement mon pénis dans sa main gauche. Il me semblait sentir une sueur froide perler de tous les pores de ma peau. Au bout d'un petit instant, une douleur aiguë et vibrante commença à se faire sentir. C'est seulement quand le nain eut fini d'essuyer le sang sur la lame à l'aide d'un mouchoir en papier et eut refermé le couteau que le géant relâcha son étreinte. Le sang teignait en rouge mon slip blanc. Le géant apporta une serviette propre de la salle de bains et l'appliqua sur la plaie.

— Sept points de suture, et on n'en parle plus, fit le nabot. Bah, il te restera une petite cicatrice, mais, à cet endroit-là, personne ne la verra. Je suis vraiment désolé, mais ainsi vont les choses en ce monde éphémère, il faut en prendre son parti et souffrir en silence.

J'enlevai la serviette de la plaie et regardai la blessure. Elle n'était pas très profonde mais on voyait quand même une chair rose pâle, mêlée de sang.

— Les gars de System vont se pointer dès qu'on sera partis, et tu leur montreras ça. Tu leur diras aussi qu'on t'a menacé de te découper encore plus bas si tu ne nous disais pas où se trouvait le crâne. Mais, comme tu ne sais pas où il est, tu aurais été bien en peine de le dire. Alors on a laissé tomber et on est partis. Voilà, tu sais tout, c'est ça, la torture. Quand on fait ça sérieusement, c'est encore pire, mais bon, pour l'instant, ce niveau-là suffit. Si on peut, un de ces jours, je te donnerai l'occasion d'en voir une bien mieux que ça.

La serviette toujours sur le bas-ventre, je hochai la tête en silence. Je ne saurais pas expliquer pourquoi, mais quelque chose me disait qu'il valait mieux faire ce qu'il me disait.

— À propos, ce malheureux employé du gaz, c'est bien vous qui avez utilisé ses services, non ? demandai-je encore. C'était prévu qu'il rate son coup, et vous avez manigancé tout ça pour que j'aille cacher le crâne et les données quelque part par mesure de prudence, non ?

— Il est intelligent, hein ? fit le nabot en regardant le géant. C'est comme ça qu'il faut faire travailler sa tête. Ça permet de rester en vie. Quand tout se passe bien, du moins…

Après ça, ils quittèrent mon appartement. Ils n'eurent pas besoin d'ouvrir la porte, ni de la refermer d'ailleurs. Ma porte blindée, gonds arrachés, cadre tordu, était ouverte au monde entier.

J'enlevai mon slip ensanglanté, le fourrai dans la poubelle, essuyai le sang collé autour de la plaie avec une compresse de gaze imbibée d'eau. Dès que j'essayais de me pencher en avant ou en arrière, des élancements de douleur me parcouraient. Il y avait du sang sur les manches de mon haut de survêtement et je le jetai aussi. Ensuite, parmi les vêtements éparpillés par terre, je choisis un tee-shirt d'une couleur appropriée, sur laquelle le sang ne se remarquerait pas trop, et un slip, le plus échancré possible, puis je m'habillai. Rien que ça fut déjà une rude tâche.

Ensuite, j'allai dans la cuisine, bus trois verres d'eau et attendis, tout en réfléchissant, l'arrivée de l'équipe de System.

Une demi-heure plus tard, trois types du bureau central débarquaient. L'un d'eux était le jeune prétentieux du bureau de liaison qui venait toujours chez moi prendre réception des données. Il portait comme d'habitude un costume sombre, une chemise blanche et une cravate d'employé au crédit bancaire. Les deux autres, avec leurs sneakers, étaient habillés comme s'ils travaillaient pour une société de transport. Ce qui ne veut pas dire qu'à eux trois ils avaient l'air d'un employé de banque accompagné par deux déménageurs. Ils étaient habillés comme ça seulement pour ne pas se faire remarquer. Mais leurs yeux étaient sans cesse aux aguets, leurs muscles tendus prêts à toute éventualité, et ils étaient hyperconcentrés.

Comme on pouvait s'y attendre, ils n'eurent pas besoin de frapper et entrèrent directement chez moi sans se déchausser. Pendant que les deux faux déménageurs inspectaient l'appartement dans tous ses recoins, l'agent de liaison m'écouta lui raconter ce qui s'était passé. Il sortit un carnet noir de la poche intérieure de sa veste et prit note des points importants de l'histoire avec son crayon à la mine bien taillée. Je lui expliquai que ces deux types étaient venus chez moi à la recherche d'un crâne, lui montrai ma blessure au ventre. Mon interlocuteur contempla la plaie un moment, sans me faire part de ses impressions.

— C'est quoi, cette histoire de crâne ? demanda-t-il.

— Aucune idée, dis-je. Je voulais vous poser la question, justement.

— Vous ne vous rappelez *vraiment pas* ? fit le jeune agent de liaison d'un ton monocorde. C'est très important, alors essayez de vous rappeler quelque chose maintenant. Ça ne servira à rien de rectifier après. Les pirateurs ne commettent pas d'actes inutiles. S'ils sont venus chercher un crâne chez vous, ils devaient avoir une raison : il devait y avoir un crâne dans votre appartement. Il n'y a pas de fumée sans feu. Et s'ils se donnent la peine de le chercher, c'est que ce crâne a de la valeur. Vraiment, je ne peux pas croire que vous n'ayez rien à voir avec ce crâne.

— Si vous êtes si malin que ça, vous pouvez peut-être m'expliquer aussi la signification de ce fameux crâne ? dis-je.

L'agent de liaison tapota un moment le bord de son carnet avec son crayon.

— Je vais faire des recherches et je vous le dirai

bientôt, affirma-t-il. Des recherches approfondies. Si nous nous y mettons sérieusement, nous avons les moyens de tout comprendre. Et, s'il apparaissait que vous nous avez caché quelque chose, vous aurez de sérieux ennuis. Ça ne vous fait rien, n'est-ce pas ?

Je répondis que ça ne me faisait rien. Qui sait ce qui peut se passer de toute façon ? Personne n'est en mesure de prédire l'avenir.

— Nous savions vaguement que les pirateurs étaient en train de manigancer quelque chose. Ils commencent à bouger. Mais nous ne savons pas encore après quoi ils sont, concrètement. Il se peut que ça ait un rapport avec vous. Nous ne savons pas non plus ce que signifie ce crâne. Mais, au fur et à mesure que les indices augmentent, nous nous rapprochons du cœur du problème. C'est la seule chose dont je sois sûr.

— Qu'est-ce que je dois faire ?

— Vous devez faire attention. Faire très attention et vous reposer. Annulez vos rendez-vous de travail pour un moment. Et, s'il se passe quelque chose, prévenez-nous tout de suite. Vous pouvez utiliser le téléphone ?

Je soulevai le combiné. Le téléphone marchait encore. Je me dis que c'était sûrement volontairement que les deux lascars ne l'avaient pas coupé.

— Ça marche, dis-je.

— Alors, nous sommes bien d'accord ? À la moindre petite chose qui se passe, vous m'appelez tout de suite. N'essayez pas de résoudre ça tout seul. N'essayez pas non plus de nous cacher quoi que ce soit. Ces types-là ne plaisantent pas, vous savez. La prochaine fois, ils ne se contenteront pas de vous égratigner le ventre.

— Égratigner ?! m'écriai-je malgré moi.

Les deux faux déménageurs, de retour dans la cuisine, avaient fini d'inspecter l'appartement.

— Ils ont tout fouillé de fond en comble, dit le plus âgé des deux. Rien ne leur a échappé, ils ont fait ça méthodiquement. C'est du travail de pirateurs, pas de doute.

L'agent de liaison hocha la tête. Les deux autres quittèrent la pièce, nous laissant seuls.

— Pourquoi est-ce qu'ils ont déchiré jusqu'à mes vêtements pour chercher un crâne ? demandai-je. C'est pas là que j'aurais pu le cacher. Même n'importe quel crâne.

— Ces types-là sont des pros. Les pros envisagent toutes les éventualités. Vous avez peut-être laissé le crâne dans une consigne automatique, et caché la clé quelque part. Une clé, ça peut se cacher n'importe où.

— Effectivement, dis-je.

— À propos, les pirateurs ne vous ont pas fait de proposition ?

— Proposition ?

— Oui, des propositions pour vous attirer chez Factory. De l'argent, une situation, que sais-je. Ou, au contraire, des menaces ?

— Rien de ce genre. Ils m'ont juste entaillé le ventre pour me faire avouer où était le crâne, c'est tout.

— Bon, écoutez bien ce que je vais vous dire, commença l'agent de liaison. S'ils vous font des invites de ce genre, vous devez absolument refuser. Si vous nous trahissez, on vous descend, même s'il faut vous poursuivre au bout du monde pour ça. Et ce n'est pas une vantardise, c'est une promesse. L'État est avec nous, rien ne nous est impossible.

— Je serai prudent, dis-je.

Après leur départ, j'essayai de refaire le point de la situation. Mais j'avais beau rassembler les données essentielles, je n'aboutissais nulle part. Le cœur du problème, c'était : qu'est-ce que le professeur essayait de faire exactement ? Tant qu'on ne savait pas ça, on ne pouvait tirer aucune déduction du reste. Et moi je n'avais aucune idée de ce qui pouvait bouillonner sous le crâne du vieux savant. Tout ce que je comprenais, c'était que – forcé par les circonstances, il est vrai – je venais bel et bien de trahir System. S'ils l'apprenaient, et ils l'apprendraient tôt ou tard, pas de doute, je serais plutôt cerné par les ennuis, comme m'en avait prévenu ce jeune blanc-bec d'agent de liaison. Même si j'avais été contraint à mentir sous la menace. Même s'ils reconnaissaient la vérité des faits, ils ne me pardonneraient de toute façon jamais.

Comme ma blessure s'était remise à me faire souffrir pendant que je réfléchissais à tout ça, je décidai de chercher dans l'annuaire le numéro de la compagnie de taxis la plus proche, d'en appeler un et de me rendre à l'hôpital pour y faire examiner ma plaie. J'appliquai une serviette dessus, enfilai un pantalon large, mis mes chaussures. Pour me chausser, je dus me pencher en avant, ça me fit aussi mal que si mon corps était déchiré en deux. Dire qu'une petite coupure au ventre de six centimètres à peine peut provoquer de telles souffrances chez un être humain ! Impossible d'enfiler des chaussures de façon satisfaisante, et impossible aussi de monter ou descendre des escaliers.

Je descendis donc en ascenseur et attendis l'arrivée du taxi, assis sur le massif d'arbustes de l'entrée. Ma montre indiquait treize heures trente. Ça faisait seulement deux heures et demie que les deux vandales avaient défoncé ma porte. Deux heures et demie plutôt longues. Il me semblait qu'il s'était déjà écoulé au moins une dizaine d'heures.

Des ménagères, leur panier au bras, passèrent devant moi. Des poireaux ou des navets pointaient leur nez au-dessus des sacs de supermarché. Je me sentais un peu jaloux d'elles. On ne leur cassait pas leur frigo, on ne leur ouvrait pas le ventre au couteau, elles. Le monde tournait paisiblement, si on ne pensait qu'à la façon d'accommoder poireaux et navets, et aux notes des enfants. Elles n'avaient pas besoin non plus de se promener avec un crâne de licorne sous le bras, ni de se torturer les méninges avec des opérations complexes ou des codes secrets incompréhensibles. C'est ça, une vie normale.

J'eus une pensée pour les langoustines, le rôti de bœuf, le beurre et la sauce tomate qui devaient toujours être en train de décongeler sur le lino de ma cuisine. Il fallait tout manger aujourd'hui, sinon ça ne se garderait pas. En tout cas, moi, je n'avais pas faim.

Le facteur arriva dans un van rouge et répartit adroitement le courrier dans les boîtes aux lettres alignées à côté de l'entrée. En le regardant faire, je m'aperçus qu'il y avait des boîtes pleines à ras bord de courrier, mais aussi d'autres complètement vides. La mienne, il n'y toucha même pas. Il ne me jeta pas un regard non plus.

À côté des boîtes aux lettres, il y avait un caoutchouc dans un pot et les gens y avaient jeté des bâtons de sucettes et des mégots de cigarettes. Ce caoutchouc avait l'air aussi fatigué que moi. Les gens passaient par là et jetaient des mégots à son pied, ou déchiraient ses feuilles à leur guise. Je n'arrivais pas à me souvenir depuis quand ce caoutchouc se trouvait là. À voir son état de saleté, ça devait faire un moment. Je passais devant tous les jours, mais il avait fallu que j'en sois réduit à attendre un taxi dans l'entrée après m'être fait ouvrir le ventre pour que je m'aperçoive de son existence.

Après avoir examiné ma blessure, le docteur me demanda comment cela m'était arrivé.

— Je me suis un peu disputé, une histoire de femme, dis-je.

Je ne pouvais pas donner d'autre explication que ça. Il suffisait de regarder pour voir que la blessure avait été faite au couteau.

— Dans ce genre de cas, nous sommes obligés de prévenir la police, dit le médecin.

— Ça m'ennuierait de mêler la police à ça. Je suis dans mon tort moi aussi, et puis heureusement la blessure n'est pas profonde. Je préférerais que les choses se règlent à l'amiable. Écoutez, soyez gentil…

Le médecin grommela un moment, puis il laissa tomber, me fit allonger, me désinfecta, m'injecta le contenu de plusieurs seringues, prépara une aiguille et du fil et recousit adroitement la plaie. Quand il eut fini les points de suture, une infirmière appliqua une épaisse compresse sur la partie atteinte en m'observant d'un œil méfiant et la fixa avec une espèce de filet tubulaire qu'elle me passa autour de la taille. Ça donnait une drôle d'allure.

— Attention à ne pas faire de mouvements violents. Pas d'alcool, pas de rapports sexuels, et ne riez pas trop fort. Restez tranquille, lisez des livres, par exemple. Et revenez me voir demain.

Je le remerciai, payai au guichet, reçus aussi des

antibiotiques, puis rentrai chez moi. Suivant les conseils du médecin, je m'allongeai sur mon lit et me mis à lire *Roudine* de Tourgueniev. En fait, j'avais plutôt envie de lire *Eaux printanières* mais retrouver un livre dans mon appartement en ruine tenait de l'exploit et, réflexion faite, *Eaux printanières* n'était pas un roman particulièrement plus passionnant que *Roudine*.

Allongé dans mon lit avant la tombée de la nuit, une bande enroulée autour du ventre, plongé dans un roman classique, je commençais à me ficher pas mal de ce qui pouvait bien se passer. Je n'avais rien demandé de tout ce qui s'était passé pendant les trois derniers jours. Tout était arrivé sans prévenir, je m'étais seulement trouvé entraîné dans les événements.

J'allai à la cuisine et regardai attentivement dans les débris de bouteilles empilés dans l'évier. Presque toutes les bouteilles avaient volé en mille morceaux, mais, heureusement, je découvris une bouteille de Chivas Regal dont la moitié inférieure avait été épargnée : il restait au fond de quoi remplir environ un verre. J'en dénichai un miraculeusement intact, y versai le fond de whisky, regardai par transparence à la lumière de la lampe électrique, mais n'aperçus pas d'éclats de verre. Je retournai me coucher et poursuivis ma lecture en buvant pur le whisky tiédasse. J'avais déjà lu *Roudine* quand j'étais étudiant, il y avait quinze ans de ça. En le relisant quinze ans après avec un pansement autour du ventre, je m'aperçus que j'éprouvais plus de sympathie qu'autrefois pour Roudine, le héros. Personne ne peut corriger ses propres défauts. En gros, à vingt-cinq ans, le caractère de quelqu'un est déterminé et, après ça, on a beau faire des efforts, il est impossible de changer sa nature profonde. Les problèmes viennent de la façon dont le monde extérieur réagit par rapport à ce caractère. Le whisky aidant, je sympathisais de plus en plus avec Roudine. À la différence des personnages des romans de Dostoïevski, les héros de Tourgueniev attirent tout de suite ma sympathie. Moi, je sympathise même avec le héros du feuilleton *District 87ᵉ*. Sans doute parce que mon caractère n'est pas parfait non plus. Les gens qui ont beaucoup de défauts ont tendance à sympathiser avec ceux qui en ont autant qu'eux. Les défauts des personnages que Dostoïevski met en scène ne ressemblent pas toujours à des défauts, c'est pour ça que je ne peux pas éprouver cent pour cent de sympathie pour eux. Dans le cas de Tolstoï, les défauts de ses héros sont si énormes qu'ils ont tendance à rester neutres.

Quand j'eus terminé la lecture de *Roudine*, je lançai le livre de poche sur une étagère et regardai à nouveau les carcasses de bouteilles dans l'évier. Sous le tas, je découvris un Jack Daniel's Black Label dont il restait encore un fond, que je versai dans mon verre, puis je retournai au lit et me plongeai cette fois dans *Le Rouge et le Noir* de Stendhal. Moi, j'aime bien les romans en retard sur l'époque. Qui est-ce qui lit encore *Le Rouge et le Noir* parmi les jeunes d'aujourd'hui, je vous le demande. En tout cas, en lisant ce roman, je compatis cette fois au sort de Julien Sorel. Dans le cas de Julien Sorel, ses défauts étaient déterminés avant l'âge de quinze ans, c'est cela qui suscitait la sympathie que j'avais pour lui. Que tous les éléments du destin soient déjà déterminés à l'âge de quinze ans, ça fait vraiment mal au cœur, même pour quelqu'un d'extérieur à l'histoire.

C'est comme de s'enfermer soi-même dans une prison aux barreaux inébranlables. Enfermé dans un monde encerclé de murailles, on avance inexorablement vers sa propre perte.

Quelque chose me frappa l'esprit.

Des murailles.

Un monde encerclé de murailles.

Je refermai le livre et, tout en m'envoyant au fond du gosier le peu de Jack Daniel's qui restait, je réfléchis un moment à ce monde impénétrable. Je pouvais me représenter relativement facilement la forme des murailles et de la porte. Des murs très hauts, et une porte immense. Et puis un silence de mort. Et moi au milieu de tout ça. Mais ma conscience était très vague, je ne pouvais pas voir le paysage qui m'entourait. Je discernais dans tous ses détails le paysage d'une ville, mais ce qui était juste autour de moi était terriblement vague et brumeux. Et, de l'autre côté de ce voile opaque, quelqu'un m'appelait.

Je secouai la tête pour chasser cette image. C'est la fatigue, me dis-je, ce mur doit représenter les limitations de la vie humaine, et ce silence de mort, c'est une séquelle de la coupure de son. Le paysage brumeux alentour, c'est parce que mon imagination fait face à une crise qui la ravage. Cette voix qui m'appelle, c'est peut-être la fille en rose. Après cette autoanalyse sauvage d'un fantasme passager, je rouvris mon livre. Mais je n'arrivais plus à concentrer ma conscience sur ce que je lisais. Ma vie est un néant, pensai-je. Zéro. Rien. Qu'est-ce que j'ai construit jusqu'à présent ? Rien. Est-ce que j'ai rendu quelqu'un heureux ? Non. Est-ce que je possède quelque chose ? Absolument rien. Pas de famille, pas d'amis, pas de porte, rien. Je ne bande plus. Et maintenant je risque de perdre mon travail.

Ainsi, même le monde de ma retraite paisible consacrée à l'étude du grec et du violoncelle était confronté à une crise. Si je perdais mon boulot maintenant, non seulement je ne pourrais jamais faire les économies qui devaient me permettre de réaliser ce rêve, mais en plus, fugitif poursuivi par System jusqu'au bout de la terre, je n'aurais jamais le temps d'apprendre par cœur les verbes irréguliers en grec.

Je fermai les yeux et poussai un soupir aussi profond qu'un puits inca, puis revins à la lecture de Stendhal. Ce qui est perdu est perdu. Ce n'est pas en se disant ceci ou cela qu'on peut y remédier et revenir en arrière.

Je m'aperçus soudain que le soleil était presque couché, et que j'étais entouré d'une obscurité tourguenievo-stendhalienne. Ma douleur au ventre s'était un peu apaisée, peut-être parce que j'étais resté allongé si longtemps. De temps à autre, une douleur sourde, comme un battement de tambour lointain, courait de ma blessure vers mes flancs, mais, une fois qu'elle était passée, je pouvais rester un long moment sans plus y penser. Ma montre indiquait sept heures vingt, mais je n'avais toujours pas faim. Je n'avais rien avalé depuis le mauvais sandwich et le verre de lait de cinq heures et demie du matin, puis la salade de pommes de terre mangée dans ma cuisine, mais, rien qu'à l'idée de nourriture, je sentais mon estomac se soulever. J'étais fatigué, je manquais de sommeil, j'avais le ventre en morceaux, et mon appartement était aussi sens dessus dessous que si une armée de nains l'avait saccagé. Je n'avais même plus la force d'avoir de l'appétit.

Plusieurs années auparavant, j'avais lu un roman de science-fiction qui se passait dans un futur proche : le monde, submergé par les détritus, était devenu un champ de ruines, et mon appartement ressemblait tout à fait aux paysages du roman. Des détritus de toutes sortes étaient éparpillés par terre. Mon costume trois-pièces lacéré, mon magnétoscope et ma télé cassés, le vase en miettes, le pied de lampe brisé, mes disques piétinés, la sauce tomate en flaque, les enceintes arrachées… La plupart de mes sous-vêtements et de mes chemises, éparpillés dans tous les coins, piétinés par des chaussures sales, tachés d'encre ou de jus de fruit, étaient pratiquement inutilisables. Une assiette de raisin posée sur ma table de nuit, et que j'avais entamée trois jours auparavant, avait été répandue par terre et son contenu écrabouillé. Les livres jetés à bas de leurs étagères étaient tout détrempés par l'eau sale du vase. Le bouquet de glaïeuls avait atterri sur un pull en cachemire beige clair et paraissait posé là pour les funérailles d'un soldat tombé au front. Une des manches du pull était maculée d'une tache grosse comme une balle de golf d'encre Pelikan bleu roi.

Tout s'était transformé en détritus.

Une montagne de détritus même pas biodégradables. Les organismes microscopiques, une fois morts, se transforment en pétrole, les grands arbres, une fois tombés, produisent la houille. Mais tout ce qui se trouvait là, c'était du détritus pur et simple, sans nulle part où aller. Dites-moi un peu, en quoi peut bien se transformer un magnétoscope cassé ? Une fois de plus, j'allai à la cuisine fourrager dans les débris de bouteilles de l'évier. Cette fois, malheureusement, il ne restait plus une goutte de whisky. Toute ma réserve de whisky, au lieu de suivre la pente de mon gosier, avait suivi le tuyau de vidange de l'évier pour descendre, tel Orphée, vers le néant des sous-sols, vers le monde contrôlé par les ténébrides.

En fourrageant dans l'évier, je me coupai le bout du majeur droit avec un éclat de verre. Je regardai un moment le sang couler de l'extrémité de mon doigt et goutter sur les étiquettes de whisky. Quand on a été blessé grièvement une fois, on n'attache plus aucune importance aux petits bobos. Personne n'est encore jamais mort d'une coupure au doigt.

J'attendis que le saignement s'arrête de lui-même, mais, comme ça continuait à couler, je finis par m'essuyer avec un mouchoir en papier et me mettre un sparadrap au bout du doigt. Sept ou huit canettes de bière avaient roulé sur le sol de la cuisine, comme des cartouches après une fusillade. Je les ramassai : la surface des canettes était tiède, mais mieux vaut de la bière tiède que pas de bière du tout. Une bière dans chaque main, je retournai me coucher et me remis à lire *Le Rouge et le Noir* en buvant ma bière à petites gorgées. L'alcool se montra efficace pour dénouer la tension physique accumulée pendant ces trois derniers jours, et bientôt je n'eus plus qu'une seule envie : m'endormir comme un bébé. Même si tous les ennuis du monde devaient me tomber dessus demain – et, aucun doute, ça allait être le cas –, je voulais d'abord dormir tout mon soûl pendant au moins le laps de temps que met la Terre à tourner sur elle-même (comme Michael Jackson). Comme ça, je pourrais faire face à mes nouveaux ennuis avec un sentiment de désespoir tout neuf. Avant neuf heures, le sommeil me terrassa. Oui, le sommeil dans sa miséricorde vint même visiter mon petit appartement aussi dévasté que la face cachée de la Lune. Je laissai tomber par terre

*Le Rouge et le Noir*, lu aux trois quarts, éteignis ma lampe de chevet, qui avait par miracle échappé au massacre, et me mis à dormir, roulé en boule sur le côté. J'étais un minuscule fœtus, au centre de ma chambre désolée. Personne ne pourrait venir troubler mon sommeil avant le temps propice au réveil. J'étais le Prince du Désespoir, enveloppé du manteau des ennuis. Et je resterais plongé dans ce profond sommeil tant qu'un crapaud de la taille d'une Volkswagen Golf ne serait pas venu me donner un baiser…

Mais, contrairement à mes prévisions, mon sommeil ne dura que deux heures. Vers onze heures du soir, la fille au tailleur rose arriva chez moi et se mit à me secouer une épaule. Vraiment, on aurait dit que mon sommeil était mis aux enchères, à un prix ridiculement bas. Ils venaient tous les uns après les autres donner des coups de pied dedans comme on teste un vieux pneu d'occasion. Mais ils n'avaient pas le droit de faire ça, tout de même ! J'étais peut-être vieux, mais pas encore d'occasion.

— Fiche-moi la paix, lui dis-je.

— Non, réveille-toi, je t'en prie. Je t'en prie !

— Fiche-moi la paix, répétai-je.

— Ce n'est pas le moment de dormir, dit-elle.

Et elle se mit à me taper sur les flancs à poings fermés. Une douleur aussi violente que si le couvercle de la marmite de l'enfer venait de se soulever parcourut tout mon corps.

— Je t'en prie, dit-elle. Si ça continue comme ça, c'est la fin du monde.

---

## 16

## L'arrivée de l'hiver

Je m'éveillai dans un lit au parfum nostalgique. Mon lit. Ma chambre. Tout me semblait pourtant légèrement changé, comme un paysage que j'aurais recréé en fonction de mes souvenirs. Les taches du plafond, le plâtre écaillé des murs, tout.

Je voyais la pluie tomber derrière la fenêtre. Une pluie d'hiver nette comme de la glace ruisselait sur la terre. J'entendais aussi le bruit qu'elle faisait en frappant le toit. Mais j'avais du mal à me rendre compte des distances. Le bruit sur le toit me semblait à la fois tout près de mes oreilles et distant d'au moins un kilomètre.

Au coin de la fenêtre, je distinguais aussi la silhouette du colonel. Assis sur une chaise qu'il avait apportée là, le dos bien droit comme d'habitude, le vieillard d'une immobilité de cire regardait la pluie tomber. Je n'arrivais pas à comprendre pourquoi il contemplait ainsi la pluie. La pluie, c'est de la pluie, et voilà tout. Rien d'autre qu'un élément qui tambourine sur les toits, mouille la terre, se déverse dans les rivières.

J'essayai de lever un bras pour toucher mon visage mais mon bras refusa de bouger. Tout mon corps était terriblement lourd. J'essayai d'ouvrir la bouche pour le dire au colonel, aucun son n'en sortit. Je n'arrivais pas à repousser l'air accumulé dans mes poumons. On aurait dit que mon corps avait complètement perdu l'ensemble de ses facultés. Je ne pouvais qu'ouvrir les yeux et regarder la fenêtre, la pluie et le vieillard. Je n'arrivais pas à me rappeler comment mon corps en était arrivé à un tel état de faiblesse. Et, dès que je faisais un effort pour me souvenir, ma tête me faisait aussi mal que si elle allait se briser en deux.

— C'est l'hiver, dit le vieillard. (Puis il tambourina sur la vitre du bout des doigts.) L'hiver est arrivé. Toi aussi, tu dois avoir compris maintenant pourquoi on le redoute ici.

Je hochai légèrement la tête.

C'était bien ça... C'était le mur de l'hiver qui m'avait blessé. Et moi... j'avais traversé la forêt et marché jusqu'à la bibliothèque. Je me rappelai soudain la sensation de ses cheveux sur ma joue.

— C'est la jeune fille de la bibliothèque qui t'a ramené ici. Elle s'est fait aider par le gardien. Tu étais en proie à une forte fièvre. Tu transpirais terriblement. Il y avait de quoi remplir un seau ! C'était avant-hier.

— Avant-hier ?...

— Eh oui ! Tu as dormi deux jours entiers, dit le vieillard. On a bien cru que tu ne rouvrirais jamais les yeux, tu sais. Tu es allé dans la forêt, c'est ça, hein ?

— Je vous demande pardon, dis-je.

Le vieillard enleva la marmite tenue au chaud sur le poêle, en transvasa le contenu sur une assiette. Il m'aida à me redresser en mettant un bras autour de moi, me fit adosser à la barre d'appui du lit. La barre du lit craqua comme des os.

— D'abord, tu dois manger, dit le colonel. Tu réfléchiras et tu t'excuseras après. Tu as faim ?

Je lui dis que non. Même avaler de l'air me répugnait.

— Pourtant il faut au moins que tu boives ça. Trois gorgées seulement. Ce sera suffisant. Avec trois gorgées, tout sera fini. Tu peux boire ?

Je hochai la tête.

La soupe aux herbes médicinales était amère au point de donner la nausée, mais je parvins à ingurgiter les trois gorgées. Quand j'eus fini de boire, il me sembla que toutes mes forces me quittaient.

— Très bien, dit le vieillard en remettant la cuillère dans l'assiette. C'est un peu amer, mais cette soupe va éliminer toute la mauvaise sueur de ton corps. Dors encore un peu et, quand tu te réveilleras, tu devrais te sentir beaucoup mieux. Dors et ne t'inquiète pas. Je serai là à ton réveil.

Quand je rouvris les yeux, il faisait déjà noir derrière la fenêtre. Un vent violent écrasait des gouttes de pluie sur le carreau. Le vieux colonel était à mon chevet.

— Alors ? Tu te sens mieux ?

— Oui, je crois, un peu mieux que tout à l'heure. Quelle heure est-il ?

— Huit heures du soir.

Je fis un effort pour me lever du lit, mais mon pas était encore vacillant.

— Où vas-tu ? demanda le vieillard.

— À la bibliothèque. Il faut que je lise les rêves.

— Ne dis pas de sottises. Dans l'état où tu es, tu ne pourras pas avancer de cinq mètres.

— Mais je ne dois pas manquer mon travail.

Le vieillard secoua la tête.

— Les vieux rêves t'attendront bien. Le gardien et la bibliothécaire savent que tu ne peux pas bouger pour le moment. La bibliothèque n'est même pas ouverte.

Le vieillard soupira, alla devant le poêle, versa du thé dans une tasse et revint vers moi. Le vent frappait la fenêtre à intervalles réguliers.

— À propos, on dirait que cette fille te plaît ? Je n'avais pas l'intention de t'en parler, mais je n'ai aucune raison de ne pas le faire, parce que j'étais tout le temps à côté de toi, et les gens parlent tout seuls quand ils sont en proie à la fièvre. Il n'y a pas de quoi te sentir gêné. Quand on est jeune, ça arrive à tout le monde d'être amoureux. C'est bien ça, hein ? (Je hochai la tête.) C'est une brave petite. Et puis elle s'est fait du souci pour toi, tu sais, continua le vieillard en sirotant son thé. Mais, vu le cours des choses, ce n'est pas une très bonne idée de tomber amoureux d'elle. Je n'ai pas envie de te dire ça, mais il faut bien que je t'apprenne quelques petites choses, au point où nous en sommes.

— Pourquoi est-ce que ce n'est pas une bonne idée ?

— Parce qu'elle ne peut pas répondre à tes sentiments. Ce n'est la faute de personne, pourtant. Ni la tienne ni la sienne. Si j'osais, je dirais que c'est la faute de la structure de ce monde. Mais on ne peut pas changer la structure du monde, tu sais. Pas plus qu'on ne peut inverser le cours d'un fleuve.

Je me redressai sur le lit, me frottai les joues des deux mains. Il me semblait que mon visage s'était émacié.

— Vous êtes en train de parler du cœur, sans doute ?

Le vieillard hocha la tête.

— Comme j'ai un cœur et qu'elle n'en a pas, j'aurai beau l'aimer de toutes mes forces, je n'obtiendrai rien en retour, c'est bien ça ?

— C'est ça, dit le vieillard. Tu ne feras qu'y perdre toujours davantage. Elle, elle ne possède pas ce cœur dont tu parles. Moi non plus. Ni personne ici.

— Mais pourtant vous êtes vraiment gentil avec moi. Vous prenez soin de moi, vous m'avez veillé sans dormir. N'est-ce pas une des façons du cœur de s'exprimer, ça ?

— Non, tu te trompes. Le cœur et la gentillesse sont deux choses différentes. La gentillesse, c'est une faculté indépendante. Pour être plus précis, c'est une faculté superficielle. Une simple habitude, rien à voir avec le cœur. Le cœur, c'est quelque chose de plus profond, de plus fort. De plus versatile aussi.

Je fermai les yeux pour rassembler mes pensées dispersées dans diverses directions.

— Voilà ce que je pense, moi, dis-je. Est-ce que ce ne serait pas après la mort de leur ombre que les gens perdent leur cœur ? Je me trompe ?

— C'est exactement ça.

— Cela veut dire que, puisque son ombre est morte, elle ne pourra plus jamais retrouver son cœur ?

Le vieillard hocha la tête.

— Je suis allé à l'hôtel de ville, j'ai vu les documents d'état civil de son ombre. Il n'y a pas d'erreur possible : son ombre est morte l'année de ses dix-sept ans. Elle est enterrée selon la règle dans la pommeraie. Son acte de décès est toujours là. Si tu veux davantage de détails, demande-lui donc directement, à elle. De cette façon, tu comprendras sans doute mieux que si c'est moi qui te raconte l'histoire.

Mais, si je peux ajouter seulement une chose, cette jeune fille a été séparée de son ombre avant l'âge de raison. Donc elle ne se souvient même pas d'avoir jamais possédé un cœur. Cela n'a rien à voir avec quelqu'un comme moi qui a abandonné son ombre de sa propre volonté une fois vieux. C'est pour cela que moi, je peux deviner les mouvements de ton cœur, alors que, pour elle, c'est chose impossible.

— Pourtant, elle se souvient très bien de sa mère. D'après ce qu'elle m'a dit, sa mère à elle avait encore un cœur. Et même après la mort de son ombre. Je ne sais pas comment cela a pu arriver, mais est-ce que ça ne peut pas aider un peu ? Elle a peut-être hérité un peu du cœur de sa mère ?

Le colonel fit tourner plusieurs fois le reste de thé froid au fond de sa tasse, puis le but lentement.

— Ah, écoute, dit-il, pas une parcelle de cœur n'échappe au mur. Même si, temporairement, il en reste un peu, le mur finit toujours par tout aspirer en lui. Si tout n'est pas aspiré, on est chassé de la ville. Comme sa mère l'a été.

— Je ne dois rien espérer, c'est ça que vous voulez dire ?

— Je voudrais t'éviter une déception, c'est tout. Cette ville est forte, et toi tu es faible. Tu devrais l'avoir compris, cette fois ?

Le vieillard regarda fixement pendant un long moment le fond de la tasse vide qu'il tenait à la main.

— Mais tu peux quand même l'avoir.

— L'avoir ? répétai-je.

— Oui. Tu peux coucher avec elle, tu peux même vivre avec elle. Dans cette ville, tu peux obtenir la réalisation de tous tes désirs.

— Mais sans la participation du cœur, c'est ça ?

— Il n'y a pas de cœur ici, dit le vieillard. Même le tien va finir par disparaître. Quand ton cœur aura disparu, tu n'auras plus de sentiment de privation ni de désespoir. L'amour, n'ayant pas de lieu où aller, disparaît lui aussi. Il ne reste que la vie. Une vie tranquille et discrète. Tu l'apprécieras, et elle t'appréciera aussi. Si c'est cela que tu souhaites, cela t'appartient déjà. Personne ne peut te l'enlever.

— C'est étrange, dis-je. Moi j'ai toujours un cœur, mais de temps en temps il m'arrive de ne plus savoir où il est. Non, plutôt, je sais seulement de temps en temps qu'il est là. Mais j'ai une sorte de certitude qu'il va revenir, et cette unique certitude soutient toute mon existence. C'est pourquoi j'ai vraiment du mal à imaginer ce que cela peut être de perdre son cœur.

Le vieillard hocha calmement la tête plusieurs fois.

— Réfléchis-y bien. Tu as encore le temps d'y réfléchir.

— J'y réfléchirai, dis-je.

Après cela, le soleil ne se montra pas pendant longtemps. Quand la fièvre fut tombée, je quittai mon lit, ouvris la fenêtre, respirai l'air du dehors. Même quand je pus me lever, je restai sans forces pendant deux jours, je n'arrivais même pas à tenir la rampe de l'escalier ou le bouton de la porte. Pendant tout ce temps, le colonel me faisait boire tous les soirs sa soupe aux herbes amères et m'aidait à manger une espèce de bouillie qu'il préparait pour moi. Puis, assis à mon chevet, il me racontait ses vieux souvenirs de guerre. Il ne me reparla plus d'*elle*, ni du mur, et je n'osais pas lui poser de questions, pensant que, s'il avait quelque chose à m'apprendre, il me l'avait sans doute déjà dit.

Le troisième jour, j'étais rétabli au point d'être capable d'emprunter la canne du vieillard pour me promener tranquillement autour de la résidence. En marchant, je me rendis compte combien mon corps était devenu léger. Sans doute la fièvre m'avait-elle amaigri, mais il me semblait que ce ne devait pas être la seule cause. L'hiver donnait une étrange pesanteur à tout ce qui m'entourait. Et j'étais le seul à ne pouvoir faire partie de ce monde pesant.

Des pentes de la colline sur laquelle était construite la résidence, on apercevait la moitié ouest de la ville. Mes yeux affaiblis, protégés par des lunettes noires, ne pouvaient discerner les détails du paysage mais je me rendais pourtant compte à quel point l'air de l'hiver précisait maintenant les contours de la ville. On aurait dit que le vent de l'hiver, soufflant du sommet des crêtes du nord, avait complètement balayé la poussière aux vagues nuances qui adhérait jusque-là à tous les recoins de la ville.

En contemplant la ville, le plan que je devais remettre à mon ombre me revint en mémoire. Comme j'étais resté alité, j'étais déjà en retard de presque une semaine sur la date à laquelle j'avais promis de le lui remettre. L'ombre s'inquiétait peut-être pour moi, ou peut-être avait-il renoncé à son projet, croyant que je l'avais abandonné. Cette pensée m'assombrit.

Je me fis donner une paire de vieux souliers par le colonel, en ôtai la semelle et glissai à l'intérieur le plan plié, avant de tout remettre en état. J'étais sûr que l'ombre aurait l'idée de démanteler ces chaussures pour trouver le plan. Ensuite, je confiai les souliers au colonel, en lui demandant d'aller voir mon ombre pour les lui remettre.

— Il n'a que des chaussures de sport légères, et

j'ai pensé qu'il pourrait se faire mal aux pieds avec la neige qui va s'accumuler, dis-je. Je ne fais pas confiance au gardien. Mais vous, vous pourriez sans doute rencontrer directement mon ombre.

— S'il ne s'agit que de ça, ça ne devrait pas poser de problème, dit le colonel en prenant les chaussures.

Vers le soir, le colonel revint et me dit qu'il avait effectivement vu mon ombre et lui avait remis les chaussures.

— Il se faisait du souci pour toi, tu sais, dit le colonel.

— Comment est-ce qu'il allait ?

— Il avait l'air gelé. Mais ça va quand même. Tu n'as pas à t'inquiéter.

Le dixième soir après ma poussée de fièvre, je pus enfin descendre la colline et retourner à la bibliothèque. Quand je poussai la porte du bâtiment, j'eus tout de suite l'impression d'une atmosphère plus stagnante encore qu'auparavant. Rien ici ne rappelait une présence humaine, comme dans une pièce abandonnée depuis longtemps. Le poêle était éteint, la cafetière froide. Quand je soulevai le couvercle, je vis que le café, à l'intérieur, était blanchi de moisissures. Le plafond me paraissait encore plus haut que d'habitude. La lampe était éteinte, seul résonnait dans la semi-obscurité le bruit étrangement poussiéreux de mes pas. Il n'y avait pas trace d'*elle*, et sur le comptoir s'accumulait une légère couche de poussière. Ne sachant que faire, je m'assis sur un banc de bois et décidai d'attendre son arrivée. Le cadenas n'était pas mis à la porte d'entrée, donc elle allait certainement se manifester. J'attendis, immobile, tremblant de froid. Mais j'avais beau attendre, elle ne se montrait toujours pas. Les ténèbres s'épaississaient, et c'était tout. Il me semblait que le monde entier avait disparu, ne laissant plus que moi et cette bibliothèque. Il ne restait plus que moi au beau milieu de la fin du monde. J'aurais beau étendre la main, il n'y avait plus rien à toucher.

Cette pièce-là aussi était pleine d'une pesanteur hivernale. Tout ce qui se trouvait à l'intérieur paraissait fermement cloué au sol ou aux tables. Tandis que j'étais assis seul dans l'obscurité, de nombreuses parties de mon corps me semblaient perdre leur poids légitime, s'étendre ou rapetisser à volonté. C'était tout à fait la même impression que si je m'étais amusé à bouger tour à tour chacun de mes membres devant un miroir déformant.

Je me levai du banc, tournai l'interrupteur de la lampe. Puis je puisai du charbon dans le seau et l'enfournai à l'intérieur du poêle, l'embrasai avec une allumette, puis je retournai m'asseoir. Il me semblait qu'allumer la lampe n'avait fait que rendre l'obscurité plus profonde, allumer le poêle rendre le froid plus pénétrant.

Peut-être étais-je trop profondément plongé en moi-même. Ou bien cette espèce d'engourdissement qui subsistait au plus profond de mon être m'avait invité à un bref sommeil. Toujours est-il que je m'aperçus brusquement qu'elle me faisait face, debout, son regard calme posé sur moi. Une sorte d'aura sombre et imprécise l'entourait, peut-être parce que la lumière électrique, aussi palpable qu'une poussière jaune, l'éclairait par-derrière. Je contemplai un moment sa silhouette. Elle portait son habituel manteau bleu, et la masse de ses cheveux était ramenée sur un côté et enfoncée sous le col. Son corps avait un parfum de vent d'hiver.

— Je croyais que tu ne viendrais plus, dis-je. Je t'ai attendue tout le temps ici.

Elle jeta le vieux café qui restait dans le pot, rinça celui-ci, le remplit d'eau à nouveau et le posa sur le poêle. Puis elle dégagea sa chevelure du col, enleva son manteau et le suspendit à un cintre.

— Pourquoi as-tu pensé que je ne viendrais plus ? dit-elle.

— Je ne sais pas. Juste une impression.

— Je viendrai tant que tu auras envie de me voir. Tu as envie de me voir, n'est-ce pas ?

Je hochai la tête. C'était indubitable, j'avais envie de la voir. Même si, plus je la voyais, plus mon sentiment de perte s'aggravait, oui, malgré cela, j'avais encore et toujours envie de la voir.

— Je voudrais que tu me racontes l'histoire de ton ombre, dis-je. Si ça se trouve, c'est peut-être ton ombre que j'ai rencontrée dans le vieux monde.

— Oui, moi aussi, c'est ce que je me suis dit au début. Tu sais, quand tu m'as dit que tu croyais m'avoir déjà rencontrée quelque part.

Elle s'assit devant le poêle, contempla un moment le feu qui brûlait à l'intérieur.

— Quand j'avais quatre ans, mon ombre a été séparée de moi, et on l'a mise de l'autre côté du mur. Ainsi, mon ombre a vécu dans le monde de l'extérieur, et moi dans le monde d'ici. Je n'ai aucune idée de ce qu'elle a pu faire là-bas. Tout comme elle ne sait rien de moi. Quand j'ai eu dix-sept ans, elle est revenue dans cette ville, et elle est morte. Au moment de mourir, les ombres reviennent toujours ici, tu sais. Et puis le gardien l'a enterrée dans la pommeraie.

— C'est alors que tu es vraiment devenue une habitante de la ville, n'est-ce pas ?

— Oui. Mon ombre a été enterrée avec ce qui me restait de cœur. Toi, tu dis que le cœur est comme le vent, mais est-ce que ce ne serait pas plutôt nous qui serions pareils au vent ? Nous ne faisons que passer, sans penser à rien. Nous ne vieillissons pas, nous ne mourons pas non plus.

— As-tu rencontré ton ombre quand elle est revenue ici ?

Elle secoua la tête.

— Non, je ne l'ai pas revue. Il me semblait que je n'avais aucune raison de la revoir. Elle était sûrement complètement différente de moi.

— Mais c'est peut-être elle qui était vraiment toi.

— Peut-être, dit-elle. Bah, de toute façon, ça n'a plus aucune importance maintenant. La boucle est bouclée.

Sur le poêle, la cafetière commençait à siffler, mais ce bruit me paraissait aussi lointain qu'un vent qu'on entendrait souffler à plusieurs kilomètres de là.

— Malgré tout cela, tu as toujours envie de me voir ?

— J'ai toujours envie, répondis-je.

## 17

## La fin du monde – Charlie Parker – Bombe à retardement

— Je t'en prie, disait la grassouillette. Si ça continue comme ça, on court à la fin du monde.

Le monde peut bien finir, pensai-je. Ma blessure au ventre me causait une douleur de tous les diables. C'était comme si des petits jumeaux pleins de santé donnaient des coups de pied vigoureux dans les parois étroites de mon imagination limitée.

— Qu'est-ce qui te prend ? Tu ne te sens pas bien ? demanda-t-elle.

Je pris calmement une inspiration profonde, saisis le tee-shirt qui se trouvait à côté de moi pour essuyer la sueur de mon visage.

— Quelqu'un est venu m'ouvrir le ventre au couteau sur six centimètres de long, dis-je d'une traite comme si je recrachais de l'air.

— Au couteau ?

— Oui, une vraie tirelire.

— Mais pourquoi ? Qui a pu faire une chose aussi horrible ?

— Sais pas. Comprends pas. Me pose la question depuis tout à l'heure, mais je ne comprends toujours pas. Au point où j'en suis, j'ai vraiment envie de demander pourquoi tout le monde passe son temps à me piétiner comme un vieux paillasson. (Elle secoua la tête.) Je me suis même demandé si ces deux types n'étaient pas des amis à toi. Les deux types qui se sont servis du couteau, je veux dire.

La grassouillette me regarda fixement un moment avec une expression d'incompréhension totale.

— Pourquoi as-tu pensé ça ?

— Je ne sais pas. Je voulais sans doute rejeter la faute sur quelqu'un. On se sent un peu mieux quand on accuse quelqu'un d'autre de ce qu'on ne comprend pas.

— Peut-être, mais ça ne résout rien.

— D'accord, ça ne résout rien. Mais tout ça, ce n'est pas ma faute. Ce n'est pas moi qui ai mis tout ça en route. C'est ton grand-père qui a mis les gaz. Moi, j'ai juste été pris dans l'engrenage. Pourquoi est-ce que ce serait à moi de résoudre tout ça maintenant ?

Comme un violent élancement de douleur se faisait à nouveau sentir, je fermai la bouche, et attendis que le train finisse de passer, comme si j'étais le garde-barrière.

— Aujourd'hui, ça a été pareil. D'abord tu me téléphones au petit matin pour me demander de t'aider parce que ton grand-père a disparu. Je sors, tu ne viens pas au rendez-vous. Je rentre dormir à la maison, et là-dessus se pointent deux types bizarres qui cassent tout dans la baraque et me déchirent le ventre au couteau. Après ça, ce sont les gars de System qui débarquent pour me poser tout un tas de questions. Et pour finir, voilà que tu arrives ! On ne dirait pas que tout ça suit un programme précis ? On croirait une formation d'équipe de basket. Et toi, qu'est-ce que tu sais au juste de la situation, en fin de compte ?

— Franchement, je crois qu'il n'y a pas beaucoup de différence avec ce que tu sais toi-même. J'aidais Grand-père dans ses recherches, mais ça consistait seulement à faire ce qu'il me disait. Fais ci, fais ça, va là et là, téléphone, écris une lettre, ce genre de choses. Quant au but de ses recherches, je suis comme toi, je n'en ai pas la moindre idée.

— Mais pourtant, tu l'aidais dans ses travaux, non ?

— Oui, mais tout ce que je faisais, c'était du traitement de données, et des choses de ce genre uniquement. Je n'ai pratiquement aucune connaissance technique et, même quand il me parlait de ses travaux, je ne comprenais rien.

Tout en me tapotant les dents de devant du bout d'un ongle, je remis de l'ordre dans mes pensées. Il fallait que je trouve une percée dans tout ça. Avant que ma vie soit complètement aspirée par cette histoire, il fallait que je trouve un moyen d'en dénouer tant soit peu les fils.

— Tu viens de dire que ça allait être la fin du monde. Pourquoi, comment, de quelle façon est-ce que le monde va finir ?

— Je n'en sais rien, c'est Grand-père qui disait ça. Il disait que, si quelque chose lui arrivait maintenant, ce serait la fin du monde. Ce n'était pas son genre de dire ça pour plaisanter. S'il parle de fin du monde, il s'agit vraiment de fin du monde. Vraiment, hein. La fin du monde, je te dis !

— Je ne comprends pas très bien, dis-je. La fin du monde, ça veut dire quoi au juste ? Est-ce que ton grand-père parlait exactement de « fin du monde » ? Il ne disait pas plutôt « disparition du monde », ou bien « destruction du monde » ?

— Non, non, il disait bien « fin du monde »…

Tapotant à nouveau mes dents de devant, je réfléchis à cette histoire de fin du monde.

— Et ce… cette fin du monde est liée à moi, c'est ça ?

— Oui, c'est ça. Grand-père disait que toi, tu étais la clé. Il disait que tu étais au centre de ses recherches depuis plusieurs années.

— Essaie de te rappeler d'autres choses encore, dis-je. Cette histoire de bombe à retardement, par exemple, qu'est-ce que c'est ?

— Bombe à retardement ?

— Les types qui m'ont fait une boutonnière ont parlé de ça. Ils ont dit que les données que j'avais traitées pour le professeur étaient comme une bombe à retardement, et que ça allait exploser au moment voulu. De quoi pouvait-il s'agir ?

— C'est juste une idée que j'ai, dit la grassouillette, mais je pense que les recherches de Grand-père portaient uniquement sur la conscience humaine. En tout cas depuis qu'il avait mis au point le *shuffling system*. Je me demande même si ce n'est pas ce *shuffling system* qui est à la base de tout. Avant la mise en exploitation de ce système, Grand-père me parlait de beaucoup de choses. De ses recherches, de ce qu'il était en train de faire à ce moment-là, ce qu'il allait faire ensuite, tout ça. Comme je te l'ai dit tout à l'heure, je n'ai aucune connaissance technique, mais ce que me racontait Grand-père était facile à comprendre et très intéressant. J'aimais beaucoup les discussions que j'avais avec lui.

— Et une fois le *shuffling system* mis au point, il ne t'a plus parlé de rien, c'est ça ?

— Exactement. Il s'est enfermé dans son laboratoire souterrain et n'a plus jamais abordé de sujets spécialisés avec moi. Chaque fois que je lui posais des questions, il ne me répondait plus que par des banalités.

— Ça te rendait triste ?

— Oui. Ça me rendait triste. Très triste. (Elle me regarda fixement un moment.) Dis, je peux me mettre au lit avec toi ? il fait vraiment froid ici.

— Si tu ne touches pas à ma blessure, et que tu ne me fais pas bouger.

On dirait que toutes les filles du monde veulent se retrouver dans mon lit ces jours-ci.

Elle passa de l'autre côté du lit et, toujours vêtue de son tailleur rose, se blottit sous les couvertures. Quand je lui tendis un des deux oreillers que j'avais empilés sous ma tête, elle le prit, le tapota de la main pour le regonfler et le glissa sous sa tête. Son cou dégageait le même parfum de melon que lors de notre première rencontre. Je fis un effort pour changer de position et me tournai vers elle. Nous étions donc là, tous les deux, face à face sur mon lit.

— C'est la première fois que j'approche un homme d'aussi près, dit-elle.

— Ah bon ?! fis-je.

— Je ne sors presque jamais en ville. C'est pour ça que je n'ai pas pu trouver notre point de rendez-vous. Le son a été coupé juste au moment où j'allais te demander le chemin.

— Tu n'avais qu'à dire l'adresse à un chauffeur de taxi, il t'y aurait emmenée.

— Je n'avais presque pas d'argent. Je suis sortie en quatrième vitesse, et j'ai complètement oublié que je pouvais avoir besoin d'argent. Je n'avais pas le choix : je suis venue à pied.

— Tu as de la famille, à part ton grand-père ?

— Mes parents et mes frères sont tous morts dans un accident de voiture quand j'avais six ans. Un camion est rentré dans l'arrière de la voiture, l'essence a pris feu, et ils sont tous morts carbonisés.

— Tu es la seule à en avoir réchappé ?

— J'étais à l'hôpital quand c'est arrivé, ils étaient en route pour me rendre visite.

— Je vois, dis-je.

— Depuis, j'ai toujours vécu aux côtés de Grand-père. Je ne suis pas allée à l'école, je ne suis pratiquement jamais sortie, je n'ai pas d'amis…

— Tu n'es pas allée à l'école ?

— Ben non, répondit-elle, comme si c'était sans importance. Grand-père disait que ça ne servait à rien d'y aller. C'est lui qui m'a enseigné toutes les matières. Depuis l'anglais et le russe jusqu'à l'anatomie. La cuisine et la couture, c'est Grand-mère qui m'a appris.

— Grand-mère ?

— Oui, une vieille gouvernante qui faisait le ménage et la cuisine. Une femme vraiment bien. Elle est morte d'un cancer il y a trois ans. Depuis sa mort, on est restés seuls tous les deux. Grand-père et moi.

— Alors, tu n'es jamais allée à l'école depuis l'âge de six ans ?

— Non, mais je ne vois pas ce que ça a de spécialement important. Je sais tout faire, de toute façon. Je sais parler quatre langues étrangères, je sais jouer du piano et du saxophone alto, je sais monter des appareils de télécommunication, j'ai appris des techniques de navigation, je suis funambule, j'ai lu plein de livres. Et mes sandwichs, ils étaient bons, non ?

— Mmmh, dis-je.

— Seize ans de scolarité, ça ne fait que vous racler

la cervelle, disait Grand-père. Lui non plus, il n'est pratiquement pas allé à l'école.

— Chapeau ! dis-je. Mais tu n'étais pas triste de ne pas avoir d'amis de ton âge ?

— Ben je ne sais pas, fit-elle. J'étais tellement occupée, je n'ai jamais eu le temps d'y penser. Et puis j'avais l'impression que je n'avais aucun sujet de conversation commun avec les jeunes de mon âge.

— Mmmh, dis-je.

Peut-être bien, en effet.

— Mais toi, tu m'intéresses beaucoup.

— Pourquoi ?

— Ben, tu as l'air un peu fatigué, mais on dirait que cette fatigue produit une sorte d'énergie. Je ne comprends pas très bien. Je n'ai jamais rencontré personne comme ça. Grand-père est quelqu'un qui n'est jamais fatigué, et moi, je suis comme lui. Dis, c'est vrai, tu es vraiment fatigué ?

— Je suis fatigué, c'est certain, répondis-je. Au point que je pourrais le répéter vingt fois de suite sans que ça soit de trop.

— Mais c'est comment, être fatigué ? demanda-t-elle.

— Eh bien, de nombreux domaines émotionnels commencent à se faire vagues : l'apitoiement sur soi-même, la colère envers les autres, la compassion envers autrui, la colère envers soi-même… Ce genre de choses, quoi.

— Je ne comprends rien à tout ça, moi.

— Oui, finalement, on en vient à ne plus rien comprendre… C'est comme de faire tourner une toupie peinte de différentes couleurs, tu sais, plus elle tourne vite, plus les couleurs deviennent imprécises et, en fin de compte, elles se mélangent toutes.

— Ça m'a l'air intéressant, fit la grassouillette. Tu as l'air d'en savoir un bout sur le sujet, dis donc.

— Oui, fis-je.

Sur le sentiment de fatigue qui ronge la vie, ou sur le sentiment de fatigue qui commence à bouillonner en l'homme vers le milieu de sa vie, je pouvais donner au moins une centaine d'explications. Voilà encore un exemple des choses qu'on n'apprend pas à l'école.

— Tu sais jouer du saxo alto ? me demanda-t-elle.

— Non.

— Tu as des disques de Charlie Parker ?

— Je crois que j'en ai, mais je ne suis pas en état de chercher, et comme de toute façon ma chaîne est cassée, on ne pourrait pas les écouter.

— Tu sais jouer d'un instrument de musique ?

— Non.

— Je peux te toucher ?

— Non, surtout pas ! Selon l'endroit où tu me touches, ça peut me faire très mal.

— Quand tu seras guéri, je pourrai te toucher ?

— Quand je serai guéri, oui, si la fin du monde n'a pas encore eu lieu. Maintenant, revenons à l'essentiel. Je crois que tu étais en train de me raconter que ton grand-père avait changé de comportement à partir du moment où il avait achevé son *shuffling system*.

— Oui, c'est ça, à partir de ce moment-là, il a complètement changé. Il ne parlait plus beaucoup, son caractère est devenu difficile, de temps en temps il se mettait à parler tout seul.

— Tu pourrais essayer de te rappeler ce qu'il disait à propos du *shuffling system* ?

La grassouillette réfléchit un moment en tripotant une de ses boucles d'oreilles.

— Il disait que ce système était une porte vers un monde nouveau. Il disait que ce système avait été mis en exploitation en tant que nouveau moyen pour camoufler des données programmées sur ordinateur, mais que, utilisé autrement, il avait le pouvoir de changer la structure du monde. Un peu comme la physique nucléaire a donné naissance à la bombe atomique.

— Autrement dit, le *shuffling system* est une porte ouvrant sur un monde nouveau, et moi, je suis la clé de cette porte, c'est ça ?

— En schématisant un peu, ça doit être ça, oui.

Je me tapotai les dents du bout d'un ongle. J'avais envie de boire du whisky dans un grand verre plein de glaçons mais les glaçons comme le whisky s'étaient volatilisés de mon appartement.

— Tu crois que le but de ton grand-père était de détruire le monde ?

— Non, sûrement pas. Grand-père est peut-être difficile, capricieux et misanthrope, mais en fait c'est quelqu'un de bien. Comme toi ou moi.

— Merci pour le compliment, dis-je.

C'était bien la première fois de ma vie qu'on me disait ça.

— En plus. Grand-père avait tellement peur que ses recherches tombent entre les mains de gens qui en auraient fait mauvais usage que ça m'étonnerait qu'il ait eu lui-même de mauvaises intentions. Et si Grand-père a démissionné de System, c'est justement parce qu'il était sûr que, s'il continuait chez eux, System finirait par se servir du résultat de ses recherches dans un but néfaste. C'est pour ça qu'il a démissionné et qu'il a décidé de continuer tout seul.

— Mais pourtant, System est du bon côté du monde. Ils s'opposent à l'organisation des pirateurs qui volent les informations des ordinateurs pour les vendre au marché noir, et ils défendent le droit de propriété de l'information.

La grassouillette me regarda fixement puis haussa les épaules.

— En tout cas, Grand-père, lui, ne se posait pas la question de savoir qui étaient les bons et qui les méchants. D'après lui, le sens du bien et du mal appartient à la nature profonde de l'homme, et c'est un problème éthique sans rapport avec qui détient le droit de propriété.

— Euh, oui, c'est possible, dis-je.

— Et puis, Grand-père, il ne croyait pas tellement à ce qu'on appelle le pouvoir, sous toutes ses formes. C'est vrai qu'il a fait partie de System pendant un temps, mais pour lui c'était seulement un expédient pour utiliser à sa guise les matériaux de recherche et les données très riches dont disposait l'organisation. C'est pour ça qu'une fois qu'il a eu mis au point le *shuffling system*, qui était assez complexe, il a décidé qu'il était plus pratique et plus efficace pour lui de poursuivre seul ses recherches. Il disait que le plus compliqué était de mettre au point son *shuffling system*, mais, une fois celui-ci terminé, il n'avait plus besoin de matériel, autrement dit le reste était un travail intellectuel.

— Mmmh, fis-je. Dis-moi, ton grand-père, quand il a quitté System, il n'aurait pas par hasard recopié des données me concernant personnellement pour les emmener avec lui ?

— Ça, je l'ignore, dit-elle, mais je pense que s'il voulait le faire, c'était très facile. Il était le patron du labo de recherche, donc il avait tous les droits en ce qui concerne l'utilisation et la conservation des données.

J'avais sans doute deviné juste, me dis-je. Le professeur avait sûrement emporté mes données personnelles, pour s'en servir dans ses recherches privées, et avait continué à travailler sur sa théorie du *shuffling* en m'utilisant comme cobaye. Comme ça, toute l'histoire devenait logique : comme l'avait dit le nabot, le professeur m'avait fait venir parce qu'il en était arrivé au stade final de ses recherches, et il ne m'avait transmis les données que pour forcer ma conscience à réagir à un code déterminé dissimulé à l'intérieur quand je me mettrais à les passer au *shuffling*.

Et si les choses s'étaient effectivement passées ainsi, ma conscience – ou mon inconscient – avait peut-être déjà commencé à réagir. Une bombe à retardement, avait dit le nabot. Je calculai rapidement le temps écoulé depuis que j'avais terminé le *shuffling*. Quand je m'étais réveillé à la fin des opérations, c'était avant minuit, dans la nuit d'hier, donc il s'était écoulé près de vingt-quatre heures depuis. Ce qui représentait déjà pas mal de temps. Quand la bombe à retardement était-elle programmée pour éclater ? Je l'ignorais, mais en tout cas l'aiguille de ma montre indiquait que vingt-quatre heures s'étaient déjà écoulées.

— Encore une question, dis-je. Tu as bien dit « la fin du monde » ?

— Oui, c'est le terme qu'employait Grand-père.

— Il t'a dit ça avant de commencer l'étude de mes données, ou après ?

— Après, dit-elle. Je crois. Ce dont je suis sûre, c'est que c'est récemment qu'il s'est mis à parler de « fin du monde ». Pourquoi ? Qu'est-ce que ça a à voir ?

— Je ne sais pas exactement, mais quelque chose m'intrigue. Mon mot de passe d'accès au *shuffling* est « fin du monde ». J'ai du mal à croire qu'il s'agisse d'une simple coïncidence.

— Quel est le contenu de cette « fin du monde » ?

— Je ne sais pas. C'est quelque part dans ma conscience, mais dissimulé dans un endroit hors de portée de moi-même. Tout ce que je connais, c'est cette formule, « fin du monde ».

— Tu ne peux pas récupérer le contenu ?

— Impossible. Même avec l'aide d'une division blindée, il est impossible de voler ce programme dans le coffre-fort souterrain de System. Il est sévèrement gardé, et muni de dispositifs spéciaux.

— Grand-père l'a sorti en se servant de sa position, c'est ça ?

— Sans doute. Mais tout ça, ce ne sont que des hypothèses. Le seul moyen de vérifier serait de demander directement à ton grand-père.

— Alors tu vas m'aider à le sortir des griffes des ténébrides ?

Tout en appuyant de la main sur ma blessure, je me redressai dans le lit. La douleur me faisait vibrer les tempes.

— Je n'ai pas le choix, dis-je. Je n'ai aucune idée de ce que ton grand-père a voulu dire par « fin du monde », mais en tout cas il faut empêcher ça. J'ai comme l'impression que, si on ne trouve pas un moyen quelconque de tout arrêter, il y a quelqu'un qui va se retrouver dans un grave pétrin.

Et ce quelqu'un, il se pourrait bien que ce soit moi.

— De toute façon, pour faire ça, il faut commencer par secourir Grand-père.

— Parce qu'on est des gens bien tous les trois ?

— Exactement, répondit la grassouillette.

# 18

## La lecture des rêves

Incapable de lire clairement au fond de mon propre cœur, je me remis à la tâche pour déchiffrer les vieux rêves. D'une part, l'hiver avançait, et je ne pouvais remettre indéfiniment à plus tard le début de ma tâche. De plus, pendant que je me concentrais sur la lecture des rêves, je pouvais, même si ce n'était que temporaire, oublier cette sensation intérieure de manque.

D'un autre côté, plus je lisais les rêves, et plus une autre sensation, un sentiment intérieur d'impuissance, s'aggravait. Ce sentiment était dû au fait que j'avais beau lire les rêves, je ne parvenais pas à interpréter les messages que m'envoyaient les vieux rêves. Je pouvais les déchiffrer, mais je n'en comprenais pas la signification. C'était comme lire jour après jour des phrases dont on ne comprend pas le sens. C'était comme contempler chaque jour le courant d'une rivière. Je n'arrivais nulle part. J'avais fait des progrès dans l'art de déchiffrer les rêves, mais cela ne m'était d'aucun secours. Comme ma technique avait avancé, je me rattrapais sur le nombre des rêves que je lisais habilement, mais cela ne faisait qu'augmenter le caractère futile de cette tâche sans fin. On peut continuer à faire des efforts si on accomplit des progrès, mais moi je n'avançais absolument pas.

— Je ne comprends pas le sens de ces vieux rêves, dis-je. Au début tu m'as dit que mon travail consistait à déchiffrer les vieux rêves dans ces crânes, mais cela ne fait que passer à travers moi. Je suis incapable d'en comprendre un seul et, plus je les lis, plus j'ai l'impression de m'user.

— Pourtant, tu lis les rêves comme si tu étais hanté par quelque chose. Je me demande pourquoi.

— Je ne sais pas, dis-je en secouant la tête.

Elle avait dû sentir que je me concentrais sur cette tâche pour combler mon vide intérieur. Mais je savais bien que ce n'était pas là l'unique raison. Comme elle le disait elle-même, je me concentrais sur la lecture des rêves comme si j'étais hanté.

— Je pense que le problème vient uniquement de toi, dit-elle.

— Uniquement de moi ?

— Je pense que tu devrais ouvrir davantage ton cœur. Je ne sais pas grand-chose du cœur, mais j'ai l'impression que le tien est hermétiquement clos. De la même façon que les rêves cherchent ardemment à être déchiffrés par toi, toi aussi, tu dois chercher ardemment à les lire.

— Qu'est-ce qui te fait penser ça ?

— C'est comme ça, la lecture des rêves. Tout comme les oiseaux qui se dirigent vers le sud ou le nord selon les saisons, le liseur de rêves continue sans relâche à lire les rêves.

Elle tendit la main et la posa sur la mienne, de l'autre côté de la table. Puis elle me sourit. Son sourire fut pour moi comme une lumière printanière filtrant entre les nuages.

— Ouvre davantage ton cœur. Tu n'es pas prisonnier. Tu es un oiseau volant dans le ciel à la recherche des rêves.

Finalement, il n'y avait pas d'autre choix pour moi : je devais prendre les rêves un à un dans ma main pour les examiner attentivement. Prenant en main un des crânes alignés à l'infini sur les étagères, je le portais doucement dans mes bras pour le poser sur la table. Ensuite, elle m'aidait à en nettoyer la saleté et la poussière à l'aide d'un chiffon humide, puis le polissait longtemps et doucement avec un chiffon sec. Une fois poli, la texture du vieux rêve devenait immaculée comme de la neige fraîchement amoncelée. Dans la lumière diffuse, les deux orbites vides semblaient deux puits d'une profondeur insondable.

Je couvrais doucement le dessus du crâne de mes deux mains, et j'attendais qu'il émette ce léger courant de chaleur, en accord avec la température de mon corps.

Quand il atteignait une température déterminée – ce n'était pas une forte chaleur, juste une tiédeur comme un rayon de soleil au cœur de l'hiver –, le crâne brillant de blancheur commençait à raconter les vieux rêves qui y étaient gravés. Je fermais les yeux, inspirais profondément, ouvrais mon cœur, tâtant du bout des doigts l'histoire que le crâne me contait, mais sa voix était trop faible, et les images qu'il reflétait étaient d'une blancheur brumeuse, comme des étoiles lointaines flottant encore dans le ciel à l'aurore. Tout ce que je pouvais déchiffrer, c'étaient quelques parcelles imprécises, que j'essayais de rassembler, sans parvenir à saisir la totalité.

Il y avait des paysages inconnus, des musiques

jamais entendues, des échos de mots dont je ne comprenais pas le sens. Ces images venaient soudain flotter à la surface et replongeaient tout aussi soudainement au fond de l'obscurité. Entre une parcelle et la suivante, il n'y avait rien de commun. Ce que je faisais ressemblait à tourner rapidement le bouton de fréquence d'une radio, passant d'une émission à l'autre. J'essayais, de différentes façons, de mettre encore plus de concentration dans les terminaisons nerveuses de mes doigts, mais j'avais beau m'efforcer, le résultat était toujours le même. J'avais beau comprendre que les vieux rêves essayaient de me transmettre quelque chose, je n'arrivais pas à déchiffrer l'histoire.

Peut-être manquait-il quelque chose dans ma façon de les lire. Ou alors, leurs paroles s'étaient affaiblies au cours des ans et étaient maintenant désagrégées. Ou encore, entre leurs pensées et les miennes, il y avait une trop grande différence de contexte et de temporalité. Toujours est-il que je pouvais seulement observer en silence ces parcelles hétéroclites qui s'élevaient puis disparaissaient. Évidemment, il y avait aussi quelques paysages normaux comme ceux que j'avais l'habitude de voir. Des paysages on ne peut plus communs : herbes vertes ondulant sous le vent, nuages blancs flottant dans le ciel, lumière tremblante du soleil à la surface d'une rivière. Pourtant, ces paysages ordinaires emplissaient mon cœur d'une sorte d'étrange et inexprimable tristesse. Où dans ces paysages se cachaient les éléments qui suscitaient ma tristesse, je n'aurais su le dire. Comme des bateaux que l'on regarde passer de sa fenêtre, ils arrivaient puis disparaissaient sans laisser de traces.

Ces visions duraient un certain temps, puis les

crânes perdaient peu à peu leur chaleur, comme une marée qui se retire, et redevenaient bientôt de simples crânes blancs et froids. Les vieux rêves étaient repartis dans leur long sommeil. Et l'eau coulait du bout de mes doigts jusque sur le sol. Ma tâche de liseur de rêves se répétait ainsi à l'infini.

Quand les vieux rêves avaient perdu toute chaleur, je les passais à la bibliothécaire, et elle alignait les crânes sur le comptoir. Pendant ce temps, je mettais mes deux bras sur la table et me reposais, détendais mes nerfs. Je pouvais lire entre cinq et six vieux rêves par jour. Passé ce nombre, je perdais mes pouvoirs de concentration, et le bout de mes doigts ne percevait plus qu'un léger bourdonnement. Quand l'horloge dans la pièce indiquait onze heures, j'étais si épuisé que pendant un long moment je ne pouvais même pas me lever de ma chaise.

À la fin, elle me servait toujours du café chaud. Il lui arrivait aussi d'apporter de chez elle de quoi faire une légère collation, des biscuits ou de la brioche qu'elle avait fait cuire dans la journée. Nous buvions généralement le café, mangions les biscuits ou le pain face à face, presque sans échanger un mot. Fatigué comme j'étais, j'avais du mal à parler pendant un moment et, le sachant, elle se taisait aussi.

— Est-ce ma faute si tu n'ouvres pas ton cœur ? me demanda-t-elle. Peut-être as-tu fermé ton cœur hermétiquement, parce que le mien ne peut te répondre ?

Nous étions, comme toujours, assis au milieu du vieux pont, sur les marches qui menaient à la petite île, et nous regardions la rivière.

Un petit éclat de lune blanc et glacé tremblait, gravé à la surface des eaux. Une fine barque de bois que quelqu'un avait laissée amarrée au pilier de l'îlot faisait un léger clapotement sur l'eau. Comme nous étions assis l'un à côté de l'autre sur l'étroite marche, je sentais la tiédeur de son corps contre mon épaule. C'est étrange, pensai-je. Les gens assimilent le cœur à la chaleur. Pourtant, il n'y a aucun rapport entre le cœur et la température du corps.

— Non, ce n'est pas ça, dis-je. Je crois que, si mon cœur ne s'ouvre pas, c'est uniquement mon problème à moi. Ce n'est pas ta faute. Je suis incapable de voir au fond de mon propre cœur, c'est pourquoi je suis en pleine confusion.

— Même toi, tu ne peux comprendre ce qu'est le cœur ?

— Dans le cas présent, oui. Il y a des cas où on ne peut comprendre son cœur que longtemps après, et il y a des cas où c'est trop tard à ce moment-là. La plupart du temps, on est obligé de choisir sans même savoir déchiffrer son propre cœur, et c'est ce qui fait que tout le monde s'égare.

— Il me semble que le cœur est quelque chose de bien imparfait, dit-elle.

Elle souriait.

Je sortis mes deux mains de mes poches et les contemplai sous la lune. Blafardes dans les rayons lunaires, elles ressemblaient à des sculptures échouées dans ce monde minuscule et n'ayant plus nulle part où aller.

— Moi aussi, je trouve le cœur imparfait, dis-je, mais il nous laisse des traces que nous pouvons suivre à nouveau. Comme on suit des traces de pas dans la neige.

— Et où mènent donc ces pas ?

— À soi-même, répondis-je. C'est cela, le cœur. Sans le cœur, on ne peut arriver nulle part.

Je levai les yeux vers la lune. Elle flottait dans le ciel de la ville cernée par les hautes murailles, dispensant une lumière si vive qu'elle en paraissait disproportionnée.

— Rien, tu sais… Rien n'est ta faute, dis-je.

## *Pays des merveilles sans merci*

### 19

### Hamburger – Point limite

Nous décidâmes de commencer par nous occuper de notre estomac en allant manger quelque part. De mon côté, je n'avais pas très faim, mais nous ne savions pas quand aurait lieu le prochain repas, aussi paraissait-il plus prudent de manger quelque chose tant que c'était possible. Je me disais que j'arriverais bien à ingurgiter un peu de bière et un hamburger. Elle, elle était affamée, car elle n'avait mangé qu'une tablette de chocolat à midi. Le peu de monnaie qu'elle avait sur elle lui avait tout juste suffi à acheter du chocolat.

J'enfonçai les deux jambes dans mon jean en prenant soin de ne pas réveiller la douleur de ma blessure, enfilai une chemise de sport par-dessus mon tee-shirt, et un pull léger sur le tout. Pour plus de sûreté, j'ouvris ma commode et en sortis un coupe-vent prévu pour la montagne. Quant à elle, même avec de l'imagination, son tailleur rose paraissait peu adapté à des recherches de spéléologie, et malheureusement ma garde-robe ne contenait ni chemise ni pantalon susceptible de lui aller. Je faisais dix centimètres de plus qu'elle, et elle, à vue d'œil, dix kilos de plus que moi. En fait, le mieux aurait été d'aller dans une boutique des environs lui acheter des vêtements plus pratiques, mais aucun magasin ne restait ouvert au milieu de la nuit. Heureusement, une épaisse veste de treillis des surplus de l'armée américaine que je portais autrefois se révéla à sa taille, et je la lui donnai. Ses talons hauts posaient un peu problème, mais elle me dit, que si on passait au bureau, elle y trouverait des bottes de caoutchouc et des chaussures de jogging.

— Des chaussures de jogging roses et des bottes en caoutchouc roses, précisa-t-elle.

— Tu aimes le rose ?

— Grand-père aime bien. Il dit que les vêtements roses me vont très bien.

— C'est vrai, ça te va bien, dis-je. (Ce n'était pas un mensonge, ça lui allait vraiment bien. D'habitude, une femme grosse et habillée de rose m'évoque vaguement un énorme gâteau à la fraise, mais, pour je ne sais quelle raison, cette couleur lui allait à la perfection.) Ton grand-père aime sans doute aussi les femmes rondes ? demandai-je juste pour vérifier.

— Évidemment, ça va de soi, répondit la fille en rose. C'est pour ça que je fais toujours attention à rester grosse. Ça dépend de ce que je mange. Dès que j'arrête de faire attention, je me mets à maigrir, alors je fais exprès de manger le plus de beurre et de crème possible.

— Humm ! dis-je.

J'ouvris le placard pour prendre un sac à dos fourre-tout, vérifiai qu'il n'était pas déchiré, y mis pêle-mêle des vêtements de rechange pour deux, une lampe de poche, un aimant, des gants, une serviette, un grand couteau, un briquet, une corde, des plaquettes de combustible. Ensuite, j'allai à la cuisine, rassemblai parmi les victuailles éparpillées sur le sol deux pains, du corned-beef, des pêches, des saucisses, du pamplemousse en conserve, et bourrai le sac avec tout ça. Je remplis aussi une gourde d'eau. Ensuite, je fourrai dans les poches de mon pantalon tout ce que je pus trouver d'argent liquide dans la maison.

— On dirait qu'on part en pique-nique, dit-elle.

— C'est tout à fait ça, répondis-je.

Avant de sortir, je fis le tour de mon appartement des yeux : il présentait tout l'aspect d'une décharge publique. C'est toujours pareil dans la vie : il faut longtemps pour construire, mais, pour détruire, un instant suffit. Dans ces trois petites pièces, il y avait toute ma vie, légèrement usée peut-être, mais qui me suffisait. Et voilà qu'elle s'était complètement évanouie, telle la rosée matinale, le temps d'ouvrir deux cannettes de bière. Mon travail, mon whisky, ma tranquillité, ma solitude, ma collection de westerns de John Ford, tout cela s'était mué en un tas de détritus inutiles.

« Fleurs des champs éclatantes dans toute leur gloire… » déclamai-je intérieurement. Puis j'abaissai la manette du compteur de l'entrée et coupai l'électricité de mon appartement.

Ma blessure au ventre me faisait trop mal pour que je puisse réfléchir à la situation en profondeur, et j'étais trop fatigué, aussi décidai-je de ne penser à rien. Mieux valait ne penser à rien que de survoler les choses à moitié. Je montai dignement dans l'ascenseur, descendis jusqu'au parking souterrain, ouvris la porte de la voiture, jetai les bagages sur le siège arrière. Si quelqu'un nous surveillait, eh bien, qu'il nous découvre, et si quelqu'un avait envie de nous suivre, qu'il ne se gêne surtout pas ! Tout ça m'était complètement égal maintenant. D'abord, contre qui devais-je prendre des précautions ? Contre les pirateurs, contre System, ou contre les deux énergumènes au couteau ? Manœuvrer habilement entre trois groupes d'ennemis différents, c'était peut-être faisable, mais pas pour moi, pas dans l'état où je me trouvais maintenant. J'avais déjà bien assez de quoi m'occuper en allant affronter les ténébrides au fond de l'obscurité des sous-sols en compagnie de la rondouillarde, alors que j'avais le ventre ouvert sur six centimètres et qu'en plus je manquais de sommeil. S'ils avaient envie de faire quelque chose, ils pouvaient bien faire ce qu'ils voulaient, tous !

Comme je n'avais pas trop envie de conduire si je pouvais l'éviter, je demandai à la rondelette de sortir la voiture du garage, mais elle déclina mon offre.

— Désolée. Si c'était un cheval, je pourrais, mais…

— Ça ne fait rien. On aura peut-être besoin de monter à cheval bientôt, répondis-je.

Après avoir vérifié que la jauge d'essence était bien au niveau maximum, je sortis la voiture du parking. Puis je traversai la rue où j'habitais et débouchai sur l'avenue. On était en pleine nuit, mais l'avenue était saturée de véhicules, moitié taxis, moitié camions et voitures individuelles. Pourquoi autant de gens éprouvaient-ils le besoin de circuler à travers la ville en voiture en pleine nuit, ça, c'était un mystère pour moi. Pourquoi ne rentraient-ils pas tranquillement chez eux à six heures après le travail, pourquoi n'éteignaient-ils pas la lumière pour se coucher à dix heures du soir ?

Mais bon, au fond, ça n'était pas mon problème.

Moi, je pouvais penser ce que je voulais, le monde, lui, continuait son expansion selon ses propres principes. Je pouvais penser ce que je voulais, ça n'empêcherait pas les Arabes de continuer à forer des puits de pétrole, ni les gens de fabriquer de l'essence et de l'électricité avec ce pétrole ou de parcourir la ville en pleine nuit pour satisfaire leurs désirs. Plutôt que de réfléchir à ça, j'avais plutôt intérêt à faire face à mon propre problème.

Les deux mains posées sur le volant, en attendant que le feu passe au vert, je bâillai très fort. Juste devant ma voiture était arrêté un énorme camion chargé de liasses de papier empilées jusqu'au ciel sur sa plate-forme. Sur ma droite se trouvait un jeune couple dans une Skyline modèle sport. Je ne sais s'ils étaient en route pour une virée nocturne ou en revenaient, mais ils avaient l'air de s'ennuyer passablement. La femme, dont le poignet gauche, chargé de deux bracelets en argent, était appuyé à la fenêtre, jeta un coup d'œil dans ma direction. Ce n'était pas que je l'intéresse particulièrement, mais, comme elle n'avait strictement rien d'autre à regarder, elle me regardait, moi. Pour elle, c'était pareil : l'enseigne du restaurant Denny's, les panneaux de circulation, ou ma tête. Je lui rendis son regard. Elle était plutôt belle, mais d'un genre de beauté qu'on trouve partout. Je l'aurais bien vue par exemple jouer le rôle de la meilleure amie de l'héroïne dans un feuilleton télé, celle qui va boire un thé dans un troquet avec elle, et lui dit : « Qu'est-ce qui se passe, ma chérie ? Tu n'as pas l'air en forme ces temps-ci. » Elle n'apparaît généralement qu'une seule fois et, dès que son visage a disparu de l'écran, on oublie complètement à quoi elle ressemblait. Le feu passa au vert et, pendant que le camion devant moi redémarrait péniblement, la Skyline blanche disparut de ma vue en même temps que la musique de Duran Duran que diffusait la stéréo, en soulevant un nuage de gaz d'échappement.

— Tu veux bien surveiller les voitures derrière nous ? demandai-je à la rondouillarde. Et si tu en remarques une qui est toujours derrière nous, tu me le dis.

Elle hocha la tête et se tourna vers l'arrière.

— Tu crois que quelqu'un pourrait nous suivre ?

— Je ne sais pas, mais on n'a rien à perdre en étant prudents. Un hamburger, ça te va, comme dîner ? L'intérêt, c'est que ça ne prend pas de temps à servir.

— Comme tu veux, ça m'est égal.

J'arrêtai la voiture au premier panneau DRIVE-THROUGH – HAMBURGER SHOP que j'aperçus. Une fille en costume rouge assez court ne tarda pas à venir fixer des plateaux aux deux fenêtres avant et prendre la commande.

— Un double cheeseburger avec des frites, et un chocolat chaud, dit la grassouillette.

— Un hamburger normal et une bière, dis-je.

— Désolée, on n'a pas de bière, fit la serveuse.

— Alors un hamburger normal et un Coca, dis-je.

Comment avais-je pu penser une seule seconde qu'une chaîne de hamburgers destinée aux automobilistes proposait de la bière au menu ?

En attendant l'arrivée de la commande, nous surveillâmes les voitures derrière nous mais pas une seule n'entra après nous. De toute façon, si quelqu'un nous suivait sérieusement, il éviterait sûrement de s'arrêter au même endroit, il attendrait plutôt dans un endroit discret de voir ressortir notre voiture. Je cessai de surveiller, et avalai mécaniquement, en même temps que le Coca, le hamburger-frites et la feuille de laitue de la taille d'un ticket d'autoroute qu'on venait de m'apporter. La petite boulotte prit tout son temps pour mâcher son cheeseburger comme un rare délice, manger les frites avec ses doigts, siroter son chocolat.

— Tu veux un peu de mes frites ? demanda-t-elle.

— Non merci.

Quand elle eut bien nettoyé, jusqu'à la dernière miette, le contenu de son assiette, elle but la dernière goutte de son chocolat, lécha le ketchup et la moutarde qui lui restaient sur les doigts, s'essuya la bouche et les mains avec une serviette en papier. À la regarder, ça avait l'air vraiment bon.

— Bon, maintenant, au sujet de ton grand-père, fis-je. Il faudrait commencer par jeter un coup d'œil à son labo souterrain, non ?

— Oui, je crois. Il se peut qu'on trouve des indices là-bas, et puis moi aussi ça m'aidera.

— Mais est-ce qu'on pourra passer sans risque à côté du repaire des ténébrides ? Le dispositif anti-ténébrides est hors d'usage, non ?

— Pas de problème. Il y a un petit dispositif pour les cas d'urgence. Il n'est pas très puissant, mais si on le porte en marchant, il suffit à éloigner les ténébrides des environs.

— Bon, ça ira alors, dis-je, rassuré.

— Mais ce n'est pas si simple, reprit-elle. Ce dispositif portable ne fonctionne qu'une demi-heure, à cause d'un problème de batterie. Au bout d'une demi-heure, il s'éteint et il faut le recharger.

— Aïe, gémis-je. Et il faut combien de temps pour le recharger ?

— Un quart d'heure. Il marche une demi-heure puis s'arrête un quart d'heure. Comme c'est un laps de temps suffisant pour circuler entre le bureau et le laboratoire, Grand-père avait fabriqué exprès un outil de faible capacité.

Résigné, je m'abstins de tout commentaire. C'était toujours mieux que rien, il fallait se contenter des outils disponibles. Je sortis la voiture du parc de stationnement, cherchai un supermarché ouvert la nuit, où je fis l'emplette de deux cannettes de bière et d'une bouteille de whisky. Puis j'arrêtai la voiture pour boire mes deux bières, plus un quart de la bouteille de whisky. Après ça, je me sentis un peu mieux. Je refermai la bouteille, la passai à la fille pour qu'elle la mette dans le sac à dos.

— Pourquoi est-ce que tu bois autant d'alcool ?

— Sans doute parce que j'ai peur.

— Moi aussi j'ai peur, mais je ne bois pas...

— Ta peur et la mienne, ce n'est pas le même genre de peur.

— Je ne comprends pas très bien, fit-elle.

— Plus on vieillit, et plus le nombre d'actes irréparables que l'on commet augmente, dis-je.

— Et puis on se fatigue ?

— Oui, c'est ça, on se fatigue.

Elle se tourna vers moi, tendit la main et me toucha le lobe de l'oreille.

— Ça ira, va. Ne t'inquiète pas. Je resterai avec toi.

— Merci, répondis-je.

Je garai ma voiture dans le parking de l'immeuble où se trouvait le bureau de son grand-père, descendis et mis le sac sur mon dos. Ma blessure m'élançait à intervalles réguliers. Ça me faisait aussi mal que si un chariot chargé de foin roulait tout doucement sur mon ventre. Ce n'est qu'une simple douleur physique, essayai-je de penser pour la commodité de la chose. Une simple douleur superficielle, sans rapport avec mon moi profond. Comme une chute de pluie. Ça finit par s'arrêter. Rassemblant ce qui me restait d'amour-propre, je chassai de mon esprit la pensée de cette douleur et me dépêchai de suivre la fille.

À l'entrée de l'immeuble se tenait un jeune garde de haute stature, qui lui demanda de présenter sa carte d'habitant de l'immeuble. Elle sortit une carte plastifiée de sa poche et la montra au garde. Il l'inséra dans l'ordinateur posé sur la table devant lui, vérifia le nom et le numéro de bureau qui apparurent sur l'écran et, ensuite seulement, appuya sur le bouton d'ouverture de la porte.

— C'est un immeuble vraiment particulier, m'expliqua-t-elle en traversant le vaste rez-de-chaussée. Tous les gens qui y vivent ont des secrets à protéger, c'est pour ça qu'un système de surveillance spécial a été installé. Par exemple, des recherches importantes ont lieu ici, ou bien des réunions secrètes, ce genre de choses. Il y a un contrôle d'identité à l'entrée, comme tu viens de voir, et, en plus, ils vérifient grâce à des caméras de télé que les gens qui sont entrés vont bien à l'endroit indiqué et pas ailleurs. Donc, même si quelqu'un nous avait suivis, il ne pourrait pas entrer ici maintenant.

— Et est-ce qu'ils savent que ton grand-père a creusé une fosse pour descendre dans les sous-sols ?

— Ah, ça, je ne sais pas. Je pense que non. Quand cet immeuble a été construit, Grand-père a fait établir des plans spéciaux pour pouvoir descendre directement de son bureau dans les souterrains, mais il n'y a qu'une poignée de gens qui sont au courant. Le propriétaire de l'immeuble et l'architecte, c'est à peu près tout. Ceux qui ont fait les travaux croyaient que c'était pour les égouts, et la demande de permis de construire aussi a été falsifiée.

— Ça a dû coûter des sommes exorbitantes, de faire ça ?

— Oui, mais Grand-père a de l'argent, plus qu'il n'en faut. Moi aussi, d'ailleurs. Je suis très riche, tu sais. J'ai pu spéculer en Bourse grâce à l'héritage de mes parents et à l'argent de l'assurance…

Elle sortit une clé de sa poche et ouvrit la porte de l'ascenseur. Nous montâmes dans ce fameux ascenseur, toujours aussi vaste et étrange.

— En Bourse ?

— Oui, c'est Grand-père qui m'a appris comment spéculer. La façon de choisir les informations, ou de lire l'état du marché, ou de frauder les impôts, comment envoyer de l'argent sur des comptes étrangers, ce genre de choses. C'est intéressant, la Bourse. Tu y as déjà joué ?

— Malheureusement non, dis-je. Je n'ai même jamais eu de compte d'épargne, alors…

— Avant de devenir un scientifique, Grand-père était agent de change, mais, comme il avait mis trop d'argent de côté avec la Bourse, il a arrêté et a préféré devenir un savant. Tu ne trouves pas ça génial ?

— Génial, dis-je.

— C'est un as dans tout ce qu'il fait, Grand-père.

Exactement comme la dernière fois, cet ascenseur progressait avec une telle lenteur qu'on ne savait pas s'il montait ou descendait. Monter nous prit un temps infini, et, à l'idée que pendant tout ce temps nos mouvements étaient suivis d'en bas sur un écran de télé, je ne me sentais pas très à l'aise.

— Grand-père disait que l'éducation scolaire manquait

trop d'efficacité pour produire des as. Et toi, qu'est-ce que tu en penses ? me demanda-t-elle.

— Euh, oui, il a sans doute raison. Moi, par exemple, je suis allé seize ans à l'école, mais je ne vois pas à quoi ça m'a servi. Je ne parle pas de langues étrangères, je ne joue d'aucun instrument de musique, la Bourse, je n'y connais rien, et en plus je ne sais pas monter à cheval.

— Mais pourquoi n'as-tu pas arrêté l'école, alors ? Si tu avais voulu, tu aurais pu arrêter n'importe quand, non ?

— Ah, eh bien, ça... fis-je. (Je réfléchis un peu à la question. J'aurais pu arrêter, n'importe quand, c'était sûr.) À l'époque, ça ne m'est jamais venu à l'idée. Chez moi, ce n'est pas comme toi, c'était une famille tout ce qu'il y a de plus banal. Et je ne pensais pas devenir un as en quoi que ce soit.

— Mais ça c'est une erreur ! s'exclama-t-elle. Chaque être humain est prédisposé à devenir un as en au moins une chose. Mais les gens qui ne savent pas tirer parti de leurs dons les font disparaître, et la plupart des gens ne se retrouvent jamais au premier rang.

— Comme moi, dis-je.

— Ah non, toi c'est différent. J'ai l'impression qu'il y a quelque chose de particulier en toi. Dans ton cas, c'est ta coquille émotionnelle qui est extrêmement rigide, ce qui fait que de nombreuses choses restent intactes à l'intérieur.

— Ma coquille émotionnelle ?!

— Oui, exactement. Ce qui fait que même maintenant il n'est pas trop tard pour toi. Dis, quand tout ça sera fini, tu ne voudrais pas vivre avec moi ? Je ne veux pas dire nous marier ou ce genre de choses, mais simplement vivre ensemble. On irait dans un coin tranquille comme la Grèce, la Roumanie ou la Finlande, et on passerait notre temps à chanter ou à faire du cheval tous les deux. Si on a besoin d'argent, moi j'en ai plein, et comme ça tu auras la possibilité de devenir un as.

— Mmmh, fis-je.

Nous descendîmes de l'ascenseur, et elle se mit à avancer rapidement dans le couloir en faisant claquer ses hauts talons, tandis que je la suivais, comme lors de notre première rencontre. Son derrière agréablement moulé se balançait devant mes yeux, ses boucles d'oreilles en or lançaient des éclairs.

— Même en admettant que ça arrive, dis-je en m'adressant à son dos, tu me donnerais beaucoup, tandis que moi je n'aurais rien à t'offrir, et ça me paraîtrait vraiment injuste et pas naturel.

Elle ralentit pour se mettre à ma hauteur et se mit à marcher à côté de moi.

— Et moi, je suis sûre que tu as quelque chose à m'offrir, dit-elle.

— Quoi par exemple ?

— Par exemple… ta coquille émotionnelle. J'ai vraiment envie de savoir comment elle s'est formée, comment elle fonctionne, ce genre de choses, tu vois. Je n'ai pas tellement eu l'occasion d'être en contact avec ça, alors ça m'intéresse terriblement.

— N'exagérons rien, ce n'est pas si intéressant que ça, dis-je. Tout le monde met des barrières à ses émotions, à de légères différences près. C'est parce que tu as manqué de contacts avec les autres que tu as du mal à comprendre l'état d'esprit ordinaire d'une personne tout ce qu'il y a de plus ordinaire, c'est tout.

— Mais tu ne sais vraiment rien, toi ! dit la grosse. Tu as la faculté de procéder au *shuffling*, non ?

— Bien sûr, mais ça, c'est une faculté acquise grâce à un entraînement. Pas très différent de savoir compter ou jouer du piano.

— Ça ne se réduit pas à ça, dit-elle. Au début, c'est sûr, c'est ce que tout le monde pensait. À condition de recevoir l'entraînement approprié, tout le monde pourrait, comme toi… enfin, du moins des gens sélectionnés après un test de niveau, pourraient être dotés de la faculté de faire le *shuffling*, c'est ce qu'on pensait. À cette époque-là, personne ne voyait encore aucun inconvénient à la méthode. C'est après que les problèmes ont commencé.

— Eh, minute ! Je n'ai jamais entendu parler de ça, moi ! Tout ce qu'on m'a dit, c'est que le programme marchait comme sur des roulettes…

— Pour la façade, oui… Mais, en réalité, il en allait autrement. Sur les vingt-six personnes qui ont été dotées d'un programme de *shuffling*, vingt-cinq sont mortes, entre un an et un an et demi après la fin de l'entraînement. Il n'y a que toi qui aies survécu. Toi seul as survécu, trois ans déjà, et tu continues des opérations de *shuffling* sans aucun problème, aucun obstacle. Alors, tu crois toujours que tu es quelqu'un d'ordinaire ? Actuellement, tu es la personne la plus importante qui soit.

Les deux mains enfoncées dans mes poches, je continuai à avancer dans le couloir en silence pendant un moment. La situation dépassait les limites de mes facultés individuelles et prenait des proportions de plus en plus énormes. Jusqu'où tout cela pourrait-il finalement aller, je ne pouvais l'entrevoir.

— De quoi sont-ils morts ? demandai-je à la fille.

— Je ne sais pas. La cause n'est pas claire. On sait qu'ils sont morts parce que leurs facultés cérébrales ont été endommagées, mais rien n'est clair sur la façon dont cela a pu se produire.

— Il a bien dû y avoir des hypothèses ?

— Oui, d'après Grand-père, les gens ordinaires ne pouvant supporter l'éclat du siège de la conscience, les cellules du cerveau essaient de construire une sorte de système de défense, mais leur réaction est trop violente et c'est peut-être ce qui cause la mort. En fait, c'est plus compliqué, mais voilà, en gros, c'est ça, pour expliquer simplement.

— Et pourquoi est-ce que moi, j'ai survécu ?

— Est-ce que tu n'avais pas déjà un système de défense naturel ? Quelque chose comme ce que j'appelle ta coquille émotionnelle. Pour une raison quelconque, c'était déjà en place dans ton cerveau, et c'est ce qui t'a permis de continuer à vivre. Grand-père avait essayé de construire artificiellement cette barrière, pour servir de protection au cerveau, mais finalement elle devait être trop faible.

Je réfléchis un moment à ça.

— Ce système de défense, ou cette coquille, ou barrière de protection, comme tu voudras, ce serait un trait de caractère inné chez moi ?

— Sans doute inné en partie et acquis en partie. Mais Grand-père ne m'en a pas appris davantage à ce sujet. Il disait que, si j'en savais trop, ma position deviendrait trop dangereuse. Simplement, si on prend en compte l'hypothèse de Grand-père, il dit qu'on ne trouve qu'une personne sur un million ou un million et demi qui possède ce système de défense naturelle, et de surcroît, à l'heure actuelle, on ne peut découvrir si quelqu'un le possède ou non qu'en faisant les essais pour le rendre apte au *shuffling*.

— Si l'hypothèse de ton grand-père est juste, cela

veut dire que je me suis trouvé parmi ces vingt-six personnes par un pur hasard.

— C'est ce qui fait que tu es un échantillon aussi précieux, et c'est pour ça aussi que tu es la clé de la porte.

— Mais qu'est-ce que ton grand-père voulait donc me faire, à la fin ? Bon sang ! Que veulent dire ce crâne de licorne et ces données qu'il m'a fait passer au *shuffling* ?

— Si je le savais, je pourrais tout de suite te sauver, mais…

— *Nous* sauver, dis-je. Moi et le monde.

Le bureau avait lui aussi été fouillé assez violemment, un degré en dessous de mon appartement tout de même. Des documents divers étaient éparpillés par terre, le bureau renversé, la serrure du coffre forcée, les tiroirs des placards jetés par terre, et sur le canapé et le lit lacérés étaient disséminés les vêtements de rechange du professeur et de sa petite-fille auparavant rangés dans les placards. Tous ses vêtements à elle étaient roses, c'était un fait. Un splendide dégradé de roses, du rose foncé au rose pâle.

— Quelle horreur ! fit-elle en secouant la tête. Ils ont dû monter par le souterrain.

— Tu crois que ce sont les ténébrides qui ont fait ça ?

— Non, sûrement pas. D'abord, les ténébrides ne s'aventureraient jamais aussi haut et, si c'étaient eux, il resterait au moins une odeur.

— Une odeur ?

— Oui, une odeur désagréable, de vase ou de poisson. Ce n'est pas du travail de ténébrides, ça. Ce ne serait pas plutôt les mêmes que ceux qui ont mis ton appartement à sac ? Les deux procédés se ressemblent pas mal.

— Peut-être bien, dis-je, en faisant une fois de plus le tour de la pièce des yeux.

Devant le bureau retourné était répandu le contenu d'une boîte de trombones, qui brillaient à la lumière de la lampe fluorescente. Comme ces trombones me préoccupaient depuis le début, je me baissai en faisant mine d'examiner le sol et en saisis une pincée que je glissai dans la poche de mon pantalon.

— Il laissait des choses importantes ici ?

— Non, dit la fille, il n'y avait que des choses sans importance aucune ici. Des registres, des reçus, des éléments de recherches sans importance, c'est tout. Rien dont la disparition puisse être vraiment ennuyeuse.

— Est-ce que le signal antiténébrides est en état de marche ?

Elle extirpa d'une montagne de petits objets – cutters, réveils, cassettes, boîtes de pastilles pour la toux – éparpillés par terre, devant le placard, une petite machine qu'elle alluma et éteignit plusieurs fois.

— Pas de problème, ça marche. Ils n'ont pas dû comprendre à quoi servait cette machine. En plus, comme elle fonctionne selon un principe très simple, elle ne se casse pas même si on la bouscule un peu.

Ensuite, la grassouillette alla jusqu'à un des coins de la pièce, se pencha vers le sol pour enlever le cache d'une prise de courant, appuya sur un petit bouton qui se trouvait à l'intérieur, puis se releva et poussa légèrement un pan de mur de la main. Le pan de mur pivota sur à peu près la largeur d'un annuaire de téléphone, et une espèce de coffre-fort apparut à l'intérieur.

— Hein ? Impossible à découvrir, non ? fit-elle remarquer fièrement.

Puis elle manœuvra quatre numéros et ouvrit le coffre.

— Tu veux bien m'aider à sortir tout ce qu'il y a dedans et le mettre sur le bureau ?

Je retournai le bureau renversé, en essayant d'oublier la douleur de ma blessure, et alignai dessus le contenu du coffre-fort. Il y avait une liasse de livrets de banque d'environ cinq centimètres d'épaisseur, entourés d'un élastique, des documents ressemblant à des actions ou des certificats, deux ou trois millions de yens en liquide, un objet apparemment très lourd enveloppé d'un sac de tissu, un carnet de cuir noir, une enveloppe brune. Elle ouvrit l'enveloppe et en mit le contenu sur la table : une vieille montre Omega et une bague en or. Le verre de la montre était tout fêlé, l'or de la bague avait noirci.

— Souvenir de mon père, dit-elle. La bague appartenait à Maman. Tout le reste a brûlé.

Je hochai la tête, et elle remit la montre et la bague dans l'enveloppe. Elle saisit une liasse de billets et la fourra dans sa poche.

— J'avais complètement oublié qu'il y avait de l'argent là-dedans.

Ensuite, elle ouvrit le sac en tissu, en tira un objet enveloppé dans une vieille chemise, défit la chemise pour me montrer ce qu'elle contenait. C'était un petit pistolet automatique. À en juger d'après son ancienneté, ce n'était pas un jouet, mais bien un revolver tirant de vraies balles. Comme je n'y connais rien en armes, c'est difficile à dire, mais c'était quelque chose du genre Browning ou Beretta. J'en avais déjà vu dans des films. Avec le revolver, il y avait une boîte de balles.

— Le tir, c'est ta spécialité ? me demanda-t-elle.

— Alors là, pas du tout ! dis-je, pris de court. Je n'ai jamais possédé un truc pareil.

— Moi, je sais tirer. Ça fait des années que je m'exerce. Je tirais toute seule dans la montagne, dans notre maison de vacances à Hokkaidō. À une distance de dix mètres, j'atteins mon but à coup sûr, même une carte postale. Super, non ?

— Super, dis-je. Mais où est-ce que tu t'es procuré ça ?

— Mais qu'il est bête ! dit-elle, comme si elle n'en revenait pas de ma stupidité. Quand on a de l'argent, on peut se procurer tout ce qu'on veut. Tu ne savais pas ça ? Bon, en tout cas, si toi, tu ne sais pas tirer, moi j'emmène ça. D'accord ?

— Mais je t'en prie. Seulement, il fera noir, alors fais attention de ne pas te tromper et me tirer dessus. Si je suis blessé à nouveau, je ne crois pas que je pourrai encore tenir debout.

— Mais non, pas de problème, t'en fais pas ! Je suis quelqu'un de très attentif, dit-elle en fourrant l'automatique dans la poche droite de sa veste.

Fait étrange, les poches de sa veste, remplies de choses diverses, n'avaient pas l'air gonflées le moins du monde et gardaient une forme impeccable. Il y avait peut-être un dispositif spécial ? Ou alors sa veste était tout simplement bien taillée.

Ensuite, elle ouvrit le carnet de cuir noir vers les pages du milieu et le contempla longuement à la lumière de la lampe de son air le plus sérieux. Je jetai un coup d'œil sur la page qu'elle regardait, mais elle présentait une succession de lettres de l'alphabet et de chiffres si incompréhensible que j'étais incapable d'en déchiffrer quoi que ce soit.

— C'est le carnet de Grand-père. Tout est écrit

en langage codé, il n'y a que moi et lui à pouvoir comprendre. Il y note ses projets, ou ce qui est arrivé dans la journée. Il m'a toujours dit que, s'il lui arrivait quelque chose, je devrais lire ce carnet. Euh, voyons… Attends un peu. Le 29 septembre, tu as procédé au brouillage des données.

— C'est bien ça, dis-je.

— Là, il y a écrit *1*. Ça doit vouloir dire « première opération ». Ensuite, la nuit du 30, ou le matin du 1er octobre, tu as procédé au *shuffling*, je me trompe ?

— Non, c'est exact.

— Là, il y a un *2* : « deuxième opération ». Ensuite, voyons… 2 octobre au matin : c'est le numéro 3, et il y a écrit *annulation du programme*.

— Le matin du 2, j'avais rendez-vous avec le professeur. Il avait peut-être l'intention d'annuler le programme spécial implanté dans mon cerveau. Pour éviter la fin du monde. Mais les circonstances l'en ont empêché : il a peut-être été assassiné, ou emmené quelque part de force. Et c'est ça le problème numéro un, maintenant.

— Attends un peu, je suis en train de lire la suite. C'est compliqué, ce langage chiffré.

Pendant qu'elle parcourait le carnet des yeux, je mis l'intérieur du sac en ordre, changeai la pile de la lampe de poche. Les bottes en caoutchouc et les cirés du placard avaient été violemment jetés sur le sol mais, heureusement, ils n'étaient pas abîmés au point d'être inutilisables. Si nous traversions la chute d'eau sans ciré, nous risquions d'être trempés et glacés jusqu'à la moelle des os. Si mon corps se refroidissait, ma blessure se remettrait à me faire souffrir. Je fourrai dans le sac ses chaussures de jogging roses qui avaient été jetées par terre. Les chiffres de ma montre digitale annonçaient qu'on approchait de minuit. Il restait exactement douze heures avant la limite de temps pour annuler le programme.

— Après ça, il y a une suite de calculs plutôt spécialisés. Des histoires de capacité électrique, rapidité de dissolution, estimation de résistance, marge d'erreur… Je n'y comprends rien !

— Tu n'as qu'à sauter les passages que tu ne comprends pas. On n'a pas tellement de temps devant nous. Tu ne veux pas plutôt me décoder uniquement ce que tu comprends ?

— Pas besoin de décoder.

— Pourquoi ?

Elle me tendit le carnet et me montra la page. Aucun chiffre codé ne se trouvait inscrit, seulement une énorme croix avec une date et une heure. Comparée aux caractères divers qu'il fallait regarder à la loupe pour les déchiffrer, cette croix était trop énorme, et la façon déséquilibrée dont elle était tracée augmentait encore l'impression déplaisante qu'elle produisait.

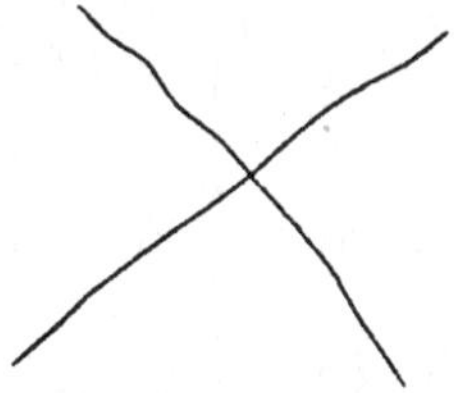

— Tu crois que ça veut dire « point limite » ? demanda-t-elle.

— Peut-être. Ou alors c'est l'opération numéro 4. Si le 3 était l'annulation du programme, il ne devrait pas y avoir ce X. Mais, dans le cas où, pour une raison quelconque, il n'a pas pu être annulé, le programme va s'accélérer rapidement et arriver au point X. Voilà ce que je crois.

— Alors, il faut de toute façon retrouver Grand-père avant la fin de la matinée du 2.

— Si ma supposition est correcte.

— Est-ce qu'elle est correcte, ta supposition ?

— Peut-être, articulai-je faiblement.

— Si c'est le cas, il nous reste combien de temps ? me demanda-t-elle. Combien de temps avant la fin du monde, avant l'explosion finale ?

— Trente-six heures, répondis-je.

Je n'avais pas besoin de regarder ma montre. C'était le temps que la Terre mettait pour tourner une fois et demie sur elle-même. Pendant ce temps paraîtraient deux éditions des journaux du matin, une édition du soir. Le réveil sonnerait deux fois, les hommes se raseraient deux fois. Trente-six heures, voilà le peu de temps que ça représentait. Si on supposait que la moyenne de la vie humaine était de soixante-dix ans, ça faisait la dix-sept mille trente-troisième partie de la vie d'un homme. Et, à la fin de ces trente-six heures, *quelque chose* – peut-être la fin du monde ? – allait se produire.

— Qu'est-ce qu'on fait maintenant ? me demanda la fille.

Je trouvai des cachets analgésiques dans une trousse de secours qui avait roulé devant le placard, les avalai avec de l'eau de la gourde, puis remis le sac sur mon dos.

— Tout ce qui nous reste à faire, c'est descendre dans les souterrains, dis-je.

# 20

## La mort des bêtes

Les bêtes avaient déjà perdu quelques-unes de leurs compagnes. Après la première vraie chute de neige, qui dura toute la nuit, on retrouva au matin les corps de quelques vieilles licornes, gisant sous cinq centimètres de neige à peine. Leur pelage doré faisait ressortir la blancheur hivernale alentour. Perçant à travers un nuage déchiré, les rayons du soleil matinal lançaient un éclat vif sur ce paysage glacé. L'haleine du troupeau de plus de mille bêtes montait en tournoyant, toute blanche dans la lumière.

Éveillé avant l'aube, j'avais vu le spectacle magnifique de la ville blanche, enveloppée de neige. Au milieu de ce paysage immaculé se dressait la tour noire de l'horloge, sous laquelle coulait le ruban sombre de la rivière. Le soleil n'était pas encore levé, dans le ciel couvert d'épais bancs de nuages, sans le moindre interstice entre eux. Je mis mon manteau, mes gants, et descendis le chemin désert qui menait à la ville. La neige s'était mise à tomber sans bruit, dès que je m'étais endormi, pour s'arrêter juste avant mon réveil, semblait-il. Il n'y avait pas une seule trace de pas sur la neige. J'en pris un peu dans ma main : elle était douce comme du sucre en poudre, et lisse au toucher. Au bord de la rivière, les flaques d'eau gelée étaient maintenant recouvertes de neige éparse.

À part la vapeur blanche de mon haleine, la ville était totalement immobile. Pas un souffle de vent, pas l'ombre d'un oiseau. Seul le bruit de mes semelles foulant la neige se répercutait sur les murs de pierre des maisons, si fort qu'il en paraissait surfait. On aurait dit un effet sonore artificiel.

En approchant de la porte, j'aperçus le gardien devant la place. Allongé sous la charrette qu'il avait un jour réparée avec mon ombre, il était occupé à en graisser les essieux. Quelques-unes des jarres de terre cuite qu'il utilisait pour transporter l'huile de colza étaient alignées sur la charrette et étroitement fixées aux planches de côté à l'aide d'une corde pour éviter qu'elles ne se renversent. Je trouvai cela étrange et me demandai ce que le gardien pouvait bien avoir l'intention de faire d'une si grande quantité d'huile.

Il sortit la tête de sous sa charrette, leva une main pour me saluer, l'air d'excellente humeur.

— Tu es bien matinal, dis donc ! Quel bon vent t'amène ?

— Je suis venu regarder le paysage sous la neige, répondis-je. D'en haut de la colline, ça m'a paru très joli.

Le gardien se mit à rire haut et fort, et posa sa grande main sur mon dos, selon son habitude. Il ne portait pas de gants.

— Tu es un drôle de type, toi ! Descendre exprès pour voir le paysage sous la neige ! Alors que, d'ici peu, tu vas en voir à en être dégoûté, de la neige ! T'es bizarre, pas de doute.

Puis il regarda fixement du côté de la porte, en soufflant un énorme filet d'haleine blanche comme une locomotive à vapeur.

— Enfin, on peut dire que tu arrives juste au bon moment. Monte donc en haut de la tour de guet, tu pourras voir quelque chose d'intéressant. Les prémices de l'hiver. Regarde bien le paysage dehors quand tu m'entendras souffler du cor, dans un instant.

— Les prémices de l'hiver ?

— Regarde, tu vas comprendre.

Interdit, je montai à la tour de guet qui flanquait la porte et contemplai le paysage extérieur. La neige s'était amoncelée en tournoyant sur la pommeraie. La majeure partie des pentes des montagnes de l'est et du nord s'étaient teintées de blanc, seules émergeaient des coulées de roche, pareilles à des cicatrices.

Juste en dessous de la tour de guet donnaient, comme toujours, les bêtes. Blotties immobiles sur la terre, pattes repliées, elles étendaient droit devant elles leurs cornes immaculées, pures comme la neige, s'abandonnant chacune à son sommeil paisible. La neige s'était aussi amoncelée sur leurs dos, mais cela semblait les laisser indifférentes. Elles dormaient d'un sommeil si profond qu'il en devenait effrayant.

Bientôt, crevant peu à peu le plafond des nuages, les rayons du soleil se mirent à briller sur la terre, mais je restai debout, en haut de la tour de guet, à regarder le paysage alentour. Les rayons du soleil éclairaient partiellement çà et là, comme des projecteurs, et j'avais envie de voir de mes yeux ce « spectacle intéressant » que m'avait annoncé le gardien.

Bientôt le gardien ouvrit la porte et lança le signal habituel avec son cor : un coup long, trois coups brefs. Au premier coup, les bêtes se réveillèrent, tendirent le cou, le tournèrent dans la direction d'où provenait le son. À la quantité d'haleine blanche qu'elles exhalaient, on sentait que commençait une nouvelle journée pleine d'activité. Endormies, elles respiraient à peine.

Quand le dernier écho du cor se fut noyé dans l'air, les bêtes se levèrent. Elles tendirent d'abord lentement les pattes avant, comme pour vérifier, puis redressèrent le tronc, enfin tendirent les pattes arrière. Elles donnèrent plusieurs coups de corne dans les airs et, en dernier, s'ébrouèrent pour faire tomber la neige amoncelée sur leurs dos, comme si elles venaient seulement de la remarquer. Puis elles se mirent en marche vers la porte.

Une fois qu'elles furent toutes passées de l'autre côté de la porte, je compris enfin ce qu'avait voulu me montrer le gardien. Plusieurs bêtes du troupeau, qui paraissaient endormies, étaient en fait mortes gelées dans la position du sommeil. Plutôt que mortes, elles paraissaient plongées dans une méditation profonde sur quelque importante question. Pour elles, pourtant, il n'existait plus de réponse. Nul filet d'haleine blanche ne montait de leurs bouches ni de leurs naseaux. Leurs corps avaient pour toujours mis un terme à leurs activités, leurs consciences s'étaient engouffrées dans les profondeurs des ténèbres.

Quand le reste du troupeau eut disparu en direction de la porte, ces quelques cadavres demeurèrent là, comme de petites bosses auxquelles la terre aurait donné naissance. Le linceul blanc de la neige enveloppait leurs corps. Seules leurs cornes fendaient encore l'espace avec une étrange vivacité. En passant auprès des cadavres, la plupart des survivants baissaient profondément la tête, ou frappaient légèrement des sabots sur le sol, pleurant ainsi la mort de leurs compagnes.

Je restai longtemps à contempler leurs cadavres immobiles. Je restai jusqu'à ce que le soleil matinal soit déjà haut dans le ciel, jusqu'à ce qu'il ait fait avancer l'ombre du mur, jusqu'à ce que sa chaleur commence à faire fondre tranquillement la neige sur la terre. J'attendais que leur mort fonde elle aussi au soleil du matin : les licornes n'avaient que l'apparence de la mort, elles allaient finir par se lever pour vaquer à leurs activités matinales, comme tous les jours.

Mais elles ne se relevèrent pas, et seule continua de briller, dans la lumière du soleil, leur fourrure dorée, mouillée de neige fondue. Les yeux commençaient à me faire mal.

Je descendis de la tour de guet, traversai la rivière, remontai la colline de l'ouest pour regagner ma chambre. Je me rendis alors compte que les rayons du soleil matinal m'avaient endommagé les yeux bien au-delà de ce que je croyais. Quand je les fermais, les larmes se mettaient à couler sans s'arrêter, tombant bruyamment sur mes genoux. Je me lavai les paupières à l'eau fraîche, sans résultat. Je fermai l'épais rideau de la fenêtre et restai sans bouger, les yeux fermés, à contempler indéfiniment les lignes et les figures étranges qui s'élevaient et disparaissaient tour à tour dans une obscurité où j'avais perdu tout sens des distances.

À dix heures, le vieux colonel frappa à ma porte, un plateau supportant une tasse de café à la main, et me trouva encore allongé sur le lit. Il m'essuya les paupières avec une serviette fraîche. Des élancements douloureux se propagèrent jusque derrière mes oreilles, mais cela eut pour effet de diminuer légèrement le débit des larmes.

— Que t'arrive-t-il ? me demanda-t-il. La lumière du matin est plus forte que tu ne le crois. Surtout les matins de neige. Pourquoi t'amuses-tu à sortir, tu ne sais pas que les yeux du liseur de rêves ne peuvent supporter une luminosité trop forte ?

— Je suis allé voir les bêtes, dis-je. Il y en avait beaucoup de mortes. Huit ou neuf, non, plus peut-être.

— Et il va en mourir encore davantage : chaque fois qu'il neigera.

— Mais pourquoi meurent-elles si facilement ?

Toujours couché sur le dos, j'avais enlevé la serviette de mon visage pour poser cette question au vieillard.

— Elles ont une faible résistance au froid et à la faim. Ça a toujours été comme ça.

— Elles meurent les unes après les autres ?

Le vieillard secoua la tête.

— Elles ont survécu ici depuis des dizaines de milliers d'années, et elles continueront à le faire. Beaucoup meurent au cours de l'hiver, mais quand le printemps arrive, il y a des petits qui naissent. Ce sont seulement les vies nouvelles qui chassent les anciennes. Le nombre de bêtes que la ville peut nourrir est limité par la quantité d'arbres et d'herbes qui poussent ici.

— Pourquoi ne changent-elles pas d'endroit ? Si elles allaient dans la forêt, il y pousse autant d'arbres qu'on veut, et si elles allaient vers le sud, il n'y tombe pas tant de neige. Elles n'ont aucune raison spéciale de rester attachées ici.

— Je ne sais pas pourquoi, répondit le vieillard, mais les bêtes ne peuvent pas s'éloigner d'ici. Elles appartiennent à la ville, elles en sont esclaves. Tout comme toi et moi. Par instinct, elles savent qu'elles ne peuvent s'enfuir de cette ville. Ou bien peut-être ne peuvent-elles se nourrir que des arbres et des herbes qui poussent dans cette ville. Ou alors elles ne peuvent traverser le bassin houiller qui s'étend à mi-chemin de la route vers le sud. Quoi qu'il en soit, elles ne peuvent partir d'ici.

— Que vont devenir les cadavres ?

— Ils seront brûlés par le gardien, répondit le vieillard en réchauffant ses grandes mains sèches sur sa tasse de café. Bientôt cela va devenir sa tâche principale. D'abord, il doit couper les têtes des bêtes mortes, enlever la cervelle et les yeux, les faire bouillir dans un grand chaudron pour en faire des crânes bien propres. Puis il empile ce qui reste des cadavres, les arrose d'huile de colza et y met le feu pour les brûler.

— Et ensuite on remplit ces crânes avec les vieux rêves, et on les aligne sur les étagères de la bibliothèque ? demandai-je, les yeux fermés. Mais pourquoi ? Pourquoi ces crânes ?

Le vieillard ne me répondit pas. On n'entendait plus que les craquements du plancher sur lequel il marchait. Les craquements s'éloignèrent lentement du lit, s'arrêtèrent devant la fenêtre. Le silence se prolongea un moment.

— Tu comprendras le jour où tu comprendras ce que sont les vieux rêves, dit-il enfin. Alors tu sauras pourquoi les vieux rêves se trouvent à l'intérieur de ces crânes. Tu es le liseur de rêves. Il te faut chercher toi-même la réponse à cette question.

J'essuyai mes larmes avec la serviette avant

d'ouvrir les yeux. La silhouette floue du vieillard m'apparut vaguement près de la fenêtre.

— L'hiver précise les formes de nombreux éléments de la nature, continua le vieillard. Que cela nous plaise ou non, il en va ainsi. La neige continue de tomber, les bêtes de mourir. Personne ne peut arrêter cela. Quand vient l'après-midi, on voit s'élever la fumée grise du bûcher des licornes. Cela continue chaque jour, pendant tout l'hiver. La neige blanche, et la fumée grise…

# *Pays des merveilles sans merci*

## 21

### Les bracelets – Ben Johnson – Le diable

Le fond du placard s'ouvrait toujours sur les mêmes ténèbres, mais elles me parurent encore plus profondes et glaciales que lors de ma première visite, peut-être parce que j'étais maintenant au courant de l'existence des ténébrides. De ma vie, je n'avais vu d'obscurité aussi totale que celle-ci. Le monde avait dû être empli de ténèbres de cet acabit, à couper le souffle, avant qu'on les chasse de la terre à l'aide de réverbères, de néons et de vitrines éclairées.

Elle descendit l'échelle la première. Elle avait enfoncé le signal antiténébrides dans la poche de son ciré, mis en bandoulière la courroie de la grande lampe de poche et descendait seule, à une allure rapide, vers le fond des ténèbres, dans un crissement de bottes en caoutchouc.

— Vas-y, tu peux descendre !

Sa voix me parvint au bout d'un moment du fond de l'obscurité, accompagnée d'un bruit d'eau qui coule. Puis je vis trembloter une lumière jaune. Le gouffre me parut encore plus profond que dans mon souvenir. Je fourrai la lampe électrique dans ma poche et commençai à descendre. Les barreaux étaient humides, comme la dernière fois, et si je ne faisais pas attention, je risquais de faire un faux pas. Tout en descendant je pensais à la musique de Duran Duran, et au couple dans la Nissan Skyline. Ils ne savaient rien de la vie, ces deux-là. Moi j'étais en train de descendre au fond des ténèbres avec une lampe de poche et un grand couteau, en essayant de supporter ma douleur au ventre. Et eux, tout ce qu'ils avaient dans la tête, c'étaient les chiffres du compteur de vitesse, un avant-goût de sexe, des souvenirs, des chansons de variété insipides qui montaient ou descendaient au hit-parade. Évidemment, je ne pouvais pas leur reprocher ça, mais ils ne savaient rien, c'est tout.

Moi-même, si je n'avais rien su, je m'en serais tiré en évitant ce genre de singeries. J'essayai de m'imaginer, moi, au volant de la Skyline, avec la femme à côté de moi, écoutant Duran Duran tout en traversant à toute allure la ville dans la nuit. Je me demandai si cette fille enlevait les deux fins bracelets d'argent qu'elle avait au poignet gauche quand elle faisait l'amour. Ce serait mieux qu'elle ne les enlève pas, pensai-je. Même entièrement déshabillée, elle devait garder ces deux bracelets au poignet comme s'ils faisaient partie de son corps.

Mais peut-être qu'elle les enlevait quand même. Parce que les femmes enlèvent pas mal de choses pour prendre leur douche. Dans ce cas, il fallait que je lui fasse l'amour avant qu'elle prenne sa douche. Ou alors lui demander de ne pas les enlever. Je ne savais pas laquelle de ces deux solutions était préférable, mais en tout cas je trouverais bien un moyen de lui faire l'amour sans qu'elle enlève ses bracelets. C'était essentiel.

Je m'imaginai en train de faire l'amour avec elle,

ses bracelets au poignet. Comme je n'arrivais absolument pas à me rappeler quelle tête elle avait, je décidai que la lumière serait éteinte. Comme ça, je ne verrais pas bien son visage. Une fois qu'elle aurait enlevé ses élégants sous-vêtements bleu pâle, ou blanc, ou lilas, il ne resterait plus que ces deux bracelets, qui brilleraient, blancs dans la semi-obscurité, et tinteraient agréablement sur les draps.

Pendant que je descendais l'échelle en pensant vaguement à cette scène, je sentis mon sexe commencer à gonfler sous mon imperméable. Pourquoi, mais pourquoi est-ce que je me mettais à bander dans un endroit pareil ? Pourquoi est-ce que je ne bandais pas quand j'étais au lit avec la bibliothécaire – la fille à l'estomac distendu – alors que j'avais une érection au beau milieu de cette stupide échelle ? Tout ça à cause de deux bracelets, non mais qu'est-ce que tout ça voulait dire, à la fin ? Et tout ça à deux doigts de la fin du monde !

Quand j'eus fini de descendre l'échelle et me retrouvai sur la plate-forme de pierre, elle fit tournoyer sa lampe pour éclairer les alentours.

— Je suis sûre qu'il y a des ténébrides en train de rôder dans les parages, dit-elle. J'entends du bruit.

— Du bruit ? fis-je.

— Oui, comme s'ils tapaient leurs branchies par terre, floc floc. Si tu tends l'oreille, tu l'entendras. Et puis il y a certains indices, notamment l'odeur.

Je tendis l'oreille, reniflai, mais ne remarquai rien de particulier.

— Quand on n'a pas l'habitude, on ne se rend pas compte, dit-elle. Quand on s'habitue, on arrive même à entendre un petit peu leurs voix. Enfin, c'est plus proche d'une onde sonore que d'une voix. Comme des chauves-souris. Mais, à la différence des chauves-souris, une partie de leurs ondes sonores entrent dans la sphère audible aux humains, et ils se comprennent entre eux.

— Dans ce cas, comment les pirateurs ont-ils fait pour prendre contact avec eux ? S'ils ne parlent pas, on ne peut pas communiquer avec eux.

— Si on veut, on peut fabriquer une machine à cette intention. On transforme leurs ondes sonores en voix humaines, et on transforme les paroles humaines en ondes accessibles à eux. Les pirateurs ont peut-être mis au point une machine comme ça. Grand-père aurait pu en fabriquer une facilement s'il avait voulu, mais, finalement, il ne l'a pas fait.

— Pourquoi ?

— Parce qu'il n'avait pas envie de parler avec eux. Ce sont des créatures malfaisantes, et ce qu'ils disent l'est aussi. Ils ne mangent que de la viande avariée, des ordures en décomposition, ne boivent que de l'eau croupie. Autrefois, ils vivaient sous les cimetières et mangeaient la chair des morts. Avant l'ère des crémations.

— Ils ne mangent pas les gens vivants, alors ?

— S'ils attrapent quelqu'un vivant, ils le font macérer dans l'eau quelques jours, et ils le mangent dans l'ordre en commençant par les morceaux qui se décomposent d'abord.

— Bon, fis-je en soupirant. Eh bien, moi, je me fiche pas mal de ce qui peut se passer, j'ai envie de rentrer à la maison maintenant.

Cependant, nous continuâmes à avancer le long du cours d'eau. Elle marchait devant, je la suivais. Quand j'éclairais son dos avec ma lampe, je voyais briller ses boucles d'oreilles en or, à portée de main.

— Ce n'est pas lourd de porter tout le temps de grosses boucles comme ça ? dis-je en m'adressant à son dos.

— J'ai l'habitude, répondit-elle. C'est comme le sexe pour un homme. Ça t'arrive de trouver ton pénis trop lourd ?

— Euh, pas spécialement. Non, ça ne m'arrive jamais.

— Eh bien, c'est pareil.

Nous continuâmes à marcher un moment en silence. Elle avait l'air de bien connaître le chemin et avançait à grandes enjambées en balayant les environs de sa lampe électrique. Je la suivais péniblement, en vérifiant pas à pas où je mettais les pieds.

— Dis, tu enlèves tes boucles quand tu prends un bain ou une douche ? lui demandai-je, à seule fin de ne pas être laissé en arrière (elle ne ralentissait un peu l'allure que quand elle parlait).

— Je les porte tout le temps, répondit-elle. Même quand je me déshabille, je garde mes boucles d'oreilles. Tu ne trouves pas ça sexy ?

— Si, si, m'empressai-je de répondre. Maintenant que tu me le dis, si, peut-être bien.

— Tu fais l'amour comment ? Toujours par-devant, face à face ?

— Euh, oui, généralement.

— Mais, à part ça, il doit y avoir pas mal de positions, non ? Tu peux être dessous, ou assis, ou utiliser une chaise, ou…

— Il y a beaucoup de gens différents, et des cas différents aussi.

— Je ne sais pas grand-chose sur le sexe, tu sais, dit-elle. J'ai jamais vu, et j'ai jamais fait. Ça, personne n'a voulu me l'apprendre.

— Ce n'est pas quelque chose qu'on peut t'enseigner, ça se découvre par soi-même, dis-je. Si tu te trouvais un petit ami, et que tu couchais avec lui, tu comprendrais tout un tas de choses de la façon la plus naturelle.

— Mais ça, ça ne me dit rien. Moi, j'aime les choses plus… comment te dire… plus imposantes. Quelque chose qui me soit imposé, que je reçoive de façon écrasante. Pas « tout un tas de choses », et pas « de la façon la plus naturelle », tu vois.

— Tu es peut-être restée trop longtemps avec quelqu'un de beaucoup plus âgé que toi. Quelqu'un qui avait un tempérament génial, et écrasant. Mais il n'y a pas que des gens comme ça dans le monde, tu sais. C'est plein de gens tout à fait ordinaires, qui vivent en tâtonnant dans l'obscurité. Comme moi, par exemple…

— Non, toi, tu es différent. Avec toi, ce serait OK. J'ai déjà dû te le dire la dernière fois qu'on s'est vus, non ?

Toujours est-il que je décidai d'effacer toute image sexuelle de mon esprit. Mon érection durait encore, mais il n'y avait aucun sens à bander comme ça au fond d'un souterrain obscur et, en tout premier lieu, ce n'était pas pratique de marcher comme ça.

— Alors, ce signal émet des ondes sonores que les ténébrides n'aiment pas, c'est ça ? dis-je pour changer de sujet.

— Oui, exactement. Tant que le signal émet, ces sales bêtes ne nous approchent pas à plus de quinze mètres. Alors, fais attention toi aussi de ne pas t'éloigner de plus de quinze mètres de moi. Sinon, ils t'attraperont, t'entraîneront dans leur tanière, te mettront à tremper dans un puits et te dégusteront en commençant par les chairs pourries. Dans ton cas, la décomposition commencera sûrement par ta plaie au ventre. Ils ont des dents et des ongles très acérés, tu sais. Exactement comme un alignement de gros poinçons, tu vois.

En entendant ça, je me rapprochai d'elle en vitesse.

— Ton ventre te fait encore mal ? demanda la fille.

— Ça va un peu mieux grâce aux médicaments. Ça me lance un peu quand je fais des mouvements vifs, mais en général ce n'est pas si douloureux que ça, répondis-je.

— Si on arrive à trouver Grand-père, je pense qu'il pourra te soulager.

— Ton grand-père ? Comment ça ?

— Très simple. Il me l'a souvent fait à moi aussi. Quand j'avais des migraines terribles, par exemple. Il t'implante dans la tête un signal qui fait oublier la souffrance. Comme la douleur est en fait un message important que te donne ton corps, il ne faut pas faire ça trop souvent, mais, dans un cas d'urgence comme celui-ci, je pense que ça ne doit pas être gênant.

— Ça me faciliterait les choses s'il pouvait le faire, dis-je.

— Ce que j'en dis, bien sûr, c'est uniquement dans le cas où nous le retrouvons.

Elle continuait à remonter rapidement le lit de la rivière vers l'amont, d'un pas assuré, en balayant les alentours de sa puissante torche électrique. Sur le mur de roche, des deux côtés, s'ouvraient par endroits des chemins de traverse qui ressemblaient à des fissures béantes, et des grottes peu inspirantes. L'eau, suintant par endroits des interstices entre les roches, formait de petits filets qui se jetaient dans la rivière, et le long desquels poussait une mousse luxuriante et visqueuse comme de la vase. Cette mousse était d'un vert étrangement éclatant. Comment la mousse avait-elle pu pousser avec une telle couleur dans un souterrain où elle ne pouvait synthétiser la lumière, cela m'échappait. Sans doute existait-il dans les souterrains une providence souterraine.

— Dis donc, tu crois que les ténébrides sont au courant que nous sommes en train de nous promener dans le coin ?

— Évidemment, dit-elle comme si cela allait de soi. C'est leur monde ici, ils sont au courant de tout ce qui s'y passe. En ce moment même, ils sont là, autour de nous, ils nous fixent des yeux. Depuis tout à l'heure on entend une espèce de bruissement.

Je balayai les murs autour de nous avec le faisceau de ma lampe pour voir, mais je ne vis rien, hormis des roches aux aspérités grotesques et de la mousse.

— Ils sont cachés au fond des grottes ou des fissures de traverse, là où la lumière n'arrive pas, dit la fille en rose. Et il doit aussi y en avoir qui nous suivent.

— Ça fait combien de minutes que tu as allumé le signal qui les repousse ?

Elle regarda sa montre et dit :

— Dix minutes. Dix minutes et vingt secondes. Ça ira : d'ici cinq minutes, on sera à la chute d'eau.

On arriva effectivement à la chute d'eau cinq minutes plus tard. La coupure de son paraissait durer encore, car la cascade était aussi silencieuse que précédemment. Après avoir enfoncé les capuchons sur nos têtes, il fallut attacher le cordon sous nos mentons et mettre nos lunettes pour traverser la cascade muette.

— C'est bizarre, dit-elle. Si le dispositif de coupure

de son marche encore, ça signifie que le labo n'a pas été détruit. Or, si les ténébrides l'avaient attaqué, normalement tout devrait être réduit en miettes. Ils détestent ce labo.

Comme pour étayer ses suppositions, la porte du laboratoire était fermée normalement à clé. Si les ténébrides avaient fait irruption là-dedans, je les voyais mal refermer à clé en sortant. Quelqu'un d'autre que les ténébrides avait donc lancé cette attaque.

Elle mit longtemps à manœuvrer les chiffres qui actionnaient le cadenas, avant d'ouvrir la porte à l'aide de sa clé électronique. L'intérieur du laboratoire était sombre et glacial et sentait le café. Elle se dépêcha de refermer la porte, de remettre le cadenas et, après avoir vérifié qu'il était impossible de l'ouvrir de l'extérieur, poussa le bouton et alluma la lumière dans la pièce.

D'après son état, le laboratoire avait dû être secoué par le même genre de cataclysme que mon appartement et le bureau. Les documents étaient éparpillés par terre, les meubles renversés, la vaisselle brisée, les tapis déchiquetés et, de surcroît, la pièce paraissait avoir été arrosée d'un plein seau de café. Pourquoi le professeur avait-il préparé une telle quantité de café, je n'en avais pas la moindre idée. Même un fou de café n'aurait pu en boire seul de pareilles quantités.

Cependant, il y avait un point par lequel le saccage de cette pièce différait fondamentalement des deux précédents. La différence était qu'ici les vandales avaient clairement distingué les choses à détruire et celles qu'il fallait laisser intactes. Ce qui devait être détruit avait été totalement éradiqué, tandis que le reste n'avait pas été effleuré d'un doigt. Les ordinateurs, le matériel de télécommunication, les installations électriques étaient restés tels quels et, si on en actionnait les boutons, se mettaient à fonctionner tout ce qu'il y a de plus normalement. Mais les branchements du dispositif antiténébrides grand modèle avaient été arrachés de manière à le rendre inutilisable. Il suffisait cependant de les réinstaller pour qu'il puisse à nouveau marcher.

La pièce du fond était à peu près dans le même état. À première vue, c'était un chaos sans rémission, mais en fait tout avait été soigneusement calculé. Tous les crânes alignés sur les étagères avaient échappé au massacre, les compteurs et autres appareils nécessaires à la recherche avaient également été épargnés. Seuls les appareils bon marché qu'on pouvait retrouver dans le commerce et le matériel expérimental avaient été détruits à volonté.

La fille se dirigea vers le coffre-fort dissimulé dans le mur, ouvrit la porte, qui n'était pas fermée à clé, et vérifia le contenu. Elle en sortit des montagnes de cendres blanches de papier brûlé qu'elle éparpilla par terre.

— Apparemment, le dispositif d'incinération automatique d'urgence a bien fonctionné, dis-je. Ces vandales n'ont rien trouvé à se mettre sous la dent ici.

— Qui a fait ça, à ton avis ?

— Des humains, répondis-je. Les pirateurs ou qui que ce soit d'autre sont venus ici et ont ouvert la porte avec la complicité des ténébrides, mais ce sont uniquement des humains qui sont entrés et ont tout mis à sac. Mais de façon à pouvoir réutiliser la pièce ensuite. Probablement pour forcer le professeur à continuer ses recherches ici pour eux. Ils ont laissé telles quelles toutes les machines importantes. Ensuite, ils ont refermé la porte à clé pour que les ténébrides ne puissent pas venir mettre du désordre là-dedans.

— Mais ils n'ont rien pris d'important.

— Sans doute pas, dis-je en faisant le tour de la pièce des yeux. En tout cas, ils ont emmené ton grand-père, déjà. La chose la plus importante ici, c'est bien lui, non ? Grâce à eux, moi, maintenant, je n'ai plus aucun moyen de savoir ce que le professeur a trafiqué à l'intérieur de ma tête. Je suis complètement coincé maintenant.

— Mais non, fit la petite boulotte. Ils n'ont pas enlevé Grand-père, rassure-toi. Il y a un passage secret pour sortir d'ici. Je suis sûre qu'il s'est enfui par là. En utilisant le même modèle réduit antiténébrides que nous.

— Qu'est-ce qui te fait croire ça ?

— Je n'ai aucune preuve, mais je le sais. Grand-père est quelqu'un qui sait prendre des précautions, on ne l'attrape pas si facilement. En entendant quelqu'un forcer la serrure pour entrer dans cette pièce, il a dû s'enfuir par là, c'est sûr.

— Alors, à l'heure qu'il est, il doit être ressorti à l'air libre.

— Non, ce n'est pas si simple. Ce passage secret est une espèce de labyrinthe, il est relié au repaire central des ténébrides et, même en se dépêchant, il faut au moins cinq heures pour en sortir. Et le signal antiténébrides ne marche qu'une demi-heure, donc Grand-père doit encore être là-dedans.

— À moins que les ténébrides ne l'aient capturé.

— On n'a pas de souci à se faire pour ça. Grand-père s'était assuré un abri antiténébrides haute sécurité, dans le souterrain aussi, en prévision du pire. Peut-être qu'il est caché là-bas, et qu'il attend notre arrivée.

— En effet, il sait prendre ses précautions. Et toi, tu sais où il est, cet abri ?

— Oui, je crois que oui. Grand-père m'avait expliqué en détail l'itinéraire pour y arriver. Il y a aussi un plan simplifié sur ce carnet. Avec les points dangereux où il faut faire attention.

— Quel genre de dangers ?

— Je crois qu'il vaut mieux que tu ne le saches pas, dit-elle. Il y a des gens que ça rend plus nerveux que nécessaire quand ils en entendent parler.

Je poussai un soupir et me résignai à ne plus poser de questions sur la nature des dangers qui allaient me tomber dessus à partir de maintenant. J'étais déjà assez nerveux comme ça.

— Il faut à peu près combien de temps pour atteindre cet endroit où les ténébrides ne peuvent pas aller ?

— On arrive à l'entrée en vingt-cinq ou trente minutes. À partir de là, il faut une heure, une heure et demie, pour aller jusqu'à l'endroit où se trouve Grand-père. Une fois à l'entrée, on n'a plus à se faire de souci avec les ténébrides, mais le problème c'est d'y arriver, à l'entrée. Si on ne fait pas extrêmement vite, la pile du signal risque d'être à plat avant qu'on arrive.

— Et au cas où la pile s'arrête ?

— Alors là, il n'y a plus qu'a s'en remettre au destin, dit la fille. Il faut prendre ses jambes à son cou en faisant des moulinets avec sa lampe électrique, pour empêcher les ténébrides de s'approcher. Ils détestent se trouver dans la lumière. Mais, s'ils trouvent le moindre interstice sans lumière, ils tendront immédiatement la main et s'empareront de nous.

— Eh ben dis donc, dis-je d'une voix lasse. Tu as fini de recharger la batterie ?

Elle regarda l'aiguille du compteur de l'appareil, puis jeta un coup d'œil à sa montre.

— Encore cinq minutes.

— Il vaut mieux se dépêcher. Si mes suppositions sont correctes, les ténébrides ont déjà dû prévenir les pirateurs de notre présence et, dans ce cas, ils n'auront rien de plus pressé que de revenir ici.

La fille enleva son ciré et ses bottes en caoutchouc et les troqua contre ma veste de l'armée américaine et des chaussures de jogging.

— Tu ferais mieux de te changer aussi, me dit-elle. Là où on va maintenant, il vaut mieux être habillé léger pour pouvoir passer.

J'enlevai comme elle mon imper et mes bottes, enfilai mon coupe-vent de nylon par-dessus mon pull, en remontai la fermeture Éclair jusqu'au cou. Je mis le sac sur mon dos, changeai les bottes pour des baskets. Ma montre indiquait pas loin de midi et demi.

Elle passa dans la pièce du fond, jeta par terre tous les cintres pendus dans le placard à vêtements, se suspendit des deux mains à la barre d'acier du milieu et la fit tourner. Pendant qu'elle tournait, on entendait un bruit de roues dentées en train de s'emboîter. Elle tourna encore plus, toujours dans le même sens, et le bas du pan droit du mur au fond du placard pivota sur environ soixante-dix centimètres. Tout ce qu'on pouvait voir en jetant un coup d'œil dans cette ouverture béante, c'était une obscurité tellement dense qu'on aurait pu en ramasser à la louche. Un vent glacial à l'odeur de moisi s'engouffra dans la pièce.

— Bien conçu, non ? dit-elle en se tournant vers moi, toujours suspendue à la barre des cintres.

— C'est sûr, répondis-je, aucune personne normalement constituée n'irait imaginer qu'il y a une issue de secours là-dedans.

Elle s'approcha de moi, se mit sur la pointe des pieds et me donna un petit baiser sous l'oreille. Son baiser me réchauffa le corps, et la douleur de ma blessure sembla s'apaiser quelque peu. Il y avait peut-être un point particulièrement sensible sous mon oreille. Ou alors, tout simplement, c'est parce que cela faisait longtemps qu'une fille de dix-sept ans ne m'avait pas embrassé. En fait, la dernière fois qu'une fille de dix-sept ans m'avait embrassé remontait à dix-huit ans plus tôt.

— Si on est persuadé que tout va bien se passer, il n'y a rien au monde qui puisse nous effrayer, dit-elle.

— En vieillissant, on est persuadé de moins en moins de choses, tu sais. Comme les dents qui s'usent. Ce n'est pas pour être cynique, ni même sceptique, mais elles s'usent, c'est tout.

— Tu as peur ?

— Oui, j'ai peur, dis-je. (Puis je me penchai pour plonger une fois de plus mon regard au fond du gouffre.) Depuis tout petit, les boyaux sombres, ce n'est pas mon fort.

— Mais on ne peut plus rebrousser chemin. Je ne vois pas d'autre choix que de continuer à avancer.

— Logiquement, peut-être, dis-je.

Je commençai à avoir l'impression que mon corps ne m'appartenait plus. Ça m'était déjà arrivé quand j'étais au lycée et que je faisais du basket. Quand les mouvements du ballon devenaient trop rapides, le corps se mettait à réagir en fonction de ce ballon, et la conscience n'arrivait plus à suivre.

Elle regardait fixement l'échelle graduée du dispositif et dit tout à coup :

— Allons-y.

La batterie était rechargée.

Comme auparavant, elle prit les devants et je la suivis. Dès que nous fûmes entrés dans le trou, elle se retourna, actionna une poignée qui se trouvait près de l'entrée, et la porte se referma. En même temps que la porte se refermait, le petit carré de lumière qui filtrait à travers s'amenuisa, jusqu'à n'être plus qu'une ligne verticale, puis disparut tout à fait. L'obscurité totale se referma autour de nous, encore plus complète qu'auparavant, une obscurité d'une densité dont je n'avais encore jamais fait l'expérience. Même la lumière de nos lampes ne pouvait briser le règne de ces ténèbres et parvenait seulement à ouvrir une minuscule brèche de clarté, bien peu rassurante.

— Je ne comprends pas très bien pourquoi ton grand-père a choisi exprès une issue de secours dont l'itinéraire passe au beau milieu du repaire des ténébrides.

— Parce que c'est l'endroit le plus sûr, dit-elle tout en dirigeant sur moi le faisceau de sa lampe. Au cœur de leur repaire s'étend un lieu sacré pour eux, un véritable sanctuaire dans lequel ils ne peuvent pas pénétrer.

— C'est religieux ?

— Je crois que oui. Moi-même je ne l'ai jamais vu, mais c'est Grand-père qui me l'a dit. C'est un peu trop effarant pour qu'on puisse parler de foi, mais c'est sûrement une forme de religion, oui. Leur dieu, c'est un poisson. Un énorme poisson sans yeux. (En prononçant ces derniers mots, elle avait dirigé la lumière de sa lampe droit devant elle.) Avançons, en tout cas. Il n'y a pas de temps à perdre.

Le plafond de la grotte était si bas qu'on pouvait

à peine marcher même en se courbant. La roche était généralement lisse et dépourvue d'aspérités, mais il m'arrivait quand même de temps à autre de me cogner la tête de toutes mes forces à un coin de rocher qui dépassait. Même quand je me cognais, je n'avais pas le temps de me plaindre, et je continuai à avancer avec l'énergie du désespoir, le faisceau de ma lampe braqué sur son dos afin de ne pas la perdre de vue. Par rapport à son embonpoint, ses mouvements étaient plutôt agiles, son allure rapide, et elle avait l'air d'avoir de l'endurance aussi. Moi-même je suis plutôt du genre résistant, mais, à force de marcher comme ça à croupetons, ma blessure se remettait à m'élancer. C'était comme si on me frappait le ventre avec un piolet. Ma chemise était trempée de sueur et me collait au corps, tout humide. Mais je préférais encore supporter ces souffrances de damné : ce n'était rien comparé à perdre la vue et me retrouver seul au milieu des ténèbres.

Plus j'avançais, plus j'avais l'impression que mon corps ne m'appartenait plus et prenait de l'ampleur. Je me dis que c'était peut-être parce que je ne pouvais pas le voir. Même en mettant la paume de ma main juste sous mes yeux, je ne la voyais pas.

C'était un sentiment étrange de ne pas voir son propre corps. Dans ce genre de situation, on finit par penser que l'existence du corps n'est qu'une simple hypothèse. Quand je me cognais la tête au plafond, je ressentais une douleur bien réelle et la douleur au ventre ne me laissait pas de répit non plus. Je sentais la terre sous mes pieds. Mais ce n'étaient que des douleurs et des sensations. Rien d'autre qu'une sorte de concept général basé sur cette hypothèse de l'existence du corps. Il n'était donc pas impossible que le corps ait déjà disparu et que ces concepts continuent à fonctionner tout seuls. Exactement comme l'histoire du gars amputé de la jambe qui ressent des démangeaisons aux orteils de cette jambe coupée.

J'essayai plusieurs fois de vérifier que mon corps existait encore en dirigeant la lampe vers lui, mais finalement j'arrêtai, par peur de perdre la fille de vue. J'essayais de me persuader moi-même : « Mais si, ton corps existe toujours. » Si jamais mon corps avait disparu et qu'il ne restait plus que ce qu'il faut bien appeler mon âme, j'aurais dû me sentir beaucoup plus à l'aise. Si l'âme devait supporter pour l'éternité la douleur des blessures au ventre, des ulcères à l'estomac et des hémorroïdes, alors quel secours pouvait-on en attendre ? Si l'âme n'était pas séparée du corps, alors quelle raison avait-elle d'exister ?

Tout en réfléchissant ainsi, je suivais la veste de camouflage vert olive que portait la grassouillette, la jupe rose qui en dépassait légèrement, et ses chaussures Nike roses. Ses boucles d'oreilles lançaient des éclairs tremblotants dans la lumière de ma lampe. On aurait dit un couple de lucioles tourbillonnant autour de son cou.

Sans même se retourner vers moi, elle continuait à aller de l'avant, bouche obstinément close. On aurait dit que l'idée même de mon existence s'était complètement effacée de son esprit. Elle avançait, tout en inspectant d'un éclair rapide de sa lampe les chemins de traverse et les grottes. On arriva à un embranchement et elle s'arrêta, sortit son plan de sa poche de poitrine, l'éclaira avec sa lampe de poche et vérifia quelle direction il fallait prendre. Cela me donna le temps de la rattraper.

— Ça va ? On est sur la bonne route ? demandai-je.

— Oui, ça va. Pour l'instant, on est sur le bon chemin, répondit-elle d'une voix assurée.

— Comment tu le sais ?

— Parce qu'on est sur le bon chemin, je te dis ! dit-elle en éclairant ses pieds. Tiens, regarde par terre.

Je me penchai pour regarder fixement le rond éclairé par sa lampe. Dans les creux de la roche étaient éparpillés de petits objets brillants et argentés. J'en ramassai quelques-uns : c'étaient des trombones de métal.

— Alors, tu vois ? Grand-père est passé par là, je te dis. Et il a laissé des indices en se disant que nous partirions à sa recherche.

— Effectivement, dis-je.

— Dépêchons-nous. Ça fait déjà un quart d'heure de passé.

Plus loin, il y eut à nouveau quelques embranchements, mais, chaque fois, nous trouvâmes des trombones par terre, si bien que nous continuâmes à avancer sans nous tromper de chemin, ce qui nous permit d'économiser un temps précieux.

De temps à autre, un trou béant et profond s'ouvrait au milieu du chemin. Mais, comme les endroits où se trouvaient ces trous étaient indiqués sur le plan par une marque au feutre rouge, nous ralentissions un peu l'allure en arrivant à proximité et progressions en vérifiant le terrain avec la lampe. Ces trous faisaient généralement entre cinquante et soixante-dix centimètres de circonférence, et on pouvait les franchir facilement en sautant par-dessus ou en les contournant. Je lançai pour voir au fond de l'un d'eux une pierre de la grosseur d'un poing que je ramassai juste à côté, mais j'eus beau attendre, aucun bruit de chute ne me parvint. J'avais l'impression que la pierre continuait sa trajectoire comme ça jusqu'au Brésil ou à l'Argentine. Je sentis mon estomac se tordre rien qu'à l'idée de trébucher et de tomber dans un trou pareil.

Le chemin ondulait comme un serpent, à droite et à gauche, et se divisait en plusieurs embranchements qui montaient ou descendaient. Il n'y avait pas de pente vraiment raide mais les dénivellations étaient importantes. J'avais l'impression d'abandonner encore plus loin derrière moi à chaque pas le monde lumineux de la surface de la terre.

À mi-chemin, nous nous serrâmes dans les bras l'un de l'autre, une seule fois. Elle s'arrêta brusquement, se retourna, éteignit sa lampe et entoura mon corps de ses deux bras. Puis elle chercha mes lèvres du bout de ses doigts et posa les siennes dessus. Je l'enlaçai moi aussi et la serrai légèrement contre moi. C'était étrange de s'embrasser comme ça dans le noir. Je crois bien que Stendhal a écrit quelque chose là-dessus, sur s'embrasser dans les ténèbres, me dis-je, mais j'avais oublié le titre du livre. J'essayai de me rappeler, sans y réussir. Mais est-ce que ça lui était déjà arrivé, à Stendhal, de serrer une fille dans ses bras dans l'obscurité totale ? Je me dis qu'il faudrait que je retrouve ce livre, si j'arrivais à sortir d'ici vivant, et si on échappait à la fin du monde.

Le parfum d'eau de Cologne au melon s'était effacé de son cou. À la place, restait le parfum d'un cou de fille de dix-sept ans. À partir du cou, c'était mon odeur à moi. La veste des surplus de l'armée américaine avait gardé l'odeur pleine de taches de ma vie. L'odeur des plats que j'avais préparés, du café que j'avais renversé, de la sueur que j'avais versée. Tout cela était resté dans ces taches. En enlaçant une fille de dix-sept ans au fond de ce souterrain d'un noir d'encre, je voyais toute cette vie comme un mirage qui ne reviendrait plus jamais. Je pouvais me souvenir que cela avait existé autrefois. Mais je ne pouvais pas faire apparaître dans mon esprit les sentiments qui me ramèneraient à cette vie-là.

Nous sommes restés enlacés un long moment. Le temps s'écoulait rapidement, ça ne me paraissait plus un problème très important. Cette étreinte nous délivrait chacun de notre peur, et c'était cela le plus important.

Bientôt, elle pressa ses seins contre ma poitrine, ses lèvres s'entrouvrirent, sa langue toute douce s'enfonça dans ma bouche en même temps que son souffle tiède. Mais cela ne dura qu'environ dix secondes, et ensuite elle s'éloigna brusquement de moi. Je me sentis accablé par un désespoir sans bornes, comme un cosmonaute abandonné seul dans l'espace-temps.

J'allumai la lumière et la vis debout devant moi. Elle alluma aussi sa lampe.

— Allons-y, dit-elle.

Puis elle fit un demi-tour sur elle-même et se remit à marcher au même rythme que précédemment. Mes lèvres gardaient encore la sensation du contact avec les siennes, je pouvais encore sentir sur ma poitrine les battements de son cœur.

— Mon… euh, c'était pas mal, non ? demanda-t-elle sans se retourner.

— Pas mal, dis-je.

— Mais ça manquait de quelque chose, hein ?

— Oui, dis-je. Oui, ça manquait de quelque chose.

— Et qu'est-ce qui manquait ?

— Je ne sais pas.

Ensuite, après avoir descendu un terrain égal pendant à peine cinq minutes, nous débouchâmes sur une grande place vide. L'odeur de l'air avait changé, l'écho de nos pas aussi. Quand on frappait dans ses mains, un écho déformé, comme gonflé au milieu, nous revenait. Pendant qu'elle sortait son plan pour vérifier où on était, j'éclairai les alentours avec ma lampe. Le plafond formait un dôme parfait, et la pièce était ronde, comme en accord avec le plafond. Ce cercle lisse avait visiblement été artificiellement formé. Les murs étaient polis, sans creux ni aspérités. Au milieu du sol se trouvait un trou peu profond d'environ un mètre de circonférence, dont le fond paraissait plein d'un magma visqueux. Il n'y avait pas d'odeur précise, mais il flottait dans l'air une sensation désagréable qui nous emplissait la bouche d'acidité.

— Apparemment, c'est l'entrée du sanctuaire, dit-elle. Nous voilà déjà à moitié sauvés : les ténébrides ne peuvent pas pénétrer au-delà de cet endroit.

— C'est très bien qu'ils ne puissent pas pénétrer ici, mais nous, est-ce que nous pouvons en sortir ?

— Pour ça, il faut faire confiance à Grand-père. Il trouvera bien un moyen. Et puis, avec deux signaux, on pourra maintenir les ténébrides à distance tout le temps, non ? C'est-à-dire que, pendant que l'un fonctionnera, on pourra en profiter pour recharger l'autre. Comme ça, on n'aura rien à craindre, et pas besoin non plus de faire attention au temps qu'on met.

— Effectivement, dis-je.

— Ça te remonte un peu le moral ?

— Un peu, dis-je.

Des deux côtés de l'entrée du sanctuaire étaient gravés des bas-reliefs très détaillés. Le motif principal représentait deux énormes poissons reliés par la tête et la queue qui entouraient un cercle. Ces poissons paraissaient étranges dès le premier coup d'œil. Leur tête ressemblait tout à fait à un avant de bombardier aérodynamique, se gonflant brusquement, sans yeux, mais à la place de ceux-ci saillaient deux cornes longues et épaisses vrillées comme des sarments de vigne. La bouche était grande et disproportionnée par rapport au corps, fendue tout droit presque jusqu'aux branchies, et juste en dessous saillaient deux organes trapus comme des pattes d'animal coupées tout près de l'articulation. Je crus d'abord que ces organes leur permettaient d'avancer comme des ventouses, mais en regardant mieux je vis trois griffes acérées au bout. C'était bien la première fois que je voyais un poisson avec des griffes. Sa nageoire dorsale était toute déformée, ses écailles se découpaient sur son corps comme des épines.

— C'est une créature mythologique ? Ou alors, ça existe vraiment ? demandai-je à la fille.

— Ça, je n'en sais rien, répondit-elle tout en se penchant pour ramasser encore quelques trombones par terre. En tout cas, on s'en est tirés sans se tromper de chemin ! Bon, dépêchons-nous d'entrer, maintenant.

J'éclairai une dernière fois de ma lampe de poche le bas-relief aux poissons avant de la suivre. Ça m'avait fait un léger choc de me rendre compte que les ténébrides étaient capables de sculpter des bas-reliefs aussi fins dans l'obscurité la plus totale. Même si je savais déjà qu'ils pouvaient voir dans l'obscurité, c'était normal que je sois surpris en le vérifiant de visu pour la première fois. En cet instant même, ils étaient peut-être en train de nous surveiller du fond des ténèbres.

Une fois à l'intérieur du sanctuaire, le chemin se transformait en pente douce, le plafond devenait plus haut, au point que bientôt on ne le distingua plus, même en dirigeant la lumière dessus.

— À partir d'ici, on entre dans la montagne, dit-elle. Tu as l'habitude de faire de l'alpinisme ?

— Autrefois, je faisais de l'escalade une fois par semaine. Je n'ai encore jamais rien escaladé dans le noir, remarque.

— Ça n'a pas l'air bien haut, dit-elle en remettant le plan dans sa poche de poitrine. Ça ne mérite même pas le nom de montagne. Une colline tout au plus. Mais, pour eux, c'est une vraie montagne, d'après Grand-père. L'unique montagne souterraine. Leur sommet sacré.

— Alors nous la souillons en ce moment, non ?

— Au contraire ! Elle est souillée dès le départ. Toutes les souillures sont concentrées ici. Autrement dit, ce monde est une boîte de Pandore dont le couvercle est la croûte terrestre. Et c'est le centre de ce monde que nous nous apprêtons à traverser.

— Je n'ai pas l'impression qu'on puisse en revenir vivant.

— Il faut garder confiance, je te l'ai dit tout à l'heure, non ? Si on garde confiance, on n'a peur de rien. Il faut continuer à penser à ce que tu veux, des souvenirs heureux, des gens que tu as aimés, ce qui t'a fait pleurer, ton enfance, des projets d'avenir, ta musique préférée, ou autre chose, et alors tu n'auras plus peur.

— Je peux penser à Ben Johnson ? demandai-je pour voir.

— Ben Johnson ?

— Un acteur qui monte très bien à cheval qu'on

voit dans les vieux films de John Ford. Un type très doué pour l'équitation.

Elle gloussa joyeusement dans le noir.

— Tu es merveilleux ! Je t'adore, tu sais.

— On a trop de différence d'âge, dis-je. Et je ne sais jouer d'aucun instrument.

— Quand on sera sortis d'ici, je t'apprendrai à monter à cheval.

— Merci, dis-je. À propos, tu penses à quoi, toi ?

— À quand je t'ai embrassé. C'est pour ça que j'ai fait ça tout à l'heure. Tu ne savais pas ?

— Non, je ne savais pas.

— Tu sais à quoi Grand-père pense quand il passe par ici ?

— Non.

— Il ne pense à rien. Il peut se vider complètement l'esprit. C'est ça le génie. Si on se vide la tête, aucun air vicié ne peut y pénétrer.

— Effectivement, dis-je.

Comme elle m'en avait prévenu, plus nous avancions, plus le chemin devenait raide, et finalement la pente devint si abrupte qu'il fallut se mettre à l'escalader en s'accrochant des deux mains. Pendant tout ce temps je pensai à Ben Johnson. À la silhouette de Ben Johnson à cheval. Je faisais défiler devant mes yeux, dans la mesure du possible, toutes les scènes où on voyait Ben Johnson faire du cheval, dans *Le Massacre de Fort Apache*, *La Charge héroïque*, *Le Convoi des braves*, *Rio Grande*. Le soleil brillait sur la prairie, dans le ciel flottaient des nuages d'un blanc pur comme tracés au pinceau. On voyait des troupeaux de buffles dans la vallée, des femmes se montraient à la porte, essuyant leurs mains sur des tabliers blancs. La rivière coulait, le vent faisait trembler la lumière, les gens chantaient. Alors Ben Johnson arrivait et traversait ce paysage à cheval comme une flèche. Les caméras se déplaçaient indéfiniment sur des rails, pour continuer à cadrer son héroïque silhouette.

Tout en agrippant les rochers et en cherchant à l'aveuglette un appui pour mes pieds, je continuais à penser à Ben Johnson et à son cheval. Je ne sais si c'est à cause de ça, mais la douleur de ma blessure s'était arrêtée comme par enchantement, et je pouvais maintenant marcher sans être gêné par la conscience d'être blessé. Du coup, je me fis la réflexion que sa théorie comme quoi on pouvait calmer les douleurs physiques en implantant un signal particulier dans la conscience n'était peut-être pas si tirée par les cheveux que ça.

D'un point de vue technique, ce n'était pas une montagne très difficile à escalader. Les points d'appui pour les pieds étaient sûrs, il n'y avait pas de pans abrupts sans prise : en étendant la main, on trouvait toujours un creux approprié dans la roche. D'après les standards en cours sur la terre, c'était un mur d'escalade de débutant, une voie de niveau très facile, sans aucun danger, que même un écolier pouvait grimper seul le dimanche matin. Mais, dans le contexte de ces ténèbres souterraines, les choses devenaient différentes. En premier lieu – cela va sans dire, me direz-vous –, on n'y voyait rien. Qu'est-ce que je vais trouver plus haut, qu'est-ce qui me reste à grimper, dans quelle position est-ce que je suis, à quoi ça ressemble en bas sous mes pieds, est-ce que j'avance dans la bonne voie ? Tout ça, on n'en savait rien. Je ne savais pas que la perte de la vision pouvait entraîner autant de craintes. Dans certains cas, cela peut aller jusqu'à vous enlever vos critères de valeur, ou des choses comme le courage ou l'amour-propre qui existent en relation avec ceux-ci. Quand les gens essaient d'accomplir quelque chose, ils pensent tout naturellement à trois points : qu'est-ce que j'ai mené à bien jusqu'à maintenant ? Dans quelle position est-ce que je me trouve actuellement ? Qu'est-ce qui me reste à faire à partir de maintenant ? Si on enlève à quelqu'un les réponses à ces trois points essentiels, il ne reste plus que la peur, le manque de confiance en soi, et un sentiment d'extrême fatigue. Telle était exactement la situation où je me trouvais en ce moment. Le problème ne résidait pas tellement dans des difficultés techniques, la question était plutôt : jusqu'à quel point est-ce que je vais pouvoir me contrôler ?

Nous continuâmes à gravir la montagne obscure. Comme il était impossible d'escalader cette falaise en tenant une lampe torche, j'avais enfoncé la mienne dans la poche de mon pantalon, et elle avait attaché la courroie de la sienne à ses manches, dans le dos, si bien que la lampe éclairait derrière elle. Grâce à quoi, nous n'y voyions strictement rien. La lumière qui tremblotait au-dessus de ses hanches ne faisait qu'éclairer vainement un vide obscur. Je continuais à monter la falaise, les yeux fixés sur cette lueur tremblante.

De temps en temps, elle m'appelait pour vérifier que je n'avais pas pris de retard. « Ça va ? », « Allez, encore un petit effort ! », ce genre de choses…

— Tu ne veux pas chanter une chanson ? me dit-elle au bout d'un moment.

— Quel genre ? demandai-je.

— N'importe quoi. Du moment qu'il y a une mélodie et des paroles. Allez, chante-moi quelque chose.

— Je ne chante jamais devant les gens.

— Allez, ça va, chante !

Je n'avais pas le choix : je lui chantai *Brasero*.

*Les nuits où tombe la neige,*
*Qu'il est doux mon brasero*
*Flambe, flambe, brasero*
*Tandis que nous contons des histoires*
*Des histoires d'autrefois*
*Flambe, flambe, brasero.*

Comme je ne savais pas les paroles, j'inventai la suite. En gros, voici ce dont il s'agissait : pendant que tout le monde se chauffe autour du brasero, quelqu'un sonne à la porte. Le père va ouvrir et se trouve face à un renne blessé qui lui dit : « J'ai faim, donnez-moi à manger. » Alors le père ouvre une boîte de pêches en conserve et les donne au renne.

— Tu te débrouilles pas mal, dis donc, me dit-elle en guise de compliment. Je suis désolée de ne pas pouvoir applaudir, mais c'était vraiment une jolie chanson.

— Merci. À ton tour de chanter quelque chose maintenant.

— *La Chanson de la bicyclette*. Ça te va ?

— Vas-y, je t'en prie.

*Un matin d'avril*
*J'suis partie en bicyclette*
*Sur une route inconnue*
*En direction d'la forêt*

*Ma bicyclette toute neuve*
*Était rose, rose, rose*
*Selle et guidons roses*
*Rose, rose, rose*
*Jusqu'au caoutchouc des freins.*

— On dirait qu'elle est faite pour toi, cette chanson, dis-je.

— Évidemment, c'est ma chanson. Elle te plaît ?

— Elle me plaît.

— Tu veux entendre la suite ?

— Quelle question !

*Un matin d'avril*
*Moi, ma couleur c'est le rose*
*Rien d'autre ne me va*
*Oui, rose, rose, rose*
*Ma bicyclette neuve*
*Mes chaussures aussi*
*Rose, rose, rose*
*Mon pull et mon chapeau*
*Rose, rose, rose*
*Mon pantalon et ma culotte aussi.*

— D'accord, j'ai compris ce que tu ressentais à propos du rose, alors tu ne veux pas avancer un peu dans l'histoire maintenant ? dis-je.

— Mais c'est une partie essentielle de la chanson. Dis, tu crois que ça existe, des lunettes de soleil roses ?

— Il me semble qu'Elton John en a eu une paire à un moment donné, non ?

— Hmm ! dit-elle. Enfin, passons. Allez, je continue.

*En chemin*
*J'rencontre mon grand-père*
*Tout vêtu de bleu*
*Bleu, bleu, bleu*
*On dirait qu'il a oublié d'se raser*
*Et sa barbe est bleue*
*Bleue, bleue, bleue*
*Bleu profond*
*Comme un soir trop long*
*Long, long, long*
*Bleu, bleu, bleu.*

— Tu parles de moi, là ? demandai-je.

— Mais non, pas du tout. Il n'est pas question de toi dans cette chanson.

*Mon grand-père me dit*
*Fillette, vaut mieux pas*
*Aller dans la forêt*
*Car la loi d'la forêt*
*C'est fait pour les bêtes sauvages*
*Même par un beau matin d'avril*
*La rivière ne va pas s'mettre*
*À couler dans l'autre sens pour toi*
*Même par un matin d'avril*
*Moi j'suis partie quand même*
*Dans la forêt sur ma bicyclette*
*Sur ma bicyclette rose, rose, rose*
*Par un beau beau beau matin d'avril*
*Moi j'ai peur de rien*
*Car tout est rose, rose, rose*
*Si j'descends pas d'ma bicyclette*
*Non j'ai peur de rien*
*Elle n'est ni rouge, ni bleue, ni verte*
*Elle est vraiment rose, rose, rose !*

Peu après la fin de sa *Chanson de la bicyclette*, nous arrivâmes au bout de l'ascension pour déboucher sur une espèce de large plateau. Après avoir soufflé un instant, nous éclairâmes les environs avec les lampes. La plate-forme avait l'air plutôt vaste, et cet espace aussi lisse qu'un dessus de table se prolongeait à l'infini. Elle resta penchée un long moment près de l'endroit par lequel nous avions débouché sur le plateau et trouva à nouveau une demi-douzaine de trombones.

— Mais jusqu'où a bien pu aller ton grand-père ?

— On n'est plus très loin, on arrive. Grand-père m'a souvent parlé de ce plateau, aussi j'ai ma petite idée sur l'endroit où il se trouve.

— Ça veut dire que ton grand-père est déjà venu ici plusieurs fois ?

— Évidemment ! Tu penses bien que, pour faire ce plan des souterrains, il les a parcourus dans tous les sens. Il sait tout ce qu'il y a à savoir. Tout, depuis ce qu'il y a au bout des chemins de traverse jusqu'aux passages secrets.

— Il s'est baladé tout seul là-dedans ?

— Évidemment. C'est quelqu'un d'indépendant, Grand-père. Il a la réputation d'être misanthrope et de ne se fier à personne, mais au départ c'est simplement parce que les autres ne pouvaient pas le suivre, c'est tout.

— Je crois que je peux le comprendre, acquiesçai-je. À propos, qu'est-ce que c'est que ce plateau où nous sommes ?

— Les ancêtres des ténébrides vivaient autrefois sur cette montagne. Ils creusaient des grottes dans la montagne, et ils vivaient là tous ensemble. Sur l'endroit tout plat où nous nous trouvons se déroulaient les cérémonies religieuses. C'est là que réside leur dieu. L'officiant ou le sorcier, comme tu voudras, se tenait là, invoquait le dieu des ténèbres, et ils lui offraient des sacrifices.

— Ce qu'ils appellent leur dieu, c'est cette espèce de sinistre poisson griffu ?

— C'est ça. Ils pensent que ce poisson contrôle le monde des ténèbres. Son écologie, l'existence de diverses espèces, les systèmes de valeurs et d'idées, la vie et la mort, tout ça quoi. Leurs légendes racontent que le premier ancêtre arriva dans ce monde souterrain guidé par ce poisson.

Elle dirigea le faisceau de sa lampe vers ses pieds pour me montrer une espèce de rigole d'un mètre de large et dix centimètres de profondeur creusée dans le sol, qui courait depuis l'entrée du plateau pour se perdre dans l'obscurité en ligne droite.

— Si on suit ce chemin tout droit, on doit arriver à l'ancien autel. Et je pense que c'est là que Grand-père est caché. Cet autel est l'endroit le plus sacré de tout le sanctuaire, et personne ne peut s'en approcher, ce qui fait que, tant qu'il se cache là-bas, il est sûr que personne ne viendra le capturer.

Nous suivîmes ce passage, tout droit le long de cette espèce de fossé. Au bout d'un moment, le chemin se mettait à descendre, tandis que les murs des deux côtés s'élevaient. Il me semblait que les murailles pouvaient se rapprocher à tout moment et nous écraser comme dans des tenailles, mais les alentours étaient aussi silencieux que le fond d'un puits, et il n'y avait pas le moindre signe de mouvement. Seul résonnait d'un mur à l'autre avec un rythme étrange l'écho de nos semelles de caoutchouc. Inconsciemment, je cherchai plusieurs fois le ciel du regard en marchant. Dans l'obscurité, un homme lève tout naturellement la tête pour essayer de voir la lumière des étoiles ou de la lune.

Mais, bien entendu, il n'y avait ni lune ni étoiles au-dessus de ma tête. Au contraire, des ténèbres de plus en plus épaisses pesaient sur moi, dans ce lieu à l'atmosphère étouffante, sans un souffle de vent. Tout ce qui m'entourait me paraissait plus pesant encore qu'auparavant. Mon existence même me paraissait plus lourde à porter. Tout me semblait pesamment attiré vers le sol, comme de la tourbe : l'air que je respirais, l'écho de mes pas, les mouvements de mes bras. Plutôt que d'être enfoncé dans les profondeurs de la Terre, il me semblait avoir atterri sur une planète inconnue, quelque part dans l'espace. L'attraction terrestre, la densité atmosphérique, la perception du temps, tout me paraissait complètement différent de ce dont j'avais le souvenir.

Je levai la main gauche, allumai l'écran de ma montre digitale, vérifiai l'heure : deux heures onze. Nous étions descendus sous terre aux alentours de minuit, cela faisait donc à peine un peu plus de deux heures que nous marchions dans le noir, mais pour ma part j'avais l'impression d'avoir déjà passé un bon quart de ma vie dans ces ténèbres. Rien que regarder un moment la lumière pourtant faible de ma montre me picotait les yeux. Ceux-ci devaient s'être accoutumés peu à peu à l'obscurité, et la lumière de la lampe de poche leur était également douloureuse. Quand on reste longtemps dans le noir, cela finit par devenir un état normal, et c'est la lumière qui paraît étrange et peu naturelle.

Nous marchions toujours, sans dire un mot, le long

de cet étroit sentier pareil à une rigole qui descendait toujours plus bas. Il n'y avait qu'un chemin, lisse et droit, et comme on ne risquait pas non plus de se cogner la tête au plafond, je finis par éteindre ma lampe et continuai à avancer en me repérant aux bruits des semelles de caoutchouc de la fille. Je finis par ne plus me rendre compte si j'avais les yeux ouverts ou fermés. Les ténèbres que l'on voit les yeux fermés et celles que l'on contemple les yeux ouverts sont exactement semblables. Je marchais en ouvrant et fermant les yeux à tour de rôle pour faire l'expérience, mais je finis par être incapable de juger moi-même si mes yeux étaient ouverts ou fermés.

Ma seule sensation extérieure pour le moment était le bruit des semelles de caoutchouc de ma compagne. Était-ce à cause du terrain, de l'atmosphère ou de l'obscurité ? Toujours est-il que ce bruit m'arrivait très déformé. J'essayai d'en écouter l'écho comme si c'était une voix qui parlait, mais ça ne correspondait vraiment à aucun mot de ma connaissance. Cela résonnait comme un dialecte inconnu d'Afrique ou du Moyen-Orient. Malgré tous mes efforts, il me fut impossible de classer ces sons dans le contexte de la langue japonaise. À la rigueur, cet écho aurait pu se rapprocher du français, de l'allemand ou de l'anglais. Je fis tout de suite un essai avec l'anglais. Il me sembla d'abord entendre quelque chose comme *Even-through-be-shop-ped-degreed-well*, mais quand j'essayai de répéter ça moi-même, ça n'avait plus rien à voir avec l'écho de ses pas. En suivant le son plus précisément, cela donnait *Efgvén-gthõuv-bge-shpèvg-égvele-wgevl*.

Ça ressemblait à du finnois, malheureusement j'ignorais tout de cette langue. D'après mon impression en partant des mots eux-mêmes, ça devait vouloir dire quelque chose comme « Le paysan a rencontré un vieux diable en chemin », mais ce n'était jamais qu'une impression, dépourvue de toute base linguistique sérieuse.

Je continuai à marcher en essayant de trouver des correspondances entre le bruit des chaussures et des mots ou des phrases en diverses langues. Ensuite, je me mis à regarder en imagination ses chaussures Nike roses foulant à tour de rôle ce sentier nivelé. Le talon droit s'abaisse sur le sol, le centre de gravité se déplace vers le bout de ses orteils et, juste avant que ceux-ci quittent le sol, son talon gauche touche terre à son tour. Et cela continue sans fin. Le temps s'écoulait de plus en plus lentement. Exactement comme s'il manquait une vis à une montre et que les aiguilles arrêtaient d'avancer. Les chaussures de jogging roses avançaient, reculaient lentement dans mon cerveau embrumé.

*Efgvén-gthõuv-bge-shpèvg-égvele-wgevl*
*Efgvén-gthõuv-bge-shpèvg-égvele-wgevl*
*Efgvén-gthõuv-bge...*

disait l'écho de ses pas.

Sur un chemin de la campagne finlandaise, un vieux diable était assis sur une pierre. Ce diable, âgé de dix ou vingt mille ans, avait l'air complètement exténué, avec ses vêtements et ses chaussures couverts de poussière, et sa barbe tout effilochée.

— Où t'en vas-tu, d'un pas si pressé ? demanda le diable au paysan.

— La lame de ma houe est ébréchée, je m'en vais la réparer, répondit le paysan.

— Rien ne presse, dit le diable. Le soleil est

encore haut, quel besoin as-tu de t'agiter de la sorte ? Assieds-toi donc un moment.

Le paysan regarda attentivement le diable. Il savait qu'il n'y avait rien de bon à attendre de la fréquentation d'un diable, mais ce pauvre diable-là avait l'air tellement minable et à bout de forces. Alors le paysan…

… Quelque chose venait de frapper ma joue. Quelque chose de doux et plat. Doux, plat, pas très grand, et plein de nostalgie. Qu'est-ce que c'était déjà ? Pendant que j'essayais de rassembler mes pensées, la chose frappa ma joue encore une fois. Je levai la main droite et essayai de chasser l'objet sans y parvenir. Je fus frappé une nouvelle fois, tandis que devant mes yeux vacillait une désagréable lumière. J'ouvris les yeux et m'aperçus seulement à ce moment-là que je les avais gardés fermés jusqu'à présent. J'avais devant les yeux la grosse lampe de poche de ma compagne, et ce qui avait frappé ma joue, c'était sa main.

— Arrête, criai-je. Tu m'aveugles, et ça fait mal.

— Mais qu'est-ce qu'il raconte, ce crétin ? Où tu te crois, pour te mettre à dormir ici ?! Allez vite, lève-toi !

— Lever ?

J'allumai ma torche et regardai autour de moi. Je ne m'en étais pas aperçu mais j'étais assis par terre, adossé au mur. J'avais dû m'endormir sans m'en rendre compte. Le mur et le sol étaient gorgés d'humidité, comme imbibés d'eau. Lentement, je me relevai.

— Je ne comprends pas. J'ai dû m'endormir d'un seul coup. Je ne me rappelle pas m'être assis, et je ne me rappelle pas avoir essayé de dormir.

— Ce sont les autres qui nous poussent à ça. Ils font tout pour qu'on s'endorme ici.

— Quels *autres* ?

— Ceux qui habitent dans cette montagne. Des dieux, des esprits, je ne sais pas ce que c'est, mais en tout cas ils existent. Ils essaient de nous empêcher d'avancer.

Je secouai la tête, pour balayer de mon esprit les nœuds qui y restaient.

— J'avais la tête tout embrumée, et je ne savais plus si mes yeux étaient ouverts ou fermés. Et puis tes chaussures faisaient un drôle de bruit, alors…

— Mes chaussures ?

Je lui expliquai comment, à partir de l'écho de ses semelles, un vieux diable était entré en scène.

— C'est une ruse, ça, dit-elle. De l'hypnose ou un truc comme ça. Si je ne m'en étais pas aperçue, tu étais bon pour rester endormi ici jusqu'à ce qu'il soit trop tard.

— Trop tard ?

— Mais oui, mon vieux, trop tard ! insista-t-elle, sans préciser de quelle façon il aurait été trop tard pour moi. Tu avais bien mis une corde dans ton sac ?

— Oui, une corde de cinq mètres à peu près…

— Sors-la !

J'enlevai le sac de mon dos et fourrageai au milieu des boîtes de conserve, des bouteilles de whisky et de la gourde pour trouver la corde que je lui tendis. Elle en fixa une extrémité à ma ceinture et enroula l'autre autour de sa taille. Puis elle tira dessus pour nous rapprocher l'un de l'autre.

— Ça devrait aller, dit-elle. Comme ça, on ne risque pas de se perdre.

— À condition qu'on ne s'endorme pas tous les

deux, dis-je. Toi non plus, tu n'as pas beaucoup dormi…

— Toute la question est de ne pas se laisser fléchir. Si tu commences à te prendre en pitié parce que tu manques de sommeil, les forces néfastes essaieront d'en tirer avantage. Tu saisis ?

— Oui, oui, je comprends.

— Bon, alors si tu as compris, on y va. On n'a pas le temps de traînasser.

Reliés l'un à l'autre par la corde, nous nous remîmes en route. Je m'efforçai de ne pas prêter attention au bruit de ses chaussures. Ma lampe braquée sur son dos, je marchais les yeux fixés sur ma veste vert olive des surplus de l'armée américaine. Cette veste, je l'avais achetée en 1971. C'était l'époque où la guerre du Viêtnam faisait encore rage, et ils avaient comme président cette sale bobine de Richard Nixon. À cette époque-là, tout le monde se laissait pousser les cheveux, mettait des chaussures crasseuses, écoutait du rock psychédélique, portait des vestes de camouflage récupérées dans les surplus de l'armée américaine, avec le sigle de la paix collé dans le dos, et se prenait pour Peter Fonda dans *Easy Rider*. Autant dire que ça datait de l'époque des dinosaures.

J'essayai de me rappeler quelques-unes des choses qui s'étaient passées à cette époque-là, mais rien ne me vint à l'esprit. En désespoir de cause, je me mis à évoquer dans mon esprit une des scènes où l'on voit Peter Fonda sur sa moto. Je superposai à cette scène *Born to Be Wild* de Steppenwolf mais *Born to Be Wild* se changea bientôt en *Sad Tomorrows* de Marvin Gaye. Peut-être parce que les intros de ces deux morceaux se ressemblent.

— À quoi tu penses ? demanda la grassouillette devant moi.

— À rien de spécial, répondis-je.

— Tu veux chanter quelque chose ?

— Non, ça commence à bien faire, les chansons.

— Pense à quelque chose, alors.

— Si on parlait ?

— De quoi ?

— De la pluie qui tombe. Qu'est-ce que tu en penses ?

— D'accord…

— De quel jour de pluie tu te souviens ?

— Le soir où sont morts mes frères et mes parents, il pleuvait.

— Parlons de quelque chose de plus gai, alors.

— Non, ça va, j'ai envie d'en parler. En plus, à part toi, il n'y a personne à qui je puisse parler de ça, alors… Évidemment, si tu ne veux pas que je t'en parle, j'arrête tout de suite.

— Tu peux en parler si tu as envie.

— C'était une pluie dont on ne savait pas vraiment si elle tombait ou pas. Depuis le matin, il faisait un temps comme ça. Un ciel complètement immobile, recouvert d'un gris brumeux. J'étais couchée dans mon lit à l'hôpital et j'ai passé la journée à regarder le ciel. On était début novembre et il y avait des camphriers qui poussaient devant ma fenêtre. De grands camphriers qui avaient déjà perdu la moitié de leurs feuilles et, entre leurs branches, on pouvait voir le ciel. Tu aimes regarder les arbres ?

— Je ne sais pas, dis-je. Je ne peux pas dire que je déteste, mais je n'ai jamais regardé les arbres avec beaucoup d'attention, je crois.

Pour être franc, je serais incapable de différencier un camphrier d'un chêne.

— Moi, j'adore regarder les arbres. Depuis toute petite, et même maintenant. Quand j'ai le temps, je m'assieds sous un arbre, je touche le tronc, ou bien je lève les yeux vers les branches, je peux rester des heures comme ça sans rien faire de plus. Les camphriers du jardin de l'hôpital étaient des arbres magnifiques. Allongée sur mon lit, je passais mes journées à regarder le ciel et les camphriers. À la fin, je connaissais presque les branches une par une. Tu sais, comme les fous de chemin de fer qui connaissent les noms de toutes les lignes et toutes les gares… Et puis, il y avait plein d'oiseaux qui venaient se percher sur mes camphriers. Toutes sortes d'oiseaux : des moineaux, des pies-grièches, des sansonnets. Et puis des oiseaux d'une belle couleur dont je ne savais pas le nom. De temps en temps, il y avait des corbeaux aussi. Tous ces oiseaux se reposaient un peu sur les branches puis s'envolaient à nouveau ailleurs. Les oiseaux sont très sensibles à la pluie, tu le savais ?

— Je ne le savais pas.

— Quand il pleut, ou qu'il va pleuvoir, on n'en voit aucun sur les branches. Mais ils arrivent dès que la pluie est finie, et ils chantent très fort. Comme s'ils célébraient tous ensemble la fin de la pluie. Je ne sais pas pourquoi. Peut-être parce que les insectes ressortent après la pluie. Ou simplement, parce qu'ils aiment bien que la pluie s'arrête. Mais moi, comme ça, j'ai appris à prévoir le temps. Si on ne voit pas d'oiseaux, c'est qu'il va pleuvoir, et si les oiseaux reviennent et se mettent à chanter, c'est que la pluie est finie.

— Tu es restée longtemps à l'hôpital ?

— Oui, à peu près un mois. J'avais un problème de valve cardiaque, et il fallait m'opérer. C'était une opération très compliquée, et il paraît que toute ma famille s'était déjà à moitié résignée à l'idée de me perdre. Mais c'est étrange, hein. Finalement il n'y a que moi qui ai survécu, en bonne santé, alors que tous les autres sont morts.

Elle se tut soudain et continua à marcher. Moi aussi je marchais, en songeant à son cœur, aux camphriers et aux oiseaux.

— Le jour où ils sont tous morts, les oiseaux ont été très occupés toute la journée. À cause de cette pluie dont on ne savait pas si elle voulait tomber ou pas, qui tombait et s'arrêtait sans cesse, ils n'arrêtaient pas de sortir et de rentrer eux aussi. Il faisait très froid, une journée qui annonçait l'hiver et, comme ma chambre était chauffée, les vitres se couvraient tout de suite de buée, et je devais les essuyer de nouveau sans arrêt. Je me levais de mon lit, j'allais essuyer les vitres avec une serviette, et je revenais me coucher. Normalement je n'avais pas le droit de me lever mais j'avais envie de regarder les arbres, les oiseaux, le ciel et la pluie. Quand tu fais un long séjour à l'hôpital, ce genre de choses représente la vie elle-même, tu comprends. Tu as déjà été hospitalisé ?

— Non, dis-je.

En règle générale, je me porte toujours aussi bien qu'un ours au printemps.

— Il y avait des oiseaux aux plumes rouges et à la tête noire. Ils se déplaçaient toujours en couple. Comparés à eux, les sansonnets avaient l'air d'employés de banque en costume sombre, mais ils venaient tous chanter de la même façon sur les branches, après la pluie… À ce moment-là, tu sais ce que j'ai pensé ? Je me suis dit : le monde, vraiment, c'est étrange : il y a des centaines, des dizaines de millions de camphriers qui poussent dans le monde – évidemment, ce n'est pas obligé que ce soient des camphriers – et le soleil qui brille, ou la pluie qui tombe sur eux, et, selon le cas, des dizaines, des centaines de milliers d'oiseaux viennent se percher sur leurs branches ou prennent leur envol. Et d'imaginer ce spectacle, je ne sais pourquoi, ça m'a rendue très très triste.

— Pourquoi ?

— Peut-être parce que le monde est plein d'innombrables arbres, d'innombrables oiseaux, d'innombrables chutes de pluie. Malgré cela, il me semblait que moi, je ne pouvais comprendre qu'un seul camphrier et qu'une seule chute de pluie. Éternellement. Je me demandais si ce n'était pas ça la vie, vieillir et puis mourir en n'ayant jamais compris qu'un seul camphrier et qu'une seule chute de pluie. De penser ça, ça m'avait rendue infiniment triste, et je me suis mise à pleurer toute seule, et en pleurant je me disais : je voudrais bien que quelqu'un me serre fort dans ses bras, mais il n'y avait personne pour me prendre dans ses bras. Alors, j'ai pleuré et pleuré et pleuré toute seule sur mon lit d'hôpital… Et puis le soleil s'est couché, il s'est mis à faire sombre, les oiseaux ont disparu. Ce qui fait que je ne pouvais plus voir s'il pleuvait toujours ou pas. C'est ce soir-là que toute ma famille est morte. Je ne l'ai appris que longtemps après, mais…

— Ça a dû être dur quand tu as appris ça ?

— Je ne me rappelle pas bien. Il me semble que sur le moment je n'ai rien ressenti. Tout ce dont je me souviens, c'est de ce soir d'automne pluvieux où il n'y avait personne pour me serrer dans ses bras. Pour moi, c'était vraiment comme la fin du monde. Quand il fait noir, que tout est dur, qu'on est triste et qu'on en a marre, qu'on a envie que quelqu'un vous prenne dans ses bras, et qu'il n'y a personne dans le coin pour le faire, tu sais ce que c'est, toi ?

— Je crois que oui, répondis-je.

— Ça t'est déjà arrivé de perdre quelqu'un que tu aimais ?

— Quelquefois, oui.

— Et maintenant tu es tout seul, hein ?

— Pas tout à fait, répondis-je en caressant du doigt la corde de nylon fixée à ma ceinture. Dans ce monde, personne ne peut vraiment être seul. On est tous un peu liés les uns aux autres, quelque part. Il pleut et, après, les oiseaux chantent, on se fait taillader le ventre et, parfois, il y a des filles qui vous embrassent dans le noir.

— Mais sans amour, c'est comme si le monde n'existait pas, non ? dit-elle. Sans amour, le monde n'est qu'un souffle de vent qui passe devant tes fenêtres. Ne pas pouvoir toucher la main de quelqu'un, c'est comme être privé d'odorat. Tu auras beau acheter des femmes avec ton argent, tu auras beau coucher avec des filles de passage, c'est pas le vrai truc, tout ça. Tu n'as personne pour te serrer fort dans ses bras.

— Mais je ne passe pas mon temps à acheter des femmes, ou à coucher à droite à gauche, protestai-je.

— C'est pareil, dit-elle.

Peut-être bien, après tout, me dis-je. Il n'y a aucune raison que quelqu'un vienne me serrer fort dans ses bras. Et il n'y a pas de raison que je serre quelqu'un dans les miens. Et je vais continuer à vieillir comme ça. Je vais continuer à vieillir tout seul, comme une holothurie collée sur son rocher au fond de la mer.

Distrait par ces pensées pendant que je marchais, je ne m'aperçus pas qu'elle s'était arrêtée et je me cognais à son dos moelleux.

— Pardon ! fis-je.

— Chut, dit-elle en me prenant le bras. J'entends du bruit. Écoute bien !

Immobile, je tendis l'oreille à un écho qui nous provenait du fond des ténèbres. Ce bruit, nous l'avions déjà entendu, bien avant de prendre ce chemin. Un petit bruit imperceptible si on ne concentrait pas son attention dessus. Un léger grondement, ou encore, un bruit de lime sur un métal très lourd. Il continuait sans répit et paraissait plus fort qu'au début. Ce bruit vous donnait un désagréable frisson glacé, comme si un gros insecte rampait lentement le long de votre dos. C'était un écho très bas, à peine perceptible par une oreille humaine.

Même l'air alentour paraissait s'être mis à trembler en accord avec cette onde sonore. Un vent lourd et pesant s'était mis à bouger lentement autour de nous, d'avant en arrière, comme de la boue entraînée par une rivière. L'air était immobile et glacé, comme chargé d'eau. Tous les alentours paraissaient en attente, dans le pressentiment de l'approche de quelque événement.

— C'est peut-être un tremblement de terre qui se prépare, hasardai-je.

— Ce n'est pas un tremblement de terre, fit la petite boulotte. C'est bien plus terrible que ça.

## 22

## Fumées gris cendre

Comme l'avait prédit le vieux colonel, la fumée s'élevait chaque jour. Cette fumée gris cendre montait de la pommeraie, puis allait se fondre dans les nuages épais qui plombaient le ciel. Si l'on regardait fixement, on se laissait vite envahir par l'illusion que la pommeraie était le lieu de formation de tous les nuages. La fumée commençait à s'élever l'après-midi à trois heures précises, et sa durée variait selon le nombre de bêtes qui avaient succombé dans la nuit. Le lendemain de violentes tempêtes de neige ou de nuits particulièrement glaciales, une épaisse fumée s'élevait des heures durant, évoquant un incendie dans la montagne.

Je ne comprenais pas pourquoi personne ne prenait de mesures pour aider les licornes à échapper à la mort.

— Pourquoi est-ce qu'on ne leur construit pas une petite hutte quelque part ? demandai-je au vieillard pendant une partie d'échecs. Pourquoi est-ce que personne ne protège les bêtes du vent, du froid et de la neige ? Cela n'a pas besoin d'être très élaboré, on pourrait sauver de nombreuses vies simplement avec un toit et un petit enclos.

— Ce serait une vaine entreprise, répondit le vieillard sans quitter l'échiquier des yeux. Même si on leur construisait une hutte, les bêtes n'y entreraient pas. Elles dorment depuis toujours sur la terre. C'est pour cela qu'elles dorment dehors, au péril de leur vie. Entourées de neige, de vent, et de froidure.

Le colonel plaça le roi devant le fou pour renforcer un bloc déjà puissant. De chaque côté, des pions gardaient la ligne de front. Il attendait que je passe à l'attaque.

— À vous entendre, on croirait que les bêtes vont d'elles-mêmes au-devant de la mort et de la souffrance, qu'elles les recherchent.

— C'est certainement la vérité, en un sens. Pour elles, tout cela est naturel. Le froid, la souffrance, c'est peut-être leur rédemption.

Comme il se taisait, je glissai mon fou près de sa tour. Je voulais l'inciter à déplacer la tour. Il était sur le point de le faire, mais se ravisa et, à la place, il ramena un cavalier en arrière, rétrécissant son cercle défensif comme un coussinet d'aiguilles.

— On dirait que tu deviens rusé, dit le colonel en riant.

— Je ne peux pas encore me mesurer avec vous sur ce plan, répondis-je, en riant aussi. Mais que vouliez-vous dire en parlant de rédemption ?

— Simplement qu'elles sont peut-être sauvées par la mort. Les bêtes meurent, c'est certain, mais elles reviennent à la vie au printemps. Sous forme de nouveaux petits.

— Et ces petits grandissent, souffrent et meurent comme elles ? Pourquoi doivent-elles endurer autant de souffrances ?

— Parce que telle est la loi, répondit le vieillard.

À ton tour. Tu ne pourras pas gagner tant que tu n'auras pas anéanti mon fou.

La neige tomba trois jours sans discontinuer, puis un ciel dégagé transforma complètement le paysage. Le soleil déversa à nouveau ses rayons sur la ville figée dans la blancheur et l'emplit en un rien de temps d'un bruit de ruissellement de neige fondue et d'un éclat aveuglant. Partout résonnait le bruit des paquets de neige tombant des branches des arbres. Je fermai les rideaux de ma fenêtre pour éviter la trop grande clarté et ne bougeai plus de ma chambre. J'avais beau me cacher derrière les épais rideaux qui couvraient complètement ma fenêtre, je ne pouvais échapper à la lumière. La ville glacée réfléchissait partout la lumière du soleil, comme un énorme diamant délicatement taillé. Elle envoyait jusqu'à ma chambre des rayons étrangement directs, qui me blessaient les yeux.

Ces après-midi-là, je restais allongé sur mon lit, un oreiller sur les yeux, et je tendais l'oreille aux chants des oiseaux. Les chants divers de diverses espèces d'oiseaux s'approchaient du rebord d'une fenêtre, puis s'en allaient vers la fenêtre suivante. Les oiseaux savaient bien que les vieillards qui habitaient la résidence laissaient des miettes de pain pour eux sur le rebord des fenêtres. J'entendais aussi les voix des vieillards qui bavardaient assis dans un carré de soleil devant la résidence. Moi seul restais à l'écart des rayons bienfaisants du soleil.

Au coucher du soleil, je quittais mon lit, me rinçais les yeux à l'eau fraîche, mettais mes lunettes noires et descendais la pente enneigée de la colline pour me rendre à la bibliothèque. Mais, les jours où la lumière trop aveuglante m'avait blessé les yeux, je ne pouvais lire autant de rêves que d'ordinaire. Je m'occupais d'un crâne ou deux, et la lumière que dégageaient les vieux rêves me blessait les prunelles comme des aiguilles. L'espace brumeux derrière mes orbites devenait aussi lourd que s'il était empli de sable, et au même moment mes doigts perdaient leur délicate sensibilité habituelle.

Dans ces cas-là, elle me pressait doucement les yeux avec une serviette humide et fraîche, et me faisait boire une soupe légère ou du lait qu'elle avait fait chauffer. Je trouvais une consistance rêche à la soupe comme au lait, leur goût manquait également de douceur, mais, après en avoir bu plusieurs fois, mon palais s'y accoutuma et je devins à même d'apprécier leur saveur particulière.

Quand je le lui dis, elle me sourit joyeusement.

— Cela veut dire que tu t'habitues peu à peu à la vie ici, me dit-elle. La nourriture de cette ville diffère de celle d'ailleurs. Nous savons faire beaucoup de choses avec très peu d'ingrédients. Ce qui ressemble à de la viande n'est pas de la viande, ce qui a le goût d'œuf n'en est pas, et le café n'est pas du vrai café non plus. Tout est de l'ersatz. Cette soupe est excellente pour la santé. Ça t'a réchauffé le corps et fait du bien à la tête, n'est-ce pas ?

— Oui, c'est vrai, dis-je.

Grâce à la soupe, c'était certain, mon corps avait récupéré sa chaleur, et ma tête était beaucoup moins lourde que tout à l'heure. Je la remerciai, fermai les yeux, reposai mon corps et mon esprit.

— Tu as envie de quelque chose maintenant, n'est-ce pas ?

— Moi ? De quoi aurais-je envie si ce n'est de ta présence ?

— Je ne sais pas au juste, c'est une impression. Je me demandais si quelque chose ne pourrait pas aider ton cœur durci par l'hiver à s'ouvrir un peu.

— Ce dont j'ai besoin, c'est de la lumière du soleil, dis-je. (J'enlevai mes lunettes, les essuyai avec un chiffon, puis les remis.) Mais c'est impossible. Mes yeux ne la supportent pas.

— Je pense qu'il s'agit de quelque chose de plus petit. Une toute petite chose pour dénouer ton cœur. Tout comme je t'ai massé les yeux tout à l'heure avec mes doigts, il doit bien y avoir une manière de dénouer le cœur. Tu ne peux pas te rappeler ? Que faisait-on dans le monde où tu vivais quand le cœur devenait trop dur ?

Je fouillai longtemps dans les quelques fragments de souvenirs qui me restaient, mais ne pus rien me rappeler de ce qu'elle me demandait.

— Ça ne marche pas, je ne me souviens de rien. J'ai perdu presque tous mes souvenirs.

— Même un petit détail, ça ne fait rien. Si tu te rappelles la moindre chose, parle-m'en. Réfléchissons ensemble. Je voudrais tellement t'être utile, ne serait-ce qu'un tout petit peu.

Je hochai la tête et mobilisai une nouvelle fois toute ma conscience pour essayer de ramener au jour les souvenirs enfouis en moi de cet ancien monde. Mais les murailles étaient trop solides, j'avais beau les repousser de toutes mes forces, elles ne bougeaient pas d'un millimètre. La tête recommença à me faire mal. La séparation d'avec mon ombre avait dû tuer mon ancien ego, le perdre à jamais. Tout ce qui était resté en moi, c'était ce cœur indécis et incohérent.

Et même ce cœur durcissait et se fermait de plus en plus, le froid de l'hiver aidant.

Elle posa une paume sur ma tempe.

— Ça suffit, va. Tu réfléchiras une autre fois. Peut-être que tu vas te rappeler quelque chose brusquement d'ici là.

— Je vais lire juste un dernier rêve avant de partir, dis-je.

— Mais tu as l'air vraiment fatigué. Il ne vaudrait pas mieux continuer demain ? Il ne faut pas te forcer, tu sais, les vieux rêves ont tout le temps de t'attendre.

— Non, je t'assure, je me sens mieux à lire les vieux rêves qu'à ne rien faire. Au moins, pendant que je lis les rêves, je ne pense à rien.

Elle me regarda un long moment, hocha finalement la tête, se leva et disparut dans la réserve. Je mis ma tête entre mes mains, coudes sur la table, fermai les yeux, abandonnai mon corps aux ténèbres. Combien de temps l'hiver durerait-il ? Un hiver long et dur, avait dit le vieillard. Et il venait à peine de commencer. Mon ombre pourrait-elle traverser ce long hiver jusqu'au bout ? Ou moi-même, plutôt, pourrais-je arriver au bout de l'hiver avec dans ma poitrine ce cœur incertain et tout embrouillé.

Elle posa un crâne sur la table et, après en avoir comme d'habitude ôté la poussière avec un chiffon humide, elle le fit briller avec un chiffon sec. Les coudes toujours sur la table, je regardais fixement les mouvements de ses doigts.

— Y a-t-il quelque chose que je puisse faire pour toi ? demanda-t-elle en relevant soudain la tête.

— Tu fais beaucoup pour moi, répondis-je.

Elle arrêta d'essuyer le crâne, s'assit sur une chaise, me regarda bien en face.

— Ce n'est pas de ça que je parle. Je parle de quelque chose de spécial. Par exemple venir dans ton lit, ce genre de choses…

Je secouai la tête.

— Non, je n'ai pas envie de coucher avec toi. Je suis heureux que tu me dises ça, mais…

— Pourquoi ? Tu as envie de moi, non ?

— Oui, j'ai envie de toi, mais je ne peux pas coucher avec toi, du moins pour le moment. Cela n'a rien à voir avec le fait que je te désire ou non.

Elle réfléchit un moment, puis se remit à frotter lentement le crâne. Pendant ce temps, je levai la tête et regardai le haut plafond et la lampe jaune qui y était suspendue. Si rigide que devienne mon cœur, si fort que se fasse l'étau de l'hiver, non, je ne pouvais pas coucher avec elle, pas maintenant, pas ici. Faire cela aurait jeté un trouble plus grand encore dans mon cœur, et mon sentiment de perte n'irait qu'en s'aggravant. J'avais l'impression que la ville souhaitait que je couche avec elle. Il *leur* serait plus facile alors de s'emparer de mon cœur.

Elle posa devant moi le crâne qu'elle avait fini de polir, mais je n'y touchai pas : je regardais ses doigts posés sur la table. J'essayais de déchiffrer je ne sais quel sens dans les doigts de cette main, mais c'était impossible. Il n'y avait là rien d'autre que les dix doigts effilés de sa main.

— Je voudrais que tu me parles de ta mère, dis-je.

— Que veux-tu savoir d'elle ?

— Ce que tu voudras me dire, toi.

— Eh bien… commença-t-elle en posant les doigts sur le crâne. Il me semble que je ressentais quelque chose de différent pour ma mère de ce que je ressentais pour les autres. Cela remonte à si loin que c'est difficile de me rappeler, mais il me semble… Ce devait être différent de mon sentiment envers mon père ou mes sœurs, je ne sais pas pourquoi, mais…

— C'est cela, le cœur. Il n'y a jamais d'égalité. Comme le courant d'une rivière. La force du courant varie selon la morphologie du terrain.

Elle eut un léger sourire.

— Ça me paraît injuste.

— Mais c'est comme ça. Et, aujourd'hui encore, tu aimes ta mère, n'est-ce pas ?

— Je ne sais pas.

Elle changea l'angle du crâne sur la table et le regarda fixement.

— Ma question est trop vague, c'est ça ?

— Oui… Oui, je crois que c'est ça.

— Alors, parlons d'autre chose, dis-je. Te rappelles-tu ce qu'aimait ta mère ?

— Oui, je me rappelle très bien. Le soleil, les promenades, les baignades en été, elle aimait aussi aller voir les bêtes. Nous nous sommes souvent promenées par de tièdes journées. Les gens de la ville ne se promènent pas, en général, tu sais. Toi aussi, tu aimes te promener, je crois ?

— Oui, j'aime ça. Et j'aime aussi le soleil, et les baignades. Tu ne te rappelles pas autre chose ?

— Si. Maman parlait souvent toute seule dans la maison. Je ne sais pas si on peut classer ça dans les choses qu'elle aimait ou non, mais, en tout cas, elle parlait toujours toute seule.

— À propos de quoi ?

— Je ne me rappelle pas. Mais ce n'était pas un monologue au sens habituel. Je ne sais pas très bien comment l'expliquer, mais je pense que ma mère avait une façon particulière de parler ainsi.

— Particulière ?

— Oui, elle avait un accent étrange, et elle allongeait les mots ou les raccourcissait. Sa voix baissait puis montait à nouveau, exactement comme un vent qui souffle…

Tout en regardant le crâne au creux de sa main, je fouillai une fois de plus parmi mes vagues souvenirs. Cette fois, quelque chose frappa mon cœur.

— C'étaient des chansons ! dis-je.

— Toi aussi, tu sais en dire ?

— On ne dit pas les chansons, on les chante.

— Alors, chante, me dit-elle.

Je pris une inspiration profonde et essayai de chanter quelque chose, mais je ne pus me rappeler un seul air. Tous les chants avaient déserté mon corps. Je fermai les yeux et soupirai.

— Je ne peux pas. Je ne me rappelle pas les chansons.

— Comment faire pour t'en souvenir ?

— Il faudrait un disque et un électrophone. Non, ça doit être impossible ici. Un instrument de musique, alors. En essayant de tirer des sons d'un instrument, j'arriverai peut-être à me souvenir d'au moins une chanson.

— Quelle forme ça a, un instrument de musique ?

— Il y en a des centaines de sortes, je ne peux pas t'expliquer en un mot. Selon les sortes, il y a différentes façons de s'en servir, et ils produisent des sons différents. Certains nécessitent quatre hommes pour les soulever tandis que d'autres tiennent dans la paume de la main. Tout peut varier, la taille comme la forme.

Après avoir dit cela, je m'aperçus que le fil de la mémoire existait bel et bien en moi, mais qu'il continuait à s'amenuiser. Ou bien peut-être tout progressait-il dans la bonne direction.

— Peut-être qu'il y a un objet de ce genre dans la salle de documentation du fond. Ce n'est en fait qu'une salle où est entassé tout un bric-à-brac d'objets de l'ancienne époque, et j'y ai à peine jeté un coup d'œil. Qu'en penses-tu ? Tu veux qu'on cherche ?

— Allons voir. Je ne crois pas que je puisse lire davantage de rêves aujourd'hui, de toute façon.

Nous traversâmes la vaste réserve où étaient alignés tous les crânes, prîmes un autre couloir, ouvrîmes une porte aux carreaux de verre fumé de même format que celle de l'entrée. Le bouton de cuivre était couvert de poussière, mais elle n'était pas fermée à clé. Elle appuya sur un interrupteur, et une lumière jaune poussiéreuse éclaira une pièce longue et étroite. Les ombres de divers objets empilés sur le sol se reflétaient sur les murs blancs.

La plupart des choses qui se trouvaient par terre étaient des valises ou des sacs. Parmi ceux-ci, on reconnaissait bien quelques machines à écrire dans leurs casiers, ou des raquettes de tennis et ce genre d'objets, mais c'était assez rare, et plus de la moitié de la pièce était en fait occupée par des sacs de diverses formes et tailles. Il devait y en avoir une centaine. De plus, tous ces sacs étaient recouverts d'une couche de poussière qu'on pourrait presque qualifier de rédhibitoire. Après quelles pérégrinations ces sacs avaient-ils fini par échouer dans cette pièce, je l'ignore mais il paraissait plutôt compliqué d'en examiner le contenu un par un.

Je me baissai et soulevai le couvercle d'une machine à écrire. Une poussière blanche tourbillonna dans l'air comme la neige poudreuse d'une avalanche.

La machine était un vieux modèle avec des touches rondes qui la faisaient ressembler à un tiroir-caisse. Elle paraissait avoir beaucoup servi et sa peinture noire était écaillée par endroits.

— Tu sais ce que c'est ?

— Je ne sais pas, dit-elle en croisant les bras, debout à côté de moi. Je n'en ai jamais vu. C'est ça, un instrument de musique ?

— Non, c'est une machine à écrire. Ça imprime des caractères. Elle est très vieille.

Je refermai le couvercle de la machine et la remis à sa place, puis ouvris cette fois un panier mauve qui se trouvait à côté. Il contenait un assortiment de vaisselle pour pique-nique. Il y avait là, rangés bien en ordre, des couteaux et des fourchettes, des assiettes et des tasses, et même un set de napperons blancs jaunis. Cela aussi datait de l'ancienne époque. Depuis l'avènement des assiettes en aluminium et des tasses en carton, plus personne ne se promène avec des choses pareilles.

Un grand sac de voyage en peau de porc contenait surtout des vêtements : costumes, chemises, cravates, chaussettes, sous-vêtements. La plupart, mangés par les mites, n'étaient plus qu'un souvenir. Au milieu des vêtements se trouvaient un nécessaire de toilette et une flasque à whisky. La brosse à dents, le blaireau étaient tout raides, et, quand j'enlevai le bouchon de la flasque à whisky, aucune odeur ne s'en échappa. En dehors de cela, il n'y avait rien : ni livre, ni registre, ni carnet.

Le contenu des quelques sacs de voyage et valises que j'ouvris ne révéla rien de plus que le premier. Des vêtements et un minimum d'articles, le tout fourré en vitesse dans un sac sur un coup de tête : cela évoquait des préparatifs de voyage précipités. Dans chaque sac manquait quelque chose dont les gens se servent habituellement, et cela donnait une impression générale artificielle à l'ensemble. Personne ne part en voyage en emmenant seulement des vêtements et un nécessaire de toilette. Mais aucun de ces sacs ne contenait quoi que ce soit de révélateur du caractère ou de la vie de son propriétaire.

Les vêtements aussi étaient pour le moins banals. Aucun article de qualité ou bien taillé, mais rien de vraiment minable non plus. Je ne vis rien qui aurait pu laisser une impression particulière. Tout était similaire, jusqu'à l'odeur. Aucun vêtement ne portait de nom. Comme si quelqu'un avait soigneusement arraché de chacun de ces bagages tout nom, toute marque personnelle.

J'ouvris cinq ou six sacs et valises, puis renonçai. D'abord, il y avait trop de poussière, et puis je n'avais aucune chance de trouver un instrument de musique dans un de ces sacs. Il me semblait que s'il y avait une chance de trouver un instrument de musique, ce n'était sûrement pas ici mais dans un lieu totalement différent.

— Sortons d'ici, dis-je. La poussière me fait terriblement mal aux yeux.

— Tu es déçu de n'avoir pas trouvé d'instrument ?

— Oui, mais j'en chercherai un ailleurs.

Quand je l'eus quittée pour retourner seul à la colline de l'ouest, un vent de saison violent se mit à souffler dans mon dos, comme s'il était à ma poursuite, élevant dans la forêt un bruit suffisamment perçant pour trouer le ciel. En me retournant, je vis une lune dont il manquait près de la moitié flotter comme un point au-dessus de la tour de l'horloge, tandis que défilait autour d'elles un agglomérat d'épais nuages. À la lumière de la lune, la surface de la rivière était aussi noire que de la poix.

L'écharpe qui avait l'air si chaude trouvée dans un des coffres de la salle de documentation me revint alors en mémoire. Les mites l'avaient mangée, y laissant de grands trous, mais elle devait bien protéger du froid, une fois enroulée en plusieurs épaisseurs. Je me dis qu'en demandant au gardien je pourrais apprendre beaucoup de choses. Qui étaient les propriétaires de ces malles, pouvais-je utiliser ou non leur contenu ? Debout en plein vent sans même une écharpe, j'avais aussi mal aux oreilles que si on me les avait fendues au couteau. Demain matin, je rendrais visite au gardien, décidai-je. Il fallait aussi que je sache comment allait mon ombre.

Je tournai à nouveau le dos à la ville et montai la pente gelée menant à la résidence.

## *Pays des merveilles sans merci*

### 23

### Les trous – Les sangsues – La tour

— Ce n'est pas un tremblement de terre, dit-elle. C'est bien plus terrible que ça.

— Comme quoi par exemple ?

Elle prit une inspiration comme si elle allait dire quelque chose, puis y renonça et secoua la tête.

— Je n'ai pas vraiment le temps de t'expliquer maintenant. En tout cas, cours droit devant toi de toutes tes forces. Il n'y a pas d'autre moyen de s'en sortir. Tu vas peut-être avoir un peu mal au ventre mais ça vaut mieux que de mourir, non ?

— Peut-être, dis-je.

Toujours reliés l'un à l'autre par la corde, nous nous mîmes à courir en avant dans le fossé de toutes nos forces. La lampe qu'elle tenait à la main oscillait de bas en haut en accord avec son allure, projetant, sur les hautes murailles abruptes qui encadraient le fossé, des lignes dentelées comme celles d'un sismographe. Dans mon dos, le contenu du sac tout secoué s'entrechoquait à grand bruit. Les boîtes de conserve, la gourde, la bouteille de whisky, et tout le reste. Si j'avais pu, je me serais bien débarrassé de tout ce qui était inutile là-dedans, mais je n'avais pas le loisir de m'arrêter pour le faire. Je n'avais même pas le temps de réfléchir à ma douleur dans le ventre, et je me concentrais uniquement sur le fait de courir derrière elle. Il n'était pas question de ralentir l'allure à mon gré, attaché à elle comme j'étais par cette corde. Sa respiration saccadée et les objets qui s'entrechoquaient dans mon sac résonnaient nettement et régulièrement dans cet étroit boyau sombre où nous nous trouvions. Mais, bientôt, le grondement se mit à augmenter jusqu'à couvrir tous ces autres bruits.

Plus nous progressions vers l'avant, plus le grondement devenait fort et distinct. Nous courions en effet tout droit en direction de la source du bruit et, de plus, le volume du bruit lui-même enflait petit à petit. Ce qui ressemblait au début à un grondement souterrain s'était transformé en un violent halètement exhalé par une gorge de géant. Le son que peut produire une énorme quantité d'air recraché par les poumons dans le fond de la gorge, et rappelant une voix humaine, voilà le genre de bruit que c'était. Puis, tout proche, on entendit soudain le fracas d'un pan de roche dure en train de s'écrouler, et le sol se mit à trembler dans tous les sens. Je ne savais pas ce que c'était, mais quelque chose d'assez sinistre était en train de se dérouler sous nos pieds, et cela essayait de nous entraîner aussi.

L'idée que nous continuions à courir vers la source de ce vacarme avait de quoi paralyser n'importe qui de terreur, mais, du moment que la grassouillette avait cru bon de choisir cette direction, je ne pouvais pas ajouter grand-chose pour faire valoir un choix personnel. Tout ce que je pouvais faire, c'était conserver cette allure sans fléchir. Heureusement, il n'y avait ni tournants ni obstacles sur ce chemin aussi lisse qu'une piste de bowling, ce qui fait que nous pouvions continuer à courir sans avoir à nous préoccuper d'autre chose.

Les halètements se faisaient de plus en plus rapprochés. On aurait dit que la *chose* avançait aveuglément vers un but bien déterminé, en secouant brutalement les ténèbres souterraines sur son passage. On entendait aussi de temps à autre un fracas d'énormes rocs, comme broyés les uns contre les autres par une force colossale. On aurait dit toutes les forces de l'obscurité luttant durement pour se libérer du joug qui les retenait.

Le bruit dura un moment puis cessa soudain. Il y eut une brève pause, puis un étrange murmure envahit les environs, comme si des milliers de vieillards assemblés aspiraient l'air entre leurs dents. On n'entendait plus rien en dehors de cela. Le grondement, les halètements, le fracas de la roche, les bruits de rocs écrasés, tout avait cessé. Seul résonnait dans l'obscurité ce bruit d'air dissonant : pffouou, pffouou. On aurait cru le souffle calme et heureux d'une bête sauvage guettant silencieusement sa proie tout en rassemblant ses forces, ou bien encore d'innombrables vers souterrains en train de fuir, mus par on ne sait quel pressentiment, étendant et rétractant tour à tour comme des accordéons leurs corps annelés répugnants. En tout cas, c'était un son effrayant et malfaisant, tel que je n'en avais encore jamais entendu.

Ce qui m'effrayait le plus dans ce bruit, c'est que, loin de nous rejeter, il paraissait nous inviter tous les deux. *Ils* savaient que nous approchions, et leurs cœurs en tremblaient d'une joie mauvaise. À cette pensée, je sentis la peur me glacer les sangs, tandis que je continuais à courir. Ah non, ce n'était pas un tremblement de terre ! Comme elle l'avait dit, c'était bien plus terrible qu'un tremblement de terre. Pourtant, je n'avais toujours aucune idée de ce que c'était exactement. La situation avait dépassé depuis un moment les limites de mon imagination, pour atteindre les régions les plus reculées de ma conscience. Je ne pouvais plus rien imaginer. Je n'avais plus qu'à sauter un à un les fossés profonds, insondables même, qui s'étendaient entre la situation réelle et mon pouvoir d'imagination, quitte à utiliser pour cela mes forces physiques jusqu'aux limites de leurs capacités : il valait mieux continuer à faire quelque chose plutôt que rester inactif.

Il me semblait que nous courions depuis un bon moment, mais je n'aurais su l'affirmer. Cette course n'avait peut-être duré que trois ou quatre minutes, à d'autres moments il me semblait que c'était trente ou quarante. La peur et la confusion qu'elle entraînait avaient paralysé ma perception ordinaire du temps. J'avais beau courir tant et plus, je n'avais pas la moindre sensation de fatigue, et la douleur de ma blessure n'était même plus un souvenir à la lisière de ma conscience. Mes deux bras me semblaient étrangement raides, mais c'était à peu près la seule sensation physique que je ressentais en courant. Je pourrais presque dire que je n'avais même plus conscience que j'étais en train de courir. Mes pieds se portaient en avant tout naturellement et frappaient le sol. Je continuais à courir, propulsé en avant par une épaisse boule d'air qui me poussait dans le dos.

À ce moment-là je l'ignorais, mais je me rendis compte plus tard que ce raidissement des bras provenait en fait de mes oreilles. Comme ma conscience tout entière était concentrée sur ce bruit d'air qui me terrorisait, cela produisait tout naturellement une tension qui me raidissait les oreilles et s'était propagée jusqu'à mes épaules puis mes bras. Je m'en aperçus quand mon corps heurta son épaule et que je la fis tomber à terre, avant de rouler à mon tour par-dessus elle, tête la première. Je fus incapable d'entendre le cri d'avertissement qu'elle me lança. Il me sembla bien entendre quelque chose, mais le circuit qui relie le son physique perçu à la faculté d'y reconnaître une signification donnée était bloqué, si bien que je ne pus reconnaître l'avertissement contenu dans son cri.

Ce fut ma première pensée à l'instant où je fus durement projeté au sol, tête la première. Inconsciemment, j'avais réglé ma puissance auditive. Exactement comme la coupure du son ! me dis-je. Les situations extrêmes avaient décidément le don de réveiller en l'homme des facultés aussi étranges que diverses. Autrement dit, j'allais peu à peu dans le sens de l'évolution.

Ce que je ressentis ensuite – simultanément, pour m'exprimer plus exactement –, ce fut une douleur écrasante sur le côté de ma tête. Les ténèbres dansaient devant mes yeux comme si elles allaient éclater, le temps arrêta son cours, il me sembla que mon corps s'enfonçait dans une distorsion du temps et de l'espace. Si forte était cette douleur que j'étais sûr d'avoir la boîte crânienne en petits morceaux, ou fêlée, ou défoncée. Ou alors ma cervelle avait jailli de mon crâne. Ce qui voulait dire que j'étais déjà mort, et que seule ma conscience se tordait dans les affres de l'agonie, conservant des bribes de souvenirs, telle une queue de lézard tranchée.

Cependant, une fois cet instant passé, je fus obligé de reconnaître que j'étais bien vivant. J'étais vivant, je respirais toujours, et c'est bien pour ça que je ressentais cette douleur infernale dans mon crâne. Des larmes avaient jailli de mes yeux, je les sentais mouiller mes joues. Elles coulaient jusque sur le sol de roches dures, et sur les coins de ma bouche. C'était la première fois de ma vie que je me cognais aussi durement le crâne.

Je crus que j'allais m'évanouir mais quelque chose me retint dans ce monde de ténèbres et de souffrance : une vague réminiscence que j'étais en train de faire quelque chose d'important juste avant tout ça. Oui, c'est ça ! J'étais en train de faire quelque chose. Je courais, j'avais trébuché et j'étais tombé. Je fuyais quelque chose. Il ne fallait pas que je m'endorme ici. Ce n'était qu'un vague lambeau de souvenir minable, mais je m'y cramponnais de toutes mes forces.

Je m'y cramponnais vraiment. Mais, au fur et à mesure que la conscience me revenait, je m'apercevais que ce à quoi je m'accrochais n'était pas une simple bribe de souvenir : c'était à la corde en nylon que j'étais si solidement agrippé. Il me sembla un instant que j'étais un drap mis à sécher qui avait été emporté par le vent. Je m'efforçai de remplir mon rôle de lessive en train de sécher, luttant contre tous les éléments qui cherchaient à me faire tomber à terre : le vent, la force de la gravité, etc. Je ne savais pas très bien moi-même ce qui m'avait mis cette idée en tête. Peut-être parce que j'avais pris l'habitude de transposer sous des formes plus faciles à saisir les différentes situations où je me trouvais.

Ma sensation suivante résida dans la constatation que la partie supérieure et la partie inférieure de mon corps se trouvaient dans des situations passablement différentes. Plus exactement, je ne ressentais pratiquement plus rien à partir de la taille, tandis que je contrôlais parfaitement les sensations de la partie supérieure. J'avais mal à la tête, mes joues et mes lèvres éprouvaient le froid et la dureté de la roche sur laquelle elles étaient pressées, mes mains tenaient fermement la corde, l'estomac m'était pratiquement remonté dans la gorge, et j'avais la poitrine coincée par quelque chose de saillant. Jusque-là, je comprenais tout ce qui se passait, mais en dessous je n'en avais pas la moindre idée.

Peut-être la partie inférieure de mon corps avait-elle disparu ? Sous le choc qui m'avait précipité à terre, mon corps s'était déchiré en deux à hauteur de ma blessure, et la partie inférieure avait été projetée quelque part. Mes jambes ! pensai-je, mes orteils, mon ventre, mon sexe, mes testicules, mon… Non ! Ça paraissait quand même peu plausible. Si j'avais vraiment perdu le bas de mon corps, mes souffrances ne se seraient pas arrêtées là.

J'essayai d'analyser plus froidement la situation. Le bas de mon corps existe. Seulement, certaines circonstances l'empêchent actuellement de ressentir quoi que ce soit. Je fermai les yeux, laissai passer les unes après les autres les vagues de douleur qui serraient ma tête comme dans un étau et concentrai mon attention sur la partie inférieure de mon corps. J'arrivai à la conclusion que s'efforcer de ressentir quelque chose dans une partie insensible de son anatomie était à peu près le même genre d'effort que vouloir à tout prix mettre en érection un sexe qui refuse de bander. C'était comme repousser le vide de toutes ses forces.

Je fus obligé d'admettre que, quelle qu'en soit la cause, le bas de mon corps se trouvait dans une position intermédiaire. Comme s'il était suspendu en l'air… Eurêka ! C'était bien ça ! Le bas de mon corps se balançait dans le vide de l'autre côté de la plate-forme rocheuse, et mon torse parvenait à grand-peine à retenir sa chute. C'était pour cela que mes mains agrippaient si fermement la corde.

En ouvrant les yeux, je me rendis compte qu'une lampe braquée sur moi m'aveuglait. C'était la petite boulotte qui m'éclairait la figure.

Je concentrai toutes mes forces dans les mains qui tenaient la corde et m'efforçai de hisser le bas de mon corps par-dessus le rocher plat.

— Vite, hurlait-elle, vite, sinon on va y passer tous les deux !

J'essayai de poser mes pieds sur les bords du rocher, mais c'était plus difficile que je ne le croyais. Je n'avais aucun appui pour les pieds même si je parvenais à les hisser jusqu'en haut. N'ayant pas le choix, je lâchai résolument la corde et posai les deux coudes sur le sol pour m'efforcer de remonter par-dessus bord en m'aidant de tractions des bras. Mon corps était désagréablement lourd et le sol glissant comme s'il était imprégné de sang. Je ne savais pas pourquoi il était visqueux comme ça mais je n'avais pas le temps de me poser ce genre de questions. Le frottement de ma plaie sur la roche me causait une douleur aussi vive que si on m'avait à nouveau entaillé le ventre au couteau. Il me semblait que quelqu'un me piétinait avec ses semelles de toutes ses forces. Quelqu'un qui voulait m'écraser totalement, réduire en poussière mon corps, ma conscience, et jusqu'à mon existence même.

Malgré tout, je parvins à hisser mon corps centimètre par centimètre. Au moment précis où ma ceinture fut en contact avec les rochers je me rendis compte que la corde en nylon attachée à ma ceinture s'efforçait de me tirer en avant, mais, plutôt que de m'aider réellement, cela sciait ma blessure et faisait obstacle à ma concentration.

— Ne tire pas sur la corde ! criai-je en direction de la lumière. Je vais y arriver tout seul, arrête de tirer sur cette corde !

— Ça va aller ?

— Ça va, je vais y arriver !

Toujours accroché au rebord de la roche par la boucle de ma ceinture, je rassemblai toutes mes forces pour lever une jambe vers le haut et parvins à me tirer de ce satané trou obscur qui n'avait rien à faire là. Après m'avoir demandé si j'étais indemne, elle s'approcha de moi et promena ses mains partout sur mon corps, comme pour s'assurer que j'étais toujours entier.

— Désolée de n'avoir pas pu te remonter en tirant la corde, dit-elle. J'étais obligée de me cramponner de toutes mes forces au rocher pour ne pas tomber avec toi dans le trou.

— Ça, ce n'est pas grave, mais pourquoi ne m'as-tu pas prévenu à l'avance, bon Dieu ?

— J'ai pas eu le temps. C'est bien pour ça que je t'ai crié « Stop ! » juste avant le trou.

— Je n'ai pas entendu, répondis-je.

— En tout cas, dépêchons-nous de filer d'ici. Il y a beaucoup de trous dans les parages, alors il faut faire attention en traversant ce coin. Si on y arrive, on sera tout près du but. Mais, si on ne se dépêche pas, on va se faire sucer tout le sang jusqu'à ce qu'on s'endorme et qu'on meure.

— Sucer le sang ?

Elle braqua sa lampe sur l'intérieur du trou où j'avais failli tomber tout à l'heure. Ce trou était un cercle parfait, comme tracé au compas, d'environ un mètre de circonférence. Elle promena sa lampe un peu plus loin, et je pus constater que le terrain était couvert d'une succession de trous semblables à perte de vue. On aurait dit un gigantesque nid de frelons.

Les deux abruptes murailles rocheuses qui encadraient jusque-là le chemin avaient complètement disparu, et devant nous s'étendait une plaine couverte de trous gigantesques. Entre les trous, le sentier se poursuivait comme des points de couture. C'était un chemin périlleux qui atteignait un mètre aux endroits les plus larges, et trente centimètres aux plus étroits, mais en faisant attention on devait pouvoir traverser.

Le problème, c'était que le sol vibrait, tremblait sans cesse. C'était un étrange spectacle : des plaques de roches dures normalement inébranlables qui avaient l'air de se tortiller dans tous les sens comme des sables mouvants. Je crus d'abord que la violence de la chute avait affecté mes nerfs optiques, et j'éclairai ma main pour vérifier. Elle paraissait bien stable, sans le moindre tremblement. C'était ma main, telle qu'en elle-même. Ce n'étaient donc pas mes nerfs qui étaient atteints, mais bien la terre qui bougeait.

— Les sangsues ! dit-elle. Des hordes de sangsues sont sorties des trous. Si on traîne ici, elles vont nous sucer le sang jusqu'à la dernière goutte et ne nous laisser que l'écorce.

— Eh ben dis donc ! fis-je. C'est ça, le truc « terrible » dont tu parlais ?

— Mais non, les sangsues c'est juste un petit avant-goût. L'horreur, ça va venir après. Allez, dépêche !

Toujours liés par la corde, nous nous mîmes à avancer sur les rochers infestés de sangsues. La sensation visqueuse de mes semelles de caoutchouc écrasant d'innombrables sangsues me remontait le long des jambes jusqu'à l'échine.

— Fais attention de ne pas trébucher. Si tu tombes dans un trou, terminé ! À l'intérieur ça grouille de sangsues, une vraie marée, dit-elle.

Elle m'agrippa fermement le bras, et je refermai ma main sur la manche de sa veste. Avancer dans l'obscurité sur une plaque rocheuse de trente centimètres de large visqueuse et glissante était vraiment compliqué. Les cadavres mous des sangsues écrasées sous nos pieds collaient à nos semelles comme une épaisse gelée et nous empêchaient d'affermir nos pas.

Je sentis nettement des sangsues, qui avaient dû s'accrocher à mes vêtements au moment de ma chute, se coller sur mon oreille et mon cou pour me sucer le sang, mais je ne pouvais même pas m'en débarrasser. Je tenais la lampe de la main gauche, de la droite je me cramponnais à la manche de ma voisine, et je ne pouvais bouger ni l'une ni l'autre de mes mains. En marchant, je devais regarder à l'aide de la lampe où je posais les pieds, et j'étais obligé à chaque fois de contempler ce grouillement de sangsues, malgré tout mon dégoût. Il y en avait un nombre à vous faire tomber dans les pommes. Des hordes de sangsues qui continuaient de sortir les unes après les autres des trous obscurs.

— C'est dans ces trous que les ténébrides devaient jeter autrefois les victimes de leurs sacrifices, non ? demandai-je à ma replète compagne.

— Exactement. Quelle perspicacité !

— Pas bien difficile à deviner !

— Les sangsues passaient pour être les messagères du dieu poisson. Des subalternes en quelque sorte. Donc, ils offraient des sacrifices aux sangsues comme si c'était le poisson lui-même. Des victimes bien fraîches, pleines de chair et de sang. En gros, tous les humains d'en haut qu'ils ont pu attraper et emmener ici ont fini sacrifiés comme ça.

— Cette coutume a dû disparaître maintenant ?

— Oui, peut-être. Grand-père me disait que maintenant ils mangent eux-mêmes les humains et leur coupent la tête pour faire une offrande symbolique aux sangsues et au poisson. En tout cas, depuis que ce lieu est devenu sacré, plus personne n'y a mis les pieds.

Nous franchîmes quelques trous, écrasant sous nos pieds sans doute des dizaines de milliers de sangsues gluantes. Nous manquâmes tous deux à plusieurs reprises de trébucher mais à chaque fois nous nous en sortîmes en nous soutenant mutuellement.

Le sinistre bruit de soufflet – pffouou pffouou – semblait monter des sombres profondeurs des trous et nous encerclait totalement, comme un arbre dans la nuit qui étend ses tentacules. En tendant l'oreille, on entendait ssshouou, ssshouou, comme une horde de décapités sifflant leur plainte par la plaie béante de leurs gosiers.

— On arrive près de l'eau, dit-elle. Les sangsues ne peuvent pas aller plus loin. Quand tu les verras disparaître, cela voudra dire que c'est le tour de l'eau. Tous les trous vont se mettre à cracher de l'eau et tout le coin va devenir un vaste marécage. Les sangsues le savent et c'est pour ça qu'elles quittent leurs trous. Il faut s'arranger pour atteindre l'autel avant l'arrivée de l'eau.

— Tu étais au courant de tout ça, hein ? Pourquoi est-ce que tu ne m'en as pas parlé avant ?

— À dire vrai, je n'en étais pas vraiment sûre moi-même. Les eaux ne sortent pas tous les jours, ça doit arriver deux ou trois fois par mois. Je n'aurais jamais pensé que ça allait tomber aujourd'hui.

— Une vraie accumulation de malheurs, en somme, dis-je en exprimant une pensée qui était mienne depuis le matin.

Nous continuâmes à marcher, du bord d'un trou à l'autre, avec une attention minutieuse. Mais on avait beau avancer on ne voyait toujours pas la fin de ces satanés trous. Peut-être qu'il y en avait comme ça jusqu'au bout du monde. Aux semelles de nos chaussures étaient agglutinés des cadavres de sangsues en quantités telles qu'on ne sentait même plus le sol sous nos pieds. Se concentrer ainsi pas après pas nous faisait tourner la tête et il devenait de plus en plus difficile de conserver notre équilibre corporel. Apparemment, les situations extrêmes décuplent les facultés physiques, mais la capacité de concentration mentale est bien plus restreinte que votre serviteur lui-même ne se l'imaginait. Si dangereuses que soient les circonstances, si elles perdurent la concentration mentale finit infailliblement par baisser. Avec le passage du temps, la reconnaissance concrète du danger et les imaginations sur la mort s'affaiblissent, tandis que le vide à l'intérieur de la conscience prend de l'importance.

— Encore un petit effort, me cria-t-elle. On sera bientôt à l'abri.

Comme cela m'ennuyait d'ouvrir la bouche, je me contentai de hocher la tête. Après coup, je me rendis compte que cela n'avait aucun sens de hocher la tête dans le noir.

— Tu m'entends ? Ça va ?

— Ça va, j'ai mal au cœur, c'est tout.

Cela faisait un moment que je me sentais nauséeux. Les hordes de sangsues grouillant sur le sol, l'odeur étrange qu'elles dégageaient, leur chair gluante, ce sinistre bruit de soufflet, l'obscurité, la fatigue et le manque de sommeil, tout cela s'était confondu et me serrait l'estomac comme une bague d'acier. Des renvois aigres et malodorants me remontaient de l'estomac jusqu'à l'épiglotte. Mes facultés de concentration paraissaient proches de leur plus extrême limite. J'avais la même impression que si je jouais d'un piano qui n'aurait pas été accordé depuis cinq ans, avec seulement trois octaves et pas de dièses à la clef. Je me demandais depuis combien d'heures on tournait comme ça dans le noir. Quelle heure était-il dans le monde extérieur ? Le ciel commençait-il à blanchir ? Est-ce qu'on distribuait déjà les éditions du matin ?

Je ne pouvais même pas jeter un coup d'œil à ma montre. Je concentrais toutes mes forces sur le fait de soulever un pied après l'autre tout en éclairant le sol avec la lampe électrique. J'avais envie de voir l'aube blanchir peu à peu le ciel. Après ça, je boirais du lait chaud en respirant l'odeur des arbres dans le matin, en feuilletant mon quotidien. J'en avais vraiment marre de l'obscurité, des sangsues, des trous et des ténébrides ! Tout en moi, viscères, muscles et cellules, réclamait la clarté. Une lumière, si faible soit-elle ! J'avais envie de voir une lumière, même un malheureux petit bout de vraie lumière, qui ne soit pas celle de ma lampe électrique.

Pendant que je pensais à la lumière, mon estomac se tordit et une haleine empestée m'emplit la bouche. Une odeur évoquant exactement une pizza au salami avariée.

— Patiente encore un peu, dès qu'on sera sortis d'ici, tu pourras vomir tout ce que tu voudras, dit-elle en resserrant l'étreinte de sa main sur mon coude.

— Je ne vais pas vomir, dis-je dans un gémissement.

— Aie confiance, dit-elle. On va s'en sortir, c'est sûr. Peut-être que les malheurs se sont succédé jusqu'à maintenant, mais ça va s'arrêter, tu vas voir. Il n'y a pas de raison que ça dure éternellement.

— J'ai confiance, répondis-je.

Il me semblait pourtant que ces trous allaient se suivre éternellement. Il me semblait même qu'on tournait en rond en repassant aux mêmes endroits. Je repensai à l'édition du matin toute fraîche. À peine sortie de l'imprimerie, elle vous laissait des traces d'encre au bout des doigts. Un journal bien épais, avec un encart publicitaire à l'intérieur. On trouve tout dans l'édition du matin. Tout ce qui concerne l'organisation de la vie humaine. Tout, depuis l'heure à laquelle le Premier ministre se lève, jusqu'à l'humeur de la Bourse, en passant par le suicide d'une famille, la façon de préparer le dîner, tout jusqu'à la longueur des ourlets de jupes, la rubrique des disques et les annonces immobilières.

Sauf que je ne lisais pas les journaux. Ça faisait trois ans que j'avais complètement abandonné cette habitude. Je ne sais pas très bien moi-même pourquoi j'avais arrêté de lire les quotidiens mais j'avais arrêté. Peut-être parce que ma vie avait évolué vers un domaine sans rapport avec les émissions de télé ou les articles de presse. Mon seul contact avec la société consistait à mélanger dans ma tête les chiffres qu'on m'avait donnés pour les transformer et les restituer sous une forme différente, et à part ça je passais le reste du temps tout seul à lire des romans démodés, regarder de vieux films hollywoodiens, en buvant de la bière ou du whisky. Je n'avais aucun besoin de poser les yeux sur un journal ou un magazine.

Mais au fond de ces absurdes ténèbres, loin de toute clarté, encerclé par des trous et des sangsues innombrables, j'avais une envie folle de lire l'édition du matin. Assis dans un endroit ensoleillé, je lirais mon journal de bout en bout, sans omettre un seul caractère, comme un chat lèche une assiette de lait. Puis je respirerais des bribes de la vie des gens qui s'activeraient sous le soleil, et j'en imbiberais chacune de mes cellules.

— Ça y est, on voit l'autel ! s'exclama-t-elle.

J'essayai de lever les yeux, mais mes pieds glissaient et j'avais du mal à relever la tête. L'autel pouvait avoir la forme ou la couleur qu'il voulait, tout ce qui m'intéressait c'était de l'atteindre. Je continuai à progresser prudemment, rassemblant le peu de forces qui me restait.

— Plus que dix mètres et on y est, dit-elle.

Juste au moment où elle prononçait ces mots, le bruit de soufflet – ssshouou ssshouou – qui montait du fond des trous s'éteignit. Il s'arrêta brusquement, de façon peu naturelle, comme si quelqu'un avait brandi depuis l'intérieur de la terre une serpe géante bien acérée et avait tranché net les ondes sonores. Ce bruit de soufflet désagréable et oppressant qui s'élevait depuis un long moment des entrailles de la terre s'était complètement arrêté en un instant, sans le moindre signe préalable, sans le moindre écho ensuite. Plutôt qu'un son qui s'éteint, on aurait dit que l'espace même contenant ce son avait disparu d'un seul coup. L'arrêt du bruit fut si soudain que j'en perdis un instant l'équilibre et manquai glisser dangereusement.

Un silence total à en avoir mal aux tympans recouvrit les lieux. L'irruption soudaine de ce silence total au milieu des ténèbres était encore plus sinistre que le bruit précédent, si atroce fût-il. Nous pouvons toujours nous situer relativement à un bruit, quel qu'il soit. Mais le silence total, c'est le zéro, le néant. Il nous environne et en même temps il n'existe pas. J'en avais les oreilles bouchées, comme quand la pression de l'air change brusquement. Les muscles de mes oreilles n'arrivaient pas à s'adapter à un changement de condition aussi soudain et essayaient d'élever leurs compétences, pour déchiffrer un signal dans ce silence.

Mais ce silence était absolument total. Une fois coupé, le son ne marqua aucune velléité de retour. Nous nous immobilisâmes tous les deux dans la position où nous étions pour tendre l'oreille à travers ce silence. Je déglutis pour supprimer cette sensation d'oppression dans mes oreilles, mais je n'obtins aucun résultat, à part la répercussion de ce son à l'intérieur de mes oreilles, grossi au point de ne plus sembler naturel, comme quand l'aiguille d'un électrophone saute à la fin d'un disque.

— L'eau s'est retirée ? demandai-je.

— Non, c'est maintenant qu'elle va jaillir, répondit-elle. Le bruit de soufflet de tout à l'heure, c'était le bruit de l'air accumulé dans des canaux tortueux et repoussé sous l'effet de la pression des eaux. Une fois que tout cet air est sorti, il n'y a plus rien pour retenir l'eau.

Elle prit ma main, et nous franchîmes les quelques derniers trous qui restaient. Était-ce une simple impression ? Il me semblait que le nombre de sangsues qui rampaient sur la roche avait sensiblement diminué. Après avoir franchi cinq ou six trous, nous nous retrouvâmes à nouveau sur un plateau désert. Plus de trous, ni de sangsues. Les sangsues avaient l'air d'être parties se mettre à l'abri dans la direction opposée. J'avais quand même échappé au pire. Même si je devais finir ici englouti par les eaux, je préférais ça de loin à une mort au fond d'un trou à sangsues.

Presque inconsciemment, je tendis la main pour enlever les sangsues collées sur mon cou, mais elle m'arrêta en me prenant le bras.

— Tu feras ça après. Il faut d'abord monter à la tour si on ne veut pas mourir noyés, dit-elle. (Me tenant toujours par le bras elle m'entraîna rapidement en avant.) Ce n'est pas cinq ou six sangsues qui vont te tuer, et en plus, si tu les arraches de force, ça va te déchirer la peau. Tu ne savais pas ça ?

— Non, je ne savais pas, dis-je. Je suis d'une aussi sombre bêtise qu'un plomb attaché au fond d'une balise de canal.

Elle me fit arrêter au bout de vingt ou trente pas et éclaira avec sa grosse lampe électrique la « tour » énorme qui se dressait juste sous nos yeux. En forme de cylindre, elle s'élançait tout droit au-dessus de nos têtes, son sommet disparaissant dans l'obscurité. Elle avait l'air de s'amincir peu à peu de la base vers le haut, comme un phare, mais je n'avais aucune idée de sa taille réelle. Elle était trop haute pour que le faisceau de la lampe puisse saisir l'ensemble d'un bout à l'autre, et nous n'avions pas le temps de nous livrer à un examen plus approfondi. Elle promena juste rapidement sa lampe sur la surface de la tour, puis courut jusqu'à elle sans un mot et commença à la gravir en utilisant une sorte d'escalier qui se trouvait sur le côté. Bien entendu, je me précipitai sur ses talons.

De loin, dans la lumière insuffisante, j'avais cru voir dans cette tour un monument construit par l'homme, plein de grâce et de splendeur à la fois, œuvre de longue haleine ayant nécessité une technique digne d'admiration, mais, quand je m'approchai et posai la main dessus, je me rendis compte qu'il ne s'était jamais agi que d'un agglomérat de roches difformes et rugueuses, une construction due à l'érosion naturelle, produit d'un simple hasard. L'escalier en spirale sculpté dans cette masse de rochers empilés par les ténébrides était également un produit un peu trop minable pour mériter vraiment le nom d'escalier. Tout bancal et irrégulier, sa largeur permettait à peine de poser un pied, et il manquait des marches par endroits. Pour remplacer les marches manquantes, il fallait s'aider en posant le pied sur l'aspérité la plus proche dans la paroi, mais, comme il nous fallait nous maintenir des deux mains à la roche pour ne pas tomber, nous ne pouvions éclairer chaque marche avant d'avancer le pied, si bien qu'il nous arrivait de temps en temps de nous retrouver le pied dans le vide, sans aucun appui. Cet escalier était peut-être praticable pour les ténébrides qui y voyaient bien dans le noir, mais pour nous il était plutôt incommode et semé d'embûches. Il nous fallait avancer prudemment pas à pas, collés comme des lézards contre la paroi rocheuse.

Au bout de trente-six marches – j'ai la manie de compter les marches des escaliers –, nous entendîmes résonner un bruit étrange dans l'obscurité en dessous de nous. Comme si quelqu'un jetait de toutes ses forces un énorme rosbif sur un mur plat. Un bruit mat et humide, et en même temps bien net. Ensuite, il y eut un instant de silence, comme si le bâton qui allait frapper les trois coups était provisoirement suspendu dans l'espace, juste avant le début du drame. Ce fut un instant fort désagréable, chargé de mauvais augure. Dans l'attente de ce qui allait se passer, je restai cramponné à ma paroi, tenant fermement des deux mains l'aspérité la plus proche.

Ce qui arriva ensuite était manifestement un bruit d'eau. Un bruit d'eau jaillissant en même temps de toutes les ouvertures béantes par-dessus lesquelles nous venions de passer. Et pas un bruit d'eau artificiel. Cela me rappelait la scène d'inauguration d'un barrage que j'avais vue aux actualités au cinéma quand j'étais écolier. Au moment exact où le préfet, ou quelqu'un de ce genre, coiffé d'un casque, avait appuyé sur le bouton d'une machine, les vannes s'étaient ouvertes, et s'étaient mises à cracher une épaisse colonne liquide loin dans le vide, dans un énorme fracas et un jaillissement de poussière d'eau. Ce souvenir date de l'époque où on projetait encore des actualités et des dessins animés au cinéma. L'idée de ce que je deviendrais si par hasard je me retrouvais sous une masse d'eau aussi écrasante que celle de ce barrage avait semé l'épouvante dans mon cœur d'enfant. Environ un quart de siècle s'était écoulé depuis, et je n'aurais jamais imaginé me trouver réellement aux portes de cette situation. Les enfants ont tendance à penser qu'une espèce de puissance sacrée leur évitera toujours la plupart des catastrophes. En tout cas, moi j'étais comme ça quand j'étais enfant.

— Jusqu'où crois-tu que l'eau peut monter ? demandai-je à la fille, qui se trouvait à deux ou trois pas de moi.

— Assez haut ! fut sa réponse succincte. Si on veut s'en sortir, la seule chose à faire est d'essayer de grimper encore un peu. Ce qui est sûr, c'est que l'eau ne va pas jusque tout en haut. C'est tout ce que je sais.

— Il reste à peu près combien de marches jusqu'au sommet ?

— Pas mal ! répondit-elle.

On ne pouvait pas rêver mieux comme réponse !

Nous continuâmes à gravir la tour en spirale le plus rapidement possible. D'après le bruit de l'eau, cette tour à laquelle nous étions agrippés se dressait au beau milieu d'un plateau désert, encerclé de partout par les trous à sangsues. Ce qui voulait dire que nous étions en quelque sorte en train de grimper en haut du pilier décoratif érigé au centre d'un énorme jet d'eau. Et, si ses explications étaient justes, toute l'étendue de ce plateau désert allait s'imprégner d'eau comme un marécage, au milieu duquel se dresserait seul, comme un pic ou une île, le sommet de la tour.

Sa lampe, passée en bandoulière par-dessus une de ses épaules, se balançait irrégulièrement sur ses hanches, et le faisceau de lumière dessinait dans l'obscurité des figures fantasmagoriques. Je continuai à grimper l'escalier en me fixant comme but cette lumière. Au bout d'un moment, je ne savais plus où j'en étais de mon décompte de marches, mais en tout cas on en avait bien gravi cent cinquante ou deux cents. En retombant dans les airs, l'eau faisait au début un bruit violent en frappant la roche sous nos pieds, mais cela s'était bientôt changé en un bruit de chute d'eau retombant dans un bassin, et maintenant c'était un glouglou étouffé, comme si on avait posé un couvercle dessus. Le niveau de l'eau était en train de monter rapidement, aucun doute là-dessus. On ne voyait pas ce qu'il y avait plus bas, si bien qu'il était impossible de dire avec précision jusqu'où elle était déjà montée, mais enfin, si à l'instant même une eau glacée était venue me lécher les pieds, je n'aurais rien trouvé de particulièrement surprenant à ça.

De bout en bout, tout cela ressemblait à un de ces cauchemars que procure un sommeil oppressé. J'étais poursuivi par quelque chose, mais mes jambes refusaient d'avancer, et ce quelque chose me talonnait et allait m'agripper les chevilles de ses mains visqueuses. Même dans un rêve, on se sent perdu dans ce genre de situation, mais transposé dans la réalité c'était pire encore. Ignorant les marches, je m'accrochais des deux mains au rocher et hissais mon corps en avant comme si j'y étais suspendu. Et si je nageais en suivant la montée de l'eau pour me laisser porter jusqu'en haut ? me dis-je tout à coup. Ce serait plus facile et je ne risquerais pas de faire une chute. J'examinai un moment cette idée, elle ne me paraissait pas si mauvaise que ça, compte tenu du niveau habituel de mes idées.

Mais, quand j'en fis part à la petite boulotte, elle me rétorqua aussitôt :

— Impossible ! Sous la surface le courant est violent, il y a des tourbillons et, si tu es entraîné dedans, plus question de nager. Tu ne referais même pas surface, et en admettant que tu y arrives, il fait tellement sombre que tu ne saurais pas dans quelle direction nager.

Finalement, même si c'était d'une lenteur agaçante, il n'y avait pas d'autre moyen que de grimper pas à pas. Le bruit de l'eau s'affaiblissait d'instant en instant, comme un moteur diminuant peu à peu de régime, jusqu'à se transformer en une espèce de plainte émoussée. Le niveau de l'eau, lui, continuait à monter. Si seulement on avait une vraie lumière, me dis-je. Même faible. Avec une vraie lumière, on aurait pu escalader facilement un mur de roches comme celui-là, et on aurait pu aussi vérifier jusqu'où montait l'eau. Au moins, on n'aurait pas à se laisser mener par cette peur cauchemardesque d'être saisi aux chevilles à tout moment. Du fond de mon cœur, je haïssais l'obscurité. Ce n'était pas l'eau qui me poursuivait, c'était cette étendue obscure entre le niveau de l'eau et mes chevilles. Ces ténèbres suscitaient aux tréfonds de mon être le frisson glacé d'une insondable terreur.

Dans ma tête, le film d'actualités continuait à se dérouler. Sur l'écran, l'énorme arche de ce barrage continuait à déverser encore et toujours des flots d'eau à l'intérieur de l'espèce de cuvette située juste en dessous. La caméra avait filmé la scène avec insistance, selon différents angles de vue. D'au-dessus, d'en face, de côté, l'objectif s'approchait de ce flot d'eau jaillissante jusqu'à le lécher. On voyait l'ombre de l'eau se refléter sur les murs de béton du barrage. Elle dansait sur les murs de béton blancs et lisses comme de l'eau réelle. À force de regarder fixement l'ombre de cette eau, je finis par y voir mon ombre à moi. Elle dansait sur les murs courbes du barrage. Immobile dans mon fauteuil, je regardais fixement mon ombre danser sur l'écran. J'avais compris tout de suite qu'il s'agissait de mon ombre à moi, mais je me demandais comment me comporter en tant que spectateur dans ce cinéma. Je n'étais qu'un petit garçon impuissant de neuf ou dix ans. Autrement dit, je me demandais si je devais me précipiter sur l'écran pour récupérer mon ombre, ou foncer dans la cabine de projection pour voler le film. Mais je ne pouvais décider si c'était justifié ou non d'agir ainsi. Alors, sans rien faire, je restai à contempler fixement mon ombre sur l'écran.

Mon ombre dansait encore et toujours devant mes yeux. Elle se tordait tranquillement et irrégulièrement, comme un paysage lointain qui vacille dans la brume. Mon ombre ne pouvait pas parler, et elle paraissait également incapable de s'exprimer par gestes. Pourtant, elle essayait bel et bien de me dire quelque chose. Mon ombre savait très bien que j'étais là, assis dans la salle, à la regarder. Mais elle était aussi impuissante que moi. Ce n'était qu'une ombre.

Apparemment, aucun autre spectateur ne s'était aperçu que l'ombre de l'eau sur les murs du barrage était en fait la mienne. Mon frère aîné était assis à côté de moi mais il ne semblait pas s'être aperçu que c'était mon ombre qu'il voyait. S'il s'en était aperçu, il me l'aurait sûrement dit à l'oreille. Mon grand frère faisait toujours du bruit au cinéma en me parlant à l'oreille.

De mon côté, je me gardais bien de dire à qui que ce soit qu'il s'agissait de mon ombre. Quelque chose me disait que personne ne m'aurait cru. Et en plus mon ombre avait l'air de vouloir me transmettre un message *à moi seul*. D'un autre temps, un autre lieu, elle essayait de me communiquer un message, en utilisant pour médium un écran de cinéma.

Sur le mur de béton courbe, mon ombre solitaire paraissait abandonnée de tous. Je ne savais ni comment elle avait fait pour se retrouver sur ce mur de barrage, ni ce qu'elle avait l'intention de faire ensuite. Bientôt, l'obscurité viendrait sans doute l'aspirer. Ou alors, elle allait se laisser emporter par ce flot jusqu'à la mer et remplirait son rôle d'ombre de là-bas. À cette idée, je me sentis vraiment malheureux.

Les actualités sur le barrage ne tardèrent pas à se terminer, et à la place apparut la scène du couronnement du roi de je ne sais quel pays. Plusieurs chevaux portant des ornements sur la tête traversèrent une place pavée en tirant derrière eux une jolie carriole. Je cherchais à nouveau mon ombre sur l'écran mais il n'y avait rien d'autre que l'ombre des chevaux, de la carriole et des bâtiments.

Mes souvenirs s'arrêtaient là. Mais je n'étais pas sûr que tout cela me fût réellement arrivé dans le passé. Car, en fait, ce souvenir du passé n'avait pas une seule fois affleuré à ma mémoire jusqu'à cette soudaine réminiscence. Il pouvait tout aussi bien s'agir d'une scène fictive que je venais d'inventer en écoutant le bruit de l'eau au cœur de cette étrange obscurité. J'avais lu un jour un chapitre sur ce genre d'opérations mentales dans un ouvrage de psychologie. Il arrive que, placé dans des situations extrêmes, les êtres humains s'inventent des rêves éveillés pour échapper à une réalité trop dure. En tout cas, c'était la théorie de ce psychologue. Pourtant, les images que j'avais eues devant les yeux étaient trop précises et vivantes pour une scène imaginaire, et elles possédaient une force qui paraissait concerner mon existence même. Je me rappelais avec netteté les odeurs et les sons qui m'entouraient à ce moment-là.

Et je pouvais même ressentir le doute, la confusion et la peur qu'avait ressentis le petit garçon de dix ans que j'étais. Quoi qu'on puisse en dire, j'étais sûr que cela m'était arrivé. Une force inconnue avait gardé cela enfermé au fond de ma conscience mais la situation extrême où j'étais acculé avait fait sauter le couvercle, et ce souvenir était revenu flotter à la surface. Une force inconnue ?

La chirurgie du cerveau que j'avais subie pour mettre en place la capacité à opérer le *shuffling* était certainement à l'origine de tout ça. Ils avaient repoussé tous mes souvenirs à l'intérieur du mur de ma conscience. Ils m'avaient volé tous mes souvenirs, pendant longtemps.

À cette idée, je sentis la colère monter en moi. Personne n'avait le droit de me voler mes souvenirs ! C'étaient les miens, ils n'appartenaient qu'à moi. Voler sa mémoire à quelqu'un, c'est comme lui voler sa vie. Plus j'étais en colère, plus j'oubliais ma peur. Je décidai de survivre quoi qu'il advienne. Je survivrais, je m'enfuirais de ce monde de ténèbres où régnait la folie, j'irais reprendre tous les souvenirs qu'on m'avait volés ! La fin du monde et tout ça, je n'en avais rien à faire, moi ! Je devais redevenir complètement moi-même et commencer une nouvelle vie.

— Une corde ! cria-t-elle soudain.

— Une corde ?!

— Rejoins-moi, vite ! Il y a une corde qui pend !

Je montai rapidement les trois ou quatre marches qui me séparaient d'elle, tâtonnai le long de la paroi avec la paume de la main. Il y avait bel et bien une corde. Elle n'était pas très épaisse, mais c'était une corde solide de matériel de montagne, et l'extrémité pendait dans le vide à hauteur de ma poitrine. Je la saisis d'une main et la tirai précautionneusement, puis de plus en plus fort. D'après la résistance, elle semblait attachée fermement à quelque chose.

— C'est Grand-père, j'en suis sûre, s'écria-t-elle. Il l'a laissé pendre exprès pour nous.

— Montons encore un tour pour vérifier.

Tout en vérifiant impatiemment où nous mettions les pieds, nous gravîmes un tour de plus de l'escalier en spirale. Pour trouver, bien entendu, la corde au même endroit. Elle comportait des nœuds pour poser les pieds tous les trente centimètres. Si cette corde menait vraiment au sommet de la tour, elle nous permettrait d'économiser un temps précieux.

— C'est Grand-père ! J'en suis sûre ! C'est vraiment son genre de faire attention au moindre détail.

— En effet, dis-je. Tu sais grimper à la corde ?

— Quelle question ! Je suis bonne à la corde depuis toute petite. Je ne te l'avais pas dit ?

— Bon, passe en premier, alors. Quand tu seras arrivée en haut, dirige ta lampe vers le bas et envoie des signaux. À ce moment-là, je commencerai à monter.

— Si on fait ça, l'eau aura le temps d'arriver avant. Il ne vaudrait pas mieux grimper ensemble ?

— En montagne, la règle est : une personne par corde. Il y a le problème de la résistance de la corde, sans compter le fait que c'est difficile et que ça prend plus de temps de monter à deux sur la même corde. Et justement, si l'eau arrive, je pourrai toujours m'agripper à la corde et me débrouiller pour monter jusqu'en haut.

— Tu es plus chevaleresque qu'il n'y paraît à première vue.

Je restai immobile dans l'obscurité, plus ou moins dans l'attente du baiser qu'elle n'allait pas tarder à me donner, mais, sans plus s'occuper de moi, elle commença à grimper souplement le long de la corde. Toujours cramponné des deux mains au rocher, je levai la tête pour la regarder monter, la lumière de sa lampe se balançant et lançant des éclairs au hasard. On se serait tout à fait cru en train de contempler une âme ivre morte remontant cahin-caha au ciel en chancelant. Ce spectacle me donnait d'ailleurs bigrement envie de boire du whisky. Il y en avait bien dans mon sac, mais il était hors de question, dans cette position instable, de me retourner pour enlever le sac de mon dos et sortir la bouteille. Je muselai donc mon envie et me mis à m'imaginer en train de boire du whisky. Un petit bar bien clean et bien tranquille, un bol plein de cacahuètes, *Vendôme* par le Modern Jazz Quartet doucement distillé en fond sonore, et un double whisky on the rocks. Je pose le verre sur le comptoir devant moi et reste un moment à le contempler sans y toucher. Le whisky, c'est quelque chose qu'il faut contempler d'abord. Et, quand on en a assez de le regarder, on le boit. C'est comme une jolie fille.

À ce point de mes réflexions, je me rendis compte que je n'avais plus ni veste de blazer ni costume. Les deux cinglés avaient lacéré au couteau tous les vêtements que je possédais. Eh bien, me voilà frais ! me dis-je. Qu'est-ce que je vais mettre maintenant pour aller dans les bars ? Avant de me rendre dans un bar, il faut que je me fasse refaire des fringues. J'optai pour un costume de tweed bleu foncé. Distingué, le bleu. Trois boutons, les épaules souples, naturelles, un costume comme on faisait avant, pas cintré sur les côtés. Le genre de costume que portait George Peppard dans les années 1960. La chemise aussi est bleue. Un bleu parfaitement assorti au costume, juste un peu délavé. Le tissu ? Un oxford assez épais. Le col ? Autant que possible, un col ordinaire, tout ce qu'il y a de plus banal. Pour la cravate, des rayures de deux couleurs différentes, ça ne serait pas mal. Rouges et vertes. Mais un rouge sombre, et un vert tirant sur le bleu, un vert de tempête en mer. Donc, j'achète l'ensemble dans un magasin de vêtements pour hommes un peu original, je le mets, j'entre dans le bar et je commande un double scotch avec des glaçons. Les sangsues, les ténébrides, les poissons griffus et tout le monde souterrain peuvent bien mener leur sarabande, moi, je suis sur terre, je porte un costume de tweed bleu et je suis en train de boire un whisky importé d'Écosse.

Revenant soudain à la réalité, je m'aperçus que le bruit d'eau avait disparu. L'eau avait peut-être arrêté de jaillir des trous. Ou bien, tout simplement, le niveau de l'eau était déjà tellement haut qu'on ne l'entendait plus couler. Dans un cas comme dans l'autre, ça me laissait plutôt froid. Si l'eau avait envie de monter, qu'elle monte ! Moi j'avais décidé de survivre quoi qu'il arrive. Et de récupérer ma mémoire. Et de ne plus me laisser manipuler par personne. J'avais envie de hurler ça au monde entier. Je ne me laisserais plus manipuler par personne, personne !

Mais, comme ça ne servait pas vraiment à grand-chose de hurler au fond de ce souterrain obscur, je m'arrêtai et me tordis le cou pour regarder en haut. La grassouillette était déjà beaucoup plus haut que je n'aurais pensé. Je ne savais pas à quelle distance elle était en mètres mais, en comptant en étages de grand magasin, elle devait être au troisième ou quatrième. Vers les vêtements pour femmes ou le rayon des tissus peut-être. Un peu dégoûté, je me demandai quelle hauteur pouvait bien faire cette satanée tour. Ce que nous avions déjà monté représentait une hauteur appréciable, mais, si on considérait qu'il avait l'air de s'élever encore pas mal au-dessus, ce pic rocheux était finalement d'une hauteur assez impressionnante. J'ai déjà monté à pied les vingt-six étages d'un building pour m'amuser, mais il me semblait que cette escalade-ci représentait au moins la même chose.

Finalement, c'était plutôt une chance qu'il fasse trop noir pour voir en dessous. Même pour un habitué de la varappe, être collé sur une paroi aussi haute, sans aucun équipement et en chaussures de tennis, il y avait de quoi se faire peur en regardant en bas. C'est comme d'être à mi-hauteur d'un gratte-ciel en train de laver les carreaux sans filet ni échafaudage. Tant que je grimpais à l'aveuglette sans penser à rien – plus haut, toujours plus haut – ça allait, mais maintenant que j'étais arrêté, la hauteur commençait à me poser problème.

Je renversai la tête une fois de plus pour regarder au-dessus de moi. Elle avait l'air de continuer à monter : on voyait toujours la lampe se balancer mais elle paraissait beaucoup plus lointaine que tout à l'heure. Elle était sûrement très bonne à la corde comme elle l'avait dit elle-même. Ça faisait quand même une sacrée hauteur. Une hauteur proche de l'absurde ! Pourquoi ce vieillard avait-il eu l'idée de s'enfuir dans un endroit aussi dément ? On s'en serait tirés avec moins d'ennuis s'il s'était contenté de nous attendre tranquillement dans un endroit plus simple et plus accessible.

Pendant que je rêvassais ainsi, il me sembla soudain qu'une voix m'appelait d'en haut. En levant les yeux, je vis une petite lumière jaune clignoter comme les feux arrière d'un avion. Apparemment, elle était enfin arrivée au sommet. J'attrapai la corde d'une main, de l'autre je sortis ma lampe de ma poche et j'envoyai les mêmes signaux vers le haut. Tant que j'y étais, je dirigeai aussi ma lampe vers le bas pour vérifier où en était le niveau de l'eau mais la lumière était trop faible pour discerner quoi que ce soit. Les ténèbres étaient trop épaisses et, à moins de s'approcher beaucoup plus près, on ne voyait pas ce qu'il y avait en dessous. Ma montre indiquait quatre heures douze du matin. Ce n'était pas encore l'aube. L'édition du matin n'était pas encore distribuée. Les tramways ne circulaient pas encore. Là-haut, les gens devaient dormir tranquillement sans se douter de rien.

Je tirai la corde vers moi des deux mains, pris une inspiration profonde et entamai ma lente ascension.

## 24

## Place des ombres

Ce matin-là, en m'éveillant, je constatai que le magnifique temps clair des trois derniers jours avait laissé la place à un ciel couvert d'une couche uniforme d'épais nuages sombres. La lumière du soleil parvenait à grand-peine à les traverser et n'atteignait la terre que dépouillée pour la plus grande part de son éclat et de sa chaleur ordinaires. Dans la froide lumière gris terne, les silhouettes courbes des arbres, étendant vers le ciel leurs branches dénudées, semblaient des craquelures dans le paysage traversé par l'écho gelé et raidi de la rivière. On s'attendait à voir la neige se mettre à tomber d'un instant à l'autre, mais elle ne se décidait pas.

— Il ne neigera pas aujourd'hui, m'apprit le vieux colonel. Ce ne sont pas des nuages de neige.

J'ouvris la fenêtre pour regarder à nouveau le ciel mais j'étais incapable de faire la différence entre les nuages qui amenaient la neige et ceux qui ne l'amenaient pas.

Le gardien était assis devant le grand poêle de fonte. Il avait enlevé ses chaussures et se réchauffait les pieds. Le poêle avait la même forme que celui de la bibliothèque, avec deux plaques sur le dessus pour poser une bouilloire ou une marmite, et un tiroir tout en bas pour retirer les cendres. L'avant ressemblait à un petit secrétaire, avec sa grande poignée de métal. Assis sur une chaise, le gardien avait posé les deux pieds sur cette poignée. La pièce était pleine d'humidité et sentait le renfermé, à cause de la vapeur qui s'échappait de la bouilloire et de l'odeur de tabac pour pipe à bon marché – il s'agissait probablement d'un succédané de tabac. Bien sûr, l'odeur des pieds du gardien devait aussi se mêler à l'ensemble. Derrière sa chaise, se trouvait une grande table de bois, sur laquelle était alignée toute une série de serpes et de hachettes, à côté d'une pierre à aiguiser. La patine sur les manches de tous ces outils attestait une longue utilisation.

— C'est au sujet d'une écharpe, commençai-je abruptement. Sans écharpe j'ai vraiment le cou gelé.

— Oui, sûrement, dit le gardien d'un air sérieux. Oui, je comprends.

— Dans la salle de documentation de la bibliothèque, il y a des vêtements dont personne ne se sert. Je me demandais si je pouvais en prendre une dedans ?

— Ah, c'est donc ça ? Écoute, tu peux prendre tout ce que tu veux. Si c'est toi, ça ne me dérange pas. Prends ce que tu veux, écharpes, manteaux…

— Ils n'appartiennent à personne ?

— Ne t'occupe donc pas des propriétaires. Même s'il y en avait, ça fait longtemps qu'ils ont oublié ces affaires-là. À propos, il paraît que tu cherches un instrument de musique ?

Je hochai la tête. Il savait vraiment tout.

— En principe, les instruments de musique n'existent pas dans cette ville. Ce qui ne veut pas dire qu'il n'y en ait pas un quelque part. Tu fais ton travail sérieusement, je ne vois pas d'inconvénient à ce que tu possèdes un instrument de musique. Va à la centrale électrique et demande au surveillant. Tu en trouveras peut-être un comme ça.

— La centrale électrique ? dis-je, surpris.

— Il en faut bien une, non ? dit le gardien en montrant l'ampoule au-dessus de sa tête. D'où tu crois qu'elle vient, l'électricité ? Des pommiers peut-être ?

Hilare, il me dessina un plan pour trouver le chemin de la centrale électrique.

— Tu remontes la rivière par le chemin du côté sud. Au bout d'une demi-heure de marche à peu près, tu verras un vieux silo à grain sur ta droite. Un truc qui n'a plus de toit ni de porte. Tu tournes à droite au coin de ce silo, et tu suis le chemin un moment. Tu vas tomber sur une colline et, de l'autre côté de cette colline, tu rencontreras la forêt. Tu entres dans la forêt et, au bout d'une centaine de mètres, tu trouveras la centrale électrique. Tu as bien compris ?

— Je crois que oui, répondis-je. Mais ce n'est pas dangereux d'aller dans la forêt en hiver ? C'est ce que tout le monde dit ici, et moi aussi j'ai eu des ennuis pour y être allé.

— Ah oui, c'est vrai. Je n'y pensais plus, à ça ! J'ai dû te ramener en haut de ta colline sur ma charrette. Mais tu vas bien maintenant ?

— Oui, ça va, merci.

— C'était une amère expérience, mais tu as compris la leçon, hein ?

— Oui.

Le gardien eut un large sourire, puis il changea la position de ses pieds sur la poignée du poêle.

— C'est bien, de tirer profit d'une expérience ! Ça

rend prudent. Et, quand on est prudent, on ne risque plus de se faire mal. Le bon bûcheron, c'est celui qui n'a qu'une cicatrice. Ni plus ni moins. Une seule ! Tu comprends ce que je veux dire ? (Je hochai la tête.) Bon, mais ne te fais pas de souci à propos de la centrale électrique. Elle se trouve juste à l'orée de la forêt et il n'y a qu'un chemin, tu ne peux pas te perdre. Tu ne rencontreras pas ceux de la forêt. Le coin dangereux, c'est le fond de la forêt et aussi la partie près du mur. Si tu évites ces deux endroits, tu n'as pas à t'inquiéter du reste. Seulement, il ne faut sous aucun prétexte quitter le chemin ni aller plus loin que la centrale. Tu risques à nouveau de graves ennuis si tu vas au-delà.

— Le surveillant de la centrale, il vit dans la forêt ?

— Ce type-là ? Non. Il n'est pas comme ceux de la forêt, et pas non plus comme ceux de la ville. Un type entre les deux. Il ne pénètre pas dans la forêt, mais il ne revient pas non plus en ville. Ce n'est pas un mauvais bougre, mais c'est un poltron.

— Et ceux de la forêt, comment sont-ils ?

Le gardien pencha la tête et me regarda un moment en silence. Puis :

— Je crois que je te l'ai déjà dit au début : tu peux me demander ce que tu veux, mais libre à moi de te répondre ou non. (Je hochai la tête.) Bon, allez, ça va, j'ai pas envie de répondre, voilà tout. Au fait, ça fait un moment que tu veux revoir ton ombre, qu'est-ce que tu dirais de le revoir maintenant ? Avec l'hiver, ses forces se sont affaiblies, et je ne vois pas d'inconvénient à ce que tu le voies.

— Il est malade ?

— Non, il n'est pas malade. Il se porte à merveille. Il sort plusieurs heures par jour, et je lui fais faire de l'exercice. Il a un appétit de loup. Seulement, quand c'est l'hiver, que les jours raccourcissent et que le froid augmente, leur tonus baisse, c'est pareil pour toutes les ombres. Ce n'est la faute de personne, c'est la nature qui veut ça. Ce n'est ni ma faute ni la tienne. De toute façon tu vas le voir, alors tu en parleras directement avec lui.

Le gardien prit le trousseau de clés accroché au mur, l'enfonça dans la poche de sa veste et enfila en bâillant de solides brodequins de cuir. Ils avaient l'air terriblement lourds, et des pointes de fer permettant de marcher dans la neige étaient clouées sur les semelles.

Les ombres habitaient un domaine à mi-chemin entre la ville et le monde extérieur. Moi, je ne pouvais pas sortir de la ville, et mon ombre ne pouvait pas y pénétrer. C'est pourquoi la « place des ombres » était l'unique endroit où pouvaient se retrouver les gens qui avaient perdu leur ombre et les ombres qui avaient perdu leur propriétaire. En sortant par la porte de derrière de la cabane du gardien, on tombait juste sur la place des ombres. Enfin, elle n'avait de « place » que le nom, car ce n'était pas une étendue particulièrement vaste : à peine un peu plus grande que le jardin d'une maison ordinaire, elle était entourée d'une sévère palissade d'acier. Le gardien sortit le trousseau de clés de sa poche, ouvrit la porte d'acier, me fit entrer devant lui. La place était en forme de carré bien net, le côté du fond formé par le mur qui encerclait la ville. Dans un coin végétait un vieil orme, sous lequel était placé un simple banc. Un orme blanchi, dont on ne savait pas s'il était encore vivant ou déjà mort.

Au coin du mur, une petite cabane avait été aménagée à l'aide de vieilles tuiles et de bois de récupération. Il y avait tout juste une porte, faite d'une chute de bois. On ne voyait pas de cheminée, il ne devait pas y avoir de système de chauffage à l'intérieur.

— C'est là que dort ton ombre, me dit le gardien. Ce n'est pas aussi inconfortable que ça en a l'air. D'abord, il y a l'eau courante, et des toilettes. Il y a aussi un sous-sol, où le vent ne peut pas s'infiltrer. Ce n'est peut-être pas aussi bien qu'un hôtel, mais enfin ça protège de la pluie et du vent. Tu veux jeter un coup d'œil à l'intérieur ?

— Non, je préfère le voir ici, répondis-je.

L'atmosphère nauséabonde de la cabane du gardien m'avait donné mal à la tête, et je préférais de loin respirer l'air frais du dehors, quitte à avoir un peu froid.

— D'accord, je vais le chercher, dit le gardien avant d'entrer seul dans la petite cabane.

Je relevai le col de mon manteau, m'assis sur le banc sous l'orme et attendis l'arrivée de mon ombre en creusant le sol avec mes talons de chaussures. La terre était dure, il restait des plaques de neige gelée par endroits. Au pied du mur, toujours à l'ombre, la neige persistait et ne fondait pas.

Un moment plus tard, le gardien ressortit de la cabane en compagnie de mon ombre. Le gardien traversa la place à grandes enjambées, en écrasant le sol gelé sous les pointes de ses chaussures, tandis que mon ombre le suivait lentement. Il n'avait pas l'air en aussi bonne santé que me l'avait dit le gardien. Dans son visage, bien amaigri depuis la dernière fois, ses yeux et sa barbe ressortaient de façon sinistre.

— Bon, je vous laisse seuls tous les deux un moment, dit le gardien. Vous avez sûrement plein de choses à vous dire. Vous pouvez bavarder tranquillement. Mais pas trop longtemps quand même, hein. Si jamais vous vous remettiez ensemble, ça serait d'autant plus dur pour vous d'être séparés à nouveau. Et en plus ça ne servirait à rien. Juste à vous créer réciproquement des ennuis. Pas vrai ?

Je hochai la tête en signe d'assentiment. Il avait sûrement raison. Si l'ombre s'attachait à nouveau à moi, elle me serait arrachée à nouveau et voilà tout.

Mon ombre et moi, nous suivîmes le gardien des yeux pendant qu'il mettait la clé sur la porte et disparaissait à nouveau dans sa cabane. Le crissement de ses souliers cloutés mordant la neige s'éloigna peu à peu, et bientôt la lourde porte de bois retomba avec fracas. Quand la silhouette du gardien eut disparu, l'ombre vint s'asseoir près de moi, puis se mit à faire des trous dans la terre avec ses talons, comme moi. Il portait un chandail trop large aux mailles distendues, un pantalon de travail et les souliers que je lui avais fait remettre.

— Tu vas bien ? demandai-je.

— Je n'ai aucune raison d'aller bien, répondit l'ombre. Il fait trop froid, et la nourriture est infecte.

— Il m'a dit que tu faisais de l'exercice tous les jours.

— De l'exercice ? fit l'ombre en me regardant d'un air surpris. Ça ne s'appelle pas de l'exercice, ce que je fais. Le gardien me tire de force d'ici tous les matins pour aller l'aider à brûler les cadavres des bêtes, c'est tout. On empile les cadavres sur la charrette, on passe la porte pour les transporter jusqu'à la pommeraie, et on les brûle après les avoir arrosés d'huile. Avant de les brûler, le gardien leur tranche proprement la tête avec sa serpe. Toi aussi, tu as dû voir sa superbe collection d'outils tranchants ? Il est vraiment tordu, ce type. Si on le laissait faire ce qu'il veut, il parcourrait le monde en tranchant la tête à tout ce qui vit.

— Tu crois qu'il fait partie de la ville, lui ?

— Pas du tout ! C'est un employé, c'est tout. Il y prend plaisir à brûler les bêtes. Ce serait inimaginable de la part de quelqu'un de la ville. Il en a brûlé pas mal depuis le début de l'hiver, tu sais. Ce matin, il y en avait trois de mortes. On va les brûler tout à l'heure.

Tout comme moi, l'ombre passa un moment à creuser le sol gelé sous ses pieds. La terre était aussi dure que de la pierre. Un oiseau hivernal pépia d'une voix aiguë avant de s'envoler des branches de l'orme.

— J'ai trouvé le plan, dit mon ombre. Il est mieux dessiné que je ne l'aurais cru, et les explications essentielles y sont. Seulement, c'était déjà un peu trop tard.

— J'ai été malade, dis-je.

— Je sais, on me l'a dit. Mais, de toute façon, l'hiver était déjà là, donc c'était trop tard. J'aurais voulu l'avoir plus tôt. Comme ça les choses seraient allées plus rondement, et j'aurais pu préparer mon plan plus tôt.

— Ton plan ?

— Oui, un plan d'évasion pour sortir d'ici, évidemment. Que veux-tu que ce soit d'autre ? Tu ne pensais tout de même pas que je voulais ce plan pour passer le temps ?

Je secouai la tête.

— Non, je pensais que peut-être tu allais pouvoir m'expliquer le sens caché derrière cette étrange ville. Parce que, de toute façon, tu as emmené avec toi une bonne partie de mes souvenirs.

— Non, ça c'est faux, dit l'ombre. C'est vrai que je possède la plupart de tes souvenirs mais je suis incapable de les utiliser de façon valable. Pour ça, il faudrait que nous soyons à nouveau ensemble, tous les deux, mais en pratique c'est impossible. Si on faisait une chose pareille, on ne nous laisserait plus nous revoir, et mon plan deviendrait impossible à réaliser. C'est pour cette raison que je réfléchis seul dans mon coin. Au sens caché derrière cette ville.

— Et tu as compris quelque chose ?

— Un peu, oui, mais je ne peux pas encore te le dire. Si je ne renforce pas ma théorie dans les détails, elle ne sera pas convaincante. Alors laisse-moi réfléchir encore un peu. Avec encore un peu de réflexion, il me semble que je vais comprendre quelque chose. Mais il sera peut-être trop tard à ce moment-là. J'ai constaté que l'hiver affaiblissait beaucoup mes forces, et il est fort possible que j'arrive à mettre au point un plan d'évasion mais n'aie pas la force suffisante pour le réaliser. C'est pour ça que je voulais ce plan avant la venue de l'hiver.

Je regardai l'orme au-dessus de ma tête. Entre ses grosses branches on voyait les nuages d'hiver se découper nettement.

— Mais on ne peut pas s'enfuir d'ici ! dis-je. Tu as bien regardé le plan, non ? Il n'y a pas de sortie, nulle part ! C'est la fin du monde ici. On ne peut ni revenir en arrière ni aller de l'avant.

— C'est peut-être la fin du monde, mais je t'assure qu'il y a une sortie. Je le sais, j'en suis sûr. C'est inscrit dans le ciel : *il y a une sortie !* Les oiseaux, ils passent bien le mur, non ? Et où vont-ils, ces oiseaux qui ont survolé le mur ? Dans le monde du dehors ! C'est sûr, il y a un autre monde à l'extérieur de ces murailles, et c'est exactement pour ça que ce monde-ci est entouré de murailles : pour nous empêcher de sortir. S'il n'y avait rien dehors, quel besoin de construire exprès des murs pour entourer cette ville, hein ? Il y a une issue quelque part, c'est sûr !

— Peut-être…

— Je la trouverai, je te dis, et je m'enfuirai d'ici avec toi. Je ne veux pas mourir dans un endroit aussi sordide.

Sur ces mots, l'ombre se tut et se remit à creuser le sol.

— Je crois te l'avoir dit au début, reprit-il, mais cette ville n'est pas naturelle, elle est erronée. Encore maintenant, j'en suis persuadé. Elle n'est pas naturelle, et elle est dans l'erreur. Mais le problème c'est qu'elle a été créée ainsi, artificielle et erronée. Comme rien n'y est naturel et que tout est déformé, en fin de compte ça forme un tout cohérent. Elle est parfaite. Comme ça. (Avec ses talons il avait dessiné un cercle sur le sol.) Un cercle, c'est fermé. C'est pour ça que, quand on reste longtemps ici, on finit par se demander si on ne se trompe pas, si ce ne sont pas *eux* qui ont raison. Parce qu'*ils* ont l'air si parfaits, si achevés. Tu comprends ce que je veux dire ?

— Je comprends très bien. Moi aussi il m'arrive de ressentir ça.

— Mais c'est une erreur de le croire, continua l'ombre en traçant à côté du cercle des figures sans queue ni tête. C'est nous qui avons raison, ce sont eux qui se trompent. Nous, nous sommes naturels, et eux sont factices. Il faut y croire. Y croire jusqu'aux limites de nos forces. Sinon, avant même de t'en apercevoir, tu te feras aspirer par cette ville, et à ce moment-là il sera vraiment trop tard.

— Pourtant, ce qui est correct et ce qui est erroné, ce sera toujours quelque chose de relatif, et, en plus, moi, on m'a volé les souvenirs à l'aune desquels je pouvais comparer ces deux choses.

L'ombre hocha la tête.

— Je comprends très bien ton état de confusion, mais essaie de voir les choses comme ça : crois-tu à l'existence du mouvement perpétuel ?

— Non, fondamentalement, le mouvement perpétuel ne peut pas exister.

— Eh bien, c'est la même chose. La perfection, l'achèvement de cette ville, c'est exactement la même chose que le mouvement perpétuel. Fondamentalement, un monde parfait ne peut exister nulle part. Pourtant, ici, c'est la perfection. Ce qui veut dire qu'il y a un artifice quelque part. Tout comme le mécanisme qui apparaît à la vue comme le mouvement perpétuel utilise en fait en coulisse une force extérieure que personne ne voit.

— Et tu as découvert ce qu'il y avait derrière ?

— Non, pas encore. Comme je te l'ai dit tout à l'heure, pour l'instant j'ai une hypothèse, mais je dois l'étayer par des détails précis. Cela me prendra encore quelque temps.

— Tu ne veux pas m'expliquer ton hypothèse ? Je pourrais peut-être t'aider un peu à l'étayer.

L'ombre sortit les deux mains des poches de son pantalon et les frotta sur ses genoux après avoir soufflé son haleine tiède dessus.

— Non, elle ne te servirait à rien. Moi, c'est mon corps qui souffre, mais toi, c'est ton cœur. Tu dois en priorité guérir ton cœur. Sinon, tous les deux, nous serons fichus avant de pouvoir nous enfuir d'ici. Moi, je vais continuer à réfléchir seul, et toi, tu dois faire tous tes efforts pour te sauver toi-même. C'est la première chose à faire.

— C'est sûr que je suis en pleine confusion, dis-je en baissant tes yeux sur le cercle dessiné par terre. Tu as raison. Je n'arrive pas à décider quel chemin choisir. Et aussi, je me demande quel homme j'étais autrefois. Quelle force peut encore posséder un cœur qui a perdu son moi ? Et tout cela au milieu d'une ville qui possède un système de valeurs et une puissance aussi énorme. Depuis l'arrivée de l'hiver, je ne fais que perdre peu à peu confiance en mon propre cœur.

— Non, tu te trompes, dit l'ombre. Tu ne perds pas confiance en toi. C'est seulement ta mémoire qui est habilement cachée. C'est cela qui te rend confus. Mais tu n'es pas dans l'erreur. Tu dois croire en ta propre force. Sinon, tu finiras par être entraîné par une force extérieure vers un lieu complètement absurde !

— Je vais essayer de m'y efforcer, dis-je.

L'ombre hocha la tête, puis contempla un moment le ciel nuageux. Bientôt il ferma les yeux, comme absorbé par quelque pensée.

— Quand je me sens perdu, je regarde toujours les oiseaux, dit-il. Quand je regarde les oiseaux, je suis convaincu que je ne me trompe pas. La perfection de cette ville n'a rien à voir avec les oiseaux. Et les murailles, la porte, le son du cor n'ont rien à voir non plus. Toi aussi tu devrais regarder les oiseaux quand tu doutes.

J'entendis le gardien m'appeler à l'entrée de la prison. J'avais dépassé le temps de visite.

— Ne viens plus me voir pendant quelque temps, me glissa l'ombre à l'oreille au moment de nous quitter. Je m'arrangerai pour te voir, moi, au moment voulu. Le gardien est un homme très soupçonneux et, si nous nous voyons trop souvent, il deviendra méfiant et se doutera de quelque chose, et s'il se méfie, il me sera difficile d'agir. S'il t'interroge, tu prétendras que tu ne t'entends plus avec moi, d'accord ?

— Compris, répondis-je.

— Alors, comment c'était ? me demanda le gardien, une fois que je fus de retour dans sa cabane. Ça t'a fait plaisir de revoir ton ombre après si longtemps ?

— Je ne sais pas, dis-je en secouant la tête en signe de dénégation.

— Eh oui, c'est comme ça… fit le gardien d'un air satisfait.

# *Pays des merveilles sans merci*

## 25

### Le repas – Usine à images – Le piège se referme

Comparé à la montée par l'escalier, grimper à la corde était un jeu d'enfant. Il y avait des nœuds bien serrés tous les trente centimètres, et la corde elle-même, pas trop épaisse, était très maniable. La tenant à deux mains, je grimpais en toute sûreté, un nœud après l'autre, en m'élançant chaque fois un peu d'avant en arrière. On aurait dit une scène de trapèze volant dans un film. Sauf que, sur une corde de trapèze, il n'y a pas de nœuds. Les spectateurs trouveraient ça un peu léger d'utiliser une corde à nœuds dans une scène de trapèze volant.

De temps en temps, je regardais en haut, mais, comme le faisceau de la lampe, dirigé droit sur moi, m'aveuglait, j'avais du mal à évaluer la distance. Je me dis qu'elle s'inquiétait sans doute pour moi et suivait toute mon ascension d'en haut. Ma blessure au ventre était toujours douloureuse, et les élancements qu'elle me causait s'accordaient parfaitement aux battements de mon cœur. Et ma tête, que j'avais durement heurtée en tombant tout à l'heure, me faisait encore mal. Je n'éprouvais pas vraiment de difficultés à monter, mais enfin, ça me faisait toujours aussi mal.

Plus je m'approchais du sommet, plus sa lampe éclairait vivement mon corps et les alentours. Ça me paraissait une attention superflue de sa part de m'éclairer ainsi. J'étais déjà tellement habitué à grimper dans l'obscurité que cet éclairage m'embrouillait plus qu'autre chose et me fit glisser plusieurs fois. J'avais du mal à évaluer les distances entre les parties éclairées et les parties dans l'ombre. Ce qui se trouvait dans la lumière ressortait plus qu'en réalité, et ce qui était dans l'ombre paraissait plus creux que nature. En outre, la lumière était aveuglante. Le corps humain, me dis-je, s'adapte très vite à n'importe quel environnement. Il n'y avait rien d'étonnant à ce qu'une longue habitude de vie souterraine ait transformé les facultés physiques des ténébrides.

Après avoir monté soixante ou soixante-dix nœuds de la corde, j'arrivai enfin à ce qui me sembla être le sommet. Je me hissai par-dessus en m'accrochant des deux mains au rebord de la roche, comme un champion de natation qui remonte au bord de la piscine. Cette longue ascension à la corde m'avait fatigué les bras et il me fallut un certain temps pour hisser mon corps au-dessus de la roche. Il me semblait que j'avais nagé le crawl sur un ou deux kilomètres. Elle m'aida à me hisser en haut en attrapant ma ceinture.

— On a eu chaud ! dit-elle. Quelques minutes de plus et on était morts tous les deux.

— Eh ben mince alors ! fis-je en m'allongeant sur un rocher plat, et en respirant profondément plusieurs fois. Jusqu'où l'eau est-elle montée ?

Elle posa sa lampe par terre et remonta la corde en la tirant petit à petit. Après avoir remonté une trentaine de nœuds de la corde, elle me la mit dans les mains : elle était complètement trempée. L'eau était donc montée assez haut. Comme elle disait, on avait eu chaud : si on avait découvert cette corde quatre ou cinq minutes plus tard…

— Au fait, tu as trouvé ton grand-père ?

— Évidemment, répondit-elle. Il est dans l'autel tout au fond. Mais il s'est foulé la cheville. Quand il s'est enfui tout à l'heure, il s'est pris le pied dans un creux.

— Comment a-t-il pu arriver jusqu'ici avec une cheville foulée ?

— On est costauds dans la famille.

— Oui, on dirait.

Moi aussi, je me croyais du genre costaud, mais je ne pouvais pas soutenir la comparaison avec eux.

— Allons-y. Grand-père nous attend à l'intérieur. Il dit qu'il a plein de choses à te dire.

— Ça, moi aussi, dis-je.

Une fois de plus, je mis le sac sur mon dos et la suivis en direction de l'autel. En fait d'autel, c'était seulement un pan de roche dans lequel se trouvait une ouverture ronde. Une fois passé cette entrée, on se trouvait dans une sorte de pièce, où étaient disposées des lampes à gaz, dans les creux de la muraille, qui éclairaient l'intérieur d'une vague lumière jaune. La surface irrégulière de la roche créait d'innombrables ombres aux formes étranges. Le professeur était assis à côté d'une de ces lampes, enveloppé dans une couverture, la moitié du visage dans une zone d'ombre. La lumière faisait ressortir ses yeux enfoncés dans les orbites, mais en réalité il se portait plutôt bien.

— Alors, vous l'avez échappé belle, il paraît ? me dit-il d'un air guilleret. Moi aussi je savais que l'eau allait jaillir, mais je n'y ai pas prêté attention, parce que je croyais vous voir arriver plus tôt.

— Je me suis perdue en ville, Grand-père, expliqua sa petite-fille rebondie, et du coup j'ai eu presque une journée entière de retard à mon rendez-vous avec lui.

— Bon, ça va, ça va, ça n'a plus aucune importance, dit le professeur. Maintenant, que cela prenne du temps ou n'en prenne pas, c'est la même chose.

— Comment ça, qu'est-ce qui est la même chose ? lui demandai-je.

— Remettons donc à plus tard ces histoires compliquées, et asseyez-vous ici. Il faut commencer par enlever ces sangsues que vous avez dans le cou. Si on les laisse comme ça, vous aurez des marques.

Je m'assis un peu plus loin que le professeur. Sa petite-fille s'assit à côté de moi, sortit une boîte d'allumettes de sa poche, en alluma une et fit tomber en les brûlant les énormes sangsues collées sur mon cou. Les sangsues avaient bu mon sang tout leur content et étaient si gonflées qu'elles avaient à peu près la taille d'un bouchon de vin. Quand on leur mettait l'allumette dessus, ça faisait un bruit humide : shhhh. Une fois tombées, elles se tortillèrent un moment sur le sol, mais la grassouillette les écrasa sous la semelle de ses chaussures de jogging. Sur ma peau restait une crispation de douleur, comme après une brûlure. Quand je tournais la tête à gauche, j'avais l'impression que ma peau allait se déchirer aussi facilement que celle d'une tomate trop mûre. Si cette vie-là continuait longtemps, encore une semaine et tout mon corps ressemblerait à un catalogue d'échantillons de blessures diverses. Je pourrais en faire profiter tout le monde en fabriquant un beau tableau en couleurs, comme les photos montrant différents types d'eczéma collées sur les devantures des pharmacies. Entaille au ventre, bosse à la tête, bleus dus à la succion du sang par les sangsues… et il faudrait sans doute ajouter l'impuissance, pour compléter le tableau dans le genre sinistre.

— Vous n'auriez pas apporté quelque chose à manger ? me demanda le professeur. J'étais tellement pressé que je n'ai pas eu le temps de sortir suffisamment de victuailles, et depuis hier je ne mange que du chocolat.

J'ouvris mon sac, en sortis quelques boîtes de conserve, du pain, la gourde, et passai le tout au professeur en même temps qu'un ouvre-boîtes. Il commença par boire de l'eau – à le voir, c'était un vrai régal – puis examina attentivement les boîtes de conserve comme s'il était à la recherche d'un grand cru. Finalement, il ouvrit une boîte de pêches et une de corned-beef.

— Vous en prendrez bien un peu ? nous demanda-t-il.

Je déclinai son offre : dans un endroit pareil et en un moment pareil, je ne risquais pas d'avoir de l'appétit.

Le professeur se coupa un morceau de pain, sur lequel il posa un bloc de corned-beef, et se mit à mâcher le tout avec l'air de se régaler plus que jamais. Ensuite, il mangea quelques pêches et but le sirop à la régalade, sans toucher la boîte des lèvres. Pendant ce temps, je sortis ma flasque de whisky de ma poche et en bus deux ou trois gorgées, ce qui eut pour effet d'alléger la douleur de différents endroits de mon corps. Ce n'était pas que la souffrance elle-même ait diminué, mais, l'alcool anesthésiant mes nerfs, elle paraissait prendre une sorte d'existence indépendante sans rapport direct avec moi.

— Ah, vraiment, heureusement que vous aviez ça, me dit le professeur. Je garde toujours ici une réserve de nourriture permettant de tenir deux ou trois jours, mais cette fois, par négligence, je ne l'avais pas complétée. J'ai honte ! Quand on s'habitue à la vie facile, on en oublie peu à peu d'être vigilant. C'est une bonne leçon pour moi ! « Répare ton parapluie quand il fait beau, et il sera prêt quand la pluie viendra. » Ah, les anciens savaient de quoi il retournait !

Et le vieillard lança son tonitruant « Ho ho ho ! » qui dura un long moment.

— Bon, maintenant que vous vous êtes restauré, dis-je, entrons dans le vif du sujet. Vous ne voudriez pas tout me raconter dans l'ordre, en commençant par le début ? Qu'est-ce que vous cherchiez donc à faire ? Qu'est-ce que vous avez fait ? Qu'est-ce qui va en résulter ? Et moi, qu'est-ce que je dois faire ? Tout, dites-moi tout !

— Mais ça va être une conversation très spécialisée, dit le professeur d'un air de doute.

— Vous n'avez qu'à passer sur les détails de spécialiste et m'expliquer le plus simplement possible. Tout ce que je veux savoir, ce sont les grandes lignes, et les mesures concrètes à prendre maintenant.

— Mais, si je vous dis tout, je crains que vous ne soyez fâché contre moi, et je ne voudrais surtout pas…

— Je ne me fâcherai pas. Même si je me fâchais, ça ne servirait à rien au point où on en est maintenant.

— Pour commencer, je crois que je vous dois des excuses, dit le professeur. Même si c'était au nom de la recherche scientifique, je vous ai trompé, utilisé et poussé de force dans une situation sans issue.

Par rapport à tout cela, je suis moi-même en pleine remise en question. Mes paroles ne sont pas feintes, je suis sincèrement désolé du fond du cœur. Mais enfin, en ce qui concerne mes recherches, il s'agissait de quelque chose d'incomparablement important et précieux, et j'aimerais qu'au moins sur ce point vous me compreniez. Les scientifiques ont tendance à mettre en avant leurs découvertes scientifiques et à oublier tout le contexte environnant. Mais c'est ce qui a permis à la science de progresser sans interruption jusqu'à aujourd'hui. Pour parler crûment, la science n'a pu progresser que grâce justement à cette authentique pureté… Tenez, avez-vous déjà lu Platon par exemple ?

— Très peu, répondis-je. Dites, ça ne vous ennuierait pas d'aborder le sujet principal ? Pour ce qui est de la pureté d'intention de la recherche scientifique, ça va, j'ai saisi.

— Oui, excusez-moi, je voulais simplement dire qu'il arrivait de temps en temps que des gens subissent des dommages à cause de cette authenticité de la science. Mais c'est exactement la même chose que l'ensemble des phénomènes naturels authentiques qui peuvent aussi, dans certains cas, blesser l'humanité. La lave d'un volcan ensevelit des villes, une inondation entraîne des victimes, un tremblement de terre détruit une partie de la croûte terrestre… Peut-on dire pour autant que ces phénomènes naturels sont mauvais ? Mais, me direz-vous…

Sa petite-fille aux formes rebondies l'interrompit :

— Grand-père, tu ne crois pas qu'on risque de ne plus avoir assez de temps, si tu ne te dépêches pas de raconter ton histoire ?

— Oui, oui, tu as parfaitement raison, mon enfant,

dit le professeur en lui prenant la main et en la tapotant. Bon, à ce propos, où pourrais-je commencer mon récit ? Ce n'est pas mon fort de comprendre les situations dans leur ordre chronologique, aussi je ne sais pas par quel bout commencer.

— Vous m'avez remis des données pour le *shuffling*, n'est-ce pas ? Quelle était leur signification ?

— Il faudrait que je remonte à trois ans en arrière pour vous l'expliquer.

— Remontez, remontez, je vous en prie.

— À cette époque-là, je travaillais au bureau de recherche de System. Plutôt que d'être un chercheur officiel, je faisais partie d'une sorte de détachement de forces. J'avais sous mes ordres une équipe de cinq ou six personnes, je disposais d'un équipement splendide, et je pouvais dépenser de l'argent à volonté. Personnellement, l'argent, je m'en moque éperdument, et je suis d'un caractère à refuser catégoriquement de travailler sous les ordres de quelqu'un, mais System m'offrait de magnifiques matériaux d'expérimentation pour mes recherches, que j'aurais été bien en peine de trouver ailleurs, et le fait de pouvoir enfin mettre en pratique les résultats de mes recherches avait pour moi un attrait indicible.

» À cette époque-là, System se trouvait dans une position assez dangereuse. C'est-à-dire que les pirateurs avaient décodé pour ainsi dire la totalité des différents systèmes de brouillage des données mis au point pour protéger les informations. Plus System essayait de compliquer ses méthodes, et plus les pirateurs employaient des méthodes sophistiquées pour les décoder, et ainsi de suite. C'est comme deux voisins qui se concurrencent pour construire des clôtures. Si l'un entoure sa maison d'une clôture élevée, le voisin ne se laissera pas abattre et en construira une encore plus haute. Et, quand ces clôtures seront devenues vraiment trop hautes, elles auront perdu toute utilité pratique. Cependant, aucun des deux ne peut se retirer de la course. Car cela voudrait dire s'avouer vaincu. Et le vaincu perd sa valeur existentielle. C'est là que System a décidé de mettre au point un système de brouillage de données impossible à décoder, parce que basé sur des principes tout à fait différents. C'est ainsi que j'ai été invité à me joindre à eux en tant que chef de l'équipe de recherche.

» Avec moi, ils avaient vraiment fait le bon choix. Parce qu'à cette époque – et maintenant aussi bien entendu – j'étais le savant le plus doué et le plus ambitieux dans le domaine de la physiologie du cerveau. Comme je n'exerçais aucune de ces activités stupides qui consistent à donner des conférences dans des congrès scientifiques ou à publier des thèses de recherche, j'étais complètement rayé de l'Académie des sciences, mais personne ne pouvait se mesurer à moi en ce qui concerne la profondeur de la connaissance du cerveau humain. Cela, System le savait. Et c'est bien pour cette raison qu'ils m'ont choisi, comme étant la personne la plus compétente pour ce qu'ils cherchaient à réaliser, c'est-à-dire une conversion totale des concepts. Il ne s'agissait pas de rendre encore plus complexes et sophistiquées les méthodes déjà établies, mais d'effectuer une transformation drastique à partir de la base. Et c'était là une chose totalement impossible à réaliser pour un savant obligé de faire des calculs de salaires en travaillant jour et nuit dans un laboratoire de recherche, tout en poursuivant la rédaction d'ennuyeux mémoires. Un savant authentique et original doit rester libre.

— Pourtant, en acceptant d'entrer à System, vous avez abandonné votre condition d'homme libre, hasardai-je.

— Oui, oui, c'est exact. Vous avez parfaitement raison. Cela aussi, je le remets en question au fond de moi. Je n'ai pas de regrets, mais je me remets en question, oui, oui. Cependant, cela dit sans me chercher d'excuses, je mourais d'envie d'avoir l'occasion de mettre mes théories en pratique. À cette époque, j'avais déjà une théorie très précise bien au point dans ma tête, mais sans aucun moyen de la mettre en pratique. C'est là le point gênant de la recherche en physiologie du cerveau : nous ne pouvons pas conduire d'expériences sur des animaux comme dans les autres domaines de la physiologie. Pourquoi ? Parce que le cerveau du singe ne dispose pas des fonctions complexes du cerveau humain, comme la réaction aux souvenirs, ou aux couches profondes de la conscience.

— Alors, vous m'avez utilisé comme cobaye, n'est-ce pas ? dis-je.

— Allons, allons, ne concluez pas trop vite. Je vais d'abord vous expliquer ma théorie en termes simples. Il y a une théorie générale en ce qui concerne les codes secrets. Autrement dit : *aucun code n'est indéchiffrable.* C'est parfaitement correct, aucun doute là-dessus. Tout code est élaboré à partir d'un certain principe. Et ce principe, si complexe et si raffiné soit-il, est en fin de compte un élément commun à l'esprit humain qui peut donc être compris par de nombreux autres humains. Et donc, si l'on peut comprendre le principe, on peut également déchiffrer le code. Parmi les codes secrets, le système le plus hautement fiable est celui qu'on appelle *book to book system* : autrement dit, un système où les deux personnes qui s'envoient un message secret possèdent le même livre dans la même édition et décident des mots utilisés selon le nombre de pages et les paragraphes. Mais même là, si on découvre de quel livre il s'agit, tout tombe à l'eau. Et le premier inconvénient vient du fait qu'il faut toujours avoir son livre à portée de main : trop dangereux.

C'est là que j'ai eu une idée. Il n'y a qu'un code secret vraiment parfait. Il s'agit de brouiller le message grâce à un système que personne ne peut comprendre. Autrement dit, brouiller les informations par le biais d'une parfaite *boîte noire*, et décoder ces informations une fois traitées à l'aide de la même boîte noire. Le récepteur du message lui-même doit ignorer le contenu et le principe de fonctionnement de cette boîte noire. Il peut l'utiliser, mais il en ignore le contenu. Et, comme le principal intéressé lui-même ne sait rien, personne ne peut lui voler ses informations, même par la force. Qu'est-ce que vous en pensez : parfait, mon système, non ?

— Vous voulez dire que la boîte noire en question se trouverait dans les couches profondes de la conscience d'un être humain ?

— Oui, oui, exactement. Laissez-moi vous expliquer un peu mieux ce dont il s'agit : chacun agit individuellement selon des principes propres. Il n'existe pas un être pareil à un autre. Autrement dit, c'est un problème d'identité. Qu'est-ce que l'identité ? C'est une individualité modelée par un système de pensée lui-même créé par l'accumulation des souvenirs d'expériences passées d'un être donné. On peut appeler ça l'esprit, plus simplement. Pas un seul homme n'a le même esprit qu'un autre. Pourtant, l'être humain ne comprend presque rien de son propre système de pensée. C'est mon cas, et le vôtre également. La part que nous comprenons clairement – ou bien que nous devinons – ne dépasse pas un quinzième ou un vingtième de notre conscience. Ce n'est que la pointe de l'iceberg. Tenez, par exemple, une question toute simple : êtes-vous courageux ou lâche ?

— Je ne sais pas, répondis-je en toute sincérité. Je peux être courageux dans certaines circonstances, et lâche dans d'autres. Je ne peux pas répondre en un mot.

— Voilà exactement ce qu'est notre système de pensée. On ne peut pas le définir en un mot. Vous choisissez naturellement, presque instantanément, un point quelconque situé entre deux extrêmes appelés courage et lâcheté, selon les circonstances et le sujet en cause. Ce programme raffiné existe à l'intérieur de vous. Mais vous ne savez presque rien du contenu ni des détails de ce programme. Parce que vous n'avez pas besoin de le savoir. Vous pouvez fonctionner en tant qu'individualité particulière, vous-même, sans savoir tout cela. C'est exactement cela, la boîte noire. Autrement dit, dans notre cerveau est enfoui un énorme cimetière d'images que le pied de l'homme n'a jamais foulé. À part le cosmos, c'est la dernière *terra incognita* de l'espèce humaine.

» Non, l'expression “cimetière d'images” ne convient pas vraiment, parce qu'il ne s'agit pas d'une accumulation de souvenirs défunts. Il serait sans doute plus exact et plus proche de la réalité de dire : usine à images. Là sont sélectionnées des pièces de souvenirs et de connaissances innombrables, ces pièces sont ensuite assemblées en une chaîne complexe, et ces chaînes à leur tour sont assemblées en faisceaux complexes, qui constituent un système. C'est une usine, très exactement : c'est de la manufacture. Le directeur de l'usine, évidemment, c'est vous, mais malheureusement vous ne pouvez pas la visiter. C'est comme dans *Alice au pays des merveilles*, pour plonger dedans, il faut absorber un breuvage spécial. Ah, oui, l'histoire de Lewis Carroll est vraiment bien faite.

— Nos modalités d'action seraient donc déterminées par les ordres émanant de cette usine à images ?

— Oui, oui, exactement, fit le vieillard. Autrement dit…

— Attendez un peu, l'interrompis-je. Laissez-moi vous poser une question.

— Mais faites donc…

— Je comprends les grandes lignes de votre histoire. Mais cela ne peut quand même pas englober jusqu'au choix de nos actes ordinaires dans la réalité quotidienne ? Par exemple, en se levant le matin, que l'on prenne du thé, du lait ou du café avec ses tartines, ça ne dépend pas plutôt de notre humeur ?

— En fait, absolument, répondit le professeur en hochant profondément la tête. Un autre problème est que notre subconscient est en constante transformation. Pour vous donner un exemple, c'est comme une encyclopédie dont sortirait chaque jour une édition révisée. Pour stabiliser le système de pensée humain, il faut éliminer ces deux obstacles.

— Obstacles ? dis-je. En quoi est-ce un obstacle ? Est-ce que ce ne sont pas des actes normaux pour les humains ?

— Peut-être, peut-être, dit le professeur d'un ton conciliant. Si on approfondit la question, ça devient un débat théologique. Le déterminisme et ce genre de choses, n'est-ce pas. Les actes humains sont-ils déterminés d'avance par une volonté divine, ou bien l'homme agit-il complètement spontanément ? Évidemment, les chercheurs de l'ère moderne ont mis l'accent sur cette spontanéité physiologique de l'homme. Et pourtant, si on demande ce que c'est que l'autodétermination, personne ne peut répondre correctement. Parce que personne ne peut saisir le mystère de cette usine à images que nous avons en nous. Freud et Jung ont publié diverses théories, mais il ne s'agit là que d'inventer une terminologie pour pouvoir en parler tant et plus. C'est plus pratique qu'avant, mais quant à dire que l'autodétermination a été prouvée, rien de tel ! À mes yeux, on n'a fait que donner à la psychologie des couleurs de philosophie scolastique.

Là, le professeur éclata de nouveau de rire (« Ho ho ho ! »). Sa petite-fille et moi attendions en silence la fin de cet accès de gaieté.

— Je me définis plutôt comme quelqu'un qui a une pensée pragmatique, reprit le professeur. Pour reprendre un vieil adage, je dirai : « Rendons à Dieu ce qui est à Dieu, et à César ce qui est à César. » Les sciences physiques ne sont après tout que de la conversation ordinaire codée. Avant de se passionner pour ce genre de sujet, il y a des montagnes de choses à faire dans des domaines bien déterminés. Par exemple, la question de cette boîte noire. On peut la laisser telle quelle, sans y toucher. Et l'utiliser telle quelle. Cependant… (en disant cela, le professeur avait levé un doigt)… cependant, il faut résoudre les deux problèmes que j'ai évoqués tout à l'heure. L'un est le hasard qui est à l'œuvre au niveau des actes superficiels, l'autre la transformation permanente de la boîte noire qui accompagne l'accumulation d'expériences nouvelles. Ce n'est pas un problème facile à résoudre, vous savez ! Pourquoi ? Parce que, comme vous l'avez dit tout à l'heure, ce sont là des actes normaux pour un être humain. Dans la mesure où un être vit, il fait un certain nombre d'expériences, et ces expériences s'accumulent en lui, à chaque minute, à chaque seconde. Dire à un homme d'arrêter cela, c'est lui dire de mourir. À ce moment-là, je fis une hypothèse : et si on arrêtait la boîte noire d'un être, qui change d'instant en instant, en un point donné ? Si elle devait se modifier ensuite, elle pourrait le faire. Mais, à part cela, la boîte noire telle qu'elle aurait été à un instant donné serait bel et bien arrêtée, et sur un simple appel on pourrait alors la faire ressortir sous cette forme à volonté. Quelque chose comme une congélation instantanée.

— Attendez une minute ! dis-je. Cela revient à doter un seul être humain de deux systèmes de pensée différents ?

— Tout à fait, tout à fait, dit le vieillard. Exactement comme vous le dites. Vous avez une compréhension profonde. Vous répondez à mon attente. C'est tout à fait comme vous le dites. Le système de pensée A est maintenu en permanence. Dans les phases de l'autre côté, il se modifie continuellement en A', A'', A'''... C'est comme de mettre une montre arrêtée dans la poche droite de son pantalon, et une montre qui marche dans la poche gauche : selon les besoins, on peut sortir celle qu'on veut. Voilà qui résout le premier problème.

» On peut se débarrasser du deuxième problème selon le même principe. Il suffit de couper net la faculté sélective au niveau superficiel du système conceptuel A original. Est-ce que vous me suivez ?

Je répondis que non, je ne comprenais pas.

— Autrement dit, on procède à la section de la couche superficielle, tout comme un dentiste découpe l'émail d'une dent. On ne laisse que le facteur central indispensable, c'est-à-dire le noyau de la conscience. Si on fait ça, cela supprime toute possibilité d'erreur. Ensuite, on congèle ce système conceptuel dont on a retranché la surface, et on le jette au fond d'un puits ! Bang ! Comme ça ! Voilà, ça c'est l'archétype de la méthode *shuffling*. En gros, c'est la théorie que j'avais mise au point avant mon entrée à System.

— Il s'agit de neurochirurgie, non ?

— Actuellement, la neurochirurgie est nécessaire. Avec les progrès de la recherche, la nécessité en diminuera certainement peu à peu. On deviendra sans doute capable d'induire ce genre d'état par une opération d'appoint, un genre d'hypnose en somme. Mais au stade actuel de la recherche, c'est impossible. Le seul moyen est un électrochoc du cerveau. Autrement dit, changer artificiellement le cours des circuits cérébraux. Il n'y a là rien de particulièrement rare : ce n'est qu'une application un peu différente des opérations actuellement pratiquées sur les épileptiques. Cela annule les décharges électriques émises par le cerveau. Puis-je omettre les détails de spécialiste ?

— Omettez, omettez… répondis-je, je me contenterai des points essentiels.

— Autrement dit, on crée un point de jonction dans le courant des ondes cérébrales. Un carrefour, en somme. À côté, on enfouit des électrodes et une petite pile. Et on fait en sorte que, sur un signal donné, l'aiguillage change, clic-clac !

— Ce qui veut dire que, moi aussi, j'ai des électrodes et une pile enfouis dans le crâne ?

— Évidemment !

— Eh ben mince alors ! m'écriai-je.

— Non, non, ce n'est pas aussi effrayant ni aussi rare que vous le pensez ! C'est à peine gros comme un haricot rouge, et le monde est plein de gens qui se promènent avec des machines de cette taille dans le corps. Et puis il y a encore une chose que je dois vous dire, c'est que le système conceptuel A, le circuit de la montre arrêtée, si vous préférez, est un circuit aveugle. Dès que vous entrez dans ce circuit, vous ne pouvez absolument plus avoir conscience du cours de vos propres pensées. Autrement dit, vous ignorez complètement ce que vous êtes en train de faire ou de penser pendant ce laps de temps. On est obligé de procéder ainsi, à cause du risque que vous ne modifiiez vous-même ce système conceptuel.

— Il reste quand même le problème de l'irradiation du noyau de conscience pure dont vous avez sectionné la surface. J'ai entendu quelqu'un de votre équipe parler de ça juste après l'opération. Il disait que cette irradiation pouvait peut-être avoir une influence très forte sur une autre conscience.

— C'est vrai. Il y a aussi ce problème. Mais personne ne s'est encore fait d'opinion précise sur la question. À ce moment-là, c'était une simple supposition. On ne l'a pas appris par expérience, on s'est seulement dit que cela pouvait arriver.

» Tout à l'heure vous parliez d'expériences sur des cobayes humains et, pour vous parler franchement, nous en avons fait quelques-unes. Parce que nous ne voulions pas vous exposer d'office, vous, les programmeurs, qui êtes un précieux matériel humain, à des risques inutiles. System a trouvé une dizaine de personnes correspondant à ce qu'il nous fallait, et nous les avons d'abord opérées, elles, pour voir les résultats.

— De qui s'agissait-il ?

— On ne nous l'a pas dit. En tout cas, c'étaient dix hommes jeunes et en bonne santé. Pas de maladies mentales, un QI au-dessus de 120, c'étaient les conditions requises. De qui il s'agissait et comment on les avait amenés jusqu'à nous, nous n'en avons rien su. Les résultats étaient moyens. La jonction a bien marché pour sept sur les dix. Pour les trois autres, la jonction n'a pas fonctionné, soit le système conceptuel restait unique, d'un côté ou de l'autre, soit les deux s'embrouillaient. Mais sur les sept autres ça a marché.

— Que sont devenus ceux qui se sont emmêlés les circuits ?

— Évidemment, nous les avons remis dans leur état d'origine. Il n'y a pas eu de dommages. Pendant que nous poursuivions l'entraînement des sept autres, quelques problèmes particuliers ont pu être détectés. L'un était un problème technique, l'autre venait du sujet d'expérience lui-même. Le signal d'appel pour l'aiguillage était trop vague. Nous avions d'abord choisi comme signal de mise en route des chiffres arbitraires de dizaines de mille, mais il s'est trouvé, pour on ne sait quelle raison, que le changement d'aiguillage était déclenché chez certains sujets par l'odeur du jus de raisin naturel. Nous l'avons découvert en leur offrant un jour du jus de raisin au repas de midi.

À côté de moi, la petite boulotte émit un petit rire

sous cape, mais moi, je ne trouvais pas ça drôle. En ce qui me concerne, depuis que j'avais été traité pour le *shuffling*, certaines odeurs s'étaient mises à me faire un effet irrésistible. Par exemple, quand je respirais l'odeur de melon de son eau de Cologne, je me mettais à entendre des bruits dans ma tête. Si mon système conceptuel se mettait à changer chaque fois que je respirais une odeur, ça promettait d'être infernal !

— Alors nous avons résolu le problème en intercalant entre les chiffres des ondes sonores particulières. En fait, il y avait confusion parce que la réaction induite par le signal d'appel ressemblait à celles que peuvent induire certaines odeurs. Un autre problème venait du fait que, chez certains sujets, le système conceptuel original ne fonctionnait plus très bien même si la jonction se faisait normalement. Après investigation, nous nous sommes rendu compte que le problème venait du système conceptuel du sujet lui-même. C'est le centre de conscience du sujet d'expérience même qui était qualitativement instable et faible. Bien que sains et d'une bonne capacité intellectuelle, ces sujets n'avaient pas une structure mentale assez solide, ou bien au contraire, dans certains cas, c'est leur maîtrise d'eux-mêmes qui n'était pas suffisante. Ils avaient un sens de leur identité suffisant mais ne savaient pas l'utiliser par manque de discipline. Autrement dit, nous nous sommes aperçus qu'il ne suffisait pas d'être opéré pour devenir apte au *shuffling*, mais qu'il y avait des sujets plus ou moins prédisposés.

» Finalement, il n'en est resté que trois qui avaient cette aptitude. Chez ceux-là, le courant bifurquait dès que l'ordre en était donné par le signal d'appel, et ils étaient à même de remplir leur fonction de façon stable et efficace en utilisant leur système original congelé. Nous avons donc continué à expérimenter sur eux pendant environ un mois, puis, à ce moment-là, nous avons obtenu le feu vert de System.

— Et c'est là que vous nous avez traités, nous, pour le *shuffling* ?

— Exactement. Nous avons eu des entrevues, soumis à des examens cinq cents programmeurs, et nous avons sélectionné parmi eux vingt-six jeunes hommes en bonne santé physique et mentale, à forte personnalité psychique et, de plus, capables de contrôler leurs sentiments et leurs actes. C'était une entreprise délicate. Parce qu'il y a des choses qu'on ne peut pas saisir tout de suite même avec des examens et des entrevues, n'est-ce pas ? Alors, System a préparé pour nous un dossier détaillé sur chacun de ces vingt-six jeunes gens. Leur vie, leurs notes à l'école, leur famille, leur vie sexuelle, la quantité d'alcool qu'ils buvaient, tout ce qui les concernait. Ils vous ont récurés à fond, comme des bébés qui viennent de naître. C'est pour ça que je sais tout de vous, mon jeune ami, je vous connais aussi bien que moi-même.

— Il y a quelque chose qui m'échappe, dis-je. J'ai entendu dire que les noyaux de nos consciences, autrement dit votre fameuse boîte noire, étaient conservés dans les archives de System. Comment cela est-il possible ?

— Nous avons entièrement décalqué vos systèmes conceptuels. Ensuite, nous avons fait une simulation et nous avons conservé le tout comme banque de données principale. Si nous ne faisions pas ça, nous ne pourrions plus rien faire au cas où il vous arriverait quelque chose. C'est pour nous une espèce d'assurance.

— Est-ce que la simulation est parfaite ?

— Non, évidemment, une simulation ne peut être parfaite. Disons que, fonctionnellement, c'est assez proche de la perfection, parce que décalquer la partie dont le cortex a été efficacement retranché était assez facile. Pour vous expliquer en détail, la simulation a été faite avec un holographe et trois sortes de coordonnées planes. Sur les ordinateurs traditionnels, c'est évidemment impossible, mais, comme les nouveaux ordinateurs comprennent des fonctions de l'ordre de l'usine à images, ils peuvent répondre à cette structure complexe de la conscience humaine avec laquelle ils ont certaines similitudes. Restait le problème de fixer tout cela sous forme de carte, mais laissons cela, ce serait trop long à expliquer. Pour vous résumer tout ça de façon extrêmement simple, voilà comment on procède pour calquer : d'abord, on enregistre sur l'ordinateur plusieurs électroencéphalogrammes de suite. Il y a des écarts subtils entre chacun de ces électroencéphalogrammes parce que, quand des parties à l'intérieur des lignes sont remaniées, cela remanie l'ensemble du graphique. Si, dans l'ensemble de la composition, certaines lignes ne sont pas significatives pour le plan, d'autres le sont. C'est l'ordinateur qui en décide. Il élimine ce qui n'est pas significatif et regroupe les lignes significatives en un graphique fondamental. Et on répète cela encore et encore, par millions d'unités. Comme si on empilait des feuilles de plastique. Puis, quand on est sûr qu'aucun nouvel écart ne peut apparaître, on garde ce schéma en tant que boîte noire.

— Cela veut dire que vous avez reproduit le cerveau ?

— Non, pas du tout, on ne peut pas reproduire

le cerveau. J'ai simplement fait un relevé fixe, à un niveau phénoménal, de votre système de conscience. Et cela sur une durée temporelle fixe. Car, en ce qui concerne la flexibilité que déploie le cerveau dans la temporalité, nous, les savants, ne pouvons que baisser les bras. Mais ce n'est pas tout ce que j'ai fait : j'ai réussi à créer une image de cette boîte noire. (Après avoir prononcé ces mots, le professeur regarda alternativement sa petite-fille et moi.) J'ai créé une image du noyau de la conscience ! Personne ne l'avait fait jusqu'à présent. Parce que c'était impossible. Et moi, je l'ai rendu possible ! Comment, à votre avis ?

— Je n'en sais rien.

— J'ai montré un objet au sujet d'expérience, analysé la réaction électroencéphalique produite par la vision de cet objet, changé cela en chiffres, puis en points. Au début, je n'ai obtenu qu'une figure extrêmement simple, mais, après plusieurs manipulations, les détails se superposent peu à peu, et l'image telle que l'a vue le sujet d'expérience se dessine sur l'écran de l'ordinateur. Ce n'est pas aussi simple que ça en a l'air en le racontant, cela requiert un temps et des efforts extravagants, mais en simplifiant c'est ça. Et, si on répète cette opération un nombre infini de fois, l'ordinateur assimile le modèle et finit par refléter automatiquement une image à partir des ondes électroencéphaliques. C'est vraiment mignon, un ordinateur ! Dans la mesure où on lui donne des ordres cohérents, il nous rend toujours un travail cohérent.

» Ensuite, quand l'ordinateur a absorbé de plus en plus de modèles, on essaie d'enregistrer la boîte noire. Et alors, c'est absolument merveilleux, le contenu du noyau de la conscience se trouve mis en images. Mais évidemment ces images sont extrêmement chaotiques et morcelées et n'ont aucun sens telles quelles. C'est là qu'un travail de montage devient nécessaire. Oui, exactement comme le montage cinématographique. On colle ou on découpe cette accumulation d'images, on déplace, on recompose. Et on compose ainsi une histoire qui se tient.

— Une histoire ?!

— Ce n'est pas si étrange que ça, dit le professeur. Un excellent musicien parvient à transférer sa conscience dans le son, un peintre transfère la sienne dans les formes et les couleurs. Les romanciers transfèrent la leur dans des romans. C'est la même logique. Évidemment, comme il s'agit d'un transfert, on n'obtient pas un décalquage parfaitement exact, mais c'est vraiment commode pour comprendre l'état global de la conscience. Même si elles sont exactes, ce n'est pas en regardant une succession d'images confuses que l'on peut saisir tous les aspects de la conscience. Et puis rien ne nécessite une totale exactitude puisqu'il n'y a aucune utilisation précise de ce tableau visuel. Je n'ai procédé à cette visualisation que par goût personnel.

— Par *goût* ?!

— Autrefois – je parle d'avant la guerre –, j'ai été assistant de montage dans le cinéma et c'est pour ça que je suis aussi à mon aise là-dedans. Autrement dit, c'est un travail qui consiste à remettre le chaos en ordre. C'est pourquoi j'ai continué ce travail-là seul, sans le reste de mon équipe, enfermé dans mon laboratoire. Aucun d'eux ne savait ce que je faisais. Et ces données sous formes de visualisations, je les ai emmenées en secret chez moi. C'est ma richesse !

— Vous avez visualisé la conscience des vingt-six sujets ?

— Exactement, tous. Et puis j'ai mis des titres à chacun, et ce titre est devenu celui de la boîte noire de chacun.

— C'était donc ça, *Fin du monde*, je trouvais vraiment bizarre qu'on ait mis un titre pareil…

— Oui, nous y reviendrons tout à l'heure. En tout cas, personne ne savait que j'avais réussi à mettre en images la conscience de vingt-six individus. Je ne l'avais dit à personne, parce que je voulais poursuivre ces recherches en dehors de System. J'avais mené à bien le projet pour lequel System m'avait fait venir, j'avais fini les expérimentations humaines nécessaires. Et puis j'étais dégoûté de la recherche faite uniquement au profit de quelqu'un d'autre. J'avais envie de retourner à une vie de chercheur touche-à-tout qui ne fait que ce qu'il aime. Je ne suis pas du genre à me consacrer à un seul type de recherches. Il est plus dans mon caractère de mener de front diverses recherches. D'un côté la phrénologie, de l'autre l'acoustique, et en même temps la neurologie. Mais quand on vend ses services à quelqu'un, c'est impossible. J'ai donc annoncé à System mon intention de me retirer, puisque j'avais terminé mes recherches, que j'avais réalisé ce qu'on m'avait commandé, et que le reste n'était plus que des questions techniques. Mais ils ne voulaient pas m'autoriser à m'en aller comme ça : j'en savais beaucoup trop sur le projet. Ils se disaient qu'à ce stade je n'avais qu'à courir chez les pirateurs, pour que leur projet de *shuffling* tombe à l'eau. Pour eux, tous ceux qui ne sont pas leurs alliés sont d'office des ennemis. Ils me demandèrent d'attendre trois mois, et de continuer les recherches que je voudrais, mais dans leur laboratoire. Je n'avais pas besoin de travailler, ils me donneraient une prime spéciale. Ils me demandaient d'attendre trois mois pour sortir de chez eux, c'était le temps qu'il leur fallait pour mettre au point un système secret de protection. Comme je suis un homme libre de naissance, il m'est extrêmement désagréable de voir mettre ainsi des entraves à ma liberté physique, mais enfin, leur proposition était intéressante, je décidai donc de me prélasser chez eux pendant trois mois en faisant ce que je voulais.

» Mais l'oisiveté est la mère de tous les vices… Comme j'avais tout mon temps, j'eus l'idée d'installer un nouveau circuit à la jonction cérébrale de mes cobayes – de vous, autrement dit. Un troisième circuit de pensées. Et j'incorporai dans ce circuit le noyau de conscience dont j'avais refait le montage.

— Mais pourquoi avez-vous fait ça ?

— D'abord parce que je voulais voir ce que ça donnerait sur mes sujets d'expérience. Je voulais savoir comment allait fonctionner à l'intérieur des sujets une conscience mise en ordre par une tierce personne. Dans toute l'histoire de l'humanité, on ne trouve aucun exemple aussi précis. Une autre raison – là évidemment il s'agit d'un mobile annexe – est que je me suis dit : après tout, si System m'utilise à son gré, pourquoi est-ce que je ne me servirais pas d'eux moi aussi ? J'avais envie de construire au moins une fonction à leur insu.

— Et c'est seulement pour ces raisons-là que vous nous avez fourré à l'intérieur du crâne des circuits aussi enchevêtrés qu'un réseau d'aiguillage de chemin de fer ?!

— Ah, j'ai honte quand vous me dites ça, sincèrement, j'ai honte. Et pourtant, vous ne pouvez sans doute pas le comprendre, mais la curiosité scientifique a quelque chose d'irrépressible. Moi aussi, bien entendu, je réprouve entièrement les expériences pratiquées dans les camps de concentration par des biologistes qui collaboraient avec les nazis, mais, au fond de moi, je regrette qu'ils n'aient pas conduit ces expériences de façon plus adroite et plus efficace, tant qu'à faire. Tous les savants qui se donnent la matière vivante pour objet ont la même pensée au fond de leur cœur. Et puis, ce que j'ai fait ne vous a jamais exposé à des risques vitaux. J'ai seulement multiplié par trois ce qui l'était déjà par deux. Ce n'est pas parce qu'on change un peu le cours de ses circuits que cela va augmenter la charge électrique du cerveau. Il s'agit seulement de fabriquer des mots différents, en utilisant le même alphabet.

— Mais en fait, à part moi, tous ceux qui ont été traités pour le *shuffling* sont morts ! Pourquoi ?

— Ça, je ne le sais pas plus que vous. Ce qui est sûr, c'est, comme vous dites, que vingt-cinq des programmateurs ayant été traités pour le *shuffling* sont morts. Ils sont tous morts de la même façon sans exception : ils sont allés se coucher, et le lendemain matin ils étaient morts dans leur lit.

— Eh bien, moi aussi, dis-je, je vais peut-être mourir comme ça pas plus tard que demain matin.

— Mais ce n'est pas si simple, dit le professeur en s'agitant avec gêne sous ses couvertures. Ces vingt-cinq décès étaient concentrés sur une période de six mois. Entre un an et deux mois et un an et huit mois après le traitement. Ils sont tous morts pendant cette période sans exception. Vous êtes le seul à continuer à pratiquer le *shuffling* sans aucun dommage, même maintenant, après trois ans et trois mois. On ne peut s'empêcher de penser que vous avez des dispositions naturelles particulières que les autres n'avaient pas.

— Particulières ? Que voulez-vous dire, particulières ?

— Attendez un peu. À propos, vous n'avez pas été victime de quelque étrange malaise, après votre traitement pour le *shuffling* ? Hallucinations auditives, visuelles, états de transe ?

— Non, répondis-je. Pas d'hallucinations d'aucune sorte, mais il me semble que je suis terriblement sensible à une certaine sorte d'odeur. Des odeurs de fruits, la plupart du temps.

— Ça, c'est un point commun à vous tous. L'odeur de certains fruits a une influence certaine sur la jonction. Je ne sais pas pourquoi, mais c'est comme ça. Mais cela n'a entraîné aucune hallucination auditive ou visuelle, aucun phénomène de transe ?

— Non, répétai-je.

— Humm, humm.

Le professeur réfléchit un moment.

— À part ça, je m'en suis aperçu pour la première fois tout à l'heure, mais il me semble qu'il y a des souvenirs cachés en moi qui me reviennent. Je n'y avais pas prêté attention jusqu'ici parce que ce n'étaient que des bribes de souvenirs, mais celui de tout à l'heure était clair et a duré longtemps. Et je sais d'où ça vient : c'est le bruit de l'eau qui me l'a fait revenir. Mais ce n'était pas une hallucination, c'était bel et bien un souvenir. J'en suis sûr.

— C'est faux, trancha le professeur. Cela vous apparaît peut-être comme un souvenir mais il s'agit d'une passerelle artificielle que vous avez fabriquée vous-même. Autrement dit, il y a tout naturellement des flottements entre votre identité personnelle et le montage de conscience que j'ai implanté dans votre cerveau, et votre moi essaie de construire des passerelles pour combler ces disproportions, afin de justifier sa propre existence.

— Je ne comprends pas, cela ne m'est jamais arrivé jusqu'ici. Pourquoi est-ce que cela ressort brusquement maintenant ?

— Parce que j'ai changé la direction des circuits et libéré le troisième. Mais, bon, continuons à raconter dans l'ordre. Sinon, ça m'est difficile à raconter, et sans doute difficile à comprendre pour vous aussi.

Je ressortis ma bouteille de whisky et en avalai une nouvelle rasade. Cette histoire promettait d'être encore plus horrible que ce que j'avais imaginé.

— Quand les huit premiers cobayes sont morts les uns après les autres, System m'a fait appeler. Ils voulaient que je fasse des investigations sur la cause de leur mort. À vrai dire, je n'avais plus très envie d'avoir de rapport avec toute cette histoire, mais il s'agissait d'une technique que j'avais moi-même mise au point, et c'était une question de vie ou de mort, je ne pouvais pas les laisser tomber. En tout cas, je suis allé voir ce qui se passait. Ils m'ont expliqué comment les huit sujets étaient morts et les résultats de l'autopsie de leur cerveau. Comme je vous l'ai dit tout à l'heure, ils étaient tous morts de la même façon, mais les causes de la mort n'étaient pas élucidées. Ni le corps ni le cerveau ne présentaient de blessure, et ils s'étaient tous arrêtés de respirer, tranquillement, dans leur sommeil. Ça ressemblait à une mort par absorption de somnifères. Leurs visages ne portaient aucune trace de souffrance.

— Vous n'avez pas compris de quoi ils étaient morts ?

— Non. Mais évidemment je pouvais émettre une supposition, faire des hypothèses. Comme ces huit programmeurs étaient morts les uns après les autres à la suite de l'opération pour le *shuffling*, on pouvait éliminer le hasard. Il fallait prendre des mesures. C'est le devoir d'un savant. Voici ce que je supposai : le système d'aiguillage installé dans le cerveau s'était soit relâché, soit court-circuité, soit effacé, et du coup cela avait troublé le système de pensée, et les fonctions cérébrales n'avaient pu supporter la puissance d'énergie ainsi libérée. Ou bien alors, si cela ne venait pas de la jonction elle-même, il fallait peut-être chercher le problème fondamental dans le fait de libérer le noyau de la conscience, même pour un temps très court. N'était-ce pas là chose difficile à supporter pour le cerveau humain ?

Sur ces mots, le professeur remonta les couvertures jusque sous son menton et resta silencieux un moment.

— Voilà ma théorie, reprit-il. Ce n'est pas certain, mais, après avoir bien réfléchi à tous les aspects de la question, la supposition que la cause de leur mort réside dans l'un ou l'autre de ces deux facteurs, voire les deux en même temps, me paraît la plus pertinente.

— Même avec l'autopsie du cerveau, vous n'avez rien trouvé ?

— Le cerveau n'est ni un grille-pain ni une machine à laver. Les programmes ne sont pas marqués dessus, et on ne voit pas les boutons. Le flux d'énergie électrique invisible change en permanence, aussi on ne pouvait pas enlever la jonction pour l'examiner après leur mort. On peut se rendre compte d'une anomalie sur un cerveau vivant, mais sur un cerveau mort on ne voit rien. Évidemment, une blessure ou une tumeur serait restée visible, mais il n'y en avait pas, ils étaient tous parfaitement sains.

» Alors, nous avons de nouveau fait passer tous les sujets d'expérience vivants au laboratoire, et nous avons tout vérifié. Prendre les ondes cérébrales, changer de système de pensée, vérifier que la jonction marchait normalement. Nous avons aussi eu des entretiens détaillés avec vous tous, pour savoir si vous aviez remarqué quelque chose d'anormal, des hallucinations quelconques. Mais il n'y avait rien qu'on puisse qualifier de problématique. Les programmeurs étaient tous en bonne santé, continuaient à accomplir normalement leur travail de *shuffling*. Alors je me suis dit que les huit qui étaient morts devaient avoir dès le départ une déficience du cerveau et n'étaient pas aptes au *shuffling*. Je ne savais pas encore de quelle déficience il s'agissait, mais si je m'attelais tout de suite à la tâche, je trouverais bien la solution avant de pratiquer une opération *shuffling* deuxième génération.

» Mais, finalement, je me trompais. Car, dans le mois qui suivit, cinq autres programmeurs moururent, dont trois qui avaient subi une vérification complète. C'est-à-dire que des gens qui avaient été entièrement révisés et jugés sans problème aucun étaient morts tout de suite après. Ce fut un grand choc pour nous. La moitié des sujets étaient déjà morts sans que nous ayons aucune idée de la cause de ces décès. Il s'agissait donc d'un problème plus fondamental qu'une simple question d'aptitude. Cela voulait dire qu'il était basiquement impossible au cerveau d'utiliser deux systèmes de pensée en alternance. C'est à ce moment-là que j'ai proposé à System de geler le projet, c'est-à-dire de retirer le système d'aiguillage du cerveau des survivants, et d'arrêter les opérations de *shuffling*, parce que, si on ne faisait pas ça, tous les autres allaient peut-être mourir aussi. Mais System me répondit que c'était impossible, et ma proposition fut refusée.

— Pourquoi ?

— Parce que le *shuffling system* était réellement efficace, et que mettre un terme immédiatement à tout cela était effectivement impossible. Cela aurait paralysé les fonctions de System. Et puis rien ne disait qu'ils allaient tous mourir, et, si certains survivaient, ils seraient des échantillons précieux pour les recherches futures. Voilà ce qu'ils me dirent. Alors j'ai abandonné.

— Et moi seul ai survécu, c'est ça ?

— Eh oui, c'est ça.

J'appuyai ma nuque au pan de la muraille et contemplai distraitement le plafond, tout en caressant la barbe qui m'avait poussé au menton. Je n'arrivais pas bien à me rappeler quand je m'étais rasé pour la dernière fois. Je devais vraiment être affreux.

— Et alors, pourquoi je ne suis pas mort, moi ?

— Là aussi, ce n'est qu'une hypothèse. Eh oui, je n'ai pour réponse qu'un tas d'hypothèses, mais là, j'ai dans l'idée que je ne suis pas loin du but. Autrement dit, vous, vous utilisiez déjà en alternance plusieurs systèmes de pensée. Inconsciemment, bien entendu. Inconsciemment, vous utilisiez deux identités différentes. Pour reprendre ma comparaison de tout à l'heure, une montre dans la poche droite, une autre dans la poche gauche. Vous aviez déjà une jonction qui fonctionnait en vous, et vous étiez donc psychiquement immunisé. Voilà mon hypothèse.

— Et elle repose sur quelque chose ?

— Tout à fait. Il y a quelque temps de ça – deux

ou trois mois –, j'ai regardé à nouveau toutes les visualisations faites à partir des boîtes noires, c'est-à-dire des systèmes de pensée, des vingt-six sujets. Et je me suis aperçu de quelque chose. C'est que votre « film » était le plus cohérent : il ne présente pas de rupture, il a une logique. En un mot, il est parfait. Tel qu'il est, il pourrait être utilisé pour faire un film ou un roman. Mais les vingt-cinq autres sont différents : confus, vaseux, incohérents, j'eus beau faire tous les montages possibles, on n'y trouvait aucune logique et ils restaient mal ficelés. Une suite de rêves mis bout à bout, sans plus. Complètement différents du vôtre. La même différence qu'entre un tableau de maître et le dessin d'un enfant.

» J'ai beaucoup réfléchi à la raison d'une telle différence, et je n'ai trouvé qu'une seule conclusion : vous avez mis la boîte noire en ordre vous-même. C'est pourquoi on trouve dans cette accumulation d'images une structure extrêmement claire. Pour employer à nouveau une comparaison, vous êtes descendu vous-même dans l'usine à images et vous les avez fabriquées de vos propres mains. Et cela, sans même le savoir !

— C'est incroyable ! dis-je. Comment est-ce possible ?

— Il y a de nombreux facteurs. Des expériences de votre enfance, l'environnement familial, d'où objectivation excessive de l'ego, sentiment de culpabilité ; vous avez particulièrement tendance à protéger votre moi de façon extrême. Je me trompe ?

— Peut-être bien. Et alors, qu'est-ce que ça peut faire, si je suis comme ça ?

— Ça ne fait rien du tout. S'il ne se passe rien, vous allez probablement vivre très longtemps comme ça, mais il n'y a aucune raison qu'il ne se passe rien. Que cela vous plaise ou non, vous êtes dans une position clé pour décider de l'orientation de cette stupide guerre de l'informatique. System va sans doute lancer prochainement un deuxième projet dont vous serez le prototype. Pour vous, cela signifie être analysé de fond en comble, tripoté dans tous les sens. Ce qui se passera concrètement, je l'ignore. Mais, aucun doute, vous aurez des moments désagréables à passer. Je ne suis pas très au fait de ce qui se passe dans le monde, mais je sais quand même ça. J'aurais bien voulu vous aider mais…

— Eh ben mince alors ! m'exclamai-je. Et vous, vous ne participerez plus au projet ?

— Comme je vous l'ai déjà dit à plusieurs reprises, vendre mes recherches à autrui ne s'accorde pas très bien avec mon caractère. Et puis je n'ai pas envie de participer à un projet qui va encore coûter la vie à je ne sais combien de gens. Certaines choses m'ont donné à réfléchir sur moi-même. Tout est devenu tellement compliqué que j'ai dû construire ce labo de recherche souterrain pour éviter tout contact avec mes congénères. Ils cherchent tous à m'utiliser, non seulement System mais jusqu'aux pirateurs qui sont venus me trouver ! Mais je n'aime pas les grandes organisations de ce genre. Ils ne pensent qu'à ce qui les arrange.

— Alors, pourquoi avez-vous utilisé ce drôle de stratagème envers moi : me faire venir en inventant un mensonge, et me demander exprès de programmer ?

— Je voulais vérifier la validité de mon hypothèse avant que System ou les pirateurs vous attrapent et vous fassent passer un mauvais quart d'heure. Si j'étais arrivé à élucider le mystère, cela vous aurait évité tout un tas d'ennuis à vous aussi. J'avais dissimulé dans les données à programmer le signal d'appel permettant le transfert dans le troisième système de pensée. Autrement dit, une fois aiguillé vers le deuxième système, vous avez passé un point qui vous a aiguillé vers le troisième système, et c'est de là que vous avez programmé les données.

— Ce troisième système, c'est celui que vous avez visualisé puis monté vous-même ?

Le professeur hocha la tête.

— Exactement, c'est tout à fait ça.

— Mais en quoi cela pouvait-il prouver la validité de votre hypothèse ?

— À cause des probabilités d'erreur. Inconsciemment, vous aviez déjà parfaitement saisi le contenu de votre propre noyau de conscience. Vous n'aviez donc aucun problème au niveau de l'utilisation du deuxième système de pensée. Mais le troisième circuit, c'est moi qui l'avais monté, des éléments erronés devaient donc naturellement se glisser à l'intérieur des deux autres systèmes. Et ces différences devaient forcément entraîner une réaction de votre part. Je voulais donc mesurer vos réactions par rapport à ces erreurs, et les résultats de ces calculs devaient me permettre de concrétiser mes suppositions vis-à-vis de la force des *choses* enfouies au fond de votre conscience, de votre caractère et des causes de la formation de celui-ci.

— *Devaient* vous permettre ?

— Oui, car maintenant tout cela est inutile, c'est fini. Les pirateurs, de mèche avec les ténébrides, se sont introduits dans mon laboratoire et l'ont entièrement mis à sac. Ils ont emmené tous les documents. J'ai vérifié en retournant au labo après leur départ. Tout ce qui avait de l'importance a disparu. Avec ce qui reste, impossible de mesurer les différences entre les systèmes. Ils ont emmené jusqu'à mes visualisations de boîtes noires.

— Et quel rapport tout cela a-t-il avec la fin du monde ? demandai-je à tout hasard.

— À dire vrai, ce n'est pas le monde où nous sommes maintenant qui va finir. C'est dans votre esprit que le monde va prendre fin.

— Désolé, je ne comprends rien, dis-je.

— Autrement dit, c'est dans le noyau de votre conscience. Ce que dépeint votre conscience, c'est la fin du monde. Pourquoi est-ce cela qui est caché au fond de votre conscience, je l'ignore, mais en tout cas c'est ainsi : à l'intérieur de votre conscience, c'est la fin du monde. Ou, inversement, votre conscience se meut dans un monde fini. Dans ce monde-là manquent la plupart des choses qui existent dans notre monde à nous : le temps n'existe pas, ni l'espace, ni la vie, ni la mort, ni le sens des valeurs au sens exact du terme, ni l'ego. Dans ce monde-là, ce sont des animaux qui contrôlent l'ego des gens.

— Des animaux ?

— Des licornes. Il y a des licornes dans cette ville.

— Ces licornes ont un rapport avec le crâne que vous m'avez donné ?

— Ça, c'est une réplique que j'ai fabriquée moi-même. Pas mal, n'est-ce pas ? J'ai suivi votre image visuelle pour la construire, mais j'ai eu du mal. Ça n'a aucune signification particulière, simplement, comme je m'intéresse aussi à la phrénologie, je me suis amusé à fabriquer ça. Je vous en fais cadeau.

— Attendez une minute ! m'écriai-je. Au fond de ma conscience existe ce monde dont vous parlez, bon, ça, j'ai compris. Vous vous êtes basé là-dessus pour faire un montage sous une forme plus claire, et vous avez implanté ce troisième circuit dans mon cerveau. Ensuite, à partir d'un signal d'appel, vous avez libéré ce circuit dans ma conscience et vous m'avez fait faire le *shuffling* des données. Jusque-là je ne me trompe pas ?

— Non, c'est bien ça.

— Dès l'instant où le *shuffling* a été terminé, ce circuit s'est refermé automatiquement, et ma conscience est revenue au premier circuit.

— Non, là vous faites erreur, dit le professeur en se grattant la nuque. Ce serait plus simple si les choses se passaient ainsi, mais ce n'est pas le cas. Ce troisième circuit n'a pas de fonction d'arrêt automatique.

— Cela veut dire que le troisième circuit est toujours en marche ?

— Euh, oui, c'est cela.

— Mais en ce moment je pense et j'agis selon le premier circuit.

— C'est parce qu'il est branché sur le deuxième circuit. Voilà ce que ça donne si on schématise, ajouta le professeur en tirant un stylo et un bloc-notes de sa poche.

Il traça une figure sur une feuille et me la passa.

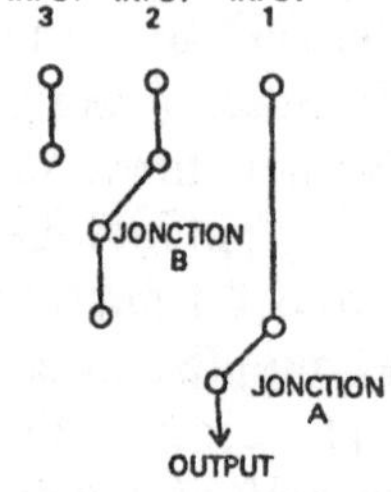

— Voilà. Ça c'est votre état normal. La jonction A est raccordée au circuit 1, la jonction B au circuit 2. Mais maintenant vous êtes comme ça.

Le professeur prit une autre feuille et traça un second schéma.

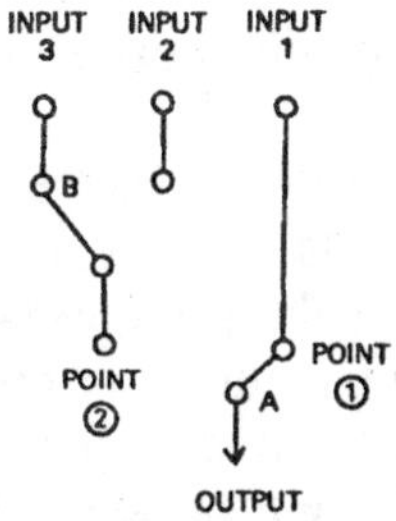


— Vous comprenez ? La jonction B, reliée au troisième circuit, est aiguillée automatiquement sur la jonction A, et raccordée au premier circuit. C'est ce qui rend possible que vous pensiez et agissiez sur le circuit 1. Mais il s'agit d'un bonheur éphémère. Il faudrait rapidement aiguiller la jonction B sur le circuit 2. Parce que en fait le troisième circuit ne vous appartient pas en propre, et, si les choses restent telles quelles, une énergie erronée va émerger et court-circuiter la jonction B, pour rester raccordée en permanence au troisième circuit. Ce flux électrique va attirer la jonction A vers le point 2, et cette jonction va également être court-circuitée. C'est pour cela que je devais, avant que tout ça se produise, mesurer l'énergie erronée et tout remettre en l'état originel.

— Vous *deviez* ?

— Maintenant, je ne peux plus le faire. Comme je viens de vous le dire, mon labo a été entièrement détruit par cette bande d'imbéciles, qui sont partis avec mes documents les plus précieux. C'est pourquoi, et j'en suis vraiment désolé, je ne peux rien pour vous.

— Ça veut dire que, si on continue comme ça, je vais rester embourbé dans ce troisième circuit, sans possibilité de retour en arrière ?

— Oui, c'est ça. Vous allez continuer à vivre à l'intérieur de la fin du monde. Je le regrette pour vous mais…

— Vous *regrettez* ? m'écriai-je, stupéfait. Ah, mais vous n'allez pas vous en tirer avec des regrets ! Ça vous suffit peut-être de dire que vous regrettez, mais moi, qu'est-ce que je deviens dans tout ça, hein ? C'est bien vous qui avez lancé tout ça au départ, non ? Ce n'est pas une plaisanterie ! Je n'ai jamais rien entendu d'aussi horrible !

— Mais moi non plus, je n'aurais jamais imaginé que les pirateurs se liguent avec les ténébrides ! Ils ont eu vent de ce que j'essayais de faire et m'ont attaqué pour me voler le secret du *shuffling*. À l'heure qu'il est, System est certainement au courant aussi, et maintenant nous sommes tous les deux une arme à double tranchant pour eux. Vous voyez pourquoi ? Ils doivent penser que vous et moi nous sommes associés pour lancer un autre projet en dehors d'eux. Et c'est exactement ce que les pirateurs souhaitaient. Les pirateurs ont tout monté exprès pour faire croire ça à System. Comme ça, System va essayer de nous supprimer pour préserver le secret. De toute façon, ils pensent que nous les avons trahis et, même si la méthode *shuffling* s'avérait inutilisable, ils nous tueraient quand même. À nous deux, nous sommes le pivot du projet *shuffling*, et si nous tombons ensemble aux mains des pirateurs, ce serait une vraie catastrophe. C'est d'ailleurs ce que cherchent les pirateurs : si les gars de System nous éliminent, c'en sera complètement fini du projet, et si nous nous réfugions auprès des pirateurs pour échapper à la mort, ça leur conviendra aussi. Quelle que soit la tournure des événements, ils n'ont rien à y perdre.

— Eh ben mince alors ! fis-je. (Finalement, les types qui étaient venus mettre à sac mon appartement et me taillader le ventre étaient bien des pirateurs. Ils avaient monté cette mise en scène tapageuse pour attirer l'attention de System sur moi. Je n'y avais vu que du feu.) Je suis complètement fichu, alors. J'ai à la fois System et les pirateurs à mes trousses et, si on ne fait rien, mon existence va s'effacer de ce monde…

— Votre existence ne va pas se terminer. Vous allez simplement entrer dans un autre monde.

— Mais c'est pareil ! Écoutez-moi bien. Je sais qu'on ne remarque même pas que j'existe à moins de regarder à la loupe. Ça a toujours été comme ça. Au point que, même quand je regarde mes vieilles photos d'école de fin d'année, je mets vraiment longtemps à retrouver mon propre visage. Je n'ai pas de famille, alors cela n'ennuiera personne si je disparais. Je n'ai pas d'amis non plus, donc personne ne s'attristera de mon absence. Je le sais très bien. Et pourtant, c'est peut-être bizarre, mais j'étais quand même satisfait de ce que j'avais dans ce monde. Je ne sais pas pourquoi. Peut-être bien que j'ai vécu comme si j'étais divisé en deux en jouant des dialogues de comique à moi tout seul. Je n'en sais rien. Mais, en tout cas, je me sens très à l'aise dans le monde où je suis. Il y a beaucoup de gens que je déteste dans ce monde, et apparemment ils me détestent aussi, mais il y a aussi des gens qui me plaisent et ceux qui me plaisent, ils me plaisent *vraiment.* Et que ce soit réciproque ou non, ça n'a rien à voir. C'est comme ça que je vis. Et je n'ai aucune envie de changer pour aller ailleurs. Je n'ai pas besoin de l'immortalité. C'est peut-être dur de vieillir, mais je ne suis pas le seul, tout le monde vieillit en même temps que moi. Et je n'ai pas besoin non plus de licornes ni de barrières.

— Pas des barrières, des murailles, rectifia le professeur.

— Aucune importance, que ce soit des murailles ou des barrières, je n'en veux pas de toute façon. J'ai le droit de me mettre un peu en colère, là ? Ça ne m'arrive pas souvent, mais je commence à vraiment avoir envie de me fâcher…

— Bah, je crois que, dans le cas présent, il faut en passer par là, dit le professeur en se grattant le lobe de l'oreille.

— En gros, la responsabilité de cette affaire vous revient à cent pour cent. Moi je n'ai aucune responsabilité dans tout ça. C'est vous qui avez commencé, qui avez développé cette histoire et m'avez englobé dedans. Vous fourrez des circuits dans la tête des gens sans vous gêner, vous m'avez fait faire du *shuffling* en fabriquant de faux documents, vous m'avez fait trahir System, grâce à vous les pirateurs sont à mes trousses, vous m'avez entraîné dans ces absurdes souterrains, et maintenant vous voulez mettre fin au monde dans lequel je vis ! Mais je n'ai jamais rien vu d'aussi odieux ! Vous ne vous rendez pas compte, ou quoi ? En tout cas, vous devez au moins me ramener à mon point de départ.

— Oooh ! gémit le vieillard.

— Il a raison, Grand-père, fit alors la petite

potelée. Parfois, tu vis tellement dans tes rêves que tu en oublies les autres et les entraînes dans des ennuis. Quand tu as fait tes expérimentations sur les nageoires, c'était pareil non ? Il faut que tu fasses quelque chose pour lui, maintenant.

— Je croyais bien faire, mais nous avons été entraînés dans un mauvais concours de circonstances, dit le vieillard d'un air désolé. On en est à un point où je suis complètement impuissant devant les événements. Vous non plus vous n'y pouvez rien. Les roues accélèrent leur rotation et personne ne peut plus les arrêter.

— Eh ben mince alors ! fis-je.

— Mais dans cette autre dimension vous pourrez retrouver ce que vous avez perdu dans celle-ci. Ce que vous avez perdu, et ce que vous continuez à perdre.

— Ce que j'ai perdu ?

— Oui, dit le professeur. Tout ce que vous avez perdu. Tout est là-bas.

## 26

## La centrale électrique

Quand j'eus fini la lecture des rêves, je lui annonçai mon intention de me rendre à la centrale électrique. Son visage s'assombrit.

— La centrale électrique se trouve dans la forêt, tu sais, dit-elle en enfouissant dans le seau de sable les charbons d'un rouge incandescent.

— C'est à l'orée de la forêt, répondis-je. Même le gardien m'a dit qu'il n'y avait aucun problème.

— Personne ne sait ce que pense vraiment le gardien. Même si c'est juste à l'orée, la forêt est un endroit dangereux, tu le sais bien.

— De toute façon, j'irai voir. J'ai tellement envie de trouver un instrument de musique.

Quand elle eut fini de sortir tous les charbons, elle ouvrit le tiroir en bas du poêle et transvasa dans le seau les cendres blanches accumulées à l'intérieur. Puis elle secoua la tête.

— J'irai avec toi, dit-elle.

— Pourquoi ? Tu ne dois pas avoir tellement envie de t'approcher de la forêt. Et moi, je n'ai pas envie de t'entraîner là-dedans.

— Tu ne sauras pas t'en sortir tout seul. Tu ne connais pas encore suffisamment la crainte qu'inspire la forêt.

Nous marchions en direction de l'est en longeant la rivière sous un ciel nuageux. C'était une douce matinée qui évoquait tout à fait la venue du printemps. Il n'y avait pas un souffle de vent, le clapotement de la rivière même avait perdu sa transparence glaciale et paraissait étouffé. Au bout de dix ou quinze minutes de marche, j'enlevai mes gants et mon écharpe.

— On se croirait au printemps ! dis-je.

— C'est vrai. Mais ce genre de chaleur ne dure qu'une journée. C'est toujours comme ça. L'hiver revient tout de suite.

Une fois passé les quelques maisons éparses sur la rive sud du pont, on ne voyait plus que des champs à droite du chemin, tandis que la route pavée de galets se transformait en un étroit chemin de terre. Dans les champs, la neige blanche avait gelé entre les sillons, formant de longues égratignures. À gauche au bord de la rivière s'alignaient des saules, leurs branches souples penchées vers l'eau. Les petits oiseaux qui venaient se percher sur ces branches instables les faisaient balancer plusieurs fois comme pour trouver un équilibre, puis abandonnaient et s'envolaient vers une autre espèce d'arbre. La lumière du soleil était légère et douce. Je levai plusieurs fois la tête pour goûter sa chaleur paisible. Ma compagne avait mis sa main gauche dans la poche de son manteau et sa main droite dans la poche du mien. Moi, je portais une petite valise dans la main droite et, de la gauche, j'enserrais sa main à elle dans ma poche. Dans la valise, il y avait notre déjeuner et des présents à remettre au contrôleur de la centrale.

Le printemps rendrait beaucoup de choses plus faciles, me disais-je en serrant sa main tiède dans la mienne. Si mon cœur arrivait à surmonter l'hiver, si mon ombre surmontait l'hiver, je saurais ressaisir mon cœur avec davantage de justesse. Comme me l'avait dit mon ombre, je devais triompher de l'hiver.

Nous remontions lentement le cours de la rivière, en regardant le paysage alentour. Ni elle ni moi ne parlions, non parce que nous n'avions rien à nous dire, mais parce qu'il n'y avait pas besoin de parler. Nous marchions en contemplant, comme pour nous assurer de leur réalité, les taches blanches laissées par la neige dans les creux du chemin, les oiseaux avec des baies rouges dans le bec, les légumes d'hiver durs et charnus dans les champs, les petites mares d'eau stagnante et transparente que formait par endroits la rivière, la silhouette des monts enneigés. Tous les phénomènes qui se reflétaient dans nos yeux semblaient infuser dans nos cœurs une tiédeur soudaine et instantanée, qui s'enfonçait dans tous les recoins de nos corps. Même les nuages qui recouvraient le ciel avaient perdu leur air oppressant habituel et nous donnaient un étrange sentiment d'intimité, comme s'ils étaient le tendre et doux cocon de notre monde minuscule.

Nous croisions aussi des licornes vagabondant parmi les herbes sèches à la recherche de nourriture. Elles étaient enveloppées d'une fourrure légèrement dorée tirant sur le blanc. Leur poil était plus long, leur fourrure plus épaisse qu'à l'automne, mais cela ne faisait qu'accentuer leur maigreur actuelle. Leurs omoplates se découpaient nettement au-dessus de leurs épaules, comme les ressorts d'un vieux canapé, la chair de leur museau pendait, toute flasque, leur donnant un air négligé. Leurs yeux avaient un éclat terne, les articulations de leurs pattes étaient gonflées comme des ballons. La seule chose inchangée était la corne blanche saillant sur leur front. Comme auparavant, elle pointait fièrement droit vers le ciel.

Par petits groupes de trois ou quatre, les bêtes traversaient les bordures des champs, allant de buisson en buisson. Mais on ne voyait presque plus de baies sur les arbres ni de feuilles vertes comestibles. Il restait bien des fruits sur les branches les plus hautes, mais leur taille ne leur permettait pas de les atteindre, aussi cherchaient-elles en vain sur le sol, sous ces arbres, des fruits tombés à terre, ou bien elles levaient tristement la tête pour regarder les oiseaux picorer les fruits dans les arbres.

— Pourquoi les licornes ne touchent-elles pas aux produits des champs ? demandai-je.

— C'est la règle. Je ne sais pas pourquoi, moi non plus. Les bêtes ne touchent jamais aux choses que les hommes consomment. Bien sûr, il leur arrive d'en manger si c'est nous qui leur en donnons, mais sinon elles n'y touchent jamais.

Quelques bêtes se penchaient sur la rive, les pattes de devant repliées sous elles, pour boire l'eau stagnante. Je passai tout près d'elles mais elles continuèrent à boire sans même me regarder. Leur corne se reflétait nettement à la surface de la mare : on aurait dit des os blancs tombés au fond de l'eau.

Comme me l'avait indiqué le gardien, au bout d'une trentaine de minutes de marche le long de la rivière, nous trouvâmes un petit sentier qui tournait à droite juste après le pont de l'est. Un petit sentier si étroit qu'en marchant normalement on ne l'aurait pas vu. Les champs avaient disparu, il n'y avait plus que des herbes aux longues tiges poussant en abondance des deux côtés du chemin. Un pré s'étendait entre les champs et la forêt de l'est comme pour les séparer.

En suivant le chemin entre les herbes, la pente s'accentuait peu à peu tandis que les herbes se raréfiaient. Bientôt cela devint un talus, puis une colline de rocs. Bien entendu, ce n'était pas un tas de roches à escalader sans rien où se tenir, mais des marches y étaient creusées assez régulièrement. La roche était un genre de grès relativement tendre, et les angles des marches étaient polis par les pas. Au bout de dix minutes, nous arrivâmes au sommet de cette colline. Elle devait être à peine un peu moins haute que la colline de l'ouest où j'habitais. Le côté sud de la colline, contrairement au côté nord, était en pente douce. Au-delà d'un pré d'herbes sèches, on apercevait une étendue sombre comme un océan : la forêt de l'est.

Nous nous assîmes là un moment pour reprendre notre souffle et regarder le paysage autour de nous. La vue est de la ville donnait une impression très différente de celle dont j'avais l'habitude. Le cours de la rivière était droit à un point surprenant : sans la moindre petite île au milieu, sa ligne droite continuait à perte de vue, pareille à un canal construit de la main de l'homme. De l'autre côté de la rivière s'étendait le marais du nord, et à droite du marais, séparé de lui par la rivière, la forêt de l'est avait érodé le terrain en forme de plateau isolé. À gauche de la rivière, du côté d'où nous étions venus, on apercevait les champs que nous avions dépassés. Il n'y avait pas une maison, à perte de vue, et le pont de l'est, désert, avait un air désolé dans le paysage. En concentrant mon regard, je pouvais reconnaître la zone industrielle et la tour de l'horloge, mais cela ressemblait à une sorte de mirage immatériel flottant dans le lointain.

Après nous être reposés un peu, nous redescendîmes la colline en direction de la forêt. À l'orée de celle-ci se trouvait un étang peu profond dont on apercevait le fond. Au milieu émergeaient les racines, desséchées et blanchies comme des ossements, d'un arbre énorme. Deux oiseaux se posèrent dessus pour nous regarder passer. La neige était dure, et nos chaussures n'y laissaient pas une trace. Le long hiver avait métamorphosé l'intérieur de la forêt. On n'entendait pas un chant d'oiseau, on ne voyait pas un insecte.

Seuls les arbres immenses se dressaient sombrement dans le ciel nuageux, puisant leurs forces vitales dans les profondeurs de la terre que le gel n'atteint pas.

Tandis que nous nous enfoncions dans la forêt, un bruit étrange frappa nos oreilles. C'était proche du bruit du vent tourbillonnant dans la forêt mais aucun vent ne paraissait souffler autour de nous, et de plus ce bruit était trop monocorde et trop aigu pour être celui du vent. Plus nous avancions, plus il devenait fort et distinct, mais nous ne savions pas ce qu'il signifiait. Elle aussi, c'était la première fois qu'elle s'aventurait si près de la centrale électrique.

Derrière un gros chêne s'étendait une vaste clairière, au fond de laquelle s'élevait un bâtiment qui devait être la centrale. Ce bâtiment n'avait pourtant rien de particulier indiquant sa fonction de centrale électrique. On aurait simplement dit un immense hangar. Il n'y avait aucune installation spéciale, aucune ligne de haute tension n'en sortait. L'étrange souffle que nous entendions paraissait venir de l'intérieur de cette bâtisse de briques. L'entrée était une solide porte de fer à deux battants. Tout en haut des murs on apercevait quelques petites fenêtres. Le chemin s'arrêtait à la clairière.

— Apparemment, voilà la centrale électrique, dis-je.

La porte de devant paraissait fermée à clé et, même en unissant nos efforts, nous ne pûmes la faire bouger d'un millimètre.

Nous décidâmes de faire le tour du bâtiment pour voir. L'arrière de la centrale était plus long que la façade, et les murs présentaient le même alignement de petites fenêtres que devant. Le son étrange provenait de ces fenêtres. Mais il n'y avait pas de porte, seulement ce haut mur de brique lisse, n'offrant aucune prise. Il ressemblait tout à fait à la muraille qui entourait la ville, à ceci près qu'en s'approchant on remarquait la qualité grossière des briques qui le composaient, tout à fait différentes de celles du mur de la ville. Elles étaient toutes râpeuses, et effritées par endroits.

À l'arrière, tout près du bâtiment, se dressait une petite maison d'habitation. Elle avait à peu près la même taille que la cabane du gardien et était garnie de portes et de fenêtres très ordinaires. Aux fenêtres on avait mis des sacs de jute en guise de rideaux, et sur le toit se dressait une cheminée toute noire de suie. Du moins sentait-on ici un parfum de vie humaine. Je frappai par trois fois trois coups à la porte, en vain. Elle était fermée à clé.

— Voilà l'entrée de la centrale, de l'autre côté, dit-elle en me prenant la main. Je regardai dans la direction qu'elle me montrait du doigt et aperçus effectivement, dans un coin à l'arrière du bâtiment, une petite entrée dont la porte de fer était ouverte vers l'extérieur.

Une fois qu'on se trouvait debout devant l'entrée, le bruit du vent devenait assourdissant. L'intérieur du bâtiment était plus sombre que nous ne l'aurions cru, et nos yeux mal accoutumés à l'obscurité ne discernaient rien de la pièce, même en scrutant les lieux avec nos mains en visière. Pas une lampe à l'intérieur – il paraissait quelque peu étrange qu'une centrale électrique soit ainsi dépourvue de lampe – et la faible lumière qui pénétrait par les hautes fenêtres n'éclairait guère que le plafond. Seul ce bruissement tourbillonnait en maître à l'intérieur du bâtiment désert.

Il me semblait que, même si j'appelais, il n'y aurait personne pour m'entendre, aussi restai-je debout sur le seuil sans bouger. J'enlevai mes lunettes noires et attendis que mes yeux s'accoutument à l'obscurité. Elle se tenait un peu plus loin derrière moi. Elle avait l'air de ne pas vouloir s'approcher davantage de la bâtisse si elle pouvait l'éviter. Ce bruissement dans l'obscurité l'effrayait.

Comme j'étais habitué à vivre dans l'obscurité, mes yeux ne mirent pas longtemps à distinguer la silhouette d'un homme, petit et mince, debout au milieu du plancher. Devant lui se dressait une grosse colonne d'acier de trois ou quatre mètres de large, qui montait jusqu'au plafond, et l'homme la regardait fixement. À part cette colonne, il n'y avait à l'intérieur aucune installation, aucune machine, et le bâtiment était aussi désert que s'il s'était agi d'un manège d'équitation couvert. Avec le sol et les murs pavés de briques, on aurait dit un énorme four à pain. Je la laissai à l'entrée et pénétrai seul dans le bâtiment. Quand je fus à peu près à mi-chemin entre la colonne et l'entrée, l'homme parut s'apercevoir de ma présence. Sans changer de position, il tourna seulement la tête vers moi et me regarda approcher de lui. C'était un homme jeune. Il avait sans doute quelques années de moins que moi. Son apparence était en tout opposée à celle du gardien. Ses membres et son cou étaient minces, son visage pâle, sa peau lisse, presque sans une trace de barbe, ses cheveux repoussés vers l'arrière découvraient son vaste front. Ses vêtements étaient simples et nets.

— Bonjour, dis-je.

Il continua à me regarder fixement sans proférer un son, puis me fit un petit salut.

— Je ne vous dérange pas ? demandai-je.

J'étais obligé de parler fort à cause de ce bruit de soufflerie.

L'homme secoua la tête pour me montrer que non, je ne le dérangeais pas, puis il se tourna vers moi pour me montrer une fenêtre de verre de la taille d'une carte postale découpée dans le fût d'acier. Il semblait vouloir me dire de jeter un coup d'œil dedans. À bien y regarder, cette fenêtre de verre faisait partie d'une porte encastrée dans cette colonne et fermement fixée avec des boulons. De l'autre côté de la lucarne de verre, une sorte d'énorme ventilateur installé parallèlement au sol tournait à forte puissance. On aurait dit un moteur de milliers de chevaux-vapeur faisant tourner des essieux. J'imaginais que la pression du vent, soufflant d'on ne sait où, faisait tourner cet énorme ventilateur dont la puissance était utilisée à son tour pour produire de l'électricité.

— C'est le vent, dis-je.

L'homme hocha la tête pour acquiescer. Puis il me prit le bras et se tourna vers l'entrée. Il était plus petit que moi d'une demi-tête. Épaule contre épaule, nous étions tournés vers l'entrée comme deux amis de longue date. *Elle* se tenait debout dans l'entrée. Le jeune homme lui adressa le même petit salut qu'à moi quand j'étais arrivé.

— Bonjour, dit-elle.

— Bonjour, répondit l'homme.

Il nous entraîna vers un endroit où on n'entendait pas trop le bruit de la soufflerie : un carré de terre défriché dans la forêt derrière sa cabane. Nous nous assîmes sur les souches d'arbres qui s'y alignaient.

— Excusez-moi. Ma voix ne porte pas très loin, dit le jeune surveillant comme pour s'excuser. Vous venez de la ville, bien sûr ?

Je répondis que oui.

— Comme vous avez pu le voir, dit le jeune homme, l'énergie électrique de la ville est fournie par la force du vent. Sur ce terrain s'ouvrait un énorme trou d'où soufflait le vent dont on utilise la puissance.

Il se tut un moment et contempla le champ à ses pieds.

— Le vent souffle une fois tous les trois jours. Il y a de nombreuses grottes dans le sous-sol par ici, à l'intérieur desquelles circulent tour à tour le vent et l'eau. Moi, je suis ici pour surveiller l'installation. Les jours sans vent, je resserre les boulons du ventilateur, je graisse les boutons, pour qu'ils ne gèlent pas. Ensuite, l'électricité produite ici est envoyée jusqu'à la ville par câbles souterrains.

Le contrôleur se tut et fit le tour du champ des yeux. La forêt s'étendait haut tout autour, comme une muraille. La terre noire du champ avait été proprement retournée, mais rien n'y avait encore poussé.

— Pendant mon temps libre, je défriche la forêt petit à petit, et j'agrandis mon champ. Comme je suis seul, évidemment, je ne peux pas faire les choses en grand. Je contourne les grands arbres, et je choisis les endroits où je peux faire quelque chose. Mais c'est bien d'accomplir quelque chose de ses mains. Au printemps, j'aurai des légumes. Vous êtes venu faire une visite d'études ici ?

— C'est à peu près ça, dis-je.

— C'est qu'on ne voit jamais de gens de la ville par ici, dit le contrôleur. Personne ne pénètre à l'intérieur de la forêt. Sauf les gens du service de distribution évidemment. Eux, ils m'apportent une fois par semaine de la nourriture ou des objets de première nécessité.

— Vous vivez toujours seul ici ? demandai-je.

— Oui, et depuis pas mal de temps. À force de n'entendre que le bruit de la soufflerie, j'ai fini par connaître dans les moindres détails l'état de la machine. C'est que je parle avec elle tous les jours. Après si longtemps n'importe qui deviendrait capable de comprendre au moins ça. Si la machine est en bonne condition, moi aussi je me sens calme. Et puis je comprends aussi ses bruits, vous savez. On dirait qu'elle est vivante.

— Ce n'est pas trop dur de vivre seul dans la forêt ?

— Dur, pas dur, c'est une question que je ne comprends pas. La forêt est là, et moi j'y habite. C'est tout. Il faut bien que quelqu'un reste ici pour surveiller l'état de la machine. Et puis je vis tout à l'orée de la forêt, je ne sais pas ce qui se passe plus au fond.

— Est-ce qu'il y a d'autres gens à part vous qui vivent dans la forêt ? demanda-t-elle.

Le contrôleur réfléchit un moment, puis fit quelques petits hochements de tête.

— Je connais des gens qui habitent tout au fond de la forêt. Ils sont quelques-uns, oui. Ils creusent pour trouver de la houille, ou bien ils défrichent la forêt pour faire des champs. Mais je n'ai rencontré que quelques-uns d'entre eux. On se parle à peine : je ne suis pas accepté par les habitants de la forêt. Ils y vivent depuis toujours, et moi j'habite ici, c'est tout. Au fond de la forêt, il doit y en avoir beaucoup d'autres qui vivent, mais je n'en sais pas plus. Je ne m'enfonce jamais par là-bas, et eux ne viennent presque jamais jusqu'à l'orée.

— Vous n'avez jamais vu une femme ? demanda-t-elle. Une jeune femme de trente et un, trente-deux ans ?

Le contrôleur secoua la tête.

— Non, je n'ai jamais vu de femme. Je n'ai rencontré que des hommes.

Je la regardai, mais elle n'ajouta rien.

## 27

## L'encyclopédie sur une branche – Immortel – Les trombones

— Eh ben mince alors ! fis-je. Alors vraiment il n'y a aucun recours ? D'après vos calculs, où en est l'évolution de la situation ?

— Vous voulez dire de la situation à l'intérieur de votre tête ? s'enquit le professeur.

— Évidemment, répondis-je. (Franchement, de quelle autre situation aurait-il pu s'agir ?) Jusqu'à quel point mon cerveau est-il ravagé ?

— D'après mes calculs préliminaires, votre jonction B est liquéfiée depuis déjà environ six heures. Bien entendu, ce terme de liquéfaction n'est que de l'argot technique, ça ne veut pas dire qu'une partie de votre cerveau s'est vraiment liquéfiée. Autrement dit…

— Le troisième circuit est définitivement fixé dans mon cerveau, et le deuxième est déjà mort ?

— C'est cela. C'est pourquoi, comme je vous l'ai déjà dit tout à l'heure, votre cerveau commence à créer des passerelles d'ajustement, en quelque sorte. Par exemple, vous commencez à produire des souvenirs qui n'existaient pas auparavant. Si vous me permettez la comparaison, il se crée des câbles d'ajustement entre les couches superficielles de votre conscience et l'usine à images de votre inconscient, pour pallier ce changement de style.

— Ce qui veut dire que même la jonction A ne fonctionne plus normalement ? Autrement dit, le circuit inconscient laisse filtrer des informations ?

— Ce n'est pas exactement ça, dit le professeur. Ces câbles existaient déjà. J'ai beau parler de différenciation dans les circuits de la pensée, cela ne va pas jusqu'à éliminer les câbles permettant les échanges. C'est-à-dire que votre conscience superficielle, autrement dit le circuit 1, se construit en tirant sa substance nourricière de votre subconscient, autrement dit le circuit 2. Ces câbles sont les racines de l'arbre, et également la terre. Le cerveau humain ne pourrait fonctionner sans eux, c'est pourquoi nous avons laissé ces câbles en place. Dans la limite du minimum nécessaire, à un niveau où il ne puisse se produire ni fuite non nécessaire ni contre-courant, dans un état normal. Cependant, le flux de courant énergétique libéré par la liquéfaction de la jonction B a exercé une pression anormale sur ces câbles. C'est pourquoi votre cerveau, pris de surprise, a commencé un travail d'ajustement.

— Alors, cette production de nouveaux souvenirs va continuer et même s'intensifier ?

— C'est cela. Pour l'exprimer simplement, c'est quelque chose comme une impression de *déjà-vu*[1]. Le principe est à peu près le même. Cela va sans doute continuer quelque temps. Ensuite, rapidement, votre esprit va se tourner vers la reconstitution d'un monde basé sur ces nouveaux souvenirs.

1. En français dans le texte original.

— La reconstitution ?

— Oui. En ce moment même, vous êtes en train de vous préparer à cette transposition dans un autre monde. C'est pourquoi le monde même que vous regardez en ce moment change peu à peu pour s'adapter à ce monde nouveau. La connaissance du monde, c'est cela. Le monde change selon la connaissance que nous en avons. Le monde existe réellement ici et de cette façon, il n'y a aucun doute. Cependant, si on voit les choses au niveau phénoménal, ce monde n'est pas autre chose qu'une possibilité parmi une infinité d'autres. Pour être plus précis, le monde que vous percevez change selon que vous choisissez de faire un pas à gauche ou à droite. Il n'y a rien d'étrange à ce que le monde se transforme en même temps que les souvenirs.

— Ce que vous dites là me paraît être un sophisme. C'est trop idéal. Vous oubliez la temporalité. Le véritable problème dans votre histoire, c'est que cela ne peut avoir lieu que dans un paradoxe temporel.

— Mais en un sens, vous *êtes* en plein paradoxe temporel ! Vous êtes en train de construire votre propre monde parallèle en fonction des souvenirs que vous construisez.

— Alors, le monde dont je suis en train de faire l'expérience s'éloigne peu à peu de mon monde originel ?

— Je ne sais pas exactement. Et personne ne peut prouver que cela se passe ainsi. Tout ce que je dis, c'est que cette possibilité n'est pas exclue. Évidemment, je ne parle pas d'un monde parallèle extrême comme dans les livres de science-fiction. C'est et cela reste un problème de connaissance. Il s'agit de la forme du monde telle que vous la percevez en fonction de vos connaissances. Je pense que cette forme va changer sur différents plans.

— Et, après ces changements, la jonction A changera également de direction, et un monde entièrement différent apparaîtra, dans lequel je me mettrai à vivre ? Et je ne peux absolument pas éviter cette transformation ? Tout ce que je peux faire, c'est rester assis et attendre que ça se passe ?

— Oui.

— Et combien de temps vivrai-je dans le monde en question ?

— Pour toujours, répondit le professeur.

— Je ne comprends pas. Pourquoi « pour toujours » ? Le corps physique est limité. Le corps physique meurt et le cerveau avec. Si le cerveau meurt, la conscience disparaît aussi. Ce n'est pas comme ça que ça se passe ?

— Non, pas du tout. La pensée est intemporelle. C'est la différence entre le rêve et la pensée. La pensée peut tout concevoir en un instant. Elle peut expérimenter éternellement. Elle peut aussi établir un circuit fermé et continuer à tourner en rond à l'intérieur. C'est ça, la pensée. On ne peut pas l'interrompre comme un rêve. Cela ressemble à l'encyclopédie sur une branche.

— L'encyclopédie sur une branche ?

— Il s'agit d'un jeu théorique inventé par un savant de je ne sais plus quel pays. Une théorie selon laquelle on pourrait graver une encyclopédie entière sur une seule branche de saule. Vous comprenez comment ?

— Non.

— C'est très simple. On transpose toutes les informations, autrement dit les paragraphes de l'encyclopédie, en chiffres. On prend des nombres à deux chiffres pour chaque lettre. A devient 01, B devient 02 et ainsi de suite. On met 00 pour les espaces, les signes de ponctuation sont eux aussi changés en chiffres. Avant chaque colonne de chiffres, on place des virgules décimales. Ce qui donne un chiffre incroyablement long après la virgule décimale : 0,1732000631... et ainsi de suite, par exemple. Ensuite, on fait des encoches sur des points de la branche de saule correspondant exactement à ces chiffres. Par exemple, la partie correspondant à 0,50000... sera juste au milieu de la branche, la partie correspondant à 0,3333... sera un point situé à un tiers à partir du haut. Vous comprenez ce que ça veut dire ?

— Oui, je comprends.

— Cela permet donc de graver des informations, si longues soient-elles, en un seul point de la branche de saule. Seulement en théorie évidemment, car en pratique c'est impossible. Les techniques actuelles ne permettent pas de graver des points aussi précis. Mais vous comprendrez ainsi, je pense, la nature de la pensée. Le temps, c'est la longueur de la branche de saule. La quantité d'information que contient cette branche est sans rapport avec sa longueur. Les informations peuvent être aussi longues qu'on veut. Elles peuvent se rapprocher de l'infini. Les fractions périodiques peuvent continuer à l'infini. Cela ne finit jamais. Vous comprenez ? Le problème est dans le *software*. Cela n'a rien à voir avec le *hardware*. Que cela soit une branche de saule, un morceau de bois de deux cents mètres de long ou la ligne de l'équateur, cela n'a aucune importance. Même si votre corps physique meurt et se décompose entièrement, votre pensée arrêtée sur un point l'instant auparavant continue à fractionner éternellement ce point.

Rappelez-vous le vieux paradoxe de la flèche en vol : « La flèche qui vole est arrêtée. » La mort physique c'est cette flèche qui vole. Elle vole droit en visant le cœur. Personne ne peut l'éviter. Tout le monde meurt un jour ou l'autre, le corps physique s'éteint. Le temps court devant cette flèche. Cependant, comme je viens de vous le dire, la pensée fractionne le temps à l'infini. C'est pourquoi ce paradoxe est réellement achevé dans la réalité : la flèche n'atteint jamais son but.

— Autrement dit, l'immortalité ?

— Exactement. L'être humain qui est entré dans sa pensée devient immortel ! Enfin, pas exactement immortel mais proche, à l'infini, de l'immortalité. La vie éternelle !

— C'était donc cela le but réel de vos recherches ?

— Non, non, répondit le professeur. Au début, je ne m'en suis pas aperçu. J'ai commencé ces recherches uniquement motivé par un léger intérêt. Mais, au fur et à mesure qu'elles avançaient, je me suis heurté à ce fait. Et j'ai fait cette découverte. L'homme n'atteint pas l'immortalité en amplifiant le temps, il l'atteint en fractionnant le temps.

— Et vous m'avez entraîné de force dans ce monde de l'immortalité ?

— Non, c'est purement accidentel. Telle n'était pas mon intention. C'est vrai, croyez-moi ! Je n'avais pas l'intention de vous rendre comme ça. Mais maintenant il n'y a plus d'autre choix. Il n'y a qu'un moyen pour vous d'échapper à ce monde de l'immortalité.

— Quel moyen ?

— Mourir. Tout de suite, dit le professeur d'un ton plein d'esprit pratique. Si vous mourez avant que la jonction A ne rejoigne l'autre, tout disparaîtra.

Un grand silence envahit l'intérieur de la grotte. Le professeur toussota, la grassouillette soupira, je sortis ma bouteille et bus du whisky. Personne ne disait mot.

— Et ce monde… Comment est-il ? demandai-je alors au professeur.

— C'est un monde paisible, comme je vous l'ai dit tout à l'heure. C'est votre propre monde, vous l'avez construit vous-même. Vous pourrez y devenir vous-même. Il y a tout, et en même temps, il n'y a rien. Pouvez-vous imaginer un tel monde ?

— Non !

— Pourtant, votre inconscient est en train de le construire. Ce n'est pas à la portée de n'importe qui, vous savez. Il y a des gens qui seraient condamnés à errer éternellement dans un univers chaotique, absurde et contradictoire, mais pas vous. Vous êtes parfaitement adapté à l'immortalité.

— Quand va avoir lieu ce changement de monde ? demanda la rondouillarde.

Le professeur regarda sa montre, je regardai la mienne. Six heures vingt-cinq. Le jour était levé. Les journaux du matin étaient déjà distribués.

— D'après mes calculs, il vous reste entre vingt-neuf et trente-cinq heures. J'ai pu me tromper de quarante-cinq minutes, un peu plus, un peu moins, mais en gros c'est ça. J'ai prévu que ça se passe le matin, pour que ce soit plus facile à comprendre. Demain matin donc.

Je secouai la tête. *Facile à comprendre !* J'avalai une autre gorgée de whisky. J'avais beau boire, je ne sentais pas l'alcool imbiber mon corps. Je ne sentais même pas le goût du whisky. C'était une étrange sensation, comme si mon estomac était pétrifié.

— Qu'est-ce que tu vas faire maintenant ? demanda la petite replète en posant la main sur mon genou.

— Bof, aucune idée, répondis-je. En tout cas, je veux me retrouver à l'air libre. Je n'ai pas envie d'attendre la suite des événements ici. Je vais quelque part où il y aura du soleil. Après, je verrai.

— Mes explications vous ont-elles satisfait ? demanda le professeur.

— Parfaitement, je vous remercie.

— Vous devez être en colère ?

— Un peu, mais de toute façon ça ne peut me servir à rien d'être en colère. Et puis, pour l'instant, je me sens trop déconnecté pour vraiment réaliser ce qui m'arrive. Peut-être que, dans un moment, je commencerai à me fâcher un peu plus. Mais il est vrai qu'à ce moment-là je serai sans doute déjà mort pour ce monde-ci.

— Je n'avais pas l'intention de vous donner des explications aussi détaillées. Si vous ne saviez pas tout ça, ce serait fini avant que vous ne vous en soyez rendu compte. Ça aurait peut-être été plus facile à supporter psychologiquement. Mais vous n'allez pas mourir, vous savez. Votre conscience va seulement devenir éternelle.

— C'est la même chose ! Mais, de toute façon, je préfère savoir ce qui m'attend. Après tout, c'est ma vie à moi. Je n'ai pas envie qu'on me change de branchement sans me prévenir. Je peux m'occuper de moi tout seul. Indiquez-moi la sortie.

— La sortie ?

— Oui, la sortie, pour aller dehors.

— Ça va prendre du temps, et il faut passer à côté du repaire des ténébrides, ça ne vous fait rien ?

— Ça m'est égal, il n'y a plus grand-chose qui puisse me faire peur maintenant.

— Très bien, dit le professeur. En redescendant ces rochers, vous arriverez dans l'eau. Elle s'est arrêtée de couler maintenant, et elle est calme, vous pourrez nager facilement. Vous devez nager dans la direction sud-sud-ouest. Je vous indiquerai la direction avec ma lampe. Si vous nagez tout droit par là, vous trouverez une petite ouverture dans le mur de la rive opposée, un peu au-dessus du niveau de l'eau. En traversant ce boyau, vous arriverez dans les égouts. En les suivant tout droit, cela vous mènera sur la voie du métro.

— Du métro ?

— Oui. Exactement entre les stations Aoyama-itchōme et Gaienmae sur la ligne Ginza.

— Pourquoi est-ce que cela mène au métro ?

— Parce que le métro est sous le contrôle des ténébrides. Pas le jour, mais la nuit, ils règnent en maîtres sur l'intérieur du métro. Les travaux dans le métro de Tokyo ont rapidement étendu la sphère d'activité des ténébrides : cela a créé des passages pour eux. Il leur arrive d'attaquer des préposés à l'entretien des voies et de les manger.

— Pourquoi est-ce que personne n'en parle ?

— Si tout ça était publié, ce serait grave. Si les gens étaient au courant, qui voudrait encore travailler dans le métro ? Qui prendrait encore le métro ? Évidemment, les autorités sont au courant et font construire des murs épais, obstruer les trous, surveiller les lieux en éclairant les voies, mais ce n'est pas avec ça qu'on va éliminer les ténébrides. En une nuit, ils vous font sauter un mur et enlèvent à coups de dents des câbles électriques.

— Où est-ce qu'on se retrouve en sortant entre Gaienmae et Aoyama-itchōme ?

— Je crois bien que cela vous mène du côté de l'avenue Omotesandō devant le sanctuaire Meiji, par là. Je ne sais pas à quel endroit exactement. En tout cas, il n'y a qu'un chemin. Comme il est assez sinueux et étroit, cela peut vous prendre un peu de temps mais vous ne pouvez pas vous perdre. Vous irez d'abord en direction de Setagaya. Rappelez-vous que le repaire des ténébrides se trouve un peu avant le stade national. Là, le chemin tourne à droite. Vous tournez à droite, vous allez en direction du terrain de base-ball, et de là vous sortez sur la ligne Ginza à hauteur de l'avenue Aoyama, vers une galerie de peinture. Vous en avez pour deux heures environ jusqu'à la sortie. En gros vous avez compris ?

— Très bien.

— Essayez de dépasser le plus vite possible les environs de leur repaire. Ça ne vaut rien de traîner dans le coin. Et faites attention aussi dans le métro. Il y a des lignes à haute tension, et les trains passent à toute vitesse. Surtout en ce moment, c'est l'heure de pointe. Ce serait dommage d'arriver à sortir d'ici juste pour vous faire écraser par une rame de métro.

— Je ferai attention. Et vous à propos, qu'est-ce que vous allez faire ?

— J'ai la cheville foulée et, si je sortais maintenant, je me retrouverais avec System et les pirateurs aux trousses. Je vais me cacher quelque temps ici. Personne ne viendra m'y chercher. Heureusement, vous m'avez donné des provisions. Je ne mange pas beaucoup, avec ça j'ai de quoi subsister trois ou quatre jours ici. Partez donc devant, et ne vous faites pas de souci pour moi.

— Qu'est-ce qu'on fait pour le dispositif antiténébrides ? Il en faudrait deux pour aller jusqu'à la sortie, et dans ce cas il ne vous en resterait aucun.

— Vous n'avez qu'à partir avec ma petite-fille. Elle vous accompagnera jusqu'à la sortie et reviendra me chercher après.

— D'accord, fit la petite-fille.

— Mais que ferez-vous si jamais il lui arrive quelque chose ? Si elle se fait prendre, ou quelque chose comme ça ?

— Je ne me ferai pas prendre, dit-elle.

— Ne vous en faites donc pas, dit le professeur. Cette enfant a de la trempe malgré son jeune âge. Je lui fais confiance, et puis, si ça sentait le roussi, je ne suis pas dépourvu de moyens d'urgence. En fait, il me suffit d'une petite plaquette de métal, d'eau et d'une pile sèche pour fabriquer tout de suite un appareil antiténébrides. Le principe en est vraiment simple, et ce n'est pas aussi efficace que mon dispositif mais je suis en bonne position, j'arriverai bien à les devancer. Tout le long du chemin pour venir ici, vous vous rappelez, j'ai semé ces petits bouts de métal ? Les ténébrides ont horreur de ça. Ce n'est efficace que quinze ou vingt minutes mais…

— Vous voulez parler des trombones ? demandai-je.

— C'est cela, c'est cela. Les trombones, c'est ce qui convient le mieux. Ce n'est pas cher, pas encombrant, ça se magnétise immédiatement, et on peut les emmener autour du cou en collier. Les trombones, on n'a rien inventé de mieux, croyez-moi !

Je sortis une poignée de trombones de la poche de mon coupe-vent et la tendis au professeur.

— Ça vous suffira ?

— Ah ça alors, fit le professeur, surpris. Voilà

qui va m'aider. En fait, j'en ai semé un peu trop en venant ici, et je me demandais justement si j'en aurais assez. Vous avez l'esprit vif ! Vraiment, je suis confondu, vous êtes d'une rare intelligence !

— Bon, Grand-père, on s'en va, dit la rondouillarde. On n'a plus beaucoup de temps…

— Soyez prudents, les ténébrides sont rusés.

— Ne t'en fais pas, je vais revenir, dit la petite-fille en posant légèrement les lèvres sur le front de son grand-père.

— Et puis je crois vous avoir effectivement fait quelque chose d'impardonnable, ajouta le professeur en se tournant vers moi. Si je pouvais prendre votre place, je le ferais. J'ai déjà bien profité de la vie, je n'ai rien à regretter. Pour vous c'est sans doute un peu trop tôt pour ça. Et puis c'est tellement soudain, vous n'avez pas eu le temps d'y préparer votre esprit, et il vous restait sans doute encore beaucoup de choses à faire dans ce monde. (Je hochai la tête en silence.) Cependant, n'ayez pas de craintes inutiles, continua le professeur. Il n'y a rien à craindre. Comprenez-vous ? Ce n'est pas la mort, mais la vie éternelle. Et puis, là-bas, vous allez enfin devenir vous-même. Comparé à cela, ce monde-ci n'est qu'un mirage, un faux-semblant. Ne l'oubliez pas !

— Bon, en route, dit la fille en me prenant le bras.

## 28

## L'instrument de musique

Le jeune contrôleur de la centrale électrique nous emmena dans sa chambre. En entrant dans sa maisonnette, il vérifia l'état du feu dans le poêle, emmena une bouilloire d'eau chaude dans la cuisine et nous prépara du thé. Comme l'air froid de la forêt nous avait glacés, nous lui fûmes reconnaissants de ce thé brûlant. Pendant que nous buvions, la soufflerie continuait son vacarme.

— On trouve ce thé dans la forêt, dit le surveillant. Je fais sécher les feuilles à l'ombre pendant l'été, comme ça j'en ai à boire tout l'hiver. C'est nourrissant, et ça réchauffe.

— C'est délicieux, dit-elle.

Le thé était parfumé et d'une franche douceur.

— De quelle plante viennent ces feuilles ? demandai-je.

— Ah, j'ignore comment elle s'appelle, mais c'est une herbe qui pousse dans la forêt. Comme elle sentait bon, j'ai essayé d'en faire du thé. C'est une herbe verte aux tiges basses, qui fleurit vers le mois de juillet. On cueille les feuilles les plus courtes à ce moment-là et on les met à sécher. Les licornes aussi apprécient le goût de cette herbe.

— Les licornes viennent jusqu'ici ? demandai-je.

— Oui, jusqu'au début de l'automne. Quand l'hiver approche, elles ne mettent plus les pieds dans la forêt. Quand il fait doux elles viennent par petits groupes et s'amusent avec moi. Parce que je partage ma nourriture avec elles. Mais en hiver, pas moyen, même si elles savent qu'on leur donnerait à manger, elles ne s'approchent pas de la forêt. C'est pour ça qu'en hiver je suis complètement seul.

— Si vous voulez, on pourrait manger ensemble, proposa-t-elle. J'ai apporté des sandwichs et des fruits mais il y en a trop pour nous deux. Vous voulez bien ?

— Je vous en suis reconnaissant, dit le surveillant. Cela fait longtemps que je n'ai pas goûté de cuisine préparée par quelqu'un d'autre que moi. De mon côté, j'ai un ragoût de champignons de la forêt. Vous voulez en goûter ?

— Merci, dis-je.

Nous mangeâmes tous trois les sandwichs qu'elle avait préparés, le ragoût de champignons et, après le repas, grignotâmes des fruits en buvant du thé. Nous ne parlâmes pas beaucoup pendant le repas. Tandis que nous nous taisions, le bruit du vent enveloppait la pièce comme une eau transparente, recouvrant le silence. Mêlé à ce bruissement, le cliquetis des couteaux, des fourchettes et des plats que l'on touchait avait un écho surnaturel.

— Vous ne sortez jamais de la forêt ? demandai-je au contrôleur.

— Jamais, fit-il en secouant tranquillement la tête. C'est la règle. Je reste ici tout le temps et je surveille l'installation. Peut-être qu'un jour quelqu'un viendra me remplacer. Mais je ne sais pas quand. Si cela arrivait, je pourrais quitter la forêt et retourner à la ville, mais jusque-là c'est impossible. Je n'ai pas le droit de faire un seul pas en dehors de la forêt, je dois attendre ici le vent qui vient tous les trois jours.

Je hochai la tête et bus le reste de mon thé. Cela ne faisait pas très longtemps que le bruit du vent avait commencé. Il soufflait depuis deux ou trois heures. Quand on tendait l'oreille, on avait l'impression d'être entraîné avec lui. J'imaginai combien triste devait être la vie du jeune homme, seul dans la centrale électrique déserte, avec pour seule compagnie le bruit du vent.

— À propos, je suppose que vous n'êtes pas seulement venus pour une visite d'études de la centrale ? me demanda le jeune homme. Comme je vous l'ai dit tout à l'heure, on ne voit jamais les gens de la ville par ici.

— Nous sommes à la recherche d'un instrument de musique, dis-je. On nous a dit qu'en allant chez vous on apprendrait où en trouver un.

Il hocha la tête, plusieurs fois, et contempla un moment les couverts empilés sur les assiettes.

— Oui, il y a quelques instruments de musique ici, c'est sûr. Ils sont vieux, aussi je ne sais pas si on peut encore s'en servir, mais, s'il y en a un que vous pouvez utiliser, emmenez-le. Moi, je n'en joue pas, de toute façon. Je les aligne et les regarde, c'est tout. Vous voulez les voir ?

Il repoussa sa chaise, se leva. Je l'imitai.

— Par ici. Je les ai mis dans ma chambre pour décorer.

— Moi je reste ici pour ranger la vaisselle et préparer le café, dit-elle.

Le contrôleur ouvrit la porte donnant sur la chambre à coucher, alluma la lumière et me fit entrer.

— C'est là !

Le long du mur étaient alignées différentes sortes d'instruments de musique. Des instruments à corde pour la plupart, tous tellement vieux qu'on pouvait les qualifier d'antiquités. Des mandolines, des guitares, des violoncelles, une petite harpe. La plupart des cordes étaient rougies par la rouille, cassées, ou complètement absentes. On ne trouverait sans doute rien pour les remplacer dans cette ville.

Il y avait aussi un instrument que je n'avais jamais vu. Un grand instrument en forme de planche à laver, avec une rangée de protubérances de métal comme des ongles. Je le pris dans mes mains et l'essayai un moment, mais aucun son n'en sortit. Il y avait aussi une série de petits tambours. Chacun assorti de ses baguettes, mais il paraissait impossible de jouer une mélodie avec. Il y avait aussi un gros instrument à vent qui ressemblait à un basson mais j'aurais eu du mal à m'en servir.

Le contrôleur s'assit sur son petit lit de bois et me regarda examiner les instruments un par un. Le couvre-lit et l'oreiller étaient bien propres, le lit fait au carré.

— Il y a quelque chose d'utilisable ? demanda-t-il.

— Je ne sais pas trop… Ils sont tous tellement vieux. Je vais les essayer.

Il se leva, alla fermer la porte et revint. Comme il n'y avait pas de fenêtres dans la chambre, une fois la porte fermée, on entendait moins le bruit du vent.

— Vous devez vous demander pourquoi j'ai fait cette collection ? Personne ne s'intéresse à ce genre de choses à la ville. Dans cette ville, personne ne s'intéresse aux *choses*. Bien entendu, ils possèdent tous les objets nécessaires à leur vie. Marmites, couteaux, draps, vêtements, ce genre de choses. Mais cela leur suffit. Ils se contentent du strict nécessaire. Personne ne cherche le superflu. Mais moi je suis différent. Je m'intéresse beaucoup aux *choses* comme celles-ci. Moi-même, je ne sais pas très bien pourquoi, mais cela m'attire, les belles choses aux formes compliquées… (Il avait posé une main sur l'oreiller, enfoncé l'autre dans la poche de son pantalon.) À vous dire la vérité, c'est pour cela que j'aime la centrale électrique, continua-t-il. Le ventilateur, les compteurs, les transformateurs… J'ai peut-être été envoyé ici à cause de cette tendance inhérente. Ou bien j'ai développé en moi cette tendance après ma venue ici, à force de vivre seul. Cela fait longtemps que je suis ici, et j'ai complètement oublié ce que je faisais avant. C'est pour cela que de temps en temps il me semble que je ne pourrai peut-être jamais retourner à la ville. Parce que, tant que j'aurai cette tendance en moi, la ville refusera de m'accepter.

Je pris en main un violon auquel il ne restait que deux cordes. Quand je les pinçai du doigt, un son sec de staccato s'éleva.

— Où avez-vous trouvé tous ces instruments ? demandai-je.

— Dans différents endroits. J'ai demandé aux gens qui m'apportent à manger de les rassembler pour moi. Il arrive que des instruments de musique restent enfouis au fond des placards ou des remises de différentes maisons. La plupart ont fini comme bois de chauffage, parce qu'ils ne servaient à rien, mais il en restait encore quelques-uns. Je me suis fait apporter ce genre d'objets. Les instruments de musique ont tous une jolie forme. Je ne sais pas comment on s'en sert et je n'ai pas non plus envie de m'en servir, mais, rien qu'à les regarder, je ressens leur beauté. Ils sont compliqués, mais rien ne paraît être là en vain. Je m'assieds toujours ici, et je me perds dans leur contemplation. Cela seul me satisfait. Vous trouvez bizarre de ressentir ça ?

— Un instrument de musique, c'est quelque chose de très beau, dis-je. Il n'y a là rien de bizarre.

Mes yeux tombèrent sur un accordéon qui avait roulé entre un violoncelle et un tambour, et je le soulevai. À la place du clavier, il y avait des boutons, comme autrefois. La partie en peau de serpent était toute raide et légèrement fendue par endroits mais, à première vue, l'air ne paraissait pas sortir. Je passai mes mains dans les courroies de chaque côté et le pliai plusieurs fois. Il fallait l'étendre et le refermer avec plus de force que je n'aurais cru, mais si les touches fonctionnaient encore, on devait pouvoir en tirer des sons. Dans la mesure où l'air n'a pas pénétré à l'intérieur, l'accordéon est un instrument qui s'abîme peu et, même si l'air y est entré, on peut le réparer relativement facilement.

— Je peux en jouer un peu pour voir ? demandai-je.

— Je vous en prie, ça ne me dérange pas. Puisque c'est fait pour ça… répondit le jeune homme.

Tout en pliant et dépliant la peau de serpent, j'appuyai tour à tour sur toutes les touches du clavier. Certaines ne produisaient qu'un son inaudible, mais en gros on pouvait jouer une gamme normale. J'appuyai une fois de plus sur les touches de haut en bas.

— Quel son étrange ! dit le jeune homme d'un air profondément intéressé. C'est comme si les bruits changeaient de couleur.

— Quand on presse ces boutons cela produit des sons à différentes longueurs d'onde, expliquai-je.

Ils sont tous différents. Chaque son répond à une longueur d'onde différente.

— « Répond » ? Je ne comprends pas très bien de quoi il s'agit. Vous voulez dire « répondre à la demande » ?

— À peu près.

J'appuyai sur les boutons dans un ordre que je me rappelai. Les intervalles n'étaient pas très exacts, mais le résultat ne fut pas discordant pour autant. Cependant, je n'arrivais pas à me souvenir de la moindre chanson. C'était seulement un enchaînement de notes.

— Le son est correct ?

Je répondis que oui.

— Je ne comprends pas très bien, reprit-il. Ça rend un son étrange, mais à part ça… C'est la première fois que j'entends quelque chose de ce genre. Je ne sais pas quoi dire. Ça ne ressemble ni au bruit du vent ni au chant des oiseaux. (En parlant, il avait posé les mains sur ses genoux et regardait tour à tour l'instrument et moi.) En tout cas, je vous l'offre. Gardez-le tant que vous voudrez. Il vaut mieux que ce genre de choses soit dans les mains de quelqu'un qui sait s'en servir. Ça ne sert à rien qu'il reste en ma possession.

Puis il se tut et tendit longuement l'oreille au bruit du vent.

— Je vais voir comment se porte la machine. Je dois l'examiner toutes les demi-heures. Voir si le ventilateur tourne bien, si elle marche sans problème de changement de pression. Vous voulez bien m'attendre dans l'autre pièce ?

Après son départ, je retournai dans le salon-salle à manger et bus le café qu'elle me servit.

— C'est un instrument de musique, ça ? demanda-t-elle.

— Oui, une sorte. Il y a toutes sortes d'instruments de musique, qui produisent tous des sons différents.

— On dirait un soufflet !

— C'est le même principe.

— Je peux le toucher ?

— Bien sûr ! répondis-je en lui passant l'accordéon.

Elle le prit doucement dans ses bras, comme un petit animal fragile, et le contempla longuement.

— Quel étrange objet ! dit-elle en souriant d'un air mal assuré. Mais je suis contente que tu aies trouvé un instrument. Et toi, tu es heureux ?

— Oui, ça valait la peine de venir jusqu'ici.

— Lui, tu sais, c'est quelqu'un qui n'a pas bien su se débarrasser de son ombre. Il lui en reste encore un peu, un tout petit peu, dit-elle à voix basse. C'est pour ça qu'il vit dans la forêt. Son cœur n'est pas assez fort pour aller vivre dans les profondeurs de la forêt, et il ne peut pas non plus rentrer à la ville. Je le plains, le pauvre.

— Tu crois que ta mère vit encore dans la forêt ?

— Peut-être, peut-être pas. En fait, je n'en sais rien. L'idée de lui demander m'est juste venue comme ça, tout d'un coup.

Le jeune homme revint à la maisonnette sept ou huit minutes plus tard. Je le remerciai pour l'instrument, ouvris la valise, en sortis les cadeaux et les alignai sur la table. Il y avait une petite montre de voyage, un échiquier, un briquet à essence. J'avais trouvé tout ça dans les sacs de la salle de documentation.

— C'est pour vous remercier. Acceptez ceci, je vous en prie, dis-je.

Il commença par refuser, mais finit par prendre

les cadeaux. Il regarda l'un après l'autre la montre, le briquet, puis l'échiquier.

— Vous savez vous en servir ? demandai-je.

— Ça ira, ce n'est pas la peine. Ils sont tellement beaux rien qu'à regarder, et puis je découvrirai moi-même comment les utiliser. J'ai tout le temps qu'il faut pour ça.

Je lui dis que nous devions prendre congé de lui.

— Vous êtes pressés ? demanda-t-il tristement.

— Je voudrais rentrer en ville avant le coucher du soleil, et dormir un peu avant de me mettre au travail, dis-je.

— Oui, fit-il. Oui, je comprends. Je vous accompagne jusqu'à l'entrée. J'aimerais vraiment vous accompagner jusqu'à la sortie de la forêt, mais à cause de mon travail je ne peux pas m'éloigner d'ici.

Nous nous séparâmes devant la petite maison.

— Revenez me voir un de ces jours. Et jouez-moi de cet instrument. Vous serez toujours les bienvenus.

— Merci, répondis-je.

Au fur et à mesure que nous nous éloignions de la centrale électrique, le bruit du vent s'affaiblissait et, avant même que nous soyons sortis de la forêt, il s'était complètement évanoui.

*Pays des merveilles sans merci*

## 29

## Le lac – Collant pour dame

La grassouillette et moi, nous enveloppâmes chacun nos bagages dans une chemise pour en faire un petit ballot. Le tout, une fois attaché sur nos têtes pour ne pas le mouiller en nageant, nous donnait une drôle d'allure, mais nous n'avions pas le temps de rigoler. Comme nous laissions derrière nous les provisions, le whisky et tout l'équipement superflu, les bagages n'étaient plus très volumineux. Ma lampe de poche, mon pull, mes chaussures, mon portefeuille et le dispositif antiténébrides, c'était à peu près tout ce qui me restait. Ses bagages à elle étaient du même ordre.

— Faites bien attention à vous, dit le professeur.

Dans la semi-obscurité, il paraissait bien plus âgé que la première fois que je l'avais vu. Sa peau était flasque, ses cheveux clairsemés comme des plantes poussées là par erreur, son visage parsemé de taches brunâtres. Vu sous cet angle, il avait surtout l'air d'un vieillard exténué. Savant génial ou pas, le sort commun des hommes est de vieillir et, finalement, mourir.

— Au revoir, dis-je.

Nous empruntâmes à nouveau la corde pour redescendre dans l'obscurité jusqu'à hauteur de l'eau.

Je descendis le premier puis indiquai par signaux lumineux à ma compagne qu'elle pouvait descendre à son tour. Je n'étais pas spécialement enclin à me mettre à l'eau dans cette obscurité sinistre, mais, bien entendu, ce n'était pas le moment de faire la fine bouche. Je mis une jambe dans l'eau pour commencer puis y pénétrai jusqu'aux épaules. Mis à part un froid à vous glacer les membres, le liquide en lui-même ne paraissait pas poser problème : c'était bien de l'eau, de l'eau d'une consistance tout ce qu'il y a de plus normale, rien de louche ne flottait dedans. Les environs étaient aussi mortellement calmes que le fond d'un puits. Ni l'air, ni l'eau, ni l'obscurité ne bougeaient d'un souffle. Seuls résonnaient, amplifiés par les ténèbres, les battements de nos membres avançant dans l'eau. Ce son évoquait tout à fait un énorme animal aquatique en train de mastiquer une proie. Une fois dans l'eau, je m'aperçus que j'avais complètement oublié de demander au professeur de me soulager de la douleur de ma blessure.

— J'espère qu'il n'y a pas un de ces poissons griffus en train de nager dans le secteur ! dis-je en me tournant dans la direction où je supposais être ma compagne.

— Non, tu penses, il n'y en a pas ! répondit-elle. Enfin, peut-être pas. Normalement, c'est une légende…

Malgré sa réponse, j'avais du mal à chasser de mon esprit la vision d'un poisson monstrueux remontant soudain des profondeurs pour m'arracher une jambe de ses mâchoires. C'est bien vrai que l'obscurité favorise toutes les terreurs.

— Pas de sangsues non plus ?

— Ben… Euh, normalement, non…

Le ton de sa réponse indiquait clairement que c'était le cadet de ses soucis.

Toujours liés ensemble par la corde, nous contournâmes la « tour », lentement, pour ne pas mouiller les bagages. Une fois arrivés derrière, nous découvrîmes le halo lumineux de la lampe du professeur, trouant l'obscurité comme un phare et teintant un point précis d'une faible lueur jaune.

— Il faut aller tout droit dans cette direction, dit-elle. Autrement dit, il faut qu'on superpose la lumière de nos lampes à cette lumière-là.

Je pris les devants, elle nageant derrière moi. Le bruit de mes mains frappant l'eau résonnait alternativement avec celui des siennes. De temps en temps, nous arrêtions de nager et nous retournions pour vérifier la direction, ou rectifier la trajectoire.

— Fais attention que tes bagages ne touchent pas l'eau, dit-elle tout en continuant à nager. L'humidité rend le dispositif inutilisable.

— T'inquiète, répondis-je.

Mais en fait cela me coûtait pas mal d'efforts de nager sans que les bagages touchent l'eau. Dans l'obscurité ambiante, on ne voyait même pas la limite de l'eau, à tel point que par moments je ne savais même plus où étaient mes propres mains. Ça me rappelait le fleuve des Enfers qu'avait dû traverser Orphée pour se rendre au royaume des morts. Le monde compte d'innombrables religions et mythes divers, mais en général l'idée qu'on se fait de la mort est partout la même. Orphée avait traversé en barque le fleuve des Ténèbres. Moi je le traversais à la nage avec un paquet ficelé sur la tête. Ce qui prouvait simplement que les Grecs de l'Antiquité étaient bien plus malins que moi. Je me fis d'abord du souci pour ma blessure, puis finis par m'abandonner à une humeur fataliste. Je ne sentais plus tellement la douleur, sans doute à cause de mon état d'extrême tension, et même si les points de suture finissaient par craquer, ce n'était pas une blessure mortelle, après tout.

— C'est vrai que tu n'en veux pas trop à Grand-père ? demanda-t-elle.

À cause de l'obscurité et de l'écho étrange, je n'avais absolument aucune idée de la distance ni de la direction exacte où elle se trouvait.

— Je n'en sais rien, moi-même je n'en sais rien, criai-je dans la direction que je croyais être la bonne. (Même ma voix me revenait en écho provenant d'une étrange direction.) En écoutant ton grand-père raconter son histoire, j'ai fini par me dire que ça m'était complètement égal.

— Égal ?

— Bah, ma vie est plutôt médiocre, et mon cerveau aussi.

— Mais tout à l'heure tu te prétendais parfaitement satisfait de ta vie ?

— Ce n'était qu'une façon de parler ! Une armée a toujours besoin d'un drapeau…

Pendant qu'elle réfléchissait au sens de ces paroles, nous nageâmes en silence. Un silence lourd et profond comme la mort elle-même régnait sur ce lac souterrain. Où était donc ce fichu poisson ? me demandai-je. Je commençais à être persuadé que ce sinistre poisson à griffes existait réellement quelque part. Dormait-il au fond de l'eau, nageait-il en rond dans une grotte quelconque ? Ou bien, ayant flairé notre présence, avançait-il en ce moment même vers nous ? Je tremblais en imaginant la sensation de ses griffes en train de m'agripper les jambes. Quitte à mourir ou disparaître dans un futur proche, je voulais à tout prix éviter d'être dévoré par un poisson dans un endroit aussi sinistre. Si je devais mourir, autant que ce soit sous le soleil que je voyais d'habitude. Je sentais mes bras pesants et fatigués à force de nager dans cette eau glacée mais je continuai à fendre l'eau avec l'énergie du désespoir.

— Pourtant tu es un type super, tu sais, dit la fille.

Il n'y avait pas une once de fatigue dans sa voix : elle parlait d'un ton aussi tranquille que si elle se trouvait dans son bain.

— Il n'y a pas beaucoup de gens qui pensent ça, répondis-je.

— Moi, je le pense !

J'essayai de me retourner tout en nageant. La lumière de la lampe du professeur était bien loin derrière nous maintenant, mais mes mains n'avaient pas encore touché le pan de roche qu'elles cherchaient. Bon sang, pourquoi est-ce que c'est si loin ! me dis-je, écœuré. Si c'était si loin que ça, il aurait pu nous avertir, au moins j'aurais nagé en sachant à quoi m'attendre. Et le poisson, qu'est-ce qu'il fabriquait ? Pourvu qu'il n'ait pas encore remarqué notre présence.

— Soit dit sans vouloir lui trouver des excuses, Grand-père n'avait pas de mauvaises intentions, tu sais. Seulement, quand quelque chose le passionne, il ne se rend plus compte de ce qui l'entoure. En fait, il a commencé tout ça avec les meilleures intentions du monde : il voulait te sauver en se débrouillant pour élucider l'énigme que tu posais avant que System se mette à te chercher noise. Tel que je le connais, il doit se sentir honteux d'avoir collaboré avec System et trempé dans ces stupides histoires d'expérimentation humaine. Là, il a vraiment commis une erreur.

Je continuai à nager en silence. À quoi ça servait de reconnaître maintenant qu'il avait fait une erreur ?

— Alors, tu veux bien lui pardonner ?

— Que je lui pardonne ou pas, je suis sûr qu'il n'en a rien à fiche, répondis-je. Mais, tout de même, pourquoi a-t-il abandonné le projet en plein milieu ? S'il se sentait tellement responsable, il aurait dû continuer ses recherches au sein de System pour éviter qu'il y ait davantage de victimes. Il a beau dire qu'il n'aime pas travailler pour une grande organisation, des gens sont quand même morts comme des mouches à cause de la prolongation de ses recherches.

— Il n'avait plus confiance en System. Il disait que System avec ses programmeurs et Factory avec ses pirateurs étaient comme les mains droite et gauche d'une même personne.

— Comment ça ?

— Eh bien, techniquement parlant, Factory et System font pratiquement la même chose.

— Techniquement, oui. Seulement nous, nous protégeons les informations, tandis que les pirateurs les volent. Le but est complètement différent.

— Oui, mais si System et Factory étaient manipulés par une seule et même personne ? Autrement dit, la main gauche vole, et la main droite conserve ?

Tout en remuant doucement l'eau dans l'obscurité, je réfléchis à ce qu'elle venait de dire. Ça me paraissait incroyable, mais ce n'était pas impossible après tout. C'est sûr, je travaillais pour System, mais si on me l'avait demandé, j'aurais été bien incapable d'en expliquer l'organisation interne. C'était une organisation trop énorme pour ça et, de plus, le secret des informations limitait la diffusion de celles-ci au sein de l'organisation. Les ordres venaient d'en haut, et notre vie à nous se bornait à les digérer un à un. Les gens des échelons inférieurs comme moi n'avaient aucune idée de ce qui se passait en haut.

— Si ce que tu dis est vrai, ce serait un commerce qui rapporte gros, dis-je. En faisant jouer la concurrence des deux côtés, on peut faire monter les prix à volonté. Et, si on s'arrange pour que les deux organisations soient de force égale, on n'a pas non plus à craindre un effondrement du marché.

— Grand-père s'est rendu compte de ça pendant qu'il travaillait chez System. En fin de compte, System n'est qu'une entreprise privée qui s'est trouvée impliquée au niveau national. Les entreprises privées ont pour but la recherche du profit. Elles feraient n'importe quoi pour le profit. System affiche en façade qu'elle vise la protection du droit de propriété des informations, mais ce n'est qu'un prétexte. Grand-père a eu le pressentiment que, s'il continuait ses recherches pour eux, la situation allait empirer : s'il faisait avancer rapidement les techniques de modification et de restructuration du cerveau à volonté, la conjoncture mondiale et la vie humaine même allaient être plongées dans le plus grand désordre. Il fallait mettre un frein et des limites à tout ça. Mais ni System ni Factory ne le souhaitaient. C'est pour ça que Grand-père a laissé tomber le projet. C'est regrettable pour toi et les autres programmeurs, mais il ne fallait surtout pas qu'il pousse plus loin ses recherches. S'il était allé plus avant, il y aurait eu bien davantage de victimes par la suite.

— Je peux te poser une question ? Tu étais au courant de tout depuis le début, non ?

— Oui, je savais tout, avoua-t-elle après une légère hésitation.

— Pourquoi ne pas m'avoir expliqué dès le départ ? Ça nous aurait évité de venir exprès dans cet endroit absurde, et on aurait gagné du temps.

— Je voulais que tu comprennes exactement ce qu'il en était en voyant Grand-père. Je suis sûre que si c'était moi qui t'avais expliqué, tu ne m'aurais jamais crue. Pas vrai ?

— Peut-être, répondis-je.

C'est sûr que, si elle m'avait balancé sans préparation ces histoires de troisième circuit et d'immortalité, je ne l'aurais pas crue.

Nous nageâmes encore un petit moment, puis ma main rencontra soudain une surface dure. Comme j'étais plongé dans mes réflexions, je ne réalisai pas tout de suite ce que cela signifiait et me sentis un instant perturbé, mais je compris très vite qu'il s'agissait du mur de roche. Nous avions fini par traverser en entier le lac souterrain !

— On est arrivés, dis-je.

Elle me rejoignit et vérifia qu'il s'agissait bien du mur. En me retournant, je vis la lumière de la lampe électrique briller dans les ténèbres comme une petite étoile. Je suivis la ligne tracée par la lumière et me déplaçai d'une dizaine de mètres sur la droite.

— Ça doit être par là, dit-elle. Normalement, il y a un trou perpendiculaire à cinquante centimètres à peu près au-dessus du niveau de l'eau.

— Il a peut-être été recouvert par les eaux ?

— Impossible. C'est prévu pour que ça n'arrive jamais.

Je sortis ma petite lampe électrique de la chemise roulée et ficelée sur ma tête en prenant soin de ne pas éparpiller le reste des affaires. Puis, en posant une main sur un creux de la roche pour garder mon équilibre, j'éclairai la muraille cinquante centimètres plus haut. Une lumière jaune aveuglante illumina le rocher. Il me fallut un certain temps pour que mes yeux s'habituent à cette clarté.

— Je ne vois pas de trou là-dedans, dis-je.

— Bouge encore un peu vers la droite.

Je me déplaçai vers la droite le long du mur tout en continuant à éclairer au-dessus de ma tête, sans pour autant découvrir quoi que ce soit ressemblant à une cavité.

— Tu es sûre que c'est sur la droite ? demandai-je.

Quand on s'arrêtait de nager, le froid glacial de l'eau pénétrait jusqu'à la moelle des os. Je sentais toutes mes articulations durcies et gelées et ne pouvais même plus ouvrir suffisamment la bouche pour articuler normalement.

— Pas d'erreur possible, ça doit être encore plus à droite.

Tout en grelottant, je me déplaçai encore sur la droite. Bientôt ma main gauche tâtonnant le long du mur rencontra un objet qui lui donna une étrange sensation, rond et bombé comme un bouclier, de la taille d'un disque. Et le suivant du bout des doigts, on se rendait compte que la surface était façonnée. Je dirigeai ma lampe dessus pour le regarder plus en détail.

— C'est un bas-relief, dit-elle.

Je hochai la tête en silence, incapable de proférer un son. C'était à n'en pas douter un bas-relief orné des mêmes motifs que ceux que nous avions vus à l'entrée du sanctuaire. Les deux sinistres poissons griffus reliés par la tête et la queue serraient le monde dans leur étreinte. Ce bas-relief rond émergeait aux deux tiers de l'eau, exactement comme un coucher de lune sur la mer. Le tiers restant avait déjà disparu sous l'eau. Ce bas-relief était sculpté avec la même délicatesse que celui que nous avions vu précédemment. Il fallait certainement une bonne dose d'habileté pour accomplir un travail aussi fin dans un endroit comme celui-ci, où l'on ne tenait qu'en équilibre instable.

— La sortie est par là, dit-elle. Toutes les entrées et les sorties portent ce motif. Regarde voir au-dessus.

Je suivis la muraille avec le faisceau de ma lampe. Comme elle était un peu saillante, on ne voyait pas très bien à cause de l'ombre mais on distinguait vaguement quelque chose. Je lui passai ma lampe de poche et décidai de monter voir ce qu'il en était.

Au-dessus du bas-relief se trouvaient deux creux disposés pour qu'on puisse y placer facilement les deux mains. Je hissai vers le haut mon corps raidi par le froid et, en concentrant toutes mes forces, posai les pieds sur le bas-relief. Puis j'étendis une main, agrippai une aspérité de la paroi et passai la tête au-dessus des rochers. C'était bien l'entrée d'une caverne. On ne voyait pas bien à cause de l'obscurité mais on pouvait sentir un léger souffle de vent, un vent glacé aux relents désagréables, qui indiquait l'entrée d'un tunnel. Je posai mes deux bras sur les aspérités, les pieds dans les creux, et me hissai par-dessus.

— Il y a un trou ! criai-je vers le bas tout en essayant de contenir les élancements causés par ma blessure.

— Ouf ! Heureusement ! cria-t-elle.

Je repris ma lampe et tirai ma compagne vers le haut d'une main. Nous nous assîmes l'un à côté de l'autre au bord de l'entrée de la caverne, grelottant de tous nos membres pendant un moment. Ma chemise et mon pantalon gorgés d'eau étaient aussi glacés que s'ils sortaient d'un frigidaire. Il me sembla que je venais de traverser à la nage un immense verre de whisky coupé d'eau et de glaçons.

Ensuite, nous enlevâmes les bagages posés sur nos têtes, les ouvrîmes pour changer de chemises. Je mis mon pull sur ses épaules. Nous jetâmes les vestes et les chemises mouillées. Nous avions toujours le bas du corps glacé mais guère moyen de faire autrement, n'ayant pas été assez prévoyants pour emmener des sous-vêtements et des pantalons de rechange.

Pendant qu'elle vérifiait le dispositif antiténébrides, j'envoyai des signaux avec ma lampe électrique, pour faire savoir au professeur en haut de la tour que nous avions trouvé l'entrée du tunnel et étions sains et saufs.

Le petit point de lumière jaune flottant dans l'obscurité clignota deux ou trois fois en réponse puis s'éteignit. L'extinction de cette lueur rendit au monde son état originel de ténèbres totales. Un néant où l'on ne pouvait plus mesurer ni distances, ni épaisseurs, ni profondeurs.

— En route ! dit-elle.

J'allumai la veilleuse de ma montre et regardai l'heure. Il était sept heures dix-huit du matin. À cette heure-ci, toutes les chaînes de télé diffusent les nouvelles. Les gens là-haut devaient être en train de prendre leur petit déjeuner, tout en ingurgitant pêle-mêle, dans leurs cerveaux encore mal réveillés, la météo de la journée, la pub pour une marque d'aspirine, les informations sur l'évolution des exportations de voitures aux États-Unis. Mais ils ignoraient que j'avais passé la nuit à errer dans le labyrinthe des sous-sols de leur ville. Que j'avais nagé dans des eaux glacées, m'étais fait sucer le sang par des sangsues, avais enduré les souffrances d'un coup de couteau dans le ventre, tout ça ils n'en savaient rien. Pas plus qu'ils ne savaient que le monde de la réalité ordinaire allait disparaître pour moi d'ici vingt-huit heures et quarante-deux minutes. Personne ne vous dit ça aux informations télévisées.

Ce boyau était bien plus étroit que ce que nous avions traversé jusqu'ici, on ne pouvait avancer qu'en se courbant et pratiquement en rampant. En outre, il était tortueux, montant, descendant, avec des circonvolutions à droite ou à gauche comme des intestins.

Il fallait parfois descendre dans des creux profonds comme des puits de mine, avant de faire de l'escalade pour remonter. À d'autres endroits, le passage dessinait des boucles aussi compliquées que celles d'un grand huit, et tout cela nous obligeait à une lenteur et des efforts infinis pour avancer. Il s'agissait certainement d'un travail dû à l'érosion naturelle et non d'un chemin creusé par les ténébrides. Il était impensable que même les ténébrides aient creusé une voie aussi compliquée exprès pour se protéger.

Au bout d'une demi-heure, nous changeâmes le dispositif antiténébrides puis, après une dizaine de minutes supplémentaires, ce passage tortueux s'arrêta, et nous débouchâmes soudain sur une vaste place haute de plafond. Sombre et silencieuse comme une vieille entrée d'immeuble, elle sentait le renfermé. Un sentier s'étendait des deux côtés comme les branches d'un T. Un courant d'air y soufflait, de la droite vers la gauche. Elle éclaira alternativement les deux branches du chemin, mais chacune s'enfonçait rapidement dans l'obscurité la plus totale.

— De quel côté faut-il aller ? demandai-je.

— À droite. Ça correspond à la direction, et en

plus le vent souffle de droite. On doit être au niveau de Setagaya, comme nous le disait Grand-père, et en tournant à droite on va vers le stade de base-ball.

Le paysage extérieur flotta un instant dans mon esprit. Si elle disait vrai, il devait y avoir au-dessus de nos têtes deux restaurants de pâtes situés juste l'un à côté de l'autre, les éditions Kawade et le Victor Studio. Le coiffeur chez qui j'avais l'habitude d'aller devait également se trouver dans le coin. Dix ans que je fréquentais ce salon de coiffure.

— Il y a mon coiffeur près d'ici, dis-je.

— Ah bon ? répondit-elle sans manifester aucun intérêt.

Tiens, ce ne serait pas une mauvaise idée d'aller me faire couper les cheveux avant la fin du monde. De toute façon, en vingt-quatre heures, je n'avais pas le temps de faire grand-chose. Au mieux, je pourrais prendre un bain, mettre des vêtements propres et aller chez le coiffeur.

— Fais attention, dit-elle. Je crois qu'on approche du repaire des ténébrides. On entend leurs voix, et ça sent mauvais. Reste bien près de moi, ne t'éloigne surtout pas.

Je tendis l'oreille, reniflais mais ne pus sentir ni entendre quoi que ce soit. Il me sembla bien percevoir des ondes sonores bizarres, une espèce de hululement, mais rien de très net.

— Ils savent que nous approchons ?

— Évidemment ! Ici, c'est le royaume des ténébrides, ils sont au courant de tout ce qui se passe. Et ça les met en rage de savoir que nous avons traversé leurs lieux saints et que nous passons à proximité de leur repaire. S'ils arrivent à nous attraper, ils nous feront passer un sale quart d'heure, c'est sûr.

Alors, ne t'éloigne surtout pas de moi. Parce que, si tu t'éloignes un tout petit peu, à coup sûr un bras va surgir des ténèbres pour t'entraîner je ne sais où.

Nous raccourcîmes la corde qui nous reliait, pour ne conserver qu'une cinquantaine de centimètres de distance entre nous.

— Attention, il n'y a plus de mur de ce côté ! cria-t-elle soudain d'une voix aiguë, en dirigeant sa lampe sur la gauche.

Effectivement, le mur gauche avait brusquement disparu, et un trou de ténèbres denses l'avait remplacé. Le faisceau de lumière perçait l'obscurité comme une flèche, pour être avalé un peu plus loin par des ténèbres encore plus profondes, grouillantes, qui paraissaient vivre et respirer, des ténèbres affreuses, épaisses comme de la gélatine.

— Tu entends ? demanda-t-elle.

— Oui…

Maintenant, j'entendais clairement moi aussi les voix des ténébrides. À dire vrai, c'était plus proche d'un bourdonnement que d'une voix : le bourdonnement aigu d'innombrables insectes volants, traversant les ténèbres et nous perçant les oreilles comme une vrille. Le bruit résonnait avec violence contre la muraille, nous tordant étrangement les tympans. J'avais envie de jeter ma lampe pour me blottir sur le sol en me bouchant les oreilles à deux mains. Il me semblait que chacun de mes nerfs était limé par la haine.

Cette haine différait de tout ce dont j'avais pu faire l'expérience. La haine des ténébrides nous renversait comme un vent violent soufflant tout droit du fin fond des enfers, essayant de nous réduire en miettes. On aurait dit que toutes les idées négatives concentrées et rassemblées dans les ténèbres souterraines, ainsi que le cours du temps sali et déformé au fond de ce monde aveugle et sans lumière, fondaient ensemble sur nous en un énorme bloc. Je ne m'étais jamais rendu compte jusque-là que la haine pouvait avoir un tel poids.

— Ne t'arrête pas ! cria-t-elle en se tournant vers mes oreilles, d'une voix desséchée par l'émotion, mais qui ne tremblait pas. (C'est à ce cri seulement que je me rendis compte que j'étais figé sur place. Elle tira de toutes ses forces sur la corde qui liait nos tailles.) Il ne faut pas t'arrêter ! Si tu t'arrêtes, tu es fichu, ils vont t'entraîner dans les ténèbres !

Mais mes jambes refusaient de bouger. Leur haine me maintenait les pieds fixés au sol. Il me sembla que le temps retournait en arrière vers des souvenirs de terreurs immémoriales. Je ne pouvais plus aller nulle part.

Dans l'obscurité, sa main me frappa la joue de toutes ses forces. Le coup fut d'une telle violence qu'il m'assourdit un instant.

— Droit ! l'entendis-je hurler. Droit, tu comprends ? Soulève le pied droit ! Le pied droit, je te dis, espèce d'abruti !

J'arrivai enfin à avancer le pied droit avec un bruit sourd. Il me sembla qu'un léger découragement se mêlait maintenant à *leurs* voix.

— Gauche ! hurla-t-elle. (J'avançai le pied gauche.) Comme ça, c'est bien. Avance lentement pas à pas, dans cet ordre. Ça va ?

— Ça va, répondis-je, sans savoir si ma bouche avait réellement prononcé ses mots.

Je comprenais seulement, comme elle me l'avait dit, que les ténébrides cherchaient à nous entraîner au fond de ces ténèbres poisseuses. Ils avaient commencé par essayer de nous clouer sur place par ces ondes de terreur qui de mes oreilles s'étaient communiquées à mon corps tout entier. Ensuite, ils n'auraient plus eu qu'à nous attirer lentement vers eux.

Une fois que je me fus remis à marcher, je fus envahi par une incoercible envie de courir. Je voulais échapper sans perdre un instant à ce lieu de cauchemar.

Mais elle tendit la main et me saisit le poignet, comme si elle avait eu l'intuition de ce que je ressentais.

— Éclaire tes pieds, dit-elle. Colle-toi le dos au mur, et avance de côté pas à pas. Compris ?

— Compris.

— N'éclaire surtout pas vers le haut.

— Pourquoi ?

— Parce qu'*ils* sont là, juste au-dessus. (Sa voix n'était plus qu'un murmure.) Il faut à tout prix éviter de les regarder. Si on voit les ténébrides, on ne peut plus faire un pas.

Vérifiant où nous posions les pieds à l'aide de la lampe dirigée vers le sol, nous continuâmes à avancer de côté, pas à pas. De temps en temps, le vent froid qui nous caressait les joues portait à nos narines une odeur pestilentielle de poisson mort, qui chaque fois me coupait la respiration. C'était comme si nous étions prisonniers du ventre d'un énorme poisson aux entrailles retournées et grouillantes de vers. On entendait toujours les cris des ténébrides. C'était aussi désagréable à entendre qu'un son extirpé de force à quelque chose qui ne peut pas en produire. Mes tympans étaient tordus et raidis, et des renvois à l'odeur de décomposition remontaient sans arrêt dans ma bouche.

Malgré cela, mes pieds continuaient à avancer en crabe, par pur réflexe. Je me concentrais uniquement sur le fait de déplacer mes pieds l'un après l'autre, le droit, puis le gauche. De temps en temps, ma compagne me disait quelque chose mais je n'entendais pas bien ses paroles. Tant que je vivrai, me disais-je, je ne pourrai plus effacer de ma mémoire le son de *leurs* voix. Ces sons reviendraient m'assaillir un jour ou l'autre au fond des ténèbres. Et un jour ou l'autre, fatalement, *leurs* mains visqueuses surgiraient des ténèbres pour me saisir les chevilles.

Depuis combien de temps étions-nous plongés dans ce monde de cauchemar, je n'aurais su le dire. Le petit signal bleu du dispositif antiténébrides qu'elle tenait à la main était encore allumé, indiquant qu'il marchait toujours : il ne devait donc pas s'être écoulé tellement de temps, mais cela m'avait déjà paru aussi long que deux ou trois heures.

Cependant, nous sentîmes bientôt que le vent changeait. La puanteur s'atténua un peu, la pression sur nos oreilles diminua comme une marée qui se retire, l'écho s'altéra aussi. Je m'aperçus que les cris des ténébrides s'étaient éloignés, ne laissant plus qu'un mugissement d'océan. Nous avions passé le pire. Elle éleva sa lampe, qui éclaira à nouveau un mur de roches. Nous nous y appuyâmes en poussant un profond soupir, essuyant de la paume de nos mains la sueur glacée qui inondait nos visages.

Pendant un long moment, ni elle ni moi ne proférâmes un son. Les cris lointains des ténébrides s'éteignirent bientôt tout à fait, le silence enveloppa à nouveau les alentours. Seul un bruit de gouttes d'eau tombant à terre quelque part résonnait dans le vide.

— Qu'est-ce qu'ils haïssent donc à ce point ? demandai-je.

— Le monde de la lumière et ses habitants, répondit-elle.

— Je n'arrive pas à croire que les pirateurs aient pu faire alliance avec eux. Quels que soient les avantages qu'ils voulaient en tirer…

Elle me serra à nouveau le poignet très fort.

— Dis, tu sais à quoi je pense en ce moment ?

— Non, fis-je.

— Eh bien, je me disais que ce serait tellement chouette de pouvoir te suivre dans le monde où tu vas aller.

— En abandonnant celui-ci ?

— Ben oui. Il m'ennuie, ce monde. Ce serait nettement plus amusant de vivre à l'intérieur de ta conscience.

Je secouai la tête sans répondre. Moi, je n'avais aucune envie de vivre à l'intérieur de ma conscience. Je n'avais aucune envie de vivre à l'intérieur de la conscience de qui que ce soit.

— Bon, continuons, en tout cas, dit-elle. On ne va pas rester ici à se tourner les pouces. Il faut trouver les égouts qui servent de sortie. Quelle heure est-il à peu près ?

J'appuyai sur le bouton de ma montre pour allumer le cadran. J'avais encore les doigts tout tremblants. Il faudrait sans doute pas mal de temps avant que ce tremblement ne s'arrête.

— Huit heures vingt.

— Je vais changer le dispositif.

Elle mit en marche l'autre machine, rechargea la

pile de celui que nous venions d'utiliser et l'enfonça négligemment entre sa jupe et son chemisier. Cela faisait donc à peine une heure que nous étions entrés dans ce trou. D'après les explications du professeur, nous n'allions pas tarder à rencontrer un chemin tournant à gauche en direction de l'avenue plantée d'arbres où se trouvait la galerie de peinture. Si on arrivait jusque-là, la ligne de métro serait à portée de main. Le métro, au moins, était une ligne d'extension de la civilisation terrestre. Enfin, nous pourrions échapper au royaume souterrain des ténébrides.

Effectivement, après avoir avancé un moment, nous tombâmes sur un tournant à angle droit vers la gauche. Nous devions être arrivés sous l'avenue plantée de ginkgos. En ce début d'automne, leurs feuilles devaient être encore vertes. Dans ma tête flottaient des images de la chaude luminosité automnale, de parfums de verdure et de vent de début d'automne. J'avais envie de rester allongé des heures dans ce paysage et de regarder le ciel. Oui, j'irai chez le coiffeur me faire couper les cheveux et tout de suite après au parc du palais impérial : là je m'allongerai sur la pelouse et je regarderai le ciel. Puis je boirai de la bière fraîche à satiété. Avant que le monde prenne fin.

— Tu crois qu'il fait beau dehors ? demandai-je.

— Aucune idée. Comment veux-tu que je le sache ?

— Tu n'as pas regardé la météo ?

— Non, je ne l'ai pas regardée ! J'ai passé ma journée à chercher où tu habitais…

J'essayai de me rappeler s'il y avait des étoiles dans le ciel quand j'étais sorti hier soir, mais en vain. Je me souvenais seulement du jeune couple dans la Nissan Skyline qui écoutait une cassette de Duran Duran. Impossible de me souvenir des étoiles. À y réfléchir, ça devait faire plusieurs mois que je n'avais pas regardé les étoiles. Ce que j'avais regardé et dont je me souvenais encore, c'étaient les bracelets d'argent qui encerclaient le poignet de cette fille, les bâtons d'esquimaux jetés dans le pot du caoutchouc à l'entrée de mon immeuble, ce genre de choses. Cela me fit réfléchir que j'avais mené une vie pleine d'insatisfactions et qui me convenait bien mal. Est-ce que je n'aurais pas plutôt dû naître berger en Yougoslavie et vivre en contemplant tous les soirs la Grande Ourse ? La Skyline, Duran Duran, les bracelets d'argent, le *shuffling*, mon costume de tweed bleu marine, tout cela me semblait appartenir à un lointain passé de rêve. Tout comme un rouleau compresseur peut réduire une voiture à l'état de feuille de métal, mes souvenirs de diverses sortes s'étaient tous aplatis. Ils s'étaient amalgamés pour former une petite plaquette de l'épaisseur d'une carte de crédit. Vu de face, cela semblait peu naturel mais, vu de profil, ce n'était qu'une petite ligne mince sans beaucoup de sens. Certainement, toute ma vie y était concentrée mais en fait ce n'était jamais qu'une petite carte en plastique. Tant qu'on ne l'insérait pas dans une machine spécialement conçue pour la lire, elle restait totalement dépourvue de sens.

Mon premier circuit continuait à s'effilocher, j'imagine, c'est pour ça que mes souvenirs réels m'apparaissaient sous cette forme aplatie et extérieure à moi. Ma conscience continuait à s'éloigner de la personne que j'étais réellement, et ma carte d'identité allait s'amenuiser encore jusqu'à être fine comme du papier et bientôt se dissoudre totalement.

Tout en continuant à marcher mécaniquement derrière la fille, j'évoquai une fois de plus la silhouette du couple dans la Skyline. Je ne savais pas moi-même pourquoi je me tracassais autant à leur sujet, mais je n'avais pas d'autre sujet de réflexion. Je me demandais ce qu'ils étaient en train de faire maintenant. À quoi pouvaient-ils bien être occupés à huit heures et demie du matin ? J'avais du mal à me l'imaginer. Peut-être encore profondément endormis au fond de leur lit, ou alors dans le métro, en route pour leurs bureaux respectifs ? Je ne savais pas. Le monde de la réalité et mon imagination n'étaient pas bien connectés. Si j'avais été auteur de séries télévisées, j'aurais sûrement pu écrire des scénarios convenables. La fille avait fait ses études en France et s'était mariée à un Français mais son mari n'avait pas tardé à devenir un légume vivant à la suite d'un accident de voiture. Lasse de cette vie, elle l'avait abandonné pour rentrer à Tokyo et s'était mise à travailler à l'ambassade de Suisse ou de Belgique. Les bracelets d'argent étaient un souvenir de son mariage. Là, flash-back : le bord de la mer à Nice, en hiver. Elle ne se sépare jamais de ces bracelets d'argent. Même quand elle se baigne ou quand elle fait l'amour. Lui, il a participé aux mouvements étudiants de la fin des années 1960, aujourd'hui il porte toujours des lunettes noires comme le héros de *Cendres et Diamant*, il dirige avec succès une chaîne de télé, mais il est souvent oppressé par des rêves de gaz lacrymogènes. Sa femme s'est suicidée il y a cinq ans en se tranchant les veines. Là, nouveau flash-back. (Il y a beaucoup de flash-backs dans cette série.) Chaque fois qu'il voit trembler les bracelets au poignet gauche de la fille, il revoit les poignets ouverts et ensanglantés de sa femme. Aussi lui demande-t-il de les porter au poignet droit. « Pas question, répond-elle, je mets toujours mes bracelets au poignet gauche. »

On peut aussi faire apparaître un pianiste style *Casablanca*. Un pianiste alcoolique, qui a toujours sur son piano un verre de gin pur avec juste quelques gouttes de citron dedans. Ce serait un ami commun des deux héros, et il connaît leur secret à chacun. Un pianiste de jazz très doué, mais l'alcool a fait de lui une épave.

Arrivée là, l'intrigue commença à me paraître idiote, et je m'arrêtai. Ce genre de scénario n'a rien à voir avec la réalité. Mais, quand je me mis à me demander ce qu'était la réalité, cela ne fit qu'augmenter la confusion de mon esprit. La réalité était aussi lourde qu'une grande boîte en carton emplie de sable, et elle était incohérente. Et cela faisait des mois que je n'avais même pas regardé les étoiles.

— J'en ai marre ! m'écriai-je.

— De quoi ? demanda-t-elle.

— De l'obscurité, de cette horrible odeur de moisi, des ténébrides et de tout le reste ! Et aussi de mon pantalon trempé et de ma blessure au ventre. Je ne sais même pas quel temps il fait dehors ! Et d'abord, quel jour sommes-nous ?

— On y est presque, va. C'est presque fini.

— C'est plutôt confus dans ma tête. J'arrive pas à bien me rappeler le monde extérieur. Chaque fois que je pense à quelque chose, mes idées prennent une drôle de direction.

— Ne pense à rien. Je vais bientôt te sortir de là, tu vas voir.

Je décidai donc de ne plus penser à rien. Mais, en ne pensant à rien, je pris conscience de mon pantalon mouillé enroulé autour de mes jambes. Cela me refroidissait les membres, et ma blessure s'était remise à me faire souffrir sourdement. Pourtant, j'avais beau être trempé jusqu'aux os, étrangement, je ne ressentais pas la moindre envie d'uriner. Quand est-ce que j'avais bien pu vider ma vessie pour la dernière fois ? J'eus beau retourner tous mes souvenirs de fond en comble pour essayer de m'en rappeler, ce fut en vain. Je n'arrivais même plus à me rappeler quand j'avais pissé pour la dernière fois !

En tout cas, je n'avais pas pissé une seule fois depuis que j'étais descendu dans ce souterrain. Mais avant ça ? Avant, j'étais au volant de ma voiture. J'avais mangé un hamburger, regardé le couple en Skyline. Et avant ça, encore ? Avant, je dormais, et puis la grosse m'avait réveillé. Est-ce que j'étais allé aux toilettes à ce moment-là ? Non, il ne me semblait pas. Elle m'avait réveillé en hâte pour m'entraîner dehors, comme on fourre des bagages en vitesse dans un sac, sans même me laisser le temps de pisser. Et avant ? Avant ça, j'avais du mal à me rappeler ce qui s'était passé. J'étais allé chez le médecin, peut-être. Il m'avait recousu ma plaie. Mais de quel médecin s'agissait-il ? Sais pas. Un docteur, en tout cas. Un type en blouse blanche qui m'avait fait des points de suture juste un peu au-dessus des poils pubiens. Et avant ça, est-ce que j'étais allé pisser ?

Mystère.

Il me semblait bien que non, pourtant. Si j'étais allé aux toilettes, je me rappellerais sans doute nettement la douleur que je n'aurais pas manqué de ressentir à ma blessure. Comme je ne me rappelais rien de tel, cela signifiait que je n'y étais pas allé. Mais, dans ce cas, cela faisait un sacré bout de temps que je n'avais pas soulagé ma vessie ! Combien d'heures ?

Penser au temps écoulé jeta mon esprit dans un état de confusion pareil à celui d'un poulailler à l'aube. Douze heures ? Vingt-huit ? Trente-deux ? Où était passée toute cette quantité d'urine ? J'avais bu de la bière pendant tout ce temps écoulé, du Coca et du whisky aussi. Qu'était donc devenu tout ce liquide ?

Mais c'était à peine hier que j'étais allé chez le médecin après m'être fait blesser au ventre. « Hier » me paraissait un jour complètement à part, sans rien à voir avec tous ces événements. Mais, quant à dire quel genre de jour, je n'en avais pas la moindre idée. « Hier » n'était rien d'autre qu'un bloc de temps brumeux. « Hier » avait la forme d'un oignon géant gonflé d'eau. Qu'est-ce qui se trouvait où ? Où fallait-il appuyer pour faire sortir quoi ? Rien n'était sûr.

D'innombrables événements se rapprochaient, s'éloignaient, comme les chevaux de bois d'un manège. Deux abrutis m'avaient entaillé le ventre, c'était quand, ça ? Avant ou après l'aube où j'avais bu du café à la cafétéria du supermarché ? Et quand avais-je uriné pour la dernière fois ? Et puis, après tout, qu'est-ce que j'avais à me tracasser comme ça pour savoir si j'avais pissé ou non ?

— Ça y est ! fit-elle en se retournant vers moi et en m'attrapant fermement le bras. Les égouts ! La sortie !

Chassant de mon esprit mes problèmes de miction, je regardai l'endroit du mur qu'elle éclairait de sa lampe. Là s'ouvrait une ouverture carrée où pouvait à peine se glisser un homme, assez semblable à un vide-ordures.

— Mais ce n'est pas une bouche d'égout, ça, dis-je.

— Non, la bouche d'égout est au fond, ça c'est une ouverture qui communique avec les égouts. Regarde, ça sent le cloaque, non ?

Je fourrai mon visage à l'entrée du trou et reniflai profondément. Ça sentait certainement une odeur familière d'égouts. Après avoir erré ainsi dans les labyrinthes souterrains, voilà que même cette puanteur avait un parfum d'intimité qui me rendait nostalgique. Je sentis nettement un souffle d'air venant du fond de ce trou. Peu après, le sol fut agité de minuscules secousses, et on entendit une rame de métro passer sur les rails, tout au fond. Le bruit dura dix ou quinze secondes puis s'affaiblit peu à peu avant de s'éteindre complètement, comme un robinet d'eau qu'on ferme lentement. Aucun doute, c'était bien la sortie.

— Enfin, on est arrivés ! dit-elle en m'embrassant dans le cou. Quel effet ça te fait ?

— Ne me le demande pas, répondis-je. Je n'en sais rien.

Elle s'enfonça la première, tête en avant, dans le trou. Une fois que son tendre derrière eut disparu à l'intérieur, j'y pénétrai à mon tour. L'étroit boyau continua tout droit pendant un moment. Ma lampe éclairait ses fesses et ses mollets, qui me rappelaient des choux chinois blancs et lisses. Sa jupe trempée était plaquée contre ses grosses cuisses pareilles à deux orphelines.

— Dis donc, tu es là ? cria-t-elle.

— Oui, je suis là !

— Il y a une chaussure par terre !

— Quel genre de chaussure ?

— Une chaussure d'homme en cuir, noire, juste une.

Je ne tardai pas à la découvrir aussi : une vieille

chaussure au talon élimé, la pointe maculée de boue blanchie et durcie.

— Qu'est-ce que cette chaussure fait dans un endroit pareil ?

— Aucune idée. Peut-être quelqu'un que les ténébrides ont attrapé et qui aura perdu sa chaussure ici ?

— Peut-être.

Comme je n'avais rien d'autre de particulier à regarder, je continuai à avancer en contemplant l'ourlet de sa jupe. Il remontait par moments jusqu'en haut de ses cuisses, et on apercevait alors une chair blanche et molle que la boue n'avait pas tachée. Juste l'endroit où un porte-jarretelles aurait pu s'arrêter. Autrefois, entre le haut des bas et le porte-jarretelles, on voyait toujours une zone de peau. Évidemment, c'était avant l'avènement des collants.

Cette peau blanche évoquait pour moi un passé lointain. L'époque de Jimi Hendrix, Cream, les Beatles, Otis Redding, etc. Je sifflotai les premières notes de *I Go to Pieces* de Peter and Gordon. Une belle chanson. Douce et suffocante. Niveau nettement supérieur à Duran Duran. Mais peut-être que j'avais cette impression parce que j'avais vieilli. En tout cas, ce truc-là était à la mode il y a plus de vingt ans. Et, il y a vingt ans, qui aurait pu prévoir l'apparition des collants ?

— Pourquoi tu siffles ? cria-t-elle.

— Comme ça, j'ai envie.

— C'est quoi comme chanson ?

Je lui dis le titre.

— Connais pas ce truc-là.

— C'était à la mode bien avant que tu sois née.

— Ça parle de quoi ?

— De quelqu'un dont le corps part en morceaux et disparaît.

— Et pourquoi tu siffles ça ?

Je réfléchis un peu mais ne trouvai pas de raison valable. Cette chanson m'était juste venue à l'esprit comme ça.

— Sais pas, dis-je

Tandis que je me remémorais d'autres airs, nous arrivâmes aux égouts. En fait d'égouts, il s'agissait seulement de grosses gouttières en béton d'environ un mètre et demi de diamètre, au fond desquelles coulaient deux centimètres d'eau. À hauteur de l'eau poussait une espèce de lichen visqueux. Un peu plus loin, on entendit plusieurs passages de métro, cela faisait maintenant un bruit violent à la limite du vacarme, on pouvait même apercevoir vaguement la lumière jaune des phares.

— Pourquoi les égouts communiquent-ils avec les lignes de métro ? demandai-je.

— Ce ne sont pas de vrais égouts. On rassemble toutes les eaux suintantes des souterrains pour les faire couler dans le fossé d'écoulement du métro. Mais finalement les eaux usées s'y infiltrent, et ça fait une eau plutôt sale. Quelle heure est-il ?

— Neuf heures cinquante-trois.

Elle sortit le dispositif antiténébrides de dessous sa jupe, l'alluma et l'échangea avec celui que nous avions utilisé jusque-là.

— Bon, on y est presque. Mais reste sur tes gardes, hein. Le pouvoir des ténébrides s'étend jusqu'à l'intérieur du métro. Tu as vu cette chaussure tout à l'heure ?

— Oui, je l'ai vue.

— Plutôt macabre, hein ?

— Plutôt, oui.

Nous avancions en marchant à l'intérieur de la gouttière de béton, suivant le sens du courant. Le bruit de nos semelles de caoutchouc frappant l'eau résonnait alentour comme des claquements de langue, couvert par le bruit des rames s'approchant ou s'éloignant. C'était la première fois de ma vie que le passage d'un métro me causait autant de joie. C'était un vacarme frais, rafraîchissant comme la vie même, qui me semblait empli d'une brillante clarté. Ils étaient pleins de gens différents en route chacun pour sa destination, qui devaient lire des journaux ou des magazines. Je me rappelais le plan de métro collé au-dessus des portes, les pancartes publicitaires imprimées en couleurs. Sur les plans, la ligne Ginza était toujours indiquée en jaune. J'ignorais ce qui avait déterminé le choix de cette couleur mais, en tout cas, cette ligne était jaune. Chaque fois que je pensais à la ligne Ginza, je pensais à la couleur jaune.

Il ne nous fallut guère de temps pour atteindre la sortie. Il y avait une grille en fer sur la bouche de sortie, mais elle était cassée de façon à livrer tout juste passage à un homme. Le béton était profondément fendu, les barres de fer arrachées. Clairement du travail de ténébrides, mais pour une fois je leur fus reconnaissant. Si les barreaux de fer étaient restés en place, nous aurions été bloqués, avec le monde extérieur juste à portée de vue.

Une fois passé la bouche ronde de la grille, nous aperçûmes des feux de signalisation et une espèce de boîte en bois carrée qui ressemblait à une cabane à outils. Entre les deux voies s'alignaient à intervalles réguliers des poteaux de béton noirci. Des lampes accrochées à ces poteaux éclairaient vaguement l'intérieur des locaux d'une lumière jaune, qui me parut plus aveuglante que nécessaire. Sans doute mes yeux s'étaient-ils adaptés à l'obscurité, à cause de ce long séjour au fond d'obscurs souterrains.

— Restons un peu ici pour accoutumer nos yeux, dit-elle. En dix ou quinze minutes, on s'habituera à cette lumière-ci. Ensuite, on avancera encore un peu, et on s'arrêtera à nouveau pour habituer nos yeux à un éclairage un peu plus fort. Sinon, on va être complètement aveuglés. Jusque-là, ne regarde surtout pas les rames de métro qui passent, compris ?

— Compris, répondis-je.

Elle me prit par le bras, me fit asseoir au sec sur un coin de béton et s'installa à côté de moi. Puis elle m'attrapa le bras droit à deux mains un peu au-dessus du coude et s'appuya contre moi.

Comme on entendait un métro s'approcher, nous tournâmes la tête vers le bas en fermant les yeux. À l'intérieur de nos paupières clignota une éclatante lumière jaune, qui s'éteignit presque aussitôt, en même temps que le vacarme assourdissant du train. Cette clarté trop vive avait fait couler de grosses larmes de nos yeux. De la manche de ma chemise, j'essuyai les gouttes tombées sur mes joues.

— Ça ira, on va s'habituer rapidement, dit-elle. (Les larmes formaient des sillons sur ses joues.) Encore trois ou quatre métros et ça ira. Nos yeux se seront habitués et on pourra aller tout près de la prochaine station. Et si on va jusque-là on sera hors de portée des ténébrides. On va bientôt pouvoir sortir à l'air libre !

— J'ai l'impression d'avoir déjà vécu cette scène, dis-je.

— Marcher dans le métro ?

— Non, pas ça. La lumière. Une lumière aveuglante qui me faisait pleurer.

— C'est arrivé à tout le monde, ça.

— Non, ce n'est pas pareil. C'est une lumière spéciale, et mes yeux aussi sont spéciaux. Et puis il fait très froid, et mes yeux ont été longtemps habitués à une semi-obscurité comme maintenant, et cela m'empêche de regarder la lumière. Ce sont des yeux vraiment spéciaux.

— Tu te rappelles autre chose ?

— C'est tout, c'est tout ce que je peux me rappeler.

— C'est ta mémoire qui marche à contre-courant.

Comme elle s'appuyait contre moi, je pouvais sentir continuellement le chaud renflement de ses seins. Avec mon pantalon trempé, j'étais gelé, seule la partie de mon corps en contact avec ses seins était réchauffée.

— On va bientôt se retrouver à l'air libre, tu as fait des plans ? Tu as quelque part où aller, quelque chose à faire, quelqu'un à voir ? (Elle regarda sa montre.) Il te reste vingt-cinq heures cinquante minutes.

— Je vais rentrer chez moi prendre un bain et me changer. Après, j'irai peut-être chez le coiffeur.

— Il te restera encore du temps

— La suite, j'y penserai après.

— Je peux t'accompagner chez toi ? Moi aussi je voudrais prendre un bain et me changer.

— Si tu veux.

Comme le deuxième train en direction d'Aoyama-itchōme arrivait, nous baissâmes à nouveau la tête en fermant les yeux. La lumière était toujours aussi aveuglante, mais elle fit un peu moins pleurer nos yeux.

— Tes cheveux ne sont pas longs au point d'avoir

besoin d'aller chez le coiffeur, dit-elle en m'éclairant la tête. Et je suis sûre que les cheveux longs te vont mieux.

— J'en ai marre d'avoir les cheveux longs.

— Mais ils ne sont pas longs au point d'aller les faire couper, de toute façon. Quand est-ce que tu es allé chez le coiffeur pour la dernière fois ?

— Aucune idée.

Comment aurais-je pu me rappeler ma dernière séance chez le coiffeur alors que je n'arrivais même plus à me rappeler si j'étais allé pisser hier ? Ce qui remontait à quelques semaines plus tôt, c'était de la préhistoire pour moi.

— Tu crois que tu as des vêtements à ma taille chez toi ?

— Je ne sais pas, peut-être.

— Bah, je me débrouillerai. Tu auras besoin du lit ?

— Du lit ?

— Je veux dire, tu vas faire venir une fille chez toi pour coucher avec ?

— Ah, je n'avais pas pensé à ça. Non, je ne crois pas.

— Je pourrai dormir dedans alors ? Je voudrais dormir un peu avant d'aller chercher Grand-père.

— Moi, ça ne me dérange pas, mais, tu sais, les pirateurs ou les types de System risquent de débouler chez moi. Je suis devenu très populaire ces derniers temps et, en plus, ma porte ne ferme pas à clé.

— Ça ne me dérange pas, répondit-elle.

Je me dis que c'était sans doute vrai, ça ne devait pas la déranger. Tout le monde n'est pas dérangé par les mêmes choses.

Une troisième rame arriva de la direction de

Shibuya et défila rapidement devant nous. Je fermai les yeux et comptai lentement dans ma tête. Quand les wagons de queue disparurent, j'en étais à quatorze. Les yeux ne me faisaient presque plus mal. Nous avions passé la première étape qui nous permettrait de ressortir à l'air libre. Il n'y avait plus à craindre de tomber dans les griffes des ténébrides et de finir suspendus dans un puits, ni d'être dévorés par un poisson géant.

— Bon, fit-elle en me lâchant le bras et en se levant. Et maintenant, si on sortait d'ici ?

Je hochai la tête, me levai à mon tour et descendis derrière elle sur les rails. Nous nous mîmes à marcher en direction de la station Aoyama-itchōme.

## 30

## La fosse

En me réveillant le lendemain matin, je me demandai si je n'avais pas rêvé ce qui s'était passé dans la forêt. Mais non, ce n'était pas un rêve. Le vieil accordéon était allongé là sur la table, tout fripé comme un vieil animal affaibli. Tout avait bien eu lieu dans la réalité. Tout, le ventilateur actionné par la force d'un vent souterrain, le jeune contrôleur au visage triste et sa collection d'instruments de musique.

À part cela, un bruit étrangement irréel continuait à résonner dans ma tête. Exactement comme si on m'enfonçait quelque chose dans le crâne. Le bruit continuait sans répit, sans répit un objet plat m'était enfoncé dans la tête. Ça ne me faisait pas mal pour autant. J'avais l'esprit très clair, simplement c'était irréel.

De mon lit, je fis le tour de la pièce des yeux mais il n'y avait rien de changé. Le plafond, les quatre murs, le plancher irrégulier, les rideaux aux fenêtres, tout était comme d'habitude. Il y avait une table et, sur cette table, l'accordéon. Mon manteau et mon écharpe étaient accrochés au mur. Mes gants dépassaient de la poche de mon manteau.

Ensuite, je vérifiai si mon corps fonctionnait comme

d'habitude. Tous mes muscles bougeaient normalement. Je n'avais pas mal aux yeux. Tout sans exception était parfaitement normal.

Malgré tout, ce son mat continuait à résonner dans ma tête. Les bruits étaient irréguliers et regroupés. Différents bruits de même nature s'entremêlaient. Je n'arrivais pas à en discerner la provenance et j'avais beau tendre l'oreille, je ne comprenais pas de quelle direction ils venaient. Ils me semblaient bien émaner de l'intérieur de ma tête.

Pour en avoir le cœur net, je me levai et regardai par la fenêtre. Alors je compris enfin l'origine du bruit : sur le terrain vague juste en dessous de ma fenêtre, trois vieillards creusaient un grand trou avec des pelles. Le bruit s'élevait chaque fois qu'un coup de pelle entamait la terre durcie par le gel. Les sons dansaient étrangement dans l'air cristallin, et c'est ce qui m'avait désorienté. Tous les incidents qui s'étaient succédé avaient dû m'irriter les nerfs.

L'aiguille de ma montre indiquait près de dix heures. C'était la première fois que je dormais aussi tard. Pourquoi le colonel ne m'avait-il pas réveillé ? À part quand j'avais eu de la fièvre, il n'avait jamais manqué de me réveiller à neuf heures, en apportant dans ma chambre le plateau de notre petit déjeuner à tous deux.

J'attendis jusqu'à dix heures et demie mais le colonel ne se montra pas. Je me résignai à descendre à la cuisine prendre du pain et une boisson, puis je retournai dans ma chambre et y déjeunai seul. Peut-être parce que j'étais habitué depuis si longtemps à déjeuner avec lui, le repas me parut insipide. Je ne mangeai que la moitié de ma tartine et décidai de garder le reste pour le donner aux bêtes. Puis j'attendis, immobile sur mon lit, emmitouflé dans mon manteau, que le poêle réchauffe suffisamment la pièce.

La douceur illusoire de la veille s'était évanouie en une nuit et la pièce était emplie du froid pesant habituel. Le vent ne soufflait pas très fort mais le paysage alentour était redevenu complètement hivernal et le ciel, des montagnes du nord à la plaine du sud, était recouvert d'oppressants nuages gonflés de neige.

En bas, sur le terrain vague, les quatre vieillards continuaient à creuser leur trou.

Quatre ?

Quand j'avais regardé tout à l'heure, je n'en avais vu que trois. Trois vieillards armés de pelles creusaient un trou. Mais maintenant ils étaient quatre. Un autre les avait peut-être rejoints en cours de route, me dis-je. Il n'y avait rien d'étrange à cela. Cette résidence comptait un nombre incalculable de vieillards. Tous quatre creusaient à leurs pieds en silence, répartis dans quatre coins différents. De temps à autre, un souffle de vent capricieux agitait violemment le bord de leurs vestes minces, mais aucun d'eux n'avait l'air de souffrir du froid, et ils continuaient sans répit, les joues toutes rouges, à frapper le sol de leurs pelles. Il y en avait même un parmi eux qui transpirait et avait enlevé sa veste. Cette veste, accrochée à une branche d'arbre comme une écorce vide, voltigeait dans le vent.

Quand la pièce fut réchauffée, je m'assis sur une chaise, pris l'accordéon sur la table et essayai de déployer et refermer lentement la peau de serpent. En regardant l'instrument, une fois de retour dans ma chambre, j'avais compris qu'il était façonné bien plus délicatement que ne me l'avait fait croire ma première impression, dans la forêt. Le clavier et la peau de serpent avaient des couleurs ternies par le temps, mais la laque des panneaux de bois n'était absolument pas écaillée, et il ne manquait pas un motif des arabesques délicates qui en ornaient le bord. Plutôt qu'un instrument de musique, on pouvait le considérer comme un objet d'art. Les mouvements de la peau de serpent durcie manquaient certes de souplesse, mais cela n'empêchait pas de s'en servir. Il était certainement resté longtemps dans un coin sans que personne n'y touche. Je ne savais ni qui en avait joué autrefois ni par quels chemins il avait fini par aboutir là où je l'avais trouvé, et cela l'auréolait de mystère.

Il était assez perfectionné, non seulement du point de vue décoratif mais aussi au niveau des fonctions musicales. D'abord, il était tout petit et, replié, tenait dans la poche de mon manteau. Sa taille ne desservait pas pour autant sa fonction d'instrument de musique, car il rassemblait tout ce dont un accordéon a besoin pour bien marcher.

Je le pliai et le dépliai plusieurs fois de suite, et, une fois familiarisé avec les mouvements de la peau de serpent, j'essayai dans l'ordre tous les boutons du clavier de droite, en appuyant simultanément sur les touches de gauche. Après avoir joué une gamme complète, je me reposai un moment, tendant l'oreille aux bruits des alentours.

On entendait toujours les vieillards creuser leur fosse. Le rythme incessant et irrégulier de leurs quatre pelles mordant la terre pénétrait la pièce avec une étrange netteté. De temps à autre, le vent faisait trembler la fenêtre. Dehors, on apercevait les pentes de la colline où subsistaient par endroits des plaques de neige. Je me demandai si le son de l'accordéon parvenait jusqu'aux vieillards. Sans doute pas, décidai-je. Le son était faible, et le vent contraire.

Cela faisait bien longtemps que je n'avais pas joué de l'accordéon et, de plus, celui que j'utilisais autrefois avait un clavier moderne, c'était donc assez compliqué de m'adapter à ce mécanisme ancien et à la disposition des touches. Comme tout était concentré sur un petit volume, les boutons, petits et très rapprochés, étaient difficiles à manier pour un homme adulte avec de grandes mains et paraissaient plus adaptés à des mains de femme ou d'enfant. Il fallait en outre plier et déplier efficacement la peau de serpent en observant un certain rythme.

Malgré tout, en une heure ou deux, je parvins à jouer sans erreur quelques suites de notes simples, toutefois les mélodies ne me revenaient pas en tête. J'avais beau répéter et répéter encore, en appuyant sur le clavier, pour essayer de produire quelque chose qui ressemble à une mélodie, je n'obtenais qu'une suite de sons sans aucun sens, qui ne me menaient nulle part. De temps en temps, une suite produite par hasard dans le bon ordre me rappelait quelque chose, mais cela s'évanouissait aussitôt, aspiré par l'air environnant.

Il me semblait aussi que c'était à cause du bruit des pelles des vieillards que je n'arrivais pas à me remémorer une seule mélodie. Bien sûr, il n'y avait pas que cela, mais il est certain que ce vacarme incessant m'empêchait de me concentrer correctement. Le bruit de pelles résonnait trop fort dans mes oreilles, et il commençait même à me sembler que c'était à l'intérieur de ma tête qu'ils étaient en train de creuser ce trou. Plus ils maniaient leurs pelles, plus le vide à l'intérieur de mon crâne paraissait s'agrandir.

Peu avant midi, le vent redoubla brusquement de violence et se mêla de neige. On entendait un bruit sec de flocons frappant les fenêtres. Les petits flocons blancs, durs comme de la glace, s'alignaient irrégulièrement sur le bord de la fenêtre, bientôt emportés à nouveau par le vent. Cette neige-là ne s'amoncellerait pas, mais, certainement, elle ne tarderait pas à se changer en gros flocons ouatés gorgés d'humidité. C'était l'ordre habituel des choses. Bientôt le sol serait à nouveau recouvert d'un manteau blanc. Ces flocons durcis étaient le signe avant-coureur d'une grosse chute de neige.

Les vieillards, cependant, continuaient à creuser sans se soucier le moins du monde des précipitations. On aurait dit qu'ils avaient su dès le début qu'il allait se mettre à neiger. Ils n'avaient même pas levé la tête vers le ciel, ni suspendu leurs gestes, ni ouvert la bouche. La veste suspendue à la branche avait été emportée telle quelle par une bourrasque.

Les vieillards étaient maintenant six. Les deux nouveaux venus utilisaient une pioche et une brouette. Celui qui maniait la pioche était descendu dans le trou et cassait la terre gelée, l'autre au bord du trou puisait à la pelle les morceaux de terre cassée et les empilait dans sa brouette, puis remontait la pente pour aller les jeter plus loin. Le trou leur arrivait maintenant à hauteur de la taille. Même le vent déchaîné ne pouvait couvrir le bruit de pelles et de pioches.

M'arrêtant de chercher des airs de chansons, je reposai l'accordéon sur la table, m'approchai de la fenêtre et regardai un moment travailler les vieillards. Aucun d'entre eux n'avait l'air de diriger le travail. Ils s'activaient tous à égalité, aucun ne donnait d'ordres ni n'en recevait. Le vieillard à la pioche cassait la terre avec une merveilleuse efficacité, les quatre autres l'extrayaient du trou avec leurs pelles, le dernier la transportait en silence sur la pente avec sa brouette.

Cependant, à force de regarder fixement ce trou, je commençai à être saisi de doutes. D'abord, cette fosse était beaucoup trop grande pour servir simplement de fosse à ordures et, de plus, la neige s'apprêtait à tomber en grande quantité. C'était peut-être une fosse creusée dans une intention particulière. Mais, même dans ce cas, la neige allait s'y amonceler et, d'ici à demain matin, le trou serait comblé. Les vieillards devaient bien se rendre compte de cela, il n'y avait qu'à regarder les nuages pour le savoir. Déjà, les montagnes du nord étaient plongées jusqu'à mi-pente dans un brouillard de neige.

J'avais beau y réfléchir, je ne comprenais toujours pas le sens de leur travail, aussi pris-je le parti de me rasseoir devant le poêle et de contempler les braises rouges sans plus penser à rien. Je ne tardai pas à me dire que sans doute je ne me rappellerais plus jamais de chansons. Que j'aie un instrument de musique ou non, cela revenait au même. J'aurais beau aligner les notes, s'il n'y avait pas de chanson, cela ne serait jamais qu'une simple suite de sons. L'accordéon posé sur la table ne serait qu'une simple *chose*, si belle soit-elle. Il me sembla saisir le sens des paroles du contrôleur de la centrale électrique : « Ce n'est pas la peine d'en sortir des sons, c'est beau à regarder comme ça. » Je fermai les yeux et écoutai le bruit de la neige frappant les vitres.

Quand ce fut l'heure du repas de midi, les vieillards interrompirent enfin leur tâche et rentrèrent dans la résidence, abandonnant par terre derrière eux pelles et pioches.

Tandis qu'assis sur la chaise près de la fenêtre je regardais la fosse déserte, le colonel qui occupait la chambre voisine vint frapper à ma porte. Il portait son épais manteau habituel et avait profondément enfoncé sur sa tête une casquette de travail à visière. Des flocons blancs étaient restés collés à son manteau comme à sa casquette.

— Je suis sûr que d'ici à ce soir il y en aura déjà une bonne couche, dit-il. Tu veux que je t'apporte à déjeuner ?

— Merci, dis-je.

Dix minutes plus tard, il revint en portant à deux mains une marmite qu'il posa sur le poêle. Puis il enleva ses gants, sa casquette et son manteau comme un animal à carapace qui change de coquille à la nouvelle saison. Finalement, il caressa du bout des doigts sa chevelure emmêlée et s'assit en soupirant sur une chaise.

— Je suis désolé de n'avoir pas pu venir au petit déjeuner. C'est que j'étais accablé de travail depuis ce matin et je n'ai même pas eu le temps de déjeuner.

— Vous n'étiez tout de même pas en train de creuser cette fosse ?

— Quelle fosse ? Ah, cette fosse, là ? Non, ce n'est pas mon travail. Je ne déteste pas creuser des trous mais… répondit-il avec un rire sous cape. Non, je travaillais à la ville.

Quand la marmite fut chaude, il en répartit le contenu sur deux assiettes qu'il posa sur la table. C'était un ragoût de légumes aux nouilles. Il le mangea de bon appétit en soufflant dessus pour le refroidir.

— Mais cette fosse, à quoi est-elle destinée ? demandai-je au colonel.

— À rien du tout, répondit-il en portant une cuillerée à sa bouche. Ils creusent des trous pour le plaisir de creuser des trous. En ce sens, c'est une fosse tout à fait authentique.

— Je ne comprends pas très bien.

— C'est pourtant simple. Ils creusent parce qu'ils ont envie de creuser. Ils n'ont pas d'autre but. (Tout en mâchant mon pain, je réfléchissais à cette fosse « authentique ».) Ça leur arrive de temps en temps, ils creusent des trous, dit le colonel. Fondamentalement, c'est peut-être la même chose que moi qui me concentre sur mes échecs. Ça n'a pas de sens, ça ne mène à rien. Mais ça n'a aucune importance. Personne n'a besoin qu'il y ait un sens, personne ne cherche à arriver nulle part. Nous tous, ici, passons notre temps à creuser d'authentiques trous. Un acte sans but, un effort sans progrès, une marche qui ne mène nulle part, tu ne trouves pas ça magnifique ? Personne n'est blessé, personne ne blesse. Personne ne dépasse les autres, personne ne se fait doubler. Pas de victoire, et pas de défaite.

— Je crois comprendre ce que vous voulez dire.

Le vieillard hocha plusieurs fois la tête, puis se pencha sur son assiette et avala la dernière bouchée de ragoût.

— Peut-être que certaines choses dans l'organisation de cette ville te paraissent un peu artificielles. Mais, pour nous, c'est justement ça qui est naturel. Naturel, pur, simple. Un jour ou l'autre, tu comprendras cela, toi aussi, et moi, je souhaite que tu le comprennes. J'ai longtemps mené une vie de militaire, et je ne le regrette en rien. Il y avait des joies inhérentes à cette vie-là. Même maintenant, de temps en temps, je me rappelle les odeurs de poudre et de sang, l'éclat des baïonnettes et les trompettes sonnant la charge. Mais je n'arrive plus à me rappeler ce qui nous faisait courir ainsi au combat. La gloire, le patriotisme, l'esprit de lutte, la haine, toutes ces choses-là. En ce moment, tu as peut-être peur de perdre ton cœur. Moi aussi, j'ai eu peur, il n'y a pas de quoi avoir honte.

Le colonel s'interrompit et regarda longtemps dans le vide comme s'il cherchait ses mots.

— Pourtant, si tu abandonnes ton cœur, reprit-il, la paix viendra à toi. Une paix profonde telle que tu n'en as jamais goûté jusqu'à maintenant. Garde-toi d'oublier cela. (Je hochai la tête en silence.) À part ça, j'ai entendu parler de ton ombre en ville, ajouta le colonel en sauçant avec du pain ses derniers restes de ragoût. D'après ce qu'on dit, sa santé a bien décliné. Il paraît qu'il vomit presque tout ce qu'il essaie d'ingurgiter, et voilà trois jours qu'il est alité au sous-sol. Il n'en a peut-être plus pour longtemps. Si ça ne t'est pas désagréable, pourquoi ne lui rends-tu pas visite une fois ? Il paraît qu'il voudrait te revoir.

— Oui, dis-je en feignant d'hésiter. Moi, ça m'est égal, mais est-ce que le gardien me laissera le voir ?

— Bien sûr que oui. Quand les ombres sont sur le point de mourir, on a le droit de les voir. C'est une règle bien établie. Dans cette ville, la mort de l'ombre est une cérémonie solennelle, que même le gardien de la porte n'a pas le droit de déranger. Il n'a aucune raison de t'en empêcher.

— Alors, j'y vais tout de suite, dis-je après une petite pause.

— C'est ça, très bien, dit le colonel en s'approchant de moi pour me tapoter l'épaule. Vas-y avant ce soir, avant que la neige s'accumule. Quoi qu'on en dise, l'ombre est ce qu'un être humain a de plus proche. C'est plus judicieux de suivre ses sentiments. Aide-le à bien mourir, va. C'est peut-être dur, mais ça vaut mieux pour toi aussi.

— Je sais, répondis-je.

Puis je mis mon manteau et enroulai mon écharpe autour de mon cou.

*Pays des merveilles sans merci*

## 31

## Contrôle des billets – The Police – Détergents chimiques

De la sortie des égouts à la station Aoyama-itchōme, il n'y avait pas loin. Nous marchions le long de la voie, nous cachant dans l'ombre des étais pour laisser passer les trains. Nous distinguions clairement l'intérieur des métros, mais les passagers, eux, ne nous voyaient pas : un passager de métro ne regarde jamais le paysage extérieur. Ils lisaient le journal ou regardaient dans le vide. Pour la majorité des gens, le métro ne représente rien d'autre qu'un moyen pratique et efficace pour se déplacer dans l'espace urbain, et personne ne monte dans le métro le cœur bondissant de joie. Il n'y avait pas tellement de voyageurs, presque personne n'était debout. On avait certes passé le cap de l'heure de pointe, mais, dans la mesure où je m'en souvenais, il me semblait que la ligne Ginza aux alentours de dix heures du matin était normalement beaucoup plus fréquentée que ça.

— Quel jour sommes-nous ? demandai-je à la replète.

— Je n'en sais rien, je ne me suis jamais préoccupée des jours de la semaine, répondit-elle.

— Les passagers sont trop peu nombreux pour un

jour normal, dis-je en secouant la tête. Si ça se trouve, on est dimanche.

— Qu'est-ce que ça peut faire si c'est dimanche ?

— Rien du tout, je constate, c'est tout.

Marcher le long de la voie du métro était plus facile que je ne l'aurais cru. Elle était large et dégagée, il n'y avait ni feux rouges ni voitures. Ni quêtes ni poivrots. Les lampes fluorescentes sur les murs éclairaient nos pieds avec juste la clarté nécessaire, et il y avait de l'air frais. Du moins, par rapport à l'odeur de moisissure des souterrains, je ne trouvai rien à redire à l'air.

Nous laissâmes passer un métro en direction de Ginza, un autre en direction de Shibuya. Puis nous arrivâmes près de la station d'Aoyama-itchōme : de l'ombre des étais, nous observâmes la plate-forme du quai. Il aurait été très ennuyeux d'être surpris par un employé de la station à marcher sur les voies. Je me demandai quelle excuse plausible nous pourrions bien trouver. On apercevait une échelle à l'avant du quai. Les barreaux avaient l'air assez faciles à escalader. Le seul problème était de s'arranger pour ne pas être vus par un employé.

Immobiles dans l'ombre des piliers, nous regardâmes le métro à destination de Ginza arriver, s'arrêter sur le quai, ouvrir ses portes pour cracher sa cargaison de passagers, en laisser monter une autre avant de refermer ses portes. Nous vîmes le chef de train descendre sur le quai pour superviser la descente et la montée des passagers, ordonner la fermeture des portes, donner le signal du départ. Le train disparut et les employés de gare avec. Sur le quai d'en face, on ne voyait pas non plus trace d'un cheminot.

— Allons-y, dis-je. On ne court pas, on marche sans avoir l'air de rien. Si on court, les passagers vont nous soupçonner.

— Compris, fit-elle.

Quittant l'ombre des piliers, nous avançâmes rapidement jusqu'à l'extrémité avant du quai, puis montâmes l'échelle de fer comme s'il n'y avait là rien de bizarre et que nous faisions cela tous les jours. Quelques passagers regardèrent de notre côté d'un air surpris, se demandant ce qu'on pouvait bien faire là. Nous ne pouvions vraiment pas passer pour des employés du métro. Boueux et trempés des pieds à la tête, les cheveux en broussaille, les yeux larmoyants à cause de la lumière. Aucune chance que deux individus dans notre genre soient pris pour des agents de la station. Mais, d'autre part, qui pourrait vouloir se promener sur les voies, simplement pour le plaisir ?

Sans leur laisser le temps de tirer leurs propres conclusions, nous avions rapidement traversé le quai et nous dirigions vers les guichets de contrôle de sortie. C'est alors, juste avant d'arriver au guichet de contrôle des billets, que je réalisai que nous n'en possédions pas.

— On n'a pas de billets ! dis-je.

— Il suffit de dire qu'on les a perdus et de payer, non ? demanda-t-elle.

Je déclarai au jeune préposé au contrôle des billets que nous avions égaré nos titres de transport.

— Vous avez bien cherché ? demanda le contrôleur. C'est parce que vous avez beaucoup de poches. Vous voulez bien vérifier encore une fois ?

Devant le guichet, nous fîmes semblant de chercher dans tous les recoins de nos vêtements. Pendant ce temps, le préposé observait notre allure d'un air de plus en plus méfiant.

— C'est bien ce que je pensais, on les a perdus, dis-je.

— Où êtes-vous montés ?

Je lui dis que nous étions montés à Shibuya.

— Vous avez payé combien, de Shibuya à ici ?

— J'ai oublié. Cent vingt ou cent quarante yens, je crois.

— Vous ne vous rappelez pas ?

— Je pensais à autre chose, dis-je.

— Vous êtes vraiment montés à Shibuya ? demanda le préposé.

— Mais les trains de ce quai partent bien de Shibuya, non ? Je ne vous raconte pas d'histoires, protestai-je.

— On peut arriver de l'autre quai et venir ici. Parce que la ligne Ginza est beaucoup plus longue. Supposez que vous soyez allé de Tsudanuma à Nihombashi par la ligne Tōzai, et que là vous ayez changé pour venir jusqu'ici, c'est possible, ça, hein !

— Tsudanuma ?

— Ce n'est qu'un exemple, dit le contrôleur.

— Bon, alors, c'est combien depuis Tsudanuma ? Je vous paie le tarif à partir de là. Comme ça, ça ira, non ?

— Vous êtes venu de Tsudanuma ?

— Mais non, je vous dis. J'y ai même jamais mis les pieds.

— Alors pourquoi voulez-vous payer ?

— C'est pas vous qui avez parlé de ça ?

— Mais je vous ai dit que c'était un exemple, non ?

À ce moment-là, la rame suivante arriva, la vingtaine de passagers qui en descendirent sortirent en passant le guichet de contrôle. Je les regardai défiler. Aucun d'entre eux n'avait perdu son billet. Ensuite, nous reprîmes les négociations.

— Bon, alors, vous vous montrerez compréhensif si on paie à partir d'où ?

— À partir de là où vous êtes montés, dit le préposé.

— Mais je vous ai dit qu'on était montés à Shibuya !

— Mais vous ne vous rappelez pas le prix du billet…

— Ça peut arriver d'oublier ce genre de choses ! dis-je. Tenez, vous vous rappelez le prix d'un café au McDonald's, vous ?

— Je ne bois jamais de café au McDonald's, dit le préposé. C'est du gaspillage de dépenser de l'argent pour ça.

— C'était un exemple. Pour dire qu'on oublie tout de suite des détails de ce genre.

— En tout cas, tous les gens qui égarent leurs billets font la même déclaration. Ils arrivent sur ce quai et prétendent être montés à Shibuya. Tous !

— Bon, alors vous voulez qu'on paie à partir d'où ? À partir d'où ça vous irait ?

— Mais comment voulez-vous que je le sache, moi ?

Comme ça devenait compliqué de prolonger cette polémique qui ne nous mènerait nulle part, je posai un billet de mille yens sur le guichet et sortis sans rien ajouter. J'entendis derrière moi le préposé qui nous rappelait, mais nous continuâmes à marcher en faisant la sourde oreille. J'étais dégoûté à l'idée d'être ennuyé plus longtemps pour une histoire d'un ou deux tickets de métro, au moment où le monde allait prendre fin. À bien y réfléchir, je ne l'avais même pas pris, son métro !

Dehors, il pleuvait. Une petite pluie fine comme des aiguilles, mais qui avait détrempé le sol et les arbres. Il avait sans doute plu toute la nuit. Voir la pluie tomber m'assombrit légèrement. Aujourd'hui était un jour précieux pour moi, le dernier. Je n'avais pas envie qu'il pleuve. Tout ce que je demandais, c'était qu'il fasse beau un jour ou deux. Après, il pouvait bien pleuvoir à torrents comme dans les romans de J. G. Ballard, pendant un mois ou plus, je m'en moquais éperdument. Moi je voulais boire de la bière fraîche en écoutant de la musique, allongé sur une pelouse baignée de soleil. Je ne demandais rien de plus.

Mais, contrairement à mon attente, la pluie ne manifestait aucune intention de s'arrêter. Des nuages aussi ternes que s'ils étaient enveloppés dans plusieurs épaisseurs de vinyle recouvraient le ciel sans laisser le moindre interstice, et il en tombait une incessante petite pluie fine. J'avais envie d'acheter le journal du matin pour lire les prévisions de la météo, mais pour acheter le journal il fallait retourner vers la bouche de métro et je savais ce qui m'y attendait : la reprise de cette polémique inutile avec le préposé. Aussi abandonnai-je l'idée d'acheter le journal. Cette journée commençait de façon peu attrayante. Je n'étais pas encore sûr de quel jour on était.

Les gens marchaient tous avec des parapluies à la main. Les seuls à ne pas en avoir, c'étaient nous deux. Nous nous abritâmes sous l'auvent d'un immeuble et restâmes un long moment à contempler la ville avec stupéfaction, comme s'il s'agissait des ruines de l'Acropole. Des files de voitures aux couleurs variées allaient et venaient sur le carrefour détrempé par la pluie. J'avais du mal à imaginer que là, sous nos pieds, dans les profondeurs, s'étendait le monde étrange des ténébrides.

— Heureusement qu'il pleut ! fit ma compagne.

— Pourquoi ?

— Parce que, s'il avait fait beau, la lumière nous aurait aveuglés et on aurait dû attendre encore avant de pouvoir sortir. Heureusement qu'il pleut, hein ?

— Bof ! répondis-je.

— Bon, qu'est-ce qu'on fait maintenant ?

— Commençons par boire quelque chose de chaud. Après ça, on va à la maison prendre un bain.

Nous entrâmes dans le supermarché le plus proche, pour commander au bar qui se trouvait près de l'entrée deux potages au maïs et un sandwich jambon-œuf. Notre état de saleté parut d'abord surprendre la fille derrière le comptoir, mais elle fit semblant de ne rien remarquer et enregistra notre commande d'un ton purement professionnel.

— Deux potages, un sandwich jambon-œuf, dit-elle.

— C'est cela, répondis-je. Quel jour est-on aujourd'hui ?

— Dimanche, répondit-elle.

— Ah, tu vois ? dis-je à la grassouillette, j'avais raison.

En attendant l'arrivée de la commande, je lus *Le Sport nippon*, que quelqu'un avait laissé sur une chaise à côté de moi. Ça ne m'avançait à rien de lire un journal de sport, mais cela valait mieux que de ne rien lire du tout. Il indiquait la date du dimanche 2 octobre. Il n'y a pas de page météo dans les journaux sportifs, mais la page des courses d'équitation contenait pas mal d'informations détaillées sur le temps. La pluie devrait cesser dans la soirée sans apporter de grand changement au terrain lourd de la dernière course, et on allait assister à une course difficile. Sur le terrain de base-ball s'était déroulé le dernier match de la série Yakult contre Chunichi, et l'équipe Yakult avait été battue 6 à 2. Personne ne savait que, juste en dessous du terrain de base-ball, se situait le repaire des ténébrides.

Ma compagne me dit qu'elle voulait lire la première page, je l'enlevai et la lui passai. Apparemment, ce qu'elle voulait lire c'était un article intitulé : « Boire du sperme embellit-il la peau ? » Juste en dessous, un récit vécu était titré : « J'ai été violée dans une cage. » J'avais du mal à imaginer comment on pouvait violer une femme dans une cage. Il fallait sûrement une bonne technique. En tout cas c'était sûrement compliqué. Moi je n'aurais jamais pu.

— Dis, tu aimes te faire boire le sperme ? demanda ma compagne.

— Pas spécialement, mais ça ne me dérange pas.

— Pourtant, regarde ce qu'ils disent là-dedans : « En général, au cours de la fellation, les hommes préfèrent que la femme boive le sperme. L'homme trouve dans cet acte une confirmation de l'acceptation intégrale de sa personne par sa partenaire. C'est une cérémonie de reconnaissance de l'autre. »

— Je ne comprends pas très bien.

— On te l'a déjà avalé ?

— Je ne me rappelle pas. Je ne crois pas.

— Pfff, fit-elle en retournant à sa lecture.

Moi, je lisais la liste des scores de la Central League et de la Pacific League.

Les soupes et le sandwich arrivèrent. Nous bûmes

chacun notre soupe, partageâmes le sandwich. Il avait le goût de pain grillé, de jambon, de blanc et de jaune d'œuf. J'essuyai le jaune et les miettes au coin de mes lèvres avec une serviette en papier, puis poussai un soupir. Un profond soupir, comme si j'y avais rassemblé tous les soupirs qui attendaient au fond de moi. On n'en pousse pas souvent dans la vie, des soupirs profonds comme ça !

Je sortis du magasin et hélai un taxi. Sales comme nous étions, il fallut un certain temps avant d'en trouver un qui veuille bien s'arrêter. Le chauffeur était un jeune homme aux cheveux longs, qui écoutait une cassette de The Police, sur une grande radio stéréo posée à côté de lui sur le siège avant. Je lui criai notre destination, puis m'enfonçai profondément contre le dossier.

— Dites, comment vous avez fait votre compte pour être sales comme ça ? demanda le chauffeur en nous regardant dans le rétroviseur.

— On s'est disputés et on a fait du catch sous la pluie, répondit la fille.

— Ah ? Super ! fit le conducteur. Quand même, vous êtes dans un drôle d'état ! Vous avez de gros bleus dans le cou, là.

— Je sais, répondis-je.

— Enfin, ça ne fait rien, moi, ça ne me dérange pas, fit le chauffeur.

— Pourquoi ça ? demanda la fille.

— Je ne prends que des clients jeunes et qui ont une tête à écouter du rock. Même s'ils sont sales, ça ne me dérange pas. Tout ce que j'aime, c'est écouter ça. Vous aimez The Police ?

— Oui, c'est pas mal, dis-je pour faire une réponse appropriée.

— Mon patron me dit toujours qu'il faut pas mettre ce genre de musique dans son taxi. Mets plutôt des programmes de variétés de la radio, qu'il me dit ! Mais pas de blagues, hein ! Moi, je vais pas écouter des trucs pourris comme Seiko Matsuda ou Matchy ! The Police, c'est super ! Je peux écouter ça toute la journée sans me lasser. J'aime bien le reggae aussi, remarquez. Et vous, m'sieur, vous aimez le reggae ?

— C'est pas mal, répétai-je.

Quand la cassette de The Police fut terminée, il nous fit écouter un enregistrement de Bob Marley en concert. Le dessus de son tableau de bord était tout encombré de cassettes. D'épuisement, de froid et de sommeil, j'avais l'impression que mon corps allait exploser en petits morceaux, aussi n'étais-je pas tellement en état d'apprécier la musique, mais j'étais reconnaissant au chauffeur d'avoir daigné nous prendre dans sa voiture. Je le regardais d'un œil distrait agiter les épaules au rythme du reggae tout en tenant son volant.

Quand la voiture s'arrêta devant chez moi, je réglai la course, descendis et lui tendis un billet de mille yens en pourboire.

— Pour t'acheter une autre cassette !

— Merci, dit le chauffeur. On se reverra, j'espère.

— J'espère, dis-je.

— Quand même, vous ne croyez pas que, dans dix ou quinze ans, la plupart des taxis rouleront en faisant écouter du hard rock à leurs clients ? Ça serait super, vous trouvez pas ?

— Super, dis-je.

Mais je n'y croyais pas trop. Ça faisait plus de quinze ans que Jim Morrison était mort, et pourtant je n'avais encore jamais rencontré un seul taxi qui écoute les Doors dans sa voiture. Il y a des choses qui changent et d'autres pas dans ce monde. Ce qui ne change pas ne changera jamais. La musique des taxis fait partie de ces choses-là. Dans les taxis, la radio diffuse toujours des programmes de variétés ou des commentaires vulgaires sur des matchs de base-ball. Les haut-parleurs des grands magasins diffusent l'orchestre de Raymond Lefèvre, dans les brasseries, c'est de la polka, et, dans les quartiers commerçants en fin d'année, on entend des chants de Noël.

Nous montâmes par l'ascenseur. La porte de mon appartement était toujours hors de ses gonds mais quelqu'un l'avait remise dans son encadrement de façon qu'elle ait l'air de fermer normalement à première vue. Je ne sais pas qui avait fait ça mais il avait fallu sans aucun doute des efforts compliqués pour y parvenir. Je déplaçai ma porte d'acier, comme un homme de Cro-Magnon soulève la pierre bouchant l'entrée de sa caverne, et nous entrâmes, la grassouillette et moi. Puis je replaçai la porte, de façon que l'intérieur de mon appartement ne soit pas visible du palier, et allai jusqu'à mettre la chaîne de sûreté par acquit de conscience.

Mon appartement avait été proprement remis en ordre. Au point qu'un instant je me demandai si je n'avais pas imaginé la scène du casse de l'autre jour. Les meubles qui auraient dû être sens dessus dessous avaient été remis à leur place, la nourriture éparpillée sur le sol avait été rangée, les débris de vaisselle cassée avaient disparu je ne sais où, les livres et les disques avaient réintégré leurs étagères, les vêtements étaient suspendus dans la penderie. La cuisine, la salle de bains et la chambre brillaient comme du nickel, il n'y avait pas un grain de poussière par terre.

En examinant les choses de plus près, il restait quand même quelques cicatrices du saccage. Les tubes cathodiques de la télé, toujours cassés, s'ouvraient sur le vide comme un tunnel dans le temps, le frigo était mort, l'intérieur complètement vide. Les vêtements déchirés avaient été jetés, et le peu qui en restait fourré dans une petite valise. Le placard à vaisselle ne contenait plus que quelques assiettes et verres égarés. L'horloge murale était arrêtée, il n'y avait plus un appareil électrique en état de fonctionner normalement. Quelqu'un avait mis de côté tout ce qui n'était plus utilisable. Grâce à cet inconnu, ma chambre avait l'air bien nette. Il n'y avait plus rien de superflu, elle avait même l'air spacieuse. Il devait bien manquer quelques objets utiles, mais, de toute façon, je ne voyais pas de quoi je pouvais encore avoir besoin maintenant.

J'allai à la salle de bains, examinai le chauffe-eau à gaz, vérifiai qu'il marchait encore, puis fis couler de l'eau dans la baignoire. Le savon, mon rasoir, ma brosse à dents, des serviettes, du shampooing, en gros il restait de tout, et la douche marchait aussi. Mon peignoir était sain et sauf. Il devait manquer beaucoup de choses dans la salle de bains, mais je n'arrivais pas à me souvenir d'une seule des choses que j'avais perdues.

Pendant que je remplissais la baignoire et que j'examinais la salle de bains, la grosse s'était allongée sur le lit et lisait *Les Chouans* de Balzac.

— Dis donc, en France aussi il y avait des loutres ! dit-elle.

— Oui, sûrement.

— Tu crois qu'il y en a toujours ?

— J'en sais rien, répondis-je.

Comment aurais-je pu savoir ça ?

Je m'assis sur une chaise dans la cuisine et essayai de réfléchir à qui avait bien pu ranger la poubelle qu'était mon appartement. Qui, et dans quel but, avait pris autant de peine pour tout ranger soigneusement, de fond en comble ? C'étaient peut-être les deux pirateurs à qui j'avais eu affaire, ou alors des types de System. Je n'arrivais pas à comprendre à quels critères obéissaient leurs pensées et leurs actes. Quoi qu'il en soit, j'étais fort reconnaissant à l'énigmatique visiteur qui avait daigné tout ranger chez moi. C'est vraiment agréable de rentrer dans une maison propre.

Quand la baignoire fut pleine, je lui dis de prendre son bain la première. Elle mit un marque-page dans le livre, descendit du lit, se déshabilla sans gêne dans la cuisine. Elle faisait cela d'une façon si naturelle que je restai assis sur le lit à la regarder se mettre toute nue d'un air distrait. Elle était étrangement proportionnée, avec un corps à la fois enfantin et adulte. C'était comme si un corps d'adulte normal avait été recouvert uniformément d'une chair blanche et molle comme de la gelée. Elle avait des rondeurs bien réparties, si bien que, si on ne faisait pas attention, on en oubliait presque qu'elle était grosse. Ses bras, ses cuisses, son cou, son ventre, tout était merveilleusement gonflé, lisse comme de la chair de baleine. Ses seins, pas très gros comparés au volume de son corps, avaient une jolie forme, ses fesses aussi étaient fermes et ne tombaient pas.

— Je suis pas mal roulée, hein ? dit-elle de la cuisine en se tournant dans ma direction.

— Pas mal, répondis-je.

— Tu sais, j'ai eu du mal à me rembourrer à ce

point. Il faut manger de ces quantités de riz, je ne te dis que ça, et puis plein de pâtisseries et de trucs gras.

Je hochai la tête en silence.

Pendant qu'elle prenait son bain, j'enlevai ma chemise et mon pantalon mouillés et me changeai avec ce qui me restait, puis m'allongeai sur le lit en me demandant ce que j'allais bien pouvoir faire ensuite. Ma montre indiquait près de onze heures et demie. Il ne me restait plus que vingt-quatre heures et des poussières. Il me fallait décider clairement de mon emploi du temps. Je n'allais quand même pas passer mes dernières vingt-quatre heures à me laisser aller au cours des événements et les gaspiller à ne rien faire.

Dehors, la pluie continuait. Une pluie fine et tranquille, presque imperceptible à l'œil. Sans les gouttes de pluie qui tombaient sur l'auvent de la fenêtre comme pour le transpercer, on n'aurait pu dire s'il pleuvait réellement ou non. De temps à autre, une voiture passait sous mes fenêtres, et on entendait le bruit des éclaboussures de la fine pellicule d'eau qui recouvrait la chaussée. J'entendis aussi des cris d'enfants appelant quelqu'un. De la salle de bains me parvenait sa voix, chantant un air que je n'arrivais pas à bien saisir. Ce devait être une chanson de son invention.

À force d'être allongé sur le lit, je me sentais gagné par le sommeil, mais je ne voulais pas m'endormir comme ça. S'endormir signifiait passer plusieurs heures à ne rien faire.

Cependant, quand j'en venais à ce que j'allais bien pouvoir faire au lieu de dormir, je n'en avais strictement aucune idée. J'enlevai le cercle de caoutchouc qui bordait l'abat-jour de ma lampe de chevet, jouai avec un moment puis le remis en place. Quoi qu'il en soit, je ne pouvais pas rester dans cet appartement. Je n'obtiendrais rien de plus à rester inactif ici. Si je sortais, ça me donnerait peut-être une idée. C'est ça, je réfléchirais au programme une fois dehors.

Si on y pensait, c'était bizarre de se dire qu'on n'avait plus que vingt-quatre heures à vivre. J'aurais dû avoir une montagne de choses à faire, mais en fait je n'arrivais pas à m'en rappeler une seule. J'enlevai à nouveau le caoutchouc de l'abat-jour et le fit tourner autour de mon doigt. Puis je me rappelai le poster d'une vue de Francfort collé sur un mur du supermarché. Il y avait un pont sur une rivière et des cygnes voguant sur l'eau. Cette ville avait l'air pas mal. Ça ne me paraissait pas une mauvaise idée d'aller là-bas pour y finir ma vie. Mais, pour commencer, il était sans doute impossible d'atterrir à Francfort en moins de vingt-quatre heures, et puis, même si jamais c'était possible, il était hors de question de rester coincé plus de dix heures sur un siège d'avion, à manger les mauvais repas qu'on vous sert en vol. Et en plus, si j'y allais vraiment, rien ne me prouvait que le paysage de l'affiche ne me paraîtrait pas plus beau que la réalité. La seule chose que je souhaitais éviter, c'était un sentiment de déception au moment de finir mes jours. Il fallait écarter de mes projets cette idée de voyage. Ça prend trop de temps de se déplacer et, dans la plupart des cas, la réalité n'est jamais aussi séduisante que ce à quoi on s'attendait.

Finalement, la seule idée qui me vint fut d'aller faire un bon repas bien arrosé en compagnie d'une fille. À part ça, il n'y avait rien qui me fasse envie. Je feuilletai mon carnet pour retrouver le téléphone de la bibliothécaire, composai le numéro et demandai la fille du bureau d'information.

— Allô, fit la fille de l'information.

— Merci pour le livre sur les licornes l'autre fois, dis-je.

— De rien, c'est moi qui te remercie pour ce délicieux dîner.

— Tu ne veux pas dîner à nouveau avec moi ce soir si tu as le temps ?

— Dîner ? répéta-t-elle. Mais ce soir j'ai une réunion de recherche.

— Réunion de recherche ?

— Un groupe de recherche sur la pollution des rivières. Tu sais, l'extinction des poissons à cause des détergents chimiques, ce genre de trucs. On fait de la recherche tous ensemble. Et ce soir, c'est moi qui dois faire un exposé.

— Ça me paraît très utile comme recherche.

— Oui, c'est vrai. C'est pour ça, si tu pouvais, on ne pourrait pas remettre ce dîner à demain ? Demain c'est lundi, la bibliothèque est fermée et j'aurai tout mon temps.

— Mais moi, je ne serai plus là demain après-midi. Je ne peux pas t'expliquer en détail au téléphone, mais je dois partir loin pour quelque temps.

— Partir loin ? Tu vas faire un voyage ?

— Oui, si on veut.

— Excuse-moi. Attends une seconde.

Apparemment, elle était en train de parler avec quelqu'un qui lui demandait des références. Du récepteur me parvenait l'atmosphère de la bibliothèque le dimanche : une petite fille poussait des cris, son père la grondait, j'entendais même un bruit de clavier d'ordinateur. Le monde avait l'air de fonctionner normalement. Les gens empruntaient des livres à la bibliothèque, les contrôleurs du métro faisaient les gros yeux aux passagers qui n'étaient pas en règle, les chevaux de course galopaient sous la pluie.

— Pour les documents sur l'évolution de l'habitat sédentaire, l'entendis-je expliquer à son interlocuteur, vous trouverez trois volumes sur l'étagère numéro 5 allée F.

Ensuite j'entendis son interlocuteur lui répondre quelque chose.

— Excuse-moi, dit-elle en revenant au téléphone. OK, d'accord. Je laisse tomber la réunion ce soir. Je pense qu'ils vont protester, mais bon…

— Je suis désolé, hein…

— Non, ça ira. De toute façon, il n'y a plus un seul poisson dans les rivières par ici, alors ce n'est gênant pour personne que mon exposé soit repoussé d'une semaine.

— Oui, je suppose.

— On va dîner chez toi ?

— Non, mon appartement est inutilisable. Mon frigo est mort, et je n'ai plus rien à manger. Je ne peux pas faire la cuisine.

— Je sais, dit-elle.

— Tu sais ?

— Oui, mais c'est bien rangé maintenant, non ?

— C'est toi qui as tout rangé ?

— Oui, j'aurais pas dû ? Ce matin, je suis passée te déposer un autre livre en partant travailler, et, comme la porte était disjointe et tout en désordre à l'intérieur, je t'ai fait un peu de ménage. Ça m'a mise un peu en retard au travail, mais comme tu m'avais régalée l'autre jour… Ça t'ennuie que j'aie fait ça ?

— Pas du tout ! Je te remercie beaucoup.

— Bon, alors, tu viens me chercher à six heures dix devant la bibliothèque ? Le dimanche, on ferme à six heures.

— D'accord, dis-je. Merci.

— Pas de quoi, répondit-elle.

Puis elle raccrocha.

Au moment où je cherchais des vêtements à me mettre pour sortir dîner, la petite boulotte émergea de la salle de bains. Je lui tendis une serviette et un peignoir. La serviette et le peignoir à la main, elle restait debout, toute nue devant moi, immobile. Ses lobes d'oreilles pointus, toujours ornés de ses boucles en or, émergeaient de ses cheveux fraîchement lavés collés sur son front et ses joues.

— Tu gardes tes boucles d'oreilles même pour prendre ton bain ? demandai-je.

— Bien sûr. Je te l'ai déjà dit, non ? Il n'y a pas de problème, elles sont fixées de façon que je ne puisse pas les perdre. Tu les aimes, mes boucles ?

— Oui, ça fait joli, dis-je.

Dans la salle de bains, elle avait mis à sécher ses sous-vêtements, sa jupe et son chemisier. Un soutien-gorge rose, une culotte rose, une jupe rose, et un chemisier rose pâle. Rien qu'à les voir s'égoutter dans la baignoire, les tempes se mirent à me faire mal. Je n'ai jamais aimé voir des sous-vêtements féminins ou des bas sécher dans ma salle de bains. Si on me demandait pourquoi, je serais bien en peine de répondre, mais en tout cas je n'aime pas ça.

Je me dépêchai de me laver, de me shampouiner, de me brosser les dents et de me raser. Puis je sortis de la salle de bains enveloppé dans une serviette, enfilai un slip et un pantalon. Malgré tous ces gestes désordonnés, ma blessure au ventre me faisait beaucoup moins mal que la veille.

Jusqu'à ce que j'entre dans le bain, j'avais même oublié que j'étais blessé. Assise sur le lit, la grosse se passait les cheveux au séchoir tout en continuant sa lecture de Balzac. Comme tout à l'heure, la pluie derrière les carreaux ne donnait aucun signe de vouloir s'arrêter. À voir cette lingerie étendue dans la salle de bains, une femme assise sur mon lit en train de se sécher les cheveux en lisant un livre pendant que la pluie tombait, je me croyais revenu des années en arrière, à l'époque de ma vie conjugale.

— Tu veux le séchoir ? me demanda-t-elle.

— Non merci, dis-je.

C'était un objet que ma femme avait laissé derrière elle en quittant la maison. Moi, j'ai les cheveux courts, je n'ai pas besoin de séchoir.

Je m'assis à côté d'elle, m'appuyai au dossier du lit, fermai les yeux. Quand je fermais les yeux, des couleurs flottaient et s'éteignaient tour à tour dans le noir. À y réfléchir, cela faisait plusieurs jours que je n'avais pas dormi. Chaque fois que j'allais m'endormir, quelqu'un arrivait et me donnait des claques pour me réveiller. En fermant les yeux, je sentais le sommeil chercher à m'entraîner dans son mode d'obscurité profonde. C'était tout à fait comme si des ténébrides étendaient leurs bras du fond des ténèbres pour m'y attirer avec eux.

J'ouvris les yeux, me frottai la figure des deux mains. Comme je m'étais lavé les cheveux et rasé pour la première fois depuis longtemps, la peau de mon visage était sèche et tendue comme une peau de tambour. Il me semblait que je frottais le visage de quelqu'un d'autre. Les endroits où les sangsues m'avaient piqué étaient encore douloureux. Apparemment, elles m'avaient sucé une quantité impressionnante de sang.

— Dis, fit la rebondie en se tournant sur le côté, à propos de cette histoire de sperme, tu n'as vraiment pas envie qu'on te l'avale ?

— Pour l'instant, non, dis-je.

— Tu n'as pas envie, alors ?

— C'est ça.

— Tu n'as pas non plus envie de coucher avec moi ?

— Pour l'instant, non.

— Je ne te plais pas parce que je suis trop grosse ?

— Mais non, pas du tout. Tu as un très joli corps, tu sais.

— Mais pourquoi alors ?

— Je n'en sais rien, dis-je. Je ne sais pas pourquoi mais il me semble que je ne dois pas coucher avec toi en ce moment.

— C'est une idée basée sur ta morale ? C'est opposé à ton éthique de vie ?

— Mon éthique de vie… répétai-je. (Ces mots avaient un écho bizarre. J'y réfléchis un instant en regardant le plafond.) Non, c'est pas ça. Ça ne vient pas de là. C'est quelque chose de différent, instinctif ou intuitif, quelque chose comme ça. Ou alors, c'est peut-être en rapport avec le contre-courant de mes souvenirs. Je ne sais pas comment t'expliquer. En fait, j'ai terriblement envie de coucher avec toi en ce moment même, mais il y a ce « quelque chose » qui m'en empêche, qui me dit que, maintenant, ce n'est pas le bon moment.

Elle me regarda fixement, un coude appuyé sur l'oreiller.

— Ce n'est pas un mensonge ?

— Je ne mens pas sur ces choses-là.
— Tu le penses vraiment ?
— Je le *sens* vraiment.
— Tu peux le prouver ?
— Le prouver ? répétai-je, surpris.
— Oui, quelque chose qui puisse me convaincre que tu as vraiment envie de coucher avec moi.
— Je bande, dis-je.
— Fais voir, dit-elle.

J'hésitai un peu, puis finalement je baissai mon pantalon pour lui montrer. J'étais trop fatigué pour prolonger davantage la discussion, et puis je n'étais plus pour très longtemps dans ce monde. Je ne pensais pas que le fait de montrer un sexe vigoureux en érection à une jeune fille de dix-sept ans puisse engendrer un grave problème social.

— Pfff ! fit-elle en regardant mon pénis turgescent. Je peux toucher ?
— Bas les pattes ! Bon, ça te va comme preuve ?
— Euh… oui, ça ira.

Je remontai mon pantalon et remis mon sexe à l'intérieur. J'entendis un gros camion de marchandises passer lentement sous mes fenêtres.

— Quand est-ce que tu retournes chercher ton grand-père ? lui demandai-je.
— Dès que j'aurai un peu dormi et que mon linge sera sec. D'ici à ce soir, les eaux se seront retirées, à ce moment-là je prendrai le métro pour retourner là-bas.
— Avec le temps qu'il fait, tes vêtements ne seront pas secs avant demain matin.
— Tu crois ? Comment je dois faire alors ?
— Il y a une laverie automatique à côté, tu n'as qu'à aller les faire sécher.
— Mais je n'ai rien à me mettre pour sortir…

Je me triturai la cervelle un moment mais aucune idée ne me vint. Finalement, la seule solution était que je me rende moi-même à la laverie. J'allai à la salle de bains et fourrai tous ses vêtements dans un sac plastique de la Lufthansa. Parmi les vêtements qui me restaient, je choisis un pantalon à pinces vert olive et une chemise bleue. Comme chaussures, je mis des mocassins couleur thé. Ainsi, j'allais perdre inutilement une partie du temps précieux qui me restait, assis sur les minables chaises tubulaires de la laverie automatique. Ma montre indiquait midi dix-sept.

## 32

## L'ombre se meurt

Je poussai la porte de la cabane du gardien et le trouvai au fond, occupé à fendre des bûches.

— On va avoir une grosse chute de neige ! dit-il, sa hache à la main. Y a eu sept bêtes de mortes ce matin. Demain il y en aura davantage. Cette année, l'hiver est particulièrement froid.

J'enlevai mes gants, m'approchai du poêle et me chauffai le bout des doigts devant. Le gardien empila les petites bûches qu'il avait coupées, les jeta dans la remise, puis referma la porte de derrière et remit la hache à sa place sur le mur. Alors il vint à côté de moi se chauffer lui aussi les doigts.

— On dirait que je vais bientôt être obligé de brûler les cadavres des bêtes tout seul. Ça m'a facilité la tâche tant qu'il était là, mais bah, y a rien à faire. C'est mon travail à moi, au fond.

— Mon ombre va donc si mal ?

— On peut pas dire qu'il aille bien, fit le gardien en roulant sa tête sur ses épaules. Il va pas bien. Voilà deux jours qu'il est alité. Je voudrais bien m'occuper de lui, mais le destin, c'est le destin, hein ? Il y a une limite à ce que les gens peuvent faire.

— Je pourrais le voir ?

— Ah oui, tu peux, évidemment que tu peux. Mais seulement une demi-heure, s'il te plaît. Parce que, dans une demi-heure, je dois aller brûler les bêtes.

Je hochai la tête.

Le gardien décrocha le trousseau de clés du mur et m'ouvrit la petite porte de fer communiquant avec la place des ombres. Puis il traversa rapidement la place en diagonale devant moi et ouvrit la porte de la cabane de l'ombre pour me faire entrer. L'intérieur de la cabane était vide, sans un meuble, avec un plancher de briques glacial. Le vent s'engouffrait par les interstices des fenêtres, et l'air à l'intérieur paraissait sur le point de geler. On aurait tout à fait dit une chambre froide.

— C'est pas ma faute, fit le gardien comme pour se disculper. C'est pas moi qui ai forcé ton ombre à venir ici parce que ça me faisait plaisir. C'est la règle, de faire habiter les ombres ici, moi je ne fais que la suivre. Ton ombre à toi a plutôt de la chance. Y a eu des moments où il y en avait deux ou trois en même temps ici.

Comme protester ne m'aurait mené à rien, je hochai la tête en silence. Non, vraiment, je n'aurais pas dû laisser mon ombre se retrouver là.

— Ton ombre est en bas, dit le gardien. Descends donc. Il fait un petit peu plus chaud en dessous. Ça pue un peu, mais…

Le gardien alla dans un coin de la pièce, ouvrit une trappe de bois noirci. Il n'y avait pas d'escalier à l'intérieur, juste une échelle rudimentaire. Il descendit en premier, puis m'invita à le suivre d'un geste de la main. J'époussetai la neige collée à mon manteau avant de descendre à mon tour.

Une fois au sous-sol, une odeur nauséabonde

d'excréments me prit aux narines. Il n'y avait pas de fenêtre, l'air n'avait nulle part par où s'échapper. Dans ce sous-sol grand comme un cagibi, le lit occupait un tiers de la place. Sur le lit, mon ombre, le visage émacié, gisait sur le côté, la tête tournée vers moi. Sous le lit, on apercevait de la vaisselle en terre cuite. Une bougie brûlait, posée sur une vieille table branlante, mais à part cela on ne voyait pas une seule source de chaleur ou de lumière. Le plancher était de terre nue, la pièce emplie d'un air glacial qui vous pénétrait jusqu'à la moelle. L'ombre avait tiré sa couverture jusqu'en dessous de ses oreilles et fixait sur moi des yeux au regard immobile et sans vie. Comme l'avait dit le vieillard, il ne devait plus en avoir pour longtemps.

— Bon, j'y vais, moi, fit le gardien, qui avait l'air d'avoir du mal à supporter la puanteur des lieux. Vous pouvez bavarder un peu tous les deux. Parlez de ce que bon vous semble, ton ombre n'a plus la force de se rattacher à toi, de toute façon.

Une fois le gardien disparu, l'ombre surveilla un peu les alentours puis me fit signe de m'approcher de son chevet.

— Excuse-moi, mais tu ne voudrais pas aller jeter un coup d'œil en haut pour voir si le gardien n'est pas en train d'espionner ce qu'on dit, dit l'ombre d'une petite voix.

J'acquiesçai et montai l'échelle sans faire de bruit, poussai la trappe pour regarder dans la pièce, m'assurai qu'il n'y avait personne puis redescendis.

— Il n'y a personne, dis-je.

— Il faut que je te parle, dit l'ombre. Je ne suis pas aussi affaibli que j'en ai l'air. C'est une comédie pour tromper le gardien. C'est vrai que mon corps s'est pas mal affaibli mais que je sois alité et vomisse tout le temps, c'est de la blague. Je tiens encore assez debout pour marcher.

— Pour t'enfuir d'ici ?

— Évidemment. Sinon, je ne me fatiguerais pas à faire ça. J'ai gagné trois jours comme ça. Et, avant la fin de ces trois jours, je serai parti. Parce que, dans trois jours, peut-être que je ne pourrai réellement plus tenir debout. L'air de ce sous-sol est très néfaste pour la santé. Il est glacé et s'infiltre jusqu'aux os. À propos, quel temps fait-il dehors ?

— Il neige, répondis-je, les mains toujours enfoncées dans les poches de mon manteau. Pendant la nuit, il va neiger terriblement. Le temps va se refroidir.

— S'il neige, beaucoup de bêtes vont mourir, dit l'ombre. Si beaucoup de bêtes meurent, le gardien aura davantage de travail. On pourra s'enfuir pendant ce temps. Pendant qu'il brûle les bêtes dans la pommeraie. Tu prendras le trousseau de clés au mur, tu ouvriras ma prison, et on s'enfuira tous les deux.

— Par la porte ?

— Par la porte, impossible. Elle est fermée de l'extérieur et même si on s'enfuyait par là le gardien nous rattraperait en moins de deux. Par la muraille aussi c'est impossible. Il n'y a que les oiseaux qui peuvent passer par-dessus.

— Par où nous enfuirons-nous alors ?

— Fie-toi à moi. J'ai élaboré un plan plus que suffisant. J'ai rassemblé un maximum d'informations sur la ville. J'ai examiné ton plan jusqu'à le transpercer des yeux, et recueilli diverses informations, grâce au gardien. Il m'a gentiment appris plein de choses sur la ville, pensant que je ne pourrais plus m'enfuir. Grâce à toi qui as endormi sa vigilance.

Bah, au début ça a mis du temps, comme je m'y attendais, mais mes plans progressent dans l'ordre. Le gardien a raison, je n'ai plus assez de forces pour me rattacher à toi, mais si on arrive à sortir d'ici, je guérirai, et on pourra être de nouveau inséparables tous les deux. Je n'aurai pas à mourir ici, et toi tu pourras retrouver tes souvenirs et redevenir toi-même comme autrefois.

Sans rien dire, je regardai fixement la flamme de la bougie.

— Qu'est-ce qui t'arrive ? demanda l'ombre.

— Je me demande ce que c'est, « redevenir moi-même comme autrefois »…

— Eh, arrête, dis. Tu ne vas quand même pas te mettre à hésiter ? s'écria l'ombre.

— Si, j'hésite. J'hésite vraiment, dis-je. D'abord, je n'arrive plus à me rappeler ce « moi-même d'autrefois ». Et est-ce que ça vaut vraiment la peine de retourner dans ce monde-là, est-ce que ce moi-là vaut vraiment la peine d'être retrouvé ? (L'ombre s'apprêtait à dire quelque chose mais je l'arrêtai en levant la main.) Attends un peu. Laisse-moi terminer. J'ai oublié qui j'étais autrefois, mais je commence à ressentir une sorte d'attachement pour cette ville. Je suis attiré par la fille que j'ai rencontrée à la bibliothèque, et le colonel aussi est quelqu'un de bien. J'aime regarder les licornes. L'hiver est dur, mais les autres saisons sont belles à regarder. Personne ne fait de mal aux autres ici, personne ne se bat. La vie est simple mais satisfaisante, et tout le monde est à égalité. Personne ne critique les autres, personne ne cherche à prendre quelque chose aux autres. On travaille, mais chacun aime son travail. On travaille simplement pour travailler, personne n'y est forcé ni ne le fait de mauvaise grâce. On ne jalouse pas les autres. Personne ne se plaint, et personne ne souffre.

— L'argent, la propriété, le rang n'existent pas. Il n'y a pas de tribunal, et pas d'hôpitaux, continua l'ombre. On ne vieillit pas, on n'a pas peur de la mort. C'est ça ?

Je hochai la tête puis rétorquai :

— Et toi, qu'en penses-tu ? Vois-tu une raison pour laquelle je devrais quitter cette ville ?

— Eh oui, fit l'ombre en sortant une main des couvertures et en frottant ses lèvres du doigt. Il y a de la logique dans ce que tu dis. Si vraiment un tel monde existe, c'est la véritable Utopie. Je n'ai aucune raison de m'opposer à cela. Tu peux faire ce que tu veux. Je te comprends, moi je vais mourir ici. Mais il y a quelques petites choses que tu oublies. Des choses importantes, qui plus est.

Ensuite, l'ombre toussa un moment. J'attendis la fin de la quinte.

— La dernière fois que je t'ai vu, tu disais que cette ville était artificielle et erronée. Et qu'elle était parfaite dans ses artifices et dans ses erreurs. Et maintenant tu viens de parler de cet achèvement, de cette perfection. C'est pourquoi moi, je te parlerai de son côté artificiel et erroné. Écoute bien. D'abord, et ça c'est la proposition centrale, la perfection n'existe pas en ce monde. Tout comme la machine au mouvement perpétuel n'existe pas, par principe, comme tu le disais toi-même l'autre fois. L'entropie va toujours en augmentant. Où cette ville met-elle ses déjections ? C'est sûr, les gens d'ici – sauf peut-être le gardien – ne se font pas de mal, ne se détestent pas, ne connaissent pas le désir. Ils sont tous satisfaits et vivent en paix. Pourquoi, à ton avis ? Parce qu'ils ne possèdent pas de cœur.

— Je le sais très bien, dis-je.

— Cette ville parfaite a pu se former parce que les gens ont perdu leur cœur. Ils tournent à l'intérieur d'un temps qui a étendu leur existence jusqu'à l'éternité parce qu'ils ont perdu leur cœur. C'est pourquoi personne ne vieillit, personne ne meurt. D'abord, l'ombre est arrachée au corps auquel elle appartient, et on attend sa mort. Une fois l'ombre morte, le reste n'est pas compliqué. Il suffit d'écoper cette espèce d'écume légère qui renaît chaque jour du cœur.

— Écoper ?

— Je t'expliquerai ça un peu mieux tout à l'heure. D'abord, la question du cœur. Tu me dis que dans cette ville il n'y a ni luttes, ni haine, ni espoirs. Magnifique ! Tiens, si j'en avais la force, j'applaudirais. Mais qu'il n'y ait ni luttes, ni haine, ni désirs signifie qu'il n'y a pas non plus le contraire de tout cela. C'est-à-dire la joie, la béatitude, l'amour. C'est parce que existent le désespoir, la désillusion, la tristesse, oui, que naît la joie. Une béatitude sans désespoir n'existe nulle part. C'est cela que j'appelle « la nature ». Et évidemment il y a l'amour aussi. Même par rapport à cette fille de la bibliothèque dont tu parles, peut-être que toi, tu l'aimes, ça oui, mais ce sentiment ne mène nulle part. Parce qu'elle, elle n'a pas de cœur. Les êtres dépourvus de cœur ne sont que des fantômes qui marchent. Quel sens cela a-t-il de posséder quelque chose comme ça ? La vie éternelle, c'est vraiment ce que tu veux, toi aussi tu veux devenir un fantôme comme eux ? Une fois que je serai mort, tu feras partie de cette bande pour l'éternité et tu ne pourras plus jamais quitter cette ville, jamais, tu entends !

Un silence oppressant et glacé enveloppa le sous-sol pendant un long moment. L'ombre toussa encore plusieurs fois.

— Pourtant, je ne peux pas la laisser ici. Pour te dire ce qu'elle est pour moi, eh bien : je l'aime et j'ai besoin d'elle. On ne peut pas mentir à son propre cœur. Si je m'enfuyais maintenant, je le regretterais certainement ensuite, et quand on part d'ici, on n'y revient pas deux fois.

— Eh bien voilà ! fit l'ombre en se redressant sur le lit pour s'adosser au mur. Tu es vraiment quelqu'un de difficile à convaincre. Je te connais depuis si longtemps, je sais bien que tu es têtu, mais se compliquer la vie avec des problèmes aussi complexes au dernier moment, c'est bien de toi ! Qu'est-ce que tu as, à la fin ? Si tu es en train de dire que tu veux qu'on parte tous les trois, toi, moi et cette fille, je te préviens : impossible ! Parce que les gens qui n'ont pas d'ombre ne peuvent pas survivre hors d'ici.

— Je le sais bien. Ce que j'essaie de te dire, c'est que tu pourrais t'enfuir tout seul d'ici. Je t'aiderai.

— Non, tu n'as pas encore compris ! dit l'ombre, la tête toujours appuyée au mur. Si je m'enfuis seul et que je te laisse ici, je te mettrai dans une situation désespérée. C'est le gardien qui m'a expliqué ça : les ombres, quelles qu'elles soient, meurent toutes ici. Même les ombres qui étaient dehors reviennent au moment de mourir. Les ombres qui ne sont pas mortes ici ne laissent derrière elles qu'une mort incomplète, à supposer qu'elles meurent un jour. Autrement dit, il te faudrait vivre éternellement avec un cœur. Et dans la forêt, en plus. Ce sont les gens comme ça, ceux qui n'ont pas su tuer efficacement leur ombre, qui vivent dans la forêt. Tu serais chassé dans la forêt, et il te faudrait y errer éternellement avec diverses pensées dans ton cœur. Tu sais ce que c'est, la forêt ? (Je hochai la tête.) Mais tu ne pourrais pas l'emmener, elle, avec toi dans la forêt, continua l'ombre. Parce qu'elle, elle est *parfaite*. Autrement dit, elle n'a pas de cœur. Les gens parfaits habitent la ville. Ils ne peuvent pas vivre dans la forêt. Alors tu serais seul, de toute façon. Tu vois, cela n'a pas de sens de rester ici sans moi.

— Où va le cœur des gens ?

— Mais tu es liseur de rêves pourtant ! dit l'ombre d'un air stupéfait. Comment se fait-il que tu ignores ça ?

— Je l'ignore, en tout cas.

— Bon, je vais t'expliquer. Ce sont les licornes qui transportent les cœurs à l'extérieur des murs. Et quand vient l'hiver elles meurent avec tous ces ego enfermés à l'intérieur de leurs corps. Ce n'est ni le froid de l'hiver ni le manque de nourriture qui les tue. Ce qui les tue, c'est le poids des ego que la ville leur inflige. Au printemps, de nouveaux petits viennent au monde. Il naît exactement le même nombre de petits que de bêtes mortes. Et, quand ces petits grandissent, ils meurent à leur tour, portant le poids des ego rejetés par la ville. C'est ça le prix de la perfection. Tu peux me dire quel sens elle a, cette perfection ? Une perfection qu'on ne préserve qu'en faisant porter tous les fardeaux aux faibles, aux impuissants ? (Je fixai la pointe de mes souliers sans répondre.) Quand les licornes meurent, le gardien leur coupe la tête, poursuivit l'ombre. Parce que dans leur tête sont gravés les ego des gens. Il nettoie proprement les crânes et les laisse un an sous terre pour en apaiser le pouvoir. Ils sont ensuite transportés à la remise de la bibliothèque, et les ego sont rendus à l'air libre par les mains du liseur de rêves. Liseur de rêves – autrement dit, comme toi –, c'est le rôle assigné aux êtres qui font leur entrée dans la ville et dont l'ombre n'est pas encore morte. Les ego « lus » par le liseur de rêves se dissolvent dans l'atmosphère et disparaissent on ne sait où. C'est ce qu'on appelle « les vieux rêves ». Autrement dit, tu joues le rôle d'une prise de terre électrique. Tu comprends ce que je veux dire ?

— Oui, je comprends.

— À la mort de ton ombre, tu cesses d'être liseur de rêves, et tu t'intègres à la ville. Ainsi, la ville continue de tourner éternellement dans le cercle de la perfection. Elle fait porter le poids des imperfections aux êtres vivants imparfaits, tandis que ses habitants vivent en aspirant seulement la quintessence. Tu trouves ça juste ? Tu trouves que c'est ça, le vrai monde ? C'est ça, la forme que doivent avoir les choses ? Écoute, adopte un peu le point de vue des êtres faibles et imparfaits et tu comprendras. Mets-toi à la place des licornes, des ombres et des êtres de la forêt…

Je regardai fixement la flamme de la bougie, longtemps, jusqu'à ce que mes yeux en soient endoloris. Puis j'enlevai mes lunettes et essuyai de la paume de la main les larmes qui me brouillaient les yeux.

— Je viendrai demain à trois heures, dis-je. C'est toi qui as raison. Ma place n'est pas dans ce monde-ci.

## 33

## Lessive par un jour de pluie – Location de voiture – Bob Dylan

Comme c'était un dimanche pluvieux, les quatre séchoirs de la laverie automatique étaient occupés. Des sacs de vinyle ou des sacs à provisions de diverses couleurs étaient suspendus à chacune de leurs poignées. Il y avait trois femmes dans la laverie. L'une d'elles, la trentaine passée, avait tout l'air d'une ménagère au foyer, les deux autres me paraissaient venir de la pension pour jeunes filles du voisinage. Inoccupée, la mère de famille, assise sur une chaise tubulaire, regardait fixement tourner sa lessive comme s'il s'était agi d'un écran de télé, tandis que les deux jeunes filles, côte à côte, feuilletaient ensemble le magazine *JJ*. Toutes trois m'avaient jeté un bref coup d'œil au moment où j'étais entré, puis étaient rapidement retournées, l'une à sa lessive, les autres à leur journal.

Je m'assis sur une chaise, mon sac Lufthansa sur les genoux, et attendis mon tour. Comme les deux étudiantes n'avaient pas de sac, j'en déduisis que leur lessive se trouvait déjà dans le tambour du séchoir. Ce qui voulait dire que, dès que l'une des machines se libérerait, ce serait mon tour. Je fus un peu soulagé à l'idée que ça n'allait probablement pas mettre tant de temps que ça. Dans ma situation, la seule idée de passer une heure à regarder tourner de la lessive me déprimait. Le temps qui me restait était déjà réduit à moins de vingt-quatre heures.

Affalé de tout mon poids contre ma chaise, je contemplais fixement un point au plafond. À l'intérieur de la laverie flottait une étrange odeur composée du parfum particulier du linge qui sèche, mêlé à celui de la poudre à laver. À côté de moi, les deux étudiantes parlaient des motifs de leurs pulls. Aucune d'elles n'était particulièrement jolie. Des filles un peu dégourdies n'auraient pas passé un dimanche après-midi de pluie à lire des journaux dans une laverie automatique.

Contrairement à mon attente, aucune des machines ne daignait s'arrêter. Les laveries automatiques répondent à des règles bien à elles, la première étant : « Les séchoirs qu'on attend ne s'arrêtent jamais avant une éternité. » Vu de l'extérieur, on avait l'impression que la lessive devait déjà être plus que sèche, mais le tambour ne s'arrêtait pas pour autant.

J'attendis un quart d'heure, mais le tambour ne s'arrêtait toujours pas. Pendant ce temps arriva une grande fille mince et bien proportionnée, un grand sac en papier à la main. Elle jeta dans une des machines à laver un assortiment de couches de bébé, ouvrit un paquet de lessive, en saupoudra le tout, ferma le couvercle et mit un jeton dans la machine.

J'avais envie de fermer les yeux et de m'endormir, mais je ne pouvais pas, de crainte qu'un des séchoirs ne s'arrête pendant mon sommeil et que quelqu'un n'en profite pour mettre sa lessive dedans avant moi. Si cela arrivait, ce serait encore du temps gaspillé.

Je regrettais de ne pas avoir apporté un magazine. Un peu de lecture m'aurait empêché de sombrer dans le sommeil et aurait fait passer le temps plus vite. Mais, après tout, était-ce vraiment une bonne chose de faire passer le temps plus vite ? Non, aucun doute, je devais maintenant le faire écouler le plus lentement possible. Oui, mais quel sens avait le temps lentement écoulé dans une laverie automatique ? Est-ce que ce n'était pas seulement en élargir l'usure ?

Réfléchir au temps qui passe me donna mal à la tête. Le temps est une notion trop conceptuelle. C'est pour cela que, quand la matière s'inscrit ainsi dans la temporalité, on finit par ne plus savoir si les phénomènes qui en dérivent sont l'apanage du temps ou l'apanage de la matière.

J'arrêtai là mes réflexions au sujet du temps et me mis à réfléchir à ce que j'allais faire, une fois sorti de la laverie. D'abord, il fallait que je m'achète des vêtements. Des vêtements élégants. Comme je n'avais plus le temps de faire réparer mes pantalons, il était impossible de faire tailler le costume de tweed sur mesure pour lequel j'avais opté dans les souterrains. C'était dommage, mais je devais renoncer à ce costume-là. Je me contenterais de ce que je portais comme pantalon, et j'achèterais une veste de blazer, une chemise et une cravate. Et un imperméable aussi. Avec ça, je pourrais entrer dans n'importe quel restaurant. Il fallait compter environ une heure et demie pour me procurer l'ensemble de cette tenue. À trois heures, j'aurais donc fini mes emplettes, et il me resterait un vide de trois heures avant mon rendez-vous de six heures.

Je réfléchis aux diverses façons dont je pourrais employer ces trois heures, mais aucune bonne idée ne se présenta à mon esprit. Le sommeil, la fatigue m'empêchaient de réfléchir correctement. Et l'obstacle venait aussi du fond de mon être, d'un endroit qui m'était inaccessible. Pendant que j'essayais de délier un peu mes pensées, le tambour du séchoir le plus à droite s'arrêta. Après m'être assuré qu'il ne s'agissait pas d'une hallucination, je risquai un coup d'œil autour de moi. La mère de famille et les étudiantes avaient jeté un rapide regard au tambour mais toutes trois restaient assises dans la même position sans faire mine de se lever. Selon la règle en vigueur dans les laveries automatiques, je quittai donc ma chaise, ouvris la porte du séchoir, fourrai la lessive affaissée au fond du tambour, encore chaude et fumante, dans le sac accroché à la poignée de la machine, puis déversai à la place le contenu de mon sac Lufthansa. Je refermai la porte, mis un jeton, m'assurai que le tambour se mettait bien à tourner puis retournai m'asseoir. Ma montre indiquait midi cinquante.

La mère de famille et les deux étudiantes épiaient tous mes faits et gestes. Elles jetèrent un regard à ma lessive dans le tambour, puis m'adressèrent un coup d'œil furtif. Je levai moi aussi les yeux et regardai ma lessive qui tournait dans la machine. C'était ça, le fond du problème : la quantité de linge que j'avais mise à sécher était beaucoup trop minime, il s'agissait uniquement de vêtements de femme et de lingerie, et enfin tout était rose. Je me faisais encore remarquer ! N'y tenant plus, je mis mon sac sur la poignée du séchoir et décidai d'aller attendre ailleurs que les vingt minutes de séchage soient écoulées.

La même petite pluie fine que le matin continuait à tomber sans relâche, comme si elle cherchait à suggérer quelque chose au monde. J'ouvris mon parapluie et me promenai au hasard. Quand on traversait ce tranquille quartier d'habitation, on débouchait sur une avenue bordée de boutiques. Un coiffeur, une boulangerie, une boutique de surf – ne me demandez pas pourquoi il y a une boutique de surf en plein dans le quartier de Setagaya, je n'en sais rien –, un marchand de tabac, une pâtisserie occidentale, un magasin de location de vidéos, un pressing. Sur la devanture du pressing, une pancarte annonçait : SI VOUS FAITES LA QUEUE UN JOUR DE PLUIE, VOUS AUREZ DROIT À UNE RÉDUCTION DE 10 %. Pourquoi le nettoyage à sec était-il moins cher les jours de pluie, j'avais du mal à le comprendre.

Derrière la devanture de la boutique, on apercevait le patron, un chauve à l'air bougon, en train de repasser une chemise. Plusieurs fils électriques reliés au fer descendaient du plafond comme de grosses tiges de lierre. C'était un pressing à l'ancienne, où le patron repassait lui-même les chemises. Je ressentis un élan de sympathie pour lui, je ne sais pourquoi. Dans ce genre de pressing, on ne devait pas agrafer les numéros de série aux cols des chemises. Je ne donne jamais mes chemises à nettoyer à cause de ça, cela me fait horreur.

Devant le magasin se trouvait un banc, sur lequel étaient alignés plusieurs pots de fleurs. Je les contemplai un moment, mais je ne connaissais pas le nom d'une seule des plantes qu'ils contenaient. Je ne sais pas très bien moi-même pourquoi je suis aussi ignare en ce qui concerne les noms de fleurs. Celles qui poussaient dans ces pots avaient à première vue l'air tout ce qu'il y a de plus commun, et il me semblait qu'un être humain normal aurait dû connaître tous leurs noms sans exception. Le rideau de pluie qui tombait de l'auvent de la boutique frappait la terre noire des pots. À force de contempler ce spectacle, cela me devint intolérable : trente-cinq ans que je vivais dans ce monde, et j'ignorais les noms des espèces de fleurs les plus communes !

Même un simple pressing me réservait de nombreuses découvertes. L'une d'elles était mon ignorance des noms de plantes, une autre le fait que le nettoyage à sec était moins cher les jours de pluie. Je passais tous les jours par cette avenue et pourtant c'était la première fois que je remarquais ce banc posé devant.

Un escargot se promenait dessus, et ça aussi, c'était une nouveauté pour moi. Je pensais jusque-là que les escargots ne faisaient leur apparition qu'à la saison des pluies. Mais, réflexion faite, si les escargots ne sortaient qu'à la saison des pluies, où étaient-ils et que faisaient-ils pendant les autres saisons ?

Je saisis cet escargot du mois d'octobre, le déposai dans le pot de fleurs, puis sur une des feuilles vertes. Il vacilla quelque temps, puis finit par se stabiliser dans la même position penchée et regarda tout autour de lui.

Ensuite, je retournai en arrière vers le tabac et y achetai un paquet de Lark longues et un briquet. Je m'étais arrêté de fumer cinq ans auparavant, mais ça ne pouvait pas me faire trop de mal de fumer un paquet de cigarettes, le dernier jour de ma vie. Au coin de la boutique, je me mis une Lark au coin des lèvres et l'allumai avec le briquet. Cela me faisait une drôle de sensation à la bouche, d'y insérer une cigarette après si longtemps. J'aspirai lentement la fumée, la recrachai tout aussi lentement. Cela m'engourdit le bout des doigts, m'embruma la tête.

Ensuite, je passai à la pâtisserie et achetai quatre gâteaux. Ils avaient tous des noms français à rallonge, si bien qu'une fois qu'ils furent emballés j'étais incapable de me rappeler ce que j'avais acheté. Le français, je m'étais empressé de tout en oublier à ma sortie de l'université. L'employée de la pâtisserie était une fille longiligne comme un peuplier, qui ne savait pas très bien nouer les paquets. De toute façon, je n'ai jamais rencontré une fille à la fois grande et adroite de ses mains. Évidemment, j'ignore si cette théorie est valable dans le monde entier. Il ne s'agit peut-être que du hasard de mes rencontres personnelles.

Le magasin d'à côté, celui de location de cassettes vidéo, je le fréquentais de temps à autre. Le couple de propriétaires avait à peu près mon âge et la femme du patron était plutôt belle. La télé de présentation à écran de quarante-cinq centimètres à l'entrée du magasin diffusait *Le Bagarreur* de Walter Hill. C'est un film où Charles Bronson joue un boxeur, et James Coburn son manager. J'entrai dans la boutique, m'assis sur le canapé prévu à cet effet et décidai de regarder la scène du match pour passer le temps.

Derrière le comptoir du fond, la patronne gardait seule le magasin et avait l'air de s'ennuyer, aussi je lui offris un gâteau. Elle choisit une tarte aux poires, moi je pris le gâteau au fromage blanc. Puis je regardai la scène où Charles Bronson se bat contre un grand type chauve, tout en dégustant mon gâteau. La plupart des spectateurs s'attendaient à voir le grand chauve gagner, mais, comme j'avais déjà vu le film des années auparavant, j'étais sûr que c'était Bronson qui allait l'emporter. Quand j'eus fini mon gâteau, j'allumai une cigarette que je fumai à moitié, et me levai du canapé après avoir vérifié que Bronson mettait bien son adversaire KO.

— Restez donc encore un peu, dit la patronne.

— Je voudrais bien, mais j'ai du linge en train de sécher à la laverie, répondis-je. (Je jetai un coup d'œil à ma montre et vis qu'il était déjà une heure vingt-cinq. Le séchoir devait être arrêté depuis un siècle.) Ah zut alors ! dis-je.

— Mais non, ça va. Quelqu'un a dû sortir votre linge et le mettre dans votre sac. Personne n'ira vous voler vos sous-vêtements, allez !

— Oui, bof ! répondis-je, d'un ton éteint.

— Au fait, la semaine prochaine, on a trois vieux Hitchcock qui vont rentrer !

Je sortis du magasin de vidéos et retournai à la laverie par le même chemin. Heureusement, elle était déserte, et le linge attendait sagement mon retour, aplati au fond du tambour. Sur les quatre machines, il n'y en avait qu'une qui tournait. Je fourrai le linge dans le sac et rentrai chez moi.

La petite boulotte dormait profondément au fond de mon lit. Si profondément que je la crus morte, mais, en m'approchant tout près, je l'entendis respirer faiblement. Je sortis le linge sec du sac et le posai près de l'oreiller, mis la boîte de gâteaux à côté de la lampe de chevet. Si j'avais pu, j'aurais bien voulu me mettre sous les couvertures à côté d'elle et dormir moi aussi, mais c'était impossible.

J'allai à la cuisine boire un verre d'eau, me rappelai brusquement que je devais aller aux toilettes, revins m'asseoir sur une chaise et regardai autour de moi. Ma cuisine était composée d'un alignement de robinet d'eau, chauffe-eau, hotte, four à gaz, marmites et bouilloires en tous genres, frigo, grille-pain, étagères, couteaux, grosse boîte à thé Brooke Bond, cuisinière électrique, cafetière, et autres. On avait beau dire « cuisine » en un seul mot, en fait c'était formé de divers ustensiles et machines. En observant à nouveau la disposition de ma cuisine, je pus ressentir cette sorte de calme étrange et compliqué inhérent à la constitution du monde.

Quand je m'étais installé dans cet appartement, je vivais encore avec ma femme. Cela faisait déjà huit ans de ça, mais à l'époque je lisais souvent seul la nuit, attablé à cette table de bistrot. Comme ma femme avait un sommeil extrêmement calme, je m'inquiétais de temps en temps en me demandant si elle n'était pas morte dans le lit. Je l'aimais à ma façon, si imparfaite soit-elle.

À y réfléchir, cela faisait huit ans que je vivais ici. Il y a huit ans, nous occupions ces lieux, ma femme, mon chat et moi. Ma femme avait été la première à partir, après ç'avait été le chat. Et maintenant c'était moi qui m'apprêtais à m'en aller. Je fumai une cigarette, en me servant d'une vieille tasse à café sans soucoupe en guise de cendrier, puis je bus à nouveau de l'eau. Pourquoi avais-je vécu huit ans ici ? Moi-même, cela me semblait étrange. Je n'habitais pas cet appartement parce que je m'y plaisais particulièrement, et on ne pouvait pas dire que le loyer était bon marché. Le soleil tapait trop à l'ouest, le concierge n'était pas très aimable. Je ne pouvais pas dire non plus que vivre ici ait égayé ma vie. La baisse démographique y avait été trop importante.

Enfin, maintenant, toutes ces circonstances tiraient à leur fin.

La vie éternelle – j'essayai de réfléchir à ça.

L'immortalité.

J'étais en route pour l'immortalité, avait dit le professeur. La fin de ce monde, ce n'était pas la mort, mais une nouvelle transformation, et là je deviendrais enfin moi-même, je pourrais retrouver toutes les choses que j'avais perdues autrefois et celles que je continuais à perdre maintenant…

Pourtant, ces paroles du professeur ne trouvaient aucun écho en moi, elles étaient trop abstraites, trop vagues. Il me semblait que même maintenant j'étais suffisamment moi-même, et puis que pensait un immortel de sa propre immortalité ? C'était là un problème qui dépassait de loin le cadre étroit de mon imagination. Encore plus quand s'y mêlaient des histoires de licornes et de hautes murailles. Même *Le Magicien d'Oz* avait l'air d'un récit réaliste à côté de ça.

Qu'est-ce que j'avais donc perdu ? Je réfléchissais en me grattant la tête. J'avais perdu beaucoup de choses, c'était sûr, si j'en dressais une liste détaillée, ça remplirait sûrement un classeur d'université. Dans certains cas, je m'étais dit sur le moment que ça n'avait pas d'importance et je l'avais amèrement regretté par la suite, dans d'autres cas c'était le contraire. Il me semblait que j'avais passé mon temps à perdre des choses, des gens, des émotions. Les poches du manteau symbolisant ma vie étaient pleines des trous de la destinée, et aucune aiguille, aucun fil ne pouvait plus les raccommoder. En ce sens, si quelqu'un avait brusquement passé la tête par ma fenêtre pour me crier : « Ta vie n'est qu'un zéro ! », je n'aurais pas eu grand-chose à lui opposer.

Pourtant, si j'avais pu la recommencer, aucun

doute, j'aurais mené exactement la même. Parce que ma vie – cette vie faite d'une succession de pertes –, c'était moi-même. Je n'avais pas d'autre chemin pour devenir moi-même. Même s'il fallait pour cela abandonner toutes sortes de gens et que toutes sortes de gens m'abandonnent, même si je devais effacer ou limiter les beaux sentiments, les caractères sublimes et les rêves, moi, je ne pouvais pas devenir autre chose que moi-même.

Autrefois, quand j'étais plus jeune, je me disais que je pourrais peut-être devenir quelqu'un d'autre. Je croyais que rien n'était impossible, que je pouvais même ouvrir un bar à Casablanca et rencontrer Ingrid Bergman. Ou alors, de façon plus réaliste – laissons de côté le fait de savoir si c'était vraiment réaliste ou pas –, il m'était arrivé de penser que je pourrais mener une vie plus utile et correspondant mieux à ma personnalité. Je m'étais même entraîné à me transformer intérieurement dans ce but. J'avais lu *La Révolution verte*, j'avais vu trois fois *Easy Rider*. Mais je finissais toujours par revenir au même point, comme un bateau au gouvernail tordu. C'était ça, moi-même. Ce « moi-même » n'allait nulle part. « Moi-même » était toujours là et attendait seulement que je revienne à lui.

Fallait-il appeler cela le désespoir ?

Je n'en savais rien. C'était peut-être du désespoir. Tourgueniev aurait peut-être appelé ça la désillusion, Dostoïevski l'aurait appelé l'enfer, et Somerset Maugham la réalité. Mais, quel que soit le nom qu'on lui donne, c'était « moi-même ».

Je ne pouvais pas imaginer à quoi ressemblait le monde de l'immortalité. Peut-être qu'effectivement je pourrais retrouver tout ce que j'avais perdu et construire un nouveau « moi-même ». Peut-être que certains applaudiraient, que certains me béniraient. Peut-être que je serais heureux, que je découvrirais une vie utile et convenant à ma personnalité. Mais, de toute façon, cela n'avait aucun rapport avec mon moi actuel, il s'agissait d'un autre moi-même. Ma personnalité actuelle contenait mon « moi-même ». Ça, c'était un fait historique incontournable.

Après avoir réfléchi à ça un moment, je parvins à la conclusion qu'il était bien plus logique de supposer que j'allais mourir dans un peu plus de vingt-deux heures. Penser que j'allais me transplanter dans le monde de l'immortalité évoquait les enseignements de Don Juan dans les livres de Castaneda, c'était difficile de trouver une conclusion.

J'allais mourir – voilà ce que je décidai de penser pour plus de commodité. Ça me ressemblait déjà mieux. Ça me soulagea un peu de voir les choses comme ça.

J'éteignis ma cigarette, allai dans ma chambre, regardai dormir la fille un moment, vérifiai que j'avais tout ce qu'il me fallait dans les poches. Réflexion faite, il ne me restait plus grand-chose d'indispensable maintenant. Mon portefeuille, ma carte de crédit, de quoi d'autre avais-je besoin ? La clé de mon appartement ? Elle ne servait plus à rien, et ma carte de programmeur était également inutile. Je n'avais pas besoin de mon agenda. Comme j'avais abandonné ma voiture, je n'avais plus besoin de la clé de contact. Pas besoin de mon couteau. Plus besoin de petite monnaie. Je posai pêle-mêle sur la table toute celle que j'avais dans mes poches. Je commençai par prendre le tram jusqu'à Ginza, achetai un blazer, une chemise et une cravate chez Paul Stuart, réglai la note avec ma carte American Express. Quand j'eus revêtu le tout et me plantai devant le miroir, l'impression n'était pas mauvaise. Cela m'ennuyait un peu que mon pantalon vert olive ait perdu son pli, mais enfin tout ne peut pas être parfait. L'assortiment du blazer de flanelle bleu marine et de la chemise orange pâle me faisait tant soit peu ressembler à un jeune loup de la publicité. En tout cas, je n'avais pas l'air de quelqu'un qui, un instant auparavant, était en train de ramper dans des souterrains et qui allait disparaître de ce monde d'ici vingt et une heures.

En me tenant bien droit, je m'aperçus que la manche gauche du blazer était plus courte que la droite d'environ un centimètre. À vrai dire, ce n'était pas la manche qui était trop courte mais mon bras gauche qui était trop long. Je ne sais pas très bien comment ça se fait. Je suis droitier et je ne me rappelle pas avoir jamais surmené mon bras gauche. Le vendeur me suggéra de lui laisser la veste deux jours pour faire la retouche, mais je refusai, et pour cause.

— Vous faites du base-ball ou quelque chose comme ça ? me demanda-t-il en me rendant ma carte de crédit.

Je lui répondis qu'il n'en était rien.

— La plupart des sports déforment le corps, vous savez, m'apprit le vendeur. Le mieux, pour porter ses vêtements avec élégance, c'est d'éviter l'exercice excessif et les repas trop copieux.

Je le remerciai et quittai la boutique. Le monde paraissait plein de règles diverses. Je faisais des découvertes nouvelles littéralement à chaque pas.

Il pleuvait toujours, mais, comme j'étais fatigué de chercher des vêtements, je renonçai à l'achat d'un imperméable. J'entrai dans une brasserie, bus une bière à la pression en mangeant des huîtres. Dans la brasserie était diffusée, on se demande pourquoi, une symphonie de Bruckner. Je ne savais pas exactement de quel numéro il s'agissait, mais de toute façon personne ne connaît les numéros des symphonies de Bruckner. En tout cas, c'était bien la première fois que j'en entendais une dans une brasserie.

À part moi, il n'y avait que deux tables occupées. Par un jeune couple et un petit vieux coiffé d'un chapeau. Le petit vieux buvait sa bière à petites gorgées, tandis que le jeune couple parlait à voix basse, sans toucher aux verres. En général, les brasseries les après-midi de pluie offrent ce genre de spectacle.

Tout en écoutant la symphonie de Bruckner, je mis du citron sur cinq de mes huîtres, les gobai l'une après l'autre dans le sens des aiguilles d'une montre, bus mon demi en entier. L'immense horloge au mur de la brasserie indiquait qu'il serait trois heures dans cinq minutes. Deux lions se faisaient face sous le cadran, et ils tournaient chacun sur lui-même pour remonter l'horloge. L'un était un lion mâle, la queue relevée en portemanteau. La longue symphonie de Bruckner se termina bientôt, et c'est le *Boléro* de Ravel qui la remplaça. Étrange combinaison.

Après avoir commandé une deuxième bière, j'allai aux toilettes et urinai à nouveau, sans fin. Je ne comprenais pas très bien moi-même ce qui occasionnait ce jet puissant, mais, en tout cas, comme je n'avais rien de particulièrement urgent à faire, je continuai à pisser tranquillement. Je pense qu'il me fallut environ deux minutes pour finir de vider ma vessie. Pendant ce temps, j'entendais le *Boléro* en fond musical. C'était une étrange expérience de pisser en écoutant le *Boléro* de Ravel. Il me semblait que j'allais pisser éternellement.

Après avoir uriné si longtemps, je me sentis un homme nouveau. Je me lavai les mains, regardai mes traits se refléter dans le miroir déformant, revins à ma table et bus ma bière. Je voulus allumer une cigarette, mais je m'aperçus que j'avais oublié le paquet de Lark dans ma cuisine. J'appelai le garçon, achetai des Seven Stars et lui demandai des allumettes.

Le temps paraissait avoir suspendu son cours dans cette grande brasserie déserte, mais en réalité il avançait, minute après minute. Les lions continuaient alternativement leur rotation à cent quatre-vingts degrés, et les aiguilles avaient avancé jusqu'à trois heures dix. Un coude sur la table, je les regardais avancer, et je buvais ma bière en fumant mes Seven Stars. Regarder avancer les aiguilles d'une horloge constituait une façon vraiment stupide de passer le temps qui me restait, mais je n'avais pas de meilleure idée. La plupart des actes humains découlent de l'hypothèse préalable que la vie va se poursuivre, et si on enlève cette présupposition, il ne reste plus grand-chose.

Je sortis mon portefeuille de ma poche, vérifiai son contenu. Il contenait cinq billets de dix mille yens et plusieurs de mille yens. Et dans la poche intérieure il y avait encore vingt billets de dix mille maintenus ensemble par un trombone. À part l'argent liquide, mon portefeuille contenait aussi ma carte American Express et ma carte Visa. Plus deux cartes de crédit bancaire. Je pliai en quatre ces deux cartes de crédit et je les jetai dans le cendrier. Je n'en avais plus l'utilité. Je jetai aussi ma carte de membre d'une piscine couverte et celle du magasin de location de vidéos. Les points cadeaux que je gardais quand j'achetais du café en grains subirent le même sort. Je conservai mon permis de conduire, jetai deux vieilles cartes de visite. Le cendrier fut bientôt plein de ces cadavres de ma vie. Finalement, il ne me resta plus que l'argent liquide, mes cartes bancaires et mon permis de conduire.

Quand les aiguilles de l'horloge eurent avancé jusqu'à la demie, je me levai, payai l'addition et quittai la brasserie. Comme la pluie avait presque cessé pendant que je buvais mes bières, je décidai de laisser mon parapluie dans le porte-parapluies. C'était bon signe. Mon humeur s'allégeait avec ce changement de temps.

Une fois débarrassé de mon parapluie, je me sentis dans d'excellentes dispositions et j'eus envie de changer d'endroit. Un endroit particulièrement fréquenté irait très bien. Après avoir regardé l'alignement d'écrans de télé dans la devanture de chez Sony, et la file de touristes arabes agglutinés devant, je descendis dans le métro, achetai un billet jusqu'à Shinjuku par la ligne Marunouchi. Apparemment, je m'endormis à peine assis puisque, quand je repris conscience, le métro venait juste d'arriver à Shinjuku.

En passant le guichet de sortie, je me rappelai brusquement que mon crâne et mes données d'après *shuffling* se trouvaient toujours à la consigne de la gare de Shinjuku. Je ne pensais pas que ces bagages puissent me servir à quoi que ce soit désormais, en plus je n'avais pas mon ticket de consigne avec moi, néanmoins, comme je n'avais rien d'autre à faire, je décidai d'aller les retirer. Je montai les escaliers menant à la gare, me rendis au guichet de la consigne temporaire et expliquai que j'avais perdu mon ticket.

— Vous avez bien regardé partout ? me demanda l'employé.

Je dis que oui, j'avais bien regardé partout.

— Qu'est-ce que c'est comme bagage ?

— Un sac de sport bleu avec le logo de Nike.

— C'est comment, ça, le logo de Nike ?

Je lui empruntai une feuille et un crayon et dessinai le logo de Nike, qui ressemble à une sorte de boomerang aplati, puis j'écrivis *Nike* en dessous. Le réceptionniste regarda mon croquis d'un air soupçonneux puis partit vérifier dans ses étagères, la feuille dans une main. Il ne tarda pas à revenir avec mon sac.

— C'est ça ?

— Oui, répondis-je.

— Vous avez une preuve d'identification, nom, adresse ?

Je lui tendis mon permis de conduire, et il le compara à l'étiquette du sac. Puis il enleva l'étiquette, la posa en même temps que son stylo sur le comptoir et m'ordonna :

— Signez ici !

Je signai, pris mon sac et remerciai le préposé. J'avais réussi à retirer mon sac de la consigne ! Mais j'avais beau considérer le problème sous tous les angles, ce sac de sport bleu estampillé Nike ne s'accordait pas très bien avec ma tenue. Pas question d'aller dîner avec cette fille, mon sac de sport au bras. J'envisageai de changer de sac, mais pour contenir ce crâne il aurait fallu une grande valise de voyage ou encore un sac de bowling. Une valise, ce serait trop lourd, et, quant à prendre un container de boules, autant y aller directement avec ce sac de sport.

À force de réfléchir, j'aboutis à la conclusion que la solution la plus intelligente consistait à louer une voiture et à mettre le sac de sport sur le siège arrière. Ça m'éviterait la complication de me balader avec un sac de sport, et je n'avais plus à me soucier qu'il soit assorti à ma tenue ou non. Comme véhicule, je prendrais si possible une élégante voiture européenne. Ce n'est pas que j'aime spécialement les voitures européennes, mais ce jour était tout de même particulier dans ma vie, et il me semblait qu'il valait mieux monter dans un véhicule approprié à cette occasion. De ma vie, je n'avais rien conduit d'autre que ces petites Volkswagen qu'on ne fabriquait plus.

J'entrai dans un café, empruntai un annuaire professionnel, notai au crayon les numéros de quatre représentants de voitures à louer, près de la gare de Shinjuku, et les appelai dans l'ordre. Aucun d'eux n'avait de voiture européenne. Par un dimanche après-midi en cette saison, il n'y avait presque plus de voitures à louer, et en général ils n'avaient pas d'européennes. Sur les quatre agences, deux n'avaient plus aucun véhicule disponible, et la troisième n'avait qu'une Civic. Enfin, le dernier disposait d'une Toyota modèle Carina 1800 GT Twin Cam Turbo et d'une Toyota modèle Corona Mark II. Toutes deux neuves et équipées d'une stéréo, précisa la secrétaire. Comme ça me paraissait compliqué de donner encore des coups de téléphone ailleurs, je décidai de louer la Toyota Carina 1800 GT Twin Cam Turbo. Comme de toute façon je ne me suis jamais particulièrement intéressé aux voitures, je pouvais prendre n'importe quoi, d'ailleurs je ne savais même pas à quoi elles pouvaient bien ressembler, ces Toyota Carina ou Corona.

Après ça, je me rendis dans un magasin de disques, où j'achetai quelques cassettes. Cet assortiment varié comprenait la meilleure sélection de Johnny Mathis, *La Nuit transfigurée* de Schönberg dirigée par Zubin Mehta, *Stormy Monday* par Kenny Burrell, *Les Morceaux les plus populaires de Duke Ellington*, les *Concertos brandebourgeois* dirigés par Trevor Pinnock, et une cassette de Bob Dylan avec *Like a Rolling Stone*. J'étais obligé de faire un choix varié car je n'avais moi-même aucune idée du genre de musique qu'on avait envie d'écouter dans une Carina 1800 GT Twin Cam Turbo. On avait peut-être envie d'écouter des valses viennoises, qui sait ? Ou bien The Police, ou Duran Duran. Ou peut-être qu'on n'avait rien envie d'écouter du tout. Je n'en savais rien.

Je fourrai les six cassettes dans mon sac, me rendis à l'agence de location de voitures, me fis montrer l'engin, leur remis mon permis de conduire et signai les documents. Comparée à la place du conducteur dans ma voiture habituelle, celle de la Carina 1800 GT Twin Cam Turbo ressemblait à la cabine de pilotage d'une navette spatiale. Les gens habitués à rouler en Carina 1800 GT Twin Cam Turbo se seraient sûrement crus dans une caverne de troglodytes s'ils étaient montés dans ma voiture. Je mis la cassette de Bob Dylan sur la stéréo et passai un long moment à essayer toutes les manettes du tableau de bord en écoutant *Watching the River Flow*. Si je me trompais de bouton une fois en train de conduire, ça risquait d'être gênant.

Pendant que je vérifiais à nouveau toutes les manettes avec le moteur arrêté, la fille jeune et sympathique qui m'avait accueilli sortit du bureau et s'approcha de la voiture pour me demander s'il y avait quoi que ce soit qui n'allait pas. Elle avait un sourire pur et agréable comme une publicité du petit écran. Les dents blanches, la peau de la mâchoire bien lisse, et une jolie couleur de rouge à lèvres. Je lui répondis que non, tout allait bien, je vérifiais seulement, pour que tout se passe bien tout à l'heure.

— Parfait, dit-elle, le sourire toujours aux lèvres.

Son sourire me rappela une camarade de lycée, une fille intelligente et vive, qui, d'après ce qu'on m'avait raconté, s'était mariée avec un membre d'un mouvement révolutionnaire qu'elle avait connu à l'université, et dont elle avait eu deux enfants. Mais un jour elle avait abandonné ses enfants et quitté le domicile conjugal, et à ce jour personne n'avait retrouvé sa trace. Qui aurait pu prévoir que cette fille de dix-sept ans qui aimait J.D. Salinger et George Harrison se marierait quelques années plus tard à un membre d'une organisation révolutionnaire dont elle aurait deux enfants, et qu'elle disparaîtrait ainsi sans laisser de traces ?

— Nous serions vraiment heureux si tout le monde était aussi attentif au volant ! dit-elle. Les voitures modernes à tableau de bord automatique ne sont pas si faciles à conduire pour les gens qui n'en ont pas l'habitude.

Je hochai la tête. Je n'étais donc pas le seul à ne pas en avoir l'habitude.

— Sur quel bouton faut-il appuyer pour obtenir la racine carrée de 185 ? demandai-je.

— Je crois que c'est impossible pour l'instant, ce sera sur le prochain modèle, répondit-elle en souriant. C'est du Dylan, ça, non ?

— Oui, acquiesçai-je.

Dylan était en train de chanter *Positively 4th Street.* Une bonne chanson reste une bonne chanson, même vingt ans après.

— On le reconnaît tout de suite quand on l'entend, dit-elle.

— Parce qu'il est moins bon que Stevie Wonder à l'harmonica ?

Elle se mit à rire. J'étais très content de la faire rire. Ça prouvait que je pouvais encore faire rire une fille.

— Ce n'est pas ça, c'est sa voix qui est spéciale, dit-elle. On dirait la voix d'un petit enfant debout devant la fenêtre qui regarde tomber la pluie.

— Comme c'est bien dit !

Vraiment, c'était bien dit. J'avais lu plusieurs livres sur Dylan, mais je n'avais encore jamais rencontré d'expression aussi appropriée. Ça allait droit à l'essentiel, tout simplement. Quand je lui dis ça, elle rougit un peu.

— Je ne sais pas, c'est ce que je ressens, c'est tout.

— Mais c'est très difficile de traduire en mots ce que l'on ressent, dis-je. Tout le monde ressent un tas de choses, mais il n'y a pas beaucoup de gens qui savent l'exprimer exactement à travers les mots.

— Mon rêve, c'est d'écrire un roman, dit-elle.

— Je suis sûr que vous en écririez un bon.

— Merci ! dit-elle.

— Mais c'est rare qu'une fille jeune comme vous écoute du Dylan !

— J'aime bien la vieille musique. Bob Dylan, les Beatles, les Doors, les Birds, Jimi Hendrix – tout ça.

— J'aimerais bien prendre le temps de discuter avec vous un de ces jours, dis-je.

Elle me décocha encore un sourire en penchant un peu la tête. Une fille maligne connaît trois cents manières de répondre à ça. Et elle peut toutes les utiliser à égalité envers un type fatigué de trente-cinq ans qui est passé par une expérience de divorce.

Je la remerciai et démarrai la voiture. Dylan chantait *Stuck Inside of Mobile with the Memphis Blues Again*. Mon échange avec cette fille m'avait mis d'excellente humeur. Ça valait la peine de choisir une Carina 1800 GT Twin Cam Turbo.

La montre digitale du tableau de bord indiquait quatre heures quarante-deux. Au-dessus de la ville, le ciel toujours sans soleil virait au crépuscule. Je conduisis lentement sur des routes encombrées jusqu'à chez moi. Le dimanche pluvieux expliquait la densité de la circulation et, en plus, une petite voiture de sport verte était rentrée nez en avant dans les flancs d'un huit tonnes chargé de blocs de béton, si bien que la circulation était paralysée à un point quasi tragique. Métamorphosée, la petite voiture de sport verte ressemblait à un personnage assis par distraction sur une boîte de carton ondulé. Quelques policiers vêtus d'imperméables noirs se tenaient autour, tandis que la grue de dépannage s'apprêtait à accrocher une chaîne derrière l'épave.

Il me fallut pas mal de temps pour traverser les lieux de l'accident, mais comme j'avais de la marge avant d'être en retard à mon rendez-vous, je fumai tranquillement des cigarettes en continuant à écouter Dylan. Puis je m'amusai à imaginer à quoi pouvait ressembler la vie conjugale avec un membre d'une organisation révolutionnaire. Est-ce que c'était considéré comme une profession, membre d'organisation révolutionnaire ? Évidemment, la révolution n'est pas franchement une profession. Pourtant, on pouvait faire son métier de la politique et la révolution était bien une des formes de la politique ? Je n'arrivais pas à me faire une idée précise sur ce point.

Est-ce que son mari, quand il rentrait du travail, lui

parlait de l'avancée de la révolution, attablé devant une bière ?

Dylan venait d'entamer *Like a Rolling Stone.* Je m'arrêtai de penser à la révolution pour fredonner avec lui. Nous vieillissons tous, aussi sûr que la pluie tombe.

## 34

## Les crânes

Je vis passer un oiseau. Il plana au-dessus des pentes blanches et glacées de la colline de l'ouest, puis disparut hors de ma vue.

J'étais en train de boire le thé brûlant que m'avait versé le vieillard, en me réchauffant les mains et les pieds devant le poêle.

— Tu vas lire les rêves ce soir ? Avec ce qui tombe, la neige accumulée va rendre dangereuse la descente et la montée de la colline. Tu ne peux pas prendre juste une seule journée de congé ? disait le colonel.

— Non, aujourd'hui je ne peux absolument pas manquer mon travail.

Le vieillard sortit en secouant la tête et ne tarda pas à revenir, une paire de souliers de montagne à la main.

— Mets ça pour y aller. Comme ça au moins tu ne glisseras pas dans la neige.

J'essayai les souliers : ils étaient exactement à ma taille. C'était bon signe.

Quand le moment fut venu, je mis l'écharpe autour de mon cou, enfilai les gants, empruntai le chapeau du vieillard et m'en coiffai. Puis je pliai l'accordéon et le mis dans ma poche. Cet accordéon me plaisait tant que j'avais du mal à m'en séparer, ne fût-ce qu'un instant.

— Sois prudent ! dit le vieillard. En ce moment c'est la période la plus importante pour toi. S'il t'arrivait quelque chose maintenant, ce serait irréversible.

— Je sais, répondis-je.

Comme je m'y attendais, une bonne quantité de neige était déjà tombée au fond de la fosse. Il n'y avait plus un seul vieillard à côté du trou, et quelqu'un avait rangé les outils. Sans aucun doute, avec tout ce qui tombait, la fosse serait comblée d'ici à demain matin. Debout au bord du trou, je regardai longtemps la neige tourbillonner à l'intérieur, puis, m'éloignant enfin, je descendis la colline.

La neige était violente, on n'y voyait pas à deux mètres devant soi. J'enlevai mes lunettes, les fourrai dans ma poche, remontai mon écharpe jusque sous mes yeux et descendis la pente. Sous mes pieds, les pointes de mes brodequins faisaient un agréable crissement, et j'entendais de temps à autre un oiseau pépier dans la forêt. Je me demandais ce que les oiseaux ressentaient dans la neige. Et les bêtes ? À quoi pensaient-elles au milieu de cette tourmente incessante ?

J'arrivai à la bibliothèque une heure plus tôt que d'habitude. En m'attendant, elle avait réchauffé la pièce en allumant le poêle. Elle épousseta la neige de mon manteau, fit tomber les morceaux de glace coincés entre les pointes de mes souliers. Bien que j'y sois allé la veille encore, l'intérieur de la bibliothèque me fit une impression indiciblement nostalgique. La lumière jaune de la lampe se reflétant sur le verre dépoli, la tiédeur intime qui s'élevait du poêle, l'odeur du café qui crachait sa vapeur par le bec de la cafetière, les souvenirs de temps anciens qui imprégnaient les moindres recoins de la pièce, ses gestes tranquilles, dont aucun n'était superflu, il me semblait que je retrouvais là des choses perdues depuis longtemps. Sans force, je me laissai complètement aller au sein de cette atmosphère. Puis je songeai que j'allais perdre pour toujours ce monde paisible.

— Tu veux dîner maintenant ? Ou tu préfères attendre un peu ?

— Non merci, je n'ai pas faim.

— Comme tu voudras. Quand tu auras faim, tu n'auras qu'à me le dire. Tu veux du café ?

— Oui, s'il te plaît.

J'enlevai mes gants et les posai sur les poignées du poêle pour les faire sécher. Puis je la regardai prendre la cafetière posée sur le fourneau et me verser du café dans une tasse, tandis que, debout devant le poêle, je me réchauffais les doigts en les tendant un à un. Elle me passa la tasse, puis s'installa toute seule à la table pour boire son café.

— Il neige terriblement dehors, on ne voit rien devant soi, lui dis-je.

— Oui, ça va durer quelques jours comme ça, jusqu'à ce que ces gros nuages au-dessus de nos têtes aient vidé tout ce qu'ils contiennent.

Je bus la moitié du café chaud, puis vins, la tasse à la main, m'asseoir à table en face d'elle. Je posai ma tasse sur la table, et je la regardai un long moment en silence. À la regarder ainsi, je fus saisi par un sentiment de tristesse où je m'engouffrai tout entier.

— Quand la tempête s'arrêtera, il y aura sûrement

plus de neige amoncelée que tu n'en as jamais vu de ta vie, dit-elle.

— Mais peut-être que je ne pourrai pas la voir.

Elle leva les yeux de sa tasse pour me regarder.

— Pourquoi ? Tout le monde peut voir la neige.

— Ne lisons pas les vieux rêves aujourd'hui, parlons plutôt tous les deux. C'est très important de parler. Moi, j'ai beaucoup de choses à te dire, et toi aussi, j'aimerais que tu me parles. Ça ne t'ennuie pas ?

Ignorant toujours où je voulais en venir, elle croisa ses deux mains sur la table et hocha la tête en me regardant avec des yeux vagues.

— Mon ombre est sur le point de mourir, dis-je. Je crois que tu le sais aussi, mais cette année l'hiver est très rigoureux et je pense qu'elle ne pourra plus tenir le coup longtemps. C'est une question de temps. Et, quand mon ombre sera morte, je perdrai mon cœur à tout jamais. C'est pour ça que je dois décider ici et maintenant un certain nombre de choses. À propos de moi, de toi aussi, et de tout ce qui se passe ici. Il ne me reste plus beaucoup de temps pour réfléchir, mais, même si j'avais autant de temps que je le désire pour y penser, je crois que j'arriverais à la même conclusion. Ma décision est déjà prise.

Tout en buvant mon café, je m'assurai intérieurement que la conclusion à laquelle j'avais abouti était bien la bonne. Oui, c'était la bonne. Mais, quelle que soit la voie que je choisirais, je perdrais beaucoup de choses en fin de compte.

Je pense que, demain après-midi, je quitterai cette ville. Je ne sais ni par où ni comment. C'est l'ombre qui m'expliquera comment faire. L'ombre et moi quitterons ensemble cette ville pour retourner dans le vieux monde et y vivre. Mon ombre sera attachée à mon corps comme autrefois, je vieillirai dans l'angoisse et la souffrance, et puis je mourrai. Je crois que ce monde-là me convient mieux que celui-ci. Je vivrai entraîné par les tourbillons de mon cœur. Je ne crois pas que tu puisses comprendre ça, mais…

Elle me regardait fixement, mais, plutôt que de me regarder moi, elle avait l'air de fixer l'espace dans lequel se trouvait mon visage.

— Tu n'aimes pas cette ville ?

— Tu m'as dit tout au début que, si j'étais venu chercher la tranquillité ici, je m'y plairais sûrement. Et c'est vrai que la paix et le calme de cette ville me plaisent. Et je sais bien que, si je perdais mon cœur, ce calme et cette paix deviendraient parfaits. Il n'existe rien ici qui fasse souffrir les gens. Et je pense aussi que je regretterai peut-être toute ma vie d'avoir perdu cette ville. Et pourtant, je ne peux pas arrêter mes pas ici. Parce que mon cœur ne me permettra pas de m'arrêter en sacrifiant pour cela jusqu'à mon ombre et aux licornes. Et quelle que soit l'harmonie que je puisse trouver ici, je ne peux pas tromper mon cœur. Même si ce cœur est sur le point de disparaître complètement. Ça, c'est encore un autre problème. Quand on a perdu quelque chose une fois, même si elle disparaît entièrement, on continue éternellement à la perdre. Tu comprends ce que je te dis ?

Elle se tut longtemps, les yeux fixés sur ses doigts. La fumée qui s'élevait de sa tasse de café s'était évanouie depuis longtemps. Tout était immobile dans la pièce.

— Tu ne reviendras plus alors ?

Je hochai la tête.

— Quand on part d'ici, on ne peut plus jamais y

revenir, c'est clair. Même si j'essayais de revenir, les portes de la ville ne s'ouvriraient plus pour moi.

— Et ça t'est égal ?

— C'est très dur pour moi de te perdre. Mais je t'aime, et ce qui est important, c'est que ce sentiment demeure. Je ne veux pas changer ce sentiment en quelque chose d'artificiel, pour pouvoir te garder. Si c'est cela l'alternative, il est encore plus supportable pour moi de te perdre comme ça, en gardant mon cœur.

La pièce retomba dans un silence où résonnait seulement un bruit amplifié de charbon qui éclate. À côté du poêle étaient suspendus mon manteau, mes gants et mon écharpe. Tout cela, c'était la ville qui me l'avait donné. C'étaient des vêtements simples mais auxquels je m'étais habitué.

— J'ai même pensé à laisser mon ombre s'enfuir seule pour pouvoir rester ici. Mais, si je faisais ça, je serais banni dans la forêt, et je ne pourrais plus jamais te revoir. Parce que toi, tu ne peux pas vivre dans la forêt. Seuls peuvent y vivre ceux qui n'ont pas bien su tuer leur ombre, et qui ont gardé un peu de leur cœur au fond d'eux-mêmes. Moi, j'ai un cœur, toi, non. C'est pourquoi tu ne peux pas même avoir besoin de moi.

Elle secoua tranquillement la tête.

— C'est vrai, je n'ai pas de cœur. Ma mère en avait un, mais moi, je n'en ai pas. Et c'est à cause de ça qu'elle a été bannie dans la forêt. Je ne te l'ai jamais dit, mais je me souviens très bien du moment où elle a été chassée d'ici. Même maintenant il m'arrive d'y penser. Si j'avais eu un cœur, j'aurais pu vivre avec elle là-bas, et si j'avais un cœur, je serais capable d'avoir besoin de toi, moi aussi.

— Même s'il fallait être bannie dans la forêt pour cela ? Même ainsi tu aimerais avoir un cœur ?

Elle regarda fixement ses doigts croisés sur la table, puis ouvrit les mains.

— Je me rappelle que ma mère disait que, si on a un cœur, on ne peut rien perdre, où qu'on aille. C'est vrai ?

— Je ne sais pas, répondis-je. Je ne sais pas si c'est vrai ou non. Mais ta mère le croyait, non ? La question est : est-ce que toi, tu crois aussi cela ou non ?

— Je pense que je peux le croire, dit-elle, en plongeant son regard au fond du mien.

— Tu le crois ? demandai-je à nouveau, surpris. Tu peux vraiment croire ça ?

— Peut-être, dit-elle.

— Réfléchis bien. C'est extrêmement important. Croire à quelque chose, quoi que ce soit, c'est une des fonctions du cœur. Tu comprends ? Admettons que tu croies à quelque chose. Tu trahiras peut-être cette foi, mais si tu la trahis, le désespoir surviendra ensuite. C'est cela, le mouvement du cœur. Tu as un cœur, alors ?

Elle secoua la tête.

— Je ne sais pas. Je pensais seulement à ma mère. Je ne pensais pas plus loin que ça. Je me suis seulement dit que, peut-être, j'étais capable de croire ça.

— Il y a peut-être quelque chose à l'intérieur de toi, dont l'existence est liée à celle du cœur. Mais cela est durci et pétrifié, et ne peut se manifester à l'extérieur. C'est pourquoi le mur n'a jamais pu l'effacer.

— Tu veux dire qu'il reste un cœur à l'intérieur

de moi, que, comme ma mère, je n'ai pas bien réussi à tuer mon ombre ?

— Non, je ne crois pas que ce soit ça. Ton ombre est bien morte ici. Elle est enterrée dans la pommeraie, il en reste une trace dans les registres. Je pense que, par le médium des souvenirs de ta mère, il est resté en toi quelque chose comme une trace ou un fragment de cœur, c'est cela qui te remue. Et, si tu as conscience de cela, nul doute que tu arriveras quelque part.

Un calme étrange régnait sur la pièce comme si la neige qui tourbillonnait dehors avait absorbé tous les sons. On aurait dit que les murs retenaient leur respiration pour écouter notre conversation. Tout était trop calme.

— Parlons des vieux rêves, dis-je. Vos cœurs qui renaissent jour après jour sont aspirés par les licornes et deviennent des vieux rêves, c'est exact ?

— Oui, c'est ça. Une fois que l'ombre est morte, les cœurs sont retirés et aspirés par les bêtes sans que rien n'en demeure.

— Ce qui veut dire que je pourrais lire une à une à l'intérieur des crânes toutes les choses qu'il y avait dans ton cœur ?

— Non, c'est impossible. Mon cœur n'a pas été aspiré en bloc. Il s'est désagrégé et a été aspiré par plusieurs bêtes, si étroitement mélangé aux autres qu'on ne peut plus discerner les fragments de mon cœur de ceux du cœur d'autres personnes. Tu ne pourrais pas distinguer mes pensées propres de celles des autres. Regarde, cela fait longtemps maintenant que tu déchiffres les vieux rêves, et pourtant tu ne pourrais pas dire lesquels étaient les miens. C'est cela, les vieux rêves. Personne ne peut les dénouer. Le chaos s'évanouit en restant un chaos.

Je comprenais très bien ce qu'elle voulait dire. J'avais eu beau lire les vieux rêves chaque jour, je n'avais jamais pu y trouver une parcelle de sens. Et maintenant il ne me restait plus que vingt et une heures. J'avais vingt et une heures pour me frayer un chemin jusqu'à son cœur. C'était étrange. Dans cette ville vouée à l'immortalité, tous les choix que je devais faire étaient concentrés sur une limite de temps de vingt et une heures. Je fermai les yeux et pris plusieurs inspirations profondes. Il fallait que je me concentre totalement pour trouver le fil conducteur qui me permettrait de débrouiller l'écheveau de la situation.

— Allons à la réserve, dis-je.

— La réserve ?

— Oui, allons réfléchir dans la réserve en regardant les crânes. Peut-être qu'il nous viendra une idée.

Je lui pris la main, me levai de table, passai derrière le comptoir, ouvris la porte qui communiquait avec la réserve. Quand elle alluma la lampe électrique, les innombrables crânes alignés sur les étagères se mirent à briller sous une faible lumière. La lueur blanc passé des crânes couverts de poussière flottait dans la semi-obscurité. Ils ouvraient tous les mâchoires selon le même angle, leurs immenses orbites creuses contemplaient toutes l'espace vide devant eux. Ils distillaient un silence glacé qui flottait dans la réserve comme une brume transparente. Adossés au mur, nous regardâmes un moment ces crânes alignés. Le froid me transperçait la peau, me faisant trembler jusqu'aux os.

— Tu crois vraiment pouvoir déchiffrer mon cœur ? demanda-t-elle en scrutant mon visage.

— Je crois que je peux lire ton cœur, répondis-je.

— Comment ?

— Ça, je ne sais pas encore. Mais je le peux, c'est sûr. Je le sais. Il doit y avoir un moyen. Et je le trouverai.

— Tu essaies de repêcher une goutte de pluie tombée dans la rivière.

— Non, écoute, le cœur, c'est différent d'une goutte de pluie. Ce n'est pas quelque chose qui tombe du ciel, et puis ce n'est pas quelque chose d'indifférencié. Crois en moi, si tu le peux. Je trouverai, je t'assure. Tout est ici et, en même temps, rien n'est ici. Et je sais que je peux trouver ce que je cherche.

Elle laissa passer un moment, puis :

— Retrouve mon cœur, dit-elle.

# 35

## Le coupe-ongles – Sauce au beurre – Vase en métal

Quand ma voiture s'arrêta devant la bibliothèque, il était cinq heures vingt. Comme il me restait encore pas mal de temps, je décidai de descendre de voiture et de me promener au hasard dans les rues d'après la pluie. J'entrai dans une cafétéria, bus un café en regardant une compétition de golf, fis un jeu vidéo dans un centre de jeux pour passer le temps. C'était un jeu qui consistait à annihiler au canon antichar une armée de tanks qui traversaient une rivière pour monter à l'assaut. Au début j'avais l'avantage, mais, au fur et à mesure que le jeu progressait, les chars ennemis augmentèrent comme une horde de lemmings, pour finalement démolir mes positions. Alors, une lumière blanche comme une explosion nucléaire envahit l'écran. Ensuite, les lettres GAME OVER – INSERT COIN apparurent. Suivant ces instructions, j'introduisis une nouvelle pièce de cent yens dans la fente. La musique se fit entendre, et mes positions réapparurent intactes. C'était littéralement un combat perdu d'avance. Si je ne perdais pas, le jeu continuait éternellement et quel intérêt peut avoir un jeu qui ne finit jamais ? Ce serait gênant pour le centre de jeux, et pour moi aussi. Mes positions furent bientôt anéanties, et la lumière blanche apparut à nouveau sur l'écran, suivie par l'inscription GAME OVER – INSERT COIN.

À côté du centre de jeux se trouvait une quincaillerie, avec diverses sortes d'instruments exposés de façon attrayante dans sa vitrine. À côté d'un assortiment de clés à molette, de clés anglaises et de tournevis, on apercevait une perceuse et un tournevis électriques. Il y avait aussi une pochette à outils portable en cuir, fabriquée en Allemagne. La pochette elle-même faisait à peine la taille d'un portefeuille de femme, mais l'intérieur regorgeait d'outils minuscules allant de la scie au marteau en passant par l'électroscope. À côté était exposé un ensemble de trente ciseaux de sculpteurs. Je n'avais jamais réalisé jusque-là qu'il y avait autant de variations dans les formes et tailles de burins, et la vue de cet ensemble de trente burins différents ne fut pas un mince choc pour moi. Tous étaient différents, et certains avaient des formes à se demander comment on pouvait bien les utiliser. Comparé au centre de jeux, l'intérieur de la quincaillerie paraissait aussi calme que la surface d'un iceberg. Derrière un comptoir, au fond de la boutique sombre, était assis un homme d'âge moyen au cheveu rare et portant des lunettes, occupé à démonter quelque chose avec un tournevis.

Mû par une impulsion soudaine, j'entrai dans le magasin et me mis à chercher les coupe-ongles. Ils étaient alignés à côté des nécessaires à raser, comme autant de spécimens d'insectes. Parmi eux, il y en avait un dc forme si étrange qu'on se demandait comment s'en servir. C'est celui que je choisis, et je l'apportai au comptoir. C'était un morceau d'acier inoxydable aplati, de cinq centimètres de long, et on ne pouvait deviner où il fallait appuyer pour se couper les ongles. Quand je me présentai au comptoir, le patron posa dessous le petit batteur électrique qu'il était en train de démonter, ainsi que son tournevis, pour m'indiquer le mode d'emploi du coupe-ongles.

— Tenez, regardez. Voilà, un, deux et trois ! Vous voyez, ça ressemble à un coupe-ongles maintenant !

— En effet, dis-je.

C'était effectivement devenu un magnifique coupe-ongles. Il le replia, cela redevint un bout de métal qu'il me tendit. Je l'imitai et dépliai l'instrument à mon tour.

— C'est un bel objet, dit le patron avec l'air de me faire une confidence. Du Henkel, c'est inusable ! Pratique pour voyager aussi. Ça ne rouille pas, la lame est solide. On peut couper même des griffes de chien avec ça.

J'achetai le coupe-ongles pour deux mille huit cents yens. Il était présenté dans un petit étui de cuir noir. Après m'avoir rendu la monnaie, le patron se remit à démonter son batteur. Il répartissait toutes les vis selon leurs tailles dans de jolies soucoupes blanches. Toutes ces vis noires présentaient l'image du bonheur parfait, alignées dans leurs soucoupes.

Après avoir acheté le coupe-ongles, je retournai à la voiture et attendis l'heure du rendez-vous en écoutant les *Concertos brandebourgeois*. Puis je me demandai pourquoi ces vis alignées sur des assiettes m'avaient paru être l'image du bonheur. Peut-être parce qu'au lieu de n'être que des parties d'un batteur électrique elles étaient retournées à leur état originel de simples vis indépendantes. Ou peut-être parce qu'on leur avait octroyé cette place magnifique, et exceptionnelle pour des vis, il faut bien le dire, dans des assiettes blanches. En tout cas, c'était agréable de voir des choses qui avaient l'air heureuses à ce point.

Je sortis le coupe-ongles de la poche de ma veste et l'actionnai à nouveau. Je le repliai après avoir coupé juste un peu le bout de mes ongles pour l'essayer, puis je le remis dans son étui. Pas désagréable de se couper les ongles avec ça. Les quincailleries m'évoquent, je ne sais pourquoi, des aquariums peu fréquentés.

À l'approche de six heures, heure de fermeture, une foule de gens commença à émerger de la bibliothèque. La plupart étaient des lycéens qui, selon toute apparence, étaient venus travailler dans la salle de lecture. La majorité tenaient à la main un sac de sport en vinyle comme le mien. À les observer, les lycéens me parurent une espèce peu naturelle. Ils ont quelque chose de trop développé et paraissent atrophiés par ailleurs. Enfin, peut-être que c'est moi qui avais l'air bizarre à leurs yeux. Le monde est fait comme ça. Les gens appellent ça le fossé des générations.

Dans la foule des lycéens, on apercevait quelques vieillards. Les vieillards passent leurs dimanches après-midi dans la salle de lecture à parcourir des magazines ou à lire quatre quotidiens différents. Puis, ayant accumulé des connaissances éléphantesques, ils rentrent chez eux où le dîner les attend. Les vieillards ne me paraissaient pas une espèce aussi bizarre que les lycéens.

Une fois qu'ils furent tous sortis, une sirène retentit à l'intérieur. Il était six heures. En entendant cette sirène, j'éprouvai une sensation de faim pour la première fois depuis longtemps. Réflexion faite, je n'avais mangé qu'un demi-sandwich à l'œuf et au jambon, un petit gâteau au fromage blanc et une douzaine d'huîtres depuis le matin, et hier je n'avais quasiment rien avalé. Ma sensation de faim ressemblait à un gouffre. Comme le trou sombre et profond dans les souterrains, où même la chute d'une pierre n'avait pas produit un son. Appuyé au dossier et contemplant le plafond bas de la voiture, je réfléchis à ce que j'allais manger. Toutes sortes de plats se présentèrent à mon esprit puis disparurent. Je pensai même à des oignons blancs empilés sur une assiette. Si on les arrosait de béchamel et qu'on disposait du cresson à côté, même des oignons avaient l'air appétissants.

Il était six heures et quart quand la fille de l'information apparut à l'entrée de la bibliothèque.

— C'est ta voiture ? demanda-t-elle.

— Non, je l'ai louée. Elle ne me va pas ?

— Euh, ce n'est pas vraiment ton style. Ce ne sont pas des gens plutôt plus jeunes que toi qui utilisent ce genre de bagnole ?

— Ils n'avaient plus que ça à l'agence de location. Je ne l'ai pas louée parce qu'elle me plaisait spécialement. J'aurais pris n'importe quoi.

— Humm, dit-elle.

Elle fit le tour de la voiture comme pour tester la marchandise, avant d'ouvrir la porte de l'autre côté pour s'asseoir à côté de moi. Puis elle examina l'intérieur en détail, ouvrit le cendrier, jeta un coup d'œil dans les vide-poches.

— Ah, les *Concertos brandebourgeois*, hein ? fit-elle.

— Oui, ça te plaît ?

— J'adore, j'écoute tout le temps ça. J'aime bien ceux qu'a dirigés Karl Richter, mais ça, c'est un enregistrement nouveau, non ? Voyons, qui ça peut être ?

— Trevor Pinnock.

— Ah, tu aimes Pinnock ?

— Pas spécialement. J'ai trouvé ça, alors je l'ai acheté. Mais c'est pas mal, hein ?

— Tu as déjà écouté les *Concertos brandebourgeois* par Pablo Casals ?

— Non.

— Il faut que tu écoutes ça ! Ce n'est pas très orthodoxe, mais c'est à te faire frissonner.

— D'accord, je l'écouterai, répondis-je.

Mais je me demandais si j'en aurais le temps. Il ne me restait que dix-huit heures, et il me fallait dormir un peu aussi pendant ce laps de temps. Même quand il reste si peu de temps à vivre, on ne peut pas rester debout toute la nuit sans dormir.

— Qu'est-ce que tu as envie de manger ? demandai-je.

— De la cuisine italienne, ça te dit ?

— D'accord.

— Je connais un restaurant pas loin d'ici. Si on y allait ? Tout y est super frais.

— J'ai faim. Je serais prêt à manger même des oignons.

— Moi aussi. Dis donc, elle est bien, ta chemise.

— Merci.

Le restaurant qu'elle connaissait était à un quart d'heure de la bibliothèque en voiture. Je roulai lentement dans des rues sinueuses bordées de maisons d'habitation en essayant d'éviter les piétons et les vélos, et le restaurant italien apparut soudain au milieu d'une côte : une maison de bois blanc à l'européenne transformée en restaurant. Comme la pancarte était petite, si on ne faisait pas attention, on n'aurait jamais pensé qu'il s'agissait d'un restaurant. Il se trouvait au milieu d'un petit pâté de maisons tranquilles entouré d'une haute clôture. De grands cèdres de l'Himalaya et des branches de pin se profilaient sombrement dans le ciel du crépuscule.

— On ne penserait jamais qu'il y a un restaurant ici, dis-je en garant la voiture au parking.

La salle n'était pas très vaste, il n'y avait que trois tables et quatre places au comptoir. Un serveur en tablier blanc nous guida jusqu'à la table du fond. Derrière la fenêtre à côté on apercevait des branches de prunier.

— Tu veux boire du vin ? demanda-t-elle.

— Je te laisse choisir, répondis-je. Je ne m'y connais pas autant en vin qu'en bière.

Pendant qu'elle délibérait avec le serveur à propos du vin, je regardais le prunier derrière la fenêtre. Je ne sais pourquoi, ça me faisait bizarre de voir un prunier dans le jardin d'un restaurant italien, mais en fait ce n'était peut-être pas si curieux que ça. Il y a peut-être des pruniers en Italie. Il y a bien des loutres en France ! Une fois qu'elle eut choisi le vin, j'ouvris le menu pour mettre au point une stratégie gastronomique. Je mis pas mal de temps à choisir. En hors-d'œuvre nous commandâmes une salade de crevettes au coulis de fraises, des huîtres, de la mousse de foie à l'italienne, un ragoût de calamars, des aubergines frites au fromage, une marinade de goujons. Ensuite des *pasta* : tagliatelles pour moi, spaghettis au basilic pour elle.

— Tu ne partagerais pas une salade de macaronis à la sauce de poissons vinaigrée en plus pour goûter ? demanda-t-elle.

— D'accord.

— Qu'est-ce qu'il y a de bon comme poisson aujourd'hui ? demanda-t-elle au serveur.

— Aujourd'hui, nous avons du loup tout frais, répondit-il. Grillé aux amandes, cela vous conviendrait ?

— Moi, je prends ça, dit-elle.

— Moi aussi, dis-je. Une salade d'épinards et un risotto aux champignons avec.

— Pour moi, des légumes vapeur et un risotto à la tomate, dit-elle.

— Le risotto est très copieux, vous savez, dit le serveur d'un air soucieux.

— Ça ne fait rien, moi, je n'ai rien mangé depuis hier matin, et elle, elle a l'estomac distendu.

— Comme le trou noir dans l'espace, ajouta-t-elle.

— Bon, je vous apporte tout ça, dit le serveur.

— Et comme dessert, un sorbet aux raisins, un soufflé au citron et un espresso, ajouta-t-elle.

— Pour moi, la même chose, dis-je.

Le serveur mit longtemps à inscrire tout cela sur son carnet de commandes. Après son départ, elle me regarda avec un large sourire.

— J'espère que tu n'as pas commandé tout ça pour faire comme moi ? dit-elle.

— Non, je suis vraiment affamé. Ça fait longtemps que je n'ai pas eu faim à ce point.

— C'est sympa. Je ne fais pas confiance aux gens qui mangent peu. Ils me semblent toujours qu'ils vont aller se remplir la panse ailleurs une fois le repas fini, tu crois qu'ils font ça ?

— Je ne sais pas.

C'est vrai, je l'ignorais.

— C'est un tic à toi, ça, de dire tout le temps « je ne sais pas ».

— Peut-être.

— « Peut-être » aussi, c'est un tic.

Comme je ne savais plus quoi dire, je hochai la tête en silence.

— Pourquoi ? Tes idées manquent de stabilité ?

« Je ne sais pas, peut-être », marmonnai-je intérieurement, et juste à ce moment-là le serveur revint et enleva le bouchon de la bouteille de vin puis en versa dans nos verres, aussi précautionneusement que s'il était l'ostéopathe attaché à la cour impériale en train de soigner l'épaule démise du prince héritier.

— Le héros de *L'Étranger* avait comme tic de dire tout le temps « c'est pas ma faute », je crois bien. Comment s'appelait-il déjà ?

— Meursault, répondis-je.

— Oui, c'est ça, Meursault, répéta-t-elle. Je l'ai lu quand j'étais au lycée. Mais aujourd'hui les lycéens ne lisent plus *L'Étranger* de Camus. On a fait une enquête l'autre fois à la bibliothèque. Et toi, quels auteurs tu aimes ?

— Tourgueniev.

— Tourgueniev, c'est pas un écrivain très important, ça. C'est plutôt ringard.

— Ça se peut, mais moi, je l'aime bien. J'aime bien Flaubert et Thomas Hardy aussi.

— Tu ne lis pas d'auteurs contemporains ?

— Je lis Somerset Maugham de temps en temps.

— Il n'y a plus tellement de gens qui parlent de Somerset Maugham comme d'un auteur contemporain, tu sais, dit-elle en se penchant sur son verre de vin.

— Pourtant c'est intéressant. J'ai lu trois fois *Le Fil du rasoir*. Ce n'est peut-être pas un roman d'une importance capitale, mais ça se laisse lire. Ça vaut mieux que le contraire.

— Humm, fit-elle avec une drôle de moue. À part ça, je trouve que cette chemise orange te va très bien.

— Merci beaucoup. Ta robe aussi est très jolie.

— Merci, dit-elle. (Elle portait une robe de velours bleu nuit avec un petit col en dentelle. Elle avait deux colliers fin en argent au cou.) Après ton coup de téléphone je suis rentrée à la maison me changer. J'habite juste à côté de mon lieu de travail, c'est pratique.

— En effet, dis-je.

En effet.

Comme on nous avait apporté quelques-uns des hors-d'œuvre, nous nous mîmes à manger en silence. L'assaisonnement était frais et sans prétention. Les ingrédients aussi étaient très frais. On aurait dit que les huîtres bien fermes venaient d'être ramassées au fond de l'océan, elles avaient gardé l'odeur de leur mère la mer.

— Au fait, tu as réglé ton histoire de licorne ? demanda-t-elle en arrachant une huître à sa coquille avec sa fourchette.

— Bof, répondis-je en essuyant avec une serviette en papier la sauce des calamars qui me tachait le coin des lèvres. Oui, c'est réglé, en partie.

— Elle était où, cette licorne ?

— Ici même, dis-je en montrant mon front du doigt. Les licornes existaient dans ma tête. Un vrai troupeau.

— C'est symbolique, ce que tu dis ?

— Pas du tout. Il n'y a rien de symbolique là-dedans. Les licornes habitent bel et bien l'intérieur de ma conscience. C'est quelqu'un qui a découvert ça pour moi.

— Intéressante, ton histoire. J'ai envie d'en savoir plus. Raconte !

— C'est pas si intéressant que ça, dis-je en lui passant le plat d'aubergines.

En échange, elle me tendit la marinade de poissons.

— Mais j'ai envie que tu me racontes.

— Chacun a au fond de la conscience un noyau dont il ignore le contenu. Dans mon cas à moi, il s'agit d'une ville. Dans cette ville coule une rivière, et elle est encerclée par d'épaisses murailles de briques. Les habitants de cette ville ne peuvent pas en sortir. Les seules qui peuvent sortir, ce sont les licornes. Elles aspirent en elles l'ego et la personnalité des habitants et vont les rejeter à l'extérieur des murs. C'est pourquoi personne n'a d'ego ni de personnalité là-bas. Et moi, je vis dans cette ville. Voilà l'histoire. Je n'en sais pas plus puisque je ne l'ai jamais vraiment vue de mes yeux.

— C'est super original, ton histoire, dit-elle.

Après lui avoir expliqué ça, je me rendis compte que le vieux savant ne m'avait jamais parlé de cette rivière. Apparemment, ce monde continuait à m'attirer peu à peu vers lui.

— Mais je ne l'ai pas inventée consciemment, dis-je.

— Même si c'est inconscient, c'est bien toi qui l'as inventée, non ?

— Bof, dis-je.

— Pas mauvaise cette marinade, hein ?

— Pas mauvaise.

— Mais tu ne trouves pas que ton histoire ressemble à ce que je t'ai lu sur les licornes de Russie ?

— C'est vrai.

— Il y a peut-être des points communs.

— Oui, dis-je en fourrant la main dans la poche de ma veste. Tiens, j'ai un cadeau pour toi.

— J'adore les cadeaux ! dit-elle.

Je sortis le coupe-ongles de ma poche et le lui tendis. Elle le sortit de son étui et le contempla d'un air perplexe.

— Qu'est-ce que c'est que ce truc ?

— Passe-le-moi voir, dis-je en lui reprenant l'objet. Regarde bien : un, deux, et trois !

— Ah, un coupe-ongles !

— Exactement. Très pratique en voyage. Pour le replier, tu fais le contraire. Regarde !

— Il est marrant. Merci beaucoup. Mais ça t'arrive souvent d'offrir des coupe-ongles aux femmes ?

— Non, un coupe-ongles, c'est la première fois. Je l'ai acheté parce que j'ai regardé une vitrine de quincaillerie tout à l'heure et j'avais envie de quelque chose. Un assortiment de burins, c'est trop encombrant.

— Tu as bien fait de prendre le coupe-ongles. Merci. Ça se perd facilement, je vais le garder dans mon sac.

Elle remit l'instrument dans son étui et fit disparaître le tout dans son sac à bandoulière.

Les assiettes de hors-d'œuvre disparurent, remplacées par les pâtes. J'avais toujours une faim de loup. Les six assiettes de hors-d'œuvre s'étaient évanouies sans laisser de trace au fond du gouffre de mon estomac. J'enfournai en un temps relativement court une quantité assez impressionnante de tagliatelles, puis mangeai la moitié des macaronis au poisson vinaigré. Une fois cela avalé, il me sembla apercevoir enfin une faible clarté au fond du gouffre. Après avoir fini les pâtes et en attendant le poisson, nous continuâmes à boire du vin.

— À propos, dit-elle, sans enlever les lèvres du bord de son verre. (Ses paroles rendaient un son feutré comme si elles résonnaient à l'intérieur du verre.) Le casse de ton appartement, ils ont utilisé une machine spéciale pour faire ça, ou alors ils étaient toute une bande ?

— Non, il n'y avait pas de machine, c'est un type tout seul qui l'a fait.

— Un costaud alors ?

— Quelqu'un qui ne connaît pas la fatigue.

— Une de tes relations ?

— Non, c'était la première fois qu'on se voyait.

— Même un match de rugby dans ton appartement n'aurait pas fait autant de dégâts.

— Sans doute.

— Ça avait un rapport avec ton histoire de licornes ?

— Peut-être, oui, je crois.

— Et tu as résolu tout ça ?

— Je n'ai rien résolu du tout. En tout cas pas par rapport à eux.

— Et par rapport à toi, tu as résolu quelque chose ?

— On peut dire que oui, et on peut dire que non. Comme de toute façon je n'ai pas le choix, on peut dire que ma question est résolue, et comme je n'ai rien choisi de moi-même, on peut dire que ce n'est pas une solution. En tout cas, dans tous ces événements, personne n'a pris en compte la subjectivité du sujet, c'est-à-dire moi, depuis le début. Comme si un seul être humain s'était trouvé mêlé à une équipe de phoques qui ferait du water-polo.

— C'est pour ça que tu dois partir demain ?

— Oui, en gros.

— Tu t'es trouvé mêlé à des événements compliqués ?

— Trop compliqués pour moi, je n'y comprends rien. Le monde devient de plus en plus complexe. L'atome, les divisions internes du socialisme, le progrès informatique, l'insémination artificielle, l'espionnage par satellite, les organes greffés, la lobotomie, tout ça. Même les tableaux de bord de voitures, on n'y comprend plus rien ! Moi, pour expliquer ça simplement, je suis mêlé à la guerre de l'informatique. Autrement dit, je suis le chaînon manquant entre maintenant et le moment où les ordinateurs auront une personnalité. Un expédient temporaire, quoi.

— Les ordinateurs auront une personnalité un jour ?

— Peut-être. Et comme ça ils pourront eux-mêmes brouiller leurs données et les reprogrammer, et personne ne pourra voler les informations.

Le serveur vint poser devant nous les poissons et les risottos.

— Je ne comprends pas très bien, dit-elle en découpant au couteau à poisson la chair de son loup. Parce qu'une bibliothèque c'est un endroit tellement paisible. Il y a plein de livres, et tout le monde vient les lire, c'est tout. Les informations sont ouvertes à tous et personne ne se bat pour elles.

— J'aurais dû travailler dans une bibliothèque, dis-je.

Vraiment, c'est ce que j'aurais dû faire.

Nous mangeâmes le poisson, nettoyâmes nos assiettes de risotto sans en laisser un grain. Je commençais enfin à apercevoir le fond du gouffre qu'était mon appétit.

— Délicieux, ce loup, dit-elle d'un air satisfait.

— Il faut un tour de main pour préparer les sauces au beurre, dis-je. Couper des échalotes en petits morceaux, mélanger à du beurre de bonne qualité, faire cuire juste ce qu'il faut. Si on s'arrête de tourner pendant la cuisson, ça n'a pas bon goût.

— Tu aimes faire la cuisine ?

— La cuisine, c'est une chose qui n'a pratiquement pas évolué depuis le XIXe siècle. En tout cas, la bonne cuisine. Fraîcheur des ingrédients, temps pour la préparation, saveur, belle présentation, ce sont des choses éternelles, ça n'évoluera jamais.

— Leur soufflé au citron est bon aussi, tu vas voir. Tu peux encore manger ?

Je mangeai le sorbet aux raisins, le soufflé, bus mon espresso. Le soufflé était sans aucun doute délicieux. Il faut ce niveau-là pour un bon dessert. L'espresso aussi avait un goût rond et corsé qu'on aurait presque pu tenir dans la paume de la main.

Une fois que tout cela fut enfourné dans l'immense gouffre qui nous tenait lieu d'estomac, le chef vint nous saluer. Nous lui exprimâmes notre satisfaction.

— Au moins, ça vaut la peine de préparer un repas pour des clients comme vous, répondit le cuisinier. Même en Italie, on ne trouve pas tellement de gens capables de manger autant.

— Merci beaucoup, dis-je.

Le chef retourna à son poste, nous appelâmes le garçon pour commander deux autres cafés.

— C'est la première fois que je rencontre quelqu'un capable de manger autant que moi ! dit-elle.

— Je pourrais encore manger, dis-je.

— J'ai de la pizza surgelée et une bouteille de Chivas Regal à la maison, dit-elle.

— Pas mal, répondis-je.

Elle habitait vraiment tout près de la bibliothèque. Du préfabriqué, mais elle avait une petite maison pour elle toute seule. Il y avait une entrée et même un minuscule jardin où une personne aurait pu s'allonger. Le soleil ne paraissait avoir aucune chance de pénétrer dans ce jardin, mais il y avait quand même des azalées plantées dans un coin. C'était une maison à un étage.

— Je l'ai achetée à l'époque où j'étais mariée, dit-elle. J'ai remboursé le prêt avec l'assurance vie de mon mari. Je l'avais achetée pour avoir des enfants, mais pour moi elle est trop grande.

— Oui, sans doute, dis-je en m'installant dans le canapé du salon et en regardant autour de moi.

Elle sortit la pizza du frigidaire, la mit au four, puis apporta sur la table du salon la bouteille de Chivas, deux verres et de la glace. J'allumai la stéréo, appuyai sur le bouton du magnétophone. Je fis une sélection de cassettes, parmi lesquelles Jackie McLean, Miles Davis, Wynton Kelly, ce genre de musique. En attendant que la pizza soit cuite, j'écoutai *Swing Low, Sweet Chariot* en sirotant mon whisky. Elle s'était ouvert une bouteille de vin.

— Tu aimes les vieux disques de jazz ? demanda-t-elle.

— Quand j'étais au lycée, je fréquentais un café où ils ne passaient que ce genre de musique.

— Tu n'écoutes pas de disques modernes ?

— Si, The Police, Duran Duran, tout ça. Tout le monde m'en passe.

— Mais toi-même tu n'aimes pas trop écouter ça ?

— Je n'en ai pas besoin.

— Lui – je veux dire mon mari qui est mort –, il écoutait tout le temps ce genre de vieux disques.

— Il me ressemblait alors.

— Oui, un peu. Il a été assassiné dans un bus, d'un coup de vase en métal.

— Pourquoi ?

— Il a fait une remarque à un jeune homme aux cheveux laqués dans un bus, et l'autre l'a frappé avec un vase en métal.

— Pourquoi ce jeune homme avait-il un vase en métal avec lui ?

— Ça, je n'en sais rien. Aucune idée.

Moi non plus, je n'en avais aucune idée.

— Quand même, tu ne trouves pas ça affreux, de mourir assassiné dans un bus ?

— Oui, c'est sûr. C'est regrettable, acquiesçai-je.

La pizza était cuite, nous en mangeâmes la moitié chacun, en buvant de l'alcool, assis côte à côte sur le canapé.

— Tu veux voir un crâne de licorne ? dis-je.

— Oui, je veux bien. Tu en as un vrai ?

— Pas un vrai, une réplique.

— Mais je veux bien le voir quand même.

Je retournai à la voiture garée dehors, pris le sac de sport posé sur le siège arrière et rentrai. C'était une nuit d'octobre douce et agréable. Entre les nuages qui recouvraient le ciel, on apercevait une lune presque pleine. Il ferait sûrement beau le lendemain. Je me rassis sur le canapé, ouvris la fermeture Éclair du sac, sortis le crâne de la serviette qui l'enveloppait pour le lui montrer. Elle posa son verre de vin sur la table et examina attentivement l'objet.

— C'est bien fait, hein…

— C'est un spécialiste des crânes qui l'a fabriqué, répondis-je en buvant mon whisky.

— On jurerait un vrai.

J'arrêtai le magnétophone, sortis la baguette de mon sac et frappai un petit coup sur le crâne. Cela rendit le même son sec que la dernière fois.

— Qu'est-ce que c'est que ça ?

— Tous les crânes possèdent leur son propre, et un spécialiste peut déchiffrer les souvenirs qu'il contient à partir de ces sons.

— Sympa, ton histoire, fit-elle. (Puis elle prit la baguette pour frapper elle-même sur le crâne.) On ne dirait pas un faux, dis donc.

— C'est un type plutôt excentrique qui l'a fabriqué.

— Mon mari a eu la boîte crânienne fracassée, je ne pense pas que ça rende un son normal.

— Ça, je ne sais pas.

Elle reposa le crâne sur la table, prit son verre et but une gorgée de vin. Épaule contre épaule, nous inclinions nos verres tout en contemplant ce crâne d'animal décharné, qui paraissait sourire en nous regardant. Il avait aussi l'air de chercher de toutes ses forces à aspirer l'air autour de nous.

— Mets de la musique, dit-elle.

Je choisis à nouveau quelque chose d'approprié dans la montagne de cassettes, appuyai sur le bouton et me rassis.

— Ça te va ici ? demanda-t-elle. Ou tu veux aller dans le lit au premier ?

— On est bien ici.

Les haut-parleurs distillaient la voix de Pat Boone chantant *I'll Be Home.* Il me sembla que le temps rebroussait son cours, mais maintenant ça m'était bien égal. Le temps pouvait bien s'écouler dans le sens qu'il voulait. Elle ferma le rideau de dentelle de la fenêtre donnant dans le jardin, éteignit la lumière de la pièce. Puis elle se déshabilla dans les rayons de la lune. Elle enleva ses colliers, sa montre en forme de bracelet, puis sa robe de velours. Moi aussi j'enlevai ma montre et la lançai de l'autre côté du dossier du canapé. Puis j'enlevai ma veste, desserrai ma cravate et bus ce qui restait de whisky au fond de mon verre.

Pendant qu'elle roulait ses collants sur ses jambes pour les ôter, la musique changea pour *Georgia on My Mind* par Ray Charles. Je fermai les yeux, mis mes deux pieds sur la table et fis tourner le temps dans ma tête comme on fait tourner des glaçons dans un verre de whisky. Il me semblait que tout cela s'était déjà passé autrefois. Les vêtements qu'elle enlevait, la musique en arrière-plan et les phrases échangées avaient dû être légèrement différents, mais cette différence n'était pas très significative. On tournait en rond pour aboutir toujours au même point. Exactement comme des chevaux de manège tournant à vide. Personne ne vous dépasse, on ne dépasse personne, on ne fait qu'arriver toujours au même point.

— Il me semble que tout ça a déjà eu lieu, dis-je, les yeux toujours fermés.

— Évidemment, dit-elle.

Puis elle m'enleva le verre des mains et défit lentement, un à un, les boutons de ma chemise, comme si elle enlevait des fils de haricots verts.

— Comment le sais-tu ?

— Parce que je le sais. (Puis elle posa ses lèvres sur ma poitrine nue. Ses longs cheveux balayèrent mon ventre.) Tout est déjà arrivé une fois dans le passé. On tourne en rond, c'est tout. Tu ne crois pas ?

Je gardai les yeux fermés, m'abandonnant à la sensation de ses lèvres et de ses cheveux sur ma peau. Je pensai au loup de mer, au coupe-ongles, à l'escargot sur le banc devant la laverie. Le monde était empli d'innombrables suggestions.

Je rouvris les yeux et l'enlaçai doucement, passai la main dans son dos pour défaire l'agrafe de son soutien-gorge, mais ne la trouvai pas.

— Ça s'ouvre devant, dit-elle.

Le monde n'arrête pas d'évoluer, c'est certain.

Nous fîmes l'amour trois fois, puis prîmes une douche et ensuite, enveloppés dans une couverture sur le canapé, nous écoutâmes des disques de Bing Crosby. On se sentait bien. J'avais eu une érection aussi parfaite que la pyramide de Gizeh, ses cheveux avaient un agréable parfum de démêlant, les coussins du canapé étaient un peu durs, mais dans l'ensemble c'était un bon canapé. De fabrication ancienne et solide, il avait le parfum ensoleillé d'autrefois. Autrefois était un temps béni qui fournissait tout naturellement des canapés de cette qualité.

— Il est bien, ton canapé, dis-je.

— Je le trouve vieux et minable, je pensais en acheter un autre justement.

— Non, c'est mieux de garder celui-ci.

— Bon, ben d'accord, fit-elle.

Je fredonnai *Danny Boy* en même temps que Bing Crosby.

— Tu aimes cette chanson ?

— Bien sûr, répondis-je. Quand j'étais à l'école primaire, j'avais gagné une douzaine de stylos à un concours d'harmonica en jouant ça. J'étais très bon à l'harmonica autrefois.

Elle se mit à rire.

— C'est bizarre, la vie, hein !

— Oui, c'est bizarre.

Elle remit *Danny Boy*, et je me remis à le fredonner. Après l'avoir chanté deux fois, je me sentis soudain triste sans raison.

— Tu m'écriras quand tu seras parti ? demanda-t-elle.

— Oui, je t'écrirai. Si je peux écrire de là où je serai.

Nous partageâmes ce qui restait de vin au fond de la bouteille.

— Quelle heure est-il ? demandai-je.

— Minuit, répondit-elle.

## 36

## L'accordéon

— C'est bien ça que tu ressens ? dit-elle. Tu sens que tu pourrais déchiffrer mon cœur ?

— Oui. Ton cœur est sans doute juste à portée de ma main, et je ne m'en aperçois pas. La façon de le trouver doit être présente en ce moment même sous mes yeux.

— Ce doit être vrai, si tu le ressens.

— Mais je ne peux pas le trouver.

Assis par terre l'un à côté de l'autre dans la réserve, adossés au mur, nous regardions les crânes. Mais ceux-ci restaient obstinément silencieux et aucun d'eux ne racontait quoi que ce soit.

— Essaie de te rappeler un par un tous les événements qui te sont arrivés depuis que ton ombre a commencé à s'affaiblir. Peut-être que la clé est cachée là-dedans. La clé pour trouver mon cœur.

Elle me regarda longtemps, intensément.

Assis sur le sol glacé, je fermai les yeux et tendis l'oreille à l'écho du silence des licornes.

— Ce matin, des vieillards étaient en train de creuser une fosse devant ma fenêtre. Je ne sais pas si c'était un trou destiné à enterrer quelque chose mais il était énorme. Je me suis réveillé au bruit de leurs pelles. On aurait dit que c'était dans ma tête qu'ils creusaient ce trou. Mais la neige est tombée et l'a comblé.

— Et à part ça ?

— Je suis allé avec toi à la centrale électrique. Tu le sais, n'est-ce pas ? J'ai parlé de la forêt avec le jeune contrôleur. Ensuite, il m'a montré l'installation électrique au-dessus d'un trou d'où souffle le vent. Ce bruit de vent était très désagréable. Il semblait venir du fin fond de l'enfer. Le contrôleur est un jeune homme calme et mince.

— Ensuite ?

— Il m'a donné un accordéon. Un petit accordéon pliant, ancien, mais il marche encore.

Assise par terre, elle resta plongée dans ses pensées. Dans la réserve, la température paraissait baisser d'instant en instant.

— C'est peut-être l'accordéon, dit-elle. Oui, j'en suis sûre, c'est ça, la clé.

— L'accordéon ?

— C'est logique. L'accordéon est lié aux chansons, les chansons sont liées à ma mère, et ma mère est liée au fragment de cœur qui me reste. Non ?

Je sortis de la réserve, allai prendre l'accordéon dans la poche de mon manteau et revins m'asseoir auprès d'elle. Je passai mes deux mains dans la courroie attachée aux côtés et jouai quelques accords.

— Quel joli son, dit-elle. Ce bruit, c'est comme le bruit du vent ?

— *C'est* le bruit du vent, répondis-je. On a fabriqué des vents qui rendent différents sons, et on les a assemblés.

Elle ferma les yeux pour mieux tendre l'oreille à l'écho des arpèges.

Je jouai dans l'ordre tous les accords dont je pouvais me souvenir. Puis je pressai doucement des doigts de la main droite en cherchant toute la gamme. Ce n'était pas très mélodieux, mais ça m'était égal. Je voulais simplement lui faire entendre tous les sons pareils au vent que produisait l'accordéon. Je n'avais besoin de rien d'autre. Si on laissait son cœur voler dans ce vent tel un oiseau, cela suffisait.

Je ne pourrais jamais abandonner mon cœur, pensai-je. Il pouvait être si lourd par moments, si sombre, et à d'autres moments danser comme un oiseau dans le vent, et il pouvait aussi promener son regard sur l'éternité. Je pouvais l'enfouir même dans l'écho de ce petit accordéon.

Il me sembla que le bruit du vent qui soufflait à l'extérieur du bâtiment atteignait mes oreilles. Le vent d'hiver tourbillonnait autour de la ville. Il enveloppait la haute pointe élancée de l'horloge, s'engouffrait sous le pont, faisait flotter les branches des saules qui bordaient la rivière. Il faisait trembler les branches des arbres de la forêt, traversait la prairie, sifflait dans les lignes électriques du quartier industriel, s'élançait en frappant contre la porte. Il glaçait les bêtes, faisait retenir leur souffle aux gens à l'intérieur des maisons. Je fermai les yeux et imaginai les différents paysages venteux de la ville. Il y avait l'îlot sur la rivière, la tour de guet de la muraille ouest, la centrale électrique dans la forêt, la petite flaque de soleil devant la résidence où s'asseyaient les vieillards. Les bêtes se penchaient sur l'eau stagnante de la rivière pour la boire. Sur les degrés de pierre du canal, les herbes vertes de l'été vacillaient dans le vent. Je me rappelais très clairement l'étang du sud où je m'étais rendu avec elle. Le petit champ derrière la centrale électrique, la prairie de l'ouest avec sa vieille caserne, la maison en ruine et le vieux puits en bordure du mur vers la forêt du sud.

Ensuite, je pensai aux différents personnages que j'avais rencontrés dans cette ville. Le colonel de la chambre voisine, les vieillards qui habitaient la résidence, le contrôleur de la centrale électrique, et puis le gardien – en ce moment, ils devaient tous être cloîtrés dans leur chambre, tendant l'oreille au vent mêlé de neige qui soufflait dehors.

J'allais perdre tous ces paysages, et tous ces gens, à jamais. Et elle aussi, bien sûr. Et sans aucun doute je me rappellerais toujours ce monde et ses habitants comme si j'étais parti la veille. Même si cette ville était à mes yeux factice et erronée, même si ses habitants avaient perdu leur cœur, ce n'était pas leur faute. Sans doute regretterais-je jusqu'au gardien de la porte. Lui aussi n'était qu'un maillon de cette inébranlable chaîne que constituait la ville. Quelque chose avait construit cette énorme muraille, quelque chose avait aspiré tous ces gens à l'intérieur, voilà tout. Il me semblait que je pouvais aimer tous les paysages et tous les gens rencontrés dans cette ville. Je ne pouvais pas m'arrêter dans cette ville, et pourtant je les aimais.

À ce moment-là, quelque chose frappa doucement mon cœur. Un des accords était resté en moi, comme pour réclamer je ne sais quoi. Je rouvris les yeux et le jouai à nouveau. Puis, de la main droite, je cherchai les sons correspondant à cette tonalité. Il me fallut longtemps pour trouver les quatre premières notes correspondant à cette clé. Ces quatre notes descendirent lentement du ciel dans mon cœur, comme de doux rayons de soleil. Ces quatre notes avaient besoin de moi, et moi, j'avais besoin d'elles.

Tout en appuyant sur une clé, je les rejouai dans l'ordre plusieurs fois. Ces quatre notes nécessitaient une suite et une autre tonalité. Je cherchai plus loin une autre clé. Je la trouvai tout de suite. J'eus un peu de mal à retrouver la mélodie, mais les quatre premières notes me guidèrent vers les cinq suivantes. Puis vinrent trois notes sur une autre clé.

C'était une chanson. Pas une chanson complète mais la première strophe d'une chanson. Je répétai indéfiniment ces trois clés et ces douze notes. C'était une chanson que je devais bien connaître.

— *Danny Boy* !

Je fermai les yeux et jouai la suite. Maintenant que je m'étais rappelé le titre, la mélodie et la tonalité de la suite coulaient tout naturellement de mes doigts. Je jouai à plusieurs reprises cette partition. Je sentais nettement la mélodie pénétrer au fond de mon cœur, enlever une à une toutes les raideurs et les tensions de mon corps. En écoutant cette chanson après si longtemps, je pouvais clairement sentir à quel point j'en avais eu besoin au fond de mon cœur. J'avais perdu les chansons depuis si longtemps que j'avais oublié jusqu'à la soif que j'avais d'elles. La musique dénouait mes muscles et mon cœur durcis par la glace du long hiver, et rendait à mes yeux une chaude lumière pleine de nostalgie.

Il me semblait que je pouvais sentir dans la musique la respiration de la ville elle-même. J'étais dans cctte villc, et cette ville était en moi. La ville respirait et tremblait en accord avec les tremblements de mon corps. Le mur bougeait, ondulait. Le mur semblait être ma propre peau.

Après avoir rejoué indéfiniment ce morceau, j'ôtai l'instrument de mes mains, le posai par terre et fermai les yeux en m'adossant au mur. Je pouvais encore sentir mon corps trembler. Il me semblait que tout ce qui était là était moi-même. Le mur, la porte, les licornes, la forêt, la rivière, le gouffre d'où soufflait le vent, l'étang, tout faisait partie de moi. Tout cela se trouvait à l'intérieur de mon corps. Même ce long hiver, c'était moi-même.

Même une fois que j'eus reposé l'instrument de musique, elle resta les yeux fermés, accrochée des deux mains à mon bras. Des larmes coulaient de ses pupilles. Je mis la main sur son épaule, déposai un baiser sur ses paupières. Ses larmes tièdes la nimbaient d'une douce humidité. Une faible et tendre lumière brillait sur ses joues, illuminant ses larmes. Mais ce n'était pas la lueur de la lampe électrique suspendue au plafond de la réserve. Elle était plus blanche, comme la lumière des étoiles, plus chaude aussi.

Je me levai, éteignis la suspension. C'est alors que je découvris d'où provenait cette lumière : c'était celle des crânes. Leur lumière douce comme des rayons de soleil printanier, paisible comme des rayons de lune, éclairait la pièce comme en plein jour. Une lueur ancienne endormie à l'intérieur des innombrables crânes alignés sur les étagères venait de s'éveiller. Les rangées de crânes scintillaient en silence, comme l'océan au matin éparpille et divise la lumière. Pourtant, mes yeux, tout proches, n'en étaient pas éblouis. Cette lueur m'accordait la paix, emplissait mon cœur d'une chaleur douce qui rappelait à moi les souvenirs anciens. Mes yeux étaient déjà guéris, je le sentais. Plus rien ne pouvait les blesser.

C'était un spectacle magnifique. Le scintillement

s'étendait partout. Comme des joyaux aperçus au fond d'une onde transparente, les crânes distillaient la silencieuse lumière promise. Je pris l'un d'eux dans ma main, passai doucement le bout des doigts sur la surface. Alors, je sentis la présence de son cœur à l'intérieur. Son cœur était là. Il flottait, minuscule boule au bout de mes doigts. Ces petites particules de lumière n'avaient chacune qu'un peu de lumière et de chaleur à offrir. Mais cet atome de lumière et de chaleur, rien ne pouvait le leur ôter.

— Ton cœur est ici, dis-je. Ton cœur s'est élevé et c'est lui qui scintille ici.

Elle eut un petit hochement de tête, puis elle me jeta un long regard mouillé de larmes.

— Je peux lire ton cœur. Et puis je peux en remettre les morceaux ensemble. Ton cœur n'est plus perdu ni fragmenté. Il est ici et plus personne ne pourra te l'enlever.

Je posai à nouveau les lèvres sur ses yeux.

— Laisse-moi seul un moment. Avant le matin, j'aurai fini de lire ton cœur. Après, je dormirai un peu.

Elle hocha à nouveau la tête et sortit de la réserve après un dernier regard à la rangée de crânes scintillants. Quand elle eut refermé la porte, je restai pendant un temps infini, adossé au mur, à contempler les innombrables billes de lumière éparpillées sur les crânes. Cette lumière était celle des vieux rêves qu'elle avait embrassés, et en même temps c'étaient mes vieux rêves à moi. Après un long périple à l'intérieur de cette ville encerclée de murailles, j'étais enfin parvenu à les retrouver.

Je pris un des crânes, posai les mains dessus et fermai doucement les yeux.

## 37

### La lumière – Introspection – Propreté

Combien d'heures avais-je pu dormir ? Je ne sais pas. Quelqu'un me secouait l'épaule. La première chose dont j'eus conscience, ce fut l'odeur du canapé, suivie de l'irritation d'être réveillé. Tous, comme une horde de sauterelles à l'automne, ils essayaient de me priver de mon précieux sommeil.

Malgré tout, une voix au fond de moi me pressait d'ouvrir les yeux. « Tu n'as plus le temps de dormir », me disait-elle. Quelque chose à l'intérieur de moi me tapait sur la tête à coups de vase en métal.

— Réveille-toi, s'il te plaît, disait-elle.

Je me dressai sur le canapé et ouvris les yeux. Je portais une robe de chambre orange, elle un tee-shirt d'homme blanc, et elle me secouait l'épaule, penchée sur moi. Son corps mince, vêtu seulement d'un tee-shirt et d'une petite culotte blanche, avait quelque chose d'enfantin et de fragile. On aurait dit qu'au moindre coup de vent un peu fort elle allait tomber en poussière. Où avait donc disparu l'énorme quantité de cuisine italienne que nous avions ingurgitée ? Et ma montre, où était-elle passée ? Il faisait encore sombre. Le jour ne s'était pas encore levé, ou alors mes yeux ne tournaient pas rond.

— Regarde sur la table, dit-elle.

Je regardai sur la table. Il y avait quelque chose comme un sapin de Noël posé dessus. Seulement, ce n'était pas un arbre de Noël. D'abord, c'était beaucoup trop petit pour ça, sans compter qu'on était seulement début octobre. Il n'y avait aucune raison que ce soit un sapin de Noël. Tout en arrangeant des deux mains le col de ma robe de chambre, je concentrai mon regard sur l'objet posé sur la table. C'était le crâne que j'y avais posé. Non, c'était peut-être elle qui l'avait posé là. Je ne me rappelais pas qui de nous deux l'y avait mis, mais peu importait. En tout cas, ce qui brillait sur la table comme un sapin de Noël, c'était le crâne de licorne que j'avais apporté. De la lumière scintillait au-dessus.

De minuscules billes lumineuses, pas très intenses, flottaient simplement au-dessus du crâne brillant, comme les étoiles au firmament, d'une lueur blanche et tiède. Chaque point était recouvert d'une membrane brumeuse, formant un halo évanescent. La lumière avait ainsi l'air de s'élever dans le vide au-dessus du crâne plutôt que d'émaner du crâne même. Assis côte à côte sur le canapé, nous restâmes longtemps à contempler en silence ce petit océan de lumière. Elle me serrait le bras des deux mains, moi je gardais mes mains sur le col de ma robe de chambre. On n'entendait pas un son au cœur de la nuit.

— Il y a un truc ?

Je secouai la tête. J'avais passé toute une nuit en compagnie de ce crâne et il n'avait jamais brillé. Si ce scintillement s'expliquait par une couche de peinture phosphorescente ou quelque chose dans ce genre, il n'y avait aucune raison pour qu'il brille certaines fois et d'autres non. Il aurait dû briller chaque fois qu'il faisait sombre. Or il ne brillait pas au moment où nous nous étions couchés. Non, il n'y avait aucun truc. C'était quelque chose de spécial, au-delà de toute intervention humaine factice. Aucune force artificielle n'était à même de produire une lumière aussi chaude et aussi paisible.

J'enlevai doucement de mon bras droit la main qui le retenait et le tendis vers le crâne, que je posai tout doucement sur mes genoux.

— Tu n'as pas peur ? fit-elle d'une petite voix.

— Je n'ai pas peur, répondis-je.

Je n'avais pas peur. Sans aucun doute ce phénomène était lié à moi. Personne n'a peur de soi-même.

En couvrant le crâne de ma paume, je sentis une légère chaleur, comme un feu qui couve. Puis mes doigts parurent entourés à leur tour d'une légère aura de lumière. Fermant les yeux, j'enfonçai les doigts dans cette source de tiédeur et sentis alors s'élever en moi divers souvenirs anciens, comme des nuages lointains.

— Ça ne ressemble pas à une réplique, dit-elle. Je suis sûre que c'est un vrai crâne de licorne, tu ne crois pas ? Qui nous rapporte des souvenirs lointains d'un lointain passé…

Je hochai la tête en silence. Pourtant, que pouvais-je savoir ? En tout cas, il en émanait de la lumière, et cette lumière se trouvait maintenant sur mes mains. Tout ce que je comprenais, c'était que cette lumière semblait s'adresser directement à moi pour me dire quelque chose. *Ils* me suggéraient peut-être quelque chose. Quelque chose concernant à la fois le nouveau monde à venir et l'ancien monde que j'allais laisser derrière moi. Je n'arrivais pas à en comprendre davantage.

Je rouvris les yeux et contemplai à nouveau la lueur blanche qui teignait mes doigts. Je n'arrivais pas à comprendre ce qu'elle signifiait. Tout ce que je pouvais sentir, c'était qu'il n'y avait là aucune mauvaise intention à mon égard, aucune inimitié. C'était quelque chose qui tenait dans le creux de ma main, et qui paraissait parfaitement satisfait d'y être. Du bout des doigts, j'essayai de suivre doucement le trajet de la lumière qui s'élevait. Il n'y a rien à craindre, pensai-je. Il n'y a aucune raison d'avoir peur de soi-même.

Je reposai le crâne sur la table, mis le bout de mes doigts sur sa joue à elle.

— Comme ils sont chauds ! dit-elle.

— C'est la lumière qui est chaude.

— Ça ne t'ennuie pas que je le touche aussi ?

— Bien sûr que non.

Elle posa un moment les mains sur le crâne en fermant les yeux. Ses doigts se couvrirent comme les miens d'une aura de lumière blanche.

— Je sens quelque chose, dit-elle. Je ne sais pas ce que c'est, mais ce sont des choses que j'ai ressenties autrefois, ailleurs. Des atmosphères, des lumières, des sons… Je ne peux pas t'expliquer.

— Moi non plus je ne peux pas expliquer, dis-je. J'ai soif.

— Tu veux de la bière, de l'eau ?

— Je préfère de la bière.

Elle sortit une bière du frigidaire et l'apporta dans le salon avec un verre, pendant que je ramassais ma montre derrière le canapé et regardais l'heure. Quatre heures seize. Dans un peu plus d'une heure, le jour se lèverait. Je pris le téléphone, composai le numéro de mon appartement. Comme cela ne m'était encore jamais arrivé de me téléphoner, il me fallut quelque temps pour me rappeler le numéro. Personne ne répondit. Je laissai la sonnerie retentir quinze fois, puis reposai le récepteur, refis le numéro et laissai encore sonner quinze fois, pour un résultat identique : personne.

La grassouillette était-elle repartie pour les souterrains où l'attendait son grand-père ? Ou bien les pirateurs ou les gars de System étaient-ils venus chez moi et l'avaient-ils kidnappée pour l'emmener je ne sais où ? Quoi qu'il en soit, elle devait pouvoir s'en sortir, me dis-je. Elle devait être capable de faire face dix fois mieux que moi à n'importe quel événement. Et elle n'avait que la moitié de mon âge. Ça, c'était quelque chose ! Après avoir reposé le téléphone, je me dis que je ne reverrais probablement plus jamais cette fille, et je me sentis triste. C'était la même sensation qu'en regardant emporter un par un les canapés et les lustres d'un hôtel définitivement fermé. Les fenêtres se ferment une à une, on baisse un à un les rideaux.

Assis côte à côte, nous bûmes de la bière en regardant les lueurs blanches qui émanaient du crâne.

— Est-ce que ce crâne brille en symbiose avec toi ? demanda-t-elle.

— Je ne sais pas, mais il me semble que oui. Ce n'est peut-être pas par sympathie envers moi, mais en tout cas c'est par sympathie envers quelque chose.

Je versai le reste de la bière dans mon verre et la bus en prenant mon temps. Ce monde d'avant l'aube était aussi désert et silencieux qu'une forêt. Mes vêtements et les siens étaient éparpillés par terre sur le tapis. Mon blazer, ma chemise, ma cravate, mon pantalon, sa robe, ses collants, tout. Il me sembla que ce tas de vêtements éparpillés sur un tapis était une forme de conclusion de mes trente-cinq années de vie.

— Qu'est-ce que tu regardes ? demanda-t-elle.

— Nos vêtements.

— Pourquoi tu regardes ça ?

— Jusqu'à tout à l'heure ils faisaient partie de moi. Et tes habits étaient une partie de toi aussi. Mais maintenant c'est différent. On dirait d'autres vêtements appartenant à d'autres êtres. On ne dirait plus les nôtres.

— Ce ne serait pas parce que tu as fait l'amour, par hasard ? Les gens ont généralement tendance à l'introspection après l'amour.

— Non, ce n'est pas ça, dis-je, mon verre vide toujours à la main. Je ne fais pas de l'introspection. Mais il y a beaucoup de petits détails de la structure du monde qui me frappent. Comme les escargots, les auvents, les devantures de quincaillerie, je suis préoccupé par ce genre de choses.

— Tu veux que je range les vêtements ?

— Non, laisse-les comme ça. Je me sens plus tranquille comme ça. Pas la peine de les ranger.

— Parle-moi des escargots.

— J'en ai vu un devant une laverie. Je ne savais pas qu'il y avait des escargots en automne.

— Des escargots, il y en a toute l'année !

— Ah, oui, peut-être.

— Tu sais, en Occident, les escargots ont une signification mythique. La coquille représente le monde des ténèbres, et l'escargot qui sort de sa coquille symbolise l'arrivée de la lumière. C'est pour ça que, quand les gens voient un escargot, d'instinct ils tapent sur la coquille pour le faire sortir. Ça t'est déjà arrivé ?

— Non. Tu en sais des choses, toi !

— On apprend plein de choses en travaillant dans une bibliothèque.

Je pris le paquet de Seven Stars sur la table, en allumai une avec la pochette d'allumettes de la brasserie. Puis je regardai à nouveau les vêtements par terre. Sur ses collants bleu pâle reposaient les manches de ma chemise. Sa robe de velours était pliée comme si la taille se cambrait, et son slip couleur chair était posé à côté comme un drapeau tombé. Ses colliers et sa montre-bracelet étaient jetés sur le canapé, son sac à bandoulière en cuir noir reposait sur le flanc sur la table à café qui occupait un coin de la pièce. Ses vêtements enlevés lui ressemblaient plus qu'elle-même. Ou, peut-être, mes vêtements enlevés me ressemblaient plus que moi-même.

— Pourquoi as-tu choisi de travailler dans une bibliothèque ?

— Parce que j'aime bien ces endroits-là. C'est tranquille, il y a plein de livres, c'est bourré de connaissances. Je n'avais pas envie de travailler dans une banque ou une entreprise commerciale, je ne voulais pas non plus me retrouver dans l'enseignement.

Je soufflai la fumée de ma cigarette vers le plafond et la suivis un moment du regard.

— Tu veux que je te parle de moi ? demanda-t-elle. Où je suis née, comment j'étais quand j'étais petite, mes années d'université, comment j'ai perdu ma virginité, quelles sont mes couleurs préférées, tout ça ?

— Non, pas maintenant, je préfère apprendre ça petit à petit.

— Moi aussi je voudrais apprendre à te connaître petit à petit.

— Je suis né au bord de la mer, dis-je. En allant sur le rivage, les lendemains de typhon, je trouvais beaucoup de choses qui avaient atterri là, battues par les vagues. On trouve plein de trucs inimaginables, des vases, des sandales, des chapeaux, des étuis à lunettes, jusqu'à des chaises et des tables qui aboutissent là. Je n'ai aucune idée de comment des choses pareilles peuvent être entraînées jusqu'au rivage. Mais j'adorais aller à leur recherche, et j'aimais bien les typhons à cause de ça. Peut-être que les choses arrachées par le vent retombent sur le rivage et sont entraînées par les vagues jusqu'à un autre rivage ? (J'écrasai ma cigarette dans le cendrier, reposai mon verre vide sur la table.) Toutes les choses rejetées par la mer sont étrangement purifiées. Ce ne sont que des détritus inutilisables, mais ils sont tout propres. Il n'y a pas une seule chose qu'on ne puisse toucher à cause de sa saleté. La mer, c'est quelque chose de particulier. Quand je me tourne vers mon passé, je me rappelle toujours ces détritus sur la plage. Ma vie a toujours ressemblé à ça. Ramasser des détritus pour les nettoyer à ma façon puis les jeter ailleurs. Mais on ne peut pas les réutiliser. Ils pourrissent là où ils sont.

— Mais il faut un style pour ça ? Pour les nettoyer, je veux dire.

— Quel besoin de style ? Un escargot a un style à lui, oui. Mais moi, je ne fais qu'aller d'un rivage à l'autre. Je me souviens de nombreuses choses qui sont arrivées pendant ce temps mais elles n'ont aucun lien avec l'homme que je suis maintenant. Je m'en souviens, c'est tout. Elles sont propres mais inutilisables.

Elle posa la main sur mon épaule, se leva du canapé et alla dans la cuisine. Elle ouvrit le frigidaire, en sortit une bouteille de vin, remplit un verre, revint avec un plateau portant son verre et une autre bière pour moi.

— J'aime bien cette heure sombre avant le lever du jour, dit-elle, sûrement parce que c'est un moment propre mais inutilisable.

— Mais c'est un moment qui se termine tout de suite. Le jour se lève, le distributeur de journaux et le laitier arrivent, les métros se mettent en route.

Elle se glissa près de moi, tira la couverture sur sa poitrine, but son vin. Je versai de la bière dans mon verre et regardai le crâne sur la table, qui n'avait rien perdu de son éclat. Il jetait des reflets sur la bouteille de bière posée à côté de lui, sur le cendrier et la pochette d'allumettes. Elle posa sa tête sur mon épaule.

— Tout à l'heure je t'ai regardée revenir de la cuisine, dis-je.

— J'étais comment ?

— Tu avais de très jolies jambes.

— Elles te plaisent ?

— Beaucoup.

Elle posa son verre sur la table, déposa un baiser juste sous mon oreille.

— Dis, tu sais quoi ? J'adore les compliments.

Au fur et à mesure que le jour se levait, la lumière du crâne, comme lavée par les rayons du soleil, perdait peu à peu son éclat, et bientôt il n'y eut plus là, comme auparavant, que des os blancs et lisses on ne peut plus communs. Étroitement enlacés sur le canapé, nous regardions en même temps la lumière l'emporter sur l'obscurité dans le monde derrière les rideaux. Son souffle brûlant mouillait mon épaule, ses seins étaient doux et menus.

Après avoir bu tout son vin, elle s'endormit paisiblement, comme repliant son corps dans cette petite plage de temps. La lumière du soleil teignait déjà les toits des maisons voisines, les oiseaux allaient et venaient dans le jardin. On entendait les présentateurs des nouvelles de la télé et, quelque part, un bruit de moteur en train de démarrer. Je n'avais plus sommeil. Je ne me rappelais pas combien de temps j'avais bien pu dormir, mais mon envie de sommeil s'était complètement évanouie, de même que l'ivresse de l'alcool. Je poussai doucement de côté sa tête posée sur mon épaule, me levai du canapé, allai dans la cuisine où je bus quelques verres d'eau et fumai une cigarette. Puis je fermai la porte qui séparait le salon de la cuisine et allumai la radio-cassette posée sur la table, en mettant le son tout bas. J'avais envie d'écouter un morceau de Dylan, mais malheureusement, à la place de Dylan, ce fut Roger Williams jouant *Autumn Leaves*. Eh oui, c'était l'automne. La cuisine de sa maison ressemblait fort à la mienne. Il y avait un évier, une hotte, un frigidaire avec congélateur, et un chauffe-eau à gaz. En gros, la taille, le caractère fonctionnel, l'usure étaient les mêmes. La seule différence avec ma propre cuisine, c'était qu'il n'y avait pas de four à gaz, mais seulement une cuisinière électrique. Elle avait aussi une cafetière électrique. Elle avait un assortiment de différentes sortes de couteaux de cuisine choisis selon l'usage qui leur était réservé mais inégalement aiguisés. C'est rare, une femme qui sache aiguiser correctement les couteaux. Tous les plats de cuisson étaient en pyrex, d'un usage facile sur les plaques électriques, et les poêles à frire étaient bien propres, avec un peu d'huile étalée dedans. La petite grille à ordures dans l'évier était elle aussi bien nettoyée.

Je ne savais pas très bien moi-même pourquoi je m'intéressais à ce point à l'état de la cuisine des gens. Je n'ai pas l'intention d'aller renifler l'odeur des détails intimes de la vie d'autrui, mais l'intérieur d'une cuisine s'impose tout naturellement à mon attention. Roger Williams avait fini *Autumn Leaves* et fut remplacé par *Autumn in New York*, de l'orchestre Frank Chacksfield. Dans la lumière de ce matin d'automne, je contemplais distraitement les rangées de pots à épices, de bols et de casseroles. La cuisine était un monde en soi. Exactement comme le disait William Shakespeare. Le monde était une cuisine.

À la fin du morceau, la voix d'une présentatrice se fit entendre : « Nous voilà déjà en automne ! » Puis elle parla de l'odeur des pulls qu'on met pour la première fois à cette saison. Elle signala qu'on trouvait une excellente description de cette odeur dans un roman de John Updike. Le morceau suivant était *Early Autumn* de Woody Herman. Le minuteur posé sur la table indiquait sept heures vingt-cinq. Lundi 3 octobre, sept heures vingt-cinq du matin. Le ciel était remarquablement clair, comme si une lame acérée en avait évidé le fond. Cette journée ne se présentait pas trop mal pour en finir avec la vie.

Je fis chauffer de l'eau dans une casserole, ébouillantai des tomates que j'avais trouvées dans le frigidaire pour en enlever la peau, confectionnai une sauce tomate en ajoutant de l'ail et en coupant les légumes que je pus dénicher, ajoutai du concentré de tomate, des saucisses de Strasbourg et fis mijoter le tout. Ensuite, je composai une salade en coupant finement du chou et du poivron, préparai du café dans la cafetière électrique, aspergeai légèrement d'eau une baguette de pain français, l'enveloppai de papier d'alu et la mis dans le petit four à toaster. Quand le déjeuner fut prêt, je la réveillai et enlevai les bouteilles vides et les verres de la table du salon.

— Ça sent bon, dit-elle.

— Je peux m'habiller ? demandai-je.

Je mets un point d'honneur à ne pas m'habiller avant une femme. Ça fait peut-être partie des règles de savoir-vivre de la société civilisée.

— Évidemment, je t'en prie, dit-elle, en enlevant son tee-shirt.

La lumière du matin créait des ombres légères sur son ventre et ses seins, faisait briller son duvet. Elle resta un moment dans cette tenue, à regarder son propre corps.

— Pas mal, hein ? dit-elle.

— Pas mal, répondis-je.

— Pas un gramme de chair en trop, et je n'ai pas de rides au ventre. Ma peau a encore de l'élasticité. Pour quelque temps… dit-elle en posant les deux mains sur le canapé et en se tournant vers moi. Tout ça, ça disparaît un beau jour, soudainement. Tu ne crois pas ? Ça disparaît comme si on avait coupé un fil, et ça ne redevient jamais comme avant. Je n'y peux rien, si je vois les choses comme ça.

— On déjeune ? dis-je.

Elle passa dans la pièce à côté, enfila un sweat-shirt jaune et un vieux jean délavé. Je mis mon pantalon et ma chemise. Puis nous nous assîmes face à face à la table de la cuisine, pour manger les tartines, la salade et les saucisses en buvant le café.

— Tu t'habitues comme ça tout de suite à n'importe quelle cuisine quand tu es chez quelqu'un ? me demanda-t-elle.

— Les cuisines sont essentiellement les mêmes partout. On y prépare la nourriture, et on la mange. Il n'y a pas de grande différence, quel que soit le lieu.

— Tu n'en as jamais marre de vivre seul ?

— Je ne sais pas. Je n'y ai jamais pensé. J'ai vécu marié pendant cinq ans, mais quand j'y repense maintenant je n'arrive pas à me souvenir de quelle vie c'était. Il me semble que j'ai toujours vécu seul.

— Tu ne voudras jamais te remarier ?

— Ça m'est égal. Marié ou pas, ça ne change pas grand-chose. C'est comme une niche qui aurait une entrée et une sortie. Par où on sort et par où on entre, ça ne fait pas grande différence.

Elle rit et essuya avec un Kleenex la sauce tomate qui tachait le coin de ses lèvres.

— C'est la première fois que je rencontre quelqu'un qui compare la vie conjugale à une niche pour chien !

Quand nous eûmes fini de manger, je réchauffai ce qui restait de café et le versai dans nos deux tasses.

— Elle était bonne, ta sauce tomate ! fit-elle.

— Elle aurait été meilleure avec du laurier et de l'origan. Et puis elle aurait dû mijoter dix minutes de plus.

— Quand même, elle était bonne. Ça fait longtemps que je n'avais pas pris un petit déjeuner aussi raffiné. Qu'est-ce que tu fais aujourd'hui ?

Je regardai ma montre. Huit heures et demie.

— Je partirai d'ici à neuf heures. Allons quelque

part dans un parc prendre un bain de soleil en buvant de la bière. À dix heures et demie, je te déposerai où tu veux en voiture, et je partirai. Et toi, qu'est-ce que tu dois faire ?

— Moi, je rentrerai ici faire la lessive et le ménage, et après je m'abandonnerai aux souvenirs de ma nuit d'amour avec toi. Bon programme, non ?

— Bon programme, dis-je.

— Mais, tu sais, je ne couche pas tout de suite comme ça avec n'importe qui, hein, dit-elle comme pour ajouter quelque chose.

— Je sais bien.

Pendant que je lavais la vaisselle dans l'évier, elle prit sa douche en chantant. Je lavai les casseroles et les assiettes avec un savon végétal qui ne faisait presque pas de bulles, les essuyai avec un torchon et les alignai sur la table. Ensuite je me lavai les mains, empruntai une brosse à dents que je trouvai dans la cuisine et me brossai les dents. Puis j'allai à la salle de bains et lui demandai s'il n'y avait pas un nécessaire à raser dans le coin.

— Ouvre l'étagère du haut à droite. Je pense qu'il doit rester celui dont mon mari se servait.

Je trouvai effectivement sur l'étagère une mousse à raser Gillette parfumée au citron et un élégant rasoir. La bombe de mousse était à moitié vide, et une mousse blanche séchée était restée collée au bec verseur. Mourir, c'est laisser derrière soi une bombe de mousse à raser à moitié vide.

— Tu as trouvé ? demanda-t-elle.

— Oui oui ! répondis-je.

Je pris le rasoir, la mousse à raser, une serviette propre, et emportai le tout dans la cuisine, où je fis chauffer de l'eau pour me raser. Après, je lavai soigneusement le rasoir et le manche. Les poils de ma barbe et ceux du défunt se mélangèrent un instant dans l'évier avant d'être aspirés vers le fond.

Pendant qu'elle s'habillait, je m'assis sur le canapé et lus le journal. Un chauffeur de taxi avait eu une crise cardiaque au volant et était rentré dans la rambarde d'un viaduc, il était mort. Ses passagères, une femme de trente-deux ans et une petite fille de quatre ans, étaient grièvement blessées. Les huîtres frites du déjeuner du conseil municipal de je ne sais où étaient avariées, deux morts. Le ministère des Affaires étrangères faisait savoir qu'il trouvait regrettable la politique d'intérêts élevés des États-Unis, un congrès des banques américaines avait étudié la question du remboursement à propos de la dette des pays d'Amérique latine. Le ministre des Finances péruvien avait critiqué l'ingérence économique des États-Unis en Amérique du Sud, le ministre des Affaires étrangères ouest-allemand avait fortement réclamé la correction du déséquilibre de la balance du commerce extérieur avec le Japon. La Syrie avait critiqué Israël, Israël critiquait la Syrie. Il y avait aussi des conseils sur la façon de réagir quand des fils de dix-huit ans usaient de violence envers leur père. Il n'y avait rien dans ce journal qui pût m'être utile pour les quelques heures qui me restaient à passer dans ce monde.

Elle était debout devant le miroir, en train de se brosser les cheveux, vêtue d'une chemise à carreaux brun rouge et d'un pantalon de coton beige. Je fis un nœud à ma cravate, mis ma veste.

— Qu'est-ce que tu veux faire de ce crâne de licorne ? demanda-t-elle.

— Je te l'offre, dis-je. Tu peux le mettre quelque part pour décorer.

— Ça ferait bien sur la télé, tu crois ?

Je pris le crâne, qui avait déjà perdu tout son éclat, allai dans le coin du salon où se trouvait la télé et le posai dessus.

— Qu'est-ce que tu en penses ?

— C'est pas mal, répondis-je.

— Tu crois qu'il brillera encore ?

— Sûrement.

Puis je l'enlaçai une dernière fois, pour graver dans ma tête la chaleur de son corps.

# *Fin du monde*

## 38

## La fuite

Avec l'aube, les petites lumières du crâne s'obscurcirent. Quand les premières lueurs d'un matin gris cendre, pénétrant par le vasistas qui s'ouvrait tout près du plafond de la réserve, commencèrent à blanchir les murs alentour, les lumières perdirent peu à peu leur éclat et disparurent une à une en même temps que le dernier souvenir des ténèbres.

Jusqu'à ce que disparaisse l'ultime lueur, je continuai à faire glisser mes mains sur les crânes et à imprégner l'intérieur de mon corps de leur chaleur. J'ignorais combien de ces crânes j'avais pu déchiffrer au cours de la nuit. Le nombre en était trop grand, et mon temps trop limité. Pourtant, je décidai de ne pas me soucier du temps et continuai à les sonder longuement, attentivement, un par un, du bout des doigts. Par instants, je pouvais sentir nettement au bout de mes doigts la présence de son cœur à elle. Il me semblait que cela suffisait. Ce n'était pas un problème de chiffres, de quantité ou de pourcentage. Même avec tous les efforts du monde, on ne peut déchiffrer entièrement un cœur humain dans ses moindres recoins. Son cœur se trouvait là, sans aucun doute, et je pouvais le sentir. Que demander de plus ?

Quand j'eus reposé le dernier crâne sur son étagère, je m'assis par terre et m'adossai au mur. La lumière filtrant du vasistas haut au-dessus de ma tête ne donnait aucune idée du temps qu'il faisait dehors. D'après la lumière, on comprenait seulement que de lourds nuages sombres voilaient le ciel. Une légère obscurité flottait tranquillement dans la réserve comme un doux liquide, et les crânes avaient à nouveau sombré dans leur profond sommeil. Je fermai les yeux, reposai mon esprit dans l'air froid de l'aube. En posant mes doigts sur mes joues, je compris qu'ils avaient gardé un peu de la chaleur de la lumière des crânes. Jusqu'à ce que mon cœur, irrité par le silence et l'air glacial, se soit enfin calmé, je restai assis, immobile, dans un coin de la réserve. Le temps tel que je le ressentais était irrégulier et incohérent. La faible lumière de la lune qui perçait par la fenêtre restait immuablement la même, les ombres restaient arrêtées aux mêmes endroits. Son cœur, infiltré dans mon être, parcourait ma chair, je pouvais le sentir se mêler aux divers phénomènes qui me constituaient, s'immiscer jusque dans les recoins les plus secrets de mon corps. Il me faudrait certainement beaucoup de temps encore pour le mettre en ordre, lui donner une forme plus claire. Ensuite, je lui transmettrais tout cela, et ce serait sûrement plus long encore de lui faire réintégrer son corps à elle. Mais quel que soit le temps que cela pourrait prendre, quelque imparfaite qu'en soit la forme, je pourrais lui redonner un cœur. Et sûrement, pensais-je, elle saurait bien à son tour, de ses propres forces, reconstruire son cœur sous une forme plus parfaite.

Je me levai et sortis de la réserve. Elle était assise toute seule à une table de la salle de lecture, et elle m'attendait. La lumière vague de l'aube brouillait légèrement les contours de son corps. Ça avait été une longue nuit, pour elle comme pour moi. Elle me regarda en silence, se leva, posa la cafetière sur le poêle. Pendant que le café chauffait, je me lavai les mains à l'évier du fond, puis je m'assis devant le poêle pour me réchauffer.

— Tu es fatigué ? me demanda-t-elle.

Je hochai la tête. Mon corps était lourd comme un bloc de boue, j'arrivais à peine à soulever la main. J'avais lu les vieux rêves sans un instant de repos douze heures d'affilée. Pourtant, la fatigue ne pénétrait pas jusqu'à mon cœur. Comme elle me l'avait dit le premier jour où j'avais lu les rêves, quelle que soit la fatigue physique que cette tâche engendrait, cette fatigue ne pénétrait jamais jusqu'au cœur.

— Tu aurais dû rentrer chez toi te reposer, lui dis-je. Ce n'était pas la peine de rester ici.

Elle versa du café dans une tasse puis me la tendit.

— Tant que tu seras là, j'y serai.

— C'est le règlement ?

— Non, je l'ai décidé moi-même, répondit-elle avec un sourire. Et puis, ce que tu as lu, c'était mon cœur. Tu ne veux tout de même pas que je laisse mon cœur ici et que je m'en aille ?

Je hochai la tête et bus mon café. La vieille pendule indiquait huit heures et quart.

— Je prépare le petit déjeuner ?

— Non merci, répondis-je.

— Mais tu n'as rien mangé depuis hier !

— Je n'ai pas faim. J'ai envie de dormir tout de suite et longtemps. Tu pourras me réveiller à deux heures et demie ? D'ici là, j'aimerais que tu restes près de moi à me regarder dormir. Ça ne t'ennuie pas ?

— Non, si tel est ton désir, dit-elle, un léger sourire flottant sur son visage.

— Je désire cela plus que tout au monde.

Elle alla chercher deux couvertures dans la pièce du fond, et m'en enveloppa. Ses cheveux frôlèrent ma joue comme l'autre fois. En fermant les yeux, j'entendais crépiter le charbon près de mes oreilles. Elle avait posé une main sur mon épaule.

— Jusqu'à quand durera l'hiver ? demandai-je.

— Je ne sais pas. Nul ne sait quand il finit. Mais il ne devrait plus durer trop longtemps maintenant. C'est peut-être la dernière grosse chute de neige.

J'étendis la main, effleurai sa joue du bout de mes doigts. Elle ferma les yeux et en goûta un moment la chaleur.

— C'est la chaleur de la lumière ?

— Qu'est-ce que tu ressens ?

— On dirait la lumière du printemps, répondit-elle.

— Je pense que j'arriverai à te transmettre ton cœur, dis-je. Cela prendra peut-être du temps, mais si seulement tu acceptes de croire que c'est possible, un jour, c'est sûr, j'arriverai à te le retransmettre.

— Je sais, dit-elle. (Puis elle mit doucement sa paume sur mes yeux.) Dors maintenant.

Je m'endormis.

Elle me réveilla à deux heures et demie précises. Elle but son café seule, sans dire un mot, pendant que je me levais, mettais mon manteau, mon écharpe, mes gants et mon chapeau. Comme il était posé près du poêle, mon manteau auparavant couvert de neige était maintenant sec et chaud.

— Tu veux bien me garder cet accordéon ? demandai-je.

Elle hocha la tête, prit l'accordéon sur la table, le

garda un instant dans sa main comme pour le soupeser, puis le reposa.

— D'accord. J'en prendrai bien soin, dit-elle en hochant la tête.

En sortant, je m'aperçus qu'il ne neigeait presque plus, le vent aussi était tombé. La tempête de neige qui avait duré toute la nuit paraissait calmée depuis déjà quelques heures, mais, à la vue du ciel bas toujours couvert de lourds nuages gris cendre, je compris que la neige s'apprêtait à attaquer de nouveau la ville. C'était seulement une brève accalmie.

Au moment où je traversais le pont de l'ouest en direction du nord, je vis l'habituelle fumée grise commencer à s'élever de l'autre côté du mur. D'abord un filet blanc hésitant, qui se mua bientôt en une épaisse colonne de fumée opaque produite par la chair brûlée. Le gardien était dans la pommeraie. Laissant dans la neige, qui atteignait presque mes genoux, des traces de pas dont la netteté m'étonna moi-même, je me hâtai vers la cabane du gardien, à travers la ville enveloppée de silence, comme si ce tapis blanc avait absorbé tous les sons. Pas un souffle de vent, pas un pépiement d'oiseau. Seul résonnait, étrangement amplifié, le crissement des pointes de fer de mes brodequins foulant la neige fraîche.

Dans la cabane déserte, régnait la même odeur aigre que d'habitude, mais la pièce gardait un reste de la chaleur du poêle maintenant éteint. Des pipes et des assiettes sales étaient éparpillées sur la table, les lames des serpes et des hachoirs alignés sur le mur luisaient d'un éclat blanc. Je fis le tour de la pièce des yeux, assailli par l'illusion soudaine que le gardien allait entrer silencieusement par-derrière et poser sa grosse main sur mon dos. Il me semblait que la bouilloire, les lames alignées sur le mur, les pipes, tous les objets de la pièce me reprochaient silencieusement ma perfidie.

Je tendis précautionneusement la main pour éviter la menaçante rangée de lames et enlevai prestement le trousseau de clés suspendu au mur, puis, le tenant serré dans la paume de ma main, je sortis par la porte de derrière donnant sur l'entrée de la place des ombres. On ne voyait pas une seule trace de pas sur l'étendue de neige immaculée qui recouvrait la place, seule s'élevait au beau milieu la silhouette sombre et solitaire de l'orme. Il me sembla un instant que la moindre empreinte de pas en ces lieux constituerait un sacrilège, tant ils paraissaient plongés dans un sommeil bienfaisant et enchanté, clos dans un silencieux équilibre. Le vent avait tracé de jolis motifs sur la neige, et les branches de l'orme, chargées par endroits de blocs laiteux, reposaient leurs bras sinueux dans le vide. Tout était immobile. La neige avait presque cessé de tomber. Parfois passait en chuintant un souffle de vent, comme s'il venait de se rappeler qu'il devait souffler. Il me sembla qu'*ils* n'oublieraient jamais que j'avais foulé aux pieds le sommeil de cet instant paisible.

Cependant, je n'avais pas le temps d'hésiter. Cette fois, impossible de retourner en arrière. Le trousseau de clés dans la main, j'essayai tour à tour de mes doigts engourdis chacune des quatre grandes clés. Mais aucune ne s'adaptait à la serrure. Je sentis une sueur glacée suinter de mes aisselles. J'essayai de me remémorer l'instant où le gardien m'avait ouvert cette porte. Il avait bien quatre clés à ce moment-là, j'en étais sûr, je les avais comptées. L'une de ces clés *devait* pénétrer dans cette serrure.

Je remis le trousseau de clés dans ma poche, me réchauffai les mains en les frottant l'une contre l'autre, puis essayai à nouveau les clés l'une après l'autre. La troisième pénétra jusqu'au fond de la serrure et tourna avec un grand bruit sec. Le grincement du métal se répercuta nettement sur la place déserte, si fort que je craignis que tous les habitants de la ville ne l'aient entendu. Je me figeai, la clé toujours dans la serrure, et scrutai un instant les alentours, mais personne ne semblait se diriger de ce côté. Aucune voix, aucun pas ne se faisait entendre. J'entrouvris la lourde porte d'acier et me glissai de l'autre côté, puis la refermai doucement sans un bruit.

La neige accumulée sur la place, aussi douce que de la mousse, aspirait complètement mes pas. Je l'entendais crisser sous mes pieds, comme une créature géante mâchant soigneusement la proie qu'elle vient de capturer. Je m'avançai sur la place, laissant derrière moi deux traces de pas toutes droites, et passai à côté du banc couvert de neige. Au-dessus de ma tête, les branches de l'orme paraissaient m'observer d'un air menaçant. On entendit quelque part un cri aigu d'oiseau.

À l'intérieur de la cabane, l'air était plus froid encore que dehors, comme gelé. Je soulevai la trappe, descendis au sous-sol par l'échelle.

L'ombre m'attendait, assis sur le lit.

— Je pensais que tu ne viendrais plus, dit-il en exhalant une haleine blanche.

— Je te l'avais promis, je tiens ma promesse. Partons sans perdre une minute. Ça sent terriblement mauvais ici.

— Je ne pourrai pas monter l'échelle, dit l'ombre avec un soupir. J'ai essayé tout à l'heure mais je ne peux pas. Apparemment, je suis plus faible que je ne voulais le croire. Quelle ironie ! À force de feindre, j'ai fini par ne plus me rendre compte moi-même à quel point j'étais réellement affaibli. La nuit dernière surtout, ce froid m'a pénétré jusqu'aux os.

— Mais je te tirerai.

L'ombre secoua la tête.

— Même si tu me tires, je serai incapable de poursuivre. Je ne peux plus courir. Je ne suis pas en état d'aller jusqu'à la sortie. Je crois que c'est la fin.

— Écoute, c'est toi qui as commencé tout ça. Tu ne vas pas te décourager maintenant. Je te porterai. Quoi qu'il arrive, je te sortirai d'ici, et tu vivras !

Les yeux de l'ombre, enfoncés dans leurs orbites, se fixèrent sur moi.

— Si tu dis ça, évidemment, je vais essayer, articula-t-il. Mais tu sais, ça va être dur de courir dans la neige avec moi sur le dos.

Je hochai la tête.

— Je savais depuis le début que ce ne serait pas facile.

Je hissai mon ombre à bout de forces jusqu'en haut de l'échelle, puis le mis sur mes épaules pour traverser la place. Le mur noir et glacé qui s'élevait sur la gauche fixait silencieusement nos deux silhouettes et les traces de mes pas. Les branches de l'orme, ne pouvant plus supporter un tel poids, laissèrent choir leur fardeau de neige, ct en tremblèrent par contrecoup.

— Je ne sens presque plus mes jambes, dit l'ombre. Je voulais faire pas mal d'exercice pour ne pas m'affaiblir en restant tout le temps couché, mais cette pièce était un peu trop étroite pour ça.

Je quittai la place en tirant l'ombre derrière moi, entrai dans la cabane du gardien, remis le trousseau de clés à sa place par mesure de précaution. Peut-être, si tout se passait bien, le gardien ne s'apercevrait-il pas tout de suite de notre disparition…

— Et maintenant, où devons-nous aller ? demandai-je à l'ombre qui tremblait devant moi.

— À l'étang du sud.

— L'étang du sud ? répétai-je involontairement. Qu'est-ce qu'il y a donc à l'étang du sud ?

— À l'étang du sud il n'y a que l'étang du sud. Il faut plonger dedans pour nous enfuir d'ici. Évidemment, avec le froid qu'il fait, nous attraperons sans doute un rhume, mais, dans la situation où nous sommes, nous n'avons pas le choix.

— Mais le courant est très fort sous la surface. En plongeant dedans, nous serons aspirés au fond, et morts avant même de nous en apercevoir.

L'ombre toussa plusieurs fois. Il tremblait toujours.

— Non, non. La sortie est là, c'est le seul endroit. J'ai pensé à tout, tout examiné. La seule sortie, c'est l'étang du sud. C'est impossible autrement. Je comprends tes hésitations, mais je t'en prie, fais-moi confiance, repose-toi sur moi maintenant. Moi aussi je mise la seule vie que je possède, je ne vais pas faire de bêtises sans raison. Je t'expliquerai les détails en chemin. Le gardien va revenir d'ici une heure ou une heure et demie. Dès son retour, il découvrira notre fuite et se lancera à notre poursuite. Il ne faut pas perdre notre temps ici.

Il n'y avait pas âme qui vive devant la cabane du gardien. Seulement deux traces de pas dans la neige.

L'une était celle que j'avais faite en entrant dans la cabane, la deuxième celle du gardien se dirigeant vers la porte. On voyait aussi les ornières creusées par des roues de la charrette. Je chargeai l'ombre sur mon dos. Sa maigreur le rendait aussi léger qu'une plume, mais, comme il m'en avait prévenu, il promettait d'être un fardeau pour franchir la colline. Contrairement au sien, mon corps était habitué à une vie facile, et je me demandai si j'arriverais à supporter son poids.

— C'est assez loin jusqu'à l'étang du sud. Il faut franchir la pente orientale de la colline de l'ouest, la contourner par le sud puis avancer le long d'un sentier dans les broussailles.

— Tu crois que tu y arriveras ?

— Au point où on en est, je n'ai pas le choix, il faut que j'y arrive, répondis-je.

Je suivis la sente enneigée en direction de l'est. Les traces de pas que j'avais laissées à l'aller, encore nettement imprimées sur le chemin, me donnèrent l'impression de croiser un ancien moi-même appartenant au passé. En dehors de l'empreinte de mes pas, on voyait seulement quelques traces de petits animaux. En me retournant, je vis une épaisse fumée couleur cendre continuer à s'élever de l'autre côté du mur. Cette colonne dressée, dont la pointe se perdait dans les nuages, évoquait une sinistre tour grise. À l'épaisseur de la fumée, on se rendait compte que le gardien devait brûler un nombre impressionnant de bêtes. La tempête de neige de la nuit passée avait dû tuer plus de licornes que jamais. Il lui faudrait certainement beaucoup de temps pour consumer tous ces cadavres, et cela signifiait qu'il se lancerait à notre poursuite avec du retard. Il me semblait que les licornes, par leur mort paisible, aidaient à la réalisation de notre plan.

Mais cette neige profonde gênait aussi ma progression. Collée et durcie entre les pointes de mes souliers, elle alourdissait mes pas et me faisait glisser. Je regrettai de ne pas avoir découvert quelque part des raquettes ou des skis de randonnée. On devait pouvoir trouver ce genre d'objets dans une contrée où la neige tombait aussi dru. Il y en avait peut-être dans la remise de la cabane du gardien, me dis-je. Il y conservait toutes sortes d'outils. Je ne pouvais tout de même pas retourner à la cabane maintenant. J'étais déjà presque arrivé au pont de l'ouest, et retourner en arrière me ferait perdre le temps déjà gagné. Au fur et à mesure que je marchais, mon corps se réchauffait jusqu'à devenir brûlant, la sueur dégoulinait le long de mes joues.

— Ces traces rendent notre direction évidente au premier coup d'œil, dit l'ombre en se retournant.

Tout en continuant à progresser dans la neige, je me représentais le gardien partant à notre poursuite. Il arriverait en courant dans la neige comme un démon, sans aucun doute. Il était incomparablement plus fort que moi, et il n'aurait sûrement personne sur le dos, lui. De plus, il se munirait certainement de raquettes ou de quelque chose pour faciliter sa progression dans la neige. Il fallait que j'en profite pour avancer avant son retour à la cabane. Sinon, nous étions perdus.

Je pensai un instant à *elle*, qui m'attendait près du poêle, dans la bibliothèque. Sur la table, il y avait l'accordéon, un feu écarlate flambait dans le poêle, la cafetière crachait de la vapeur. Je pensai à la sensation de ses cheveux effleurant ma joue, à celle de ses doigts sur mes épaules. Je ne pouvais pas laisser mon ombre mourir ici. Si le gardien nous rattrapait, l'ombre retournerait dans la pièce du sous-sol et y mourrait. Je rassemblai toute la force de mes jambes pour continuer à avancer, pas après pas, me retournant de temps à autre pour vérifier que la fumée grise s'élevait toujours.

En chemin, nous croisâmes de nombreuses licornes. Elles erraient en vain, cherchant dans la neige profonde une maigre nourriture. De leurs yeux d'un bleu profond, elles me regardaient, en exhalant une haleine blanche, passer à côté d'elles, mon ombre sur le dos. On aurait dit qu'elles comprenaient ce que nous étions en train de faire.

Quand je commençai à grimper la pente de la colline, mon souffle se fit court. Le poids de l'ombre pesait sur mon corps, mes jambes paraissaient s'engluer dans la neige. À y réfléchir, cela faisait bien longtemps que je n'avais pas fait de véritable exercice. La vapeur blanche de mon haleine s'épaississait peu à peu, des flocons de neige – elle s'était remise à tomber – s'infiltraient dans mes yeux.

— Ça va ? demanda l'ombre sur mon dos. Tu veux te reposer ?

— Oui, excuse-moi, mais donne-moi juste cinq minutes pour me reposer. Je suis sûr que dans cinq minutes ça ira beaucoup mieux.

— D'accord. Ne t'inquiète pas. Si je ne peux pas courir, j'en suis responsable. Repose-toi tant que tu voudras. J'ai l'impression de te contraindre à tout ça.

— Mais c'est pour moi aussi que je le fais, dis-je.

— Oui, c'est ce que je pense également, dit l'ombre.

Je le posai à terre, m'accroupis dans la neige pour reprendre ma respiration. Mon corps brûlant ne sentait même plus la fraîcheur de la neige. Mes deux jambes étaient tendues et dures comme des pierres, de la jointure des cuisses jusqu'au bout des ongles.

— Pourtant, il m'arrive d'hésiter de temps en temps, dit l'ombre. Je me dis que, si j'étais mort bien tranquillement sans te parler de tout ça, peut-être que toi, tu aurais pu vivre heureux ici à ta propre façon, sans souffrir.

— Peut-être, dis-je.

— Et c'est moi qui y ai fait obstacle…

— Mais tu devais déjà le savoir, tout ça.

L'ombre baissa la tête. Puis, la relevant, il jeta un coup d'œil vers la fumée gris cendre qui s'élevait toujours du côté de la pommeraie.

— Il y en a eu tellement que ça va lui prendre un bout de temps au gardien, de brûler toutes ces bêtes, dit-il. Et nous, nous serons bientôt au sommet. Après, nous n'aurons plus qu'à contourner la colline du sud par-derrière, et si on arrive jusque-là on sera en sécurité. Le gardien ne pourra plus nous poursuivre.

L'ombre avait pris un peu de neige molle dans sa main en coupe et la répandait sur le sol tout en parlant.

— La première fois que je me suis dit qu'il devait y avoir une issue cachée à cette ville, ce n'était qu'une intuition. Ensuite, c'est devenu une conviction. Parce que cette ville est parfaite. La perfection contient en soi toutes les possibilités. En ce sens, on ne peut même pas dire que ce soit une ville. C'est quelque chose de plus fluide, de plus global. Elle change de forme sans cesse, tout en suggérant toutes les possibilités, et elle maintient sa perfection. Il ne s'agit absolument pas d'un monde achevé et rigide.

Il s'achève en bougeant. Autrement dit, si je souhaite qu'il y ait une sortie, elle vient à l'existence. Tu comprends ce que je veux dire ?

— Je comprends très bien. Moi aussi, je me suis aperçu de cela, hier à peine. Ici, c'est l'univers du possible. Il y a tout et rien en même temps.

L'ombre me regarda un moment, toujours assis dans la neige, puis hocha la tête plusieurs fois en silence. La neige tombait de plus en plus fort. Une nouvelle tempête avait l'air de s'approcher de la ville.

— On part de la supposition qu'il y a certainement une sortie quelque part, et tout le reste consiste à procéder par élimination, continua l'ombre. Commençons par éliminer la porte. Si on s'enfuyait par la porte, le gardien nous rattraperait en un rien de temps. Il connaît les environs dans le moindre détail, il connaît chaque branche d'arbre. Et puis la porte, c'est la première chose à laquelle on pense, si on se dit que quelqu'un a fait un plan d'évasion. Il n'y a aucune raison pour que la sortie soit chose si facile à découvrir. Le mur, c'est à éliminer aussi. La porte de l'est également. Elle est très solide, et même l'entrée de la rivière est bouchée par une grille épaisse. On ne peut pas s'échapper par là. Alors il ne reste plus que l'étang du sud. Il faut quitter cette ville avec le courant de la rivière.

— Tu en es sûr ?

— Certain. Je le sais par intuition. Toutes les autres sorties sont hermétiquement fermées, il n'y a que l'étang du sud qu'on ait laissé tel quel sans y toucher. Il n'y a même pas de clôture. Tu nc trouves pas ça bizarre ? Ce qui clôture cet étang, c'est la terreur qu'il inspire. Si nous arrivons à écarter cette peur, nous serons vainqueurs de la ville.

— Quand as-tu compris cela ?

— Quand j'ai vu la rivière pour la première fois. Je ne me suis approché qu'une fois du pont de l'ouest, c'est le gardien qui m'y avait emmené. Voilà ce que j'ai pensé en regardant le courant : je ne sens absolument aucune intention maléfique dans cette rivière. Ses eaux sont pleines de vitalité. En confiant nos corps à ce courant, en nous laissant aller au fil de l'eau, nous pourrions retourner au lieu où nous vivions autrefois notre véritable vie, sous notre forme originelle. Voilà ce que je me suis dit. Crois-tu ce que je te dis ?

— Je peux le croire, dis-je. Oui, je peux croire tes paroles. Peut-être que la rivière communique avec là-bas, avec le monde que nous avons laissé derrière nous. Moi aussi, maintenant, je peux me rappeler par bribes à quoi ressemblait ce monde. L'air, les sons, la lumière, ce genre de choses. C'est une chanson qui m'en a fait souvenir.

— Ce n'est peut-être pas un monde si merveilleux que ça, dit l'ombre, mais c'est le monde où nous devons vivre. Il doit y avoir du bon, du mauvais aussi. Et des choses qui ne sont ni bonnes ni mauvaises. C'est là que tu es né. C'est là que tu dois mourir. Si tu meurs, moi aussi je disparaîtrai. C'est la chose la plus naturelle qui soit.

— Oui, c'est peut-être ainsi…

Ensuite, nous regardâmes à nouveau la ville en dessous de nous. La tourmente recouvrait tout, la tour de guet, la rivière, le pont, les murailles et même la fumée. Tout ce que nous pouvions voir, c'était cette immense colonne de neige déferlant du ciel sur la terre comme une cascade.

— Si tu vas mieux, on pourrait se remettre à

avancer ? dit l'ombre. Avec ce qui tombe, le gardien pourrait bien renoncer à brûler ses bêtes et rentrer plus tôt que prévu.

J'acquiesçai, me levai et secouai la neige accumulée sur la visière de ma casquette.

# 39

## Pop-corn – *Lord Jim* – Disparition

Sur le chemin du parc, je m'arrêtai dans un magasin d'alcool pour acheter de la bière en canette. Quand je lui demandai ce qu'elle préférait comme marque, elle répondit que, du moment qu'il y avait de la mousse et que ça avait un goût de bière, n'importe quoi faisait l'affaire. En gros, je partageais cet avis. Le ciel était aussi clair et sans tache que s'il venait d'être créé. On était début octobre et, pour la boisson, il suffisait que ça mousse et que ça ait un goût de bière.

Comme il me restait de l'argent, j'achetai quand même six bières d'importation. Les canettes dorées de Miller High Life étincelaient, on les aurait crues peintes au soleil d'automne, et la musique de Duke Ellington s'accordait parfaitement avec cette belle matinée. Enfin, la musique de Duke Ellington aurait convenu tout aussi bien à un soir de réveillon au pôle Sud.

Je conduisais la voiture en sifflotant de concert avec cet unique solo au trombone de Lawrence Brown dans *Do Nothing Till You Hear From Me*. Ensuite, ce fut Johnny Hodges qui fit le solo de *Sophisticated Lady*.

J'arrêtai la voiture près du parc de Hibiya. Nous bûmes de la bière, allongés sur la pelouse. Le parc, en ce lundi matin, était aussi calme et désert que le pont d'un porte-avions une fois que tous les avions ont décollé. Il n'y avait que des pigeons qui allaient et venaient sur la pelouse comme pour s'échauffer.

— Il n'y a pas un seul nuage, dis-je.

— Si, il y en a un là-bas, dit-elle en pointant un doigt vers le toit de la salle des fêtes de Hibiya.

C'était vrai, il y avait juste un nuage. Cet unique nuage blanc, au bout d'une branche de camphrier, avait l'air accroché là comme un bout de chiffon.

— Ce n'est pas un nuage très important, dis-je. Il ne rentre pas dans la catégorie « nuages ».

Une main en visière, elle observait le nuage.

— Oui, c'est vrai, il est plutôt minus.

Nous contemplâmes longtemps ce petit lambeau de nuage sans dire un mot, puis nous ouvrîmes une deuxième bière et la bûmes ensemble.

— Pourquoi tu as divorcé ? demanda-t-elle.

— C'est simple. Elle est partie un été, il y a cinq ou six ans de ça. Elle est partie et elle n'est jamais revenue.

— Tu ne l'as pas revue une seule fois ?

— Exact, dis-je en emplissant ma bouche de bière et en l'avalant lentement. Je n'avais pas spécialement de raison de la revoir.

— Votre vie conjugale ne se passait pas bien ?

— Si, ça se passait très bien, dis-je en contemplant la canette de bière que je tenais à la main. Mais, au fond, ça n'a rien à voir avec ce qui se passe réellement. On dort à deux dans le même lit, mais il n'y en a qu'un qui ferme les yeux. Tu comprends ce que je veux dire ?

— Je crois que oui.

— On ne peut pas généraliser, simplifier globalement la vie humaine, mais en gros je crois qu'on peut diviser en deux catégories la vision qu'ont les gens de la vie : vision complète et vision limitée. Moi je vivrais plutôt dans la catégorie vision limitée. La question du bien-fondé de cette vision limitée est sans importance. Il y a une ligne tracée quelque part parce qu'une ligne doit être tracée, c'est tout. Mais il n'y a aucune raison pour que tout le monde voie les choses de cette façon.

— Et puis les gens qui voient les choses comme ça ne feraient-ils pas justement des efforts pour repousser cette ligne à l'extérieur ?

— Certains, peut-être, mais ce n'est pas mon cas. Il n'y a aucune raison pour que tout le monde doive écouter de la musique sur une stéréo. Entendre le violon à gauche et la contrebasse à droite n'approfondit pas particulièrement le sens musical. Ce n'est rien d'autre qu'un moyen un peu plus complexe d'évoquer des images.

— Et toi tu ne serais pas un peu trop têtu, par hasard ?

— Elle me disait la même chose.

— Ta femme ?

— Oui. Quand le thème principal est trop clair, la musique manque de souplesse. Un peu de bière ?

— Merci.

J'enlevai l'anneau de la quatrième canette de Miller High Life et la lui tendis.

— Comment conçois-tu ta propre vie ? demanda-t-elle.

Sans toucher à sa bière, elle observait l'intérieur de la canette à travers le trou du couvercle.

— Tu as déjà lu *Les Frères Karamazov* ?

— Oui, une fois, il y a longtemps.

— Tu devrais le relire. On trouve beaucoup de choses dans ce livre. Vers la fin du roman, Aliocha dit ceci à un jeune collégien du nom de Kolia Krassotkine : « Tu sais, Kolia, dans le futur tu seras sûrement très malheureux. Mais bénis la vie dans son ensemble. »

Je vidai ma deuxième bière, en ouvris une troisième après une légère hésitation.

— Cet Aliocha comprenait beaucoup de choses. Pourtant, à l'époque où j'ai lu ça, j'avais plutôt des doutes. Je me demandais si c'était possible de bénir globalement une vie malheureuse.

— C'est pour ça que tu mets des limites à ta vie ?

— Peut-être. Sûrement c'est moi qui aurais dû être assassiné à coups de vase en acier dans le bus à la place de ton mari. Il me semble que ce genre de mort conviendrait parfaitement à un type comme moi. Les images se fractionnent et s'achèvent directement, sans qu'on ait le temps de penser à rien.

Allongé sur la pelouse, je levai la tête et jetai un coup d'œil à l'endroit où se trouvait le nuage un instant plus tôt. Il n'était plus là. L'ombre des feuilles de camphrier le dissimulait.

— Dis, tu crois que je pourrais entrer dans ta vision limitée du monde ? demanda-t-elle.

— Tout le monde peut y entrer, tout le monde peut en sortir. Ça, c'est le côté merveilleux de la vision limitée. Il suffit de bien s'essuyer les pieds en entrant, et de refermer la porte quand on sort. C'est ce que tout le monde fait.

Elle rit, se leva et épousseta l'herbe collée à son pantalon de cotonnade.

— Bon, il faut que j'y aille. C'est l'heure, non ?

Je regardai ma montre. Dix heures vingt-deux.

— Je te raccompagne chez toi, dis-je.

— Pas la peine. Je vais faire des courses dans un grand magasin du coin, et je rentrerai seule en métro. C'est mieux comme ça.

— Bon, alors on se sépare ici. Je reste encore un petit moment, c'est tellement agréable.

— Merci pour le coupe-ongles.

— De rien.

— Tu me téléphoneras quand tu seras rentré ?

— Je viendrai à la bibliothèque. J'aime bien voir les gens travailler.

— Au revoir, dit-elle.

Tel Joseph Cotten dans *Le Troisième Homme*, je la regardai partir en suivant le sentier tout droit au milieu du parc. Quand elle eut disparu dans l'ombre des arbres, je me mis à observer les pigeons. La façon de marcher différait étrangement d'un oiseau à l'autre. Peu après arriva une jeune femme aux formes harmonieuses, accompagnée d'une petite fille. Elles se mirent à lancer du pop-corn aux pigeons, et tous ceux qui m'entouraient s'envolèrent dans sa direction. La petite fille avait trois ou quatre ans et, comme tous les enfants de son âge, elle courait après les pigeons, les deux mains grandes ouvertes pour les attraper. Mais bien entendu elle n'y parvenait pas. Les pigeons ont une petite vie miniature qui leur est propre. La jolie maman jeta un unique coup d'œil dans ma direction, puis m'ignora complètement. Un type allongé sur la pelouse du parc un lundi matin avec cinq cadavres de bière autour de lui ne peut pas être honnête.

Je fermai les yeux et essayai de me rappeler les noms des trois frères Karamazov. Mitia, Ivan, Aliocha et leur demi-frère Smerdiakov. Combien y a-t-il de types au monde capable de réciter les noms de tous les frères Karamazov, hein, je vous le demande ?

À force de regarder le ciel, je finis par avoir l'impression d'être une petite barque voguant sur une mer s'étendant à perte de vue. Il n'y avait ni vent ni vagues, je flottais là simplement, immobile. C'est Joseph Conrad qui a parlé du caractère particulier d'un bateau voguant sur l'océan. C'est dans la partie de *Lord Jim* où a lieu le naufrage.

Le ciel était profond, et brillait clair, comme les pensées des hommes chez qui il n'y a pas place pour le doute. Quand je regarde le ciel depuis la terre, il m'arrive de penser que la vie tout entière est concentrée en lui. Avec la mer, c'est la même chose. Si on regarde fixement la mer plusieurs jours de suite, on finit par croire qu'il n'y a que la mer au monde. Je suis sûr que Joseph Conrad pensait la même chose que moi. Si on se détache de la fiction que représente le mot « bateau », il y a certainement quelque chose de particulier dans un esquif lâché sur un océan s'étendant à perte de vue, et personne ne peut échapper à ce sentiment de particularité.

Toujours allongé sur la pelouse, je terminai la dernière bière, fumai une cigarette et chassai ces considérations littéraires de mon esprit : il fallait revenir à des sentiments réalistes. Il me restait à peine un peu plus d'une heure.

Je me levai, pris les canettes vides, les portai à la poubelle pour les jeter. Puis je sortis mes cartes bancaires de mon portefeuille et entrepris de les brûler. La jolie maman me jeta à nouveau un coup d'œil. Les gens honnêtes ne brûlent pas leurs cartes dans les parcs le lundi matin. Je brûlai d'abord ma carte American Express, puis la carte Visa. Elles se consumèrent avec l'air d'y prendre le plus grand plaisir. Je pensai aussi brûler ma cravate de chez Paul Stewart, mais, réflexion faite, j'abandonnai cette idée. Je me serais trop fait remarquer, et puis je n'avais aucune raison de brûler ma cravate.

Ensuite, j'achetai dix sacs de pop-corn au kiosque, en répandis neuf par terre pour les pigeons et m'assis sur un banc pour manger le contenu du dixième. Les pigeons se rassemblèrent en une foule aussi nombreuse que pour un film commémorant la révolution d'Octobre et picorèrent le maïs éclaté. Je mangeai en même temps qu'eux. Cela faisait bien longtemps que je n'avais pas mangé de pop-corn, c'était délicieux.

La maman aux jolies formes et sa petite fille contemplaient la fontaine. La mère devait avoir le même âge que moi. En la regardant, je me rappelai ma copine de classe, celle qui s'était mariée à un activiste révolutionnaire et avait eu deux enfants de lui avant de disparaître on ne sait où. Elle ne pouvait même plus accompagner ses enfants au parc. Évidemment, je ne pouvais pas savoir ce qu'elle ressentait, mais il me semblait que ce point – disparaître complètement de sa propre vie – nous offrait un terrain de compréhension mutuelle. Mais peut-être, oui, peut-être qu'elle aurait refusé d'y reconnaître un point commun avec moi. On ne s'était pas vus depuis vingt ans et il s'était vraiment passé beaucoup de choses au cours de ces vingt années. Nous avions vécu des situations différentes, nos façons de penser aussi différaient. Elle, c'était de son plein gré qu'elle s'était retirée de sa propre vie, ce qui n'était pas mon cas. Dans mon cas personnel, quelqu'un avait profité de mon sommeil pour arracher les draps, et voilà.

Quelque chose me disait qu'elle m'aurait sûrement critiqué pour ça. « Mais dis donc, qu'est-ce que tu as choisi dans tout ça, hein ? » Voilà ce qu'elle me dirait. C'était vrai, aucun doute là-dessus. Je n'avais strictement rien choisi dans cette histoire. Tout ce que j'avais choisi de mon propre chef, finalement, c'était de pardonner au professeur, et de refuser de coucher avec sa petite-fille, c'est tout. Mais à quoi cela m'avait-il servi ? Estimerait-elle qu'avec si peu de chose ma vie avait joué un rôle tant soit peu décisif dans sa propre annihilation ? Je n'en savais rien. Vingt ans nous séparaient. Ce qu'elle pouvait estimer ou pas sortait du cadre de mes facultés d'imagination.

D'ailleurs, dans ce cadre, il ne restait plus grand-chose. Je voyais des pigeons, une pelouse, une mère avec son enfant, une fontaine, c'est tout. Mais en contemplant ce paysage, je réalisai, pour la première fois depuis plusieurs jours, que je n'avais aucune envie de disparaître de ce monde. Quant au monde où j'allais me retrouver ensuite, ça m'était complètement égal. Même si l'éclat de ma vie s'était usé à quatre-vingt-treize pour cent au cours des trente-cinq ans écoulés, cela m'était égal. Je voulais rester là, à regarder jusqu'au bout le déroulement des précieux sept pour cent restants. Je ne savais pas pourquoi, mais il me semblait que cette responsabilité m'incombait. C'est sûr qu'à un certain moment ma vie et ma façon de la vivre avaient été un peu tordues, mais j'avais eu de bonnes raisons pour ça. Même si personne d'autre que moi ne pouvait le comprendre, moi, je savais que je n'avais pas pu faire autrement.

Mais je n'avais pas envie de me volatiliser en laissant derrière moi cette vie tordue. J'avais le devoir de la regarder de mes propres yeux jusqu'à la fin.

Sinon, j'aurais perdu toute honnêteté vis-à-vis de moi-même. Je ne pouvais pas m'en aller comme ça en laissant ma vie dans cet état !

Même s'il n'y avait personne pour s'attrister de ma disparition, même si je ne laissais de vide dans aucun cœur, ou même si presque personne ne s'apercevait que je n'étais plus là, c'était uniquement mon problème. C'est sûr, j'avais déjà perdu trop de choses dans ma vie. Au point qu'il ne me restait à peu près plus que moi-même à perdre. Mais, tout au fond de moi, la trace des choses perdues continuait à irradier sa lumière, et c'est ce qui avait nourri ma vie jusqu'à maintenant.

Je ne voulais pas disparaître de ce monde. En fermant les yeux, je sentis nettement le mouvement de balancier de mon cœur. Cette large houle faisait osciller la vie au plus profond de moi-même, au-delà de toute tristesse et de toute solitude. Un mouvement perpétuel d'oscillation. Je mis les coudes sur l'accoudoir du banc pour supporter cette houle. Personne ne m'avait aidé. Personne ne pouvait me sauver. Et moi je ne pouvais sauver personne.

J'avais envie de me mettre à sangloter, mais quelle raison avais-je de le faire ? J'avais passé l'âge de pleurer et puis j'avais expérimenté trop de choses. Il existe en ce monde une détresse qui se passe de larmes. Je n'avais personne vers qui me tourner pour expliquer cela et, même si j'avais pu l'expliquer, c'était le genre de choses que personne ne peut comprendre. Cette détresse, incapable de changer de forme, pouvait seulement continuer à s'amonceler tranquillement sur mon cœur comme la neige par une nuit sans vent.

Plus jeune, j'avais un peu essayé de mettre en mots

cette tristesse. Mais j'avais eu beau faire de mon mieux avec les mots, cela restait incommunicable, et j'avais abandonné en me disant que je ne pouvais pas même me l'exprimer à moi-même. Ainsi, j'avais fermé la porte à la parole, j'avais fermé la porte de mon propre cœur. Il est une tristesse si profonde qu'elle ne peut pas même prendre la forme des larmes.

J'avais envie de fumer une cigarette, mais je n'en avais plus, j'avais seulement dans ma poche une boîte d'allumettes où il n'en restait plus que trois. Je les enflammai l'une après l'autre et les jetai par terre.

Quand je fermai à nouveau les yeux, la houle avait disparu je ne sais où. Dans ma tête flottait seulement la paisible poussière du silence. Seul, je contemplai longtemps cette poussière. Elle flottait là sans un mouvement, ni vers le haut ni vers le bas. J'arrondis les lèvres pour souffler dessus, mais elle ne bougeait toujours pas. Le vent le plus violent n'aurait pu la chasser.

Ensuite, je me mis à penser à la fille de la bibliothèque que je venais de quitter, puis à sa robe de velours, à ses collants et son slip entassés sur le tapis. Tous ces vêtements étaient-ils toujours mollement allongés là-bas chez elle, sans qu'elle les ait rangés, comme un double d'elle-même ? Avais-je su agir équitablement avec elle ? Non, je fais fausse route, me dis-je. Qui donc réclame de l'équité ? Personne n'en veut, de cette équité. Il n'y a que moi pour réclamer une chose pareille. Mais quel serait le sens d'une vie sans équité ? Moi, j'aimais la robe qu'elle avait enlevée et jetée à terre autant que je l'aimais, elle. Était-ce une des formes que prenait l'équité chez moi ?

Certes, le concept d'équité n'a cours que dans

un monde extrêmement limité. Mais ce concept s'applique à tous les aspects de la vie, depuis les escargots et les comptoirs de quincaillerie jusqu'à la vie conjugale. Même si personne n'en demande, moi, je n'ai strictement rien d'autre à offrir. En ce sens, l'équité ressemble à l'amour : souvent ce qu'on a à offrir ne coïncide pas avec ce qui est demandé. C'est exactement pour cette raison que beaucoup de choses m'étaient passées devant, ou plutôt dedans.

Je devrais sans doute me repentir de ma vie. Ça aussi, c'est une forme d'équité. Pourtant, je ne voyais pas de quoi j'aurais pu me repentir. Même si ma vie devait maintenant être entièrement balayée comme par le vent, ne laissant plus que moi derrière elle, cela aussi devait au fond correspondre à mon propre souhait. Il ne me restait rien d'autre que cette poussière blanche flottant dans ma tête.

J'allai acheter des cigarettes et des allumettes au kiosque et, en passant, j'appelai une fois de plus mon appartement d'une cabine, pour plus de sûreté. Je ne m'attendais pas à ce que quelqu'un réponde, je me disais seulement que ce n'était pas une mauvaise idée de téléphoner chez moi dans les ultimes instants de ma vie. Je pouvais imaginer clairement la sonnerie retentissant dans les pièces vides.

Mais, contrairement à mon attente, quelqu'un décrocha au bout de trois sonneries. « Allô ! » entendis-je. C'était la grassouillette au tailleur rose.

— Tu étais là ? fis-je, stupéfait.

— Mais non, voyons ! Je suis sortie et rentrée après. J'avais autre chose à faire que de me tourner les pouces, tu penses ! Je suis revenue parce que j'avais envie de lire la suite du roman.

— Celui de Balzac ?

— Oui, il est passionnant, hein ! On y sent quelque chose comme la puissance du destin.

— Au fait, tu as sorti ton grand-père de là-bas ?

— Évidemment ! Un jeu d'enfant. L'eau s'était retirée, et c'était la deuxième fois que je prenais ce chemin, alors ! J'avais même prévu deux tickets de métro pour la sortie. Grand-père va très bien, il m'a dit de te transmettre le bonjour.

— Tu le remercieras pour moi. Et qu'est-ce qu'il fait maintenant ?

— Il est parti en Finlande. Il a dit qu'au Japon il avait trop de problèmes et qu'il ne pouvait plus se concentrer sur ses recherches. Il va se construire un labo de recherche en Finlande. Il paraît que c'est très bien là-bas, calme et tout. Il y a même des rennes.

— Et tu ne l'as pas accompagné ?

— Non, j'ai décidé de rester ici et d'habiter chez toi.

— Chez moi ?

— Ben oui. Ça me plaît vraiment ici. Je remettrai une porte, et je te rachèterai un frigo et une vidéo. Quelqu'un a dû te les casser. Ça ne te dérange pas si je mets un dessus de lit, des draps et des rideaux roses ?

— Pas du tout.

— Et je pourrai me faire livrer le journal aussi ? C'est pour avoir les programmes de télé.

— D'accord, d'accord. Mais, tu sais, ajoutai-je, c'est dangereux de rester là-bas. Les types de System ou les pirateurs risquent de débarquer.

— Ah ça, ça ne me fait pas peur. Ce qu'ils veulent, c'est toi et Grand-père, moi, je n'ai rien à voir là-dedans. Il y a déjà deux drôles de types, un grand costaud et un petit, qui sont venus tout à l'heure mais je les ai chassés.

— Comment tu as fait ?

— J'ai tiré un coup de pistolet dans l'oreille du grand. Ça a dû lui briser le tympan. Non, pas de quoi s'inquiéter, je te dis.

— Mais ça n'a pas fait un raffut terrible, de tirer au pistolet dans l'appartement et tout ça ?

— Pas du tout, un simple petit coup de revolver, tout le monde prend ça pour un bruit de pot d'échappement. Tirer plusieurs fois, ça serait plus embêtant, mais je vise bien, un coup suffit.

— Eh ben ! fis-je.

— Dis donc, au fait, j'avais l'intention de te congeler quand tu auras perdu conscience, qu'est-ce que tu en dis ?

— Ne te gêne pas, fais ce que tu voudras. Je ne sentirai plus rien, de toute façon. Je vais aller à la jetée de Harumi maintenant, tu n'auras qu'à me récupérer là-bas. Je conduis une Carina 1800 GT Twin Cam Turbo blanche. Je ne saurais pas t'expliquer ce que c'est exactement comme modèle, mais il y aura une cassette de Dylan, de toute façon.

— C'est quoi ça, « Dylan » ?

— C'est un petit garçon un jour de pluie… commençai-je. (Puis je m'arrêtai, c'était trop compliqué à expliquer.) C'est un chanteur à la voix cassée.

— Tu comprends, si tu es congelé, Grand-père pourra peut-être te remettre dans l'état d'origine, quand il aura trouvé une méthode. Ça m'ennuierait que tu fondes trop d'espoirs là-dessus, mais enfin, c'est une possibilité à ne pas négliger.

— Une fois que je n'aurai plus de conscience, je

ne pourrai même plus avoir d'espoir, fis-je remarquer. Et c'est toi qui vas me congeler ?

— Rassure-toi, ça ira, la congélation, c'est ma spécialité. J'ai déjà fait pas mal d'expérimentations animales, j'ai déjà congelé des chiens ou des chats vivants. Je te congèlerai bien comme il faut, et je te cacherai dans un endroit où personne ne pourra te trouver. Et justement, si tout se passe bien, tu voudras bien coucher avec moi quand tu reprendras conscience, dis ?

— Évidemment. Si toi, tu en as toujours envie à ce moment-là…

— C'est vrai, tu le feras, pour de bon ?

— Dans les limites permises par ma technique. Ça ne sera peut-être pas avant plusieurs années, remarque.

— En tout cas, comme ça, je n'aurai plus dix-sept ans.

— Ah, ça, tout le monde vieillit. Même congelé, on n'y échappe pas.

— Bon, ben, bonne chance, dit-elle.

— Toi aussi. Ça m'a fait du bien de parler avec toi.

— Parce que tu as entrevu une possibilité de revenir dans ce monde ? Mais, tu sais, je ne sais pas encore si on pourra le faire, et c'est très…

— Non, ce n'est pas ça. Bien sûr, je suis content qu'il y ait cette possibilité, mais je ne disais pas ça dans ce sens-là, je voulais dire que j'étais heureux d'avoir parlé avec toi, d'entendre ta voix, de savoir ce que tu faisais.

— Tu veux qu'on parle encore ?

— Non, ce n'est pas la peine. Je n'ai plus tellement de temps.

— Dis, fit la grassouillette, n'aie pas peur, hein. Même si tu es perdu pour toujours, moi, je me souviendrai de toi jusqu'à ce que je meure. Tu continueras à vivre à l'intérieur de mon cœur. N'oublie surtout pas ça, hein.

— Je n'oublierai pas, répondis-je avant de raccrocher.

À onze heures, j'allai pisser aux toilettes les plus proches et sortis du parc. Je mis le moteur de la voiture en route et, tout en me livrant à diverses réflexions sur le fait d'être congelé, je me dirigeai vers le port. L'avenue Ginza était pleine de types en costard-cravate. En attendant que le feu passe au vert, je cherchai des yeux dans la foule la fille de la bibliothèque, qui devait être en train de faire des courses dans le quartier. Malheureusement, je ne l'aperçus nulle part. Je ne vis que des visages inconnus.

Arrivé au port, je garai la voiture près d'un hangar peu fréquenté et écoutai la cassette de Dylan en fumant des cigarettes. Le siège repoussé en arrière, les deux pieds sur le volant, je respirais calmement. J'aurais bien bu encore un peu de bière, mais je n'en avais plus. Je les avais toutes finies avec elle dans le parc.

Les rayons du soleil, pénétrant par le pare-brise avant, m'inondaient de lumière. En fermant les yeux, je les sentais réchauffer mes paupières. J'étais étrangement ému à la pensée que la lumière du soleil avait parcouru un si long chemin pour atteindre cette modeste petite planète et consacrait un peu de sa force à réchauffer mes paupières. La providence universelle n'oubliait personne, pas même mes paupières. Il me semblait comprendre un peu le sentiment d'Aliocha Karamazov. Certainement, une vie limitée doit recevoir des bénédictions limitées.

En passant, je donnai ma bénédiction, à ma façon,

au professeur, à la petite boulotte et à la fille de la bibliothèque. Je ne sais pas si je pouvais m'arroger le droit de bénir autrui comme ça ou non, mais comme de toute façon je n'allais pas tarder à disparaître d'ici, je n'avais pas à craindre que mes responsabilités soient engagées plus loin. J'ajoutai à ma liste de bénédictions le chauffeur de taxi qui aimait The Police et le reggae. Il avait accepté de nous prendre, tout boueux, dans son taxi. Je ne voyais aucune raison de ne pas l'inclure. À cette heure-ci, il était certainement en train de descendre une avenue quelconque, en écoutant de la musique rock, avec de jeunes passagers dans son taxi.

Devant, je voyais la mer. Je voyais même un vieux cargo, qui avait fini de débarquer ses marchandises, sa ligne de flottaison au-dessus de l'eau. Les mouettes voletaient çà et là comme des taches blanches, et Dylan chantait *Blowin' in the Wind* et, tout en l'écoutant, je repensais aux escargots, au coupe-ongles, au loup à la sauce au beurre, à la mousse à raser. Le monde était plein de révélations, sous diverses formes.

Le soleil du début d'automne brillait en paillettes sur la mer, se balançant au gré des vagues. On aurait dit que quelqu'un avait réduit un immense miroir en poussière. Il était brisé en si petits morceaux que personne, jamais, ne pourrait plus le reconstituer. Pas même l'armée du plus puissant des rois. La chanson de Dylan me rappela automatiquement la fille du bureau de location de voitures. Ah oui, elle aussi, il fallait que je lui donne ma bénédiction. Elle m'avait fait excellente impression, je ne pouvais pas l'exclure de ma liste.

Je revis sa silhouette en imagination. Elle portait un blazer d'une nuance de vert rappelant la pelouse d'un terrain de base-ball en début de saison, avec une blouse blanche et un nœud papillon noir. Ça devait être l'uniforme de l'agence de location. Sinon, je ne voyais personne porter par goût un blazer vert avec un nœud papillon noir. En entendant cette vieille chanson de Dylan, elle avait pensé à la pluie.

Moi aussi, je pensai à la pluie. À une petite pluie si fine qu'on ne sait pas si elle tombe vraiment ou pas. Pourtant, elle tombe vraiment. Et elle mouille les escargots, les haies, les vaches. Personne ne peut arrêter la pluie, personne ne peut y échapper. La pluie continue à tomber avec équité.

Bientôt, cette pluie devint un rideau opaque aux couleurs imprécises qui recouvrit ma conscience.

Le sommeil était enfin venu.

J'allais pouvoir retrouver tout ce que j'avais perdu. Oui, toutes ces choses perdues au cours de ma vie n'avaient pas vraiment disparu. Les yeux fermés, je m'abandonnai à ce sommeil profond. Dylan chantait *Hard Rain*.

## 40

## L'oiseau

Quand nous arrivâmes à l'étang du sud, la neige se mit à tomber avec une violence inouïe. On aurait dit que le ciel, brisé en mille morceaux, s'effondrait sur la terre. La neige se déversait aussi sur l'étang, pour être aussitôt absorbée sans bruit par cette étendue d'un bleu si profond qu'il en devenait sinistre. Dans la terre entièrement recouverte de blanc s'ouvrait le trou béant de l'étang du sud, pareil à une énorme prunelle. Moi et mon ombre, pétrifiés dans la tourmente, restâmes longtemps à contempler en silence ce paysage. Comme lors de ma première visite, un clapotis macabre recouvrait les alentours, mais, aujourd'hui, ce son étouffé – peut-être à cause de la neige – faisait penser à un lointain grondement de la croûte terrestre. Je levai les yeux vers un ciel si bas qu'il ne méritait plus son nom, puis dirigeai mon regard vers la muraille du sud dont la masse sombre et confuse se dressait derrière un rideau de neige. Le mur ne semblait plus rien avoir à me dire. Le titre de *Fin du monde* s'accordait parfaitement à la désolation glacée de ce paysage.

Je restai immobile, la neige continuant à s'amonceler sur la visière de mon chapeau et sur mes épaules. Une telle quantité de neige avait dû effacer complètement les traces de nos pas. Je jetai un coup d'œil à mon ombre, debout un peu plus loin. Tout en époussetant de temps en temps les flocons drus qui recouvraient son corps, il plissait les yeux pour scruter la surface de l'étang.

— C'est ça, la sortie, sans erreur possible, dit-il. Maintenant, cette ville ne peut plus nous garder enfermés dans son emprise. Nous allons être libres, libres comme des oiseaux ! (Il renversa la tête, ferma les yeux, offrant son visage à la neige comme à une manne.) Quel temps magnifique ! Le ciel est clair, le vent léger, ajouta-t-il avec un rire.

Il semblait recouvrer ses forces à vue d'œil, comme s'il s'était enfin débarrassé de lourdes entraves. Il s'approcha de moi sans aide, en traînant légèrement les pieds.

— Je le sens, dit-il. Le monde extérieur se trouve là, de l'autre côté de cet étang. Et toi ? As-tu encore peur de plonger dedans ?

Je secouai la tête.

L'ombre se pencha vers le sol, défit les lacets de ses chaussures.

— Si on reste ici comme ça, on va finir par geler sur place, tu ne crois pas qu'il est temps de sauter ? Enlevons nos chaussures, et tenons-nous à la ceinture l'un de l'autre. Si on arrivait dehors séparés, ça n'aurait plus aucun sens.

J'ôtai le chapeau que m'avait prêté le colonel, en époussetai la neige, le gardai à la main pour le regarder. C'était un chapeau de combat de l'ancienne époque. Le tissu en était effiloché par endroits, les couleurs fanées et blanchies. Le colonel le portait sûrement depuis des dizaines d'années, en en prenant grand soin. Je nettoyai soigneusement la neige une fois de plus, puis le remis sur ma tête.

— Moi, je pense que je vais rester là, dis-je. (Les yeux de l'ombre se fixèrent sur moi, aussi vagues que s'il n'arrivait plus à focaliser son regard.) J'ai bien réfléchi. Je suis désolé vis-à-vis de toi, mais j'ai réfléchi de mon côté. Je comprends bien ce que signifie rester seul ici, et je comprends aussi que le cours logique des choses voudrait que je retourne avec toi dans le vieux monde. Là-bas est ma vraie réalité, et vouloir y échapper est certainement un mauvais choix, je le sais. Pourtant, je ne peux pas partir d'ici.

L'ombre secoua lentement la tête, les deux mains enfoncées dans les poches.

— Mais pourquoi ? Tu m'avais bien promis l'autre fois de t'enfuir avec moi, non ? C'est pour ça que j'ai mis ce plan au point, et toi-même, ne m'as-tu pas porté sur ton dos jusqu'ici ? Qu'est-ce qui a fait changer ton cœur aussi soudainement ? La femme, c'est ça ?

— Oui, il y a ça aussi, bien sûr, mais pas seulement. J'ai découvert quelque chose, qui m'a fait décider de rester ici.

L'ombre soupira. Puis il tourna à nouveau son visage vers le ciel.

— Tu as retrouvé son cœur, c'est ça ? Et tu as l'intention d'aller vivre dans la forêt avec elle, et de me laisser tomber ?

— Je te le redis, ce n'est pas seulement ça. J'ai découvert ce qui était à l'origine de la construction de cette ville. C'est pour ça que j'ai le devoir, et la responsabilité, de rester. Tu veux savoir qui a bâti cette ville ?

— Non, je ne veux pas le savoir, répondit l'ombre.

Parce que je le sais déjà. Je le savais depuis le début. C'est *toi-même* qui as bâti cette ville. Tu l'as bâtie tout entière, depuis les murs, la rivière, la forêt, la bibliothèque, la porte, l'hiver, tout. Même cet étang, cette neige. Ce n'est pas bien compliqué à comprendre.

— Alors pourquoi ne me l'as-tu pas dit plus tôt ?

— Si je te l'avais dit, tu serais resté ici, comme tu es en train de le faire, non ? Je voulais à tout prix t'emmener hors d'ici avec moi. Le monde où tu dois vivre est là-bas, dehors.

L'ombre s'assit dans la neige et secoua plusieurs fois la tête de droite à gauche.

— Je savais que tu ne voudrais plus m'écouter si tu découvrais cela.

— J'ai mes responsabilités. Je ne peux pas m'en aller en laissant derrière moi des gens et un monde que j'ai construits selon ma propre fantaisie. Je sais que j'agis mal envers toi, j'en suis sincèrement désolé. Et puis c'est dur de te quitter. Mais la responsabilité de mes actes m'incombe. C'est mon monde à moi, ici : ces murs sont les murs qui m'entourent, c'est en moi-même que coule cette rivière, et cette fumée est celle de mon propre bûcher.

L'ombre se leva et regarda fixement la surface paisible de l'étang. Debout sans le moindre mouvement, au milieu de la neige qui continuait à tomber, il me donnait l'impression de perdre de son épaisseur, comme si sa forme plate reprenait peu à peu le dessus. Nous restâmes longtemps silencieux. Seule flottait dans l'air, avant de disparaître, l'haleine blanche qui s'élevait de nos bouches.

— J'ai compris que je ne pouvais pas t'en empêcher, dit enfin l'ombre. Mais tout de même, tu sais, la vie dans la forêt est beaucoup plus difficile que tu ne te l'imagines. La forêt diffère de la ville, du tout au tout. Le travail pour y survivre est dur, l'hiver long et rigoureux. Et, une fois entré dans la forêt, on ne peut plus en sortir. Il te faudra rester dans cette forêt, éternellement.

— J'ai bien réfléchi là-dessus aussi.

— Rien ne pourra ébranler ton cœur ?

— Rien, répondis-je. Mais je ne t'oublierai pas. Dans la forêt, j'essaierai de me souvenir peu à peu de l'ancien monde. Je pense qu'il y a beaucoup de choses à ne pas oublier. Beaucoup de gens, de lieux, de lumières et de chansons.

L'ombre croisait et décroisait ses mains devant sa poitrine. La neige amoncelée sur son corps lui faisait une ombre étrange, qui paraissait s'étendre et se contracter tour à tour lentement au-dessus de lui. Il continuait à se frotter les mains, la tête légèrement penchée comme s'il tendait l'oreille à ce bruit de friction.

— Moi, je ne vais pas tarder, dit-il. Ça me fait drôle, tout de même, de penser que je ne te reverrai plus jamais. Je ne sais pas quoi te dire avant de te quitter. J'ai beau chercher, je n'arrive pas à trouver le mot de la fin.

J'ôtai mon chapeau une fois de plus, l'époussetai et le remis sur ma tête.

— Je ferai des prières pour ton bonheur, dit l'ombre. Je t'aimais bien, tu sais. Pas seulement parce que j'étais ton ombre.

— Merci, répondis-je.

Longtemps après que son corps eut complètement disparu dans l'étang, je demeurai là, à scruter la surface immobile. Il ne restait pas la moindre ride sur l'eau, mortellement calme, et bleue comme les yeux des bêtes. J'avais perdu mon ombre, et j'étais seul, dans le coin le plus reculé de l'univers. Je ne pouvais plus aller nulle part, ni retourner en arrière. Ici c'était la fin du monde, et la fin du monde ne communique avec nulle part. Ici cessait le monde, paisiblement arrêté dans sa course.

Je tournai le dos à l'étang et repartis dans la neige, vers la colline de l'ouest. De l'autre côté de la colline de l'ouest, il y avait la ville, la rivière qui coulait, et dans la bibliothèque, l'accordéon et *elle* qui m'attendaient.

Je vis un oiseau blanc voler à travers la tourmente en direction du sud. Il disparut par-delà le mur, dans le ciel du sud enveloppé de neige. Après son passage, il ne resta plus que le crissement de la neige sous mes pas.

## Table des matières

FSC
www.fsc.org
MIXTE
Papier issu de sources responsables
FSC® C003309

L'éditeur de cet ouvrage s'engage dans une démarche de certification FSC® qui contribue à la préservation des forêts pour les générations futures.

Pour en savoir plus :
www.editis.com/engagement-rse/

10/18 – 92 avenue de France, 75013 PARIS

*Imprimé en France par* CPI

N° d'impression : 3047020
X07654/04